들소에게 노래를 불러준 소녀

THE GIRL WHO SANG TO THE BUFFALO by Kent Nerburn

First published in the United States of America by New World Library.

Korean translation Copyright © 2017 Geulhangari
Arranged through Icarias Agency, Seoul

이 책의 한국어판 저작권은 이카리아스 에이전시를 통해 New World Library와
독점 계약한 (주)글항아리에 있습니다. 저작권법에 의해 한국 내에서
보호를 받는 저작물이므로 무단전재와 복제를 금합니다.

들소에게 노래를 불러준 소녀

켄트 너번 지음 | **서정아** 옮김

글항아리

우리가 믿는 것이 곧 우리의 정체성이라는 사실을

각자만의 방식으로 이해했던 두 거목

리처드 트위스와 바인 들로리아 2세,

그리고 죽은 이들이 잊히도록 내버려두지 않았던

해럴드 아이언 실드를 기리며

자네의 철학 안에서 꿈꾸는 것보다
세상에는 더 많은 일이 존재한다네, 허레이쇼

_윌리엄 셰익스피어, 『햄릿』 1막 5장

이해 저편의 세계

> 우리는 물을 저으려 하네
> 누군가가 기억할 때까지
> _오지브와족 의식요 중에서

20년이 넘는 세월 동안 나는 북미 원주민의 세계와 자의로든 타의로든 이곳 북미 대륙으로 흘러든 사람들의 세계 사이에서 균형을 유지하기 위해, 어렵지만 정직하고 겸손한 자세로 노력해왔다.

왜냐하면 나는 우리 미국인이 나라의 역사적 진실을 의도적으로 외면함으로써 많은 것을 놓치며 살고 있다고 믿기 때문이다. 또한 북미 원주민의 인생과 삶의 방식에는 풍부한 가르침이 담겨 있다고도 믿는다.

돌이켜보면 황홀하고도 의미 있는 여정이었다. 그 여정은 교실로, 원주민식 한증막으로, 농구장으로, 식탁으로 나를 인도했다. 먼지가 풀풀 날리는 북미 원주민 보호구역의 시골길이나 외딴 산길로 이끌린 적도 있었다. 무엇보다 이 여정은 지금껏 내가 만난 이들 중 가장 친절하고 유쾌하며 사려 깊은 이들의 마음과 인생으로 나를 이끌었다.

하지만 때로는 내 이해의 범주를 넘어서는 장소로 이끌릴 때도 있었다. 몬태나의 황량한 고원지대에서 추장 조지프의 마지막 전장 곳곳에 파인 은신용 구덩이에 누워 있을 때는 떠나라고, 그곳은 내가 속한 땅이 아니라고 말하는, 손에 잡힐 듯 선명한 힘을 느끼고 알 수 없는 감정에 사로잡혔다. 어느 추운 겨울날, 한 세기도 더 전에 오지브와족과 수족이 전투를 벌여 수백 명에 달하는 전사자를 남겼다는 미네소타 북부의 얼어붙은 습지에서는 사람의 목소리 같기도 하고 울음소리 같기도 한 묘한 소리를 듣기도 했다.

어쩌면 투영이었을 것이다.

환상이었는지도 모른다.

하지만 투영도 환상도 아니라면?

이 책은 이 세계의 끝, 우리가 아는 세계와는 동떨어진 곳으로 우리를 데려간다. 그리고 마음과 영혼의 땅 여기저기를 누빈다. 그곳에서 현실은 다른 모습을 보인다. 또한 진실은 사실에 대한 간명한 설명보다 이야기의 힘을 빌릴 때 더 잘 드러나곤 한다.

물론 그 중심에는 댄이 있다. 전작 『늑대도 개도 아닌Neither Wolf nor Dog』과 『황혼의 늑대The Wolf at Twilight』를 통해 내 여정에 동참했던 독자라면 이 라코타족 원로를 알고 있을 것이다. 댄은 선물과도 같은 사람이다. 그가 들려준 훌륭한 이야기 덕분에 생각을 어루만지고 마음을 변화시키는 방식으로 북미 원주민의 세계를 세상에 드러낼 수 있었다. 또한 댄 덕분에 원주민이 아니면 경험하기 힘든 방식으로 독자들을 북미 원주민 세계의 심장부로 데려갈 수 있었다.

나와 여행하며 독자들은 다코타의 고원을 가로질렀고, 인디언 기숙학교 제도라는 어두운 감옥에도 함께 들어갔다. 북미 원주민의 신앙과 한때 그들의 땅이었던 이곳에 백인 문화가 유입되면서 원주민들이 겪어야 했던 갈등도 알게 되었다. 또한 그들이 어떻게 살고 어떻게 웃으며 어떻게 조물주를 경배하고 어떻게 서로 돌보는지도 살펴보았다. 댄의 삶을 엿보았고 그의 친구들을 만났으며 그가 세상에서 90여 해를 지내는 동안 어떤 세계를 관통해왔는지도 알게 되었다. 더불어 댄의 해학과 통찰, 분노와 슬픔에 관해서도.

이 책 『들소에게 노래를 불러준 소녀』에서는 우리가 미처 몰랐던 부분, 즉 댄이 살았던 세계의 한층 더 깊은 차원을 들려주려 한다. 유럽식 사고방식과 종교적 전통이 지배하는 세계에서 흘러온 우리에게 그 세계는 여전히 수수께끼이자 불가해한 영역으로 남아 있다.

원주민의 삶에 관한 우리의 이해에서 매우 많은 부분을 차지하는 사회적 통설, 오해, 고정관념을 걷어내면 여느 세계의 것과는 다르고 꼿꼿한 심장박동을 지닌 하나의 세계가 모습을 드러낸다. 그 세계가 있어 북미 원주민들은 지난 500여 년 동안 그들과 그들의 생활 방식을 절멸하려는 숱한 정책과 음모에 맞서 제 문화의 고유한 명맥을 이어나갈 수 있었다.

『들소에게 노래를 불러준 소녀』에서 이러한 세계를 보여주고 싶다. 사실 이는 두려운 작업이다. 북미 원주민의 삶을 존중하며 접근하는 문제에서 가장 중요한 것은 원주민이건 원주민이 아니건 서로 간의 경계를 인정하는 것이다. 즉 어떤 것들은 공유하거나 알려서도, 심지어 이해하려 들어서도 안 된다. 그들에게 접근하려면 반드시 권한을 부여받아야 하며, 오로지 부름을 받았을 때만 방문해야 한다. 또한 비원주민 작가들의 요구가 아무리 빗발친다 해도, 원주민이 아니면 여태껏 초대된 적이 없고 초대되어서도 안 되는 장소들이 엄연히 존재한다. 그것이 순리다.

하지만 그렇다고 해서 이러한 장소들이 품은 진실을 부정할 수는 없다. 그곳의 존재를 존중해야 한다. 다만 그 장소들을 우리 같은 이방인이 배제된 신비스런 영역으로, 댄의 말을 빌리자면, "삶에 대한 우리의 모난 이해"에 정면으로 대항하는 영역으로 남겨두어야 한다.

『들소에게 노래를 불러준 소녀』는 이러한 장소들을 훑어나간다. 그 장소들은 영적인 일을 가벼운 흥밋거리 정도로 여기는 사람들을 위한 곳이 아니다. 그 장소들은 유럽인이 아메리카 대륙에 출현하기 훨씬 전부터 세상의 중심을 향해 더 깊고 곧게 뻗어 내려간 뿌리다.

무엇보다 그 장소들은 우리가 당연하게 여길 수도 없고 그래서도 안 되는 온갖 능력과 힘이 존재하는 신성한 영역으로 통하는 길목이다.

그 길목은 단순한 형태로 나타날 수도 있다. 의식을 행하는 와중에 독수리 한 무리가 갑자기 나타나 머리 위를 빙빙 돌 수도 있고, 조금 전까지만 해도 나무와 수풀밖에 보이지 않던 비탈에서 타탕카, 즉 들소들이 모습을 드러낼 수도 있다. 때로는 몬태나 주의 고원 위에서 잊힌 목소리들의 속삭임을 듣게 될 수도 있다. 어떤 경우든 간에 세상에는 우리 이해력이 닿지 않는 저편에 드넓게 펼쳐진 미지의 세계가 존재한다.

『들소에게 노래를 불러준 소녀』는 바로 그런 세계의 접경지대를 파고드는 여정이다. 그 여정은 쉬운 이해나 납득을 허락하지 않는다. 그러나 이 여정에 기꺼이 동참해야 한다고 믿는다. 이러한 영역을 탐사하고 그 존재를 겸손하고 품위 있게 인정할 때, 비로소 그간 집이라고 여기며 마음에 품어왔던 지구의 한 조각이 물질적으로나 정신적으로 얼마나 작고 부서지기 쉬운 세계인지 진정으로 이해할 수 있을 것이다.

2013년 미네소타 주 베미지에서
켄트 너번

이해 저편의 세계

프롤로그 | 이해 저편의 세계 _008

1장 잊힌 비밀들

한밤의 외침 _016

전하지 못한 이야기 _028

영혼의 안식처 _036

메리의 편지 _042

당신이 올 줄 알고 있었소 _056

녀석은 선생의 두려움을 측량하는 중이라오 _074

검은 그을음의 집 _084

진주 목걸이를 한 여인 _094

철없던 시절의 이야기 _104

잠들지 않는 땅 _121

유령의 땅, 망자에 대한 예의 _132

2장 **서쪽으로**

라코타 투스텝 _142

독수리 사나이 대 위차샤 와칸 _157

베풀 줄 아는 강인한 심장 _176

요란한 침묵 _190

신부와 펠리컨 수녀 _201

거짓말은 금물 _224

저는 착하디착한 개입니다 _239

우정보다 더 큰 존중 _258

빛이 없는 눈 _282

노인과 소녀 _295

조물주의 거실에서 쫓겨나다 _304

어둠 속의 파수꾼 _318

두 겹의 세계 _327

대왕 톤토 _343

인디언의 과학과 작은 친구들 _362

3장 **북극광이 춤추는 밤**

죽은 자의 부름 _386

하나의 세상과 서로 다른 법칙 _398

잃어버린 말 _413

춤추는 영혼들의 밤 _432

하늘의 노래 _450

타탕카는 거짓을 말하지 않는다 _466

위대한 선물 _481

에필로그 _491

덧붙이는 말 _495

옮긴이의 말 _497

1장

잊힌 비밀들

한밤의 외침

초봄부터였다. 그 꿈이 찾아들기 시작한 것은.

평범한 꿈은 아니었다. 밤을 낮과 구별하는 비현실성이 그 꿈에는 없었다. 색은 햇살을 머금은 듯 선명했고 소리는 일상에서 들리는 것처럼 생생했다. 꿈에서 깨면 심장은 방망이질 쳤고 손바닥은 땀으로 흥건했다. 어디까지가 꿈이고 어디부터가 현실인지도 알 수 없었다.

하지만 그것만이 아니었다. 내용마저 늘 같았다.

댄의 여동생 노랑새가 귀여운 바가지 머리에 빛바랜 흰색 원피스를 입은 채 거대하고 단조로운 구조로 지어진 붉은 벽돌 건물 앞에 서 있다. 그리고 그 곁에는 노랑새의 행방을 수소문하던 시절 내가 찾아갔던 메리라는 나이 든 여인이 서 있다.

메리는 내게 웃음 짓는다. 얼굴의 주름과 이에 누렇게 낀 찌꺼기가 눈에 들어온다. 그녀가 말하기 시작하지만 내겐 한마디도 들리지 않는다. 노랑새는 표정 없는 두 눈으로 말없이 나를 응시한다. 그러다 이내 몸을 돌려 들판으로 걸음을 옮긴다. 커다란 바위들이 들판 곳곳에 널려 있다. 건초 더미들 같기도 하다. 그 모호한 형체에서 김이 피어올라 밤하늘 속으로 스며든다. 끔찍한 두려움이 나를 엄습한다. 노랑새를 소리쳐 불러보지만 아무런 대답도 들리지 않는다.

메리는 줄곧 웃으며 노랑새를 가리킨다. 소녀는 엷은 안개에 덮인 들판 저편으로 사라져간다. 나의 외침은 계속되지만 노랑새는 듣지 못한다.

메리가 앙상한 손을 내게 내민다. 그녀는 연신 노랑새를 가리키며 고개를 끄덕인다. 달려가 아이를 붙잡고 싶지만 마음처럼 되지 않는다. 노랑새가 몸을 돌려 내 눈을 똑바로 바라본다. 소녀는 내게 따라오라고 손짓하며 들판 속으로 사라져간다.

그리고 나는 꿈에서 깨어난다.

메리와 노랑새는 내 인생에서 슬프고도 쓰라린 이야기의 주인공들이다.

20년 전 나는 학생들과 함께 미네소타 주 북부의 소나무 숲 지대에 자리한 레드레이크 오지브와 원주민 보호구역의 구전 역사에 관한 책 두 권을 썼다. 『붉은 길을 걷다To Walk the Red Road』와 『기억하기로 결심하다We Choose to Remember』에서 우리는 파우와우 축제를 따라 지역 곳곳을 돌아다녔고 숱한 원주민과 부대꼈다. 댄도 그 원주민들 중 한 명이었다. 라코타 부족 원로인 그는 사우스다코타 주 서쪽 머나먼 고원에 위치한 북미 원주민 보호구역에 살고 있었다.

댄은 나를 초대했고 나는 초대에 응했다. 그 만남의 결과물이 나의 또 다른 저서 『늑대도 개도 아닌Neither Wolf nor Dog』이다. 책에는 댄이 역사를 이해하는 방식에서부터 인디언이라는 명칭에 대한 인디언

스스로의 감정에 이르는 광범위한 주제를 그가 어떻게 생각하는지가 고스란히 드러나 있다. 댄과 나는 수년에 걸쳐 우정을 쌓아갔다. 그러다 댄이, 어린 시절 국립 기숙학교에 다니다 실종된 여동생 노랑새에게 무슨 일이 있었는지 알아봐달라고 내게 부탁하면서 우리는 부쩍 가까워졌다. 하지만 댄을 본 것은 그 무렵이 마지막이었다.

꿈의 또 다른 등장인물 메리는 오지브와족과 크리족의 피가 섞인 노부인으로, 캐나다 국경과 맞닿은 내 고향 미네소타 주 호수지역의 빽빽한 소나무 숲에 살고 있었다. 노랑새의 자취를 쫓는 여정은 나를 그녀의 집으로 이끌었고, 결국 그곳에서 노랑새의 실종이라는 수수께끼를 풀 실마리를 얻어낼 수 있었다. 비록 단 한 번에 그친 만남이었지만 메리의 친절한 태도와 인상적인 얼굴은 오래도록 나의 뇌리에 머물렀다.

그런 두 사람이 이제 내 꿈에 찾아들고 있었다. 그리고 나는 그 이유를 도무지 알 수 없었다.

"두 사람 다 분위기가 어딘지 남달랐어." 나는 루이즈에게 말했다. "마치 메아리 같다고나 할까? 실제 모습은 숨겨져 있는데 그걸 못 찾고 있는 듯한 기분이야. 둘이서 나를 부르는 것 같기도 하고."

루이즈는 모닝커피를 한 모금 마시곤 의견을 내놓았다. "죄책감 아닐까?"

"죄책감? 무슨 죄책감? 내 나름대로는 최선을 다했어. 노랑새에 관해 알아냈잖아. 덕분에 댄도 말년에 마음의 평화를 얻었고."

"글쎄. 혹시 그 정도론 부족했던 게 아닐까? 시기적으로 너무 늦었다는 자책감?"

루이즈의 해석은 지극히 안이하고 현대심리학적이었다. 이 꿈은 깊이를 알 수 없는 어두운 물속을 헤엄칠 때 느끼는 감정처럼 공포의 근원에 닿아 있었다. 합리적으로 분석하거나 간단히 일축할 수 있는 게 아니었다.

"흔한 심리학으로 풀 수 있는 문제가 아니야." 내가 말했다.

"그렇다고 말하진 않았어. 하지만 달리 할 말이 없잖아." 루이즈가 응수했다.

나는 양손에 얼굴을 묻었다가 손마디로 두 눈을 비볐다. "그 꿈은 뭐랄까, 평범하지가 않아. 너무 생생해서 하루 종일 머릿속을 맴돈다니까. 나를 따라다니는 것 같기도 하고. 가끔은 내가 속하지 않은 어딘가에 다녀왔다는 생각이 들어."

루이즈는 내 어깨에 손을 얹었다. 나를 지나치게 감상적이라고 생각한 것이다. "당신은 할 만큼 했어. 원로 한 분을 도왔고 그 여동생에 대해 알아냈잖아. 그분이 하고자 했던 이야기를 대신 전했고, 그분의 말을 들어야 하는 수많은 사람에게 그분의 세계를 펼쳐보였어."

"나도 알아. 하지만 너무 깊이 들어갔던 건 아닐까? 닫힌 채로 두었어야 하는 문들을 열었는지도 모르고."

침묵이 방 안을 채웠다. 둘 다 말을 잇지 못했다. 루이즈는 창가로 걸어가 아침 해를 바라보았다.

"레드레이크에서 함께 일했던 여자분 기억해?" 루이즈가 침묵을 깼다. "우리 결혼식 때 롤빵을 굽던 분."

"루렌?"

"그럼 아버님 돌아가셨을 때 루렌이 했던 말도 기억해?"

루렌은 레드레이크 북미 원주민 보호구역에서 노인과 거동이 불편한 이들에게 식사를 대접하던 오지브와족 여인이었다. 성품이 온화했고 전통에 따라 길러졌으며 원주민의 오래된 풍습을 여전히 지켜가고 있었다. 한때 학생들을 데리고 그녀를 찾아가 노인들의 식사 대접을 도운 적이 있는데, 그때부터 우리 두 사람은 친구가 되었다.

아버지가 아팠을 때 일이다. 꿈에 아버지를 보았는데 내용이 불길한 데다 꿈이라기엔 너무 생생해서 자꾸만 신경이 쓰였다. 몹시 괴로웠던 나는 무심결에 루렌에게 심정을 털어놓았다.

그녀는 차분한 어조로 이렇게 말했다.

"아버지께 전화해보세요. 당신과 연락하고 싶어하시는 것 같네요."

그날 저녁 집에 돌아온 나는 수화기를 들고 아버지의 번호를 눌렀다. 평소 감정을 드러내지 않는 분이었지만 목소리에서 안도감이 느껴졌다. "안 그래도 네 전화를 기다리던 참이다. 요 며칠 계속 네 생각이 나더구나."

다음 날 아침 나는 루렌을 찾아갔다. 전화하라고 조언해줘 고맙다는 인사를 하고 싶었다. 루렌은 노인들에게 대접할 샌드위치를 만드는 중이었다.

"고마웠어요. 아버지께 전화하라고 말해줘서. 전화하길 정말 잘했더군요."

루렌의 시선은 줄곧 아래를 향했지만 입가에는 슬그머니 작은 미소가 떠올랐다.

"꿈에 더 관심을 기울이세요. 가볍게 웃어넘겨서는 안 돼요. 메시지가 담겨 있으니까요."

여름이 깊어갈수록 꿈은 더 강렬해졌다. 나는 맞서보기도 하고 화내보기도 하며 그 꿈을 피하려고 갖은 애를 썼다. 꿈이 내게 어떤 메시지를 전하려 할지도 모른다는 것을 인정하고 싶지 않았다.

8월의 어느 늦은 밤 모든 것이 바뀌었다.

그날 밤 나는 자정이 되기 바로 전에야 잠자리에 들었다. 그 꿈이 찾아들지 않는 몇 안 되는 날이기를 바라며. 어둠 속에 누워 몇 시간 조용히 휴식을 청하려는데 그 소리가 들려왔다. 그때 내가 잠들었는지, 잠들지도 깨지도 않은 불안정한 상태에서 그저 부유하고 있었는지는 기억나지 않는다. 기억나는 것은 오로지 그 소리뿐이다. 비명 같기도 하고 천둥 같기도 한 소리가 맹렬하게 몸을 뒤흔드는 바람에 나는 그예 가쁜 숨을 몰아쉬었다.

굉장한 소리였다. 흡사 사람의 외침과도 같았다. 어디서 나는 소리인지 갈피가 잡히지 않았다. 집 밖에서 나는 소리인지 머릿속에서 나는 소리인지조차 불분명했다. 일어나 앉아 마음을 가라앉히려 애썼다. 심장이 고동치고 맥박이 빨라졌다.

루이즈를 내려다봤다. 아내는 내 옆에 평온히 누워 있었다. 숨결이 깊고도 골랐다. 반려견 루시는 침대 발치에서 태연히 잠들어 있었다. 둘 다 아무 소리도 듣지 못한 기색이었다.

나는 심장박동이 잦아들 때까지 잠시 앉아 있다가 주섬주섬 옷을 꿰입고 손전등을 챙겨 마당으로 나섰다. 루시도 따라나섰다. 나무가 쓰러지는 소리였을까? 집 어딘가가 갈라져 무너진 걸까?

어두운 밤이었다. 높이 흐르는 구름 사이로 은빛 달이 외롭게 떠 있었다. 집을 에워싼 소나무들이 그림자로 살아 움직였다. 소나무 사이를 걸으며 사방으로 손전등 불빛을 비춰보았다. 쓰러진 나무는 없었다. 집도 멀쩡한 듯했다. 루시는 나무와 풀 냄새를 맡으며 마냥 즐거워할 뿐 그 어떤 것에도 특별한 호기심이나 관심을 드러내지 않았다.

결국 나는 소리의 진원지가 집 밖이 아니라고 결론지었다. 집 안으로 돌아갔지만 불안감은 여전했다. 어두운 거실에 앉아 마음을 가라앉히려 애썼다.

어느 틈엔가 사로잠이 들었고, 꿈에 노랑새와 메리가 나타났다. 하지만 꿈은 마치 모퉁이 너머에서 들려오는 알 수 없는 누군가의 웃음처럼 아득하고 조각나 있었다. 깊은 잠에 빠져들 때면 어김없이 메리가 나타나 누런 이와 주름이 드러나도록 활짝 웃으며 노랑새 쪽을 가리켰다. 그때마다 나는 소스라치듯 깨어나 꿈에서 본 모습을 떨쳐내려고 애썼다. 하지만 이내 피로가 엄습했고 나는 다시 잠이 들었다. 그러면 메리는 안개 속의 형상처럼 홀연히 나타나 웃으며 어딘가를 가리키는 것이었다.

마침내 동쪽 수평선이 엷은 회색빛으로 뒤덮였고, 나무들은 희미한 새벽빛을 등진 채 그림자처럼 윤곽을 드러냈다. 한낮의 강렬한 빛이 창을 통해 쏟아져 들어올 무렵 비로소 나는 마음을 굳혔다. 이 꿈을, 밤마다 찾아드는 이들을 이제는 멈춰야 했다. 이 꿈이 정말 메시지를 품고 있다면 그 메시지를 밝혀야 했다. 설혹 죄책감의 발로라 해도 그 죄책감을 내려놓을 필요가 있었다.

계획은 단순했다. 북쪽으로 세 시간을 여행해 메리의 집을 찾아간다. 일전에 댄의 여동생을 찾는 일을 도와줘 고마웠다는 인사를 자연스레 건넨다. 후일담을 들려준다. 도중에 메리 쪽에서 반가워하는 기색을 내비치면 더할 나위 없이 좋겠지만, 꼭 그러지 않더라도 공연한 걸음은 아닐 터였다. 일종의 마무리도 될 테고, 지난 방문 때 메리가 제공해준 정보 덕분에 크나큰 도움을 받고도 이후에 아무런 연락을 취하지 않았다는 죄책감을 나도 모르게 느껴왔다면 이번 기회에 잠재울 수 있을지도 몰랐다.

그렇게 9월 초의 어느 따뜻한 아침, 나무 사이로 부는 잔잔한 바람을 맞으며 캐나다 국경을 향해 북쪽으로 차를 몰았다. 어쩌면 그저 평범한 꿈일 수도 있는 무언가에 모호하게 초자연적인 해석을 가미하고 싶어하는 내 모습이 조금은 멋쩍었지만, 결정 자체는 만족스러웠다. 적어도 이제 나는 그 꿈에 적극적으로 대응하고 있었다.

햇빛이 비쳐드는 숲 사이로 좁다랗게 이어진 길을 따라 운전해가는 동안 꿈의 무게는 점점 더 가벼워졌다. 루이즈가 옳았을지도 모른다고 나 자신을 타일렀다. 어쩌면 내가 과민했고, 꿈은 그저 과거에 완벽하게 해결하지 못한 어떤 일이 마음의 상처로 남아 잠재의식 속에서 빚어낸 필연적 반응인지도 몰랐다.

나는 노랑새의 흔적을 찾는 고독한 여정이 남긴 깊은 고통과 슬픔을 정면으로 마주한 적이 단 한 번도 없었다. 메리에게도 연락하지 않았다. 지극히 사적이고 고통스러운 부분을 낯선 백인 남자에게 털어놓아준 그녀에게 감사의 인사조차 전하지 않았다. 이러한 문제들은 침묵 속에 봉인된 채 내 인생의 중심부에 그대로 남겨졌다.

댄의 얼굴도 망령처럼 곁을 맴돌았다. 살아 있다면 지금쯤 아흔 가까이 되었으리라. 댄을 대할 때면 늘 아버지를 대할 때와 비슷한 감정을 느꼈다. 아버지는 내가 댄을 처음 만난 그 무렵에 돌아가셨다. 두 사람은 나이도 비슷했고, 외모도 어딘가 닮은 구석이 있었다. 비록 아버지는 짧은 머리를 고수하셨고, 댄은 어깨 밑으로 길게 늘어뜨린 백발이었지만. 어쩌면 살짝 튀어나온 아래턱 때문이었으리라. 두 눈 깊이 느껴지는 온화한 슬픔 때문이었는지도 모른다. 아니면 단지 세월이 훑고 지나간 상처 때문이었는지도. 세월은 강인한 두 남자를 약하고 불안정하게 만들었고, 그들은 자신의 병약함을 마지못해 받아들이고 있었다.

댄과 함께 있다가 그를 곁눈으로 흘깃 보고는 언뜻 아버지로 착각한 적도 여러 번이었다.

노랑새에 관한 조사를 마쳤을 무렵에는 아버지와 댄이 한 사람처럼 느껴졌다. 더는 두 사람을 떼어놓고 생각할 수 없었고, 그러고 싶지도 않았다. 댄을 위해 한 일은 아버지를 위해 한 일이나 마찬가지였다. 아버지에게 진 빚은 댄에게 진 빚과도 같았다. 어쩌면 그 꿈은 단지 의무를 다하지 못했다는 죄책감, 어른의 세계를 향해 굽이진 길을 걷는 동안 든든한 안식처가 되어준 두 남자에게 진 빚을 끝내 갚지 못했다는 죄책감의 연장은 아니었을까?

메리의 집에 다다랐을 무렵, 나는 그 꿈이 단지 죄책감과 기억과 심상이 어지럽게 뒤엉켜 나타난 현상일 뿐이며 내가 스스로 꿈을 실제보다 더 크게 부풀려서 해석하고 있다고 거의 확신하기에 이르렀다. 그럼에도 이번 방문에 들떠 있었다. 어린 시절 이야기를 허심탄회하게 들려준 친절한 노부인을 정중히 찾아가 따로 감사 인사를 전하는 것이 인간의 도리였다.

어느새 차는 메리의 집으로 이어지는 길에 접어들었다. 마음이 홀가분했다. 지난 수개월간 느껴보지 못한 기분이었다.

나뭇가지 사이로 새어드는 초가을 빛이 자동차 보닛을 얼룩덜룩한 문양으로 덧칠하는 동안 나는 메리의 집 쪽으로 난 바퀴자국을 따라 숲을 헤치고 나아갔다. 여름에 내린 폭우 탓에 길은 여전히 질척거렸다. 미끄러운 길 때문에 운전하기가 조금 까다로웠지만, 몹시 춥던 1월 밤 눈 덮인 어둠 속에서 바로 이 바퀴자국을 따라 잔뜩 긴장한 채 차를 몰던 몇 해 전 겨울에 비하면 아무것도 아니었다.

차는 흙탕물을 튀겨가며 곳곳의 크고 작은 물웅덩이를 지나갔다. 나무들 사이로 멀리 드넓은 호수가 넘실거렸다.

메리의 집 마당으로 이어지는 모퉁이에 들어서자, 북쪽에서 반짝이는 광활한 호수를 배경으로 새하얀 트레일러가 숨이 멎을 듯 아름다운 정경을 연출해냈다.

겨울철 이곳의 지배자는 별빛으로 가득한 어두운 하늘과 무한하고 비인간적인 침묵이었다. 그때의 얼어붙은 호수는 보이지 않는 존재로 내 의식의 담장 너머에 거대한 짐승처럼 잠들어 있었다. 이제 그 호수는 겨울의 사슬에서 풀려나 춤추며 장난기 어린 생명력을 발산하고 있었다. 물결이 기슭으로 밀려와 부드럽게 찰싹이며 박자에 맞춰 속살거렸다.

차창을 내리니 물기를 머금은 알싸한 향내가 공기를 가득 메웠다. 저 멀리 수평선 부근에서는 빛을 받은 수면이 다이아몬드를 뿌려놓은 듯 반짝거렸다. 창천을 떠다니는 구름이 순간적인 형상을 만들었다가는 부드러운 가을바람을 타고 흩어졌다. 새들은 몇 주 후면 있을 가을 대이동을 연습하는 듯 작게 무리지어 숲이며 호수에서 날아올랐다가 대열을 지어 모여들었다.

풍경의 목가적인 아름다움은 여전했지만 분명 무언가 달라져 있었다. 전에는 굉장히 깨끗하게 정돈되어 있던 집 주위로 지금은 아동용 자전거와 플라스틱 세발자전거 몇 대가 제멋대로 흩어져 있었다. 눈 더미에 반쯤 파묻혀 있던 밴은 이제 저장고로 바뀌었고, 안에는 상자와 사슴뿔을 비롯한 정체불명의 물건들이 꼭대기까지 빼곡했다. 집 뒤편 대지에는 아이들의 놀이 집이, 호수 기슭 근처에는 원주민식 한증막이 방수포를 덮고 깊은 불구덩이를 품은 채 서 있었다.

처음에는 단순하게 생각했다. 전에는 겨울의 어둠과 세찬 눈보라

탓에 이 모두를 놓쳤던 것뿐이라고. 하지만 그러기에는 변화가 다소 본격적이었다. 전에는 홀로 고립되어 숲과 호수와 자연의 위대한 힘에 맞서는 것처럼 보이던 집이 이제는 복잡하고 분주한 데다 사람 냄새로 그득했다.

집 한쪽에 놓인 낡고 해진 트램펄린 위에서 아이 셋이 폴짝거렸다. 차를 대자 아이들은 튀어 오르기를 멈추고 가만히 섰다. 할머니가 집에 계시느냐고 물으려는데 30대 중반 남짓의 육중한 여자가 앞문에서 걸어 나와 양손으로 허리께를 짚고 서서 나를 유심히 보았다. 낯익은 얼굴. 메리의 손녀 도나였다. 그녀와는 몇 년 전 그곳 원주민 보호구역의 편의점에서 이야기를 나눈 적이 있었다.

도나는 묘한 눈빛으로 나를 바라보았다. 어디서 본 사람인지 기억해내려 애쓰는 듯했다.

"안녕하세요?" 내가 인사를 건넸다. "도나 맞죠? 켄트 너번입니다. 기억하는지 모르겠지만 몇 년 전에 교역소에서 만났죠. 그때 어느 여자아이를 조사하고 있었는데. 할머님과 같은 기숙학교에 다녔다는."

"기억나요." 도나가 여전히 내 쪽을 응시하며 말했다.

"할머니를 좀 뵐 수 있을까요? 그 여자아이에 관해 제가 알아낸 얘기를 들려드릴까 해서요."

"떠나셨어요." 도나가 말했다. 내게 고정된 그녀의 눈빛이 이상하리만큼 강렬했다.

"아쉽군요. 미리 전화라도 해둘 걸 그랬네요. 곧 돌아오십니까?"

도나는 고개를 가로저었다. "떠나셨어요." 그러고는 덧붙였다. "돌아가셨다고요. 저세상으로."

내 얼굴은 순식간에 달아올랐다. "죄송합니다. 전혀 몰랐어요."

"지난주 목요일이었죠."

"아!" 말문이 막혔다. 지난주 목요일은, 비명과도 같던 그 소리가 나를 흔들어 깨우던, 바로 그 밤이었다.

전하지 못한 이야기

"죄송해요. 너무 이상하게 굴었죠?" 도나가 머그잔에 커피를 담아 건네며 말했다. "하지만 너번 씨일 리가 없다고 생각했거든요."

우리는 트레일러 내부의 식탁 앞에 앉아 있었다. 한때 메리의 깔끔하고 단정한 집이었던 이곳은 이제 물건들로 어수선했다. 도나는 내가 도착했을 때 받은 충격을 뒤로한 채 마음을 가다듬고는 어느새 내가 알던 도나, 몇 년 전 잠깐 만났을 때처럼 따뜻하고 살가운 사람으로 돌아가 있었다.

"할머니는 너번 씨가 돌아오기를 항상 바라셨어요." 도나가 말했다. "제가 들를 때면 늘 묻곤 하셨죠. '예전에 이 할미를 찾아왔던 백인 남자를 알고 있니? 그이에게 할 말이 있단다'라고요. 하지만 저는 너번 씨에 대해 아는 게 없었어요. 찾아낼 방법도 막막했고요."

"좀더 일찍 왔어야 했는데, 결국 감사 인사도 못 드리고 말았군요. 그렇게 친절하게 도와주셨는데."

"괜찮아요. 이해하실 거예요. 워낙 옛날 분이라 모든 일엔 다 그럴

28

만한 이유가 있다고 생각하셨거든요."

도나가 냉장고 쪽으로 가더니 시중에 파는 기다란 직사각형 치즈 조각을 꺼내, 먹다 남은 짭짤한 크래커 한 봉지를 곁들여 접시에 담아냈다.

"약소하지만 이번 달까지는 이게 저희가 가진 전부예요." 도나가 내 앞에 접시를 놓으며 말했다. 목소리에서 미안함이 묻어났다.

"이거면 충분해요." 이렇게 말하며 나는 버터나이프를 들고 밝은 오렌지색 치즈 덩어리를 썰어내 크래커 위에 얹었다. "한창 자라던 시절 생각도 나고."

"커피에 타 드시게 우유를 좀 드릴까요? 오렌지 주스는요?"

가난한 형편에 이것저것 대접하려는 마음 씀씀이가 고마웠다. 조금 전 도나가 냉장고 문을 열었을 때 그 안은 거의 비어 있었다. 그런데도 그녀는 가진 것을 전부 내어주었다. 주방 창문 너머 어느새 트램펄린 위로 돌아가 행복하게 폴짝이는 아이들이 보였다. 도나는 좋은 어머니가 되려고 부단히 노력하고 있었다.

"할머니는 그때 전부 털어놓지 못한 걸 두고두고 마음에 걸려 하셨어요." 다시, 도나의 목소리에서 미안함이 묻어났다. "하지만 너번 씨는 백인 남자였어요. 할머니는 너번 씨를 몰랐고요."

도나는 손가락 끝을 마주 대고는 호수를 응시했다. 눈빛이 아득했다. 마치 그다지 밝히고 싶지 않은 무언가에 대해 결심을 굳히려고 애쓰는 사람 같았다.

"궁금한 게 있어요." 도나가 말했다. "왜 돌아오셨죠?"

"그게, 설명하기가 애매해요. 약간은 당혹스럽기도 하고. 같은 꿈을 계속 꿨어요. 도나의 할머니가 내게 끊임없이 손짓하는 꿈."

내가 대답을 마치자 도나는 자리에서 일어나 방 안을 거닐었다. 긴장한 기색이 역력했다. 뭔가를 괜히 들었다 놓기도 하고 물건을 한쪽에서 다른 쪽으로 옮기기도 했다.

"드라이브할래요?" 이윽고 그녀가 말했다.

내 차는 나와 도나, 그녀의 세 아이까지 우르르 태우고 큰길로 이어지는 좁은 오르막길에 들어섰다.

"할머니께 가야겠어요." 도나가 말했다. "너번 씨를 만나게 해드리고 싶어요. 아이들은 로리네 가게에 내려주세요. 로리에게 봐달라고 하면 돼요."

도나가 말하는 할머니가 메리인지 다른 할머니인지는 알 수 없었지만 나는 아무것도 묻지 않았다.

"우리도 할머니한테 갈래요." 첫째 아이가 좌석에서 몸을 들썩이며 말했다.

도나가 몸을 돌리더니 말없이 손가락 하나를 들어 올렸다. 얌전히 굴라는 뜻이었다. 소녀는 시무룩해져서는 아랫입술을 삐죽 내밀고 팔짱을 끼더니 의자에 기대앉아 입을 꾹 다물었다. 하지만 이내 운전석 등받이를 발로 차기 시작했다.

도나가 다시 뒤돌아보며 오지브와어로 아이를 타일렀다. 조용한 음성이었지만 태도만은 엄격했다. 아이는 즉시 발차기를 멈췄다. 도나가 팔을 뻗어 소녀의 옆머리를 부드럽게 쓰다듬었다. "얌전히 있어야지." 도나가 영어로 말했다. 아이는 뿌루퉁한 표정을 지으면서도 자리에 가만히 기대앉았다. 나머지 아이들은 시선을 내리깔고 무릎에 손을 얹은 채 잠자코 있었다.

우리는 작은 트레일러형 상점에 차를 세웠다. 2년 전 겨울 내게 메리의 집으로 가는 길을 일러주었던 곳이다. 아이들은 우르르 내리는가 싶더니 조수석 차창으로 다가가 도나의 키스를 기다렸다. 도나는 밖으로 몸을 기울여 한 아이씩 머리를 붙잡고 오지브와어로 무언가 속삭인 다음 이마에 키스하고는 볼을 부드럽게 어루만졌다. 사실상 의식이나 다름없었다.

"착하게 굴어야 한다." 도나가 큰딸에게 말했다. "로리 아줌마한테는 엄마가 할머니 묘에 갔다고 말씀드려. 몇 시간 안에 돌아올게." 아이들은 고개를 끄덕이고는 강아지 무리를 향해 달려갔다. 강아지들은 트레일러 발판 밑 어딘가에서 튀어나와 있다가, 달려가는 소녀들의 기세에 버금갈 만큼 한껏 들떠서는 목청을 돋우며 짖어댔다.

"아이들이 착하네요." 내가 말했다

"엄청 활달한 편이죠." 도나가 응수했다.

"같이 가도 괜찮을 것 같은데요."

"아뇨." 도나가 잘라 말했다. "아이들이 낄 자리가 아니에요."

우리는 호수를 따라 서쪽으로 이동했다. 이따금 곶처럼 길게 튀어나온 땅이 빛나는 수면을 파고들어, 매끈한 초승달 형상으로 수평선까지 뻗어나가려는 호수의 경계선을 흩트렸다. 물은 늦은 아침의 햇살을 받아 반짝이다가 모래와 돌이 가늘게 경계를 이루는 호숫가로 밀려와 부드럽게 찰싹였다.

10분쯤 지났을까? 도나가 떡갈나무와 단풍나무 숲 사이로 난 좁은 길을 가리켰다. 호숫가 쪽으로 구불구불 이어지는 길이었다.

"저리로 내려가주세요." 도나가 말했다.

차는 잡초가 무성한 오솔길에 접어들었다. 수풀과 쓰러진 나무를 헤치고 나아가는 동안 나는 중간중간 차를 멈추고 얼마 전 폭풍우로 쓰러진 크고 작은 나뭇가지를 치워야 했다. 호숫가 근처 숲 속의 빈터에 다다랐을 무렵 도나가 차를 세웠다.

그녀는 차에서 내려 호숫가의 나무들 사이로 걸어갔다. 몸집이 육중해 과거에 무릎이나 엉덩이를 다쳐 고생한 사람처럼 걸을 때마다 몸을 뒤뚱거렸지만 움직임에 확고함이 있었다. 우거진 풀숲을 헤치고 울퉁불퉁한 땅을 걷는 모습에서는 묘한 우아함마저 느껴졌다.

"할머니께서 좋아하던 곳이에요. 너번 씨에게도 보여드리고 싶었어요." 도나가 말했다.

다시 도나의 목적이 궁금해졌다. 메리를 내게 좀더 깊이 이해시키고픈 심정까지는 짐작이 갔지만 그 이유를 알 수가 없었다.

"매년 여름 저희는 이곳을 찾곤 했어요." 도나가 말했다. "가족의 낚시터였거든요. 할아버지는 이곳에 나무껍질로 된 오두막을 지으셨죠. 옛 방식 그대로 버드나무 가지를 휜 다음 자작나무 껍질을 길게 벗겨내 그 위에 덮으셨어요. 선조들도 그 방식으로 오두막을 지었다고 하시면서요. 어린 저희에게 옛 방식을 가르치고 싶으셨던 거예요. 저희가 백인들의 세계로 건너가 다시는 돌아오지 않을까 두려워하셨죠."

반짝이는 물결이 호숫가로 밀려왔다. 도나는 수면을 바라보며 생각에 잠겼다가는 이내 혼잣말하듯 이야기를 이어갔다.

"낚시를 했어요. 낚시를 굉장히 좋아했거든요. 할머니, 할아버지, 온 가족이 다요. 우리에겐 여름 행사나 마찬가지였죠. 날씨가 풀렸다 싶으면 곧바로 이곳으로 옮겨왔어요. 해마다 여름이면 물고기며 온갖 딸기를 달고 살았죠. 엄마는 불가에 납작한 냄비를 갖다놓고는 야외에서 빵을 구웠어요. 갖가지 견과류며 채소류며, 아무튼 제대로 먹었다니까요.

가을에는 곡식을 거뒀고 봄에는 단풍나무 수액을 채취했어요. 불을 크게 피워놓고 커다란 솥에 수액을 끓였죠. 할머니는 남몰래 수

액을 조금 덜어내 식힌 다음 제게 맛을 보라며 건네주시곤 했어요. 아, 그때 그 단풍당의 맛이란!"

도나는 내 곁을 벗어나 호수 쪽으로 발걸음을 옮기며 나직이 이야 기를 이어나갔다. 나는 그녀를 뒤따라가며 이야기를 놓치지 않으려 애썼다.

"자라는 내내 정말 행복했어요. 지금과는 사뭇 달랐으니까요. 아 직도 기억나요. 봄이 와서 남자들이 길을 떠나야 할 때면 할머니는 나무 막대 묶음에 가족 모두의 옷과 담배쌈지, 검둥 강아지를 한데 엮으셨어요. 호수의 영혼들에게 바칠 제물이었죠. 그래야 남자들이 무사할 거라나요? 슬펐어요. 어린 강아지를 호수에 던져 넣다니. 그 렇지만 제겐 아빠와 형제들과 할아버지도 소중했어요. 어린 강아지 는 그분들의 생명을 구하려고 물에 빠져 죽어갔던 거예요.

학교에 다닐 때였어요. 수녀들이 그러더군요. 예수라는 분도 다른 모든 이를 구원하기 위해 죽어갔다고. 저는 완전히 흥분했어요. 손 을 들고 말했죠. 우리도 어린 강아지를 죽여 아버지와 형제들을 구 한다고. 수녀들은 깜깜한 옷장에 저를 가두고는 하루 종일 꺼내주지 않았어요."

도나의 상념은 구름처럼 머리 위를 떠다녔고, 목소리는 꿈결 같았 다. 내 존재는 그녀의 머릿속에서 거의 사라진 듯했다.

"할머니를 진심으로 사랑했어요. 엄마보다는 할머니 손에서 자랐 으니까요. 옛날엔 다들 그랬어요. 여자아이들은 할머니 밑에서 요리 와 바느질부터 불에 잘 타는 나무를 구할 만한 장소, 자작나무 껍질 이 젖었을 때 불을 피우는 방법까지 차근차근 배워나갔죠. 할머니를 따라 숲에 들어갈 때면 '여길 보렴, 아가. 이 나무는 배앓이에 효험이 있단다' 하시고는 나뭇잎을 따는 법과 끓이는 법을 보여주셨어요. 무엇을 하고 어떤 기도를 드려야 나무가 약을 내어주는지도 일러주셨고요."

여기까지 말하고 도나는 갑자기 고개를 돌려 나를 바라보았다.

"너번 씨, 그런 것들을 가르치면서 할머니가 얼마나 힘들어했는지 아세요? 기숙학교의 사제들은 우리네 옛 방식대로 살다가는 지옥에 가게 된다고 할머니를 가르쳤어요. 할머니는 제게 옛 방식들을 가르치다가 행여 저까지 지옥에 갈까 봐 두려워하셨죠. 하지만 할머니는 옛 영혼의 힘도 두려워하셨어요. 어떤 영혼을 믿어야 할지 갈피를 잡을 수 없을 때 사람은 어떻게 살아야 할까요?"

"글쎄요." 나는 도나의 어깨에 손을 얹고 싶은 충동을 느꼈다. 어떻게든 그녀를 위로하고 싶었다. 추억 속에서 그녀는 지독히도 쓸쓸해 보였다. 그러나 나는 마음을 다잡았다.

"모든 걸 털어놓지 못하셨던 것도 그 때문이에요. 너번 씨가 무엇을 믿고 무엇을 믿지 않을지 할머니로선 알 수가 없었죠. 그런데 정작 할머니는 자신이 무엇을 믿어야 하는지 알고 계셨을까요?"

도나는 나무들 저편의 호수를 응시했다.

"그들이 어린아이들에게 했던 짓을 생각하면 정말 끔찍해요. 끔찍함 자체죠."

우리는 빈터의 가장자리를 따라 자작나무 사이를 천천히 거닐었다. 도나는 수시로 걸음을 멈추고 귀를 기울였다. 마치 멀리서 아득한 메아리가 들려오는 것처럼. 메리가 내게 하고자 했던 말이 무엇인지 당장이라도 묻고 싶었다. 하지만 그럴 때마다 댄이 입버릇처럼 하던 말을 떠올렸다. 백인들은 항상 목적지까지 직진하기를 바라지만, 인디언은 전경을 두루 살핀 뒤에야 비로소 앞으로 나아간다는 말. 도나는 자신의 깊은 슬픔과 추억이 담긴 풍경 속으로 사적인 여정을 떠나온 참이었다. 그녀가 어디를 어떻게 가고 싶어하는지는 때가 되면 저절로 알게 될 일이었다.

영혼의 안식처

우리는 다시 차에 올라 바큇자국이 파인 작은 길을 따라 호수를 끼고 서쪽으로 나아갔다. 호수는 반대편 기슭이 보이지 않을 만큼 거대했다. 억겁의 세월 동안 불어온 서북풍은 이곳 남쪽 기슭의 땅을 험준하고 잡목이 우거진 모래언덕으로 빚어놓았다. 개중에는 높이가 15미터쯤 되고 길이는 수백 미터에 달하는 모래언덕도 있었는데, 마치 거대한 모래 손가락이 호수 안쪽으로 튀어나온 듯했다.

도나가 일러주는 대로 가다 보니 어느새 차는 잡초가 무성한 오솔길에 이르렀다. 길은 모래언덕 꼭대기로 이어져 있었다. "저기예요. 저 위로 올라가주세요." 도나가 말했다.

꼭대기를 향해 조심스레 차를 몰았다. 차 아래로 수풀이 쓸렸고, 바퀴가 모래에 박혀 헛돌았다. 차가 거의 다니지 않는 길임이 틀림없었다.

꼭대기에 도착하자 작은 마을이 눈앞에 펼쳐졌다. 낮은 개집을 닮은 구조물들이 예의 그 모래 손가락을 따라 길고 불규칙하게 늘어서 있었다. 오지브와족이 죽은 이들의 무덤 위에 짓는 영혼의 오두막이었다.

언젠가 들은 이야기에 따르면, 이 오두막은 누군가 죽었을 때 짓는 것으로, 시간이 흘러 벽이 썩어 문드러지고 허물어져야만 비로소 그 영혼은 자유를 얻는다고 했다. 이야기의 진위 여부를 떠나 멀리서 보기에도 어떤 집은 새로 지은 듯 산뜻하게 페인트칠되어 있는가 하면, 어떤 집은 산산이 무너져 내려 낡은 목재와 지붕널만이 흙더미 위에 수북이 쌓여 있었다. 오두막 앞에 모셔진 사당에는 저마다 동물 인형이며 커피 잔을 비롯해 다양한 기념품이 자리했다.

"저쪽이에요." 도나가 뱃머리처럼 호수 안쪽으로 튀어나온 땅의 한 지점을 가리켰다. "저기 할머니 산소가 있어요."

차가 움푹하고 질척한 땅을 힘겹게 빠져나가는 동안 옆으로는 모래언덕을 따라 군데군데 펼쳐진 영혼의 오두막 마을이 옹기종기 모습을 드러냈다. 하나같이 길고 낮은 형태의 오두막으로 대개 길이는 2미터, 높이는 0.5미터 정도였다. 아이 한 명이 누울 만큼 작은 것들도 있었다. 오두막은 모두 50채쯤 되었다. 널빤지를 인 지붕은 경사가 완만했고 색깔은 파란색으로 전체를 칠한 집부터 흰색 바탕에 빨간색이나 노란색, 검은색으로 테두리를 칠한 집까지 제각각이었다. 집집마다 직경이 3센티미터도 안 되는 작은 구멍을 앞면에 내고 그 밑에 자그마한 단을 설치해놓았다.

지난 몇 년간 참석했던 오지브와족 장례식이 떠올랐다. 기억대로라면 구멍은 고인의 영혼이 드나드는 통로였고 단은 영혼이 사후세계로 떠나는 여정에서 먹을 음식을 놓는 자리였다.

"담배 가지고 계세요?" 도나가 물었다.

다행히도 떠나오기 전 프린스 앨버트[미국의 유명 담배 브랜드로 파이프 담배와 시가가 주력 상품이다] 한 갑을 주머니에 챙겨둔 터였다. 인디언의 고장으로 먼 여행을 떠날 때면 거의 무의식적으로 하는 행동이었다. 인디언들은 누구를 만나거나 존경을 표할 때면 전통에 따라 언제나 담배를 선물했고, 나는 그 풍습에 익숙했다.

이 담배는 메리에게 주려던 것이었다. 하지만 떠나는 그녀의 영혼에 바치는 제물이 되리라고는 꿈에도 생각지 못했다. 나는 담배를 꺼내 운전석 앞 계기판 위에 올렸다.

"할머니께서 좋아하실 거예요." 도나가 말했다.

이윽고 우리는 낭떠러지의 끝자락에 다다랐다. 나는 호수를 마주한 채 마지막으로 펼쳐진 영혼의 오두막 마을 바로 뒤편 풀밭에 차를 세웠다. 도나가 차에서 내려 그 마지막 마을을 향해 걸어갔다. 힘겨운 걸음걸이를 지켜보자니 마음이 아파왔다. 나는 한 손에 담배쌈지를 챙겨들고 방해하지 않을 정도의 거리를 유지하며 도나를 따라갔다.

메리의 오두막은 가장 새것이었다. 초록빛이 도는 청색 바탕에 옆면은 꽃무늬와 기하학적 문양으로 칠했고, 주변은 아직도 매장 당시의 신선한 흙으로 덮여 있었다.

오두막 앞 땅은 이미 각종 조화와 다양한 기념품들로 장식해놓았는데, 그 안에는 깃털과 도자로 된 독수리 조각상, 그리고 지난번 메리가 나를 대접할 때 사용한 사기 재질의 붉고 푸른 찻주전자도 있었다.

영혼의 오두막으로 들어가는 작은 정문 옆 한쪽 바닥에는 조그만 외다리 바비 인형이 앉아 있었다. 지난번 메리를 찾아왔을 때 앰버, 그러니까 도나의 딸들을 내려주러 들렀던 가게의 여주인 로리의 딸이 내게 보여준 인형이었다. 앰버는 그 작은 인형을 사랑했고 자랑스러워했다. 문득 북미 원주민의 믿음 하나가 떠올라 가슴이 뻐근해졌다. 늘 자신이 가장 사랑하는 것을 내어주어야 한다는 그 믿음이 어떻게 세대에서 세대로 전승되어왔는지 인형은 묵묵히 가르쳐주고 있었다.

가장 가슴 먹먹하고 허를 찌르는 기념품은 금속 십자가였던 것 같다. 한때 메리의 트레일러 벽에 걸렸던 그 십자가는 이제 오두막 정문을 기준으로 앰버의 바비 인형 반대편 벽에 기대섰고, 옆으로는 메리의 부족을 상징하는 새 문양 말뚝 하나가 놓여 있었다.

도나는 두 손을 모으고 시선을 아래로 향한 채 무덤 앞에 서서 조용히 뭔가를 읊조렸다.

나는 여전히 거리를 유지했다. 그토록 사적인 순간을 방해하고 싶지 않았다. 바라보는 것조차 내키지 않을 정도였다. 대신 다른 무덤들 사이를 천천히 거닐었다. 아이들의 장난감이며 야구 모자, 좋아하는 커피 잔, 사탕 몇 개가 놓인 사당들을 보고 있자니 가슴에서 무언가 치밀었다. 여기 놓인 부적과 작은 물건에는 하나같이 사랑이 깃들어 있었다.

아버지와 어머니가 묻힌 군인 묘지의 근엄하고 차가운 기하학적 구조가 떠올랐다. 사적인 사당이나 개인적 기념품이란 그곳에 없었다. 나무 한 그루 없는 언덕 비탈에는 불룩 솟은 익명의 백색 돌덩이들이 행군하는 군인처럼 열을 지어 끝없이 늘어서 있을 뿐이었다. 부모님을 묻을 즈음 우리가 넘겨받은 목록에는, 무덤에 놓아도 되는 것은 무엇이고 안 되는 것은 무엇이며 허용된 물건은 얼마나 오래 둘 수 있는지에 관한 규정들이 나열되어 있었다. 사적인 편지라든가 내 누이의 조그만 인형, 아버지가 아끼던 담뱃대, 어머니가 좋아하던 시를 적은 종이를 놓았다가는 묘지 규정을 어겼다는 이유로 가차 없이 치워졌으리라. 심지어 우리 집의 나이든 오렌지빛 고양이 사진도 사정은 다르지 않았을 터였다.

"우리 부모님도 이런 식으로 보내드렸어야 하는데." 나는 아무나 들으라는 듯 이렇게 말하며 도나를 바라보았다. 그녀는 할머니가 모셔진 영혼의 집에 대고 나직이 이야기 중이었다. 문득 외롭고 쓸쓸해졌다. 집에서 멀리 떠나온 기분이었다.

멀리서 털이 텁수룩하고 몸이 앙상한 개 한 마리가 좀 전에 우리가 지나온 길을 껑충껑충 달리고 있었다. 녀석은 재빠르게 움직이다가는 몇 발짝 뗄 때마다 어김없이 내 쪽을 바라보았다. 마치 내가 누구인지 알아내려는 것처럼. 혹은 내가 여기 온 목적을 밝혀내려는 것처럼. 잠깐이나마 친구가 될 수 있을까 싶어 다가갔지만 녀석은 수풀 속으로 쏜살같이 달아났다. 그러곤 다시 나타나 나를 유심히 바라보더니 어디론가 사라지는 것이었다.

도나는 할머니와의 사적인 시간을 마무리하는 중이었다.

"이제 오셔도 돼요." 그녀가 말했다.

나는 듬성듬성한 풀밭을 지나 메리의 무덤 앞으로 갔다.

"담배 가지고 계시죠?" 그녀가 물었다.

나는 재빨리 주머니에서 프린스 앨버트 쌈지를 꺼낸 다음 몇 자밤 집어 영혼이 드나드는 구멍 앞 작은 단에 올렸다. 바람이 불어와 담배 가루를 낚아채더니 허공으로 날려 보냈다.

도나가 나를 향해 웃음 지었다. "할머니가 함께 계시는 거예요. 조짐이 좋은데요."

그녀는 어깨에 메고 있던 가방 속에서 생가죽끈으로 묶은 사슴 가죽 꾸러미 하나를 꺼내 보이고는 이렇게 말했다.

"직접 열어보세요. 그리고 제게 돌려주세요."

꾸러미를 건네받아 조심스레 끈을 풀기 시작했다. 사슴 가죽을 접어 감싼 꾸러미 위로 나비매듭이 야무지게 묶여 있었다.

"할머니께서 직접 묶으셨어요. 그러니까 지금 할머니의 손을 만지고 있으신 거예요."

그 깨달음은 작업에 예기치 않은 의미를 부여했다.

"할머니는 너번 씨가 돌아오면 들려줄 말이 있다고 하셨어요. 하지만 그 전에 돌아가시게 되면 이걸 대신 전해달라고 제게 부탁하셨죠. 제 생각엔 지금이 바로 그때 같아요."

마침내 매듭이 풀렸다. 뻣뻣한 털가죽 꾸러미를 열어보니 공책 한 권이 들어 있었다. 정확히는 공책 용지 여러 장에 제본용 구멍을 뚫어 가죽끈 여러 가닥으로 엮은 것이었다. 맨 앞 장에는 작지만 꼼꼼한 필체로, 그리고 고령 탓에 떨리는 손으로, 이렇게 적혀 있었다.

내가 기억하는 것
메리 존슨
오즈하와시코-비네시크웨

메리의 편지

"이제 돌려주세요." 도나가 말했다. "제가 읽어야 하거든요. 할머닌 그게 우리네 방식이라고 하셨죠. 증인이 있는 자리에선 반드시 진실만을 말해야 하는데, 제가 읽으면 할머니의 목소리를 대신하는 동시에 스스로 증인이 되는 셈이라나요? 그래야 너번 씨도 이 글이 진실이란 걸 알 수 있을 테고요."

"메리에 대한 제 믿음은 달라지지 않아요. 읽는 사람이 누구든 간에." 내가 말했다.

"그러시겠죠. 하지만 이게 할머니의 방식이에요. 할머니께서 제게 바라던 방식. 이제 앉아주세요. 할머니 앞에서 읽어야 하니까요."

나는 도나에게 사슴 가죽 꾸러미를 건네고는 영혼의 오두막을 마주보며 모래와 잡초가 무성한 바닥에 주저앉았다. 멀리 호수에서 바람의 속삭임이 들려왔다.

"훌륭한 낭송은 기대하지 마세요." 도나가 내 옆에 앉으며 변명하듯 말했다.

"할머님의 목소리잖아요. 분명 듣기 좋을 거예요." 내가 말했다.

"담배를 우리 사이의 땅에 덜어놓으세요."

도나의 말대로 하고 나는 이렇게 물었다. "노트의 내용을 알고 있나요?"

"아뇨. 말씀해주신 적이 없어요. 이 꾸러미도 제가 지켜보는 데서 직접 묶으신걸요. 그러곤 당부하셨죠. 너번 씨가 오기 전에는 절대로 열어보지 말라고. 만약 오지 않으면 태워버리라고."

"제가 온 게 천만다행이군요."

"그럼요. 할머니도 기뻐하실 거예요."

도나는 이리저리 움직여가며 편안한 자세를 취하려 애썼다. 불편한 다리가 통증을 일으키는 모양이었다. 이어서 그녀는 사슴 가죽을 펼쳐 공책을 꺼내들고는 마치 어머니가 아이에게 잠자리에서 이야기를 들려주듯 낭독을 시작했다.

제 이름은 메리 존슨입니다. 영어 이름이지요. 인디언식 이름은 오즈하와시코-비네시크웨입니다. 친구분의 여동생을 알고 있어요. 정말 좋은 아이였지요. 이제 그 소녀의 이야기를 들려드리려 합니다. 전에는 미처 털어놓지 못했던 이야기들을.

그 아이의 이름은 세라였어요. 학교에서 지어준 이름이지요. 저는 아니시나베족이라 라코타어를 몰랐지만 그 아이의 인디언식 이름은 다른 학생에게 들어 알고 있었어요. 진트칼라 지, 노랑새라는 뜻이더군요. 아름다운 이름이었어요. 그 일로 세라를 좋아하게 되었답니다. 제 이름도 우리 부족 언어로 파랑새 여인이라는 뜻이니까요. 마치 자매처럼 느껴졌어요. 그 아이를 인디언식 이름으로 부를 수 있었더라면 얼마나 좋았을까요?

하지만 그랬다가는 학교에서 우리를 때리거나 옷장에 가뒀을 겁니다. 결국 세라라고 부를 수밖에 없었지요.

세라는 영어를 배울 수 없었습니다. 귀에 문제가 있었거든요. 성대도 말썽이었던 것 같아요. 큰 소리를 내는 것 말고는 말을 하지 못했으니까요. 어쩌면 라코타어로 뭔가를 말하려 했는지도 모르지만 우리로서는 한마디도 알아들을 수가 없었지요. 세라는 무척 예쁜 소녀였습니다. 머리가 짧았는데, 그건 다들 마찬가지였어요. 학교에서 우리 머리를 모조리 짧게 잘랐거든요. 하지만 세라에게는 정말 잘 어울렸습니다. 마치 작은 인형 같았지요. 피부도 고왔고, 커다란 눈은 무언가 말하는 듯했어요. 어쩌면 언어를 사용할 수 없어서였는지도 모르지요. 아무튼 모든 말이 담긴 눈이었어요.

세라에게 잘해주려는 수녀들도 있었습니다. 아마도 안쓰러웠겠지요. 하지만 세라는 결코 수녀들의 말을 들으려 하지 않았습니다. 그 점이 수녀들의 심기를 건드렸어요. 뭘 지시하면 그저 땅만 바라봤으니까요. 알아듣지를 못했겠지요. 하지만 학교에서는 그런 사정을 아랑곳하지 않았습니다. 수녀들의 말이라면 무조건 알아들어야 했어요. 안 그러면 나쁜 아이 혹은 노력하지 않는 아이 취급을 받았습니다. 두들겨 맞거나 벌을 받았지요. 아이에게 문제가 있건 말건 그들은 신경 쓰지 않았어요.

체벌 방식은 매우 다양했습니다. 지하실에 내려보내 속옷까지 벗긴 다음 물집이 생길 때까지 차디찬 난로 위에 앉혀놓기도 했고, 손가락을 못 움직일 때까지 허리띠로 손을 때리기도 했어요. 단순히 옷장에 가둬두거나 저녁을 굶길 때도 있었습니다. 내키는 대로 아무렇게나 벌을 주었지요. 말릴 사람도 없었고요. 엄청나게 무서웠지만 우리는 아무것도 할 수 없었어요.

세라가 수녀들 말을 듣지 않았을 때 있었던 일입니다. 아마 알아듣지를 못했겠지요. 수녀들은 학교에서 일하는 인디언 남자를 부르더군요. 남자는 세라를 학교 건물 뒤 큰 구덩이가 있는 곳으로 데려갔습니다. 체벌 목적으로 파놓은 구덩이였는데, 수녀들은 세라를 그 안에 집어넣고는 나무판으로 덮어버렸어요. 밥때가 되면 밧줄에 음식을 달아 내려주었고요. 그렇게 꼬박 사흘을 가둬두더군요. 겨우 예닐곱 살 여자아이를.

한번은 컴컴한 옷장에 가둔 적도 있어요. 수녀들이 인형을 불태우는 모습을 보고 세라가 울음을 터뜨렸는데 좀처럼 그치지 않았던 겁니다. 세라의 인형은 아니었어요. 터틀마운틴에서 온 소녀의 인형이었지요. 그 애의 어머니도 저처럼 아니시나베 족이었는데, 딸을 새 학교에 보내면서 새 옷과 작은 인형을 지어 딸려 보냈던 겁니다. 기숙학교가 딸에게 도움이 되리라 기대하면서. 영어도 배우고 백인들의 생활 방식도 익히게 될 테니까요. 딸이 풍족한 삶을 살기를 바랐던 겁니다. 북미 원주민 보호구역의 배고픈 삶이 아니라.

소녀의 어머니는 딸에게 아름다운 원피스와 아름다운 인형을 만들어주었어요. 그 애가 학교에 왔던 날을 저는 기억합니다. 새로운 여학생이 들어오면 우리는 생김새를 유심히 관찰하곤 했거든요. 그 어린 소녀는 가장 아름다운 원피스를 입고 가장 아름다운 인형을 갖고 있었지요.

터틀마운틴 출신의 그 소녀가 학교에 왔을 때 수녀들은 우리 모두에게 했던 짓을 그 애에게도 똑같이 저질렀습니다. 옷을 모두 벗기고 등유로 목욕시킨 다음 머리를 밀어버렸지요. 두피까지 등유로 씻었습니다. 이를 없애야 한다며. 남자아이에게도 마찬가지였어요. 소녀는 울었습니다. 그런 일을 당할 때면 많이들 울었지요. 등유 때문에 몸이 지독히도 화끈거렸으니까요. 수녀들은 그 애의 어머니가 지어준 원피스를 불에 던져 넣었습니다. 구슬을 달아 여기저기 꽃무늬를 그려 넣은 옷이었어요. 꽃과 나무는 우리 부족 고유의 도안이지요. 하지만 사제들은 탐탁지 않게 여겼습니다. 악마의 도안이라나요? 결국 소녀는 인형도 불에 던져버려야 했어요. 같은 도안이 장식되어 있었거든요.

이 일은 어린 세라의 마음을 갈가리 찢어놓았습니다. 세라는 인형을 사랑했고, 인형은 세라의 유일한 친구였으니까요. 세라는 인형들에게 소리를 내거나 말을 걸곤 했어요. 생명을 대하듯이. 자신만의 언어로.

새로 온 소녀가 인형을 불에 던지자 세라는 울기 시작했고 좀처럼 그칠 줄을 몰랐습니다. 세라에게는 사람을 불태우는 것과 같았을 테니까요. 아마도 그 새로운 인형이 자신의 인형과 친구가 되어줄 거라고 생각했던 것 같아요. 아니면 우리네 오래된 풍습 때문인지도 모르지요. 어릴 때 할아버지께서 인형을 만들어주시면 우리는 그 인형으로 엄마 놀이를 했거든요. 인형이 아기였던 셈이지요. 인형을 불에 던질 때 세라는 아기를 불에 던지는 것처럼 느꼈을 겁니다. 학교에는 성질이 고약한 신부가 한 명 있었어요. 치아는 굽은 데다 하얗고 긴 턱수염은 담배 얼룩으로 너저분했죠. 세라가 울음을 그치지 않자 신부는 세라의 팔을 붙잡고는 지하 창고에 데려가 가둬버렸습니다. 쥐가 득시글대는 곳이었어요. 밑에서 쥐들이 돌아다니는 소리가 밤마다 들렸으니까요.

세라는 그런 일들을 당했습니다. 하루도 빠짐없이 그랬던 것 같아요. 저는 일부를 보았을 뿐이고. 다만 알려드리고 싶은 게 있습니다. 세라가 다른 아이들이 겪은 아주 끔찍한 일들까지는 겪지 않았으리라는 겁니다. 이를테면 제가 아는 한 소녀는 한 겨울에 학교 밖으로 내쫓기는 바람에 손가락이 꽁꽁 얼어버렸습니다. 안으로 들어왔을 때는 손가락이 온통 검게 변한 데다 너무 심각하게 상해서 결국 잘라내야 했지요. 거긴 다른 학교였습니다. 우리 학교에서 그런 일이 있었다는 이야기는 들어보지 못했습니다. 만약 그렇게 끔찍한 일을 제 눈으로 한 번이라도 봤다면, 아기들이 매장되는 모습이라든가 사내아이들이 성인 남자들에게 강제로 나쁜 일을 당하는 모습을 목격했다면, 저는 아마 어떻게 되어버렸을 거예요. 친구분에게 알려드리고 싶습니다. 그분의 여동생이 그런 일까지 당하지는 않았다는 것을. 적어도 그 정도로 끔찍한 일은 없었다는 것을.

더 일찍 털어놓지 못해서 미안합니다. 친구분의 마음을 무겁게 해드리고 싶지 않았어요. 그래서 그저 학교에서 세라를 어디론가 데려갔다는 정도로만 말했지요.

그렇지만 그 밖의 사실들, 그때는 말하지 못했던 진실을 이제는 알려드리려 합니다. 그때 모든 사실을 털어놨어야 하는데, 제 불찰입니다. 친구분이 아직 살아 있다면 저처럼 늙으셨겠지요. 저만큼이나 많은 것을 보았을 테고요. 그중에는 나쁜 것들도 있을 겁니다. 우리 마음을 무겁게 하는 것들. 하지만 이런 것들을 알아두는 편이 좋을 때도 있습니다. 일단 알고 나면 그 나쁜 짐을 바닥에 내려놓고 제 갈 길을 갈 수도 있으니까요.

저도 그랬거든요. 저 역시 살면서 여러 무거운 짐을 바닥에 내려놓았습니다. 그로 인한 슬픔은 아직도 가시지 않았지만. 친구분이 어떤 짐을 안고 가고 어떤 짐을 내려놓을지는 오롯이 그분이 결정할 몫입니다. 제가 개입해서는 안 되는 문제였지요. 이제 그 모든 것을 말하려 합니다.

전에 말했듯이 세라는 영어를 배울 수 없었습니다. 가장 난감한 문제였지요. 아시다시피 들을 수도 없었고요. 마치 빛이 들지 않는 깜깜한 방에 있는 것이나 마찬가지였어요. 기숙학교에서는 영어를 배워두는 편이 좋았습니다. 영어를 익히면 부족이 달라도 대화가 통했으니까요. 영어를 못하는 아이는 외톨이였어요. 주변에 아무도 없을 때나 같은 언어를 쓰는 친구에게 말을 걸 수 있을 때를 빼고는.

어린 세라는 들을 수 없었습니다. 그래서 늘 외톨이였지요. 설령 같은 언어를 쓰는 누군가 말을 건다 해도 달라질 건 없었습니다. 아마 그게 가장 큰 문제였을 겁니다. 외톨이라는 것. 세라와 친해지고 싶었습니다. 하지만 학생들끼리 친해지는 기미가 보이면 학교에서 갈라놓았습니다. 학생들 사이가 좋아지는 것을 원치 않았거든요. 그럴수록 인디언 티를 벗기가 힘들어진다나요? 그들은 우리 모두가 외톨이이기를 바랐어요. 세라는 외톨이 중의 외톨이였고요.

세라는 늘 인형들을 안고 이런저런 이야기를 해주곤 했답니다. 엄마 놀이를 하고 있었던 것 같아요. 세라의 어머니는 틀림없이 무척 다정한 분이었을 거예요. 세라도 인형들에게 정말 다정했으니까요. 살아 있다면 세라는 아마 좋은 엄마가 되었을 겁니다.

인형을 안고 있는 세라를 보면 슬퍼졌습니다. 집이 그리워졌거든요. 집에서 부모님과 살 때는 늘 누군가에게 안겨 있었으니까요. 우리네 할머니들은 언제나 우리를 어루만지고 안아주고 머리를 매만져주었어요. 손을 쓰기를 좋아하는 부족이거든요. 하지만 기숙학교에 오니 누구도 우리를 안아주지 않았습니다. 자기 전에 입을 맞춰주는 사람도 머리를 쓰다듬어주는 사람도 없었지요.

그 속에서 영혼은 딱딱하게 굳어갔습니다. 얌전하게 구는 법은 배웠지만 사랑하는 법은 잊어버렸죠. 어머니와 아버지, 할머니의 품을 떠나 끌려오던 그때, 마음속 사랑마저 빼앗긴 겁니다. 우리 안에 사랑이 조금이라도 남아 있으면 학교에서는 그마저도 갖은 수로 앗아갔어요. 저도 희생양이었습니다. 사랑하는 방법을 몰랐지요. 아는 것이라곤 상처 주는 법뿐이었습니다. 벌주는 법이라면 알았어요. 보고 배운 거라곤 그게 전부였으니까요. 제 자식들이 증인입니다. 딸아이가 열다섯 살이 되도록 그 애를 안아주지도 못했거든요. 그만큼 마음의 문을 굳게 닫아버린 겁니다.

그런 상황에서도 세라는 사랑하는 법을 잊지 않았어요. 인형들을 진심으로 사랑했지요. 어머니가 나를 사랑하듯 그렇게 사랑하더군요. 그런 사랑을 저도 간직할 수 있었더라면 좋았겠지요. 하지만 그 학교는 제 마음에서 사랑을 몰아냈습니다. 앗아가버린 거예요. 하지만 세라의 사랑만은 앗아가지 못했어요. 매우 강한 아이였거든요.

학교는 우리에게 나쁜 짓을 했어요. 영혼의 문을 닫아 주변에서 일어나는 일에는 관심조차 갖지 않도록 만들어버렸으니까

요. 아이들은 언제나 아팠고 언제나 울었습니다. 새로운 아이
가 들어오기도 하고 아픈 아이도 있었지만 관심조차 두려는
이가 없었어요. 아픈 아이가 바라는 것은 단순합니다. 누군가
다가와 꼭 안아주며 이제 다 괜찮아질 거라고 말해주는 것. 하
지만 누구도 우리를 안아주지 않았습니다. 다 괜찮아질 거라
고 말해주는 사람도 없었어요. 우리와 같은 병에 걸렸다가 실
려 나가는 아이들을 볼 때면 더럭 겁이 났어요. 우리도 죽을까
봐, 어머니와 아버지를 다시는 못 볼까 봐. 그런 우리에게 사제
들과 수녀들은 말했지요. 착하게 굴지 않으면 불구덩이에 던져
져 영원히 불타게 된다고. 그들은 우리에게 불구덩이라는 두려
움까지 떠안긴 겁니다.

여기저기 발진이 생기는 병에 걸렸을 때는(어린 세라도 같은 병
에 걸렸지요) 정말 무서웠어요. 죽어서 불구덩이에 던져져 영원
히 타게 될까 봐 침대 이불 속에 숨어 밤새도록 울었습니다. 하
지만 어머니와 아버지를 한 번 더 만날 수만 있다면 불구덩이
에라도 들어갔을 거예요. 그것 말고는 더 바랄 게 없었으니까
요. 어머니와 아버지가 다가와 안아주는 것. 그렇게만 된다면
영원히 불구덩이에 들어간대도 괜찮을 것만 같았습니다. 그만
큼 간절했어요. 어머니의 품에 한 번만 더 안길 수 있다면, 예
전처럼 아버지가 나를 들어 올려 두 팔로 꼭 껴안고 우리 아
가, 하고 부르며 손으로 머리칼을 쓸어준다면, 그것만으로 충
분했어요. 너무 무서웠습니다. 너무 겁이 났어요.

그 기억을 떠올릴 때면 어린 세라가 생각납니다. 세라 곁에는
정말 아무도 없었거든요. 말 붙일 사람조차 없이 언제나 철저
히 혼자였지요. 제가 아는 사실을 모두 털어놓지 않았던 것도

그 때문입니다. 세라의 깊은 슬픔을 친구분에게 알리고 싶지 않았어요. 하지만 두 분이 떠난 뒤 날마다 그 일을 생각했습니다. 마음속에 뭔가를 담아두고 말하지 않는 것은 좋지 않으니까요. 그래서 지금 이 글을 씁니다. 이제 그 뭔가를 마음 밖으로 꺼내놓고 싶습니다.

그 힘든 기억을 털어놓아야겠군요. 그때는 말하고 싶지 않았던 이야기, 세라가 보내진 곳에 관한 이야기입니다. 우선 지난번 이곳에 오셨을 때 들려드렸던 이야기부터 해드리지요. 세라가 갑자기 주저앉아 울음을 터뜨리고는 "슝카, 슝카"(라코타어로 말은 '타슝케tashunke'이고, '슝카shunka'는 개라는 뜻인데, 어린 세라가 말과 개를 헷갈렸거나, 오지브와족인 메리가 라코타어에 서툴러 잘못 기억했을 가능성이 있어 보인다) 소리를 냈다던 그날 우리는 너른 들판 옆으로 난 큰길을 따라 걷던 중이었습니다. 다들 세라가 걷기 싫어져서 말을 타고 싶다고 말하는 줄만 알았지요. 나중에 알고 보니 그 들판은 과거에 말들이 얼어 죽은 곳이었습니다. 세라는 말들의 영혼을 느꼈던 것이지요. 지난번에는 여기까지만 말씀드렸습니다. 하지만 훨씬 더 많은 일이 있었어요. 이따금 세라는 손 위에 새를 불러들여 새와 이야기를 주고받곤 했어요.

사제들과 수녀들은 이런 영혼의 교류를 탐탁지 않게 여겼습니다. 세라를 내보내려 했지요. 세라가 두려웠던 겁니다. 세라의 힘이 싫었던 거예요. 세라를 백인 가족에게 보내려고 했지만 흔쾌히 받아들이는 가족이 없었습니다. 일반적인 단어로는 말할 수도 들을 수도 없는 아이를 사람들은 좋아하지 않았거든요.

그러던 어느 날 한 여자가 학교에 찾아왔습니다. 병원에서 파견

한 여자였는데, 영어를 구사하는 게 독특했어요. 독일 출신이라
더군요. 아픈 학생 수를 조사하러 왔다고 했어요. 그때 검은 반
점이 생기는 병이 전교생에게 번져나가고 있었거든요. 전교생
에게 말입니다. 그도 그럴 것이, 모두 같은 물에 목욕하고 같은
수건을 썼으니까요. 그러니 한 명이 아프면 전교생이 아플 수밖
에요. 많은 아이가 죽어갔습니다. 개중에는 부모가 집으로 데
려가 인디언식으로 장례를 치러준 아이들도 있었지만, 나머지
아이들은 학교 운동장 뒤편의 한구석에 묻혔습니다. 사제가 무
언가를 말하고 사람들이 죽은 아이를 땅에 묻는 동안 우리는
모두 밖으로 나가 두 손을 모으고 기도해야 했어요. 다들 겁에
질렸습니다. 검은 반점이 생기는 병 때문에 죽고 싶지도 않았
고 가족들이 절대 찾을 수 없는 곳에 묻히고 싶지도 않았으니
까요. 그때 많은 아이가 도망쳤어요. 대부분은 도중에 잡혀 돌
아와 벌을 받았고요. 다리에 통나무를 묶은 채 학교 운동장을
걸어다녀야 했지요. 도망쳤던 거리만큼 말입니다. 늘 묶여 있던
밧줄에 다리가 쓸려 흉터가 남은 아이들도 있었어요.

파견 간호사는 우리 모두를 줄 세우고는 목구멍을 들여다보는
가 하면 옷을 벗게 한 다음 몸에 반점이 있는지를 살폈습니다.
세라에게도 입을 벌리라고 말했지요. 하지만 세라는 입을 벌리
지 않았어요. 간호사는 세라의 귀를 들여다보더니 뒤로 가서
는 세라의 머리 뒤에 대고 손뼉을 치더군요. 세라는 움직이지
않았습니다. 그러자 간호사는 세라가 그 학교에 있을 아이가
아니라고 했어요.

그날 밤 주방에서 일을 하는데 한 수녀의 목소리가 들렸습니
다. 간호사가 자기들 맘에 들지 않는다는 이야기였어요. 저는

못 들은 척 묵묵히 감자 껍질을 벗겼습니다. 어차피 수녀들은 신경조차 쓰지 않았겠지만. 수녀들은 어린 세라가 나쁜 영혼에 씌었다면서, 그 간호사가 자신들을 비난하며 세라를 그곳에 두어서는 안 된다고 말하는 것을 못마땅하게 여기더군요.

다음 날 어린 세라가 사라졌습니다. 나쁜 영혼에 씐 인디언을 가두는 감옥이 사우스다코타 주 어딘가에 있는데, 거기로 데려갔다더군요. 어린 여자아이를 그런 곳에 데려갔다는 게 믿기지 않았지만, 들리는 말이 그랬어요. 검은 차를 타고 온 남자가 세라를 태워 갔다는 겁니다.

만약 이 노트를 받게 된다면 베나이스라는 분을 찾아가세요. 나쁜 영혼에 씐 인디언을 가두었다는 그곳에 계시던 분이라고 들었습니다. 그 일로 그분과 이야기를 나눠본 적은 없어요. 공연히 이야기를 들어보려다 그분의 힘든 기억을 되살리고 싶지 않았거든요. 그분은 아마 어린 세라를 아실 겁니다.

자라면서 저는 두 눈으로 직접 본 것만 말하라고 배웠습니다. 그래서 여기까지, 제가 본 것까지만 전하려 합니다. 이 글을 쓰는 이유는 당신이 돌아왔을 때를 대비하기 위함입니다.

누군가 같은 부탁을 두 번 할 때는 그 부탁을 들어주어야 하니까요. 만약 당신이 돌아온다면 그것은 두 번째 부탁이겠지요. 그러니 저는 말해야 합니다. 위대한 신 기치 마니두여, 제가 진실만을 말하도록 도와주소서. 부디 제 이야기가 친구분의 영혼에 무거운 짐을 지우지 않기를.

도나는 공책을 덮고 눈을 감았다. 그리고 얼마간 그렇게 있었다. 저 멀리 호수 위로 오후의 금빛이 찬란하게 일렁였다. 가만히 앉아 마음을 가다듬으며 나는 방금 들은 이야기를 생각했다. 누군가의 영혼의 오두막 뒤편에서 아까 보았던 텁수룩한 개가 다시 나타나 나를 바라보다가 이내 수풀 속으로 사라졌다.

이윽고 도나가 눈을 뜨고 조용히 말했다. "힘든 일이로군요. 할머니의 목소리를 듣는다는 건."

"정말 좋은 분이었죠. 쓰면서 많이 힘드셨을 겁니다. 읽는 도나도 힘겨웠을 테고요." 내가 말했다.

도나는 고개를 끄덕이고는 시선을 다시 떨구었다.

"공책을 가져가도 될까요? 친구에게 읽어줘야겠어요." 내가 물었다.

"그럼요, 기꺼이. 할머니가 원하시던 일인걸요. 다만 요청이 있을 때만 드리라고 하셨죠. 그런데 부탁해주셨네요." 도나는 조심스레 가죽끈을 다시 묶으며 마치 그 리본 매듭이 할머니의 마지막 손길인 양 부드럽게 어루만졌다.

"베나이스라는 분을 아십니까?" 내가 물었다. 재촉할 마음은 아니었지만 만날 사람이 누구인지 정도는 알아야 했다.

도나는 말없이 고개만 끄덕였다.

그녀가 힘겹게 몸을 일으켰다. 나는 재빨리 일어나 그녀에게 손을 내밀었다.

"집에 데려다주세요. 저녁 준비를 해야겠어요." 도나가 말했다. 그녀는 메리의 공책을 품에 꼭 안고 있었다.

차를 타고 우리는 무거운 침묵 속에 드넓은 호숫가를 돌아 로리의 가게에 도착했다. 먼지가 자욱한 마당에서 아이들이 뛰어놀고 있었다. 소리를 지르며 웃는 아이들 사이로 앰버가 눈에 들어왔다. 소녀가 내게 보이던 외다리 바비 인형은 이제 메리의 영혼의 오두막 작은 단에 기대앉아 있었다.

도나가 차 문을 열고 내리다 몸을 돌려 나를 정면으로 바라보았다. 표정이 멍했다. 마치 시야 밖으로 물러난 사람처럼. 그녀는 공책이 담긴 가죽 꾸러미를 조수석에 조심스레 내려놓고는 그 위에 손을 댄 채 잠시 그대로 있었다.

얼마 후 천천히, 그녀는 머뭇거리며 공책에서 손을 떼고는 집 쪽으로 걸음을 옮겼다. 절뚝거리며 힘겹게 몇 걸음을 떼던 그녀가 다시 뒤돌아보며 내게 말했다. "베나이스 씨는 호수 반대편에 사세요. 연세가 많죠. 여느 사람과는 다르고요. 행운을 빌어요, 너번 씨."

당신이 올 줄 알고 있었소

떠나는 차 안에서 나는 쓸쓸하고 찜찜한 기분에 휩싸였다. 왠지 모르게 도나의 슬픔에 일말의 책임감을 느꼈다. 도나는 굉장히 친절했고 기꺼이 도움을 주었다. 하지만 그녀에게 스스로의 고독과 할머니의 죽음은 아물지 않은 마음속 상처나 다름없었다. 그런 그녀를 할머니의 목소리와 다시 만나게 해놓고 정작 그 할머니의 손으로 쓰인 공책을 취해왔다는 사실이 못내 마음에 걸렸다. 마치 그녀의 물건을 도둑질하고 그녀를 이전보다 더 심한 고독과 상실감 속에 남겨놓은 것 같은 기분이었다. 그럴수록 메리에 대한 책임감과 댄에게 소식을 전해야 한다는 의무감은 더해만 갔다.

베나이스라는 사람을 찾아가야 한다는 것은 알고 있었다. 하지만 "행운을 빌어요, 너번 씨"라고 말할 때 도나의 목소리는 묘한 분위기를 풍겼고, 그로 인해 나는 신경이 예민하게 곤두섰다.

찾을 길도 막막했다. '여느 사람과는 다른' 이 남자에 대해 도나가 일러준 것이라고는 그가 호수 반대편에 산다는 것이 전부였고, 이는

곧 호숫가를 따라 수백 킬로미터에 이르는 땅 어느 곳이건 그의 집일
가능성이 있다는 뜻이었다.

약 한 시간 동안 나는 호수의 남쪽 끝에 잠시 들렀다가 동쪽 기슭
을 따라 북쪽으로 차를 몰았다. 도로는 점차 호수에서 멀어져 내지
를 향해갔다. 나무는 더 높아졌고 숲은 더 깊어졌다. 거대한 소나무
들이 길 양쪽에서 나타나 빽빽한 가지로 온화한 가을빛을 가로막았
다. 커다란 까마귀와 짙은 깃털을 가진 새 들이 가지 사이를 나는가
하면 길가를 거닐었다. 마치 이곳은 녀석들의 영역이고 나는 그저 스
쳐가는 불청객에 지나지 않는다는 듯.

따르는 차도 마주 오는 차도 없었다. 숲길에는 오로지 나 혼자뿐
이었다. 길은 갈수록 좁고 어두워졌다. 마침내 시골 집배원을 태우고
갓길을 따라 천천히 이동하는 낡은 뷰익 한 대가 시야에 들어왔다.
나는 신호를 보내 뷰익을 세우고는 베나이스라는 남자가 사는 곳을
아는지 물었다.

"알지요. 10킬로미터 정도만 더 올라가세요." 집배원이 차창에 몸
을 기대며 말했다. "깃털 하나가 달린 우편함이 있을 겁니다. 왜 세
워놓았는지는 모르겠지만. 편지를 받는 일이라곤 없거든요. 편지는
커녕 여태 얼굴 한 번 못 봤습니다."

그에게 고맙다는 인사를 남기고 나는 북쪽으로 계속 나아갔다.
직감은 내게 막다른 길을 향하라고 권하고 있었다. 오가는 차량은
없었다. 길은 아스팔트에서 자갈길로 바뀌었다. 숲 속으로 난 몇 안
되는 지름길은 멀리 떨어진 데다 웃자란 수풀로 거의 완벽하게 뒤덮
인 상태였다. 인적이 끊긴 지 수개월 아니 수년은 되는 듯했다.

어느 작은 간이 대피소에는 찌그러진 초록색 대형 쓰레기 수거함
두 대가 놓여 있었고 하얀 쓰레기봉투와 썩어 문드러진 매트리스, 낡

당신이 올 줄 알고 있었소

은 타이어 들이 바닥 여기저기에 나뒹굴었다. 흑곰 능소니 세 마리가 쓰레기 수거함을 오르락내리락 드나들었다.

집배원이 일러준 방향을 잘못 이해한 모양이라고 판단하려는 찰나 찌그러진 우편함과 생가죽끈에 매달려 대롱거리는 깃털 하나가 눈에 들어왔다. 주인의 이름은 적혀 있지 않았다. 그 옆으로 잡초에 뒤덮인 오솔길 하나가 숲 속을 향해 나 있었다.

오솔길로 방향을 돌려 나무들 사이를 비집고 안쪽으로 차를 몰았다.

갈수록 마음이 불편해졌다. 어딘지 모르게 어둡고 불길한 기운이 숲에서 느껴졌다. 큰길에서는 다른 차가 보이지 않아도 괜찮았다. 나에겐 내 작은 도요타가 있었고, 우리는 이보다 더한 일도 겪어냈다.

아스팔트가 자갈길로 바뀌었을 때만 해도 아무렇지 않았다. 하지만 지금 이곳은 잡초가 무성하고 인적이 드문 좁은 길이었다. 흙을 뚫고 군데군데 튀어나온 뾰족한 바위는 짐승의 날카로운 잿빛 송곳니를 연상시켰다. 스페어타이어가 괜찮은지도 의심스러웠고, 괜찮다 한들 이처럼 울퉁불퉁한 바닥에서 타이어를 갈 수 있을지도 의문이었다. 게다가 편지 한 통 받는 일도 없이 길 끝에 혼자 사는 데다 도나의 묘사를 빌리자면 '여느 사람과는 다른' 남자라니! 어쩐지 심각한 실수를 저질렀다는 생각이 들었다. 하지만 메리가 원하는 만남이었다. 도리를 다하려면 그 바람에 응하는 수밖에 없었다. 또한 어쩌면 이 만남을 통해 다코타에 사는 원로이자 내 소중한 친구인 댄에게 들려줄 만한 이야기를 듣게 되는지도 모를 일이었다. 나는 이런 생각들로 쉼 없이 마음을 다독였다.

좁은 길에는 나무와 수풀이 울창했다. 숲 왼쪽 여기저기 열린 틈새로 드러난 늪지대에는 초승달 모양의 작은 개울이 먼 곳까지 굽이

쳐 흘렀다. 머리 위로는 붉은꼬리말똥가리들이 날아다녔고 개울가의 갈대밭과 풀숲에는 고운 목소리로 지저귀는 새들이 쏜살같이 날아 들었다. 비버인지 수달인지 모를 녀석이 둑에서 미끄러져 물에 빠지 며 요란한 소리를 내는 바람에 깜짝 놀라 신경이 더 곤두섰다. 차를 돌릴 만한 장소를 물색하기 시작했다. 이 길이 아니다 싶으면 빠져나 가기 위해서였다. 하지만 방향을 되돌릴 만큼 넓은 길은 좀처럼 나타 나지 않았다.

슬슬 후회가 밀려왔다. 무턱대고 찾아 나서기 전에 베나이스에게 어떻게든 연락을 취해봤어야 했다. 사생활을 굉장히 중시하는 게 분 명한 사내의 영역을 초대도 없이 침범하고 있다는 생각에 마음이 초 조했다. 하지만 좁디좁은 길과 지금껏 지나온 거리를 생각하면 앞으 로 나아가는 것 외에 선택의 여지가 없었다. 메리에게 희망을 걸어보 기로 했다. 베나이스를 찾아가라고 내게 일렀을 때는 그가 나의 예기 치 않은 방문을 불쾌해하지 않으리라는 근거가 충분했을 터였다.

만반의 준비를 위해 호수 기슭의 편의점에서 선물용으로 프린스 앨버트 한 쌈지와 폴저스 커피 큰 통 하나를 사왔음에도 갑자기 그 모든 것이 지나치게 '백인적'으로 느껴졌다. 행상인에게 떼어온 물건 처럼 보일 정도였다. 버드나무 껍질 속으로 만들었다는 인디언 담배 키니키니크를 구해왔더라면 좋았겠지만 이제와 걱정한들 소용없는 일이었다.

길 가운데로 튀어나온 둔덕에 차 밑바닥이 무참히 긁혔다. 깊이 파인 곳들을 되도록 피해보려 했지만 길 가장자리로 키 작은 사시나 무와 딸기나무가 빽빽이 들어선 상황에서 차 밑바닥이 떨어져나가는 불상사를 막으려면 그저 아주 천천히 운전하며 바닥이 긁혀 심각한 손상이 일어나지 않기를 바라는 것 말고는 달리 뾰족한 수가 없었다.

불안감이 급속도로 심해졌다. 마치 동굴 속으로 기어들었다가 돌아 나올 수 있다는 확신이 사라진 것만 같은 기분이었다. 하지만 불안감이 공황으로 바뀌려는 찰나 길이 열리며 탁 트인 공간이 펼쳐졌다. 중앙에는 자그마한 금속 트레일러가 세워져 있었다. 낡고 찌그러진 트레일러였다. 차체 아랫부분을 감싸는 굽도리 널마저 군데군데 빠져 있어 주거용 트레일러라기보다는 공사장의 판잣집에 가까웠다. 닭들이 공터를 노닐며 연신 흙을 쪼아댔다. 나무에 못 박힌 해골들과 가지 위에 널린 짐승의 날가죽은 풍경 전체에 스산한 원시성을 불어넣었다.

장소가 원시적인데도 풍경에서는 뚜렷한 질서 같은 것이 느껴졌다. 곳곳의 작은 정원에는 철망으로 울타리가 조성되어 있었다. 트레일러 뒤에는 틀이 여러 개 놓여 있었고, 그 안으로 팽팽하게 펼쳐진 가죽이 보였다. 공터를 가로질러 숲으로 들어가면 낡은 군용 방수포로 덮인 구조물들이 나란히 서 있었는데, 동그란 생김새로 미루어 보건대 나뭇가지를 끈으로 엮어 뼈대를 만든 것 같았다.

갈퀴질을 했는지 공터 전체가 숲 가장자리 부근까지 말끔히 치워져 있었다. 누군가 정돈하고 다듬어가며 정성스레 가꾼 환경이었다.

80대는 족히 되어 보이는 남자가 마당 중간에 서서 빗자루로 먼지 한 무더기를 쓸어내고 있었다. 작고 날씬한 체구에 피부는 짙다 못해 마호가니 색에 가까웠다. 숱이 많은 흰머리는 하나로 묶었다. 검은색 헐렁한 면바지 아랫부분은 종아리 높이의 닳아빠진 모카신 속에 쑤셔 넣었고, 긴 소매가 달린 플란넬 셔츠는 소매와 깃까지 단추를 채웠다.

차가 들어서는 동안에도 그는 구태여 고개를 들지 않았다.

차에서 내려 어색하게 인사를 건네려는데 공터 뒤쪽에 웅크리고 앉아 있는 흑곰 한 마리가 눈에 들어왔다. 노인은 녀석의 존재에 무관심한 듯했다.

어찌할 바를 모르고 잠시 앉아 있다가 천천히 차 문을 열었다. 곰이 겁을 먹고 달아나주기를 바라며. 곰은 고개를 들고 바람결에 코를 들이미는가 싶더니 요란한 소리를 내며 수풀 속으로 내달렸다. 나의 등장도 곰의 퇴장도 남자의 관심을 끌기에는 역부족이었다.

"베나이스 씨?" 내가 말했다.

남자의 고개가 내 쪽으로 살짝 움직였다. 반기지도 밀어내지도 않는, 느리고도 신중한 움직임이었다.

꽤 먼 거리였음에도 눈빛에서 뭔지 모를 비범함이 느껴졌다. 작으면서도 상대를 경계하는 눈. 그의 매서운 시선은 머나먼 곳의 사물을 면밀히 관찰하는 새의 눈빛을 연상시켰다.

천천히 다가가 그에게 담배를 내밀었다.

그는 고개를 끄덕이는가 싶더니 내게는 눈길도 주지 않은 채 담배를 받아서 셔츠 윗주머니에 꽂아 넣고는 비질을 계속했다. 가만 보니 왼손에 엄지와 검지가 없었다.

"메리 존슨, 그러니까 오즈하와시코-비네시크웨의 부탁으로 찾아왔습니다." 내가 말했다.

베나이스는 침묵을 지키며 뜻 모를 작업에 열중했다.

댄은 종종 내게 말했다. 인디언 세계에서 백인을 다루는 최선의 방법은 침묵이라고. 그러면 백인 쪽에서 어색함을 견디다 못해 입을 열고는 자신의 방문 뒤에 감춰진 진짜 의도를 드러내게 마련이라고.

베나이스 역시 이런 식으로 나를 시험 중일 수 있었다. 하지만 그의 침묵은 그런 속셈과는 거리가 멀어 보였다. 그저 사적인 일상에 몰두한 채 그곳에 내가 없었다 해도 똑같이 해왔을 일들을 차근차

당신이 울 줄 알고 있었소

근 해나가고 있을 뿐이었다.

나는 오지 말았어야 할 곳에 온 사람처럼 멋쩍은 기분으로 얼마간 서 있었다. 실은 다시 차를 타고 떠날 생각까지 했다. 그러나 메리의 메시지는 분명했다. "베나이스라는 분을 찾아가세요. 친구분의 여동생을 데려간 곳에 대해 그분은 아십니다." 설령 나 자신을 위해서가 아니더라도 메리를 위해 나는 이 상황에서 어떤 식으로든 결론을 이끌어내야 했다.

베나이스의 비질이 이어졌다. 몸짓에서 가히 수도승 같은 경건함마저 느껴졌다. 빗자루를 놀리는 움직임 하나하나가 느리고 정교했으며 의도와 목적에 철저히 부합했다.

그렇게 몇 분이 지났을까? 베나이스가 빗자루를 들어 올려 솔 부분의 먼지를 하나하나 잡아 떼더니 집으로 서서히 발길을 옮겼다. 그가 계단 쪽으로 다가가는 동안 나는 마당에 덩그러니 남겨졌다. 포기하고 차로 돌아가려는데 그가 손짓으로 나를 불러들였다.

우리가 계단에 다다랐을 무렵 흑백의 작은 새가 하늘을 날다가 문간 근처 기둥에 내려앉았다. 베나이스는 내가 준 담배를 조금 집어 씨 뿌리듯 계단 앞 땅에 뿌렸다. 그러곤 오지브와어로 무언가 읊조렸다. 새는 고개를 갸웃하더니 이내 멀리 날아갔다. 메리의 이야기가 떠올랐다. 어린 노랑새가 새에게 말을 건넬 때 수녀들은 버럭 화를 냈다고 했다.

담배를 밟지 않으려 조심하며 나는 베나이스를 따라 계단을 올랐다.

트레일러 문은 실용성을 내세운 값싼 금속 재질에 창문이 없었다. 함몰된 모양새로 보아 누군가 발로 차거나 찌부러뜨린 듯했다. 아니면 보관 가치를 잃고 버려진 건축 자재 더미에서 구출해 왔거나. 잠금

장치도 없었다. 손잡이 자리 구멍에 매어놓은 밧줄 하나가 전부였다.

들어가기 전 베나이스가 신발을 벗었다. 나도 그렇게 했다.

트레일러 내부는 어둡고 답답했다. 남자의 체취와 동물의 가죽 탓에 집 안 가득 쿰쿰한 사향 냄새가 진동했다. 모든 창문에는 시트와 담요를 커튼처럼 드리웠다. 커튼 봉에는 건조 중인 듯 짐승 털가죽을 걸어놓았다.

담요 덮인 창문을 등지고 등받이가 곧은 나무 의자가 하나 놓여 있었다. 베나이스는 고갯짓으로 그쪽을 가리켰다. 입술은 여전히 굳게 다문 채였다. 나는 의자에 앉아 두 손을 어색하게 앞으로 모으고는 목까지 차오르는 폐소공포증의 두려움을 애써 가라앉혔다. 베나이스는 옷가지로 덮인 의자 하나를 치워 내 앞에 끌어다 놓고는 조심스레 그 위에 앉았다. 그러곤 무릎이 닿겠다 싶을 정도로 바투 다가왔다. 여전히 내 눈길을 외면한 채.

나는 하릴없이 주위를 힐끔거렸다. 실내는 온통 동물 가죽이나 산미치광이 고슴도치의 털과 가시로 너저분했다. 생가죽을 담가둔 물양동이들이 보였고 싱크대에는 접시가 한가득했다. 선반 위에서는 다양한 동물 해골이 금속 고리에 매달린 채 나를 빤히 내려다보았다. 주방 탁자 위로는(그 공간을 정말 주방이라고 부를 수 있다면) 개봉한 시리얼 상자들과 인스턴트커피 병이 나란히 놓여 있었다. 전체적으로 인간의 집이라기보다는 짐승의 동굴에 가까웠다.

베나이스는 주머니에서 프린스 앨버트 쌈지를 꺼내 담배 용지에 덜어 담고는 남은 두 손가락으로 돌돌 말아 어설프게 담배 모양을 만들었다. 그리고 양끝에 삐져나온 몇 가닥을 이로 잡아 빼더니 목에 건 가죽끈에 달린 약국 라이터로 불을 붙였다.

그는 담배를 깊이 들이마셔 담뱃불을 일으키는가 싶더니 나를 향해 가볍게 고개를 끄덕였다. 눈빛이 강렬하고 날카로웠다. 마치 모든 빛을 빨아들이는 작고 검은 씨앗처럼.

"오즈하와시코-비네시크웨라……." 마침내 그가 입을 열었다. "나도 아는 사람이오만." 그가 영어로 뱉은 첫 문장이었다. 단지 그 한마디를 듣는 것만으로 나는 크나큰 안도감을 느꼈다. "무슨 일로 오셨소?"

이야기를 전부 쏟아놓아야 할지 되도록 말을 아껴야 할지 갈피가 잡히지 않았다. "전에 친구의 부탁으로 어린 소녀를 찾아다닌 적이 있습니다. 그때 메리의 도움을 받았고요. 그분 말씀이, 이곳에 오면 더 큰 도움을 받을 수 있을지도 모른다기에 실례를 무릅쓰고 찾아왔습니다."

베나이스는 고개를 끄덕였다. 당장으로선 그 정도만 들어도 충분하다는 듯이.

그는 탁자 위로 손을 뻗는가 싶더니 각종 가죽과 종이 더미 위에 아슬아슬하게 얹힌 시가 상자에서 세이지로 추정되는, 꼬인 끈 한 가닥을 꺼냈다. 그러고는 테이블 위의 수북한 물건들 틈에서 성냥개비를 찾아내 조심스레 불을 댕겼다. 무슨 이유에선지 라이터는 사용하지 않았다. 그는 세이지를 살살 불어 불을 피우고는 허공에 대고 앞뒤로 천천히 움직였다. 방을 채우는 싸한 향에 눈이 따끔거렸다.

베나이스는 몇 마디를 읊조리더니 전복 껍질에 세이지를 담고는 담배를 마저 피웠다. 모든 과정은 느리게 진행되었고 세세한 움직임 하나하나에 정성이 담겼다.

나는 그 지독한 침묵에 둘러싸인 채 어색하게 자리를 지켰다. 그리고 깨달았다. 소용돌이치는 연기 말고는 집 안에 아무런 움직임도 없다는 것을. 시계도, 컴퓨터의 미세한 깜빡거림도 없었다. 다른 방의 가전제품이 내는 희미한 소음조차 들려오지 않았다. 불안에 가까운 정적이었다. 주변을 가까이서 에워싼 것들로 정신은 더욱 혼미해졌다. 담요를 드리운 창문은 바깥의 모든 소리와 움직임을 차단했다.

베나이스는 연신 담배를 피워댔다. 그의 느릿느릿한 몸짓은 최면적인 데가 있었다. 문밖으로 뛰쳐나가 차를 타고 고속도로를 달리며 다시 편안한 리듬과 움직임에 몸을 내맡기고 싶은 마음이 간절했다. 그러나 떠날 상황이 아니었다. 할 수 있는 일이라고는 그저 음침한 어스름 속에 앉아 베나이스의 담뱃재가 피워내는 주황색 불빛이 그의 숨결에 따라 짙어지고 희미해지는 모습을 지켜보는 것뿐이었다.

지붕에서 퍼덕거리는 거위들의 울음소리가 숨 막히는 정적을 잠시 깨뜨렸다. 베나이스가 담배를 피우다 말고 고개를 들었다. 그러고는 자기를 보라는 듯 내 무릎을 몇 차례 탁탁 두드렸다.

"니카그[오지브와어로 거위라는 뜻]." 그가 천장을 가리키며 말을 이었다. "거위들은 이름 부르기를 좋아하지. 니카그, 니카그, 이렇게." 그의 짙은 눈 주위로 깊게 주름이 파였다. 그가 내뱉은 '니카그'는 거위들의 날갯짓 소리와 닮아 있었다.

베나이스는 테이블 위 꽁초가 수북한 참치 캔에 담배를 비벼 껐다. "비네시[오지브와어로 새라는 뜻]를 아시오?" 그가 물었다.

나는 조심스레 고개를 가로저었다. 비네시가 사람인지 사물인지조차 알 수 없었다.

"오늘 아침에 개똥지빠귀가 울더군." 그가 말을 이었다. "미노-기 지고드. 게게트 이고 눙곰[오지브와어로 오늘 날씨가 정말 좋다는 뜻]. 오늘은 날씨가 퍽 좋을 거요."

베나이스는 다시 눈을 찡긋하더니 살며시 웃음 지었다. 검게 뿌리만 남은 이가 듬성듬성 모습을 드러냈다. 그는 마지막으로 담배 한

대를 피우고는 테이블 가장자리 상판에 비벼 껐다.

"당신이 올 줄 알고 있었소." 이렇게 말하고 그는 손을 천천히 들어 검지를 가볍게 까딱거렸다. "바파세, 그러니까 딱따구리가 일러줬거든."

새와 동물에 대한 아리송한 몇 마디를 제외하면, 베나이스는 굳이 대화하려고 애쓰지 않았다. 우리는 무거운 침묵 속에 앉아 있었다. 20분쯤 지났을까? 그가 불현듯 일어나 문 쪽으로 걸어갔다. 그리고 내게 따라오라는 신호를 보냈다. 나는 바깥공기를 다시 맛본다는 사실에 안도감을 느꼈다. 밖에서는 벽도 천장도 나를 죄지 않을 테니까.

베나이스는 목재 계단을 천천히 내려가 공터를 가로질러 숲으로 향했다. 발걸음은 견고했고 그 어떤 버팀대도 사용하지 않았다.

숲 어귀에 희미한 길이 나 있었다. 사슴 한 마리가 지나다닐 만한 너비였다. 이곳에 들어설 때 보았던 흑곰이 행여 근처에 있을까 싶어 나는 초조하게 사방을 두리번거렸다.

길은 자작나무와 소나무가 빽빽하게 우거진 틈을 지나 굽이굽이 이어졌다. 걸음을 디딜 때마다 발밑이 오지끈거렸다. 반면 베나이스는 낡은 모카신을 신고도 발소리 한 번 내지 않았다.

멀리 연못에서 개구리들이 울었다.

"개구리 소리가 들리시오?" 그가 물었다. "비에 감사하는 거라오. 기미완. 기미완[오지브와어로 비가 내린다는 뜻]. 간밤에 내린 비에 감사하는 거지. 덕분에 새끼도 생길 테고. 웅덩이가 생기면 알을 낳을 수 있거든."

그는 개구리에게 소리로 화답하고는 가던 길을 계속 갔다.

나는 그를 뒤따르며 되도록 발걸음 소리를 내지 않으려 여전히 애쓰고 있었다. 그의 짙은 두 눈은 땅을 향했지만 머리는 끊임없이 움직이며 주변의 소리를 들었다. 그러다 소리가 들리면 그는 어김없이 멈춰 귀를 기울이다가는 짧은 너털웃음을 짓거나 오지브와어로 뭔가 이야기하곤 했다.

어느 순간 베나이스는 손을 아래로 내밀어 식물 하나를 뽑지는 않고 다만 정성스레 쓰다듬었다. "심장을 튼튼하게 해주는 놈이지. 달여서 일주일만 마셔보시오." 이렇게 말하고 그는 그 식물을 다시금 어루만지며 가만히 뭔가를 읊조렸다.

우리는 오솔길을 따라 느긋하게 걸음을 이어나갔다. 베나이스는 소리나 식물, 빛줄기에 관심을 기울이느라 몇 발짝 못 가 걸음을 멈추기 일쑤였다. 내 존재는 거의 안중에도 없는 듯했다. 마치 그의 곁을 스치는 자연세계의 일부에 지나지 않는 것처럼 그는 벌레나 식물에게 보이는 딱 그만큼의 관심만을 내게 보일 뿐이었다.

잠시 후 조그마한 공터 하나가 새로이 모습을 드러냈다. 베나이스의 집 주변 공터처럼 이곳 또한 말끔하게 비질되어 있었다. 주변에는 삼나무 가지를 잘라 정성스레 울타리를 둘러놓았다. 그 가운데에는 통나무 하나가 가로놓여 있었다.

"앉으시오." 베나이스가 통나무를 가리켰다. 그는 담배를 덜어 자기 앞 땅에 뿌린 다음 내가 앉은 통나무의 반대편 끝에 걸터앉았다.

"그래, 묻고 싶은 게 뭐요?" 그가 말했다. 그의 시선은 여전히 정면의 땅에 머물렀다.

기다려온 순간이었다. 하지만 막상 그 순간이 오니 어떻게 시작하면 좋을지 막막했다. 너무 많은 생각이 한꺼번에 밀려왔다. "한 소녀가 있었습니다." 나는 그의 침착한 어조에 맞춰 차분하게 말하려고 애썼다. "소녀의 오빠가 제 지인이죠. 라코타족 어른입니다. 연로하시고, 임종이 머지않았어요. 이미 돌아가셨는지도 모르죠. 그 어른의 여동생은 오래전 기숙학교에서 실종됐습니다. 그분이 여동생을 찾아 달라며 제게 도움을 청했고요."

"그 일이 오즈하와시코─비네시크웨와 무슨 상관이지? 그 메리 존 슨이라는 여자 말이오." 그가 물었다.

"소녀와 같은 학교에 다녔습니다."

"음." 여전히 알 수 없는 반응이었다.

"소녀는 그 학교에서 다른 곳으로 보내졌고요." 나는 말을 이었다. "메리 말로는, 나쁜 영혼에 씐 인디언들을 보내는 장소였답니다. 어르신이라면 그곳에 대해 아실 거라던데요."

베나이스는 막대기를 하나 집어 땅바닥을 툭툭 쳤다.

"오즈하와시코─비네시크웨는 어째서 같이 오지 않았소?" 그가 물었다.

"떠나셨거든요."

"그랬구먼."

"노트 한 권을 남기셨습니다." 나는 말을 이어나갔다. "그분의 손녀가 전해주었죠. 거기, 어르신을 찾아뵈라는 당부가 적혀 있더군요." 나는 가져온 숄더백에 손을 넣었다. "지금 갖고 있는데, 보시겠습니까?"

베나이스는 고개를 가로저었다. "나를 만나라고 말하는 대목이나 읽어보시오."

나는 끈을 풀고 노트의 마지막 장을 펼쳤다. 글을 실제로 보기는 나 역시 처음이었다. 작고 완벽한 필체에서 수녀들에게 교육받은 흔적이 고스란히 묻어났다.

나쁜 영혼에 씐 인디언을 가두는 감옥이 사우스다코타 주 어딘가에 있는데, 거기로 데려갔다더군요. 어린 여자아이를 그런 곳에 데려갔다는 게 믿기지 않았지만, 들리는 말이 그랬어요.
(…) 만약 노트를 받게 된다면 베나이스라는 분을 찾아가세요.
나쁜 영혼에 썬 인디언을 가두었다는 그곳에 계시던 분이라고
들었습니다. 그 일로 그분과 이야기를 나눠본 적은 없어요. 공
연히 이야기를 들어보려다 그분의 힘든 기억을 되살리고 싶지
않았거든요. 그분은 아마 어린 세라를 아실 겁니다.

베나이스는 흐트러진 백발을 손가락으로 천천히, 차분하게 빗어 내
렸다. "말뜻은 충분히 알겠소만, 세라라는 이름은 금시초문이로군."
　그는 자리에서 일어나 다시 길을 나섰다. "좀 걸읍시다." 그렇게 천
천히 걷기를 5분여. 이윽고 그가 다시 입을 열었다.
　"그런 곳이 있기는 했지. 어릴 때 나도 그곳에 있었고. 하지만 그
어린 소녀를 안다고 해도 될지는 모르겠소. 남녀가 격리돼 있었거든.
　기억나는 것들은 말하겠소. 이 두 눈으로 직접 본 것들만. 보지
않은 것에 대해 말하는 것은 좋지 않아. 지금부터 내가 말하는 건 전
부 내가 본 것들이오."
　그의 태도는 고루하리만치 정중했고, 말투는 꿈을 꾸듯 단조로웠
다. 마치 전에 연습하고 익혀둔 내용을 기억에서 끄집어내 생각하거
나 꾸며내지 않고 그대로 낭송하는 것 같았다. 댄에게 도움이 될 내
용이라면 무엇 하나 놓치고 싶지 않았던 나는 주머니에 슬쩍 손을
넣어 오래된 카세트 녹음기의 단추를 눌렀다.
　"그곳은 다코타 사람들의 고장이었소. 건조한 고장으로 접어들기
전 풀이 길게 자라는 곳이었지. 그 건물은 백인들이 거주하는 어느
소도시 근처 언덕에 서 있었소. 고립된 건물이었어. 삼단으로 창이
나 있었고." 그는 삼층 건물 높이를 표현하려는 듯 양손을 움직였다.

"돌로 지은 건물이었소. 붉은 벽돌 말이오. 창문에는 빗장을 걸어두었고, 차양 때문에 빛이 들지 않았지. 내부는 어두웠어. 검은 그을음이 들어차 폐가 타들어가고 눈이 아플 정도였지.

건물에는 인디언밖에 없었소. 부족은 각양각색이었고. 사람들은 철제 침대에 사슬로 묶여 있거나 검은 그을음 속을 걸어 다녔소. 걸을 때마다 발밑에서는 먼지구름이 피어올랐지."

그는 말을 멈추고 담배를 좀더 덜어 땅에 뿌리고는 말을 이어나갔다.

"창문은 늘 닫혀 있었소. 인디언들은 깊은 슬픔과 고통에 시달렸지. 나쁜 영혼에 사로잡혔다는 사람, 백인에게 고용된 인디언을 화나게 한 사람, 기독교의 방식을 거부한 사람, 잘못도 없이 끌려온 사람까지, 그곳에 온 이유는 다양했소. 가끔은 흰 옷을 차려입은 백인들이 찾아와 복도를 돌며 우리를 진찰하더군. 인디언에게 맞지 않는 음식을 먹이니 환자가 많을 수밖에.

허머라는 의사가 있었소. 처방이 묘했어. 가끔은 사람들을 찬물에 집어넣기도 했으니까. 허구한 날 비명을 질러대던 여자들이 그 의사가 준 약을 마시고는 잠잠해지더군."

"어르신은 어쩌다 그곳에 가신 겁니까?" 불쑥 질문을 던지고 나는 부디 그 행동이 결례가 아니길 바랐다.

"물으시니 답하겠소. 우리 가족은 원주민 보호구역에서 눈엣가시 같은 존재였소. 무척 강했거든. 조부께서는 우리네 오래된 풍습들을 내게 가르치셨지. 나는 의식을 배워나갔고. 내가 끌려간 이유는 그 때문이오. 그들은 내 조부님을 침묵시키려 했거든. 우리네 풍습이 조부님 대에서 확실히 끊기길 원했던 거야.

그들은 나를 학교에 보내 기독교를 가르쳤소. 하지만 나는 그들의 풍습을 받아들이지 않았어. 우리 부족의 의식을 연습하려고 노력했지. 사내아이들 앞에서도 해보였고. 그런데 그게 화근이었소. 그 일로 벌을 받았거든. 하지만 채찍과 허리띠 세례에도 나는 끄떡하지 않았어.

그랬더니 그곳에 데려가더군. 그곳이 폐쇄될 때까지 거기 머물렀소. 폐쇄될 무렵에는 칙칙한 정장 차림의 백인 남자 여럿이 건물 주변을 어슬렁거렸지. 혼란이 이만저만이 아니었어. 백인들은 우리를 새로운 곳으로 보냈소. 나는 그냥 걸어 나왔고. 그때 내 나이가 열두 살이었소."

"그 소녀에 대해 여쭈어도 되겠습니까?" 내가 물었다. "제 친구의 여동생 말입니다. 혹시 알고 계시나 해서."

베나이스는 고개를 끄덕였다.

"매우 어린 소녀였습니다." 다시금 나는 베나이스 특유의 억양과 말투에 최대한 다가가려고 노력하며 이야기를 시작했다. "일곱 살쯤이었지요. 말은 할 줄 몰랐습니다. 아픈 데다가 귀가 들리지 않았거든요. 듣기로는 얼굴이 예쁘장하고 눈이 동그랬답니다. 인형을 갖고 놀기를 좋아했고요. 이름은 세라였습니다."

베나이스는 잠시 생각하는가 싶더니 이렇게 말했다. "생각났소. 그래. 슬픈 얼굴의 여자아이였어. 검댕으로 더럽혀진 흰색 원피스를 입고 있었지. 머리는 동그랗게 잘랐고. 헝겊 조각으로 인형을 만들어 늘 지니고 다녔소."

"그 아이입니다." 내가 말했다.

"그때는 이름을 몰랐소. 알게 되어 기쁘군. 사람을 이름으로 기억할 수 있다는 것은 좋은 일이거든. 그 아이가 걸어 다니거나 놀이 시간에 밖에 나와 있는 모습을 몇 번 봤소. 늘 혼자였지. 거기에는 웬

만한 장정의 키보다 더 높은 금속 울타리가 있었는데, 워낙 높아 도
망갈 엄두도 나지 않았어. 그 아이는 그 울타리로 가서 멀리 언덕들
을 바라보곤 했소. 슬픔이 깊었던 거지.

그 아이가 어떻게 살았는지는 모르오. 남자들은 여자 구역에 갈
수 없었으니 그쪽에서 벌어지는 일을 알 길이 있나. 남자 구역에서는
밤이 되면 침대에 사람을 묶어둘 때도 더러 있었지만 그 아이가 그
런 일을 겪었는지는 알 수 없지. 밤에는 불빛 한 점 없었소. 하얀 변
기가 없는 사람은 침대에 볼일을 봐야 했지. 비명 소리도 들렸고. 창
문에는 죄다 금속 덮개를 달아놓아 숨쉬기조차 힘들었소."

그는 기억을 더듬으려는 듯 잠시 말을 멈추었다.

"이만하면 됐소." 그가 불쑥 말했다.

마음 같아서는 이야기를 계속 듣고 싶었지만 감히 부탁할 용기가
나지 않았다. 이미 그는 내가 기대했던 것보다 훨씬 더 많은 이야기
를 내게 들려주었다. 베나이스는 들고 다니던 막대기로 땅을 툭툭
쳤다.

"갑시다." 그가 말했다. 황혼의 끝자락이 수평선을 어둡게 물들이
고 있었다.

우리는 왔던 길을 되짚어 트레일러를 향해 걸어갔다. 어쩐지 나는
아까 보았던 곰에 여전히 신경을 곤두세우고 있었다. 심지어 생각하
는 것조차 두려울 지경이었다. 베나이스라면 나의 이런 기분을 읽어
낼 것만 같았다. 하지만 그는 관심 없다는 듯 눈을 내리깔고는 양손
을 등 뒤로 맞잡은 채 조용히 내 앞에서 걸음을 옮기는 것이었다.

나는 그를 바짝 뒤따라갔다. 걸을 때마다 발밑에서 잔나뭇가지들
이 오지끈거렸다. 새소리와 개구리 소리, 나무 사이로 부는 바람 소
리가 아까보다 더 크게 들려왔다. 이제껏 한 번도 가보지 못한 길 위

에서, 스스로 이름 짓거나 이해할 수 없는 힘이 나를 관찰하고 간파하는 듯한 기분이 들었다.

녀석은 선생의 두려움을
측량하는 중이라오

베나이스는 문 옆에 쌓아둔 자작나무 껍질과 가지를 가져다가 마당에 작은 불을 피우고는 트레일러 옆에 있던 흰색 플라스틱 접의자 두 개를 끌어다 놓더니 내게 앉으라고 손짓했다. 그러고는 주머니에서 옥수수 파이프를 꺼내 내가 준 프린스 앨버트 담배를 채워 넣었다. 담배를 말거나 비질할 때와 마찬가지로 손놀림이 정교했다. 보아하니 공터는 구역별로 쓰임새가 정해진 듯했다. 이 자리는 앉아서 대화를 나누는 곳이었다.

  타오르는 모닥불을 바라보며 파이프를 물고 앉아 있자니 마음을 열기가 한결 수월해졌던지 베나이스는 내게 이야기를 털어놓기 시작했다. 느릿느릿, 자기 세계의 속도로, 자기 세계의 시간 속에서. 이제야 그는 주변 환경보다 내게 더 큰 관심을 기울이고 있었다. 그러다 무슨 소리라도 들리면 고개를 돌리거나 대화를 중단하기 일쑤였지만.

  "오지브와족이 아니오?" 그가 말했다.

  "아닙니다."

"라코타족도 아니고."

"예, 그곳 사람도 아닙니다."

그가 눈을 찡긋했다. "혹시 티피 크리퍼스족[미국의 신발 업체로 인디언의 모카신에서 영감을 받은 수공예 양가죽 신발을 주로 제작한다]?" 이렇게 말하며 그는 활짝 웃어 보였다. 그 바람에 입술이 잇몸 위로 물러나면서 작게 뿌리만 남은 치아가 시커먼 몰골을 드러냈다. 농담이라니, 조금은 놀라웠다. 더구나 여태껏 그가 해온 말을 떠올리면, 다소 생뚱맞은 감이 있었다.

"그럴 리가요. 미심쩍은 영감을 몇 알고는 있죠." 내가 응수했다.

"아, 그렇군, 나도 몇 사람 알지." 그가 웃음 지었다. 안으로 웃는 웃음. 그는 농담조차 다른 모든 것처럼 자신만의 영역에 담아두고 싶었던 걸까?

"그 친구라는 사람을 왜 도우려 하는지 물어도 되겠소?"

"저는 작가입니다. 일전에 레드레이크 북미 원주민 보호구역에 관해 학생들과 책을 몇 권 썼는데 그 어른이 보신 모양이에요. 그분의 이야기를 책으로 써줬으면 하시더군요."

"그럼 선생이시구먼?"

"아닙니다. 옛날에요. 아주 잠깐."

베나이스는 고개를 끄덕이고는 침묵에 잠겼다. 내가 아는 인디언들의 표현을 빌리자면 그는 '풍경을 관찰하는 중'이었다. 나를 둘러싼 세상을 지적으로, 또 영적으로 탐색하며 나에 대해 알아가는 과정이랄까?

"그런데 왜 지금에서야 나를 찾아온 거요? 이제와 뜬금없이 오즈하와시코—비네시크웨라는 분을 찾아간 이유가 있을 것 아니오?"

나는 단어 선택에 신중을 기했다.

"오랫동안 같은 꿈을 꿨습니다. 메리, 그러니까 오즈하와시코-비네시크웨가 나오는 꿈이었습니다. 그 어린 소녀도 나왔고요. 라코타식 이름은 진트칼라 지, 노랑새라는 뜻이지요. 문득 메리를 찾아가야 한다는 생각이 들더군요."

"그런데 그분은 이미 세상을 떠나셨다?"

"그렇습니다."

베나이스는 고개를 끄덕였다. "꿈은 메시지라오. 영혼이 육신의 도움 없이 여행하도록 해주지." 그가 말했다.

그는 손마디로 자신의 뺨을 가볍게 문질렀다. 엄지 장갑을 낀 듯 손가락을 컵 모양으로 오므린 채 한꺼번에 움직여서인지 손이 마치 앞발처럼 보였다.

"생각을 좀 해야겠군. 커피나 한잔합시다." 그가 말했다.

마침내 베나이스는 뭔가를 대접하려 하고 있었다. 이때다 싶은 마음에 나는 재빨리 숄더백을 뒤져 폴저스 커피 통을 내놓았다.

"제 성의입니다." 내가 말했다.

베나이스가 눈을 다시 찡긋해 보였다. 시커먼 이가 번들거렸다. "커피는 해결됐고, 그럼 물을 가져오리다."

그는 발을 질질 끌며 집 안으로 들어가더니 찌그러진 양철 냄비에 물을 가득 담아들고 돌아와 모닥불 가장자리에 올려놓았다. 그러고는 커피 통을 달라고 손짓하더니 분쇄 커피 적당량을 물속에 그대로 쏟아부었다.

"그 여자아이, 그러니까 그 노랑새란 아이는 어쩌다 그곳에 가게 된 거요?"

"동물과 소통할 수 있었기 때문이라고 들었습니다."

베나이스는 손가락 끝으로 뺨을 한 번 문지르고는 이렇게 말했다.

"동물과 소통하는 게 나쁜 짓은 아니잖소?"

"학교 측의 생각은 달랐습니다. 아이가 영혼들과 소통한다고 생각했던 모양이더군요."

"그 역시 나쁜 짓으로 보긴 어렵지."

물은 금세 끓어올랐다. 보글거리는 물의 흐름을 타고 커피 가루가 뱅글뱅글 맴돌았다. 베나이스는 앉아 있던 의자 옆 상자에서 금속잔 두 개를 꺼내더니 탁하게 끓어오르는 검은 물을 각 잔에 가득 채우고는 말을 이어나갔다.

"당신네 백인들과 네 발 달린 짐승들의 관계를 봅시다. 당신네 백인들은 말이오. 어떤 짐승은 집에 들여 사람처럼 이름을 붙여주지만, 어떤 짐승은 두려워한 나머지 죽여서 그 머리로 벽을 장식하거든.

나로서는 이해하기 힘들었지. 창조주가 인간을 창조하기 이전에 네 발 달린 짐승부터 이 땅에 내놓으신 이유가 뭐겠소? 우리에게 가르침을 주는 존재여서가 아니겠소? 그런데 왜 그런 존재를 두려워하느냐, 이 말이오."

나는 이곳에 들어설 무렵 숲 가장자리에서 보았던 흑곰을 떠올렸다. 그리고 스스로 얼마나 초조해졌던가를 생각했다.

"글쎄요." 내가 입을 열었다. "그저 익숙치 않아서 그런 게 아닐까요? 언제부턴가 떨어져 살다 보니 동물들에 대해 잘 모르게 된 것이지요."

"우리 인디언은 온갖 살아 있는 것들로부터 부족마다 다른 씨를 물려받았소."

"압니다." 이렇게 말하며 나는 레드레이크에서 오지브와의 씨족 체계를 연구하던 기억을 떠올렸다.

"우리는 곰의 족속이오. 병마를 퇴치하는 수호자의 운명을 타고난 사람들이지. 오즈하와시코-비네시크웨는 새의 족속이오. 영적인 능력을 타고났지. 새란 본디 높이 날아올라 우리를 내려다보며 지켜주는 존재이니 말이오. 학의 족속과 아비새의 족속은 타고난 지도자들이오. 그들이 말할 때면 모두가 하던 일을 멈추고 듣게 되거든. 이러한 가르침은 선조들에게서 전해 내려왔소. 씨족별로 저마다의 특별한 지혜가 있다는 뜻이지. 각 족속이 서로의 지혜를 나눌 때 세상은 균형을 유지하는 것이고. 하지만 지금은 수많은 지혜를 잃어버렸어."

베나이스는 가루가 둥둥 떠다니는 커피를 음미했다. 불빛에 두 눈이 검게 반짝였다.

"동물의 소리를 듣는 건 좋은 일이오. 많은 것을 가르쳐주거든."

이렇게 말하고 그는 굽은 손가락으로 커피를 저으며 커피 분말을 한쪽으로 밀어냈다.

"검은 그을음의 집을 떠난 뒤에는 조부모님과 함께 숲으로 들어갔소. 대다수의 인디언처럼 그분들 역시 백인 방식의 삶을 원치 않으셨거든. 동물의 소리를 이해하는 법은 그때 배웠지. 지금도 듣고 있고."

그는 컵에 남은 액체를 땅에 부었다.

"갑시다. 보여줄 것이 있소." 그가 말했다.

그는 일어나 내 차를 향해 걸어갔다. "일단 탑시다. 어디로 갈지는 가면서 알려드리지."

베나이스는 조수석을 차지하고 앉아 손짓으로 트레일러 뒤편의 숲을 가리켰다. "저쪽이오." 말하는 그의 손끝을 따라가니 숲으로 들어가는 틈새가 보였다. "저리로 갑시다."

땅거미가 점차 짙게 내려앉았다. 어둠 속에 낯선 길을 운전하려니 걱정이 앞섰지만 그의 요구를 거절할 수는 없는 노릇이었다.

"오던 길에 저쪽에서 곰을 한 마리 봤습니다." 나는 애써 무심한 척 말을 꺼냈다.

"마쿠스, 능소니일 뿐이오. 게다가 지금은 가고 없잖소?" 설명은 이것으로 끝이었다. 그 정도면 알아듣기에 충분하다는 듯.

나는 좁다란 틈새를 따라 나무 사이를 운전해갔다. 하늘은 빠르게 빛을 잃었다. 새들의 합창은 잦아들었고, 사위는 잠잠했다. 어두운 터널이 되어버린 길 위로 그림자가 교차하며 무늬를 그렸다.

"라이트는 켜지 맙시다." 베나이스가 말했다.

길은 낙엽송과 자작나무가 길게 늘어선 지대를 곧게 뻗어나갔다. 차 옆으로 나무들이 빽빽하게 스쳐갔다. 100여 미터를 지나자 눈앞에 드넓은 초원이 펼쳐졌다. 너비가 적어도 1.5킬로미터는 되는 듯했다. 초원은 완만한 경사를 유지하며 아래쪽에 있는 깊은 계곡으로 이어졌다. 온 세상이 하나의 그늘진 어둠 속으로 서서히 하강하고 있었다.

헤드라이트를 꺼놓은 탓에 앞을 분간하기 어려웠다. 하지만 초원과 계곡 곳곳에 조용히 서 있는 견고한 형체들만은 알아볼 수 있었다. 처음에는 곰이라고 생각했다. 하지만 형체가 점차 뚜렷해지면서 나는 깨달았다. 녀석들은 들소였다. 어림잡아 100마리도 넘는 듯했다.

"비시키라오." 베나이스가 말했다. "내가 데려왔지. 다들 집을 그리워했거든. 녀석들에게 가봅시다."

나는 너른 벌판을 향해 조심스레 차를 몰았다. 희미하게나마 따라갈 만한 찻길이 나 있었다. 눈 내리는 계절에 들소에게 먹이를 가져다주다가 생긴 길 같았다. 그 거대하고 텁수룩한 짐승들은 어둠 속에서 천천히 이동하다가 한 마리씩 방향을 틀어 그 좁은 찻길을 향해 걸어 내려오기 시작했다. 들소들의 움직임은 이내 언덕과 들판에 활기를 불어넣었다. 놈들은 무리지어 내 차로 다가오고 있었다.

베나이스는 평온해 보였다.

"저놈들 주려고 선물을 가져왔지." 그는 호주머니를 뒤적거리며 말을 이어나갔다.

"녀석들은 오래전에 이곳에서 내몰렸소. 하지만 기억하고 있더군."

"어쩌다가 데려오신 겁니까?" 내가 물었다. 들소와의 거리는 더욱 가까워졌다.

"서쪽에서 온 이들이 우리에게 선물로 주었지. 라코타족 말이오. 선생의 친구처럼. 그래서 보여주는 거요. 라코타 사람에게 들소는 신성한 동물이거든."

들소들이 차 주변으로 다가왔다. 녀석들은 차분하게 움직이며 차를 에워싸고는 낮은 콧소리를 내며 머리를 좌우로 흔들었다. 눈은 어둡고 공허했다. 몸에서는 짙은 사향내가 풍겼다. 머리는 드럼통만 했다.

"녀석들 틈에 있으니 좋군. 들소들은 강력한 평화를 가져다주거든." 베나이스가 말했다.

그는 주머니에서 여물 뭉치 비슷한 것을 꺼내더니 차창을 내리고는 어느 들소에게 내밀었다. 녀석은 가까이 다가와 머리로 차창을 채우는가 싶더니 커다란 초록색 혀로 음식을 감쌌다. 다른 들소들이 달려들어 육중한 소리와 함께 차에 부딪혔다. 녀석들의 시선에서 알 수 없는 공허함이 느껴졌다.

"더 가봅시다." 베나이스가 말했다.

차가 조금씩 나아가자 들소들은 거짓말처럼 우아하게 뛰어오르며 옆으로 비켜났다. 꼬리를 세우고 앞발로 땅을 긁으며 낮게 콧김을 내뿜는 녀석들도 있었다.

"저놈이오." 베나이스가, 무리와 멀리 떨어져 서 있는 들소 한 마리를 가리켰다. 덩치는 산만 하고 갈기가 유난히 텁수룩했다. "성미가 꽤 사납지. 무리에서 배척당하는 신세고."

놈은 언덕에서 나를 응시했다.

"신참이거든." 베나이스가 말을 이어나갔다. "아직 무리의 신뢰를 얻지 못했소. 라코타족의 땅에서 데려왔지. 당분간은 시험을 거쳐야 될 거요."

차 안은 안전한 편이었지만 거대한 동물의 존재를 마주하니 불안감이 엄습해왔다. 평화로운 겉모습과 대조적으로 녀석들은 뭔가 어두운 기운을 발산하고 있었다. 나는 무리를 뚫고 서서히 전진했다. 들소들은 우리를 뒤따르며 머리를 좌우로 흔들었다. 녀석들의 눈은 연못을 연상시켰다. 표정도 없고 깊이도 없었다. 녀석들은 콧김과 울음소리를 내뱉으며 주위를 맴도는가 하면 차를 들이밀었다.

"들소들은 무리지어 이동한다오." 베나이스가 말했다. "살던 땅을 떠나지 않아. 내가 녀석들을 데려온 이유도 그 때문이오. 꿈에 나타나 이 땅을 그리며 울더라니까. 한때 이곳에 살았거든. 그러다가 서쪽으로 내몰린 게지."

"잘 정착하던가요?"

"뭘 아는 녀석들은 이곳을 떠나려 하지 않아. 나머지 놈들은 잡아서 식량으로 쓰면 되고."

그 고독한 수컷은 어두운 언덕에서 나를 유심히 내려다보고 있었다. 녀석은 차의 움직임을 따라 이동하며 우리와 속도를 맞추었고 그러면서도 늘 일정 거리를 유지했다.

"우리 부족은 들소를 모르오. 라코타족이나 샤이엔족과는 다르지. 들소가 우리 족속의 동물은 아니니까. 하지만 녀석들은 우리의 선생이야. 살아가는 법을 가르쳐주거든. 우리 가족은 멀리 서쪽에 살았소. 나무숲이 초원으로 이어지는 곳. 라코타족과 다코타족도 제법 알고 지냈지. 그들은 비시키를 존중하더군. 들소의 무엇이 그토록 존경심을 일으키는지 알고 싶었소."

"그래서 알아내셨습니까?" 내가 물었다.

베나이스는 고개를 살짝 갸웃했다. "알아가는 중이지."

그는 셔츠 주머니에서 여물을 한 뭉치 더 꺼내 차창 밖으로 던졌다. 들소 떼가 서로 밀치며 모여들었다.

"들소는 살아가는 법에 대해 많은 것을 가르쳐주거든. 가령 먹이나 물을 구할 때는 암컷이 무리를 통솔하지. 어미 잃은 새끼는 거둬 기르고. 무리 중심에는 늘 약한 녀석을 놓고 빙 둘러서 보호한다오. 위험을 피하기보다는 정면으로 맞서지. 서로 바싹 다가서서는 다친 놈을 부축하기도 하고. 들소는 우리 생각을 알아."

마지막 문장에 소름이 돋았다. 들소가 내 생각을 알 수 있다는 개념이 내 상상력의 깊고 어두운 곳을 자극했다. 특히 언덕 위에서 나를 응시하던 수컷은 그러한 감정을 부추겼다.

문득 다코타의 풀밭에서 겪은 일이 떠올랐다. 댄과 가만히 웅크리고 앉아 있는데, 멀리 언덕 위에서 풀과 바위라고 생각했던 것들이 움직이기 시작했다. 들소였다. 댄에게 물었다. 시력도 나쁘고 시야도 흐린데 어떻게 들소들을 알아본 거냐고. 그는 대답했다. "내가 본 것이 아닐세. 들소들이 스스로 모습을 드러낸 거야."

지금 베나이스는 댄의 말과 흡사한 이야기를, 댄과는 다른 언어로 내게 말하고 있었다.

"들소가 우리 생각을 읽는다는 걸 어떻게 아셨습니까?" 내가 물었다.

"읽는 것이 아니오. 아는 것이지. 타고난 지혜랄까, 이 말이오." 베나이스가 말했다. 이 정도면 설명으로 충분하다는 듯이.

나는 자동차 앞 유리 너머로 그 거뭇한 짐승의 무리를 응시했다. 녀석들의 움직임은 느리면서도 꾸준했으며 시선은 차분하고도 공허했다.

그 기묘한 수컷은 여전히 언덕 위에서 나를 응시하고 있었다.

"저 수컷, 아무래도 저를 쳐다보는 것 같은데요." 내가 말했다.

"선생의 두려움을 측량하고 있구먼. 선생을 시험하는 중이라오." 베나이스가 말했다.

그 거대한 짐승의 무리는 차 주변을 계속 어슬렁거리며 베나이스의 여물 뭉치를 기다렸다.

"갑시다. 이제 충분히 보셨소." 베나이스가 말했다.

나는 기어를 바꾸고 들소 떼를 헤치며 서서히 앞으로 차를 몰았다. 과연 누가 볼 만큼 봤다는 것인지 나로서는 알 수가 없었다. 나인지 베나이스인지, 아니면 어두운 언덕 위에 꼼짝 않고 서 있는 그 외로운 수컷인지.

검은 그을음의 집

베나이스는 더 말이 없었다. 그의 다문 입은 내게 말하고 있었다. 내가 알아야 할 이야기, 아니면 적어도 그가 들려주고자 했던 이야기는 모두 털어놓았노라고.

그와 악수하며 시간을 내주어 감사하다는 인사를 건넨 뒤 왔던 길을 되짚어 호숫가 도로를 향해 차를 몰았다. 가을 하늘은 별들로 북적였지만 좁은 길 위의 나무들이 별빛을 가렸고 거의 완전한 암흑이 내 차를 에워쌌다.

라이트를 켜는 행위는 일종의 배신처럼 느껴졌지만 결국엔 어쩔 도리가 없었다. 하지만 막상 밝고 강렬한 불빛이 나무줄기와 숲의 어두운 윤곽을 뚫고 뻗어나가자 어쩐지 숨고 싶은 기분이 들었다.

내가 기억하는 그 어느 때보다 마음이 어지러웠다. 메리의 죽음과 한밤의 괴성 사이의 기이한 우연, 검은 그을음의 집이라는 발견, 숲 가장자리에 있던 곰과 들소라는 음울한 존재. 모든 것이 머릿속에서 한데 뒤엉켜 불안감은 깊어만 갔다.

그리고 베나이스가 있었다. 지금껏 만난 사람을 통틀어 그처럼 속을 알 수 없는 사람은 처음이었다. 충분히 다정하지만 어쩐지 다가가기는 어려운, 인간보다는 짐승에 가까운 사람이었다. 심하게 헝클어진 백발과 빨려 들어갈 듯한 짙은 눈빛을 하고 소리도 없이 땅을 가로질러 걷다가 발을 멈추고는 새와 동물에게 자기들만의 언어로 말을 건네던 그의 모습이 뇌리에서 떠나지 않았다. 깊고 원초적인, 내가 끼어들거나 건드려서는 안 되는 무언가에 다가서버린 기분이었다.

그런저런 생각에 사로잡힌 채, 밤의 숲 속으로 차를 몰았다. 몇 주만에 처음으로 나는 그 꿈을 거의 잊고 있었다.

길가에 차를 세우고 차에서 침낭으로 몸을 감싼 채 밤을 보냈다. 피로가 쏟아져 더는 운전할 수도 없었던 데다 쓰레기 수거함을 오르내리던 곰들과 베나이스의 마당에서 보았던 곰에 대한 기억으로 인해 차 밖에서 야영할 엄두가 나지 않았다. 극심한 피로 때문인지 그날 밤에는 그 꿈이 찾아들지 않았다. 덕분에 상쾌한 기분으로 잠에서 깨어났고 밝아오는 아침 빛에 희망이 차올랐다.

간밤의 불안감은 약해졌지만 댄에 대한 책임감은 오히려 더 커져 있었다. 댄이 아직 살아 있는지는 확실치 않았다. 다만 이미 죽었다면 누군가 내게 소식을 전했을 거라는 추측은 가능했다. 만약 살아 있다면 노랑새와 수용 시설에 관한 이 새로운 정보를 그에게 알려야 한다는 확신이 들었다. 메리의 공책에 적혀 있던 말이 생각났다. 이 이야기를 짊어지고 갈지 바닥에 내려놓을지 결정할 사람은 메리나 내가 아니었다. 오로지 댄 자신이었다.

무엇보다 중요한 것은 댄에게 공책을 전하는 일이었다. 메리는 도나에게, 도나는 내게 공책을 맡겼다. 나는 전령사였고, 그 임무를 가볍게 여기지 않았다. 그러나 댄을 만나기에 앞서 검은 그을음의 집에 관해 파헤쳐볼 필요가 있었다. 단 그런 장소가 실제로 존재했다는 전제하에. 메리는 노랑새의 이야기를 들려줄 인물로 베나이스를 지목했다. 헌데 베나이스와 노랑새가 함께한 경험이라곤 둘 다 그 비밀스런 시설에 감금되었다는 것 말고는 없었다. 메리는 분명 내가 이 시설에 관해 알아내 그 내용을 댄에게 전해주기를 바랐을 터였다. 잘못된 사실을 전하고 싶지는 않았다. 그곳을 제대로 이해하고 싶었다.

베나이스의 묘사만으로는 알아낼 수 있는 부분이 많지 않았다. 수집한 정보라고는 그 시설이 사우스다코타 주 동부, 베나이스의 표현을 빌리자면 "건조한 고장으로 접어들기 전 백인들이 거주하는" 소도시 근처의 언덕 꼭대기에 위치했다는 것과, 나쁜 영혼에 씐 인디언들을 가두는 감옥 같은 곳이었다는 것 정도가 전부였다. 그가 묘사한 정경은 정신병원과 흡사했다. 물론 사람을 강제로 수용하고 남녀를 따로 관리한다는 면에서는 인디언 기숙학교와 닮은 데가 있었지만 확실히 어린이 시설이나 교육 시설은 아니었다. 그보다 훨씬 더 지독한 곳 같았다. 다만 그런 곳이 있었다는 이야기를 여태껏 들어본 적이 없다는 사실이 마음에 걸렸다. 스스로를 인디언 역사의 권위자라고 생각지는 않았지만, 중요한 사건이나 시설에 관해서라면 나도 웬만큼은 알고 있었다. 그런데 이 세계를 드나들던 그 오랜 시간을 통틀어 베나이스가 묘사한 것과 비슷한 장소에 대한 이야기는 단 한 번도 들어본 적이 없었다.

어떻게든 단서를 찾고 싶었다. 하지만 그러기엔 숲이 너무 깊었고 휴대전화 신호도 잡히지 않았다. 다시 북미 원주민 보호구역 교역소로 차를 몰았다. 그곳에서 전화 카드를 산 다음 바깥벽에 설치된 공중전화로 향했다. 짤막한 통화가 몇 통 이어졌다. 그리고 얼마 후 대략적인 정보를 손에 쥘 수 있었다. 온몸에 소름이 돋았다.

"아, 네. 알아요. 하이어워사 인디언 정신병원이라는 곳이죠." 사우스다코타사학회 여직원이 사무적으로 말했다. 그곳은 정신 질환이 있는 인디언을 수용하기 위해 1900년대 초 수폴스 시 동남쪽 캔턴이라는 소도시의 한 언덕에 세워진, 실제로도 위압적인 벽돌 건물이었다. 전국의 수많은 원주민 보호구역에서 수용 인원을 받아들였다지만, 입원 환자의 대부분은 다코타와 미네소타, 네브래스카 출신이었다.

"그것 말고는 정보가 별로 없어요." 그녀가 말을 이었다. "1933년에 문을 닫았고 건물도 이제 없거든요. 1950년대 무렵에 철거됐으니까요."

그녀는 그 밖의 사소한 사실 몇 가지를 전해주고는 정보가 부실해 미안하다며 이렇게 덧붙였다. "역사적 기록 자체가 많지 않아요. 저 자신도 늘 궁금해하던 차였거든요. 모쪼록 행운을 빕니다."

전화를 끊고 차로 돌아갔다. 마음이 복잡했다. 그런 이름과 목적을 가진 장소가 실제로 존재했다는 사실과 시설이 위치했던 바로 그 주의 사학회에 그곳에 대한 정보가 거의 없다는 사실이 우열을 가릴 수 없는 무게로 나를 짓눌렀다. 어쩌면 그곳은 아주 작고 역사적으로도 무의미한 장소였는지 모른다. 하지만 그곳에 수용된 이들이나 그 가족들에게는 무의미한 장소가 아니었다. 샌드크리크 학살이나 그네이든허튼 대학살처럼 이곳의 역사 역시 미국이라는 나라의 정복과 개발을 희망찬 이야기로 꾸며내고자 간단히 매장돼버린 역사의 한 조각일 수 있다는 심증이 강하게 들었다.

집으로 돌아갈 때쯤 확신이 섰다. 나는 미국의 어둡고 망각된 비밀에 성큼 다가가 있었다. 다만 얼마나 많은 비밀을 밝혀낼 것이며 내 병약하고 나이든 친구에게는 어느 선까지 그 비밀을 들려줄 것인가에 대해서는 더 오랜 고민이 필요했다.

침묵의 겉껍질을 벗겨내기란 생각보다 더 수월했다. 인터넷 덕분이었다. 부족사학자 몇 사람도 흔쾌히 도움을 주었다. 지역 대학이 소장한 인디언 관련 자료 역시 훌륭했다. 그렇게 해서 베나이스가 "검은 그을음의 집"이라 불렀던 시설의 그림을 거칠게나마 그려낼 수 있었다

그곳의 명칭은 실제로 '하이어워사 인디언 정신병원'이었다. 우연치고는 섬뜩했다. 하이어워사는 헨리 워즈워스 롱펠로의 시에서 백인의 도착을 환영하려고 자신의 땅과 문화를 포기했던 신비한 인디언 영웅이었다. 정신병원의 위치 또한 실제로 사우스다코타 주 캔턴 시였는데, 미네소타 주 남부의 접경 지대인 그곳을 입지로 결정한 데는 고립된 시골 지역에 직장과 돈을 공급하려던 어느 지역 정치인의 입김이 컸다. 그 상원 의원은 인디언들이 일반적인 보호시설(당시에는 그런 곳들도 끔찍한 장소였다)의 혜택에서 소외되었다는 점을 들먹이면서, 사우스다코타 주에서도 '정신 질환' 발병률이 마구 증가하는 추세에 있는 부족 거주지의 중심부에 위치한 인구 3000명 이하의 이 작은 농업도시야말로 인디언을 '치료하기에' 이상적인 장소라며 워싱턴 주 공무원을 납득시켰다.

건물은 1901년에 완공되었고 1902년 말엽부터 인디언 환자를 받아들이기 시작했다. 간질에서 알코올 의존증에 이르기까지 입원 사유는 다양했다. 부족의 선출직 공무원이나 기독교 선교사의 활동에 반대하는 사람도 수용 대상이었다.

베나이스의 기억은 모두 사실로 밝혀졌다. 그 건물은 어느 언덕에 우뚝 서 있었고, 붉은 압착 벽돌로 지어졌으며, 높이가 약 2미터에 이르는 울타리로 둘러싸여 있었다. 환자들은 어두운 방에 갇혀 지냈고, 내부는 건물 난방용 석탄 난로가 분출하는 시커먼 그을음으로 가득했다.

배설물로 넘쳐나던 침실용 변기나 고약한 악취 이야기 또한 베나이스가 언급한 내용과 일치했다. 파이프에 사슬로 묶여 있던 작은 소년 이야기도 사실이었다. 구속복을 입은 상태로 3년을 보냈다는 열 살 소년 이야기는 더 충격으로 다가왔다. 나이를 대충 계산해보니 그 소년이 베나이스였을 가능성도 다분했다.

지극히 사무적으로 기록된 자료들을 보고 있자니 마치 강제수용소를 기록한 독일의 자료를 읽을 때만큼이나 오싹해졌다. 환자의 자료를 사실에 입각해 기록하고, 이른바 병리학적 소견을 나열하고, 인간의 이루 말할 수 없는 고통을 숫자와 목록과 병원 프로토콜로 정리해 자료로 수집해놓았다는 점이 나치의 방식을 연상시켰다.

생각할수록 가장 화가 치미는 부분은 베나이스처럼 자연이 세계의 전부인 사람이(나는 그와 같은 이들이 더 있을 거라고 확신했다), 어둡고 자물쇠가 채워진 데다 석탄 분진과 배설물의 악취로 숨쉬기조차 힘든 방 안에 갇혀 지냈다는 사실이었다. 환자들이 폭력적이고 통제 불능으로 변해갔다거나 목을 매어 자살했다는 기록은 어찌 보면 당연했다. 한 남성이 목을 매는 와중에도 그와 떨어진 다른 방에서는 심하게 약에 취한 환자들이 자신들을 달래기 위해 틀어놓은 영화를 이해하지도 못하면서 뚫어져라 바라보고 있었다.

허머라는 의사도 실존 인물이었다. 그는 병원 전체를 조종하는, 어두운 실세였다. 시설의 실질적 독재자였던 그는 환자를 수용할 때 오로지 부족의 공무원에게 전해 들은 말에 의존했는데, 공무원의 대다수는 못마땅한 인물이나 정치적 반대자를 제거하는 수단으로 그 정신병원을 이용했다. 입원 결정은 의학적 기준과는 무관했고, 오직 허머의 진찰에만 의존했다. 부족의 문화적 신념이나 활동에 위배되는 요구에 따르기를 거부했다는 이유만으로 '정신박약'이라든가 '기질성 뇌질환을 동반한 정신이상' 같은 진단을 내린 경우가 부지기수였다.

입원에 기준이 없는 데다 일단 환자를 수용하면 의학적 치료 없이 방치하다 보니 호전되거나 퇴원하는 환자가 생길 리 없었다. 입원은 사실상 종신형이었다. 그곳은 맘에 들지 않는 사람들을 가두는 대형 수용 시설 그 이상도 이하도 아니었다. 조사나 단속도 받지 않았다. 또한 역사적 기록에서 알 수 있듯 사람들의 기억에서도 사라졌다.

부족 기록 보관소의 책상 앞에 앉아 자료들을 꼼꼼히 살피는 동안 베나이스나 노랑새 같은 아이들이 그런 곳에 수용됐다는 생각에 몸서리가 났다. 입원 환자 중에는 열 살이 채 안 되는 어린이나 여든네 살 노인도 있었다. 강간이나 입원 환자 간의 동거로 시설 내에서 임신을 하는 경우도 있었는데, 그렇게 태어난 아기는 유전적으로 부모의 정신병을 물려받은 것으로 간주됐다. 죽을 때까지 정신병원에 갇혀 지낼 수밖에 없는 운명을 타고난 셈이었다. 하지만 그것도 다 아이들이 무사할 때의 이야기였다.

실로 상상을 뛰어넘는 잔혹함이었다. 부모가 인디언 전통 방식을 따른다는 이유로 베나이스 같은 아이들을 정신병원에 보내고, 구성원을 스스로 보살피는 것을 늘 자부심으로 여기는 가족과 공동체에서 간질 환자나 지적장애인, 뇌졸중으로 발음이 어눌한 사람을 떼어내 평생을 가두어둘 수 있었다니! 하지만 기록은 그것이 사실이라

말하고 있었다.

어린 노랑새, 천연두로 청력을 잃어 남의 말을 알아듣지도, 분명히 말하지도 못하던 그 소녀는 인형들에게 말을 건네고 동물과 소통했다는 이유로 기숙학교 사제들과 수녀들의 심기를 건드렸고 이곳에 갇혔다.

무엇보다 당황스러운 건 입원 환자가 남긴 기록이 전무하다는 사실이었다. 영어를 읽고 쓰고 말할 수 없을 정도로 정신적 결함이 있거나, 정신병원이 주는 공포에 내몰려 신체적으로나 정신적으로 무너져 내린 사람이 많았다. 침묵은 그들을 더 무력하게 만들었다. 가족 구성원이 그곳에 수용된 친지나 어른의 안부를 확인하는 편지를 보낼 때도 있었지만 그때마다 공무원들은 편지를 중간에서 가로채서는 전할 만한 정보가 없다거나 수신인이 사망했다는 식의 건조하고 행정적인 답장을 보냈다. 죽은 이는 말이 없었다.

죽은 이들과 그들의 침묵은 마침내 나를 결심하게 만들었다. 기록상 정신병원에서 조금만 나가면 이름 없는 무덤들이 모여 있는 들판이 있었다. 병원 건물은 헐리고 없었지만 묘지는 남았다. 언덕 꼭대기의 최상급 땅을 놀리고 싶지 않았던 캔턴 시는 정신병원 자리에 골프 코스를 건설했다. 이름 없는 무덤들의 들판은 이름 없이 잊힌 채 3번과 4번 페어웨이 사이에 남겨졌다.

몇 해가 지나 라코타족 기자였던 해럴드 아이언 실드라는 남자가 외로운 싸움을 시작했다. 캔턴 시민들은 묘지가 있는 자리에 기념비를 세우려는 그의 시도를 번번이 무너뜨렸다. 하지만 결국 그는 성공했고 묘지에는 죽은 이들의 이름이 적힌 작은 금속판이 세워졌다.

장례식도 없이 그 자리에 묻힌 이들을 기리려 했던 한 남자의 외로운 싸움에 대해 읽고 있자니 알 수 없는 감정이 엄습해왔다. 아버지와 어머니를 생각했다. 두 분이 묻힌 곳은 정부가 운영하는 삭막한 묘지였다. 그곳에는 똑같은 흰색 비석 수천 개가 보조를 맞춰 행진하는 군인처럼 드넓고 무심한 땅 위에 정렬해 있었다. 그리고 메리의 친근하고 애정 어린 무덤을 생각했다. 형제자매와 조상들이 함께 묻힌 그 작은 땅에서 메리는 어린 시절을 보냈고, 그녀의 가족은 땅이 그들에게 베푼 관대함에 감사하며 제물을 바쳤다.

네즈퍼스족의 위대한 지도자 조지프 추장이 들려준 강렬한 한마디가 문득 떠올랐다. "아버지의 무덤을 사랑하지 않는 사람은 들짐승만도 못하다"고 그는 말했다. 얼마나 많은 아버지와 어머니, 아이들이 사랑받지도 기억되지도 못한 채 병원 묘지에 묻혀 있다는 말인가?

그들과 댄을 위해, 그리고 무엇보다 나 자신을 위해 캔턴 시로 찾아가 잊힌 망자들이 묻혀 있는 땅에 서서 그들의 고통을 목격하고 그들의 삶에 경의를 표해야 할 것만 같은 기분이 들었다. 어쩌면 그 과정에서, 그 정신병원에 있었던 삶에 관해 빈칸을 채워줄, 그래서 내가 댄을 만났을 때 그에게 더 많은 이야기를 들려줄 수 있도록 도와줄 누군가를 알아내게 되는지도 모를 일이었다. 설령 그 방문에서 아무런 세부 정보도 얻어내지 못한다 해도, 내가 알고 사랑하게 된 어느 작은 소녀가 피부색이 다르고 기독교적 규범에 어긋나는 영적인 힘을 믿는다는 이유로 정신병원에 갇혀 지내야 했던 그 땅을 신성하게 하는 작업에 작게나마 힘을 보탤 수는 있을 것이었다.

새로운 결심으로 가슴이 벅차올랐다. 각종 기사와 문서, 분류되지 않은 쪽지가 두툼하게 들어찬 서류철들을 그러모아 부족 기록물 보관 담당자에게 반납할 채비를 했다. 자리에서 일어서는데 서류철 하나가 떨어지며 펼쳐지는 바람에 안의 내용물이 바닥에 쏟아졌다. 어지러이 흩어진 종이들 사이로 밝은색 엽서 한 장이 눈에 들어왔다. 1920년대에 찍힌 그 낡은 컬러사진에는 정신병원의 초창기 모습이 담겨 있었다. 건물 본관 앞 살짝 아래쪽에서 찍은 사진이었다. 위풍당당하면서도 단조로운 그 붉은 벽돌 건물은 지붕이 초록색이었고 양옆의 환자동 사이로는 중앙 현관이 뱃머리처럼 튀어나와 있었다.

온화함과 무심함 속에 문화적 자신감을 반영한 듯한 외양이 안에서 벌어지던 끔찍한 사건들과 완벽한 대조를 이루었다. 그러나 나를 충격에 빠뜨린 것은 그 잔인한 시각적 아이러니가 아니었다. 비록 밝고 인공적인 엽서 색깔을 덧입은 상태였지만, 그 건물은 내가 그토록 힘겹게 도망치려 했던 꿈속에서 노랑새의 뒷모습을 조용하고 침울하게 목도하며 서 있던 어둡고 무시무시한 건축물의 유령 같은 형상과 놀라우리만치 닮아 있었다.

진주 목걸이를 한 여인

캔턴 시는 북부 미네소타에 있는 우리 집에서 꼬박 6시간을 가야하는 곳이었다. 지도상에서 그곳은 미네소타 주, 사우스다코타 주, 아이오와 주, 네브래스카 주가 만나는 외딴 농경 지대 안에서도 작디작은 점에 지나지 않았다. 지도책에 첨부된 설명에 따르면 인구는 3110명이었다. 엽서에서 보았던 다층 벽돌 건물처럼 강렬한 인상의 구조물이 서 있던 장소라기엔 이상하리만치 고립되고 초라해 보였다.

계획은 단순했다. 캔턴 시로 운전해간다. 하루나 이틀에 걸쳐 정신병원에 관한 정보를 탐색한다. 집으로 돌아온다. 댄에게 방문할 계획을 짠다. 라코타족의 고장으로 떠나기 전에 너무 많은 시간을 소모하고 싶지 않았다. 그도 그럴 것이, 댄의 생사 여부조차 불확실했다. 그러나 최대한 완벽한 정보를 수집하기 전에는 원주민 보호구역의 누구와도 연락하고 싶지 않았다. 댄은 고령이었다. 여태 살아 있다면 이미 쇠약해질 대로 쇠약해졌을 터였다. 무엇을 알게 되건 명확하고 완벽하게 전달해야 했다. 그것만이 메리의 부탁을 제대로 지켜내는 동시에 댄에게 그의 여동생이 겪은 삶을 내 능력이 허락하는 한 가장 훌륭하게, 마음을 담아 그려내는 길이었다.

동쪽에서 캔턴 시로 차를 몰았다. 언제나처럼 고속도로는 멀리했다. 시골의 풍경을 최대한 즐기고 싶었다. 빅수 강 유역의 풍요로운 논밭 사이를 지나가자니 오래전 노르웨이 정착민들이 달구지며 짐마차를 타고 이곳 구릉지대로 이주해오던 모습을 어렵지 않게 상상할 수 있었다. 한가득 싣고 온 짐을 부리며 그들은 이렇게 말했으리라. "그래, 이곳이 좋겠군. 여기 정착합시다." 땅은 그들의 쟁기질을 말없이 받아들였고 고된 노동을 보상해주었다. 이곳은 신을 경배하는 이들이 구대륙의 가난을 탈출하며 찾아 헤매던 바로 그런 땅이었다.

'우아하다'와 '목가적이다'라는 수식어가 머릿속을 맴돌았다. 구릉지대는 완만했다. 강은 저지대를 가로질러 유유히 부드러운 곡선을 그리며 흘렀다. 강 유역을 따라 낙엽수가 우거져 아늑한 지붕을 드리운 숲은 일요일 오후의 소풍이나 여름 저녁의 산책에 안성맞춤이었다.

지난 경험으로 비춰볼 때 이런 풍경은 모두 환상에 지나지 않았다. 강 유역을 벗어나 주변 목초지로 올라가면 한겨울의 차가운 바람과 한여름의 메뚜기 떼, 회오리바람, 광폭한 뇌우가 훑고 간 편평하고 밋밋한 시골이 눈앞에 펼쳐질 터였다. 하지만 한가로운 초가을의 온기 속에서 강 아래쪽을 따라 운전하는 동안만큼은 그 모든 것이 먼 나라의 일처럼 느껴졌다.

아스팔트로 포장한 2차로 곡선주로를 주행하고 있자니 중서부의 평화로운 기운이 온몸으로 스며들었다. 이곳은 미국인들이 꿈에서 애타게 그리는 상상 속 한적한 풍경과 적잖이 닮아 있었다. 가족과 함께 지역 야구장에서 야외용 접의자에 앉아 자녀나 손주가 뛰는 어린이 야구 리그를 관람한 다음, 차로 드나들 수 있는 동네 간이식당에 들러 체리코크로 목을 축이며 어릴 적부터 알고 지낸 친구나 이웃과 정담을 나누는 곳. 풍경을 지날수록 의문은 커져만 갔다. 정신병원을 가장해 냉혹하게 사람을 가두던 그을음 가득한 지옥이 이런 곳에 있었다니, 도무지 상상하기 어려웠다.

계획대로라면 곧장 하이어워사 정신병원으로 가야 했다. 하지만 집을 출발하기 전 직감에 따라 이 지역 요양원 몇 군데에 전화를 걸어둔 터였다. 하이어워사와 관련해 개인적 경험을 들려줄 만한 사람을 찾아보기 위해서였다. 오랜 기간 구전 역사를 조사해온 경험상, 역사책이 외면한 사사로운 이야기나 기억을 그런 시설에서 듣게 될 때가 적지 않았다. 하이어워사 정신병원이 1933년까지 존재했고, 피고용인의 상당수가 지역민이었다는 사실을 고려해볼 때, 당시 정신병원이 운영되던 모습을 직접 보았거나 그곳에서 일하던 이웃이나 친척한테 이야기를 전해들은 이들 중에 아직까지 살아남은 사람이 있으리라는 가정이 가능했다.

예상은 적중했다. 비록 전화했던 요양원 직원 중에 하이어워사 정신병원에 대해 아는 사람은 거의 없었고 심지어 들어본 적조차 없는 사람이 태반이었지만, 캔턴 시에서 그리 멀지 않은 소도시의 한 요양 시설에서 소득이 있었다. 이디스라는 여인이 대화 도중에 하이어워사 정신병원을 한두 번 언급하더라는 것이다.

요양원 측은 이디스와 그 문제를 상의한 다음, 그녀가 나를 만나고 싶어한다는 소식을 내게 전해왔다. 하이어워사에서 일했던 이디스의 할머니는 그녀에게 종종 그곳 이야기를 들려주었다고 했다.

이디스와 만나기로 한 시간이 가까워졌다. 하지만 2차로 시골길 양쪽을 모두 점령한 추수 기계들이 앞에서 세월아 네월아 하며 기어가는 바람에 나는 뜻하지 않게 우회하거나 속도를 늦춰야 했고, 급기야 하이어워사에 먼저 들렀다가는 이디스와의 약속을 지킬 수 없을 지경에 이르렀다.

하는 수 없이 캔턴 시까지 고작 몇 킬로미터밖에 남지 않았음을 알리는 고속도로 표지판을 아련히 바라보고는, 북쪽으로 방향을 틀어 충적토 평지가 펼쳐진 농경 지대를 거쳐 이디스라는 이름을 지닌 여인이 기다리는 작은 도시를 향해 차를 몰았다.

요양원은 길고 매우 낮은 단층 벽돌 건물로, 마을에서 제법 떨어진 옥수수 밭 가장자리에 자리해 있었다. 훗날 요양원에서 살아야 한다면 그런 곳이면 좋겠다 싶을 정도로 한적하고 아기자기한 건물이었다. 요양원이라기보다 모텔이나 작은 초등학교를 보는 듯했다. 산책로며 벤치며 정원이 곳곳에 마련되어 있어 바깥에서 시간을 보내기에 알맞았다.

차에서 내려 온화한 구월의 바람 속으로 걸어 들어가는데 누군가 내게 인사를 건넸다. 80대 쯤 되어 보이는 남자였다. 그는 바지를 허리춤 위까지 추켜 입은 채 정문 바깥쪽 벤치에 앉아 있었다.

"날씨가 좋군요." 그가 말했다.

"공기에서 사과주 향이 나는 것 같네요." 내가 인사를 받았다.

노인은 피우던 담배를 마지막으로 한 번 빨아들인 뒤, 이미 50여 개의 꽁초로 그득한 항아리 안에 비벼 껐다. "추수철이 얼마 안 남았어요. 틀림없이 풍년일 겁니다."

농사에 관해서는 아는 바가 없었지만 나는 고개를 끄덕여 그에게 동의를 표했다.

"하지만 비를 조심해야지." 노인이 하늘을 가리키며 말했다. "너무 오래 기다리다간 그해 농사가 수포로 돌아가거든. 함수율이 13이나 14퍼센트가 될 때까지 기다려야 하는데, 그게 모험이란 말씀이야."

"뭐든 타이밍이 중요하죠." 나는 짐짓 알아듣는 척하며 말했다.

창문 너머로 보이는 각자의 방에서는 홀로 앉은 사람들이 작은 텔레비전 화면 속 명멸하는 형상들을 바라보고 있었다.

"농사를 지으시오?" 노인이 물었다.

나는 손으로 턱을 문지르며 이렇게 말했다. "수염 말고는 기를 줄 아는 게 없습니다."

노인은 껄껄 웃으며 벤치 위 자신의 옆자리를 툭툭 치더니 말했다.

"여기 잠깐 앉아보시겠소?" 그러고는 덧붙였다. "시간이 있다면 말이오."

그의 일상이 머릿속에 그려졌다. 매일 그 벤치에 나와 하늘을 살피고 날씨를 분석하면서 누군가가 찾아오기를, 그래서 옆에 잠시 앉혀두고 자기 인생에서 크나큰 자리를 차지했던 밭이며 농작물에 대해 대화를 나눌 수 있기를 고대하는 모습이 보지 않고도 선하게 그려졌다.

"그러고는 싶지만 만나야 할 사람이 있습니다." 내가 말했다.

"그렇군요. 그럼 일 보고 돌아오시든지." 그는 새로 담배 한 개비를 꺼내 불을 붙이고는 아침나절의 하늘을 속절없이 바라보았다. 초대를 거절한 사람이 나쁜은 아닌 듯했다.

유리문을 밀고 로비 안으로 들어갔다. 나이 지긋한 부인 다섯 명이 복도 양쪽의 휠체어에 앉아 있었다. 보아하니 아침 식사를 마치고 나면 어김없이 이곳에 자리를 잡는 듯했다.

"구내식당으로 가보세요." 그중 한 노부인이 말했다.

"뭐라고 하셨죠?"

"이디스 말이에요. 구내식당에 있다고요. 거기서 기다리고 있을 거예요." 그 노부인이 이어 말했다.

"제가 유명 인사인 줄은 미처 몰랐는데요."

"저런, 여기는 손바닥만 한 곳이에요. 소문이 퍼지는 건 시간문제라니까."

그녀가 말을 마치자 다른 부인이 내게 웃어 보였다. 모두 머리를 새로 만진 듯했다. 복장도 단정했다. 마치 누군가 찾아와 그날 하루 자신들을 데리고 외출해주길 기다리는 사람들처럼. 복도에는 라벤더 향과 소독약 냄새가 풍겼다.

접수 직원은 내 이름을 기록한 다음 복도 안쪽에 위치한 구내식당을 가리켰다. 창가 의자에는 늙은 남자 몇 명이 구부정하게 앉아 있었고 식당 한쪽에 놓인 기다란 포마이카 탁자에서는 여자 둘이서 직소 퍼즐에 한창이었다. 식당 한가운데, 휠체어에 자그마한 여인이 앉아 있었다. 나이는 아흔 남짓이었고 카키색 바지에 반짝이는 녹색 폴리에스터 블라우스를 입고 황갈색 에스파드리유를 신었다. 양 볼은 볼연지를 진하게 발라 파우더로 마무리했고, 숱이 적은 백발은 최근에 손질한 듯 밝은 복숭앗빛이 감돌았다. 목에는 굵은 모조진주 목걸이가 걸려 있었다. 내가 식당에 들어서자 그녀는 밝게 웃었다.

"혹시 이디스 씨인가요?" 내가 물었다.

"네." 그녀가 대답했다. "나와 얘기하고 싶다던 그 신사분?"

"맞습니다. 켄트 너번입니다. 저와 통화한 여자분 말씀으로는 부인께서 하이어워사 정신병원에 관해 뭔가 알고 계시다고."

"와줘서 얼마나 기쁜지 몰라요. 찾아오는 사람이 별로 없거든요."

그녀는 말을 이어가려다, 로비에 있던 노부인 몇 명이 무슨 일인가

하는 호기심에 문 쪽으로 다가오는 것을 알아챘다.

"어디 다른 데로 가서 얘기할까요?" 이디스가 말했다.

"어디든 제일 편한 곳으로 가시죠." 내가 말했다.

"나가서 커피라도 한잔하면 좋겠는데." 그녀가 말했다. 그녀의 두 손을 내려다보니 무릎에 지갑이 얌전히 놓여 있었다.

"멋진 생각이네요. 근처에 가고 싶은 곳이라도 있으세요?" 내가 물었다.

그녀의 표정이 밝아졌다. "있다마다요. 캔턴 시에 아늑하고 좋은 카페를 하나 알아요. 적어도 옛날엔 그랬죠. 빵이 정말 환상적이었어요. 문 옆에 보행 보조기가 있어요. 나가는 길에 가지고 가요. 날 좀 일으켜주겠어요? 일어나기가 어렵지 돌아다니는 덴 문제가 없거든요."

외출 기록부에 이디스의 이름을 적은 뒤 휠체어를 밀며 복도를 통과해 문 쪽으로 걸었다. 지나가는 우리를 보고 휠체어에 앉아 있던 노부인들이 웃음 지었다. 하지만 이디스는 본체만체했다.

담배를 피우던 노인은 여전히 벤치에 앉아 들판을 뚫어져라 바라보고 있었다. "안녕하세요, 클래런스 씨?" 이디스가 인사를 건넸다. 지나치게 예의바르고 형식적인 말투였다. 한때 작은 도시의 학교 선생님이었다고 해도 전혀 이상하지 않을 것 같았다.

"비는 더 기다려야겠어요. 구름이 두터워지고는 있지만." 노인이 말했다.

"참견쟁이 노인네." 이렇게 말하며 이디스는 머리를 절레절레 흔들었다. 그사이 휠체어는 클래런스를 뒤로하고 차를 향해 다가갔다. "요양원이 온통 저런 사람들 천지예요."

"다른 분들과는 별로 어울리지 않으시는 모양이죠?" 내가 물었다.

"아뇨, 잘 지내요. 단지 거리를 유지하는 것뿐이죠. 너무 가까이 지내서 좋을 건 없으니까요. 어쨌든 결국엔 다들 죽을 텐데."

그녀의 날선 반응에 어리둥절해진 나는 그녀를 만나기로 한 결정이 혹시 실수였던 건 아닌지 내심 걱정이 됐다. 하지만 이미 이 정도까지 만남이 진행된 이상 끝까지 가보는 게 최선이었다.

이디스의 몸은 새털처럼 가벼웠다. 일단 도움을 받아 일어난 뒤에는 혼자서도 곧잘 돌아다녔기에 차에 태우기도 수월했다. 중풍 때문인지 오른손이 주기적으로 떨리기는 했지만 힘도 수완도 충분했다.

이디스의 휠체어를 트렁크에 넣고 캔턴 시를 향해 출발했다. 하이어워사 정신병원이 있던 도시에 마침내 입성할 생각에 마음이 두근거렸다. 이디스는 주변의 시골 풍경에서 시선을 떼지 않았다. 그녀는 두 눈을 빛내며 스쳐가는 들판을 찬찬히 바라보았다. "참 많이도 변했네요. 하긴 요새는 바깥구경 할 일이 통 없으니."

"자제분은 없으십니까? 손주들은요?"

"다들 멀리 이사 갔어요. 피츠버그라고, 동부 연안 쪽이죠. 크리스마스에는 찾아오려고 애를 쓰는 모양이지만, 이제 그 애들도 자기 생활이란 게 있으니까." 요양원의 테두리를 벗어나자 그녀의 목소리에서 날선 느낌이 사라졌다.

1킬로미터쯤 지날 때마다 잘 관리된 현대식 난평면 주택이 나타났다. 주택 부지는 주변의 옥수수 밭을 밀어 마련한 것이었다.

"원래는 이 일대가 전부 밭이었답니다. 일할 때면 다 같이 힘을 모았죠. 좋은 시절이었어요." 그녀가 말했다.

"근방에서 자라셨습니까?"

"네. 캔턴에서."

"자라기에 좋은 환경이었나요?"

"그럼요. 훌륭했지요. 모든 게 정말 아름다웠죠. 어린 소녀에게 캔턴 시는 세상에서 가장 흥미진진한 곳이랍니다. 온갖 아름다운 건물과 가게가 대로변에 위아래로 즐비했지요. 아버지를 따라 법원에 갔던 일이 기억나는군요. 살면서 본 가장 멋진 건물이라고 생각했어요. 우린 시계탑의 시계가 움직이는 모습을 보곤 했는데, 꼭 유럽에 온 것 같은 기분이었죠."

그녀는 나를 살피더니 이렇게 덧붙였다. "혹시 가는 길에 들러볼 수 있을까요?"

"물론이죠." 내가 말했다. 실은 한시라도 빨리 정신병원에 대한 이야기를 듣고 싶었다. 하지만 그녀가 드라이브를 즐기며 기억 속을 여유롭게 거닐도록 해주는 편이 왠지 옳을 듯했다.

강 유역을 따라 캔턴 시에 가까워질수록 시골길과 들판은 길가에 가로수가 늘어선 소규모 소수민족 거주지로 바뀌어갔다. 멀리 우뚝 솟은 법원 시계탑이 모습을 드러냈다. 나는 기회를 봐서 재빨리 그쪽으로 방향을 틀었다.

널따란 초록 잔디밭 뒤편에 위풍당당하게 세워진 황갈색 벽돌 건물 옆을 지날 때였다. 이디스가 시계탑을 가리켰다. "보세요. 저게 바로 그 시계랍니다. 어릴 때 봤던 그대로군요."

나는 거리를 따라 천천히 차를 몰았다. 이디스의 빛나는 두 눈에 흥분과 향수가 어렸다.

캔턴 시가 한때 번창했던 도시라는 건 한눈에 알 수 있었다. 우아한 붉은 벽돌집들 주위로 베란다가 빙 둘러져 있었고 곳곳에서 세심한 건축가의 손길이 느껴졌다. 심지어 전성기를 한참 지난 지금도 주택가를 중심으로 단정한 동네 분위기를 간직하고 있었다.

우리는 주택가를 통과해 번화가로 향했다. 여전히 잘 보존된 이삼

층 벽돌 건물들이 부유한 상인과 은행가 계층을 대변했다. 그들은 스스로 만들어낸 그 공동체를 무척 자랑스러워했다. 도시 전체에서 풍기는 중서부 벽돌 건물 특유의 탄탄한 이미지는 서부 소도시들의 먼지가 풀풀 날리는 대로변이나 내가 사는 북부 시골 지방 소수민족 거주지의 궁핍하고 옹송그린 삶과 완벽한 대비를 이루었다. 이제는 비었거나 작은 상점으로 개조된 건물이 많았지만, 이는 단지 시대와 균형을 맞추는 과정에서 도시가 축소된 것일 뿐이지 죽어가는 도시라는 느낌은 들지 않았다. 풍요롭던 과거의 흔적이 도시 전체를 지배했다.

"정신병원의 위치는 어디쯤이었나요?"

"아, 시가지에서 동쪽으로 조금 떨어진 곳이에요. 외곽에 있는 골프 코스 근처죠. 우선 커피를 좀 마시고 그곳으로 드라이브나 할까요?" 이디스가 말했다.

"좋지요. 안 그래도 병원이 있던 자리를 직접 보여주셨으면 했거든요."

우리는 거리를 따라 내려갔다. 소상점 여러 개를 지나쳤을 때 그녀가 어느 작은 카페를 가리키며 말했다. "저기예요." 나는 도로 연석에 차를 댔다. 마음이 급했다. 커피 한잔과 여유로운 대화 뒤에는 어느 작은 소녀의 인생을 결정짓고 내 꿈의 가장 어두컴컴한 구석을 넘나들던 땅과의 만남이 나를 기다리고 있었다.

철없던 시절의 이야기

미국 중서부 시골의 전형적인 카페였다. 벽마다 칸막이 좌석이 늘어서 있고, 중앙에는 탁자 여러 개가 자리했다. 금전등록기 위쪽에 마련된 화이트보드에는 '롤빵에 으깬 감자와 채소를 곁들인 따뜻한 칠면조 샌드위치' 따위의 스페셜 메뉴가 매직펜으로 적혀 있었다.

노인 몇 명이 혼자 앉아 커피를 홀짝였고, 사업가들은 삼삼오오 모여 앉아 노란색 괘선지에 숫자를 적어가며 토론에 열을 올렸다. 가운데 쪽 테이블에 앉은 가족은 프라이드치킨과 미트로프, 화이트 토스트로 만든 참치 샐러드 샌드위치 비슷한 음식으로 구성된 식사를 방금 마친 참이었다. 다섯 살 남짓 된 딸아이는 가족의 시선을 한 몸에 받으며 튤립 모양 접시에서 아이스크림선디의 마지막 잔해를 행복하게 긁어낸 다음, 스푼을 입에 넣고는 막대사탕처럼 오물거렸다.

옆을 지나던 이디스가 웃음 지었다. 그러자 온 가족이 웃어 보였다. 소도시 특유의 친근한 공기가 식당 전체에 가득했다.

나는 이디스를 칸막이 좌석으로 데려갔다. "이 집은 케이크가 유명해요. 한번 들어봐요." 그녀가 말했다.

"좀 전에 뭘 먹었습니다." 거짓말이었다. "저는 신경 쓰지 마시고 마음껏 드세요." 나는 이번 외출이 이디스에게 특별하게 기억되기를 바랐다. 하지만 마음은 이미 정신병원 터에 가 있은 지 오래였다.

우리가 미처 앉기도 전에 피부가 고운 금발 소녀가 다가와 연필과 받아 적을 쪽지를 들고 우리 앞에 섰다. 눈이 맑고 순수한 인상의 그녀는 열여덟 살도 채 안 된 듯한 앳된 얼굴에 분홍색 웨이트리스 앞치마를 걸치고 빛나는 흰색 운동화 안에 흰색 발목 양말을 신고 있었다.

"메뉴판을 갖다드릴까요? 아니면 생각해두신 메뉴라도 있나요?" 소녀가 웃으며 말했다.

"저는 커피면 됩니다." 내가 말했다.

이디스가 기대에 찬 눈으로 소녀를 올려다보며 말했다. "케이크가 있나요?"

"오늘의 스페셜은 데블스 푸드 케이크[아주 진한 초콜릿 케이크]랍니다. 오늘 아침에 갓 구운 거예요." 소녀가 말했다.

이디스는 양손을 꼭 쥐었다. "오, 좋아요. 그럼 그걸로 한 조각 부탁해요. 그리고 커피도." 믿기 힘든 변화였다. 요양원에서 데려올 당시의 서먹하고 까칠한 모습은 이제 온데간데없었다.

그토록 즐거워하는 이디스의 모습에 나도 덩달아 기분이 좋아졌다. 이번 외출은 그녀에게 하나의 커다란 행사였다. 어쩌면 몇 주 혹은 몇 달 만에 갖는 가장 큰 행사인지도 몰랐다. 정신병원 이야기를 꺼내서 분위기를 가라앉히기가 미안할 정도였다. 하지만 이야기를 하고 싶다고 요양원 직원에게 말한 사람은 다름 아닌 그녀였다. 그러니 나로서는 그녀가 모처럼 요양원의 제약에서 벗어나 느끼는 이 순전한 기쁨을 정신병원 이야기 때문에 빼앗기지 않기만을 바라는 수밖에 없었다.

"그, 정신병원에 대해 뭔가 알고 계시다고요?" 나는 웨이트리스가 떠나기를 기다려 말을 꺼냈다.

이디스는 내 말이 거의 들리지 않는 듯 각 칸막이 좌석 위 벽에 걸린 그림들을 가만 바라보았다. 싸구려 잡화점에서나 팔 법한, 풍차가 그려진 목가적 풍경화였다.

"그림도 예전 그대로인 것 같네요." 그녀가 말했다.

재촉하기에 적당한 때는 아직 아닌 듯했다. 결국 나는 잠자코 앉아 그녀에게 주위를 둘러볼 시간을 주기로 했다. 이디스는 작은 것 하나까지 놓치지 않았다. 빵 한 덩이를 앞에 두고 기도하는 노인의 사진이며 레스토랑이 처음으로 번 1달러짜리 지폐를 담아둔 액자, 금전등록기 뒤편 선반에 얌전히 놓인 소금 통과 후추 통 컬렉션을 그녀는 하나하나 포착해냈다.

"모두 내가 이곳에 드나들던 시절부터 있던 것들이에요." 그녀가 말했다. 마치 물건들의 존재가 자신의 잃어버린 과거와 쓸쓸한 현재의 삶을 연결해주는 매개체라도 되는 것처럼. 그녀는 맞은편 창문에 비친 자신의 모습을 얼핏 보더니 말을 멈추고는 핸드백을 뒤져 새하얀 손수건 한 장을 꺼내 입가를 조심스럽게 닦아냈다.

"실례했어요. 화장이 좀 번진 것 같아서." 그녀가 사과했다. 아닌 게 아니라 카페의 밝은 조명 아래서 본 그녀의 붉은 립스틱과 두꺼운 볼연지는 다소 과한 감이 있었다. 내 마음은 어느새 아이처럼 흥분한 그녀의 마음속으로 빠져들었다. 문득 이 시간이 그녀에게 의미 있는 시간이면 좋겠다는 생각이 들었다. 무미건조한 일상에서 작은 의식과 축제로 기억될 만한 시간. 정신병원이 우리를 기다렸지만 상관

없었다. 이미 100여 년 이상을 기다려오지 않았던가!

"머리 모양이 정말 근사한데요." 내가 말했다.

"그런가요? 미용사가 염색약을 너무 과하게 썼다고 생각했는데. 신참이었거든요. 늘 봐주던 미용사가 내일 나온다고는 했지만 오늘 오전 중에는 손질하고 싶었어요. 마침 이렇게 나올 일도 있고."

"글쎄요, 제가 보기엔 매우 예쁘게 됐어요." 내 말에 이디스는 얼굴을 살짝 붉히며 작고 주름진 손으로 옆머리를 매만졌다. 그런 식의 찬사가 꽤 오랜만이라는 걸 한눈에 알 수 있었다.

모처럼 나선 나들이라는 이 소소한 축제를 즐기게 해줄 심산으로 슬쩍 빠져주려는데 별안간 그녀가 말을 꺼냈다. "아시다시피 제 할머니께서 거기서 일하셨어요."

갑작스런 언급에 나는 어리둥절했다. "어디 말씀이시죠?"

"정신병원이요. 하이어워사. 할머니께서 몇 년간 거기서 일하셨다고요. 그 이야기를 하고 싶으셨던 것 아닌가요?"

"음, 글쎄요, 그렇긴 하지만 지금은 그냥 이 만남 자체를 즐기던 참이라."

그녀는 애교스럽게 손을 살짝 튕기며 이렇게 말했다. "아유, 친절도 하셔라. 하지만 그 병원 이야기라면 기꺼이 해드릴 수 있어요. 제게는 선물 같은 기회인걸요."

"글쎄요, 정 그러시다면."

"아니, 아니. 정말 괜찮아요. 할머니 이야기라면 언제든 환영이랍니다. 묻는 사람이 많지 않거든요. 정말 재밌는 분이었죠. 지금도 생생하게 기억나요. 할머니 모습이며, 제게 들려주신 이야기들이."

"그럼 부탁을 좀 드려도 되겠습니까?"

이디스는 자세를 고쳐 앉더니 쾌활하게 고개를 살짝 틀었다. "자,

그럼 시작해볼까요?"

근처 탁자에 있던 그 가족이 이제 떠나려는지 자리에서 막 일어났다. 어린 소녀의 입 주변에는 초콜릿 시럽과 아이스크림이 잔뜩 묻어 있었다. 젊은 어머니는 냅킨을 적셔 끝부분으로 아이의 얼굴을 닦아냈다. 그들이 우리 곁을 지날 때 이디스가 소녀를 향해 손을 뻗었다. 동경과 사랑이 가득한, 무의식에 가까운 몸짓이었다. 소녀는 몸을 뒤로 빼더니 제 어머니의 다리에 매달렸다.

소녀의 어머니는 이디스를 내려다보며 미소 짓고는 이렇게 말했다. "가끔 이렇게 수줍어한다니까요."

"아, 괜찮아요. 정말 귀여운 아이로군요." 이디스가 대답했다.

"티파니, '고맙습니다' 해야지. 좋은 분이야." 아이 어머니가 말했다.

티파니는 눈을 내리깔고는 들릴 듯 말 듯 공손하게 고맙다고 인사했다. 그들이 문밖으로 걸어 나가는 모습을 이디스는 물끄러미 바라보았다.

"정말 사랑스럽죠?" 그녀가 말했다.

"그렇네요."

"요양원에 있다 보면 아이들이 얼마나 보고 싶은지 몰라요. 가족들 없이는 절대 오지 않으니까요. 게다가 어찌나 수줍어들 하는지. 아마 늙은이들이 무서워서겠지요."

그녀의 말에 나는 어깨를 으쓱하고는 웃어 보였다. 그다지 의견을 보태고 싶지 않았다.

이디스가 손을 뻗어 내 소매를 매만졌다. "너번 씨는 내가 만나는 사람 중에 제일 젊은 축에 속해요. 물론 직원 아가씨들은 빼고."

"그래봐야 타이어 표면이 반도 넘게 닳아진 고물 차랍니다."

이 말이 그렇게 재미있었을까? 그녀는 한바탕 숨넘어갈 듯 웃어대더니 내 소매를 건드리며 물었다. "어디까지 이야기했죠?"

"할머니 이야기를 하던 중이었습니다."

"아, 그래요. 우리 할머니. 성이 트론드세스였어요. 잉거 트론드세스 여사. 유럽에서 태어나셨죠. 스타방에르 근처랍니다. 20대 때 할아버지와 함께 미국으로 건너오셨어요. 영어는 잘 못하셨고요. 키가 매우 큰데도 허리를 항상 꼿꼿이 세우고 서 있던 모습이 기억나요. 여름에도 늘 소매가 긴 흰색 블라우스를 입고 계셨어요. 세탁기에서 바로 꺼낸 듯 언제나 깔끔했죠. 우리 자매는 할머니의 머리 색과 블라우스 색이 똑같다며 뒤에서 웃곤 했어요." 그녀가 다시 키득거렸다. 그 옛날의 우스갯소리가 생각난 모양이었다.

"사람들은 대개 할머니를 두려워했어요. 잘 웃지 않으셨거든요. 그냥 사는 방식이 그랬던 것 같아요. 하지만 속정은 굉장히 깊으셨죠. 가끔 잠자리에 들기 전 우리 방에 들어와 손이 깨끗한지 검사하고는 기도하는 걸 잊지 말라고 당부하셨어요. '손이 더러운 상태에서 예수님께 이야기하고 싶지는 않겠지?' 이렇게요. 그런 뒤에는 작은 사탕을 주곤 했는데, 늘 비밀이라며 이렇게 말씀하셨죠. '자, 다 먹었으면 어서 가서 이를 닦으렴. 너희 엄마가 알았다가는 내게 화를 낼 테니 말이야.'

심지어 아직까지도 잠자리에 들기 전에는 손을 꼭 씻는다니까요. 그래서 아까 그 아이에게도 손을 뻗었던 거예요. 그때까지도 뺨 옆에 초콜릿을 묻히고 있었거든요. 그냥 습관이죠."

"하지만 사탕은 이제 안 드시죠?" 내가 물었다.

"그럼요." 그녀는 내 쪽으로 몸을 기울이고는 비밀 이야기라도 하는 것처럼 이렇게 덧붙였다. "그렇지만 가끔은 몇 개씩 서랍에 넣어 둔답니다. 잠들기 전의 작은 즐거움이랄까요?"

"할머니가 대견해하시겠는걸요." 내가 말했다.

"두말하면 잔소리죠." 그녀가 맞장구쳤다. "하지만 간병인들에게는 절대 비밀이에요."

"그럼 할머니는 어쩌다 하이어워사에서 일하게 된 겁니까?" 이제 주제가 넘어온 이상 대화의 끈을 놓치고 싶지 않았다.

"할아버지가 돌아가신 뒤부터 그곳에 다니셨어요. 그 시절에는 일하는 여자가 드물었지요. 다들 집 안에만 박혀 있었으니까. 하지만 할머니는 미국에 건너오기 전 유럽에서 간호사 교육을 받으셨어요. 할아버지가 돌아가셨다고 마냥 손 놓고 있을 분이 아니셨죠. 남자가 할 수 있는 일이면 여자도 할 수 있고, 어떤 땐 여자가 더 나을 때도 있다고 말씀하셨어요. 그래서 정신병원까지 찾아가 일자리를 얻어내신 거예요. 간호사 자격증은 없었지만 환자를 돌볼 만큼은 배우셨거든요."

"거기서 무슨 일을 했죠? 간병인이었나요?"

"정확한 직책은 모르겠는데, 대체로 병동에서 일했어요. 주방에서도 얼마간 근무했던 걸로 알고 있고요. 그 일로 굉장히 화를 내셨지요."

"왜요?"

"환자들에게 먹이는 음식이 형편없다고 생각하셨거든요. 자존심이 상당한 분이었죠. 아무리 가진 게 없어도 사람들에게 줄 음식은 되도록 제대로 만들어야 한다고 믿었어요. 자라면서 그렇게 배웠으니까요.

그런데 환자들에게 그런 끔찍한 음식을 내놓는 걸 보고는 속이 뒤집힌 겁니다. 그 병원에서 고기와 당근 스튜라고 부르는 음식에 대해 몇 번 언급하는 걸 들었어요. 그냥 물에 비계와 뼈만 들어 있었다나요? '어떻게 그런 걸 고기와 당근 스튜라고 부를 수 있지? 고기도 없고 당근도 없고. 심지어 육수도 아니고 그냥 맹물인데. 사람이 먹을 음식이 아니야. 거기 사람들이 늘 병을 달고 사는 데는 다 이유가 있다니까.' 요리사는 화를 냈어요. 할머니가 상관할 바가 아니라면서. 아무튼 할 말은 해야 직성이 풀리는 분이었지요."

"할머니가 그 문제로 큰소리를 낸 적이 있습니까?"

"병원장에게 말한다든가, 뭐 그런 것 말인가요? 아마 아닐 거예요. 그건 또 다른 문제인데, 할머니는 병원장을 눈곱만큼도 좋아하지 않으셨거든요. 동부 출신의 남자였는데 여기 사람들을 죄다 시골 뜨기라고 무시했던 모양이에요. 돈 자랑을 입이 마르게 하고 다니면서도 정작 환자들은 제대로 먹이지도 입히지도 않았다나요? 거기다 다른 사람 말은 뭐든 귓등으로도 듣지 않았다더군요. 직원들을 죄다 자기 하인 대하듯 하더랍니다."

"그 사람이 혹시 허머 선생인가요?" 내가 물었다.

"이름은 몰라요. 할머니는 그냥 '병원장'이라고만 불렀으니까. 아무튼 환자들에게 가야 할 물품이 죄다 병원장과 그 가족의 주머니로 들어갔다고 들었어요. 병원장 부인이 왔다 하면 찬장에서 설탕을 거의 다 쓸어가는 바람에 빵도 구울 수 없었다나요? 크고 작은 수건들도 남아나질 않았대요. 원래 수건은 환자 모두에게 골고루 돌아가야 했지만 할머니가 맡은 병동에는 겨우 여덟 장밖에 없었다더군요. 환자는 32명인데. 정신병원 환자 전체가 가진 수건을 합친 것보다 병원장 가족이 사용하는 수건이 더 많았다니 말 다 했죠.

아마 그런 부분이 할머니를 괴롭혔을 거예요. 이기주의. 그리고 먼지까지. 청결을 대단히 중시하셨거든요. 이렇게 말씀하셨죠. '독실함에 버금가는 덕목이 청결인데, 우리 힘으로 그 사람들의 청결을 유지

할 수 없다면, 도대체 어떻게 이곳 사람들을 하느님 곁으로 데려갈
수 있을까?'"

"병원이 그 정도로 지저분했나요?" 내가 물었다.

"할머니는 끔찍하다고 표현하셨어요. 낡은 석탄 난로로 난방을 했
는데 환기에 문제가 있었나 봐요. 겨울이면 건물이 온통 그을음으로
뒤덮였다더군요. 어떤 아침에는 들어가보면 그을음이 하도 두껍게 내
려앉아 바닥에 환자들의 발자국이 남아 있을 정도였다나 봐요. 그런
그을음 속을 걸어다니다가 침대에 들어가니 침구가 더러워질 수밖에
요. 워낙 더러워서 아무리 빨아도 때가 지지 않더랍니다.

게다가 온수는 일주일에 사흘밖에 틀어주지 않았대요. 병원장의
방침이었죠. 사정이 그렇다 보니 환자들이 직접 세탁해보려 한들 침
구가 깨끗해질 리 만무했고요. 목욕도 찬물로 해야 했답니다. 접시
수도 모자라서 온수가 떨어지면 더러운 접시에 그대로 음식을 담았
고 포크와 스푼도 여럿이 나눠 쓰게 했다더군요."

이디스의 이야기는 베나이스의 이야기와 놀라우리만치 흡사했다.
특히 그을음에 관한 부분이 똑같았다.

"듣자 하니 지독한 곳이었군요."

이디스는 고개를 가로저으며 진저리쳤다. "밖에서 보기엔 무척 훌
륭한 곳이었고요."

"사진으로 봤습니다." 내가 말했다.

"그럼 아시겠군요. 이곳 사람 모두가 그런 아름답고 중요한 건물
이 캔턴 시에 있다는 사실에 상당한 자부심을 느꼈어요. 하지만 건
물 내부는 끔찍하다고 할머니는 말씀하셨죠. 창문은 모두 창살을 쳐
놓은 데다 꽉 닫아놔서 공기가 퀴퀴하고 불결했대요. 환자 대부분이
침실용 변기를 사용했는데 정작 그것들을 비울 인력은 부족해서 냄

새가 지독했고요. 어떨 땐 며칠 동안 비우지 않은 채 내버려두기도 했다더군요. 환자 중에 걸핏하면 발길질을 하면서 비명을 지르던 여자가 있었는데, 병원장은 사람들을 시켜서 그 여자를 침대에 사슬로 묶고는 그대로 방치했답니다. 일어날 수가 없으니 그 상태에서 변을 봤던 모양이에요. 그냥 내버려두는 바람에 나중에는 침대에 구더기가 들끓었다고요."

이디스의 분노가 커질수록 중풍에 걸린 그녀의 손이 격렬하게 떨렸다. 그녀는 손을 탁자 밑으로 감추고 말을 이어나갔다.

"할머니께는 정말 힘든 시간이었죠. 인디언들을 좋아하셨거든요. 사미인들이 떠오른다나요? 고향에 사실 적에 라플란드 근처에서 여름을 보내시곤 했는데, 그때 사미인들이 태워주는 순록도 타보셨다더군요. 인디언과 사미인의 신앙에는 공통점이 많다고 말씀하셨어요.

실은 할머니께서 심하게 화내는 모습을 본 적이 딱 한 번 있어요. 버밀리언 소재 대학에서 누군가 찾아왔을 때였죠. 인디언을 연구한다나 하는 남자였는데 그 남자는 인디언의 종교에 대해 일부는 천주교이고 일부는 개신교이며 일부는 종교가 없다고 썼어요. 할머니는 불같이 화를 내며 그에게 말씀하셨죠. 인디언에게도 고유의 종교가 있다고. 단지 백인의 종교와 같지 않을 뿐이지 그것이 곧 종교가 없다는 뜻은 아니라고.

남자 쪽에서도 화를 냈어요. 자기는 대학교수이고 자기가 어떻게 생각하건 간에 할머니가 참견할 일이 아니라면서. 할머니도 지지 않으셨죠. 생각은 그의 자유이지만 당신께서 계시는 한 누구도 인디언에게 종교가 없다고 말하지는 못할 거라고. 단지 대학교수라는 이유로 모든 것을 안다고는 할 수 없다고 말씀하셨어요. 아마 그 일로 꽤 곤란을 겪으셨을 거예요. 그런 식으로 그 사람에게 대들었으니.

또 한 가지 할머니를 힘들게 했던 건 정신병원 내에 다른 이들과 어울리지 못하는 사람이 많다는 점이었어요. 너무 슬픈 일이라고 말씀하셨죠. 환자 중에는 자기 부족 출신이 아무도 없는 사람들도 있었어요. 그런 사람들은 누구와도 대화할 수 없었죠. 대부분 그저 멍하니 의자에 앉아 있거나 울고 또 울었답니다. 병원장은 타 지역에서 방문자들을 데려다가 그곳 사람들을 구경시키기도 했다더군요. 마치 동물원의 동물처럼 말이죠. 정말이지 너무도 잔인했어요."

이디스의 기분이 가라앉는 것이 눈에 보였다. 웨이트리스가 다가와 자기 앞 탁자에 케이크를 올려놓는데도 이디스는 눈길조차 주지 않았다.

"변변한 옷도 없더랍니다. 구멍이 숭숭 뚫리고 여기저기 기워진 옷들을 입고 있더래요. 병원 가운 차림에 속에는 아무것도 입지 않고 복도를 하릴없이 돌아다니는 사람들도 있었다더군요. 발가벗겨진 채 매트리스에 사슬로 묶여 방치된 소년도 있었고요. 하루 종일 사람들의 울음과 비명이 끊이질 않았다고 했어요."

이 이야기 역시 베나이스의 어두운 기억과 동일했다.

"할머니는, '세상에, 사슬이라니, 사슬에 자물쇠라니'라고 말씀하시곤 했어요. 사람들 손목에 수갑을 채우고는 침대에 사슬로 묶어버렸다나요? 손목 수갑에 발목 수갑까지. 그렇게 며칠을 방치한 거예요. 심지어 열쇠를 잃어버리기도 했는데, 그럴 때면 사람들을 거기 그대로 내버려두었대요."

이디스가 고개를 들어 나를 보았다. 두 눈이 촉촉했다. 볼연지 위로 눈물 자국이 길게 나 있었다. "왜 그랬을까요, 너번 씨?" 그녀가 물었다. "왜 사람들을 그렇게 대했던 걸까요?"

슬프게도 그녀의 기분은 그토록 어두운 기억 속으로 추락하고 있었다. 커피를 마시러 들를 때만 해도 그녀는 축제에 온 것처럼 한창 들떠 있었다.

"나쁜 사람? 나쁜 제도? 모르겠군요. 인디언에 대한 이해가 부족해서일까요?" 내가 말했다.

"할머니 말씀으로는 심지어 전혀 아프지 않은 사람도 많았대요. 제1차 세계대전에서 싸우던 군인도 있었고. 전쟁의 충격으로 신경증을 앓는 사람들을 가둬놓고 정신병자라고 말했다더군요. 나라를 위해 싸우던 사람들인데. 칫솔이나 치약도 없더랍니다. 치과 치료는 아예 못 받았고요. 바깥에서의 삶에 익숙한 사람들이 그곳에서는 가을과 겨울 내내 갇혀 있었던 거예요. 복도에 더러운 공기와 오물이 들어찬 곳에서. 그런 곳에서 벽에 그림이라도 걸 수 있었을까요?"

이제 그녀는 넘쳐나는 기억, 잔혹하고 형체도 초점도 없는 기억들을 주체하지 못하고 있었다.

"그곳에서 태어난 아기 이야기를 들려주신 적도 있어요. 남녀를 따로 수용하긴 했지만 가끔은 통제를 벗어나는 경우도 있는 법이니까요. 병원에서는 아기에게 이름도 지어주지 않은 채 거기 두었대요. 부모가 정신병자면 아기도 정신병자일 거라는 이유였죠. 아기는 얼마 못가 죽었다고 들었어요.

어떤 여자는 병원장의 지시로 크레오소트를 가득 채운 욕조에서 씻기더랍니다. 어떤 여자의 머리에는 수은을 발랐고요. 무슨 병을 없앤다면서 말이죠. 얼마나 잔뜩 발랐던지 베개에 붙은 수은을 간병인들이 칼로 긁어내야 했다더군요. 어떻게 인간이 인간에게 그런 짓을 할 수 있죠?"

나는 시선을 떨군 채 엿듣는 손님이 아무도 없기를 바랐다.

"구더기가 들끓는 침대에 누워 있던 여자를 발견한 그날 밤 할머니는 우시더군요. 할머니의 눈물을 본 건 돌아가시던 날을 빼고는 그 때가 처음이자 마지막이었어요. 곧장 방으로 들어가 문을 닫으셨죠. 안에서 흐느끼는 소리가 들렸고요. 그러고는 아침까지 나오지 않으셨어요."

이디스는 이제 대놓고 눈물을 흘렸다.

"할머니는 밤 근무가 최악이라고 말씀하셨어요. 밤 근무를 싫어했죠. 병원장이 돈을 아끼느라 불을 못 켜게 했거든요. 그래서 순찰을 돌 때면 손전등을 들고 다녀야 했답니다. 심지어 욕실에서도 조명을 쓸 수 없었죠. 가끔은 병동 어딘가에서 수상한 소리를 들어놓고도 맹꽁이자물쇠를 열지 못해 못 들어가는 경우도 있었대요. 그만큼 어두웠던 겁니다. 비가 온 뒤에는 바닥에 생긴 물웅덩이를 밟고 다녀야 했어요. 지붕이 샜으니까요. 생각해보세요. 신발도 없이 젖은 재와 그을음이 뒤섞인 물웅덩이를 밟으며 어두운 복도를 배회했을 그 불쌍한 사람들을요."

그녀는 몇 차례 훌쩍이며 마음을 가다듬으려 노력했다. 나는 그녀에게 눈물을 닦을 냅킨 두어 장을 건넸다.

"미안합니다. 전에는 아무에게도 이런 이야기를 한 적이 없어요. 그 불쌍한 사람들에게 우리가 한 짓을 생각하니 너무 부끄러워서 그만. 어린 시절 이따금 그 언덕에 올라 울타리 밖에 서서, 병원 마당을 배회하는 사람들을 살펴보곤 했어요.

언젠가 여름이었어요. 한 여자가 담요를 깔고 바깥에 누워 있었죠. 간병인들이 나와서 그녀에게 일어나 안으로 들어가라고 말했어요. 그녀는 말을 듣지 않았죠. 그러자 간병인들은 담요의 네 귀퉁이를 움켜쥐더니 그녀를 담요째 들고 계단을 올라갔어요. 내 생각에 그녀는 간병인들 말을 알아듣지도 못했던 것 같아요.

가끔은 건물 안의 비명 소리나 신음 소리가 담장 밖 아이들의 귀에 들릴 때도 있었죠. 동물이 울부짖는 것 같았어요. 가끔은 우리끼리 서로 담력을 시험한다며 담장 가까이 다가가 안으로 손을 뻗어 환자 중 누군가를 만지려 하기도 했는데 그런 뒤에는, 만약 우리가 밤에 저 안에 갇히게 된다면 어떻게 할 것인지 숨어서 이야기를 나눴어요.

정말이지 못된 장난이었죠. 하지만 너번 씨, 인디언은 우리에게 두려운 존재였어요. 피부는 검죠. 말투는 우스꽝스럽죠. 거기다 사람을 죽이고 껍질을 벗긴다는 소문이 파다하죠. 심지어 사람처럼 느껴지지도 않았어요. 심지어 사람이라고 생각하지도 않았던 거예요."

이디스는 다시 테이블을 가로질러 손을 내밀었다. 그러고는 그 연약하고 떨리는 손을 내 팔에 얹었다.

"우리가 잘못한 걸까요, 너번 씨? 우리가 잘못했던 걸까요? 그때 우린 철이 없었어요. 멋모르는 꼬마일 뿐이었죠. 괴롭힐 생각은 없었어요."

난감했다. 이디스는 자꾸만 내게 대답을 요구하고 있었다. 그러나 내가 자초한 일이었다. 결론이 부드럽게 흘러갈지 말지는 전적으로 내게 달려 있었다.

나는 그녀의 손 위에 내 손을 포갰다. 그리고 말했다. "아니에요. 부인 잘못이 아닙니다. 물론 행동 자체는 잘못이지요. 하지만 그때는 철모르는 아이였어요. 일부러 잔인하게 굴었던 건 아니잖아요?"

"맞아요. 일부러 잔인하게 굴지는 않았죠. 하지만 우린 잔인했어요." 이디스가 말했다.

"아이들은 잔인한 존재예요. 다들 그래요. 우리 모두가 그렇죠. 아는 거라곤 부모님 말씀이 고작이니까요. 우리와 다른 사람들을 이해하지도 못하죠. 그냥 그 나이에 맞는 자연스러운 행동을 한 것뿐이에요."

이디스는 내 팔에 얹은 작은 손을 내내 떼지 않았다. 마치 자신이 하고 있는 이야기가 얼마나 중요한지 내게 납득시키려는 것 같았다. "하지만 그들은 진짜 사람이었어요. 가족과 강제로 헤어져야 했던 사람들. 심지어 이 도시 외곽의 구석진 곳에는 환자 가족들이 모여 누군가 나오기를 기다리며 야영을 하는 언덕이 따로 있을 정도였어요. 하지만 아무도 나오지 않았죠. 그럴 수가 없었으니까요. 탈출하거나 죽지 않는 한. 거기 모인 수많은 가족이 그렇게 기다리고 기다리다 자신들의 할머니나 할아버지의 시신이 나오면 집으로 모셔다 장사를 지냈어요. 살아서는 결코 만날 수조차 없었던 겁니다."

이디스를 정신병원의 참상에서 벗어나게 해주고 싶었던 나는 이야기의 방향을 희망적인 쪽으로 바꾸려 했다. "탈출한 사람도 틀림없이 있지 않았을까요?"

"어떻게 그럴 수 있었겠어요? 영어를 못하는 사람이 태반인 데다가 자신의 부족과는 몇 킬로미터나 떨어져 있는데. 병원 밖을 배회하는 모습을 들켰다가는 곧바로 병원장 귀에 들어갔을 거예요. 병원장은 사람을 시켜 그들을 다시 잡아다 병원에 가뒀겠지요."

"병원이라기보다는 감옥처럼 들리는군요." 내가 말했다.

"맞아요. 할머니도 그렇게 말씀하셨어요. 완치되지 않는 한 그곳을 탈출할 방법은 없다고. 하지만 완치 여부를 결정하는 사람은 병원장이었어요. 환자들이 완치될 수 없다고 믿는 사람. 그러니 죽을 때까지 무작정 갇혀 있을 수밖에요."

이디스의 두 눈에 다시 눈물이 고이기 시작했다. 나는 대화의 방향을 바꾸려는 시도를 그만두고 그저 자연스럽게 흐르도록 내버려두었다.

"할머니는 그러셨어요. 문명화가 그 사람들을 정신병자로 만들었다고. 원시의 마음으로 감당하기엔 그 모든 문명 지식이 버거웠을 거라고. 그래서 하이어워사 같은 곳에 수용해서 보호해야 한다고요. 아무리 좋은 사람이고 훌륭한 토속신앙이 있어도 알고 보면 어린아이나 마찬가지라고도 하셨지요. 모르겠어요. 할머니께서 왜 그렇게 생각하셨는지. 똑똑한 분이었는데."

"그때는 그렇게 생각하는 사람이 많았어요." 내가 말했다.

"하지만 잘못된 생각이었죠. 아주, 아주 잘못됐어요." 내 소매 위, 그녀의 조그만 손에 힘이 들어갔다.

그녀는 손가락으로 내 팔을 꼭 쥐었다. "할머니는 나쁜 분이 아니었어요, 너번 씨. 정말이에요. 그곳 환자들을 사랑했죠. 단지 스스로 판단하기에 옳은 일을 하려고 노력했을 뿐이에요."

"당연히 그러셨을 겁니다." 내가 말했다. "많은 환자를 도왔을 테고요. 당연해요. 할머님은 그곳에서 일하지 않은 사람들보다 더 좋은 일을 한 거예요. 노력했잖아요? 살다 보면 노력이 우리가 할 수 있는 전부일 때도 있으니까요." 설교를 시작할 마음은 없었지만 이쯤에서 대화를 마무리 짓고 싶었다.

"케이크를 잊고 있었군요." 내가 말했다. "맛있어 보이네요. 말씀하신 그대로예요. 자, 이제 주제를 바꿔 차를 즐겨볼까요?"

이디스는 손수건을 꺼내 눈물을 훔쳤다. "아니에요. 지금은 입맛이 없네요. 포장하는 게 좋겠어요. 슬슬 나가볼까요?"

마음이 심란했다. 나로 인해 이디스는 어두운 기억의 조각을 꺼내야 했다. 그리고 나는 하이어워사에 대해 더 많은 것을 알게 되었다. 어쩌면 내가 원한 것보다 더 많은 것을. 하지만 거기에는 희생이 뒤따랐다. 과연 그럴 만한 가치가 있는 일이었는지 확신이 서지 않았다.

웨이트리스를 불러 계산을 하고 케이크 포장을 부탁했다. 그녀는 따뜻하게 웃으며 포장할 케이크를 가져갔다. 보아하니 노인을 다루는 데는 이골이 난 것 같았다. 무슨 일이 있었는지도 대충 짐작하는 듯했다. 나는 탁자에 후한 팁을 남기고 이디스를 부축해 자리를 떴다. 웨이트리스가 우리를 위해 문을 잡아주었다. 이디스는 보행 보조기에 의지한 채 훌쩍거리며 차를 향해 걸었다.

"어디 들르고 싶은 곳은 없으십니까? 가게든 뭐든. 식료품이나 선물을 사러 갈까요?" 내가 말했다. 우리 나들이를 이런 식으로 끝내고 싶지 않았다.

"됐어요." 이디스가 대답했다. "올라가서 정신병원을 보고 싶네요. 다시 그곳에 가야겠어요. 거기 가서 할머니와 그 가없은 사람 모두를 추모하고 싶어요."

잠들지 않는 땅

정신병원 터는 시내 바로 동쪽에 자리했다. 그리 먼 곳은 아니었다. 기껏해야 2~3킬로미터 남짓이었다. 이디스는 자리에 꼿꼿이 앉은 채 말이 없었다. 그러다가 이따금 손수건으로 눈물을 훔쳤다. 그렇게 그녀는 서서히 안정을 되찾아갔다.

"저쪽이에요." 이디스가 왼쪽을 가리키며 말했다. 길은 넓은 강 유역으로 막 열리려는 참이었고 보이는 것이라곤 병원 표지판과 골프 코스, 깔끔하게 손질된 초록빛 언덕 위로 이어지는 굽은 진입로가 전부였다. "저 위예요." 그녀가 말을 이었다. "저 위가 병원이 있던 자리죠. 지금은 전부 헐렸지만. 400미터쯤 더 올라가면 도로가 하나 더 나와요. 그리로 가요."

2차로 고속도로를 쭉 타고 내려가 다음 도로로 향했다. 언덕 위로 뻗은 자갈길 바로 건너편 간선도로 대피소에는 두 개의 금속 기둥이, 그 위에는 사적 안내 표지판 두 개가 설치돼 있었다. 검게 녹이 슨 청동판, 문장紋章을 연상시키는 방패 모양, 금빛으로 돋을새김

한 글자가 멋스러웠다. 둘 중 적어도 하나는 하이어워사 정신병원의 정보를 담고 있을 듯했다. 예상은 보기 좋게 빗나갔다. 하나는 한때 강 건너편에 자리했던 캔턴 스키장과 길이 18미터짜리 스키 점프대를 기념하는 것이었고, 다른 하나는 1800년대 후반부터 20세기 중반에 이르는 오랜 세월 동안 캔턴 시에 캠퍼스를 꾸렸던 오거스타나 단과대학을 추억하는 것이었다. 하이어워사에 관한 언급은 어디에도 없었다. 한겨울에 그을음으로 뒤덮인 창문 밖으로 멀리 강 건너 목재 점프대에서 몸을 날리는 스키 점퍼들을 응시했을 환자들의 모습이 머릿속에 아른거렸다.

"표지판은 없나요?" 내가 물었다.

"그런 정신병원의 이야기가 여러 사람 입에 오르내리는 걸 시에서 원치 않았거든요. 건물이 폐쇄된 이상 더더욱. 정신병원을 닫으려 할 무렵엔 큰 소동이 있었죠. 적지 않은 일자리가 사라졌으니까요. 하지만 일단 폐쇄된 뒤엔 다들 약속이나 한 듯 입을 다물었어요."

대답을 마친 그녀가 다시 자갈길을 가리켰다. "저쪽으로 쭉 올라가요."

고속도로를 가로질러 언덕 위쪽으로 차를 몰았다. 꼭대기에 다다랐을 때 이디스가 손을 들었다. "잠깐, 여기에요." 그녀는, 페어웨이 몇 곳을 지나 가로장 울타리로 둘러싸인 풀밭을 가리켰다. 도로에서 100미터가량 떨어진 곳이었다. "저기가 바로 그 무덤 같아요. 찾는 사람이 없는 환자의 시신은 이곳에 묻었거든요. 몇 년 전 어떤 인디언 남자가 그 문제로 큰 소동을 벌였어요. 덕분에 명판과 울타리가 설치됐지요. 골퍼들이 묘지 쪽으로 공을 날려대는 걸 인디언 입장에서는 막고 싶었을 테니까요."

"그 인디언이 혹시 해럴드 아이언 실드인가요?"

"이름은 몰라요. 확실한 건, 시에서 그 소동을 탐탁지 않게 여겼다는 거예요. 인디언들이 중심가를 오가며 행진을 했으니까요. 사람들은 그런 인디언들을 급진주의자라고 부르더군요."

"급진주의자 같지는 않은데요. 부인의 할머니께서 묻힌 곳에서 사람들이 골프를 치지 못하게 해야 한다는 것이나 같은 취지잖아요?" 내가 말했다.

"하지만 별것도 아닌 일로 큰 소동을 벌인다고 생각하는 사람이 많았어요. '다 지난 일'이라는 태도가 팽배했죠. 인디언 스스로 극복해야 할 문제라고들 여겼던 것 같아요."

"쉽게 지나칠 수 없는 죽음도 있는 법이죠. 땅은 기억할 겁니다." 내가 말했다.

"마치 인디언처럼 말하는군요."

"어느새 물들었나 봅니다."

문득 그녀는 나에게 방문 목적을 묻지 않았다는 사실이 떠올랐던지 이렇게 물었다.

"그러니까 너번 씨는 인디언이 아니시지요? 아시겠지만, 요즘은 외모가 인디언 같지 않은 인디언도 많잖아요?"

"아닙니다. 제 몸 어디에도 인디언의 피는 흐르지 않아요. 순수 백인 혈통입니다."

"그렇다면 왜 이 일에 관심을 갖는 거죠?"

"친구가 있습니다. 라코타족이죠. 그분의 어린 여동생이 한동안 그 병원에 있었어요, 제가 아는 바로는. 그래서 그 장소를 보고 그곳에 대해 알아보고 싶었을 뿐입니다. 그래야 나중에 친구를 만나면 뭔가 들려줄 수 있을 테니까요."

이디스는 손으로 입을 가렸다. 그리고 물었다. "그 여동생이 있던 시기가 언제였나요?"

"잘은 몰라요. 아마 1920년대 말일 거예요. 안 그래도 여쭤보려던 참인데, 혹시 부인의 할머니가 어린 소녀에 대해 언급한 적은 없나요? 늘 흰 원피스를 입었다던데."

이디스의 손이 떨리고 있었다. "그 여자아이를 본 것 같아요. 까맣게 잊고 있었는데." 그녀가 말했다.

운전석에 앉은 내 자세가 꼿꼿해졌다. "들려주세요. 어쩌면 아주 중요한 일입니다."

"전 아무것도 몰라요. 정말이에요." 그녀가 말했다. "할머니는 환자들에게 일어났던 나쁜 일들은 들려주었지만 환자들에 대해서는 일언반구도 없었거든요. 그곳에 있어야 한다는 사실만으로도 충분히 힘든 환자들인데 사람들 입에 오르내리게까지 해야 되겠느냐고 하셨죠. 말했다시피 많은 일을 당신 혼자서 감내했어요."

"하지만 그 소녀는 본 것 같다고 하시지 않았습니까?"

"그래요. 울타리 안, 병원 앞마당에 그네와 시소가 있었거든요. 이따금 거기서 그네를 타는 인디언들을 보았는데, 그중에 작은 소녀가 하나 있었어요. 늘 더러운 흰 원피스 차림이었죠. 혼자 나와서 그네를 타곤 했어요. 앞뒤로 흔들리며 두 발을 한껏 높이 차던 모습이 떠오르는군요. 항상 노래를 불렀고요."

흥분으로 가슴 한쪽이 저릿했다. "소녀의 생김새를 기억하십니까?"

"아뇨. 머리 모양 말고는. 마치 그릇을 쓰고 자른 듯했어요. 또 있군요. 항상 노래를 불렀어요. 늘 그네를 타고 노래를 불렀죠. 때 묻은 흰색 원피스를 입었고요. 목소리가 예뻤어요. 수풀 뒤에 숨어 그 애를 바라보곤 했지요. 모습을 들키고 싶지 않았거든요."

"왜죠?"

"정말 모르겠어요. 나처럼 어렸기 때문일까요? 그 애가 나를 보면 친구가 되고 싶어할 거라고 생각했는지도 모르죠."

"괜찮습니다. 말씀해주셔서 감사합니다. 묘지에 가볼래요? 묘지라고 불러도 될지는 모르겠지만."

이디스가 차 문을 열었다. "그럼요. 묘지이고말고요. 가서 봐야지요."

구월의 열기가 늦여름의 끝자락을 붙잡았다. 기온은 섭씨 27도에 육박했고 공기는 탁하고 습했다. 멀리서 골퍼 몇 사람이 티에 공을 올려놓고 스윙 연습에 한창이었다. "휠체어를 타시죠. 보행 보조기로는 안 되겠어요. 페어웨이를 빨리 가로지르려면 그편이 낫겠어요."

나의 제안에 이디스도 동의했다. 트렁크에서 휠체어를 꺼내 이디스를 앉히자 그녀는 커다란 녹색 밀짚모자를 가방에서 꺼내 머리에 썼다.

잔디는 새로 깎은 듯 단정했다. 하지만 휠체어를 밀기에는 힘에 부쳤다. 이디스의 휠체어는 포장도로나 보도에는 적합했지만 고르지 않은 페어웨이나 러프에는 부적합했다.

찌는 듯한 열기에도 나는 주변 풍경의 목가적 아름다움에 사로잡혔다. 초록빛으로 길게 뻗은 페어웨이들 양옆으로 키 큰 낙엽수들이 서 있었고, 어디서든 강 유역의 완만한 곡선이 내려다보였다.

"주변 풍경이 정말 아름답네요." 내가 말했다.

"그렇죠." 이디스가 대답했다. "굉장히 아름다운 곳이었어요. 크고 새하얀 헛간과 산책로, 온갖 나무와 관목 숲과 정원들까지. 정신병원이라기보다는 공원에 가까웠죠. 시민들이 자랑스러워했던 것도 그 때문이고요. 만약 주위를 둘러싼 철제 울타리나 커다란 철문만 아니었다면 무슨 좋은 학교나 병원쯤으로 보였을지도 모르죠."

"겉모습이 전부는 아니니까요."

"누군가를 속이려고 그렇게 꾸민 건 아닐 거예요. 그냥 그러고 싶었겠지요. 모두가 나쁜 사람은 아니었으니까요. 인디언들을 아름다운 장소에서 살게 하고 싶었던 거예요. 여름이면 야외에 앉아 있거나 정원과 농장을 거닐 수 있는 곳. 울타리와 하이어워사 정신병원이라는 글자가 적힌 아치문이 없었다면, 그리고 그곳을 배회하는 사람들만 아니었다면, 그렇게 무섭게 보이지는 않았을 테고요."

"아, 거기에도 아치문이 있었군요." 내가 말했다. "무슨 뜻이죠?" 이디스가 물었다.

"정부가 인디언들에게 뭔가 확실히 보여주려 할 때 이용하던 방식입니다. 울타리로 경계를 표시하고 아치문을 세워 그 위에 이름을 달아두는 것이죠. 그래야 들어오는 사람들도 자신들이 지금 백인이 지휘하는 세계로 들어가고 있다는 것을 알 수 있을 테니까요. 울타리와 규칙, 대개의 인디언에게 백인 정부란 바로 그런 의미였습니다."

"글쎄요. 그렇게 볼 수도 있겠네요. 하지만 우리 눈에는 단지 환자를 가두는 방편에 불과했어요. 환자들은 늘 주변을 배회하거나 땅만 응시하거나 그저 앉아서 먼 곳을 바라봤지요. 마치 살아 있는 시체처럼. 그런 모습을 볼 때면 죽을 만큼 무서웠어요."

우리는 페어웨이들을 가로질러 가로장 울타리 쪽으로 천천히 이동했다. "건물은 어디에 있었습니까? 묘지 근처였나요?" 내가 물었다.

이디스는 울타리 너머 언덕 꼭대기를 가리켰다. 새로운 병원이 있는 자리였다. "저쪽이에요. 지금 병원이 있는 자리. 우리는 묘지가 있다는 것조차 몰랐어요. 무덤이라는 표시가 전혀 없었으니까요. 그 인디언이 소동을 일으키기 전에는."

나는 멀리 빅수 강 유역을 바라보았다. 나무들은 이제 막 가을의 풍부한 색으로 갈아입기 시작한 참이었다. 이 공원 같은 환경을 정신병원의 끔찍한 실상과 연관 짓기란 어려웠다. 하지만 기숙학교를 연구하면서 확실히 알게 된 것이 있다면 바로 사회를 통제하는 원리의 상당 부분은, 미국 정부와 문화의 지배력을 공고히 할 만큼 인상적이고 위협적인 구조물을 세우는 일에 의존하고 있다는 사실이었다. 그리고 이디스가 언급한 것처럼 일부 사회 개혁가들은 평화롭고 안정된 환경을 조성하는 일이 현대 문명의 복잡성에 원주민을 적응시키는 데 기여한다고 진심으로 믿었다. 그들의 철학적 견해로 볼 때 인디언이란 그저 뇌가 발달하지 않은 어린애 같은 존재, 너무 많은 자극이나 새로운 정보에 노출되면 자칫 어긋나기 쉬운 존재일 뿐이었다.

하이어워사 정신병원과 그곳의 환자들에 대한 지역사회의 태도에 관해 이디스와 더 많은 이야기를 나누고 싶었다. 하지만 그녀에게 이 여정은 사회적·정치적 의미보다는 개인적 의미가 담긴 여행이었다. 자신의 유년 시절에서 아주 많은 부분을 차지했던 묘지에 조용히 머무는 이 시간은 그녀가 요양원의 고독한 삶으로 돌아가기 전 내가 그녀에게 줄 수 있는 마지막 선물이었다. 그녀가 자신에게 가장 큰 평화를 주었던 그 길에서 기억들 사이를 거닐도록 그냥 내버려두고 싶었다. 이미 나는 스스로 이 정도면 충분하다고 기대했던 것보다 더 많은 것을 그녀에게 받은 상태였다.

울타리의 구조는 단순했다. 너비 60미터 높이 45미터가량의 어설픈 직사각형 틀이 묘지를 둘러싸고 있었다. 간혹 가로장의 끝부분이 기둥에서 떨어져 나와 바닥에 쓰러져 있었는데, 그런 모습이 울타리 안쪽 땅에 쓸쓸한 기운을 불어넣었다.

나는 이디스를 태우고 울타리 틈을 통과해 내부 중앙에 콘크리트로 낮게 지은 토대 위에 설치된 명판 쪽으로 이동했다. 휠체어를 밀기가 점점 더 힘에 부쳤다. 문득 둘러보니 이름 없는 무덤 수십 장이 내려앉아 지반이 고르지 않았다. 휠체어를 밀고 그런 땅을 가로지르려니 힘이 드는 게 당연했다.

그런 생각은 나를 위축시켰다. 사람의 무덤을 밟는다는 사실이 꺼림칙했다. 풀밭 전체가 곰보처럼 군데군데 파여 으스스한 분위기를 만들어냈다. 하지만 이런 구역을 가로지르지 않으면 명판이 있는 자리에 닿을 방법이 요원했다.

나는 말없이, 가능한 한 부드럽게 휠체어를 밀며 표지판 쪽으로 다가갔다. 만약 나처럼 이디스도 침입자가 된 듯한 기분이었다면 그녀 쪽에서 나를 말렸을 터였다. 그녀는 두 손을 무릎 위에 포갠 채 두 눈으로 정면을 응시했다. 우리 움직임에 맞춰 그녀의 모조진주 목걸이가 달각거렸다.

명판 앞에 도착한 우리는 그 자리에 멈춘 채 새들의 지저귀는 소리와 곤충들의 윙윙거리는 소리를 들었다. 작은 토끼 한 마리가 머리를 빼꼼 내미는가 싶더니 우리 눈앞에서 달아났고, 다람쥐들은 우리 머리 위 나뭇가지 사이를 이리저리 뛰어다녔다. 저 멀리 페어웨이에서 골퍼들이 티샷을 날리며 내는 '탁' 소리가 풍경의 고즈넉함을 간간이 깨뜨렸다.

이디스는 핸드백에 손을 넣더니 두꺼운 안경을 꺼내 쓰고는 이렇게 말했다. "최대한 가까이 데려다주세요. 이름들을 읽고 싶군요."

나는 명판이 고정된 콘크리트 토대의 가장자리 바로 앞까지 그녀를 밀고 갔다. 조잡한 기념비였다. 싸구려 콘크리트를 써서 표면은 거칠었고 끝 부분이 군데군데 깨져 있었다. 청동이나 그 비슷한 금속으로 만든 명판에는 이런 단순한 제목이 적혀 있었다. "하이어워사 정신병원 묘지에 묻힌 인디언들의 이름." 눈에 띄는 점은 '하이어워사 인디언 정신병원'이라는 공식 명칭을 어디에서도 찾아볼 수 없다는 사실이었다.

명판 제목 밑으로는 울타리 안쪽에 묻힌 사람들의 이름이 세 개의 세로줄을 이루었다. 부족과 언어권은 저마다 달랐다. '오랫동안 부엉이였던 여자'라든가 '불타는 석탄 존' '케이 게 가 아우시 에아크' '대장 까마귀 제임스' 같은 이름들 사이로 제시 핼럭 혹은 바티스트 진그래스처럼 제법 유럽적인 이름들이 배치돼 있었다. 이디스가 명판을 바라보는 동안 빠르게 훑어보니 거기 적힌 이름이 족히 100명은 넘는 듯했다.

한창 수를 세고 있는데 이디스가 짧은 한숨을 내뱉었다.

"뭐가 잘못됐습니까?" 내가 물었다. 이디스는 손으로 자신의 입을 가렸다. "아니, 아니에요. 그냥 충격을 좀 받았을 뿐이에요. 이디스라는 이름을 봤거든요. 인디언 중에 그 이름이 있으리라고는 생각해본 적이 없어서." 그녀는 '서 있는 곰 이디스'라는 이름을 가리켰다. "나와 같은 이름을 보니 뭐랄까, 이 모든 게 갑자기 현실적으로 느껴지는군요."

"정말로 살아 있던 실제 사람들이니까요." 내가 말했다. "누군가의 어머니이고 딸이며 아버지이자 아들이었던 사람들. 그래서 더 화가 나는 것이고요."

이디스는 계속해서 이름을 읽어나갔다.

"오, 세상에." 그녀가 말했다.

"왜 그러시죠?"

"아기들이에요. 루스 에나스 파. 콜드웰." 그녀가 다시 손으로 입을 가렸다. "할머니는 아기들 이야기를 하신 적이 없어요. 아까 말한 그 아기 말고는." 그녀는 다시 울기 시작했다. "이 모든 걸 보시고도 혼자서만 끙끙 앓고 계셨을 걸 생각하면……."

"인디언들도 그랬을 겁니다. 혼자서 끙끙 앓았겠지요." 내가 말했다. 그녀의 할머니가 받았던 고통을 경시할 마음은 없었지만 그 고통은, 강제로 빼앗긴 아기들을 장례도 치르지 못하고 가족과 친구들의 애정 어린 애도도 전하지 못한 채 고향에서 멀리 떨어진 이곳 공동묘지에 묻어야 했던 어머니들이 받았을 고통에 비하면 아무것도 아니었다. 아프지만 진실이 그랬다.

명판 앞에서 생각에 잠긴 이디스를 홀로 남겨둔 채 나는 울타리 쪽으로 걸어갔다. 쓰러진 가로장을 울타리 기둥에 다시 끼워 넣기 위해서였다. 한 남자가 전동 골프 카트를 타고 다가와 내 앞에서 멈췄다.

"도와드릴까요?" 남자가 말했다. 목소리에 날이 서 있었다.

"가로장 몇 개가 떨어져 있기에 도로 끼워 넣으려는 것뿐입니다."

"단체나 뭐 그런 데서 오셨습니까?"

"동행이 한 분 있긴 합니다만."

나는 고갯짓으로 이디스를 가리켰다. "저분의 할머니가 여기서 일했거든요."

나이 지긋한 백인 여자가 휠체어에 앉아 있는 광경은 남자의 의심을 잠재웠다.

"그래요. 여기 인디언 몇 명이 묻혀 있다고 그러더군요. 제 기억대로라면." 남자가 말했다.

"100명도 더 됩니다. 저쪽에 있던 정신병원에서 죽은 사람들이죠. 슬픈 곳이었어요."

"그런 것 같군요. 글쎄요, 다 옛날 일이죠. 그래서 다행이고요. 어쨌든 이젠 카지노도 들어섰잖아요."

나는 계속해서 울타리 둘레를 돌며 떨어진 가로장을 기둥에 끼워 넣었다. 남자는 한동안 나를 유심히 보다가 카트를 돌려 일행인 4인조 골퍼 무리 쪽으로 돌아갔다. 이디스는 명판에 몸을 바짝 기울이고 있었다. 다시 이디스에게 다가갔다. 그녀는 조용히 울고 있었다.

"괜찮으세요?" 내가 물었다.

"오, 모르겠어요. 그냥 여기 적힌 이름들을 봤어요. 하나하나 세어봤죠. 전부 해서 121명이더군요. 문득 그네에 앉아 있던 그 여자아이가 생각났어요. 그러고는 음식점에서 봤던 여자아이를 떠올렸죠. 가족 모두와 함께 있던 모습. 그리고 여기 묻힌 어린 아이들을 생각했어요. 그러자 왠지 슬퍼졌고요. 여자들이 나이가 들면 이렇다니까. 눈물이 헤퍼져요."

그녀의 어깨에 손을 얹고 나는 이렇게 말했다. "아닙니다. 오히려 더 많은 사람이 울어줬어야죠. 정말 뭐라도 했어야 하는 건 아닌가 싶어요."

이디스가 몸을 뒤로 뺐다. "우린 정말 몰랐어요. 단지 몰랐을 뿐이죠. 나와 같이 자란 사람들은 다들 좋은 사람들이었어요. 하지만 그냥 몰랐던 거예요."

저 멀리 골프 카트 속 그 남자는 어느새 친구들과 합류해 막 티샷을 날린 참이었다. 그들이 골프 카트에 오르며 웃는 소리가 우리 귀에 희미하게 들려왔다. 이디스의 휠체어를 돌려 다시 차로 향했다. 도로에 접어들었을 때 나는 울타리 안쪽 땅에 으스스하게 파인 자국들을 돌아보았다. 멀리서 골프 카트 속 남자들이 큰 소리로 웃었다.

"어쨌든 이젠 카지노도 들어섰잖아요." 내가 숨죽여 말했다.

"뭐라고요? 귀가 영 신통치 않아서."

"아, 아무것도 아닙니다. 그냥 혼잣말이었어요."

유령의 땅,
망자에 대한 예의

이디스를 다시 요양원에 데려다주었다. 여전히 벤치에는 바지를 추켜 입은 남자가 앉아 있었고 그 옆에는 담배꽁초가 담긴 그릇이 놓여 있었다.

"점심을 놓치셨네요. 미트로프랑 깍둑썰기 한 당근이 나왔는데." 그가 말했다.

나는 휠체어를 밀며 문을 통과해 여전히 입구 양쪽에 앉아 있는 노부인들을 지나쳤다. 우리가 지나가자 그녀들은 이디스를 향해 웃음 지었다. 이디스는 허리를 꼿꼿이 세우고 정면을 응시했다.

"여기 세워주세요." 구내식당을 지나치는데 그녀가 말했다. 허리가 구부정한 남자들은 여전히 각자의 의자에 잠들어 있었고, 몇몇 부인은 다시 직소 퍼즐에 한창이었다. 이디스를 안아주고 싶었다. 하지만 미처 그러기도 전에 이디스가 내게 손을 내밀었다. 단호하리만치 예의를 갖춘 모습에 나도 따라 손을 내밀어 그녀의 손을 잡았다.

"시간 내주셔서 감사했습니다. 오전 내내 정말 즐거웠어요." 내가 말했다.

"조금이나마 도움이 되었기를 바랍니다." 대답하는 그녀의 태도에는 예의 정중함과 거리감이 배어 있었다.

감사의 마음을 전달하고픈 마음에 나는 그녀의 손을 다시 한번 꼭 잡았다. 그녀는 내 손을 뿌리치지도, 그렇다고 꼭 잡지도 않은 채 가만히 있다가 손을 뺐다.

"그럼 안녕히 가세요." 이디스는 얼굴을 돌려 구내식당 쪽을 바라보았다. 복도의 노부인들이 우리를 보러 휠체어를 몰고 다가왔다. 나는 잠시 망설이다가 문 쪽으로 걸어갔다. 곁눈으로 슬쩍 보니 이디스는 두 손을 무릎에 얹은 채 데블스 푸드 케이크 한 조각이 담긴 스티로폼 상자를 들고 그 자리에 똑바로 앉아 있었다. 내 쪽으로는 눈길도 주지 않았다.

이디스와 그곳을 방문한 후 나는 스스로 생각했던 것보다 더 화가 나 있었다. 요양원의 압도적인 외로움, 정신병원에 대한 폭로, 골프 코스의 푸른 풀밭과 망각된 시설의 끔찍함 사이의 불안한 이질감이 나를 무겁게 짓눌렀다. 그러나 무엇보다 나를 괴롭힌 것은 무덤들이 내려앉아 움푹 꺼진 자리였다. 골프 코스의 풍경이 평온하고 전원적이었음에도 무덤들 주위로는 비현실적인 고요함이 감돌았다. 인디언의 현실을 조금이라도 마주했다간 꼼짝없이 유령들에게 사로잡힐 것만 같았다.

오후 중반 습한 아지랑이가 피어오르자 그날의 날카로운 기운도 무뎌지기 시작했다. 시골길을 따라 운전하는 동안 스치듯 지나친 밭에서는 옥수수가 익어갔고, 나는 앞으로 할 일을 곰곰이 생각했다.

이디스는 내가 두려워하던 모든 것을 사실로 확인시켰고, 지울 수 없는 이미지를 남겼다. 어린 소녀가 더럽혀진 흰색 원피스를 입고 철책 담장 너머에 갇힌 채 혼자 그네를 타며 노래를 부르고, 소녀의 뒤로는 생기를 잃은 사람들이 스스로는 절대로 떠날 수 없을 커다란 벽돌 건물의 그림자 아래서 이리저리 돌아다니는 이미지가 머릿속을 맴돌아 도무지 진정이 되지 않았다.

분명한 진실을 찾기 위해 캔턴 시에 왔지만 막상 찾고 나니 앞으로 어떻게 해야 할지 갈피를 잡을 수 없었다. 나는 이 이미지를 댄과 공유하고 싶었을까? 증기관에 아이들을 사슬로 묶거나 벌거벗긴 채 이불도 깔지 않은 매트리스 위에 방치했다는 이야기, 그을음이 떨어져 내리고 침실용 변기에는 오물이 넘쳐나는 어두운 방에 갇힌 채 시린 눈과 먼지 가득한 폐를 견뎌야 했던 사람들 이야기를 그에게 들려주고 싶었던 걸까? 그네를 타던 작은 소녀는 정말 노랑새였을까?

확실한 것이라곤 노랑새라는 존재가 많은 사람의 기억 한구석에 살아 숨 쉬고 있다는 사실뿐이었다. 그리고 메리가 있었다. 죽은 메리가 맡긴 책임을 나는 회피할 수도 거부할 수도 없었다.

조수석에 놓인 사슴 가죽 꾸러미를 살펴보았다. 그간 어딜 가나 그 꾸러미를 가지고 다녔다. 혹시 잃어버릴까 두렵기도 했고, 이제 그 꾸러미는 내 인생에서 거의 살아 있는 존재나 다름없었다. 사슴 가죽 안에는 메리의 목소리, 메리의 말, 메리의 메시지가 담겨 있다. 무언의 존재감이 나를 압박해왔다. 집으로 돌아가 이 모든 상황을 정리할 필요가 있었다.

갈 길이 멀었다. 거의 645킬로미터를 운전해야 했다. 하지만 속도를 내면 충분히 가볼 만한 거리였다. 그러다가 결국엔 새벽 2시쯤 어느 화물차 휴게소 야외 주차장에 차를 세우고 운전을 계속해도 좋을 정도로 정신이 들 때까지 그 안에서 눈을 붙이게 될 공산이 컸지만, 전에도 그래본 적이 있었다. 그저 우리 집, 내 침대에서 나만의 일상에 둘러싸이고 싶은 마음이었다.

다시 운전을 시작하자 그날의 일정과 습기에 스스로 얼마나 진이 빠져 있었는지 알 수 있었다. 운전하는 내내 절로 고개가 꾸벅여졌다. 이대로라면 차 안에서 잠들지 않고는 여정을 이어갈 재간이 없었다. 그래서 결단을 내렸다. 캔턴 시에서 밤을 보내기로. 그리고 날이 밝으면 집을 향해 출발하기로.

나이 들고 약해지는 나를 걱정하는 아들의 잔소리에 일전에 코트 텐트라는 신묘한 장비를 사둔 덕분에 야외에서도 노쇠한 뼈를 직접 땅바닥에 누일 필요 없이 편안하게 잠을 청할 수 있었다. 무겁고 모양도 조악한 데다 설치마저 까다로웠지만 다코타나 미네소타 북부 숲 속으로 '가벼운 여행'을 떠날 때면 항상 그 텐트를 차에 싣고 다녔다. 아들의 예견이 옳았다. 코트 텐트는 어떤 면에서 거의 잊고 지냈던 캠핑이란 세계를 내게 열어주었다.

텐트를 칠 만한 작은 공원이나 지역 야영장을 물색할 채비를 하는데 날씨의 변화가 심상치 않았다. 하늘이 점차 흐려지더니 어느새 공기는 무겁고 후텁지근하게 변해 있었다. 대초원의 성난 뇌우가 몰려오고 있었다. 텐트 장비와 씨름할 마음은 없었다. 뭔가를 보여줘야만 하는 상황도 아니었다. 나는 값싼 모텔 방을 찾아내 곰팡이와 퀴퀴한 술 냄새 속에 몸을 맡겼다.

과연 잘한 결정이었다. 폭풍우는 몹시 사납고 격렬했다. 번개와 함께 고막을 찢는 듯 날카로운 소리가 들리는가 싶더니 폭발하는 듯한 천둥소리가 이어졌다. 창문이 흔들리고 램프의 그림자가 몸을 떨었다. 번개가 칠 때마다 방 안의 조명이 명멸했다. 바깥 하늘은 강렬하게 번쩍이는 불빛으로 눈부셨다. 골프 코스와 군데군데 움푹 꺼진 묘지가 끊임없이 아른거렸다. 노랑새를 생각했다. 이렇게 폭풍우가 치던 날 정신병원 침대에 외롭게 웅크린 채 그 폭풍우가 과연 할아버지와 할머니가 가르쳐준 대로 천둥의 신들이 보내는 메시지인지, 기숙학교에서 사제들과 수녀들에게 배운 대로 기독교의 신이 내리는 벌인지 알 수 없어 혼란스러워했을 작은 소녀를 그려보았다.

그러다 진짜 잠이 들었는지는 확실히 기억나지 않는다. 예전처럼 매일 밤은 아니었지만 그 꿈의 출몰이 여전히 잦았던 탓에 나는 숙면을 취한 적이 거의 없었다. 게다가 그날 겪었던 일들과 그 꿈을 다시 꿀 수도 있다는 생각이 맞물리면서 나는 가운데가 푹 꺼진 매트리스에 누워 이리저리 몸을 뒤척여야 했다. 창밖의 맹렬하고 거친 소리를 들으며 누워 있자니 머릿속이 산란했고 감정은 걷잡을 수 없이 요동쳤다.

결국 열 번쯤 자리에서 일어나 방 안을 거닐며 생각이 불길한 예감으로, 기억이 상상으로 이어지지 않도록 애써야 했다. 그네 위의 작은 소녀. 댄. 휠체어에 앉은 이디스. 다리를 질질 끌며 숲길을 천천히 걷던 베나이스. 나무들 사이에서 그림자처럼 움직이던 들소. 이 모든 생각에 시달린 나머지 아침이 되자 나는 감정적으로나 신체적으로나 지칠 대로 지쳐 있었다.

문을 열고 밝아오는 한낮의 햇빛을 내다보았다. 폭풍우는 지나갔지만 공기는 무거운 습기를 잔뜩 머금은 채 전날의 잔해를 고스란히 주워 담으려 하고 있었다. 습하고 숨 막힐 듯 뜨거운 공기가 무겁다 못해 숨쉬기조차 버겁고 내딛는 걸음걸음은 고된 육체노동처럼 느껴질, 그런 날이었다.

한시라도 빨리 도로로 나가고 싶었지만 떠나기 전에 두 가지 일을 마무리 지어야 했다. 지역 잡화점에 들러 프린스 앨버트 담배 한 갑과 꽃 한 다발, 초콜릿 캔디 한 상자를 샀다.

"예쁘게 포장해주세요. 뒤늦은 어머니의 날 선물 비슷한 거라서." 내가 말했다. 계산대의 아가씨는 자못 진지하게 고개를 끄덕이고는 안쪽 방으로 들어가더니 꽃들은 꽃병에 담고 흰색 초콜릿 상자에는 넓은 보라색 리본을 둘러 내왔다. 나는 그것들을 받아 이디스의 요양원으로 차를 몰았다.

접수대의 여직원이 십자말풀이 책에서 눈을 들어 나를 보았다. 이디스를 데리고 외출할 때 접수대에 앉아 있던 직원이었다. 표정이 굳어 있었다.

"이디스를 또 만나고 싶습니다." 내가 말했다.

"침대에 누워 있어요. 지난번에 다녀가신 뒤로 줄곧. 화가 단단히 났죠. 아침을 드시라고 해도 통 일어나질 않아요." 여직원이 퉁명스럽게 대답했다. 목소리에서 묻어나는 비난의 뜻을 그녀는 굳이 감추려 들지 않았다.

상황을 설명해보려 했지만 소용없는 일이었다. 그녀의 입매는 단호했고 눈빛은 차가웠다.

"그럼 이것만이라도 전해주세요." 이렇게 말하며 나는 초콜릿 캔디 상자와 데이지와 수선화 꽃다발을 카운터 위에 올려놓았다.

"초콜릿은 못 드십니다." 여직원은 캔디 상자를 다시 내 쪽으로 밀더니 꽃을 퉁명스럽게 챙겨 접수대 뒤편 바닥에 내려놓았다. 태도로 미루어보건대 이디스가 그 꽃들을 볼 가능성은 매우 희박했다.

"때론 힘든 일이죠. 과거를 돌아본다는 것은." 내가 말했다. 스스로를 변명하려는 미약한 몸짓이었다.

"때론 과거는 그냥 과거로 남겨둬야 하는 법이고요." 이 말을 끝으로 그녀는 원래 하던 십자말풀이로 돌아갔다.

초콜릿을 집어 들고 걸어가는데 바지를 추켜 입은 남자가 말을 걸어왔다. 아침마다 하늘과 먼 들판을 뚫어져라 바라보던 그 노인이었다.

"엄청난 폭풍우였지요." 그가 말했다.

"추수가 늦춰지겠는데요. 틀림없어요."

내가 흥미를 보이자 노인이 활짝 웃었다.

"적어도 일주일은 늦춰질 거요. 날씨가 엄청나게 따뜻해진다면 모를까. 점심을 먹고 가시겠소?"

"아닙니다. 가봐야 해요."

"포트 로스트 냄새 같은데. 여기 포트 로스트는 맛이 꽤 훌륭하거든."

"제 몫도 대신 좀 드셔주십시오. 저는 먼 길을 운전해야 해서."

그는 고개를 한 번 끄덕이고는 들판으로 시선을 되돌렸다. 흐릿하고 무거운 하늘을 공허한 시선으로 응시하며 지키고 선 그를 홀로 남겨두고 나는 초콜릿 상자를 트렁크에 던져 넣은 뒤 다시 시골길을 따라 골프 코스로 차를 몰았다. 모든 것이 합세해 기분을 우울하게 만들고 있었다. 이디스, 요양원, 어린 노랑새에 대한 생각, 우두커니 서 있는 노인, 이 모든 것이 외롭고 쓸쓸한 메아리로 울려 퍼졌다. 이번에 묘지에 가면 지난번에 하지 못했던, 중요한 무언가를 해야만 했다. 제의를 바치고 인정해야 했다. 그 잠들지 않는 땅을 기리기 위해 무엇이든 해야만 했다. 그것이야말로 내가 이곳에 온 가장 큰 이유였다.

나는 골프 코스 둘레로 난 자갈길을 타고 올라가 전날 이디스와 함께 왔을 때 차를 댔던 자리에 주차를 했다. 텅 빈 골프 코스는 고요했다. 오전의 열기를 머금은 페어웨이에서는 엷은 안개가 피어올랐다.

멀리 땅 안개에 둘러싸여 얌전하게 가로서 있는 나무 울타리가 보였다. 푸석푸석한 시멘트 토대에 설치된 명판 위로 햇살이 빛났다.

페어웨이를 가로질러 기념비를 향해 천천히 걸어갔다. 울타리에 도착해서는 프린스 앨버트 상자를 꺼내 담배 가루를 한 사람 한 사람의 무덤 위에 성심껏 뿌렸다. 땅이 내려앉은 자리마다 한 자밤씩 뿌리며 묵념했다. 나를 에워싼 무덤들에서 마치 유령들처럼 엷은 안개가 피어올랐다. 기념비 쪽으로 가서 명판에 적힌 이름을 하나하나 읊조리듯 읽어나갔다. 다 읽은 뒤에는 마지막 남은 담배를 명판 위에 두었다.

떠날 준비를 할 무렵 서쪽에서 산들바람이 일었다. 바람은 담배 가루를 살살 흔드는가 싶더니 이내 맹렬하게 돌진해 유령의 무덤을 감싸는 허공 속으로 가루를 흩날렸다.

어쩌면 잠 못 이루는 밤 때문이었을 것이다. 어쩌면 메리의 영혼의 오두막 앞 작은 단에 놓인 담배 가루를 날려 보내며 세찬 바람에 담긴 메시지를 읽어내던 도나에 대한 기억 때문이었는지도 모른다. 어쩌면 그저 댄과의 난감한 통화를, 공책에 관해 말하기를 회피한 나 자신에 대한 죄책감의 발로였으리라.

하지만 담배 가루를 쓸어다 잊힌 무덤들 위로 축복하듯 흩뿌리는 돌풍을 본 이상, 더는 그 부름을 부정할 수 없었다. 집으로 돌아가 안락하고 편안한 침대에 눕고 싶은 마음이 간절했지만 그에 못지않게 피할 수 없는 사실은, 내가 지금 딛고 선 바로 이 땅에 감금돼 있던 어느 소녀의 오빠인 늙은 남자, 아직 생사 여부조차 불투명한 그 남자가 홀로 앉아 있다는 사실, 그리고 80년 동안 그의 가슴에 뻥 뚫려 있던 구멍을 채워줄 이야기가 담긴 문서가 바로 내 손 안에 있다는 사실이었다.

　이제는 서쪽을 향해 외쳐야 했다. 댄이 아직 살아 있는지 알아내야 했고, 만약 살아 있다면 지체 없이 공책을 전해야 했다. 그것 말고는 모두 이기적이고 비겁한 행동일 뿐이었다.

2장

서쪽으로

라코타 투스텝

자동 응답기 연결음이 지루하게 이어졌다. 파우와우 축제 음악이 45초가량 반복적으로 흘러나오다 이윽고 점보 특유의 쩌렁쩌렁한 바소 프로폰도 음색이 등장했다. "지금은 자리에 없습쇼." 포효하는 목소리. "메시지를 남겨주십쇼." 내가 신분을 밝히려는데 기계가 갑자기 뚝 끊기더니 새된 목소리가 불쑥 끼어들었다. "누구세요?"

나도 익히 아는 콧소리. 점보의 '동업자' 시티였다. 두 사람은 댄이 사는 원주민 보호구역의 교외에서 허름한 자동차 정비소를 운영하고 있었다. 점보가 180킬로그램이 넘는 몸집을 끌고 느릿느릿 움직이는 거인이라면 시티는 검정 뿔테 안경을 쓴 잭 스프랫[구전동요의 주인공으로 비계를 먹지 못한 마른 남자. 아내는 살코기를 싫어한 뚱뚱보]이었다. 정비소에서 시티가 점보의 옆을 지키는 것 말고 정확히 무슨 일을 하는지는 여전히 베일에 싸여 있었다. 하지만 두 사람이 절친한 친구인 것만은 분명했다.

약 12년 전 처음으로 댄을 찾아갔을 때 내 오래된 트럭을 정비한 사람이 점보였고, 그의 전화번호는 북미 원주민 보호구역에서 내가 기억하는 유일한 연락처였다.

대화 상대가 시티라는 사실에 맥이 빠지긴 했지만, 상황이 상황이니만큼 그에게 기대를 걸어보기로 했다.

"시티, 너번입니다. 댄 어르신을 도와 그분의 여동생을 찾으러 다니던."

전화선 저편에서 희미하게 생기가 느껴졌다.

"점보는 여기 없어요." 그가 말했다.

"괜찮아요. 그런데 혹시, 어르신께선 별고 없으십니까?"

시티는 잠시 생각하고는 이렇게 대답했다. "돌아가시진 않았어요."

그 대답은 댄의 건강을 뒷받침하기에는 역부족이었지만, 적어도 내 마음 깊이 크나큰 안도감을 불어넣기에는 충분했다.

"점보는 언제 돌아오나요?" 내가 물었다.

"모르겠어요. 파우와우 축제에 갔거든요. 그로버랑 위노나도 함께."

그 소식은, 댄이 살아 있다는 말에 내가 소소하게나마 만끽하던 기쁨을 앗아가버렸다. 사실 내가 연락을 취하고 싶었던 사람은 그로버나 위노나였고, 점보가 나를 그들에게 연결해주는 것이 내가 원하던 그림이었다. 댄에게 공책을 전해달라는 메리의 부탁을 존중하고 싶기는 했지만 나로서는 아직 확신할 수 없는 것들이 있었다. 어린 노랑새가 보내졌던 정신병원의 어두운 진실을 과연 메리가 이해했는지도 불분명했고, 댄의 나이와 건강을 고려할 때 공책에 담긴 정보가 그에게 총체적으로 어떤 결과를 초래할지도 알 수 없었다.

위노나는 댄의 손녀였고 그로버는 댄의 가장 친한 친구였다. 댄의 신체적, 정신적 상태를 그 누구보다 잘 알고 있을 사람들. 그 두 사람이라면 내가 가진 정보 중에 댄이 들어도 괜찮을 만한 내용을 추려낼 수 있을 터였다. 그런데 그 두 사람이 같이 사라진 것이다.

"파우와우가 열리는 곳은 어디죠?" 내가 물었다.

"몰라요. 스탠딩록 근처 어디라던데요."

미약하나마 희망을 주는 소식이었다. 스탠딩록 원주민 보호구역은 캔턴 시에서 차로 6시간이 걸리는 곳이었다. 파우와우는 지역 행사이니 개최 장소를 물어보면 알려줄 수 있는 사람이 분명히 있을 터였다. 운이 좋으면 위노나와 그로버를 도중에 만나 공책을 보여주고 댄에게 가기 전 그들의 충고를 듣게 될지도 몰랐다.

"얼마나 오래 머물 거라고들 하던가요?" 내가 물었다.

"최소 이틀이랬어요. 어제 떠났고요."

그에게 고맙다는 인사를 남기고 전화를 끊었다. 그러고는 스탠딩록을 향해, 떠오르는 아침 태양 속으로 차를 몰았다.

댄이 살아 있다는 사실을 확인하고 그를 만나기 위한 여정을 떠나기로 힘겹게 결단을 내리자 비로소 내 영혼을 뒤덮고 있던 먹구름이 걷히기 시작했다. 예전에는 미처 깨닫지 못했다. 내게 드리운 어둠의 상당 부분이 실은 내가 댄과의 만남을 회피함으로써 빚어진 결과라는 것을. 이제 조금씩 해결의 기미가 보였고, 무거웠던 마음은 점차 가벼워졌다.

차가 주 경계선을 지나 다코타 주에 진입하자 마음은 더욱 부풀어올랐다. 미국 중서부의 지나친 풍요로움에서 벗어나 서부의 높고 밝은 하늘과 탁 트인 공간에 들어설 때면 언제나 기분이 벅찼다. 심지어 지금처럼 캔턴 시에서의 어두운 기억과 이디스의 고독이 불쑥불쑥 떠오르는 상황에서조차 마음의 해방감은 여느 때와 다름없었다. 앞으로 나아갈수록 어깨의 긴장은 풀리고 가슴의 답답함은 사라져 갔다.

세 시간에 달하는 여정을 완수한 끝에 넓고 잔잔한 미주리 강둑에 다다랐을 무렵에는 캔턴 시에서 나를 압도했던 암울한 기분이 거의 자취를 감추었다. 북쪽으로 방향을 돌려 강둑을 따라 경쾌하게 차를 몰았다. 강은 황금빛 구릉지대를 굽이굽이 지나 유유히 흘렀다. 잔물결의 행렬이 넓고 편평한 수로를 타고 춤추듯 행진했고, 뭉게뭉게 피어오른 구름은 대초원의 푸른 하늘을 여유롭게 떠다녔다.

일단 위노나와 그로버를 찾아야 했다. 그러면 공책을 어떻게 처리해야 하고 댄에게 얼마만큼의 이야기를 들려주어야 할지 두 사람이 결정해줄 터였고, 나는 마음의 짐에서 벗어날 수 있을 것이었다. 여정의 성격도 바뀔 수 있었다. 이 여정을 빌미로 나는 언젠가부터 내 마음속에 친구이자 아버지로 자리 잡은 어느 노인을 매우 뒤늦게 찾아가는 셈이었고, 이는 곧 내가 두려워하던 날이 고대하던 날로 탈바꿈한다는 뜻이었다. 탁 트인 풍경만큼이나 내 마음은 이런저런 꿈으로 한껏 부풀어갔다.

시티의 모호한 설명은 결국 적절한 설명으로 밝혀졌다. 손으로 쓴 포스터 몇 장이 전신주에 못 박힌 채 파우와우의 개최를 알리고 있었다. 북미 원주민 보호구역에서 북쪽으로 향하는 자동차와 구식 밴의 끊임없는 물결은 내가 가야 할 방향을 가리키는 완벽한 이정표였다. 오후 중반 무렵 나는 파우와우 축제 장소로 이어지는 흙길에 도착했다.

그로버와 위노나를 찾는 문제는 별로 걱정하지 않았다. 파우와우가 열리는 장소는 나무숲으로 둘러싸인, 작고 아늑한 들판이었다. 모두 파우와우 의식을 위해 둥그렇게 모여 친구들과 이야기를 나누거나 주변의 나무 아래에서 접의자에 앉아 춤을 구경하거나 북소리를 감상하고 있을 것이었다. 더구나 시티의 말에 따르면, 그로버는 자신의 71년형 뷰익을 몰고 떠났고 나는 그 차를 잘 알았다. 마지막으로 만났을 때의 습관을 그로버가 여태 버리지 않았다면 그는 연두색 자동차를 구석구석 닦아 정성 들여 윤을 냈을 것이고 그의 차는 다양한 밴과 원주민 보호구역 특유의 차량들 사이에서 마치 동화 무더기 속 금화 한 닢처럼 눈에 띨 것이었다.

그로버를 찾기는 심지어 예상보다 더 쉬웠다. 운이 좋았다. 파우와우 축제 주차장으로 올라가는 길목에서 내 차 쪽으로 다가오는 그의 차를 발견한 것이다. 그로버는 운전석에 구부정하게 기대앉아 한 손은 운전대 꼭대기에 얹고 다른 손은 창밖으로 내민 채 자동차 옆면을 두드리며 리듬을 맞추고 있었다. 챙 넓은 흰색 카우보이모자를 앞으로 삐뚜름하게 쓴 까닭에 얼굴은 알아보기 어려웠다. 입에서 달랑거리는 담배 한 개비가 그에게 노인의 탈을 쓰고 난폭 운전을 일삼는 비행 청소년 같은 인상을 심어주었다.

나는 창밖으로 손을 내밀어 힘차게 흔들며 그로버에게 신호를 보냈다. 하지만 그는 알아채지 못한 듯했다. 그렇다고 경적을 울리고 싶지는 않았다. 둥글게 모여 노래하고 춤추는 이들에게 예의가 아닌 것 같았다.

"그로버, 그로버." 그의 차와 간격이 좁혀졌을 때를 틈타 내가 소리쳤다. 라이트도 몇 번 깜빡거렸다. 하지만 소용없었다. 마침내 그의 차가 거의 코앞까지 다가왔다. 나는 그를 향해 급회전하는 시늉을 했다. 그제야 그가 반응을 보였다. 그는 운전석에서 앞으로 기대더니 눈을 찡그린 채 내 쪽을 보았다.

나를 알아본 듯한 기색이 그의 얼굴에 번졌다. 그는 내 옆으로 차를 몰고 와서는 나를 이상하리만치 뚫어져라 쳐다보았다.

"너번?" 그가 창문 너머로 말했다.

"잘 있었어요, 그로버?"

"세상에, 이게 무슨 일인가! 여긴 어쩐 일로 온 거야?"

시기로 보나 장소로 보나 공책에 관해 심각한 대화를 나누기에는
부적합했다. 나는 그냥 농담을 건네기로 했다. "보고 싶어서 왔죠.
그로버의 웃는 얼굴을 보지 않고는 더 버텨낼 재간이 없더라고요."
그로버는 가볍게 코웃음을 치고는 차량 계기판에 기대선 마운틴듀
캔에 담긴 담배를 쿵쿵거렸다.

우리 뒤로 차들이 줄을 이었다. 누군가 차창 너머로 고함을 질렀
다. 한두 사람은 당장 예의를 차리기보다는 내 차를 빼는 일이 급선
무라는 듯 경적을 울려댔다.

"차를 대야겠군요." 내가 말했다.

"그럴 것 없어. 나만 따라와. 안 그래도 여기서 빠져나가려던 참이
거든. 점보한테 가는 길이라네. 그 친구가 들판에 텐트를 쳐놨지. 이
야기는 거기 가서 하자고. 아무튼 얼굴을 보니 좋군."

나도 기분이 좋았다. 그로버에게 그토록 포근한 환영을 받다니.
그동안은 그가 나를 좋아한다고 느껴본 적이 없었다. 더구나 이런
식의 따뜻함은 내 기대치를 넘어서는 것이었다. 앞으로 나눠야 할 대
화의 심각성을 고려할 때 출발이 좋았다.

나는 급히 핸들을 돌려 그로버를 뒤따랐다. 그의 차는 덜컹거리며
나무 그늘 주변의 들판을 가로질렀다.

파우와우 축제가 대개 그렇듯 차들은 마구잡이로 주차돼 있었고
텐트들은 여기저기 우후죽순으로 서 있었다. 차량이 드나드는 통로
라고는 대초원의 풀밭을 길게 가로질러 흔적처럼 간신히 남은 좁은

길 하나가 전부였다.

　그로버는 차와 텐트 들 사이를 비집고 들판의 반대편 끝, 나무숲이 뒷벽을 이루는 곳으로 차를 몰았다. 가족 단위의 참가자들은 콜먼 사의 화로를 켠 채 식사 준비에 한창이었고, 노부인들은 파우와우가 시작되면 동그란 대열에 합류해 춤출 어린 소녀들의 머리를 땋고 있었다. 차량 몇 대가 주차된 틈에서 푸른색과 흰색이 섞인 징글 드레스[북미 원주민 집회인 파우와우에서 춤추는 여성들이 착용하는 원피스 형태의 의상으로 수많은 금속 장식이 달려 있어 움직일 때마다 짤랑거리며 소리를 낸다]를 입은 젊은 여자 둘이 댄스 스텝을 연습 중이었다. 각반과 샅 가리개만 두른 채 보닛에 앉아 담배를 피우는 노인도 있었다. 우리가 지나가자 노인은 그로버를 향해 손을 흔들었다.

　들판을 가로질러 숲 가장자리에 다다랐을 무렵 홀로 푸르고 희게 우뚝 선 반구형 텐트가 눈에 들어왔다. 그 옆 바닥에는 거대한 형체 하나가 팔다리를 한껏 펼친 채 누워 있었다. 흡사 텐트의 형태를 본떠놓은 듯 엄청나게 튀어나온 배로 짐작건대 점보가 분명했다.

　우리는 텐트 근처에 차를 세우고 서로의 차 사이로 걸어갔다.

　"점보인가요?" 내가 그로버에게 물었다.

　"점보 말고 또 있겠나?"

　"꼭 죽은 사람 같군요."

　"죽을 만큼 피곤한 거겠지. 개막 행사에서 춤을 췄거든. 그러곤 녹초가 됐어. 몸이 말이 아닐 거야."

　"점보가 춤꾼인 줄은 미처 몰랐는걸요."

　"시작한 지 얼마 안 돼. 살도 빼고 전통도 되살리겠다나 뭐라나."

　"그래서 어떻게 됐어요?"

　그로버는 진주 단추가 달린 카우보이 셔츠 주머니에서 담배 한 갑

148

을 꺼냈다.

"전통은? 그런대로. 살빼기는? 그다지."

점보는 파우와우 예복을 완벽하게 차려입은 상태였다. 무릎까지 올라오는 사슴 가죽 모카신의 가장자리에 방울과 사슴 발굽 딸랑이를 주렁주렁 두른 채 바닥에 등을 대고 누워 깃털로 된 허리받이를 불룩한 배에 얹어놓은 모습이 마치 죽음을 앞둔 칠면조를 연상시켰다.

점보는 깊고도 요란한 잠에 빠져 있었다. 그의 숨소리는 으르렁과 드르렁 사이를 오가다 간간이 거창한 콧김을 내뿜었다. 입은 어찌나 크게 벌렸던지 자몽 하나를 통째로 끼워 넣어도 너끈할 듯했다.

"왜 점보 혼자만 저기다 진을 친 거죠?"

그로버가 모자챙 밑으로 예리한 시선을 보냈다. "점보 옆에서 자본 적 있나? 안 자봤으면 말을 말게."

우리가 이야기를 나누는 동안 지나가던 두 남자가 우리 옆에서 걸음을 멈췄다. "어이쿠야, 누가 땅을 구르나 했네요! 땅 전체가 들썩거리더라니." 둘 중 한 남자가 그로버에게 말했다.

"라코타 투스텝입니다." 그로버가 받아쳤다. "저 친구, 경력이 제법 오래됐거든요. 냉장고로 투스텝, 소파로 투스텝."

두 남자는 한바탕 크게 웃고는 가던 길을 갔다.

점보가 손발을 쫙 벌리고 바닥에 누워 자아내는 경악스러운 광경을 나는 물끄러미 바라보았다. 180킬로그램이 넘는 저 거구로 춤을 추다니, 좀처럼 상상하기 어려웠다. 하지만 점보는 전에도 나를 놀랜 적이 있었다. 어쨌든 보아하니 댄에 관해서든 내가 알아온 정보에 관해서든 심각한 대화를 나눌 만한 시점은 아니었다. 나는 그냥 오랜 친구와 나누는 우정과 축제 기분을 만끽하기로 했다.

점보의 예복으로 미루어 보건대 최근 그는 진지한 열정의 대상을 새롭게 찾아낸 것이 분명했다. 무릎 높이에 방울과 딸랑이를 주렁주렁 매달고 복잡한 구슬 장식까지 가미한 모카신은 차치하고서라도, 사슴을 족히 여섯 마리는 희생시켜 만들었을 법한 벅스킨 각반에, 캘리코 소재에 알록달록한 리본 장식을 더한 블라우스 비슷한 셔츠하며, 구슬 장식을 잔뜩 매단 채 거의 팔목까지 올라오는 손목 밴드가 옹골졌다. 가슴팍 위에 쥐고 있는 깃털 허리받이 아래로는 흉갑 같은 뼈가 몸 주인의 들숨과 날숨에 맞춰 들렸다가 내려가기를 반복했다. 신체의 나머지 다양한 부위는 가지각색의 털가죽과 팔찌, 발찌가 장식했다. 뭐니 뭐니 해도 가장 압권은 내장을 제거해 박제가 되길 기다리는 시체처럼 그의 옆 땅바닥에 놓인, 늑대 아니면 코요테로 제작한 머리쓰개였다.

무례한 사람으로 비치고 싶지는 않았다. 무용수에게 파우와우 예복은 신성한 의미를 담고 있다는 것을 나는 잘 알고 있었다. 또한 누구보다 엄숙하고 전통을 중시하는 몇몇 원로가 독수리 깃털을 비롯해 영적 의미가 깃든 물건들을 자격도 갖추지 않은 채 무신경하게 사용하는 손아래 무용수들을 옆으로 불러내 몹시 꾸짖는 현장을 목격한 적도 있었다. 하지만 점보는 전통적인 것과는 늘 거리가 멀어 보였다. 더군다나 동물 머리쓰개를 쓰고 춤을 추다니! 설사 점보가 벨트에 파이프렌치를 주렁주렁 매달고 춤을 추었더라도 이보다는 덜 놀라웠을 듯했다.

"점보가 저런 머리쓰개를 쓸 자격이 되던가요?" 나는 그로버에게 물었다.

"아무렴, 존 식스킬러의 픽업트럭 밸브를 고쳤거든." 그로버가 대답했다.

"제 말은, 파우와우 예복을 입으려면 그걸 착용할 자격을 갖출 만큼 중요한 뭔가를 해야 되지 않느냐, 이겁니다."

"밸브 고치는 일이 무지하게 힘들었나 보지."

"세상에, 그로버는 하나도 안 변했군요." 내가 말했다.

"변해야 할 이유라도 있나?" 이렇게 말하며 그는 내게 짓궂은 웃음을 지어 보였다.

그러고는 뒤쪽으로 걸어가 뷰익 뒷문을 열었다. "점보는 시도 단계야. 왜, 전통 같은 걸 되살려보고는 싶은데 어디서부터 시작해야 좋을지 도무지 모르겠고, 그럴 때가 있잖아. 점보는 뭐랄까, 그저 닥치는 대로 시작하기로 결심한 거라네."

그로버는 담뱃재를 바닥에 가볍게 던지더니 부츠 앞바닥으로 불씨를 밟아 껐다.

"그 얘기는 나중에 더 하세. 일단 지금은 점보를 차에 태워야 돼. 읍내로 나갈 거거든. 이것저것 살 것도 있고."

"그냥 깨우면 안 되나요?"

그로버는 모자챙 밑으로 나를 빤히 쳐다보았다. 안경 너머로 학생을 쳐다보는 교수처럼. "자네가 한번 깨워볼 텐가?"

나는 가슴을 들썩이며 코를 골아대는 남자의 살덩어리를 바라보았다.

"아닐걸요."

그로버는 성큼성큼 걸어가 점보의 손에서 깃털 허리받이를 살금살금 들어 올리더니 내게 내밀었다. "자, 받아. 그리고 거기 달린 깃털로 이 친구 코끝을 간질이게. 조심해. 몸부림칠지도 모르니까."

"직접 하지 그래요?"

그로버는 그저 웃으며 허리받이를 내 손에 강제로 떠넘겼다.

나는 조심스레 움직여 점보의 머리 뒤에 섰다. 그러곤 신중하게 허리받이를 내려 깃털 끝으로 점보의 코를 간질였다. 점보는 음침하게 그르렁거리는가 싶더니 제 얼굴 위로 팔을 휘둘렀다.

"시작이 좋군. 다시 해보게." 그로버가 말했다.

"동작이 날렵한데요."

"거북이가 물려고 달려드는 것 같지. 다시 해보게."

나는 허리받이를 다시 내려 앞뒤로 문지르며 점보의 코를 간질였다. 점보는 입안을 가시듯 우렁찬 소리를 내뿜더니 흠칫하며 일어나 앉아 더러운 셔츠 소매로 코를 비비고는 이렇게 말했다. "젠장, 무슨 짓이에요?" 낮고도 우람한 음성이었다.

"점심시간이야." 그로버가 말했다.

확실히 그것은 마법의 문장이었다. 점보는 몸을 뒤집는가 싶더니 양손과 무릎으로 힘겹게 땅을 짚었다. 딸랑이가 달가닥거리고 방울이 짤랑거렸다. 그는 몸을 일으켜 세우며 앓는 소리와 거친 숨소리를 남발했다. 내가 도와주려고 손을 뻗었다. 점보는 나를 뚫어져라 쳐다보더니 이내 핼러윈 호박 등처럼 활짝 웃어 보였다.

"이게 누구야, 너번이잖아요!"

"잘 지냈어요, 점보? 오랜만이죠? 있어봐요. 내가 도와줄 테니."

점보가 몸을 일으키는 동안 나는 그의 손을 잡고 있는 힘껏 끌어당겼다. 파우와우 예복에서 참기 힘든 땀 냄새가 풍겼다. 동물 가죽으로 만든 머리쓰개의 냄새가 특히 지독했다. 짐작건대 예복으로 만들기 전에 충분한 세척과 무두질을 거치지 않은 듯했다.

"그냥 샌드위치나 만들어 먹죠. 이따가 한 번 더 춤추러 가야되거든요." 점보가 말했다.

"안 돼. 음식은 다 위노나가 갖고 있는데, 노인 양반이 걱정된다면서 일찍 가버렸거든."

위노나가 떠났다는 소식은 약간의 충격으로 다가왔다. 댄에게 들려줄 이야기의 범위를 최종적으로 결정할 인물로 나는 위노나를 염두에 두고 있었다. 이제는 그로버에게 의지하는 수밖에 없었다. 적어도 그로버라면 임시 지침 정도는 내려줄 수 있으리라.

점보는 입을 쩍 벌려 늘어지게 하품을 하고는 그로버가 열어놓은 차 뒷문을 향해 어슬렁어슬렁 걸어갔다.

"이봐. 머리쓰개를 가져가야지." 이렇게 말하며 그로버는 동물 머리가 달린 기다란 회색 털가죽을 내게 건넸다. "누가 훔쳐 가면 안 되잖아." 머리쓰개는 땀으로 축축했고 썩어가는 시체 냄새를 풍겼다.

나는 머리쓰개를 조심조심 차에 날라 점보 옆자리에 놓았다. 그는 어느 틈엔가 차에 들어가 뒷자리를 온통 차지하고는 푹 퍼져서 쌕쌕거리는 중이었다.

"자네도 따라오는 게 좋을 거야." 그로버가 내게 말했다. "숨겨둔 애인이라도 여기서 만나기로 했다면 모를까."

"그 숨겨둔 애인이 바로 그로버잖아요. 다 아시면서." 내가 응수했다.

나는 담배 몇 갑과 리틀 데비[미국의 제과 브랜드] 포장지들을 조수석 한가운데로 밀어 넣고 그로버의 옆자리에 앉았다. 뒤에서는 점보가 가슴을 들썩이며 쉰 소리를 냈다. 예복에서 지독한 냄새가 풍겼다.

"제 옷 챙겼죠?" 점보가 쌕쌕거리며 말했다. 여전히 숨이 차는지 말하기가 버거워 보였다.

그로버는 기어를 바꾸고 천천히 후진해 바랭이가 자라는 풀밭을 가로질렀다. "자네 옆 쓰레기봉투에 들었을 걸세. 이동하는 동안 갈아입든지."

점보는 손을 뻗어 차 문 옆에 처박혀 있던 녹색 비닐봉지를 집어 들고는 안에서 옷가지 몇 개를 건성으로 끄집어내는가 싶더니 다시 좌석 깊숙이 기대앉았다. "자리가 너무 좁네요. 갈아입는 건 엄두도 못 내겠어요." 그가 헐떡이며 말했다.

"그래도 시도는 해보지. 갈수록 차 안에 썩은 내가 진동을 하네."

그로버의 말에 점보는 뭐라고 웅얼거리더니 이내 고개를 뒤로 떨구었다. 어느 틈엔가 그의 숨소리가 잦아들기 시작했다.

"잠든 것 같은데요." 내가 말했다.

그로버는 담배 하나를 새로 꺼냈다. "전통 되찾으려다가 장정 하나 잡겠군."

우리는 풀밭을 헤치고 흙길을 거쳐 포장도로에 들어선 다음 방향을 틀어 주요 간선도로에 접어들었다. 미주리 주 경계를 따라 곡선을 그리는 도로였다.

"가는 길에 주유소에 들러 갈아입으면 되지 않을까요?" 내가 제안했다.

그로버는 고개를 가로저었다. "인디언 지역의 백인 주유소는 화장실에 죄다 '고장'이라고 써 붙여놨어. 원주민들이 드나들며 공짜로 싸는 꼴은 못 보겠다, 그 뜻이지."

그로버는 뒷거울을 들여다봤다. 뒷좌석에서 점보가 팔다리를 한껏 펼친 채 수컷 들소처럼 코를 드르렁거렸다.

"그냥 창문을 하나 더 열지." 그로버가 말했다. "강 건너에 읍내가 있어. 거기서 세이지든 향모든 사서 냄새를 잡아보자고."

해결책치고는 뭔가 오묘했다. 허브의 공식적 사용법으로 내가 익히 알던 내용과는 너무도 달랐다. 하지만 차 안의 냄새는 가히 견딜 수 없을 지경이었고 냄새에서 조금이라도 벗어날 수만 있다면 나는 무엇이든 할 용의가 있었다.

"솔직히 놀랐습니다. 그로버가 무려 점보를 차 안에 들이다니! 차에 관한 한 꽤 까다로웠잖아요?" 내가 말했다.

그로버는 번쩍이는 녹색 좌석 덮개를 찬찬히 쓰다듬었다. "버진 비닐이라는 거야. 물과 리졸만 있으면 말끔히 닦이지. 더구나 점보는 친구 아닌가. 친구끼리는 서로 도와야지."

그로버의 차가 다리 위에 올라섰다. 차는 때론 그르렁거리고 때론 끼익하며 철제 교량 바닥을 힘겹게 지나 미주리 주의 동부로 나아갔다.

"솔직히 말해보게. 여기는 무슨 일로 온 거야? 어르신께선 늘 자네 안부를 물으셨어." 그로버가 물었다.

"댄은 잘 지내시죠?" 물음에 물음으로 응수하며 나는 대답을 회피했다. 이디스와 베나이스의 이야기를 들려주기에는 아직 마음의 준비가 되어 있지 않았다.

"잘 지낸다고 하기는 어렵지. 침대에 누워 있는 시간이 태반이라네. 가끔 가게에는 나가지만 잘 걷지를 못해. 균형을 못 잡으니. 가실 날이 얼마 남지 않은 거야."

그로버의 음색은 그의 경망스러운 언사와 묘하게 어긋났다. 분명 그는 댄의 건강 악화를 슬퍼하고 있었다. 나 역시 슬퍼졌다. 그리고 더 깊이 깨달았다. 댄에게 공책 전하는 일을 그동안 차일피일하던 내 행동이 얼마나 이기적이었는지를.

"속상하네요." 내가 말했다.

"속상하지. 그냥 그렇게 스러지는 거야. 오래된 잎이 나무에서 떨어지는 것처럼. 다 그런 것 아니겠나?" 그로버가 말했다.

예상대로라면 이제 내가 찾아온 이유를 묻는 질문이 다시 나올 차례였다. 그때 뒷좌석에서 어마어마한 숨소리가 들려와 나를 구했고, 소음은 이내 길면서도 청아하고 퀴퀴한 트림 소리로 이어졌다.

그로버가 코를 찡그리며 고개를 가로저었다. "맙소사, 인정사정없군. 뭔가 조치를 취해야겠어."

독수리 사나이 대 위차샤 와칸

우리 차는 작은 강변 도시의 중심가를 향해 살금살금 나아갔다. 시속 15킬로미터 내외로 이동하는 내내 그로버는 옆을 스치는 상점들을 유심히 살폈다.

"전에 지나다닐 때 분명히 봤는데." 그로버가 말했다. "히피식 구슬 같은 걸로 장식된 집이었지. 그런 곳에는 늘 양초라든가 세이지가 있게 마련이거든. 수상쩍은 허브 다발도 있고."

"혹시 폐업한 게 아닐까요?" 내가 물었다.

"그런 집은 폐업하고 자시고 할 일이 없어. 그래봐야 늙은 마약쟁이들이거든. 이곳에 가게를 차려놓고 원주민 흉내를 내는 거야. 유지비도 별로 안 들고 여행객들이 시도 때도 없이 들락거리니 말일세. 왜 있잖나, 인디언 물건은 사고 싶은데 진짜 인디언에게 말 붙일 배짱은 없는 치들."

그로버의 차는 마치 거대한 초록 도마뱀처럼 나아갔다. 옆으로는 벽돌로 야트막하게 지은 상점들이 몇 블록에 걸쳐 늘어서 있었고, 그

구역을 지나면 도로가 넓어지면서 탁 트인 대초원이 나타났다. 차창으로 들어온 메마른 바람이 차 안 구석구석 점보의 냄새를 퍼뜨렸다.

"저 친구 그냥 세차 기계에 넣어 통과시켜버릴까요?" 내가 제안했다.

"안 될 말이야. 깃털이 손상될 걸세. 내 방법이 나아. 자네는 구경이나 하라고."

중심가의 막바지에 다다랐을 때 그로버가 갑자기 브레이크를 힘껏 밟더니 핸들을 급히 꺾어 옆길로 접어들었다. 그 바람에 나는 차창에 제대로 부닥쳤다. 점보는 점보대로 앓는 소리를 냈다.

"저기로군." 그로버가 작은 상점 하나를 가리켰다. 상점 정면에는 줄무늬 차양이 불쑥 튀어나와 있었고 문에 걸린 팻말에는 '북미 원주민 주술 공예점'이라는 활자가 인쇄되어 있었다. "바로 저기야. 내가 찾던 가게가."

상점 창문에는 드림캐처와 티베트 번, 거북이 등껍질로 만든 싸구려 딸랑이가 빼곡하게 걸려 있었다. "여기라면 뭔가 있을 걸세." 그로버가 말했다.

"같이 가요." 내가 말했다. 차에 머무르며 점보와 그의 예복 냄새에 시달리고 싶은 마음은 눈곱만큼도 없었다. 차창을 열어놓았다 해도 마찬가지였다.

"잘 생각했네. 혹시 알아? 애인 선물로 근사한 터키석 장신구라도 발견할지."

그로버는 카우보이모자를 고쳐 쓰고는 끈 넥타이의 매듭을 묶은 뒤 차 밖으로 발을 디뎠다. 뱃사람처럼 안짱다리로 건들거리는 걸음만은 여전했지만 세월과 관절염은 그에게도 여지없이 상흔을 남겼다. 이제 걸을 때마다 그는 심하게 절룩거렸다.

창문 한쪽에는 '금연' 팻말이 붙어 있었다. 그 앞에서 그로버는 잠시 머뭇거리다 들고 있던 담배를 거리에 휙 던지고는 가게 문을 통과했다. 담배 연기의 마지막 한 모금만은 입안에 담아두었다 굳이 가게 안에서 내쉬었다.

가게는 어두침침했고 향냄새가 났다. 어딘가에 스피커가 놓여 있는지 원주민 피리 음악 비슷한 소리가 흘러나와 영묘한 분위기를 자아냈다. 40대 후반가량의 날씬하고 매력적인 백인 여자가 페전트블라우스 차림에 은 장신구를 열두 가닥쯤 걸치고 열 손가락에는 반지를 하나씩 낀 채로 계산대 뒤편에 편안하게 앉아 타로 관련 책자를 이리저리 넘겨보고 있었다.

우리가 들어서자 여자는 온화하게 웃어 보였다. 미모의 흔적이 아직 남아 있었다. 외모를 유지하는 데 상당한 비용을 들인 기색이 역력했다. 하지만 그렇게 최선의 노력을 기울였음에도 이제는 곳곳에 힘줄이 드러났고 경직이 시작되고 있었다. 길고 희끗희끗한 머리칼은 여전히 숱이 많고 풍성했으며, 은과 터키석 소재 머리핀으로 느슨하게 묶어 뒤로 늘어뜨린 상태였다. 외모만 보면 사우스다코타 주 소도시에 위치한 비현실적인 부티크의 소유주라기보다는 타오스에서 요가 교실을 운영하는 사람 쪽에 더 가까웠다.

"안녕하세요?" 그녀가 인사를 건넸다. 감미롭고 살가운 목소리였다. 말투에 독일식 억양이 희미하게 남아 있었다.

"안녕하세요?" 내가 화답했다.

그로버는 여주인의 인사에 그 어떤 대꾸도 하지 않은 채 계산대 쪽으로 걸어갔다.

"특별히 찾는 물건이라도 있나요?" 그녀가 물었다.

나는 그로버가 대답하기를 기다렸지만, 그는 여전히 묵묵부답이었다.

"그냥 좀 둘러보려고요. 아무튼 감사합니다." 내가 대신 대답했다.

여주인은 우아하게 웃음 짓고는 다시 타로 책으로 시선을 돌렸다. "혹시 도움이 필요하면 언제든 말씀하세요."

그로버는 벅스킨과 깃털로 장식된 작고 붉은 물건를 보고 있었다. 얼굴은 모자챙에 가려 안 보이다시피 했다.

"이건 뭡니까?" 그가 무뚝뚝하게 물었다.

여자가 올려다봤다.

"아, 기도할 때 쓰는 신성한 담뱃대예요. 북미 원주민들이 첫새벽에 기도를 드릴 때 사용하죠." 그녀는 그로버가 인디언이라는 사실을 아직 인지하지 못한 듯했다.

그로버의 등이 뻣뻣하게 굳어졌다. 그는 낮은 소리로 구시렁거리는가 싶더니 손가락을 대통에 넣어 안에 든 깃털들을 끄집어냈다.

"아주 저렴하게 드릴게요. 시즌 막바지거든요." 이렇게 말하고 여주인은 그로버를 찬찬히 뜯어보았다. 물건을 팔아보려는 것인지 상품을 함부로 다루는 손님을 단순히 감시하려는 것인지 의중이 모호했다.

그로버는 담뱃대를 입에 대고 설대 부분을 힘껏 빨아들였다. 여자가 움찔했다. 나는 나대로 대체 무슨 영문인지 알아내보려 했지만 여전히 그의 얼굴은 모자챙의 그늘에 가려진 채였다.

그로버는 몇 차례 구시렁거리는가 싶더니 담뱃대를 다시 내려놓고는 가게 뒤편의 허브 진열 코너로 걸어갔다. 뒷벽을 거의 차지할 만큼 넓은 진열대에는 생가죽 끈으로 묶은 세이지 다발과 비닐로 포장한 향모 묶음, 새끼처럼 꼰 다양한 약초 들이 고리에 걸린 채 양옆으로 진열되어 있었다.

그로버는 다발 하나를 집어 들고는 향을 맡았다.

"정통 인디언식 사랑의 허브 다발이에요. 라벤더와 세이지로 만들었죠." 여주인이 말했다. 이제 경계하고 걱정하는 기색이 역력했다. "세이지는 부정적인 에너지를 씻어내고 라벤더는 기분을 평화롭게 해주거든요. 집들이 선물이나 축복의 용도로 많이들 찾죠. 북미 원주민들은 최음제로도 쓴다고 들었어요."

그로버는 문제의 허브 다발을 치켜들고는 손 안에서 이리저리 돌려보더니 자리에 내려놓은 다음, 이내 다른 허브를 집어 들었다.

여인의 심기는 갈수록 눈에 띄게 불편해졌다. 그로버의 행동은 레드레이크에서 내가 가르치던 학생들이 백인 상점에 들어갔을 때 하던 짓과 똑같았다. 아무 말 없이 모든 물건을 만지작거리며 주인의 화만 돋우었던 것이다.

그로버는 허브를 진열해둔 벽 가장자리로 위치를 옮겨 향모를 꼬아놓은 끈 하나를 내리더니 양 끝을 잡고 조심스레 살피며 "흐음" 혹은 "허어" 하는 쉰 소리를 몇 마디 내뱉었다. 그러고는 단번에 카우보이모자를 벗더니 몸을 돌려 주인 여자를 마주보았다.

"이건 어디서 난 겁니까?" 그가 인디언 방언을 심하게 섞어 말했다.

여자의 표정은 충격을 받은 기색이 역력했다. 온전한 얼굴을 본 이상, 아무리 바짝 자른 백발을 하고 있어도, 그로버가 인디언이라는 사실을 부정할 수는 없었다. 그로버는 최대한 어둡고 위협적인 눈빛으로 상대를 노려보았다.

"동부의 어느 회사에서 들여왔어요." 주인 여자가 더듬거렸다. 두 눈은 휘둥그렇고 목소리는 경직돼 있었다. "매우 믿을 만한 사람들이에요. 거기 치료 주술사 한 분이 있는데, 여기 보내는 물건은 모두 그분의 축성을 거쳐야 하죠. 체로키 인디언이라고 들었어요."

"그 체로키 치료 주술사라는 사람, 이름이 혹시 독수리 어쩌고 아니던가요?" 그로버가 말했다.

"어머, 맞아요." 여자가 대답했다. 어떤 문화적 연결 고리라도 찾아냈기를 바라는 눈치였다. "빛에서 온 독수리. 전단에 그렇게 적혀 있었어요."

그로버는 향모 끈을 들어 앞으로 내밀었다. 그러고는 라코타 말로 몇 마디 중얼거리더니 다시 주인 여자를 향해 돌아섰다. "그 독수리 어쩌고 하는 친구에 대해 얼마나 잘 아십니까?"

"글쎄요, 실제로 만난 적은 한 번도 없어요. 판촉물에 사진이 실렸던 것 같은데. 찾아볼까요? 아무튼 그쪽에서 보내는 물건은 모두 그 사람의 축성을 거치거든요. 믿을 만한 사람들이에요. 모든 과정을 전통 방식대로 진행하니까요." 주인 여자가 말했다.

그로버는 듣는 둥 마는 둥 했다. 그는 향모 끈을 앞으로 높이 쳐들어 조명에 대고 살살 돌리는가 싶더니 지나치다 싶게 오래 유심히 살펴보고는 내게 내밀었다.

"보이나?" 그로버가 말했다.

나는 어리둥절한 눈빛을 그에게 보냈다. 그는 나를 노려보다가 장화 앞부리로 내 발을 세게 찼다.

"보이나?" 그가 다시 말했다.

"보입니다." 내가 대답했다. 달리 할 말이 떠오르지 않았다.

그는 향모 끈을 주인 여자에게 내밀었다. "오른쪽으로 꼬여 있지요?" 그가 읊조리듯 말했다. 짐짓 인디언다움을 가장하는 사람 특유의 그 부자연스러운 말투를 과거에 그는 '톰톰 대화법'이라고 이름 지었다. "꼬인 끈의 첫째 가닥이 둘째 가닥 위에 어떻게 놓였는지 보이십니까?"

여주인도 역시나 어리둥절하기 짝이 없는 눈빛이었다. 그러나 그로버의 명백한 인디언적 기질과 진지한 태도 앞에서 동의하지 않고는 버텨낼 재간이 없었다. 그녀는 꼬인 향모를 면밀히 살핀 뒤 고개를 끄덕였다.

"이런 식으로는 안 됩니다." 그로버가 끈을 쳐들고 다시금 돌렸다. "만물은 태양의 방향으로 움직여야 돼요. 그런데 이 끈은 태양 반대 방향으로 꼬였잖소. 이런 식은 좋지 않아요."

여자는 눈앞에서 벌어지는 일이 무슨 영문인지도 모른 채, 손가락에 낀 터키석 반지 하나를 초조하게 잡아당겼다. "공급자 측에서 진품이라고 보증했는걸요." 그녀는 그로버의 비난에 반박해보려 안간힘을 썼다.

그로버는 귓등으로도 듣지 않았다. "와시추, 나가서 위차샤 와칸을 모셔와."

나는 휘둥그레진 눈으로 그를 쳐다보았다.

"신성한 인간을 모셔오라고! 지금쯤이면 기도를 거의 마쳤을 걸세. 조용히 오되 입을 열어선 안 된다고 말씀드리게. 성스러운 동물 가죽도 반드시 챙겨야 하네."

그로버는 들고 있던 끈을 다시 뒤집으며 아까의 말을 반복했다. "이런 식은 좋지 않아."

나는 계산대 근처에서 머뭇거렸다. 그로버의 행동이 하도 과장된 터라 그의 말이 농담인지 진담인지 확신이 서지 않았다. 그로버는 완고한 눈빛으로 나를 쏘아보았다. "당장 위차샤 와칸을 모셔오라니까."

가게 주인의 시선이 우리 두 사람 사이를 빠르게 오갔다. 그로버가 입구를 향해 단호하게 고갯짓했다. 나는 당황한 여자를 향해 힘없이 웃어 보이고는 서둘러 문밖으로 나가 차를 세워둔 곳으로 올라갔다.

독수리 사나이 때 위차샤 와칸

점보는 뒷좌석에서 입을 벌리고 고개는 뒤로 젖힌 채 여전히 코를 골았다.

"점보, 일어나요. 그로버가 찾아요."

점보는 몇 번 구시렁거리더니 살짝 자세를 바꿨다. 땀에 젖은 파우와우 복장이 뷰익 뒷좌석의 비닐에 스쳐 바람 빠지는 소리를 냈다.

"어서요. 그로버가 가게로 와달래요."

점보는 눈을 뜨고 몇 차례 힘겹게 깜빡이더니 이렇게 말했다. "맙소사."

"들어봐요. 가게에서 성자 행세를 해달래요. 향모를 꼰 끈에 문제가 있다나 뭐라나."

"젠장." 점보가 웅얼거렸다.

"머리쓰개도 쓰고 오랬어요. 그리고 가급적 입은 열지 말아달라더군요."

점보가 몸을 일으켜 발을 무겁게 바닥에 내디뎠다. 각반 위에서 방울들이 짤그랑거렸다. 사슴 발굽 딸랑이들도 캐스터네츠처럼 달가닥거렸다. 그는 차 문을 짚고 똑바로 일어서더니 머리쓰개를 머리에 얹고는 보도를 따라 천천히 내려갔다. 지나간 자리마다 퀴퀴한 악취가 진동했다.

"어느 가게죠?" 그가 물었다.

"창문에 온갖 인디언 물품을 걸어놓은, 저 집이에요." 나는 줄무늬 차양 쪽을 가리켰다.

점보는 툴툴거리며 문을 향해 느릿느릿 걸어갔다. 짤그랑 달가닥, 짤그랑 달가닥. 마치 클라이즈데일 종 말 한 조가 지나가는 듯한 소리였다.

"먼저 가서 얘기해놓을게요." 이렇게 말하며 나는 서둘러 앞서나갔다. 앞으로 무슨 일이 벌어질지 걱정이 이만저만이 아니었다.

내가 가게 문을 밀치고 들어서는 동안 점보는 밖에 남아 바지 매무새를 고쳤다. 그로버는 주인 여자와 가게 뒤편에 서 있었다. 손에는 여전히 향모 끈이 들려 있었다.

"위차샤 와칸은 어디 계시나?" 그가 물었다.

"밖에 계십니다. 준비를 하시느라." 내가 대답했다.

"이제 됐습니다. 굉장히 영험한 치료 주술사예요. 자그마치 5대째거든요. 코요테 씨족입니다. 코요테 씨족에 대해서는 아시죠?" 그로버가 여자에게 말했다.

주인 여자는 반신반의하며 고개를 끄덕였다.

"이제 그분께서 알아서 하실 겁니다."

여자가 다시 고개를 끄덕였다. 커다래진 두 눈에 두려움이 서려 있었다.

이야기를 나누는 동안 점보의 거대한 형체가 가게 창문 앞을 지나갔다. 그리고 요란한 짤그랑 소리와 함께 커다란 그림자가 출입구에 모습을 드러냈다. 그로버는 모자를 집어 가슴에 대고 고개를 숙였다. 그러더니 들릴 듯 말 듯 노래를 부르기 시작했다.

얼마 지나지 않아 점보라는 존재가 지닌 온전한 힘이 효력을 발휘하기 시작했다. 그의 의상과 머리쓰개의 고약한 냄새가 가게 뒤쪽으로 서서히 퍼져 나갔다. 주인 여자는 창백해진 얼굴로 계산대에 등을 기댔다.

"코요테 씨족은 짐승들과 한데 어울려 삽니다. 우리 같은 냄새를 기대해서는 안 되지요."

이렇게 말하고 그로버는 라코타 말로 무언가 읊조렸다. 점보의 육중한 몸집이 쌕쌕거리고 구시렁거리며 우리 쪽으로 천천히 다가왔다.

독수리 사나이 때 위차샤 와칸

코요테 머리 장식을 쓰니 키가 2미터는 훌쩍 넘어 보였다.

그로버는 향모 끈 하나를 들고 마치 제물을 바치듯 점보 앞으로 내밀었다.

점보는 커다란 손으로 향모를 받아 들고는 도통 모르겠다는 표정으로 물끄러미 들여다봤다.

그로버는 라코타 말로 중계를 이어갔다. 점보가 그로버의 말을 이해했는지, 아니 그보다도 실제로 말이 오가기는 했는지, 나로서는 알 길이 없었다.

"태양의 방향으로 꼰 것이 아닙니다." 그로버가 말했다. 담배 가게 등지에서나 들을 법한 과장된 인디언 사투리였다.

점보가 무언가 말하기 시작했다. 그로버는 고개를 가로저어 점보를 침묵시켰다.

"밖에서 이야기하시죠." 그로버는 고갯짓으로 향모를 가리켰다. "저것들이 안 보이는 곳에서."

그로버는 점보에게서 향모 끈을 받더니 마치 커다란 접시에 담긴 물건을 건네는 것처럼 조심스레 내게 넘겼다. "끝 부분은 잡아선 안 되네." 이 말을 남기고 그는 점보의 팔꿈치를 잡고 문 쪽으로 데려갔다.

두 사람은 짤그랑거리고 달가닥거리며 태양빛 속으로 걸어갔다. 나는 주인 여자와 덩그러니 남아 허브, 나뭇가지, 묶음 들이 놓인 선반 앞에 어정쩡하게 서 있었다. 그로버의 행동을 이해할 수 없었다. 주인 여자의 불편함이 그로버의 불길한 태도 때문인지, 자신이 신성한 의례를 어겼을지도 모른다는 실제적 두려움 때문인지도 불분명했다.

"뭘 어쩌자는 건지 저도 잘은 모르겠지만, 그들의 방식을 존중해야겠지요." 내 말에 여자는 희미하게 웃어 보였다. 인디언 피리 음악의 몽환적인 곡조가 배경음악을 조성했다.

잠시 후 그로버와 점보가 돌아왔다. 그들은 여자와 나를 곧바로 지나쳐 뒷벽으로 전진했다.

"전부 부숴버려야 합니다." 점보가 말했다. 목소리가 낮고 묵직했다. 여자의 눈이 몇 차례 깜빡거렸다.

"위차샤 와칸께서 독수리 어쩌고 하는 주술사를 아신답니다." 그로버가 점보 쪽으로 고개를 기울이자 점보도 고개를 끄덕였다. "체로키 인디언 중에는 어두운 영혼을 가진 자들이 있는데, 아무래도 이 독수리라는 작자가 라코타 지역으로 보내는 허브에 저주를 내리는 것 같다고 하시는군요."

"하지만 저희 손님들은 대개 백인인걸요." 주인 여자가 반박했다.

"겉모습은 중요하지 않습니다." 그로버가 말했다. "주술은 피부색을 가리지 않아요. 설마 누군가의 집에 그런 주술이 깃들기를 바라지는 않으시겠죠? 어떤 인종이든 말입니다."

"반품하면 되지 않을까요? 라코타 지역 공급자를 찾으면." 여자가 말했다. 누가 들어도 절박한 목소리였다.

그로버는 고개를 가로저었다. "그것도 좋겠지요. 하지만 너무 늦었어요." 이어서 그는 벽에 전시된 세이지, 라벤더, 삼나무, 향모 위로 손을 휘휘 내젓고는 이렇게 덧붙였다. "이 모든 것을 돌이키기엔."

"전부 부숴버려야 돼요." 점보가 다시 엄숙하게 말했다.

여자는 문 쪽을 하염없이 바라보았다. 앞으로 무슨 일이 벌어지든 거기서 자신을 구해줄 다른 손님이 들어와주었으면, 하는 눈빛으로. 그녀가 쏜살같이 빠져나가 경찰을 부를지도 모른다는 생각이 머릿속을 스쳤다.

그로버는 어느새 진열대 앞으로 건너갔다. "혹시 뒷골목이 있습니까?" 그가 물었다.

"밖에 공터가 있어요." 여자는 뒷문 나무 봉에 드리운, 인도풍으로 날염된 면 커튼을 내키지 않는 듯 가리켰다.

"당장 저것들을 빼내시죠." 그로버가 점보에게 말했다.

점보는 여자를 밀치고 지나가 허브와 풀을 모조리 끌어내 가슴에 안았다. 여자는 그들 뒤를 쭈뼛쭈뼛 따라가다가 생각이 바뀌었는지 흠칫 뒷걸음 쳤다.

"나머지 것들도 싹 가져오게. 하나도 남겨둬서는 안 되네." 그로버가 점보와 함께 커튼을 밀치고 나가는 길에 내게 말했다.

나는 남은 허브 다발과 묶음은 물론 바닥에 떨어져 헝클어진 끈과 풀 줄기까지 모조리 주워 모았다.

"죄송합니다. 저는 시키는 대로 할 수밖에 없어요." 내가 말했다.

"하지만 전부 북미 원주민이 축성한 것들이에요." 그녀가 되풀이했다. 자신의 처지를 이해할 것도 같은 유일한 백인 남자와 협상이라도 해볼 심산인 듯했다. "성심을 다해 축복했다고 업체가 보증했다고요."

"뭐라 드릴 말씀이 없네요." 나는 어깨를 으쓱했다. 그녀가 안쓰러웠다. 무슨 말이라도 해서 그녀를 안심시키고 싶었다. 하지만 상황은 이미 걷잡을 수 없이 심각해져 있었고 나는 중간에서 이러지도 저러지도 못하는 신세였다.

열린 뒷문으로 빛이 새어 들어왔다. 이어서 딸랑이의 달가닥 소리와 방울의 짤그랑 소리가 리듬감 있게 들리는가 싶더니 향을 가미한 허브와 풀 특유의 강렬하고 톡 쏘는 냄새가 썩어가는 동물의 사향과 뒤섞여 커튼을 비집고 스며들었다.

주인 여자는 내게 절박한 눈빛을 보냈다. "이것들을 내가야 돼요." 내가 미안해하며 말했다. 그녀의 눈에서 금방이라도 눈물이 떨어질 것만 같았다. 나는 남은 끈과 묶음을 내가며 커튼을 열어젖혔다. 내 뒤를 주인 여자가 바짝 따랐다.

밖에서는 늦은 아침의 밝은 햇살 속에 그로버와 점보가 불붙인 허브 더미에서 불길이 타닥타닥 타오르고 있었다. 연기가 어지러이 솟구치며 회색빛으로 자욱하게 퍼져나갔다. 그로버는 계속해서 인디언 방언으로 노래를 불렀다. 점보는 거북이 등껍질로 만든 딸랑이를 연신 흔들며 불꽃 주위를 맴돌았다. 발가락과 뒤꿈치로 스텝을 밟는 모습이 춤추는 거대한 코끼리를 연상시켰다.

그로버는 나와 여자를 보며 침울하게 고개를 가로저었다. 의식이 한창이니 방해하지 말라고 경고하는 듯했다. 타는 허브의 알싸한 연기에 눈과 코가 따끔거렸다.

"지금이야. 나머지 허브를 집어넣어." 그로버가 내게 말했다.

나는 남은 허브 다발과 묶음을 재빨리 불 속에 넣은 뒤 지독한 연기를 막아보려 눈을 가렸다.

그로버는 고갯짓으로 점보 쪽을 가리켰다. "위차샤 와칸께서는 이제 연기가 가장 심한 자리에 서 계셔야 합니다. 독수리란 작자의 어두운 주술을 최대한 많이 거둬들여야 하니까요."

점보는 불길 반대편으로 서서히 이동하더니 연기가 직접 불어오는 자리에 섰다. 거대한 몸집이 대초원의 바람을 막아서자 휘몰아치던 알싸한 연기가 일제히 그를 향해 달려들었다. 그대로 두었다간 향을 머금은 연기구름이 그를 삼켜버릴 기세였다.

점보는 몇 차례 기침을 하고는 "젠장" 소리를 내뱉더니 두 손으로 눈을 가렸다.

"쉬운 일은 아닐 겁니다." 그로버가 주인 여자에게 말했다.

이쯤 되자 나는, 그로버가 선을 넘었다는 확신이 들었다. 날이 환

독수리 사나이 때 위차샤 와칸

하게 밝히면 그로버와 점보가 한 짓이 만천하에 드러날 것이고 주인 여자는 경찰을 부르러 달려갈 것이 분명했다. 작은 도시였다. 1970년대산 뷰익을 탄 인디언 둘과 백인 남자 한 명은 눈에 띄기 쉬운 조합이었고, 어쩌면 훈방 조치 정도로는 끝나지 않을 가능성이 다분했다. 30일 동안 카운티 구치소에 갇히거나 1000달러 벌금형을 받을 수 있었고, 그럴 경우 벌금은 고스란히 내가 감당할 몫이었다.

"이 정도면 할 만큼 한 것 같은데요?" 내가 말했다. 목소리에 서린 날카로움을 그로버가 감지해주길 바랐다.

그로버는 내 냉정한 눈빛을 보더니 못지않게 냉정한 눈빛으로 응수했다. 서서히 그의 입가에 장난기 어린 웃음이 번져갔다.

"자네 말도 일리가 있군. 위차샤 와칸께서 독수리 주술사의 못된 주술을 거의 흡수한 것 같으니." 그로버가 말했다.

점보는 숨이 넘어갈 듯 헉헉거리면서도 꼼짝 않고 서 있었다. 그의 몸은 불길에서 피어오르는 거대한 연기구름에 가려 거의 보이지 않았다.

"이 자리에서 다 타도록 내버려두세요. 한 가닥도 남김없이 태워야 합니다." 그로버가 여주인에게 말했다.

그녀는 내 옆에 서서 눈앞에서 검게 타들어가는 상품 더미를 우두커니 바라보았다.

"이런 의식을 집전하는 주술사에게는 본디 선물을 하는 것이 관례지요." 그로버가 말을 이어나갔다. 나는 온 마음으로 언짢은 기분을 표출하며 그를 노려보았다. 일을 이 지경까지 끌고오다니, 기가 막힐 노릇이었다. 하지만 그로버는 보일 듯 말 듯 미소만 흘려보낼 뿐이었다.

"하지만 보상 없이 뭔가를 취하는 것 역시 도리는 아니고." 그로버는 주인 여자 쪽으로 몸을 돌렸다. "우리 원주민들은 압니다. 당신네 백인들은 이 땅에 발을 디딘 이래로 우리에게서 취하기만 하고 보상은 하지 않았지요. 하지만 받은 것이 있으면 그만큼 돌려주는 게 우리네 전통입니다. 그래서 말인데, 물건 값은……" 이 대목에서 그는 나를 향해 고개를 끄덕이고는 이렇게 덧붙였다. "여기 있는 우리 와시추[원주민이 아닌 사람을 일컫는 라코타어] 친구가 지불할 겁니다. 전액까지는 아니더라도 이 집 물건을 취하게 해주신 것에 대한 성의 표시라고 생각하세요. 저희는 우리 형제자매들에게 말하겠습니다. 이 가게는 원주민들이 와도 좋은 곳이라고. 왜냐하면 예의와 존중이 살아 있는 곳이니까요." 그는 기도하듯이 두 손을 모으고는 그녀를 향해 살짝 고개를 숙였다.

"이제 가시죠." 그로버가 점보에게 말했다. "뒷마무리는 여기 이 와시추 친구에게 맡기시고." 그는 내게 고개를 끄덕이고는 점보의 팔을 이끌고 골목으로 나섰다. 점보는 두 손으로 눈을 비비며 연기가 남긴 쓰라린 통증을 떨쳐내려고 애를 썼다. 그의 머리 위에는 코요테 전투모가 삐딱하게 걸려 있었다.

"값을 후하게 쳐드리게." 그로버가 떠나며 말했다. "독수리 주술사의 저주를 풀도록 허락해준 훌륭한 분이야. 가진 것 전부를 드려. 숙녀께서도 가진 것 전부를 내놓으시지 않았나." 이렇게 말하고 그는 마치 자비를 베풀기라도 하듯 내게 손을 들어 보였다. 그러고는 라코타 말로 몇 마디 지껄이더니 다시 골목으로 걸어갔다.

나는 지을 수 있는 가장 침착한 표정을 지으며 주인 여자를 바라보았다. 그로버가 저지른 짓에 대한 분노와, 주인 여자가 마침내 그로버가 벌인 요상한 수작을 간파하고 곧 경찰을 부를지 모른다는 두려움 사이에서 감정이 오락가락했다. 방금 내 눈앞에서 벌어진 광경을 보고 속아 넘어갈 사람이 있을 리 없다고 생각했지만, 그런 음흉한 행동을 하면서도 그로버는 위협적이며 확신에 차 있었고, 따라서 평소 그를 모르는 누군가가 이 이상한 놀음에 놀아날 가능성이 아주 없지는 않았다.

점보와 그로버는 거의 골목 끝에 다다랐다. 그들이 모퉁이에서 방향을 꺾을 때까지 나와 여자는 그들에게서 눈을 떼지 않았다. 지갑을 열어 현금을 대충 세어보았다. 127달러. 이곳에 신용카드 정보를 남기고 싶지는 않았다. 그렇다고 가난뱅이로 보일 마음도 없었다. 바라는 것이라곤 그저 무사히 이 도시를 벗어나는 것뿐이었다.

20달러를 몰래 주머니에 찔러 넣고는 나머지를 그녀에게 건넸다. 그녀는 돈을 보고 머뭇거렸다. "이걸 받아도 되는지 모르겠네요." 그녀가 말했다.

"괜찮습니다. 받으세요. 이 돈으로 라코타 사람에게서 새 허브를 사세요. 그럼 제 친구들도 틀림없이 행복할 겁니다. 부인은 원주민의 오래된 풍습을 지키는 일에 일조하는 셈이고요. 단 누구에게도 이 사실을 발설하지만 마세요."

그녀는 지폐들을 잠시 바라보다가 접어서 치마 주머니에 넣었다. "그럴게요. 그분들께 전해주세요. 가르쳐주어 고맙다고."

나는 웃으며 그녀의 손을 잡았다. "좋은 일을 하신 겁니다." 이렇게 말하고 나는 서둘러 골목을 내려갔다.

그로버의 차는 모퉁이에서 공회전 중이었다. 그로버는 운전석에 앉아 웃느라 숨이 다 넘어갈 지경이었다. 점보는 뒷좌석에 웅크린 채여전히 눈을 비벼댔다. 차 안에서는 땀, 죽은 동물의 악취, 향수가 가미된 모닥불 비슷한 냄새가 났다.

"효과가 있기는 하네요." 이렇게 말하며 나는 조수석에 미끄러져 들어갔다.

"문제는 잘 해결했지?" 그로버가 말했다.

"동전까지 탈탈 털렸어요."

"동전이 많았나 봐."

"생각하시는 만큼은 아니고요."

"저녁 살 돈은 남겨뒀겠지? 의식 집전 중에 여기 이 위차샤 와칸의 식욕이 엄청나게 올라갔거든."

뒷자리에서는 점보가 여전히 기침하며 코를 훌쩍였다. "일단 시내부터 벗어나죠." 내가 말했다. "위차샤 와칸의 식욕은 몇 킬로미터쯤 더 가서 채워도 늦지 않아요. 우선 우리가 한 짓을 아무도 들을 수 없는 곳으로 가자고요. 이렇게 해놓고 대체 어떻게 빠져나갈 생각이에요? 아마 그 여자, 당장 경찰을 부를걸요."

그로버는 다시 웃음을 터뜨렸다. "그 여자는 경찰을 부르지 않아. 위차샤 와칸이 가게에 저주를 퍼붓지 않은 것만으로도 마냥 행복해할걸."

그로버는 몹시 심하게 웃은 나머지 운전하기가 어려울 지경이었다. 그가 장난을 치며 그토록 즐거워하는 모습을 내게 보인 건 그때가 처음이었다. "점보가 들어설 때 그 여자 얼굴을 봤나?" 그가 숨넘어가는 목소리로 말했다.

"얼굴이야 봤죠. 아까 100달러를 넘길 때."

"가진 동전을 다 털어줘도 아깝지 않을 얼굴이었지."

"말은 술술 잘하는군요."

그로버는 숨이 넘어가기 직전이었다. "세상에, '독수리 사나이'라니." 그로버가 말했다.

"그 문제도 짚고 넘어가야겠어요." 내가 말했다. "그 남자 이름에 독수리가 들어간다는 건 대체 어떻게 안 거예요?"

"평균의 법칙이랄까? 가짜 주술사들은 하나같이 독수리니 늑대니 하는 이름을 쓰거든. 여자들은 하나같이 여름 새벽이나 갈까마귀, 비가 들어가는 이름이고. 그냥 때려 맞힌 거야. 들쥐 사나이나 땅다람쥐 사나이가 축성한 세이지를 원하는 사람은 없을 테니까."

"글쎄, 꼭 그렇게까지 할 필요가 있었을까요?" 내가 말했다. 아까의 사건도 사건이지만 이토록 심술궂게 즐거워하는 그로버를 보니 무척 당황스러웠다. "괜찮은 여자 같았어요. 더욱이 그로버는 그 여자가 세이지와 향모를 판다는 사실을 이미 알았고요. 그냥 물건만 사서 나왔으면 좋았잖아요?"

"그러려고 했지. 그런데 그 여자가 뜬금없이 담뱃대에 대해 지껄이기 시작하잖아. 차누파에 관해 허튼소리를 하다니, 그건 아니지! **신성한 것**과 **돈**을 같은 선상에서 언급하는 것도 안 될 말이고."

"그럼 점보더러 허브가 아니라 담뱃대를 모조리 모아다 부수라고 했어야 하는 것 아닌가요?"

"그래봤자 중국제 쓰레기들이야. 밑면에 스티커가 붙어 있더군. 하지만 그게 중요한 건 아니고. 차누파는 조물주와 연결되는 신성한 고리야. 백인들은 감히 입에 올려서도 안 되네. 더구나 중국제 모조품을 판매하다니, 확실히 그럴 순 없지. 인디언들이 파우와우 축제에서 플라스틱 십자가를 팔지는 않잖아." 그로버는 창밖으로 침을 뱉었다. 담배 섞인 침 줄기가 끈적하게 늘어졌다. "인디언을 이용해 돈을 벌 때가 있으면 갚을 때도 있어야지."

"더군다나……" 이렇게 말하며 그로버는 뒷좌석을 향해 고개를 끄덕이고는 다시 웃어대기 시작했다. "담뱃대를 부수는 정도로는 저만큼의 탈취 효과를 기대할 수 없는 노릇 아닌가." 점보는 기침하고 코를 골면서 시뻘건 두 눈을 연신 비벼댔다. 향기로운 산불 냄새가 차 안에 감돌았다.

그로버가 기어를 넣었다. 차는 다리를 건너 다시 서쪽을 향했다. 따라오는 차는 없었다. 어느새 구릉지대는 고즈넉한 금빛으로 물들어 있었다.

그로버는 코를 찡긋하고 몇 차례 킁킁거리는가 싶더니 이렇게 말했다. "자네 쪽 창문을 열게, 너번. 위차샤 와칸께서 못된 주술을 많이도 흡수하셨네."

베풀 줄 아는 강인한 심장

허브 가게 주인과 한바탕 소동을 치르고 나니 공책과 정신병원에 대해 그로버에게 털어놓으려던 마음이 그나마도 멀리 달아났다. 여자를 곤란에 빠뜨려놓고 즐거움을 감추지 못한다거나 정보를 거리낌 없이 들러리로 이용하는 모습을 보니 더더욱 망설여졌다. 이디스의 얼굴에서 고통과 슬픔을 보고 베나이스에게서 가히 신비로우리만치 깊은 이해력을 경험한 내게 그로버의 행동은 철없고 몰상식하게만 여겨졌다. 그로버와는 아무리 사소한 것이라도 진심 어린 이야기를 공유할 기분이 아니었다.

결국에는 그에게 공책과 정신병원 문제로 의견을 구할 수밖에 없으리란 걸 알고 있었다. 하지만 당장은 생각을 정리할 때까지 어느 정도 거리를 두고 싶었다. 이야기의 주인공은 댄이었다. 그로버는 단지 문지기에 불과했다. 게다가 지금으로선 그 문지기 역할을 제대로 수행 중인지조차 의심스러웠다.

우리는 미주리 주를 가로지르다 북쪽으로 방향을 틀어 굽은 길을

176

따라 물가를 끼고 나아갔다. 그로버는 담배를 피우며 농담을 던졌고, 점보는 뒷좌석에 구부정하게 앉아 예복 셔츠 끝으로 두 눈을 토닥였다.

"파우와우 축제가 열리는 곳에 다시 내려주겠네." 그로버가 말했다. "어쨌거나 자네는 어르신을 뵈러 갈 테니 점보는 그 차에 타면 되겠지. 나는 들를 데가 있어. 이따 밤에 로즈버드에서 만나세." 이어 그는 오른손 검지를 음흉하게 내밀며 이렇게 덧붙였다. "뭐, 내일 아침도 좋고."

파우와우 축제 장소에 다시 들어서자 그로버는 점보의 텐트 옆에 뷰익을 대고는 계기판을 정성스레 닦으며 의문의 장소를 향한 여정을 준비했다. 나는 춤판이 벌어지는 나무 그늘 쪽을 응시하며 내 차 보닛에 앉아 있었고, 그사이 점보는 숲으로 들어가 옷을 갈아입었다.

점보가 안쓰러웠다. 그로버에게 이용당하는 그에게 동정심을 느꼈다. 그렇지만 그를 차에 태우고 500여 킬로미터를 기꺼이 운전할 정도는 아니었다. 점보는 언제나 유쾌한 친구였다. 문제는 그의 대화가 대체로 단음절이고 항상 기계나 음식에 초점이 맞춰져 있다는 점이었다. 남은 오후를 그와 보낼 생각을 하니 눈앞이 캄캄했다. 게다가 주술 용품 가게 뒤편에서 연기 세례를 당하고 보송보송한 옷으로 갈아입었는데도 그의 몸에서는 여전히 농장과 시체 안치소를 섞어놓은 듯한 냄새가 났다.

그러저런 생각에 잠긴 사이 점보가 각반과 머리쓰개, 리본 셔츠[파우와우 축제에서 입는 상의], 모카신을 들고 수풀에서 튀어나왔다. 그는 얼룩진 운동복 바지와 끈 없는 하이탑 운동화에 지저분한 흰색 티셔츠를 입고 있었다. 배 위로 텐트처럼 늘어진 그 티셔츠에는 '프라이브레드[나바호 원주민들이 먹는 납작하게 튀긴 빵]는 나의 힘'이라는 슬로건이 적혀 있었다. 입으로는 커다란 고깃덩이를 우물거렸다. 지금 같은 응급상황에 대비해 따로 보관해두었던 게 틀림없었다.

그로버는 차창 밖으로 고개를 내밀더니 비밀이라도 털어놓으려는 사람처럼 내게 손짓하고는 이렇게 말했다. "한 가지 더. 카지노 뷔페. 이 두 단어만 기억하게. 그럼 별일 없을 거야."

그로버는 쾌활하게 손을 흔들며 풀밭을 덜컹덜컹 가로질렀다. 그가 떠난 자리에 담배 연기와 싸구려 향수 냄새가 두둥실 떠다녔다.

점보는 텐트를 접고 예복을 챙기느라 분주했다. "점보, 아무래도 지금 내 차에 타야겠어요." 내가 말했다. "상관없어요. 춤을 더 추다 갈 생각이긴 했지만." 점보가 대답했다.

"그로버에게 일이 있나 봐요."

"그러게요." 점보가 아쉬운 듯 말했다.

나는 트렁크를 열어 그가 장비를 넣게 했다. 차 안에 넣고 싶지는 않았다. 특히 동물 털가죽은 더더욱. 점보는 그 물건들을 내 가방들과 침낭 옆에 얌전히 놓더니 천천히 정성 들여 정돈했다. 몸짓 하나하나가 놀라우리만치 섬세했다.

"이 예복들은 다 어디서 난 거예요?" 내가 물었다. 조금이나마 친밀감을 조성하기 위해서였다.

점보는 자랑스러운 듯 활짝 웃어 보였다. "거의가 우리 할아버지 거예요." 그가 조수석으로 미끄러져 들어오며 말했다. "허리받이랑 이것저것. 머리쓰개는 선물로 받았고요."

차가 쑥 내려앉으며 삐걱거렸다. 자리에 비집고 앉은 점보는 육중한 배를 가로질러 안전벨트를 당기느라 고군분투 중이었다.

"너무 짧아요." 그가 말했다. 걸쇠를 끝까지 당겼는데도 버클까지 가려면 아직 30센티미터쯤 남아 있었다.

"운전을 살살 하죠, 뭐." 내가 말했다.

허브 향과 땀 냄새가 차 안을 가득 메웠다. 하지만 숨이 막힐 정도는 아니었다. 불기둥이 제몫을 해낸 것이다. 더욱이 머리쓰개는 트렁크에 치워두었으니 최악의 공격자는 제거한 셈이었다. 그런데도 마음은 여전히 불편했다. 점보에 관해 나는 거의 아는 바가 없었다. 아는 거라고는 그가 지저분한 정비소를 운영하는, 성실하고 심성이 착해 보이는 친구라는 사실뿐이었다. 수년 동안 우리 사이를 오간 대화라고는 고작해야 스무 문장이 될까 말까였다. 그와 어떻게 대화를 해나갈지, 대화가 가능하기는 한지, 그저 막막할 따름이었다. 물론 대개의 인디언들은 조용함 속에 편안함을 느낀다는 사실을 나는 알고 있었다. 하지만 이 거대하고 이가 듬성한 남자와 침묵 속에서 여섯 시간을 보내다니, 그건 아무래도 과한 감이 있었다.

80킬로미터 가까운 거리를 달리는 동안 우리는 말이 없었다. 점보는 상황을 제법 편하게 느끼는 듯했다. 하지만 나는 우리 사이에 놓인 침묵의 무거운 무게를 고스란히 느꼈다. 점보는 마치 거대하고 광포한 힘 같았다. 인간적이었지만 야수적인 면모도 그에 못지않았다. 씩씩거리며 거칠게 숨 쉴 때마다 가슴 깊은 곳에서 묵직하고 우렁한 소리가 뿜어져 나왔다. 그가 드문드문한 이로 고깃덩이를 뜯는 모습은 가히 구석기인을 방불케 했다. 결국 나는 대화를 시작할 수밖에 없다는 결론에 이르렀다.

"기분 나쁘지 않았어요? 그로버가 벌인 짓 때문에 주술사 행세를 하게 됐는데." 나는 지나가는 말처럼 슬쩍 질문을 던졌다. 머릿속에 퍼뜩 떠오른 주제가 그것이었다.

"괜찮아요." 그가 대답했다.

"그로버가 심술궂기는 했잖아요. 주인 여자를 속인 데다 점보를 그 지독한 연기 속에 세워뒀으니."

계속되는 내 주장에 점보는 이마를 찌푸리며 이렇게 말했다. "심술궂지 않았어요. 사람들을 보호하고 있었죠."

"사람들을 보호했다고요?" 나는 끈질기게 물고 늘어졌다. 일종의 모험이었다. 그도 그럴 것이, 수년에 걸쳐 내가 배운 교훈 하나는, 인디언들 사이에 아무리 심한 다툼이 벌어진다 해도 결코 끼어들지 말라는 것이었다.

하지만 점보는 불쾌한 기색이 아니었다. 그저 입을 다문 채 콧구멍으로 가쁜 숨을 몰아쉴 뿐이었다. 이윽고 나는 그의 사적인 영역을 침범했거나 너무 강하게 몰아세웠다고 확신하기에 이르렀다. 그때였다. 갑자기 점보가 손을 내밀어 커다란 동그라미를 그렸다.

"그건 말하자면 파우와우의 동그라미 같은 거예요."[파우와우 축제에서는 참가자들이 동그랗게 모여 춤을 춘다.] 그는 끊길 듯 끊길 듯 말을 이어갔다. "불청객은 그 안에 들어올 수 없죠. 그 여자는 우리 세계에 들어오려고 했어요. 초대도 받지 않았으면서. 그로버는 그 여자를 가르치려 했던 거예요."

이제껏 그에게 들어본 말 중 가장 장황한 설명이었다.

"그런 식으로는 생각해보지 않았어요." 내가 말했다. 그의 말이 계속되기를 바라며.

"그로버는 와요우니한을 지녔거든요."

"와요우니한?"

"전사의 영혼이요. 그로버는 사람들을 도와요. 우리를 보호하죠. 아무것도 바라지 않으면서요. 가끔은 힘든 일도 해야 돼요. 친구가 없을 때도 있고요."

여기서 점보는 입을 다물었다. 말을 더 해야 하나 말아야 하나 고민 중인 듯했다.

"어쨌거나 우린 친구예요." 점보가 나직이 입을 열었다. "그래서 좋았고요. 친구를 도왔잖아요."

그의 태도에서 전에 보지 못한 부드러움이 묻어났다.

"점보는 잘 해냈어요." 내가 말했다.

점보가 시선을 아래로 드리웠다. "최선을 다했죠."

이것은 단연코, 여태껏 점보와 나눴던 대화를 통틀어 가장 긴 대화였다. 나는 내심 웃으며, 서정적이고 완만하게 굽이치는 풍경을 지나 은은히 반짝이는 금빛 구릉지대로 차를 몰았다.

얼마 지나지 않아 곳곳에 드러난 경사진 땅과 저습지는 우리를 가히 최면에 가까운 몽상과 평화로 이끌었다.

"정말 아름답네요." 내가 혼잣말하듯 중얼거렸다.

"마치 피리 소리가 빚어낸 풍경 같아요." 점보가 말했다.

뜻밖의 표현에 정신이 번쩍 들었다. "뭐라고요?"

그는 커다란 손을 계기판 위로 뻗어 완만하게 굽이치는 풍경의 윤곽을 따라갔다. 마치 오케스트라와 교감을 나누는 지휘자처럼.

"피리가 소리를 내는 거예요. 고음과 저음을 끊임없이 넘나들면서."

내가 놀란 눈으로 바라보자 점보는 말을 이어갔다.

"피리를 배워본 적은 없어요. 북이라면 좀 만져봤지만. 북은 천둥 쪽에 가까워요." 점보의 시선은 시종 딴 곳을 향했다. 생각을 이렇게나 많이 드러내자니 쑥스러운 모양이었다. "가끔은, 가령 춤을 출 때는요, 저는 천둥처럼 되려고 노력해요."

그 말이 너무 의외여서 나는 잠시 말문이 막혔다.

"그런 생각을 하는 줄은 미처 몰랐어요." 내가 말했다.

"저는 바보가 아니에요." 그가 대답했다.

"바보라고 생각하지 않아요." 내가 말했다.

"그냥 말을 별로 안 하는 거예요." 점보는 잠시 말을 끊었다. 말을 이어갈지 말지 망설이는 것 같았다. "백인과는 달라요. 할 말이 없을 때는 말을 하지 않죠."

"백인들이 좀 그렇긴 하죠." 내가 말했다.

"동물들은 말이 많지 않아요. 그렇다고 동물을 바보라고 생각하지는 않잖아요?" 그가 말을 이었다.

미묘한 이야기였다. 통렬하면서도 의미심장하고 거의 애처롭기까지 한 하소연으로 점보는 자신의 무뚝뚝한 태도를 정당화하고 있었다.

"동물을 좋아하나요?" 내가 물었다.

"동물에게 많이 배우죠. 조물주께서는 동물을 스승으로 사용하신대요. 할아버지가 그러셨어요. 모든 동물 안에 특별한 힘을 불어넣어서 우리가 보고 배울 수 있게 하셨다고. 동물들을 보면서 사는 법을 깨우치는 거라고요."

내 안에 갑자기 수치심이 차올랐다. 이 거대한 남자를 마음대로 넘겨짚었던 스스로가 부끄러웠다. 점보의 말은 단순했지만 그 안에 담긴 생각은 심오했다.

"할아버지께 많은 걸 배웠나 봐요." 내가 말했다.

점보는 다시 고개를 끄덕였다.

"할아버지에 대해 말해줄래요?" 내가 물었다. 불현듯 궁금증이 일었다. 숱한 장난의 대상이었던 저 몸 안에 감춰진 이 남자의 진면목을 알고 싶었다.

점보의 얼굴에서 혼란이 읽혔다. 백인 남자에게 마음을 열어 보여도 괜찮을지 고민하는 눈치였다.

"글쎄요." 잠시 멈칫하던 그가 입을 열었다. "조금은 말해줄 수 있을 것 같아요."

점보는 깊은 숨을 들이쉬고는 천천히 이야기를 시작했다. "할아버지는 주술사셨어요. 찾아오는 사람이 많았고요. 할아버지가 말씀하시면 저는 가만히 듣곤 했어요. 말할 때보다 들을 때 더 많은 것을 배울 수 있다고 늘 말씀하셨거든요."

"우리 모두가 새겨야 할 교훈이군요."

점보가 고개를 끄덕였다. "할아버지랑 온갖 곳을 다녔어요. 주술사가 되고 싶었으니까요. 하지만 할아버지는 안 된다고 하셨어요. 주술사는 냉정해야 하는데, 영혼들을 다루는 일이 제게는 맞지 않을 거라나요? 때로는 영혼들과 싸워야 하는데, 할아버지가 보시기에 저는 싸움꾼이 아니랬어요."

"그보다는 연애꾼이죠, 안 그래요?"

점보는 눈을 내리깔고 고개를 살짝 끄덕였다. 마치 그런 평가가 못내 쑥스러운 것처럼.

"한번은 할아버지가 어린 슝카를 준 적이 있어요. 작은 강아지요. 제가 어떻게 기르는지 보고 싶으셨던 거예요. 저는 녀석을 항상 끼고 다니며 쉴 새 없이 말을 걸었죠. 하루는 할아버지가 물었어요. 사람들을 돕는 의식에서 녀석을 죽여도 되겠느냐고. 그래서 대답했죠. '아니요. 다른 슝카를 찾아보세요.' 그런데 할아버지는 화를 내기는 커녕 웃기만 했어요. 좋다고, 이제 제 마음을 알았다고 하면서요."

"그래서 그 강아지를 지켰나요?"

"당분간은요. 얼마 뒤에 누군가가 총으로 쏴버렸거든요." 굴곡진 얼굴 위로 물방울 하나가 작게 빛났다. 그의 눈가에서였다. 그는 얼굴을 창문 쪽으로 돌렸다. "그럴 필요까지는 없었는데."

점보가 이토록 온화한 심성을 가진 남자였다니, 충격적이었다. 그의 거대한 체형과 느릿느릿한 태도를 뒤처짐으로, 심지어 어리석음으로 간주하고, 수년간 이리저리 둘러대며 그를 멀리해온 나 자신이 부끄럽게 느껴졌다.

"녀석은 최고의 친구였어요." 점보가 말했다.

"개는 인간이 가질 수 있는 최고의 친구니까요." 내가 말했다.

"개들은 제가 뚱뚱해도 개의치 않거든요." 그가 조용히 말했다.

그 말의 통렬함이 내 심장을 파고들었다. "몸이 크면, 마음도 큰 법이죠." 내가 말했다.

"사람들을 돕는 게 좋아요." 점보가 말을 이었다. 내게 마음을 열기로 작정한 모양이었다. "할아버지가 당부하신 일이기도 하고요. 제 사람들을 돕는 일이 제 사명이라고 말씀하셨거든요. 저더러 겸손하다고 하셨어요. 겸손은 좋은 거라고도 하셨고요." 점보는 내내 시선을 낮게 드리웠다. 자신에 대한 이 소소한 칭찬마저 쑥스러운 모양이었다.

마침내 오랜 정적 끝에 그가 다시 입을 열었다. "라코타 남자아이라면 배워야 할 네 가지가 있다고도 말씀하셨어요." 그는 마치 외운 것을 그대로 반복하는 아이처럼 한 손을 들어 뭉뚝한 손가락을 하나하나 꼽아가며, 할아버지가 가르쳐준 가치들을 찬찬히 열거했다. "베풀 줄 알아야 한다. 존경할 줄 알아야 한다. 용감하게 행동할 줄 알아야 한다. 현명하게 행동할 줄 알아야 한다. 할아버지는 조물주께서 우리 모두에게 남보다 더 뛰어난 재주를 하나씩 주셨다고 했어요. 우리는 각자 자신에게 주어진 재주를 찾아내 서로를 돕는 데 사용해야 하고요. 그 재주를 익혀서 평생 섬기며 살아야 하는 거랬어요."

"그래서 점보는 베푸는 재주를 찾아냈고요?"

그는 고개를 끄덕였다. "와칸토그나카. 너그러워지는 재주예요."

"어떻게 찾아냈나요?"

점보는 자리에서 살짝 옮겨 앉더니 이렇게 말했다. "이야기를 하나 해드릴게요."

"얼마든지요." 내가 말했다.

점보는 잠시 기다렸다가 입을 열었다.

"그래도 될 것 같아요. 형이 한 명 있어요. 오델이라고. 강한 사람 이에요. 그로버처럼. 전사의 영혼을 타고났죠. 형이 가는 곳이면 저 는 어디든 따라다녔어요. 형은 늑대를 길렀어요. 우리 집 뒤편 산마 루 길에 사는 늑대였죠. 새끼 늑대들과 어미 늑대도 거기서 같이 살 았고요.

오델 형은 그 늑대를 매우 어릴 때부터 길렀어요. 녀석은 누구도 해치지 않았죠. 형은 소나 들소 고기를 가져다 녀석에게 먹이로 주었 는데, 그 늑대는 필요한 것 이상은 결코 취하는 법이 없었어요. 자기 는 한입만 먹고 나머지는 끌고 가서 가족에게 주었으니까요.

할아버지께 이 사실을 말씀드렸더니 할아버지는 '늑대란 원래 그 런 법이라고, 바라는 것 없이 언제나 자기 가족을 돌본다고' 일러주 셨어요.

저도 그러고 싶다고 했더니 할아버지는 웃으면서 제 어깨에 손을 얹으시고는 '하지만 그건 오델의 길이야'라고 하셨죠. 제게 인내심을 가지라고, 길을 찾도록 도와주겠다고 말씀하셨어요.

그땐 정말 어렸어요. 일곱 살이었나? 강아지가 죽은 직후였으니까 요. 할아버지는 매일 밤 의식을 올렸어요. 늘 사람들이 찾아왔고요. 가끔 제게 물을 길어오라고 시키곤 했어요. 할머니들에게 하는 것과 똑같이요. 그러면서 늘, 그 일은 힘들고도 중요한 일이니 사내아이에서 진정한 남자가 되려면 꼭 해야만 한다고 말씀하셨죠.

저는 양동이를 가져다 몇 번이고 우물에서 물을 길어 날랐어요. 우물이 말썽일 때는 개울에서 길었고요. 할아버지는 그 물을 한증막 돌 위에 붓거나 사람들에게 마시라고 주면서 이렇게 말했어요. '손자 녀석이 가져온 물입니다. 베풀 줄 아는 강인한 심장을 가진 아이지요.'

저 들으라고 일부러 그렇게 말하신 거예요. 부족민 앞에 저를 드러내 제가 가야할 방향을 제시한 셈이죠.

하루는 이런 말을 한 적이 있어요. '그런 얘기들을 들려주셔서 얼마나 뿌듯한지 몰라요, 할아버지. 하지만 평생 물만 길어 나르며 살 수는 없어요. 뭘 해야 사람들을 도울 수 있을까요?' 그때까지도 저는 주술사가 되고 싶었으니까요. 늑대처럼 강해지고 싶었거든요.

할아버지는 제 어깨에 손을 얹으셨어요. 그 느낌이 정말 좋았는데. 아무튼 할아버지는 '그날 밤 당신 집으로 오라고, 제게 줄 게 있다고' 하셨어요. 그래서 그날 밤 할아버지 집에 갔죠.

할아버지는 뒷방으로 가더니 사방에 리본이 달린 가죽 가방 하나를 들고 나오셔서는 이렇게 말씀하셨어요. '옜다. 집에 가져가거라. 집에 가서 안을 보려무나. 다 본 뒤에는 할아비를 찾아오고.'

저는 물었죠. '가방을 열고 나서는 뭘 해야 돼요, 할아버지?'

할아버지는 '그냥 집에 가서 열어봐'라고만 하셨어요.

들판을 쏜살같이 가로질러 집으로 달려갔어요. 가방 안에 뭐가 있는지 보고 싶었거든요. 집에 도착해 가방을 열어보니 안에는 뼈들이 그득했어요.

뭘 해야 할지 모르겠더군요. 그 뼈들에 신성한 힘이 깃들어 있겠거니 생각했죠. 뼈들을 탁자 위에 올려뒀어요. 마음이 초조했죠. 그 상태로 일주일이 지났지만 할아버지가 원하시는 게 뭔지 갈피가 잡히지 않았어요. 그러다 문득 그 뼈들을 맞춰봐야겠다는 생각이 들었어요. 뼈들이 제게 말하는 것 같았거든요. 자기들을 맞춰달라고. 뼈들을 가져다가 원래 자리라고 생각되는 곳에 놓고 하나하나 연결했어요. 그냥 마음이 시키는 대로.

마침내 전부 맞췄을 때 할아버지를 찾아가 말씀드렸죠. '뭔가 해낸 것 같아요.'

할아버지는 '보여주려무나' 하시더군요.

그길로 할아버지를 모시고 집으로 돌아와서는 배열된 뼈들을 보여드렸죠.

할아버지는 제 어깨에 손을 얹으시고는 이렇게 물으셨어요. '저게 뭔지 알겠니?'

그래서 대답했죠. '뒷다리를 앞으로 굽히고 있어요. 발굽이 없고요. 머리뼈는 늑대를 닮았지만 작아요. 제 생각엔 어린 늑대 혹은 개인 것 같아요.'

그러자 할아버지는 '늑대와 개에 대해 내게 말해주겠니?' 하고 물었어요.

저는 이렇게 대답했죠. '늑대는 강해요. 제가 좋아하는 동물이고요. 늑대는 자기에게 필요한 것만 취해요. 가족에게도 잘하고요. 할아버지가 가르쳐주신 것처럼. 그리고 늘 모든 것을 지켜봐요.'

'그럼 개는?'

'개는 도움을 줘요. 마음이 착하고요. 언제나 사람 편에 서지요. 사람들을 위해 목숨을 바쳐요.'

'어느 쪽이 너랑 닮았니?'

'저는 개를 닮은 것 같아요, 할아버지.'

그랬더니 할아버지는 '그렇단다' 하시고는 '자, 그런데 왜 뼈를 맞춘 게냐?' 하고 물으셨어요.

그래서 말씀드렸죠. '모르겠어요. 뼈들을 보다가 슬퍼졌어요. 전부 떨어져 있으니까요.'

'혹시 환상 같은 걸 보았니?'

'아니요.'

'목소리 같은 걸 들었니?'

'아니요.'

'네가 뼈를 맞추는 일을 누군가 도와주었니? 사람이든 뭐든 말이다.'

'아니요, 혼자 한 거예요. 뼈들을 도와주고 싶었거든요.'

할아버지는 뼈들을 모아서 가방에 도로 넣으시더니 다시 제게 주셨어요. 그러고는 말씀하셨죠. '이 뼈들은 네 어린 숭카의 것이란다. 네 강아지. 총에 맞은 녀석 말이다. 녀석은 자기 목숨을 네게 바친 거야. 살아 있을 때 그 강아지는 할아비에게 너의 마음을 보여주었단다. 너는 녀석이 죽지 않기를 바랐거든. 설령 그 죽음이 사람들을 위한 것이라도 말이다. 이제 그 강아지는 죽어서도 너의 마음을 내게 보여주는구나. 너는 사람들을 도우며 살게 될 게다. 이런저런 일들을 맞춰가면서. 그 일들의 의미를 따지고 들지 마라. 그저 일들이 어떻게 돌아가는지만 생각해. 아이들을 가르치렴. 동물들이 도와줄 게다. 왜냐하면 녀석들은 너를 알고, 두려워하지 않을 테니 말이다. 돈을 받아서도 안 돼. 사람들이 줄 때만 받으렴. 이렇게만 한다면 너는 우리 부족민에게 소중한 사람이 될 거야.'

정말 자랑스러웠어요. 그냥 그대로 앉아 제 어린 강아지의 뼈가 담긴 가방을 들고 생각했어요. 단지 그 교훈 하나를 주시려고 할아버지는 그 모든 일을 하셨던 거구나, 하고.

할아버지께 말씀드렸어요. '그렇게 할게요, 할아버지.' 할아버지는 이듬해에 돌아가셨고요."

점보는 정면을 똑바로 응시하더니 턱을 굳게 다문 채 눈을 가늘게 떴다. 나는 그의 정비소를 생각했다. 줄줄 흐르는 페인트로 "망가진 차와 물건 '고침'"이라 적어놓은 간판을, 부서진 토스터와 낡은 양수기 들로 빼곡한 벤치들을 생각했다. 아이들에게 자전거 고치는 법을 가르치며 그가 보여준 끈기와, 몇 년 전 내 차가 고장 났을 때 길 잃은 와시추를 도로로 돌려놓을 사람은 오로지 점보뿐이라는 생각에 실로 경건함에 가까운 방식으로 나를 그의 정비소로 데려가던 사람들을 떠올렸다.

"할아버지가 자랑스러워하시겠네요." 내가 말했다.

"아직도 저는 할아버지께 말을 걸어요. 도움을 청하는 거예요."

점보는 얼마간 침묵하며 골똘한 생각에 잠겼다.

"차를 좀 세워주실래요? 트렁크에서 꺼낼 물건이 있어요." 그가 말했다.

나는 길가에 차를 대고 트렁크 문 잠금장치를 풀었다. 점보는 차 뒤로 느릿느릿 걸어가 파우와우 예복을 여기저기 뒤졌다. 돌아온 그의 손에는 작은 주머니가 들려 있었다.

그는 주머니를 조심조심 열어 작고 하얀 뼈 하나를 꺼냈다. 그리고는 그 뼈를 내게 내밀더니 눈으로는 딴 곳을 보며 이렇게 말했다.

"제 강아지에게서 나온 거예요. 가지세요."

나는 뼈를 정중히 받아 조심스레 손에 쥐었다. 그리고 말했다.

"**필라마야, 콜라**. 고마워요, 친구."

누군가를 위해 라코타어로 **친구**라는 단어를 입에 올린 것은 내 인생에서 그때가 처음이자 마지막이었다.

요란한 침묵

황혼의 빛을 향해 서쪽으로 차를 몰았다. 점보의 선물에 깃든 다정함은 나를 감동시켰고 차 안에는 친밀함과 평온함이 가득했다. 운전하는 내내 나는 선물로 받은 뼈를 조심스레 쥐고 있었다. 마치 신성한 유물을 맡은 것처럼.

"너번이 그걸 가져줬으면 싶었어요." 점보가 여전히 다른 곳을 보며 말했다. "댄 할아버지가 그러셨거든요. 너번은 슝카를 위하는 강인한 심장을 지녔다고. 이곳에 처음 오셨을 때 팻백을 데리고 시험해 봤는데, 팻백이 너번을 좋은 사람이라고 하더래요."

팻백과 함께했던 추억은 나를 웃음 짓게 했다. 팻백은 늙고 털이 검은 래브라도레트리버였다. 녀석과 나는 그로버의 뷰익 뒷자리에서 많은 시간을 함께 보냈다. 녀석은 내 무릎에 머리를 기댄 채 꿈속이라도 헤매는 것처럼 끙끙거리고 쌕쌕거리며 뒷발질을 하곤 했다.

"정말 좋은 개였는데. 녀석을 정말 사랑했죠." 내가 말했다.

"댄 할아버지도 아셨어요. 팻백도 너번을 사랑했고요. 그분 눈에는 보이거든요." 점보는 약간 초조해했다. 스스로 뱉은 말에 마음이 불편해진 듯했다.

"개를 기르세요?" 점보가 머뭇거리며 물었다. 혹여 그 질문이 내 사적 영역을 침범한 것은 아닌지 걱정하는 눈치였다.

"그럼요. 금빛 래브라도레트리버예요. 이름은 루시."

점보는 눈을 내리깔았다. "성격은요?"

"정말 온순해요. 동물 보호소에서 데려왔죠. 그런데 굉장히 슬퍼 보여요."

"어릴 때 맞고 자란 것 같진 않던가요?"

"모르겠어요. 내가 빨리 움직이거나 엄하게 꾸짖으면 무서워하긴 하는데, 천성적으로 겁이 많은 건지도 모르죠."

점보는 내 말을 잠깐 동안 곱씹었다.

"아마도 녀석은 너번에게 온화함을 가르칠 목적으로 보내진 것 같아요."

그의 추론은 나를 웃게 했다. "그럴 수도 있겠네요. 조금 더 온화해져서 나쁠 일은 없죠."

점보는 아래를 바라보며 초조한 듯 두 손을 모아 쥐었다. 예전부터 뭔가 중요한 이야기를 꺼내려 할 때면 나오는 몸짓이었다.

"물어볼 게 있어요." 오랜 침묵 뒤에 점보가 입을 열었다.

"얼마든지요."

점보는 좀더 초조해하는가 싶더니 이내 말을 이었다. "왜 백인들의 교회에선 동물에 대해 말하지 않죠?"

평범한 질문이었다. 물음에 악의라고는 없었다. 하지만 나는 순간 움찔했다.

"왜 그런 걸 묻죠?"

"할아버지가 궁금해했거든요." 점보가 말했다. "백인 친구를 사귀면 꼭 물어보라고 하셨어요. 백인 목사들의 설교를 들은 적이 있는데, 악마가 깃든 못된 뱀 이야기 말고는 동물에 대해 한마디도 안 하더래요. 할아버지는 그런 목사들은 믿을 수 없다고 하셨어요. 우리에게 동물은 선한 존재니까요. 동물은 조물주의 지혜를 가지고 우리에게 왔고, 조물주는 동물을 통해 우리에게 가르침을 주시거든요."

두 번째였다. 동물이 인간의 선생이라는 주제를 점보가 끄집어낸 것은.

그간 쌓아두었던 피상적 성서 지식을 나는 재빨리 훑어나갔다. 그리고 깨달았다. 성서에서 내가 생각할 수 있는 동물이라곤 사실상 에덴동산의 뱀, 예수가 예루살렘 성 안에 타고 간 당나귀, 악마에 잔뜩 씌었다가 호수로 뛰어든 돼지 떼가 전부였다. 물론 그보다야 더 나오겠지만 내가 기억하는 한 그 동물들도 중심적인 역할은 아니었다. 더욱이 선생의 역할과는 확실히 거리가 있었다.

"할아버지는 백인 목사들이 준비가 덜 된 모양이라고 생각하셨어요. 그래서 동물들이 다가가지 않는다고요." 점보가 말을 이어나갔다. "백인 목사들은 늘 말하기에 바빠 귀담아듣질 않는대요. 그러니 동물들이 다가갈 리 없죠. 그래서 저는 말을 별로 안 해요. 동물들이 다가와주길 바라니까요. 늘 가만히 앉아 귀를 기울이려고 노력하죠."

그는 좌석에 등을 기댄 채 눈을 감았다. 원래 이 정도까지 말할 생각은 아니었던 듯했다. "이제 좀 잘게요. 혹시 식당 같은 게 보이면 세워주세요. 슬슬 배가 고프네요."

우리는 짙어지는 황혼 속으로 차를 몰았다. 타르 포장재 조각들이 차 바닥에 부딪히며 최면적인 리듬을 만들어냈고 외로운 아스팔트 간선도로는 나무 한 그루 없는 구릉지대를 가로질러 지평선을 향해 구불구불한 선을 그렸다.

평화롭다 못해 공허에 가까운 풍경이었다. 몇 킬로미터를 지날 때마다 주 간선도로에서 떨어져 나온 자갈길과 저 멀리 구릉지대 높은 곳에 고립되어 외따로 눌러앉은 작은 집이 나타났다. 들판 곳곳에 녹슨 차체가 쓸쓸하게 놓였는가 하면 농장의 고장 난 풍차가 기다란 삼각기둥 위에서 풍경을 뚫고 솟아올랐다. 하지만 대개는 땅과 하늘, 그리고 세차게 흐르는 검은 강처럼 인적 없는 땅을 가로질러 가느다란 선을 그리는 도로가 지루하게 이어졌다.

점보는 잠이 들었다. 나로서는 반가운 일이었다. 혼자 생각할 시간이 필요했다. 살면서 이토록 다양한 감정에 휩싸여 보낸 날은 거의 없었다. 요양원의 노부인부터, 정신병원 묘지라는 유령 같은 존재, 그로버가 여주인에게 쳤던 잔인한 장난, 그리고 점보의 더없이 귀한 선물과 개인적인 고백까지, 마치 반평생에 걸친 여정을 단 몇 시간 만에 끝낸 기분이었다.

그러다 나도 모르게 졸았던가 보다. 깜빡 잠이 들려던 찰나 휴대전화의 요란한 소리에 정신이 번쩍 들었다. 점보 쪽이었다. 팔꿈치로 점보를 거칠게 떠밀며 말했다.

"점보. 전화 왔어요."

점보는 코를 골다 기침을 하는가 싶더니 갑작스레 고개를 바로 세웠다. 그러고는 허리띠에 단 가죽 주머니 속을 더듬거려 작고 검은 휴대전화를 꺼낸 다음 뚜껑을 열고 귀에 갖다 댔다. 손이 워낙 커서 휴대전화가 마치 우표처럼 보였다.

"예에?" 점보가 말했다.

수화기 반대편에서 날카롭고 걸걸한 목소리가 들려왔다.

점보는 주의 깊게 듣더니 "알았어요" 하고 전화를 끊었다. 그리고 말했다.

"그로버예요. 미션 시에 가 있대요. 신호등 옆 모퉁이에서 보자네요. 너번과 따로 할 말이 있다나 봐요."

알 수 없는 일이었다. 아무리 생각해도 굳이 그럴 만한 이유가 없었다. 도로 지도를 펼쳐 위치를 확인해봤다. 미션 시는 로즈버드 북미 원주민 보호구역의 한복판에 자리했다. 우리와는 일직선으로 약 32킬로미터 떨어진 곳이었다.

"30분이면 도착하겠네요." 내가 말했다.

점보는 초조한 듯 양손을 비볐다. "둘이서만 따로 할 얘기가 있다니까 하는 말인데요. 가는 길에 서브웨이에 내려주실래요? 시내 외곽으로 가면 바로 보여요. 일단 먹고 신호등까지는 저 혼자 걸어갈게요."

"안 걸어도 돼요. 가고 싶은 곳이 어디건 말만 해요. 가서 사달라는 대로 사주고 다시 데리러 갈 테니까. 우리 사이에 그 정도 친절쯤이야." 내가 말했다.

"서브웨이가 좋겠어요. 대개 스페셜 메뉴가 있거든요." 점보는 반사적으로 입술을 핥았다. "그래. 서브웨이가 좋겠어요."

머지않아 미션 시의 몇 안 되는 불빛이 지평선에 희미한 빛을 발하기 시작했다. 저녁 빛이 이울어갔다. 황혼녘의 고원에 광활하게 퍼져나가는 어스름 속에서 원주민 보호구역의 그 소도시는 마치 사람들이 모여 사는 작은 연못처럼 보였다.

서브웨이에 점보를 내려주며 내게 남은 마지막 20달러와 잔돈은 넣어두라는 당부를 그에게 건넸다.

점보는 좌석에서 힘겹게 몸을 빼내는가 싶더니 마치 불길로 달려드는 한 마리 나방처럼 음식점 불빛을 향해 서둘러 발길을 옮겼다.

"30분 안에는 돌아올게요." 내가 말했다.

"천천히 와도 돼요." 점보가 어깨 너머로 활짝 웃었다. "배가 무지 많이 고프거든요."

그로버는 과연 미션 시의 신호등을 지나자마자 보이는 길가 어느 콘크리트 턱에 앉아 있었다. 그의 뒤로는 버려진 주유소가, 주유소의 앞마당에는 파랗고 노란 소형 판잣집이 서 있었다. 보아하니 누군가 한때 그곳에 커피 가판대를 열려다 생각을 접은 듯했다. 갈라진 콘크리트 틈으로 잡초가 무릎 높이까지 자라 있고, 문밖에는 흰색 비닐 쓰레기봉투가 쌓여 있었다. 맥주 캔이며 플라스틱 음료수 병이 바닥 여기저기에 나뒹굴었다.

내 차가 다가가자 그로버는 손을 흔들었다. 싱글싱글 웃음을 머금은 얼굴은 갓 세수를 한 듯 말끔했다. 그는 표지판에 쓰인 손글씨를 가리켰다. 희미하게 '에스프레소'라는 글자가 보였다.

"카피스트리논지 뭔지로 자네를 깜짝 놀래줄 생각이었는데, 아무래도 원주민 보호구역은 백인식 커피를 받아들일 준비가 안 됐던 모양이야." 그로버가 말했다.

그는 셔츠 주머니에서 카멜 담배 한 갑을 꺼내 이로 한 개비를 끄집어낸 다음, 청바지 허벅지에 딱성냥을 그어 불을 붙였다. 그러고는 손을 오므려 불을 감싼 채 담배를 갖다 댔다. 그의 얼굴 주위로 연기가 피어올랐다.

"앉아서 편히 쉬어." 그가 말했다. 대체 따로 하고 싶다는 이야기가 뭘까, 호기심이 발동했지만 나는 그가 먼저 말을 꺼낼 때까지 기다리기로 했다.

슬며시 갓길로 가 그의 옆자리에 앉아 질문을 건넸다. "잘 지내고 있죠?"

그로버는 턱 끝을 들고 나를 빤히 내려다봤다. 싸구려 오드콜로뉴 향이 강하게 풍겨왔다.

"나야 늘 잘 지내지. 점보는 어디 있나?" 그로버가 물었다.

"시내 외곽에 있는 서브웨이에 내려주고 오는 길이에요."

그로버는 알겠다는 듯 고개를 끄덕였다. "그 친구, 당분간은 정신없겠군."

"서브웨이겠죠. 당분간 정신없는 쪽은." 내가 받아쳤다. "알고 보니 아주 재미있는 친구더군요."

그로버는 두 손바닥을 위로 향한 채 어깨를 으쓱했다. "그렇다니까. 백인들은 인디언을 보면 일단 멍청할 거라고 생각하지. 뚱뚱한 인디언을 보면? 심하게 멍청할 거라고 생각하고. 점보는 오르기 힘든 산 같은 친구야."

"그 친구를 잘못 판단했던 것 같아요."

"자네가 잘못 판단하는 게 어디 한둘인가? 새삼스럽긴."

그로버는 끈적한 침 줄기를 어둠 속으로 뱉어내고는 다시 입을 열었다. "그건 그렇고, 여기 온 진짜 목적이 뭐야?"

"그냥 들렀어요." 내가 말했다. 이 일에서 그로버를 제쳐놓기로, 공책과 정신병원 이야기는 위노나를 만난 다음에 털어놓기로 마음을 거의 굳힌 상태였다.

"'그냥 들렀어요?' 전에는 그런 적 없었잖아."

"무슨 일이건 처음이란 게 있는 법이죠."

"뭐, 그렇지. 하지만 이번엔 아닌 것 같은데. 대체 무슨 일이야?"

"아무 일도요. 정말이에요." 내가 말했다.

그로버는 내 빤한 거짓말에 질린다는 듯 고개를 설레설레 흔들고는 편안히 앉아 나를 노려봤다. 그의 따가운 시선을 느끼며 나는 막대기로 땅바닥에 무늬를 그렸다.

"자네는 입 다물기에 서툴러, 너번. 자네의 침묵은 엄청나게 요란하거든." 그로버가 말했다.

"그냥 생각하는 거예요." 내가 말했다.

"글쎄, 그럼 그 생각이 엄청나게 요란한 모양이로군. 자넨 지금 뭔가를 숨기고 있어. 남자답게 탁 터놓으라고."

공책을 대화 주제에서 멀찌감치 떨어뜨리려고 나는 마지막 안간힘을 썼다.

"그냥 기분이 덜 풀려서 그런가 봐요. 점보와 가게 여주인에게 하는 걸 보고 굉장히 당황했거든요. 잔인해 보였어요. 그럴 필요가 있을까 싶을 정도로."

그로버는 담배 한 개비를 더 꺼내 아까와 같은 몸놀림으로 불을 붙였다. "잔인했다? 그랬는지도 모르지. 하지만 불필요했다? 아니. 그 여자에게는 가르침이 필요했어."

"하지만 점보는요? 꼭 그런 식으로 웃음거리로 만들어야 했어요?"

그로버는 엷은 저녁 공기 속으로 담배 연기를 길게 내뿜었다. 그리고 말했다.

"들어보게. 점보랑 나는 아주 오랜 친구야. 사람들이 점보를 웃음거리로 만든 건 어제오늘 일이 아니고. 하도 오래돼서 이제는 상처받고 말고 할 것도 없을 정도라니까. 하지만 난 그 친구를 웃음거리로 만들지 않았어. 나를 돕게 한 거야. 점보는 그걸 이해했고. 그게 우리 사람들을 보호하는 일이란 걸 알았던 거야."

"백인 여자를 조롱하는 일이?"

"말했잖아. 조롱한 게 아니라고. 가르침을 준 거라니까. 그 여자는 자기가 속하지도 않은 세계를 멋대로 휘젓고 다녔어. 향모와 세이지와 삼나무, 우리 인디언에게는 신성한 약이야. 그런데 그 여자는 전부 흥정 대상으로 취급했다고."

그로버는 고개를 가로저으며 경멸감을 숨기지 않았다. "세상에. '집들이 선물'에 '인디언식 사랑의 허브 다발'이라니. 그 여자가 바라는 인디언식 사랑의 허브 다발이 그런 거라면 나라도 가져다줄 수 있겠네."

그로버는 주유소 가장자리로 천천히 걸어갔다. 갈라진 콘크리트 바닥에 닿는 카우보이 부츠 뒷굽의 또각또각 소리가 밤공기 속으로 공허하게 울려 퍼졌다.

"그 여자와 벌인 소동 얘기라면 나는 잘못이 없네. 백인들은 우리 것을 거의 다 빼앗았어. 그래놓고 이제 우리의 영성마저 노리는 거야. 늙고 힘줄이 불거진 히피 여자를 때려눕혀야만 우리에게 남은 것들을 지킬 수 있다면 나로선 안 그럴 이유가 없지."

"어지간히 단단한 사람이군요. 그로버는." 내가 말했다.

"자네는 물러 터진 사람이고. 좋은 행동과 바른 행동을 같다고 생각하잖아."

"거기서 거기잖아요. 아닌가요?"

"글쎄, 자네가 틀린 것 같은데. '좋은 행동'은 사람들이 자넬 좋아해주기를 원하는 거야. '바른 행동'은 자네가 해야 할 일을 하는 거고. 심지어 아무도 자넬 좋아해주지 않아도 말일세. 사람들이 좋아해줄까 걱정하는 순간, 타인이 자네에게 지나친 권력을 휘두르게 되거든. 자네를 멋대로 끌고 다니겠지. 마치 뼈다귀를 찾아다니는 개처럼. 사람들은 그냥 좋아하는 시늉만 해주면 돼. 그러면 자네가 알아서 다리에 오줌이나 찔찔 싸면서 비위를 맞출 테니까. 자네는 너무 만만해. 내가 자네를 전적으로 신뢰하지 않는 것도 바로 그 때문이고. 뭐, 꼭 그것 때문만은 아니지만."

"그 정도로 만만한 사람은 아닙니다." 내가 말했다.

그로버는 침을 뱉었다. 담배와 타액이 섞인 매스꺼운 액체가 가늘게 흘러나와 포장도로를 적셨다.

"놀라기는."

대화의 방향은 점점 더 묘연해졌다. 나는 공책이 대화 주제로 등장하는 것을 어떻게든 막아보려 고군분투 중이었고, 나를 따로 보고 싶어할 때는 그만한 이유가 있었을 텐데도 그로버는 이유를 알리려는 그 어떤 노력도 하고 있지 않았다.

어색한 침묵이 흘렀다. 그렇게 잠시 앉아 있는데 그로버가 벌떡 일어나 차를 향해 걸어가며 말했다.

"따라오게. 같이 드라이브나 하세."

"전 됐습니다. 드라이브라면 하루 종일 했거든요." 내가 사양했다.

"부탁이 아니야. 통보지. 같이 드라이브나 하자니까."

포장도로를 가로지르는 그의 태도에서 낯선 결단력이 묻어났다.

"점보는 어쩌고요?" 내가 물었다.

"얼마나 주고 왔나?"

"20달러요."

"그럼 됐어. 가지."

그로버는 미끄러지듯 운전석에 앉더니 손을 뻗어 조수석 문을 벌컥 열었다. 머뭇거리며 나는 그의 옆자리에 앉았다.

"어딜 가는데요?" 내가 물었다.

"이야기하러."

"하지만 내내 이야기하다 왔잖아요."

"내내 거짓말만 했지. 진짜 이야기 말이야. 자네는 어째 마음을 터놓기가 두려운 모양이지만 나는 아니거든. 얼렁뚱땅 넘어갈 생각하지 말라고."

신부와 펠리컨 수녀

그로버는 시내를 벗어나 어두운 간선도로를 타고 북쪽으로 차를 몰았다. 황혼의 희미한 빛은 스러지고 별빛이 반짝이기 시작했다. 다코타의 벌거벗은 언덕들 위로는 유령 같은 달이 모습을 드러낸 참이었다.

마음 가득 궁금증이 일었다. 하지만 그로버에게 질문을 더 해봐야 어리석은 짓이라는 걸 나는 오래전부터 알고 있었다. 중요한 문제일수록 그를 다그쳐서는 안 될 일이었다. 그의 고민이 아무리 깊어 보인다 해도 달라질 건 없었다.

침묵 속에 몇 킬로미터를 달린 뒤였다. 그로버가 뷰익의 속도를 늦추고 흙길로 방향을 돌렸다. 우리는 캐틀 그리드[목장 등을 지나는 도로에서 가축이 탈출하지 못하도록 도랑을 파고 그 위에 쇠막대기 여러 개를 올려놓은 판] 위를 지나 바큇자국이 깊은 길로 접어든 다음 그 길을 따라 어둑한 나무숲 쪽으로 내려갔다. 차는 이랑처럼 솟아오른 마른 진흙 위를 덜컹거리며 간신히 지나갔다.

침묵과 커져가는 고립감에 슬슬 불안해진 나는 짐짓 태연한 목소리를 가장해 그에게 물었다. "그래서, 무슨 이야기죠?"

"자네에게 할 말이 있네. 자네 쪽에서도 할 말이 있을 테고." 그로버가 말했다.

"그러니까 그 말을 아까 그 주유소에서 할 수는 없었던 겁니까?"

그로버는 시선을 길에 고정한 채 고개를 가로저었다. "절대로."

길은 갈수록 험난해졌다. 잡초가 무성한 길 위로 바퀴자국 두 줄이 나란했다. 땅에 사는 동물들이 우리 앞 풀숲 사이에서 종종걸음을 놓고, 전조등에서 뻗어나간 불빛이 그 위를 희미하게 비췄다.

옹이가 많고 왜소한 오크 숲과 얕은 덤불을 지나 작고 잔잔한 개울가 어느 빈터에서 그로버는 차를 멈췄다. 아이들이 늦은 밤 술 파티를 벌였거나 여자 친구를 태우고 와 지내다 갔을 법한 장소였다. 바닥 여기저기 맥주 캔과 쓰고 버린 콘돔이 흩어져 있었다.

"여깁니까? 우리가 이야기하러 와야 한다던 곳이?" 내가 물었다.

"맞아."

"무슨 특별한 장소라도 됩니까?" 내가 물었다. 태연한 표정 짓기가 갈수록 힘에 부쳤다. 그사이 그로버는 차를 세우고 전조등을 껐다.

"그렇게 될 거야."

그는 차에서 나와 시냇가 근처 빈터 쪽으로 절뚝절뚝 걸어가더니 나뭇가지를 주워 모으며 말을 이어나갔다. "땔감을 좀 구해보게."

그가 하자는 대로 나는 오크 나무 아래서 떨어진 가지들을 주웠다. 그로버는 땔나무를 티피[북미 원주민의 원뿔형 천막] 형태로 꼼꼼하게 쌓더니 성냥 하나를 당겨 불을 붙였다. 몇 분 지나지 않아 작은 불길이 타올라 짙어가는 어둠 속에서 타닥거렸다.

그로버가 모닥불 너머 그루터기 하나를 가리키며 내게 말했다.

"앉지."

그는 무릎을 꿇더니 뒷주머니에서 은박 쌈지를 꺼내 안에 담긴 담배 비슷한 가루로 우리 사이에 자리한 땅에 작은 피라미드를 지었다. 몸짓 하나하나에 신중함과 정교함이 배어 있었다. 이어서 그는 라코타어로 무언가 읊조렸다.

그러고는 셔츠 주머니에서 또 뭔가를 꺼내 피라미드 위에 쌓더니 타는 나뭇가지 하나를 모닥불에서 빼내 그 작은 무더기에 불을 붙였다. 그러는 중에도 그는 쉼 없이 주문을 읊조렸다. 담배와 세이지 로즈의 달달한 향이 피어나 밤공기 속으로 스며들었다.

불길이 제법 잘 타오르자 그로버는 편히 앉아 검은 연기가 피어오르는 피라미드를 고갯짓으로 가리키며 물었다. "저게 뭔지 아나?"

"담배? 세이지?"

"의미도 알고?"

"조물주를 불러들인다는 의미잖아요."

"그렇지. 이제 거짓말 따위는 집어치우라는 뜻이야. 자네도 나도, 이젠 진실만을 말해야 하네."

그로버는 가슴을 어루만지더니 손을 앞으로 내밀었다. 손바닥이 보이도록. 마치 마음을 내어주는 것처럼. "남자 대 남자로. 그 어떤 경우에도 마음을 숨겨서는 안 되네."

그로버가 농담을 멈추다니, 흔치 않은 일이었다. 무슨 꿍꿍이인지는 몰라도 그가 진지하다는 것만은 분명했다. 그의 몸짓에 같은 몸짓으로 화답하며 나는 부디 내가 제대로 해내고 있는 것이기를 바랐다.

"이제 자네 이야기를 들어야겠어." 그로버가 천천히, 또박또박 말했다. "자네가 여기까지 와서 뭘 하고 다니는지 나는 몰라. 하지만 뭔가 있다는 건 알지. 이곳을 뜨기 전에 그 뭔가가 뭔지 털어놔야 할 거야. 알아들었나?"

대답을 시작하려는데 그가 다시 끼어들었다. "이제부턴 신중해야 돼. 거짓말은 금물이라고. 알아들었어?" 그로버는 하늘로 모락모락 피어오르는 담배 연기를 가리켰다.

"알아들었어요." 내가 마지못해 말했다.

"좋았어." 그로버가 말을 이어갔다. "하지만 그 전에 나부터 할 말이 있네. 어떻게 말해야 할지, 정말 내키지 않는군. 하지만 댄 어르신의 부탁이니. 혹시 자넬 다시 보게 되면 우리 사이에 드리운 그림자를 걷어내라고 하셨거든. 그 어른의 인생 테두리 안에 들어온 이상 누구도 서로를 미워해서는 안 된다는 거야. 돌아가시기 전에 이 문제를 꼭 바로잡고 싶다고 하시더군. 나는 그러마고 약속했고. 이래봬도 내가 약속은 지키는 남자거든."

"그래서 굳이 여기까지 저를 데려오셨다?"

"그렇지. 어르신의 바람을 존중해드리고 싶네. 이왕이면 조물주의 하늘 아래서. 빌어먹을 신호등 옆 주차장 같은 곳이 아니라."

그로버는 빨갛게 달아오른 담배와 세이지 더미에 입김을 불어넣었다. 얇은 연기 띠가 하늘 위로 아른거릴 때까지. "자, 내가 먼저 말하겠네. 도중에 알고 싶거나 얘기할 것이 있으면 기탄없이 말하게. 하지만 대체로 내가 말하고 자네는 듣게 될 거야. 얼마간 시간은 걸리겠지만 우리 사이에 이렇게 포석은 깔아놔야지. 그리고 내 말이 끝나면 자네가 이어받아 우리 사이에 길을 닦는 거야. 알겠나?"

"알겠어요." 내가 말했다.

그로버는 검은 연기가 피어오르는 허브 더미를 가리켰다. 그러고는 솟아나는 연기를 따라 손가락을 움직이다 이내 하늘을 가리켰다. "명심하게. 조물주께서 듣고 계시다는걸."

그로버는 담배 가루를 한 자밤 집어 씨 뿌리듯 자기 앞 땅에 뿌리고는 허리를 곧추세웠다.

"내가 자넬 별로 좋아하지 않는다고 생각하지?" 그가 이야기를 시작했다.

"그런 것 같군요." 내가 말했다.

"게다가 자네도 나를 별로 안 좋아하고."

"존중은 하지만 좋아하지 않는 부분이 있는 건 사실이에요."

"좋아. 솔직하군. 좋은 자세야."

이렇게 말하고 그로버는 자기 앞 땅에 담배를 좀더 뿌린 뒤 말을 이어갔다.

"원주민 보호구역에 자네가 처음 왔을 때를 기억하나?"

"어제처럼 생생하죠."

"그렇군, 나도 마찬가지야. 힘든 시간이었지. 백인 한 명이 또 문 앞을 기웃거린다고, 그것도 내가 아버지처럼 존경하는 어른을 찾아와 '인디언을 돕겠다고' 온갖 생색은 다 내면서 커다란 눈으로 사기를 치려든다고 생각했으니까."

"전 그저 위노나의 부탁으로 찾아갔을 뿐이에요. 아시잖아요?"

"그래, 알기야 했지. 하지만 난 아직도 그 일이 탐탁지 않아. 위노나도 마찬가지고."

"그럼 애초에 위노나는 왜 저를 부른 거죠?"

"할아버지의 말씀이니까. 어른의 말씀은 따라야 하는 법이거든. 우린 둘 다 댄 어르신이 크게 실수하는 거라고 생각했네. 어르신은 자네를 몰랐으니까. 우리도 자넬 몰랐고. 아는 사람이 아무도 없었지. 그건 인디언의 방식이 아니야. 백인을 믿다니. 와시추를 의심해서 손해봤다는 소리는 들어본 적이 없으니까. 우리 인디언은 동물한

테서 삶의 방식을 배운다네. 상대가 가까이 올 때까지 오래오래 지켜보기를 선호하지.

하지만 댄 어르신이 세상을 보는 방식은 달라. 모든 것에 메시지가 있다고 믿으시거든. 새가 머리 위를 날면, 그것은 하나의 메시지야. 개가 동쪽을 보고 두 번 짖으면 그것도 메시지고. 어르신은 당신의 사연을 들려줄 누군가를 찾고 있었어. 그러다 붉은 길이라나 뭐라나 하는 책을 봤지. 자네가 레드레이크에서 애들을 데리고 썼다는 그 책들 말일세. 그런데 팻백도 자네를 좋아하는 데다 자네 나이가 어르신의 죽은 아들과 엇비슷하다고 하니, 이거야말로 조물주의 직접적인 계시라고 여기고는 자네를 평생 신뢰하기로 마음먹은 거야."

그로버는 불에 침을 뱉었다.

"글쎄, 나와 위노나는 달랐어. 그렇다고 우리가 뜻이 잘 맞는 사이는 아니야. 하지만 둘 다 어르신을 위해서라면 총에 맞는 일도 불사할 사람들이지. 어르신이 자넬 얼마나 신뢰하는지 안 뒤로 우린 슬슬 걱정이 되더군. 그래서 내가 말했지. '이 백인 녀석, 혼쭐을 내줄까? 혹시 알아? 집으로 쫓아낼 수 있을지.'

글쎄, 시도는 해봤지. 자네를 보기 좋게 넘어뜨렸으니까. 며칠 안에 자네가 떠날 거라고 생각했지. 하지만 자네는 진드기 같더군. 돌아오고 또 돌아와서 어르신을 도우려 했거든. 그 빌어먹을 녹음기를 들고 말이야. 머지않아 우린 깨달았네. 자네가 진심으로 어르신을 좋아한다는 걸. 어르신이 인디언이라는 건 문제될 것이 없었어. 자네는 인간 대 인간으로 어르신을 좋아했으니까."

"댄을 보면 문득문득 아버지가 떠올랐거든요." 내가 말했다.

"뭐 그랬다 치고." 그로버가 말을 이었다. "중요한 건, 자네가 남았다는 거야. 남았다 뿐인가? 다그치지도 않았지. 자네는 어르신을 존중했어. 어르신이 자네에게 바라는 일을 존중했고 인디언과 백인 사이의 거리를 존중했지. 인내심이 있었고 입이 무거웠어."

"손님이었으니까요. 초대받지 않은 곳에는 가고 싶지 않았고요."

"백번 잘한 일이지. 바로 그런 면 때문에 자네를 존중하게 됐으니까. 하지만 신뢰까지는 아니었어. 뭔가 앞뒤가 안 맞았거든. 원주민 보호구역에 나타나는 백인들은 대개 속이 훤히 들여다보이게 마련이야. 이리저리 쑤시고 다니며 온갖 것을 물어보고 빨리 친해지지 못해 안달을 하니까. '의식에 데려가줘요. 한증막에 가도 되나요? 인디언 이름을 하나 지어주세요. 어떻게 하면 독수리 깃털을 구할 수 있지요?' 헌 옷 상자 하나를 가져와서는 그만 하면 자기들도 아무 데나 들이댈 자격을 갖췄다고 생각하는 거야. 어디 그뿐인가. 온갖 원주민 시늉을 하며 나대는 치들도 있지. 말총머리로 딱 묶고는 위대한 영혼을 들먹여가며 자기들이 전생에는 인디언이었다느니 할머니가 체로키 부족이었다느니, 지껄여댄다니까.

하지만 자넨 달랐어. 살짝 투덜대기는 했지만 그것만 빼면 자기만의 세계에 머물렀거든. 당최 마음을 읽을 수가 없더군. 겸손으로 똘똘 뭉친 사람 같았지. 하지만 왠지 분위기상 스스로를 우리보다 낫다고 여기는 것 같았어. 미개인들과 어울리겠다며 찾아와서는 그 상황을 어쩔 수 없이 감내하는 것 같았다고 할까? 무슨 인류학자처럼 느껴질 정도였지. 우리와 함께하려 한다기보다는 우리를 관찰하는 것 같았거든. 그래서 나도 자네를 관찰했지. 그러다 친해졌을 무렵 우리 사이에 더 큰 문제가 있다는 걸 깨달았네. 자네가 우리와 거리를 유지했던 이유는 우리를 존중해서가 아니었어. 심지어 호기심 때문도 아니었지. 자네는 두려워했던 거야."

내게는 충격적인 발언이었다. "무슨 뜻이죠? 두려워했다니, 대체 뭘요?"

"그 누구의 심기도 건드리지 않으려고 했잖아."

"그게 뭐가 문젭니까?"

"자네는 매사에 그런 식이었어. 나서기를 두려워했지. 누군가에게 추궁당할 때면 항상 관점을 바꿔가면서 스스로 믿지 않는 것들에 동조하더군. 그냥 그런 식으로 사람들의 화를 모면한 거야. 가령 내가 단지 자네 심기를 건드리려고 도무지 말이 안 되는 이야기를 한다고 쳐. 백인들을 몰아세우고 자네를 몰아세운다고 치자고. 그럼 자네는 언제나 뒤로 물러나거든. 심지어 내 말이 터무니없다는 사실을 알면서도 말이야.

그런 행동은 존중의 표시가 아니야. 두려움의 표시지. 존중과는 완전히 반대라고. 자네는 나를 심지어 존중하지도 않았어. 진실을 털어놓지도 못했잖아. 그런데 그런 자네가 댄 어르신의 이야기를 쓴다니, 도무지 믿음이 생기려야 생길 수 없는 상황이었지.

댄 어르신의 이야기는 우리 쪽 사람들의 화를 돋울 게 분명했어. 이야기 자체도 그렇고, 기록을 하필 백인 남자에게 맡겼다는 사실도 그렇고. 사람들이 어르신을 찾아가 따질 것만 같더군. 자네의 일처리 방식을 물고 늘어지며 자네를 굴복시킬 것 같았어. 드러내선 안 되는 것들을 읊어보라며 추궁할 것 같았지. 걱정이었어. 상황이 나빠지면 자네가 나가떨어질 것 같았거든. 도무지 버텨낼 것 같지 않더라니까."

"이야, 이젠 10년 전 일이로군요. 아직도 같은 생각이에요?"

"조금은. 가령 오늘 그, 히피 장신구로 치장한 여주인을 보자고. 그 여자는 우리네 영성을 훔쳐다 사랑의 허브 묶음입네 하며 팔고 있었어. 그건 잘못이야. 자네도 알잖아. 하지만 자넨 나서지 않았어. 그 여자에게 직접 말할 수 있었는데도 말이지. 백인인 자네가 나섰다

208

면 아마 귀 기울여 들었을걸. 하지만 자네는 그냥 우두커니 서서 순진한 얼굴로 살금살금 몸을 놀리며 다 괜찮다고 말하더군. 행여 여자가 당황할까 봐 걱정했던 거야. 원주민의 오래된 풍습을 지키는 문제는 뒷전이었고.

그 여자가 영성체용 제병을 칵테일파티용 치즈 크래커로 팔았다고 생각해보게. 그때도 자네는 나가떨어져, 나 죽었소, 하고 있을 텐가? 잘못은 그냥 잘못이야. 친절이 자칫 잘못을 키울 수도 있어."

그로버는 자리에서 일어나 허리를 곧게 폈다.

"몇 년 전 내가 했던 말을 기억하나? 살다 보면 자기가 원하는 일이 아니라 해야 할 일을 해야 하는 때도 있는 법이라는 말. 자네가 베푸는 '친절'의 대부분은 자네가 해야 할 일을 하는 것과는 관계가 없어. 설령 자네가 그렇게 생각한대도 말이야. 기껏해야 사선에서 떨어져 있는 것밖에 안 되지. 내 말 알아듣겠나?"

"알아들었어요. 하지만 확실히 동의한다고는 못 하겠군요."

"그렇군, 날 믿게. 집 안에서 집의 외형을 볼 수는 없는 법이야. 나는 그저 자네에게 솔직해지려는 것뿐이라네."

"그래요. 무슨 말인지는 알겠어요. 다만 이런 이야기를 왜 하는지는 아직 모르겠네요. 이게 우리 사이에 드리운 그림자를 걷어내는 것과 무슨 상관이죠?" 내가 말했다.

"자네에게 내가 거칠게 구는 이유를 설명하려는 거야. 어르신 곁을 맴도는 자네를 내가 왜 경계하는지."

그로버는 생각에 잠긴 듯 턱을 문질렀다. "말하자면 이건 쌍방향 도로 같은 거야. 댄 어르신이 원하는 방식이기도 하고. 그래서 이제 자네에게, 나라는 사람에 대해 허심탄회하게 털어놓을 생각이네. 내 생각에 자네는 내가 그러거나 말거나 관심도 없어. 나도 내키지 않고. 하지만 어르신께서 원하는 일이야. 그림자를 걷어낼 것. 그래서 그 어른을 위해 해볼 생각이야. 어쩌면 이번 참에 자네의 의문도 조금은 해소가 되겠지."

그로버는 담배를 빙글빙글 돌려 피라미드의 연기 위로 털어냈다. 재는 쉿 소리를 내며 화르르 타오르다 이내 어둠 속으로 사라졌다. 그로버가 천천히 담배 연기를 내뿜었다. 이제부터 하려는 이야기에 대해 기나긴 생각에 잠긴 것처럼. 이윽고 그가 입을 열었다.

"그러려면 먼저 내 과거로 돌아가야 돼. 운전하는 내내 생각해봤는데, 나란 인간을 알리려면 그래야 되겠더군. 백인이 내 세계를 갈가리 찢어버리기 전, 내가 태어나기도 전의 시간으로 돌아가야 돼. 자네가 할 일은 귀를 활짝 열고 경청하는 거야. 백인처럼 굴지 말게. 제대로 듣지도 않으면서 섣불리 끼어들지 말란 뜻이야. 그냥 잠자코 차례가 오기를 기다리게."

나는 고개를 끄덕여 동의를 표했다.

"됐네. 이게 다 댄 어르신을 위해서야." 그로버는 세이지와 향모를 다시 집어 불 위에 뿌리고는 자신의 이야기를 시작했다.

"옛날, 그러니까 원주민 원로들이 '옛날 옛적'이라고 일컫는 그 시절에는 부족 전체가 함께 일했다네. 모든 사람이 서로를 눈여겨봤어. 아이들을 보면서, 우두머리로 적당한 재목은 누구이고, 동물과 대화할 재목, 노인을 보살필 재목은 누구인지 관찰했지.

서로를 찬찬히 살펴보고는 각자 어떤 방면에서 재주를 보이는지 알아내 그에 맞게 이끌어주려고 노력했어. 사람을 붙여 서로 가르치는가 하면, 서로가 주어진 길을 걸을 수 있게 도왔지. 아니면 뭐랄까, 각자가 한블레세야[라코타어로 '미래상을 보여달라는 외침'이라는 뜻]를 경험할 때까지 기다렸는지도 몰라. 그렇게 저마다 타고난 미래를 알아내면, 정해진 운명에 맞게 이름을 붙여주는 거야. 이 모든 과정이 부족 전체가 보는 앞에서 이뤄졌지. 그렇게 해야 모든 사람이 서로 누구인지, 서로 도우려면 어떻게 길러져야 하는지 알게 될 테니까.

백인들이 찾아와 우리를 기숙학교에 보내기 시작하면서 모든 것이 바뀌었네. 백인들은 우리가 서로를 생각하기를 원하지 않았거든. 자기만 생각하기를 원했지. 백인들은 말했어. '스스로 천국에 가려고 노력해야 된다. 원로들의 말은 듣지 마라. 우리의 오래된 풍습도 따라서는 안 된다. 모두 악마의 길이다.'

백인들은 우리에게 주어진 이름과 그 이름에 걸맞은 모든 능력을 빼앗아버렸네. 우리의 머리를 자르고 옷을 갈아입혔지. 언어를 훔치고, 마음을 짓밟았어. 타고난 모습과 출신을 증오하라고 가르쳤어. 얼마 지나지 않아 우리는 무엇을 믿어야 할지, 우리 자신이 누구여야 하는지 알 수 없게 되어버렸네.

자네 족속이 온 지 두 세대 만에 모든 것이 산산조각 나기 시작한 거야. 아이들은 나이 든 사람들을 믿지 않고, 나이 든 사람들은 아이들과의 유대감을 잃어버렸지. 이제 사람들은 동물의 언어를 몰라. 전통 의술이나 전통 의식도 모르고. 오래된 풍습에 대해 말하기를 부끄러워하지. 그렇다고 새로운 풍습을 따르는 것도 아니야. 한마디로 길을 잃은 거라네. 가진 것 하나 없이.

전부 내가 태어났을 무렵에 벌어진 일들이야. 삶이 무너질 대로 무너졌지. 사람들은 술을 마셨네. 가족들은 뿔뿔이 흩어졌고. 젠장, 심지어 가족이 뭔지도 잊어버렸지. 백인 교회와 정부는 우리 심장을 헤집어놓았어. 여자들은 할머니 손이 아니라 펠리컨처럼 옷을 빼입은 그 빌어먹을 수녀들과 이가 누런 백인 남자들 손에 길러졌고, 남자들은 살아갈 이유를 전부 빼앗겼지. 고유의 언어로 말하거나 고유의 종교

신부와 펠리컨 수녀

의식을 행하도록 정부가 내버려두지 않았으니까. 아이들에게 우리네 오래된 풍습을 가르칠 수도 없었고.

일을 못 하니 가족을 먹여 살릴 방법도 없었어. 정말이지 아무것도. 그저 손 놓고 앉아서 백인들이 가져다주는 알량한 보급품을 기다리고, 또 기다리는 게 전부였어. 아니면 새 출발을 하거나. 머리를 자르고 발에 맞는 신발을 신고 말에게도 신을 신기고. 웬만하면 그 누구의 발도 더는 땅에 닿지 않을 때까지. 그러고는 백인 행세를 하는 거야. 우리 삶은 부끄러움 자체였네.

내 부모님도 다르지 않았어. 아버지는 마냥 빈둥거렸지. 어머니는 술을 달고 살았고. 툭하면 서로 싸우고 때렸는데, 그러고 나면 아버지는 집을 나가서 몇 주 동안 돌아오지 않았어. 취하지만 않으면 좋은 사람이었지만 아버지가 되는 법을 몰랐지. 어머니도 마찬가지였어. 할머니들에게 배울 기회가 전혀 없었거든. 펠리컨 수녀들 손에 자랐으니 어머니에 관해 쥐뿔도 알 리가 없지. 수녀들이 아는 거라곤 예수, 예수, 예수에, 자기들처럼 펠리컨 복장을 한 동정 마리아라나 하는 숙녀가 전부였으니까. 부모님이 내게 손을 대는 유일한 시간은 때릴 때뿐이었어. 그분들도 어린 시절에 똑같은 대우를 받고 자랐으니까. 배운 대로 자식에게 물려준 거지.

쉽지 않은 삶이었어. 그렇게 살고 싶지 않았지. 하지만 난 아무 생각이 없었어. 그냥 다 그런 식이었거든. 일어나보면 어머니는 간밤에 마신 술로 비몽사몽인 데다 아버지는 어디론가 나가고 없었지. 혼자서 아침을 만들어보려고 했지만 먹을 것 자체가 없었어. 먹을거리를 얻으러 친척 아줌마 집에 가보면 거기 있던 삼촌들이 젖병에 맥주를 담아서 사촌 동생에게 먹이고 앉아서는 쳐다보고, 웃고.

하루는 깡통에 남은 음식이라도 긁어내겠다고 밖에서 쓰레기통을 뒤지다 들킨 적도 있지. 땅에는 눈이 쌓였는데 신을 신발도 없었고. 백인들은 나를 데려다 기숙학교에 집어넣더군. 여덟 살 때 있었던 일이라네."

그로버는 깊이 숨을 들이쉬고는 밤의 어둠을 응시했다. 이 고백이 그에게 얼마나 힘든 일인지 짐작이 갔다. 그는 자리에서 일어나 시냇가로 가더니 이내 몸을 돌려 원래 있던 곳으로 돌아왔다. 그러고는 숨을 두 번 깊이 쉬어 마음을 가라앉히는가 싶더니 다시 이야기를 이어갔다.

"그때부터 기숙학교는 내가 아는 세계의 전부였어. 늙고 퀴퀴한 입 냄새를 풍기던 백인 남자들과 툭하면 아이들을 자로 때리던 펠리컨 복장을 한 여자들. 그들에게 해야 할 일을 듣고 있는, 군대 제복을 입은 작은 소년. 엄마에게 편지를 쓰기 시작했네. 와서 나를 데려가 달라고 애원했지. 그러곤 답장을 기다렸어. 생각해보게. 어리디어린 남자아이가 매일 계단을 내려가 엄마에게서 편지가 왔는지 확인하고는 날마다 빈손으로 돌아오는 거야. 매일 밤 울다 잠이 들었지. 엄마가 죽었을 거라고 생각하면서.

알고 보니 학교에서 편지를 아예 보내지 않았더군. 단 한 통도 말일세. 우리가 학교에 관해 나쁜 말을 적었을지도 모른다고 생각했던 모양이야. 오직 피치 못할 상황에만 편지를 보냈더라고. 가령 '귀하의 아드님이 간밤에 천연두로 사망했습니다' 같은 소식을 전할 때 말이야. 그러면 아이 부모가 시신을 찾아갔지. 우리는 창문으로 지켜봤어. 울면서 시신을 데려가는 모습을 전부. 그런 다음 각자 침대로 뛰어들어 이불을 머리까지 덮고는 예수님께 기도해보려 애를 썼네. 가족과 떨어져 혼자 죽게 내버려두지 말아달라고.

내가 어릴 적엔 전부 그런 식이었어. 누가 안아준 적도 손잡아준 적도 없었지. 나를 위한 의식을 행한 적도, 우리네 오래된 풍습을 배워본 적도 없었네. 한블레세야도 경험하지 못했고. 아버지나 어른이 되는 법도 배우지 못했어. 그런 말은 들었지. 광야에서 지냈다는 어떤 남자를 믿지 않으면, 절대 빠져나올 수 없는 불속에서 영원히 타게 될 거라는 말."

그로버는 담배를 내밀어 내 눈앞에 대고 흔들었다. "한번은 어떤 신부가 내 기도에 열성이 부족하다고 생각했던 모양이야. 내 손을 잡더니 담뱃불로 지져버리더군. 손에 직접 문지르면서 말이야. 그러더니 뭐랬는지 아나? '어떤 느낌인지 알겠니? 제대로 기도하지 않으면 네 몸 전체가 영원히 이런 고통을 느끼는 곳으로 가게 될 거란다' 이러더군. 세상에, 나는 울고 싶었어. 하지만 꾹 참았지. 그 미친놈 앞에서 눈물을 보이고 싶지는 않았거든."

그로버는 자신의 손바닥을 응시했다. "아직도 가끔은, 그 신성한 작자가 불을 갖다 댄 자리에 흉터가 보이는 것도 같다니까."

그로버는 담배를 멀찌감치 휙 던졌다. 마치 어둠 속으로 던져버린 담배에 어두운 기억도 함께 묶어 날려 보내려는 것처럼. 재는 깊은 밤 속에서 회전하며 불꽃을 떨쳐냈다. "그 일을 계기로 알았지. 세상이 나를 돌보지 않으리라는 걸. 그래서 강해지는 법을 배웠네. 스스로 살아남을 수 있도록. 규칙을 따르는 법과 용감해지는 법을 배워나갔어."

그로버는 다시 일어나 별이 빼곡한 하늘 저편으로 시선을 던졌다.

"학교에서는 예수와 사랑에 대해 말했네. 그런데, 너번. 예수는 넘쳐났지만 사랑이 없었어. 온통 규율뿐이었지. 사방에 십계명을 붙여놓고 이걸 '탐하지 마라' 저걸 '탐하지 마라' 해대는데, 정작 나는 그 빌어먹을 게 무슨 소리인지 알아듣지도 못했다고. 아는 거라고는, 바른 행동이란 옳게 행동하는 것이 아니라 잘못된 행동을 하지 않는 것과 관련이 있다는 사실뿐이었어. 더욱이 옛날처럼 자기만의 재능을 발견해 사람들에게 봉사하는 것과는 개뿔도 관련이 없었지. 규율을 따르는 것, 그게 전부였어.

그리고 만약 나쁘게 굴면, 만약 규율을 따르지 않으면······" 그로버는 몸을 앞으로 숙여 불 속으로 침을 뱉었다. 쉭 소리와 함께 수증기가 피어올랐다.

"쉬이, 그러다 뜨거운 기름에 튀겨질라.

내 소년 시절은 그런 식이었네, 너번. 매일이 그랬지. 죽는 게 겁났어. 맞는 것도 겁났고. 기독교 신의 불길 속에서 활활 타는 것도 겁이 났지. 새처럼 옷을 입은 여자들과 이가 누런 남자들에게 둘러싸인 채 백인의 침대에 누워 죽을까 봐 겁이 났다네.

겁이 났고 외로웠고 내가 누구인지 알지 못했어. 내가 누구여야 하는지도 몰랐고. 하지만 내가 무엇을 해야 하는지는 알았다네. 규율을 따라야 했지.

그래서 그렇게 한 거야. 그렇게밖에 살 수 없었고. 아무 말도 하지 않았지. 아무것도 하지 않았어. 웃지도 않았고, 울지도 않았어. 하는 일이라곤 입을 꾹 닫고 규율을 따르는 게 전부였어.

열여섯 살이 되었을 때 그곳을 뛰쳐나와 군대에 들어갔네. 군인이 되는 것이야말로 강해지는 것, 규율을 따르는 것과 통한다고 생각했거든. 그리고 죽여주게 잘해냈지. 하지만 원주민 보호구역에서 되도록 멀어지고 싶었어. 그래서 원주민으로는 드물게 육군이 아닌 해군에 들어갔지. 배를 타고 대양에 나가면 그 빌어먹을 신부들한테서 되도록 멀리 떨어질 수 있을 테니까.

나는 뼛속까지 해병이었어. 장담하지. 제일 깔끔한 제복. 나무랄

데 없는 행동. 절대로 선을 벗어나지 않았거든. 마침내 우리네 오래된 풍습을 따를 기회가 눈앞에 다가오는 듯했어. 전사가 될 기회 말이네. 적어도 나는, 그렇게 생각하고 싶었어.

하지만 마음속으로는 알고 있었지. 내가 반쪽짜리 전사라는 걸. 거칠고 강하게 행동했지만, 그런 건 전사가 된다는 것과는 달라. 진정한 전사는 사람들에게 봉사해야 돼. 진정한 전사는 약한 이들을 지켜야 돼. 진정한 전사는 나이 든 이들을 도와야 돼.

국가에 봉사하고는 있었지만 내게 국가란 쥐뿔도 의미가 없었어. 영토라면 의미가 있었지. 하지만 국가는 아니었어. 사람들, 그러니까 내 사람들을 떠올렸을 때, 나는 그들을 위해 존재하지 않았네. 단지 기숙학교에서 배운 대로만 행동했지. 열심히, 규율에 따라."

그로버는 말을 멈추고 내가 듣고 있는지 살폈다. "듣고 있나?" 그가 말했다.

"네." 대답은 그렇게 했지만 사실 나는 멍한 상태였다. 그가 이렇듯 내게 마음을 열어 보인 것은 처음이었다.

"그럼 됐어. 아무튼 제대하고 나서는 여기저기 정처 없이 떠돌아다녔네. 술독에 빠져 거리를 전전했지. 그러던 어느 날 저 아래 빈민굴에 사는 인디언 한 명이 내 멱살을 움켜쥐더군. 다리 아래에 널브러져 함께 술병을 기울이던 중이었지. 나보다 나이가 더 많았는데, 아마 마흔이나 마흔다섯이었을 거야. 하지만 겉보기엔 백 살 같았지. 썩은 동태눈에 코는 빌어먹을 자주색 조롱박 같았으니까.

그치는 나를 벽에 밀치더니 입안 가득 썩은 내를 풍기며 그러더군. '여기서 썩 나가. 자기 연민 따위는 집어치우고 원래 살던 원주민 보호구역으로 돌아가란 말이야. 가서 네 사람들을 위해 뭐라도 시작하라고.'

216

그러더니 자기 얼굴을 가리키며 말하더군. '1년만 더 술을 마셔대
다간 내 꼴이 나고 말걸. 그러다 죽겠지. 꼭 나처럼. 백인의 다리 아
래서, 자기 오줌이랑 똥에 파묻혀 뻗어버린다고.'

그 인디언이 내 인생을 바꿨네. 어쩌면 조물주께서 나를 가르치려
고 보낸 사람인지도 모르지. 마침 그때 마음의 준비가 끝나 있었는지
도 모르고. 아무튼 다음 날로 거길 떴어. 지나가는 차를 잡아타고 원
주민 보호구역으로 돌아간 거야. 더러운 몰골로, 악취를 폴폴 풍기
며. 지독하게 부끄러웠어. 끔찍하게 겁이 났지. 뭘 하고 살지, 어디로
가야 할지 모르겠더군. 아는 거라곤 집으로 가야 한다는 것뿐이었어.

꼬박 사흘이 걸렸지. 돈도, 먹을 것도 바닥난 처지였고. 원주민 보
호구역 초입에 들어서자마자 길가에 앉아 있는데, 배는 고파 죽겠지,
헛구역질은 계속 나오지, 내 자신이 가엾어지더군. 그때 멀리서 차
한 대가 보였어. 낡은 트럭이었지. 남자가 차를 세우고 내게 묻더군.
'어디로 가시오?'

그래서 대답했지. '갈 곳이 없습니다.'

그러자 남자는 '이제 생겼소. 우리 집에 가게 될 테니. 어서 트럭에
타요' 하더군. 그 남자가 바로 댄 어르신이야.

어르신은 나를 집에 데려가 침대를 내주고는 아무것도 묻지 않으
셨네. 마치 가족처럼 대하셨지. 그 집에서, 그 집 가족과 함께 두 해
를 지냈어. 술도 끊었고. 어르신과 부인과 아들. 내 생애 최고의 시절
이었지. 그 집 식탁에서 밥을 먹고, 어르신의 자질구레한 일을 거들
고. 어르신이 아들을 가르치실 때도 힘을 보탰네. 살면서 그런 경험
은 처음이었어. 이런 게 바로 가족이구나 싶더군."

그로버의 목소리가 차츰 잦아들었다. 그는 타오르는 깜부기불을
응시했다. 얼굴에서 만감이 교차했다. 그의 등 뒤로 시냇물이 소리

없이 흘렀다.

"이제 거의 끝나가는군. 이후로는 입을 다물 거야. 맘에 안 든단 말이지. 이런 얘기를 백인 남자에게 늘어놓다니. 하지만 어르신이 원하시니 그림자를 걷어보자고."

그로버는 담배를 더 덜어내 검은 연기가 피어오르는 잿더미 위에 던지더니 잠시 라코타어로 무언가 읊조리며 손가락으로 입술을 매만졌다.

"어르신과 그 가족에 대해서 얼마나 알고 있지?" 그가 물었다.

"동부 출신의 백인 여자와 결혼했다는 것, 둘 사이에 아들이 한 명 있었는데 교통사고로 죽었다는 것 정도?" 내가 대답했다. 수년 전 원주민 보호구역을 처음 방문했을 때 댄의 손녀 다넬에게서 들은 이야기였다.

그로버는 고개를 끄덕였다. "이제부터 자네가 모르는 이야기를 좀 해야겠네."

그는 다시 손가락으로 입술을 매만지고는 이야기를 시작했다.

"댄 어르신의 가족은 그야말로 대단했어. 대가족은 아니었지. 어르신과 부인, 어린 아들이 다였으니까. 자존심이 대단한 어른이었어. 기숙학교 일은 그분에게도 상처였고. 나처럼, 그리고 다른 모든 사람처럼. 하지만 어르신의 가슴속엔 여전히 뭔가가 남아 있었어. 나처럼 완전히 말라버리지 않았던 거야. 전통적 삶으로 돌아가려고 노력하셨지. 누구도 때리지 않으셨어. 화가 난다고 목소리를 높이지도 않으셨고. 술을 입에 대지도, 남을 저주하지도 않으셨네. 부인을 존중했고, 아들에게는 오래된 풍습을 가르치려고 노력하셨어. 의식에 데려가고 라코타어로 대화하고 원로들 곁에 앉혀놓고."

그로버는 막대기로 불 속을 쑤석거리더니 깜부기불이 화르르 타올라 순간의 불꽃으로 피어나는 모습을 지켜보았다. "어르신은 그 무엇보다 가족을 사랑하셨어. 좋은 분이었지. 우리가 빼앗긴 것들을 되찾으려 노력하셨네." 그로버는 막대기로 불꽃을 사정없이 찔러댔다. "하지만 그 모든 걸 잃고 말았어. 부인이 산산조각 내버렸거든."

그로버는 고개를 들어 나를 보았다. "그 부인에 대해 얼마나 알고 있나?"

"다넬에게 살짝 듣긴 했습니다만. 사회사업 비슷한 일을 하셨다고."

"맞아." 그로버가 말했다. "나무의 고장에서 온 와시추 여자. 미개한 원주민들을 구하고 기분 전환이나 할 생각으로 이곳에 발을 들였겠지. 돈을 좀 만져볼 생각이었거나."

그로버는 불길 속으로 야무지게 침을 뱉었다. 댄의 부인을 생각만 해도 화가 치미는 모양이었다. 이름조차 입에 올리기 싫을 정도로.

"1940년대였어. 세계대전이 발발한 직후. 독일군이 사람을 닥치는 대로 죽이던 시절. 다들 나가서 싸우고 싶어했지. 특히 인디언들이 심했어. 오로지 전쟁터에서만 여전히 전사로 살아갈 수 있었으니까. 게다가 급료와 생활수준까지 보장됐으니 너도나도 출전을 희망했지.

댄 어르신도 지원하셨네. 하지만 군대에서 받아들이지 않았어. 어릴 때 놀다가 화살에 맞는 바람에 한쪽 눈이 상했거든. 그 눈으론 아예 보지를 못하셨으니까. 그런 눈으론 복무할 수 없다는 게 군의 설명이었네. 어르신은 굉장히 상심하셨지. 그 일을 수치스럽게 여기셨어.

빌어먹을. 옛날 같으면 말이야, 다른 부족이나 군인에 맞서 싸울 때는 모두가 총을 들었어. 한쪽 눈이 나쁜 것쯤은 문제 될 게 없었지. 원로들이 들려주신 이야기가 하나 기억나는군. 어린 시절 눈보라에 두 발을 잃은 남자가 있었다네. 밖에 있다가 두 발이 꽁꽁 얼어버

신부와 빨치던 수도

렸는데, 완전히 새까맣게 변해서 잘라낼 수밖에 없었다더군. 하지만 전사들이 전투에 나갈 때 그 남자도 곧장 따라나섰어. 말에서 굴러 떨어지고 손으로 기어가면서도 다른 이들과 함께 싸웠다는 거야. 그런데 정작 미국 군대에서는 한쪽 눈이 안 보인다는 이유로 댄 어르신의 참전을 거절했어. 전사가 될 만한 자질이 부족하다는 말로 어르신께 수치심과 무력감만 안겨놓고 말이지."

그로버가 불꽃을 휘저었다. 밤하늘 속으로 불똥이 타닥타닥 튀어 올랐다.

"어쨌건 댄 어르신은 원주민 보호구역에 남으셨네. 그곳에 남은 거의 유일한 젊은이였어. 눈만 제외하면 끝내주게 잘생긴 얼굴을 하고는 전쟁터에 나가 싸울 수 없다며 서러워했지. 그 백인 여자는 2년쯤 전부터 선교인지 뭔지를 한다며 와 있다가 마침 그 슬퍼하는 젊은이를 본 것이고. 나가서 싸울 수 없는 젊은이를 그 여자는 마치 어머니가 아들을 보듬듯 다루었네. 위안이 되고 싶었겠지.

그래, 위안은 위안이었어. 긴 금발에 죽여주게 예뻤으니까." 그로버는 손을 들어 허공에 모래시계를 그렸다. "젠장, 어르신뿐 아니라 누구라도 위안을 받았을걸."

그로버가 힘없이 미소 지었다. "그런데 어르신도 그 여자에게 위안이 됐던 모양이야. 그길로 결혼식을 올렸으니까. 백인이 하는 것처럼. 교회에서. 그렇게 태어난 아들이 보비라네. 어르신은 그 애를 매우 자랑스러워 하셨지. 어디든 데리고 다니셨어. 아들을 제대로 길러 우리네 오래된 풍습을 가르치고 싶어하셨거든. 당신께서는 결코 가져보지 못한 것들을 아들에게 주고 싶으셨던 거야. 하지만 그때, 그 와시추 여자가 손을 놓아버렸지. 드넓은 공간과 원주민 보호구역에서의 삶을 견디지 못했던 거야. 어느 날 어르신이 깨어보니 여자는 가버리고 없었어. 아들을 데리고 동부로 떠나버렸지. 가정은 산산조각 났고 어르신의 마음은 갈가리 찢어졌네.

어르신은 술을 입에 대시기 시작했어. 그 뒤론 심한 내리막이었지. 너무 비참하다고, 입안에 총구를 대고 다 끝내겠다고 내게 말씀하셨으니까. 그런데 딱 그때가 바닥이었어. 아들이 돌아왔거든. 동부의 와시추 고장에서 보내는 삶을 받아들이지 못했던 거야. 어머니를 미치게 했던 삶이 아들에게는 그리움의 대상이었던 셈이지.

어르신은 아들을 위해 워필라 의식을 열었네. 부족 전체에 아들을 내보이셨지. 그만큼 행복했던 거야. 그런데 그 아들이 죽었어. 자동차 사고로. 아니 그냥, 소문이 그랬어. 아버지와 부인, 어린 두 딸 위노나와 다넬을 남기고."

나의 아들, 여기서 수백 킬로미터는 떨어진 곳에 있을 그 애의 이미지가 섬광처럼 머릿속을 스쳐갔다. "아들을 잃다니, 상상도 할 수 없는 일이에요." 내가 말했다.

"어르신도 그랬어. 제정신으로는 살 수가 없었지. 다시 술을 입에 대기 시작했어. 하루 종일 멍하니 앉아 계셨지. 말을 하지도, 수염을 깎지도 않으셨고. 심지어 한증막도 마다했다니까. 찾아뵙고 곁에 앉으면 내 쪽은 쳐다도 보려 하지 않으셨어. 손녀들이 있어서 그나마 조금이라도 웃으셨지만 그 애들조차 어르신께 다가가지 못했어. 마치 내면의 모든 게 어르신을 갉아먹는 것 같았지. 먼저 몸을 먹어치우고 그다음엔 영혼을 갉아먹고."

그로버는 일순 침묵에 잠겼다. 마치 그 기억이 그를 어느 어두운 곳으로 데려간 것처럼. 그리고 얼마 후 그는 나뭇가지를 몇 개 집어 불 위에 던졌다. 화르르 치솟는 불꽃이 강렬한 주황빛으로 밤을 채웠다.

"보여줄 게 있네. 자네가 이해해줬으면 좋겠군."

천천히, 그로버는 입고 있던 카우보이 셔츠의 진주 단추를 풀고 양어깨 부분을 벗어 내렸다. 타오르는 불빛이 그의 몸을 비추자 가슴 양쪽과 등 전면에서 길이가 2.5센티미터 정도 되는 채찍 자국이 어설픈 평행선을 그리며 드러났다. 마치 송충이들이 피부 아래를 기어 다니는 것만 같았다.

"이게 다 뭔지 아나?" 그가 물었다.

"선댄스 의식에서 뚫린 흉터인가요?" 내가 말했다.

"제대로 봤네. 나흘 동안 나무에 묶여 있었지. 물도 없이. 음식도 없이. 내가 왜 이랬을 것 같은가? 과시하려고? 강하다는 걸 증명하려고? 백인의 천국에 들어가려고? 아니면 백인의 규율을 따르기 위해? 다 아니야. 댄 어르신을 위해서였네. 부인과 아들을 잃은 그분을 위해 의식을 치른 거야. 영혼들이 그분을 굽어보며 마음을 치유해주길 바랐거든. 다른 사람 모두가 등을 돌린다 해도 곁을 지키는 누군가가 있다는 걸 어르신께 보여드리고 싶었지. 어르신은 거기 나와 앉아 나를 지켜보셨어. 나흘 내내. 섭씨 38도에 육박하는 날씨에. 상처로 병든 마음을 안고 나를 지켜보면서 포기하지 않게 힘을 주신 거야. 어르신이 내게 주신 선물이었지."

그로버는 흉터들을 가리키며 말을 이어나갔다. "여기, 이 자국들은 내가 어르신께 드린 선물이고."

그로버는 셔츠를 다시 어깨에 걸쳤다. 자신에게 그토록 관심이 집중되는 상황이 부담스러운 듯했다.

"그 후로는 어르신 곁에 머물며 그분의 영혼을 강하게 지키기 위해 내가 할 수 있는 일들을 해나갔네." 여기서 그로버는 막대기로 나를 가리켰다. "어디 그뿐인가? 빌어먹을 공상적 박애주의자 와시추가

나타나 원주민들을 돕는답시고 어르신의 마음을 헤집어놓는 상황이
다시는 벌어지지 않도록 철저히 단속 중이지."

거짓말은 금물

나는 말문이 막힌 채 멍하니 앉아 있었다. 그로버의 솔직함은 충격으로 다가왔고, 메시지도 분명했다.

모닥불 너머로 그의 지치고 주름진 얼굴을 응시했다. 춤추는 불꽃들의 그늘 아래 그로버의 어둡고 명민한 두 눈이 명멸했다. 그가 견뎌야 했던 모든 정신적, 육체적 상처들을 생각했다. 어린 시절의 학대, 기숙학교의 외로움, 영적인 혼란, 무정한 백인 사회를 정처 없이 떠돌던 시절의 분노. 비로소 나는 그의 진실에 오롯이 다가서 있었다. 나로서는 도저히 이해할 수 없는 방식의 삶을 그는 온몸으로 살아내는 중이었다.

그로버의 인생은 한마디로 날선 긴장과 경계의 나날이었다. 지금 그에게는 자신을 다스리며 부족 사람들에게 끝없이 봉사하는 삶이 중요했다. 이는 조상들의 문화를 지키는 일과, 언제부턴가 세상 사람들의 기억에서 희미해진 부족 전통의 방식과 신앙을 그들과 공유하는 것만이 남아 있는 꿈의 전부인 한 노인을 모시는 일에 자신의 인생을 누구보다 엄격하게 바친다는 뜻이었다. 내 인생에서는 미덕으로 여겨지던 관대함과 친절함, 그의 말을 빌리면 '좋은 행동'은 그에게는 다른 세상의 일이었다. 그의 개인적 궁핍과 사적인 고통이 내게 그랬던 것처럼.

송충이처럼 그의 가슴과 등을 뒤덮은 흉터들을 나는 곱씹었다. 선댄스 의식이, 독수리 뼈로 살을 뚫고 신성한 미루나무에 몸을 묶어두는 행위라는 것쯤은 나도 알고 있었다. 하지만 그 흔적을 이토록 가까이에서 보기는 처음이었다. 더불어 참가자가 실제로 견디는 고통의 깊이를 이토록 가슴 뻐근하게 이해해본 경험도 처음이었다. 이제, 그 한순간에, 모든 것이 달라졌다. 그로버의 가슴과 등에 평행하게 난자한 상흔들은 고문에 가까운 무언가를 말해주고 있었다. 불현듯 모든 것이 완벽하게 들어맞았다. 그가 왜 나를 무르다며 책망했는지, 댄의 이야기를 전달할 사람으로 과연 내가 타당한가에 대해 왜 그토록 끝없는 의문을 품었는지 비로소 납득이 갔다.

모닥불 너머, 문신은 흐려지고 근육은 희미해졌지만 여전히 건장한 그의 팔뚝을 나는 바라보았다. 그리고 상상했다. 한여름 다코타의 찌는 듯한 열기 속에 춤추는 그를. 가슴과 등을 관통하는 가죽끈에 들소 머리뼈를 달아 흙길을 끌고 다니며 벌였을 나흘 동안의 춤사위를. 또한 댄을 생각했다. 영혼이 부서진 채 선댄스 나무 아래 앉아 노인은 그로버의 눈을 마주보며, 자기를 대신해 고통을 견뎌내는 벗에게 말없이 감사를 표했으리라.

"고마워요, 그로버. 이렇게 모든 걸 털어놔 줘서." 내가 말했다.

그로버는 답례로 고개를 끄덕였다. "어르신은 그림자를 걷어내길 원하셨고, 나는 그 뜻을 따랐을 뿐이야."

"그 어른을 진심으로 사랑하는군요. 맞죠?" 나는 혹시나 하고 때 아닌 친밀감을 드러냈다.

그로버는 막대기 끝으로 모닥불을 쑤석거렸다. "낯간지럽게 왜 이래? 그냥 뭐랄까, 자라면서 거칠어진 나를 어르신께서 바른 사람으로 만드신 거지. 나는 그 은혜를 못 잊는 거고. 일단 그 정도로 해두자고."

우리는 별빛 가득한 하늘 아래 말없이 앉아 그의 무거운 고백이 우리 각자의 마음에 자리 잡기를 가만히 기다렸다. 그로버는 마지막으로 담배를 집어 자기 앞 땅에 슬슬 뿌리고는 무릎을 꿇더니 우리 사이에 쌓인 담배와 세이지의 작은 언덕에 입김을 불어넣었다.

"됐군." 그로버가 담배와 세이지 쌈지를 내게 건넸다. "나는 말했으니 이제 자네 차례야. 여기 온 진짜 이유가 뭔가?"

메리와 공책에 대해 그로버에게는 함구하리라 다짐하고 또 다짐했지만 이렇게 된 이상 선택의 여지가 없어 보였다. 댄을 위한 일이었다. 나를 위해서도, 심지어 그로버를 위해서도 아니었다. 그로버가 했던 것처럼 나도 주머니에서 담배를 조금 집어 내 앞의 땅에 흩뿌렸다.

그로버는 나지막히 "흠, 흠" 하고 소리를 냈다. 그러고는 담배와 세이지의 작은 언덕에서 연기를 끌어가더니 그 연기를 쐬며 의식을 올리듯 손을 모았다. 이어서 나를 향해 고개를 끄덕였다. 똑같이 하라는 뜻이었다.

"이제부터 거짓말은 금물이야." 그가 말했다.

"네, 거짓말은 금물." 내가 반복했다.

나는 숨을 깊이 몰아쉰 다음 이야기를 시작했다. "맞아요. 오다가 다 들은 게 아니에요. 댄에게 할 말이 있어서 왔습니다. 여동생에 대

2장 서쪽으로

226

해 더 알아냈거든요."

그로버의 목이 경직되더니 두 눈이 가늘어졌다. "뭘 더 알아냈다는 거지?"

"그게, 더 난감해졌어요. 일전에 찾아갔던 노부인 기억나요? 어린 시절 댄의 여동생과 같은 기숙학교에 다녔다는."

"시노브족, 맞지?" 그가 말했다. 시노브는 아니시나베, 즉 오지브와 사람을 일컫는 입말이었다.

"맞아요. 메리 존슨. 캐나다 접경지대에 살았죠. 아무튼 거길 다시 찾아갔어요."

"왜 그랬지?" 그로버가 물었다. 목소리에 날이 서 있었다.

"꿈을 꿨습니다."

"꿈꾸는 사람이 어디 한둘인가?" 그로버가 말했다.

"그런 꿈은 아니죠. 평범한 꿈들과는 달랐거든요. 더 밝고, 더 현실에 가까웠다고 할까?"

그로버는 나직이 무언가 중얼거렸다. "계속해보게."

"그 꿈을 매일 꿨어요. 늘 같은 꿈이었죠. 살면서 그런 경험은 처음이었어요. 메리와 노랑새가 함께 나왔는데, 메리는 현실에서처럼 늙었고, 노랑새는 아주 작은 소녀였죠. 댄의 사진에서처럼. 사진 속 하얀 원피스를 입고 제게 손짓했어요. 따라오라는 듯. 그건 마치 뭐랄까, 자신의 삶 한가운데로 나를 끌어들이려는 것 같았죠."

그로버는 생각에 잠긴 듯 줄곧 고개를 숙인 채 두 손을 모아 입술에 댔다.

"잠을 이룰 수 없었어요. 노랑새가 나를 붙잡거나 만지고 싶어하는 것 같아서. 그러다 잠에서 깨면, 정말 죽을 만큼 겁이 났죠."

"계속하게." 그로버가 말했다.

"그저 죄책감일 뿐이라고 스스로를 다독였어요. 메리를 다시 찾지 않았다는 죄책감, 노랑새에 관한 뒷이야기를 전하지 않았다는 죄책감. 하지만 매일 밤이라니, 도무지 이해하기 어려웠죠. 그러던 어느 밤, 메리의 얼굴이 나를 향하던 그때, 어디선가 천둥이 쳤어요. 적어도 소리는 천둥 같았죠. 하지만 나 말고는 들은 사람이 없었어요. 우리 집 개는 미동조차 안 하더군요. 이젠 내가 미쳐가는구나, 생각했죠."

그로버는 손가락 관절을 접어 똑똑 소리를 냈다. 그의 볼 근육이 팽팽해졌다가 느슨해졌다. 나는 말을 이어갔다.

"그때 확신했어요. 메리를 만나러 떠나야겠다고. 그래야 할 것 같았어요. 그것 말고는 달리 할 일이 떠오르지 않았죠."

마치 부모에게 변명하는 아이처럼 나는 말을 이어나갔다. "그냥 그 꿈이 사라져줬으면 했어요. 꿈에 메리가 나타나 손을 내밀었으니 분명 메리와 뭔가 관련이 있을 거란 생각이었죠."

그로버는 고개를 끄덕이고는 집중하려는 듯 시선을 낮게 드리웠다. "그래, 찾아가서 뭘 알아냈나?"

"메리는 이미 죽었더군요. 천둥소리를 들은 바로 그날 밤."

그로버는 일어나 빈터의 가장자리로 걸어갔다. 그러고는 입술 사이로 길고 낮게 휘파람을 불었다.

"그분이 죽었는데 여기는 왜 찾아왔지?" 그로버가 나를 외면한 채 말했다.

"그분의 손녀는 아직 살아 있으니까요. 메리가 살던 트레일러에서. 그 손녀가 그러더군요. 노랑새에 대해 메리가 제게 많은 부분을 숨겼다고. 저를 믿지 못했던 거죠. 백인 남자니까. 하지만 제가 떠난 뒤 후회했다더군요. 댄에게 더 많은 사실을 알려야 할 것 같은 기분이

들었다나요? 그래서 저를 기다렸고요. 못다 한 이야기를 전해주고 싶었겠지요. 그 이야기가 댄에게 전해지길 바랐던 겁니다."

"예를 들자면? 그분의 손녀가 언질을 주던가?"

"메리가 해준 이야기 중에, 언젠가 들판을 지날 때 노랑새가 귀를 막고는 라코타어로 '말'이라고 외치기 시작했는데, 알고 보니 그곳이 수년 전 말 여러 마리가 죽은 자리더라는 이야기, 혹시 기억하세요?"

"기억하지."

"메리 말로는 그런 일이 많았답니다. 가령 기숙학교 옆에 습지 비슷한 들판이 있었는데, 100여 년 전에 그곳에서 오지브와족과 수족 사이에 큰 전투가 일어나 많은 이가 죽었다더군요. 죽은 이는 대개가 수족이었고요. 한번은 수녀들이 노랑새와 다른 아이들을 데리고 학교로 돌아오다가 그 옆을 지나는데 노랑새가 노래를 부르더랍니다. 수녀들도 말릴 수가 없었고요. 메리는 모르는 노래였죠. 라코타 말을 몰랐으니까요. 나중에 라코타족 아이들에게 듣기로는 그게 죽음의 노래였답니다."

이야기를 들려주기만 하는데도 목덜미의 털이 곤두섰다.

그로버는 여전히 나를 외면한 채 어둠 속으로 담배를 날렸다. 담배는 개울로 떨어져 지글거리다 쉬익 소리와 함께 깊은 밤 속으로 사라졌다.

"그래, 다른 이야기는?"

"노랑새는 늘 누군가의 목소리를 들었다더군요. 보이지 않는 이들에게 말을 걸었죠. 새들은 노랑새의 손에 내려앉았고요. 아이들은 떠들었죠. 노랑새가 동물들과 대화한다고. 그러자 학교 관계자들은 무척 당황하면서 노랑새를 더는 맡을 수 없다고 하더랍니다. 노랑새에게 문제가 있다면서 말이죠."

그로버는 발꿈치로 서서 몸을 흔들며 별이 가득한 밤하늘을 응시했다. 가쁜 숨소리에서 긴장감이 전해졌다. 그리고 말했다. "자네, 너무 깊은 곳으로 들어와버렸군."

"알아요. 여기 온 것도 그래서죠. 하지만 그게 전부가 아니에요. 그래서 더 힘든 거고요. 모르겠어요. 댄이 이것까지 알아야 하는지. 학교에서는 노랑새를 캔턴이라는 소도시의 어느 시설로 보냈어요. 미네소타 주 경계에서도 한참 들어가야 나오는 곳인데, 여기서는 아마 320킬로미터쯤 가야 할 거예요. 실은 거기 들렀다 오는 길입니다. 하이어워사 인디언 정신병원이란 곳인데, 한마디로 끔찍했어요. 환자들을 침대에 묶어놓고는 배설물도 치워주지 않은 채 방치할 정도였다니."

그로버는 시냇가를 따라 거닐었다. 그리고 나직이 입을 열었다.

"노랑새가 남다른 행동을 하진 않았다던가?" 그가 물었다. 나를 돌아보지는 않은 채.

그가 내 말을 이해하지 못했다고 나는 생각했다. "그로버, 여태 뭘 들은 겁니까? 노랑새는 정신병원에 보내졌고, 죄수처럼 감금당했어요. 창살을 쳐놓은 창문에, 석탄 연기가 들어차 숨쉬기도 힘든 방에, 사슬이 채워져 침대에 묶인 환자들까지. 음식은 쓰레기 같았고, 사람들은 자기 배설물 틈에서 잠을 잤다니까요."

"그것 말고 노랑새의 행동 중에 더 기억나는 건 없어?" 그로버가 물었다. 정신병원에 대한 정보 따위는 안중에도 없는 듯했다.

어이가 없었다. 그런 끔찍한 사실들에 그토록 무관심하다니. "없어요." 이렇게 말하며 나는 불편한 심기를 억누르려 애썼다.

"잘 생각해봐. 이건 중요한 문제야."

"글쎄요, 모르겠어요. 인형이 불에 던져졌을 때 울었다는 이야기도 듣기는 했는데, 그 인형이 살아 있다고 생각하는 것 같았다던가? 모르겠어요. 기억이 안 나요. 하지만 전부 메리의 공책에 나오는 이야기예요. 메리가 다 적어놨거든요. 저는 그 공책을 댄에게 전해주기로 되어 있고요. 바로 그것 때문에 여기까지 찾아온 겁니다. 그로버와 위노나의 생각이 궁금했으니까요. 공책을 댄에게 보여주는 게 과연 옳은 일인지 아닌지."

그로버는 갑자기 내 쪽을 보더니 이렇게 물었다. "공책이 있다고? 어디에 있지?"

"제 차 안에."

"자네 차에 있다고? 세상에, 왜 진작 말하지 않았나?"

그로버는 서둘러 무릎을 꿇더니 그 작은 허브 언덕을 꽉꽉 눌러 재로 만든 뒤 주머니에 담고는 이렇게 말했다. "불을 끄게. 흙을 차서 덮든 오줌을 싸든 자네 맘대로 해. 일단 불을 끄고 내 차로 오게. 거기서 다시 만나세. 공책을 이 두 눈으로 봐야겠어."

그로버는 자리에서 일어나 절룩거리며 차로 돌아갔다. 가는 내내 고개를 가로저으며 들릴 듯 말 듯 욕설을 퍼부었다.

나는 황급히 모래를 덮어 불을 잠재우고 그로버를 뒤쫓았다. 이미 그는 시동을 켜고 기어를 바꾸는 중이었다.

"댄이 그 정신병원에 대해 알아야 할까요?" 내가 물었다. 그 작은 소녀의 고난에 무관심해 보이는 그로버의 태도에 여전히 혼란스러웠다.

차는 이미 위험천만한 속도로 좁은 길을 따라 내려가고 있었다. 덜컹거리는 차 안에서 그로버가 말했다. "그 문제는 공책을 보고 나서 의논하세. 당장은 공책을 봐야겠어."

나는 넘치는 화를 주체할 수가 없었다. "이봐요, 그로버. 그 정신

병원은 지옥이나 마찬가지였어요. 헌데 어쩜 그렇게 아무렇지도 않을
수 있죠?"

"아무렇지도 않다고는 말하지 않았네. 그저 놀라지 않았을 뿐이
야. 이곳은 인디언의 고장이니까. 이곳 여자아이들은 기숙학교에서
강간을 당했고, 그렇게 낳은 아기가 난로에서 불타는 모습을 지켜봐
야만 했어. 아이들은 천연두로 매일 죽어나갔지. 겨울에는 바깥으로
쫓겨나기 일쑤였어. 틀림없이 노랑새는 끔찍한 삶을 살았을 거야. 안
그랬다면 그게 더 놀랄 일이지. 그리고 자네 질문 말인데, 맞아, 어
르신에게는 말해야 할 거야. 하지만 그 문제보다 큰 뭔가가 벌어지고
있어. 자네는 이해할 수 없는 뭔가가."

"글쎄, 그럼 알려주면 되잖아요?"

그는 고개를 가로저었다. 차가 끼익 소리를 내며 커브를 돌았다. "머
지않아 자네도 알게 될 걸세. 하지만 지금은 그냥 공책을 봐야겠어."

그로버는 무서운 기세로 차를 몰았다. 담배 하나를 태우고 나면
다른 담배의 불을 붙였고, 꺼진 담배는 밤공기 속으로 내던졌다. 그
렇게 얼마쯤 달렸을까? 차는 언덕 하나를 넘고 있었고, 어느새 미션
시의 불빛이 우리 눈앞에 펼쳐졌다. 마치 어둠이 내린 대초원에 진주
목걸이를 늘어놓은 것 같았다. 그로버의 뷰익은 시내를 향해 총알처
럼 질주해 내려가더니 옆길로 급격히 방향을 꺾어 나의 도요타 바로
뒤에 멈춰 섰다. 그로버가 말했다.

"가서 공책을 가져오게. 이해가 안 되는군. 어떻게 그걸 그냥 차
안에 둘 수 있지?"

나는 트렁크를 열고 사슴 가죽 꾸러미를 집어 들었다. 당황한 건
지 화가 난 건지 모를 묘한 기분이었다. 그로버는 예의 그 버려진 주
유소에 벌써 절반은 다다른 곳에서 마치 이어달리기 선수가 배턴을

기다리듯 손을 뒤로 쭉 내밀었다. 꾸러미를 건네자 그는 재목들과 낡은 합판 더미들을 지나쳐 깨진 유리창 옆, 쓰레기로 뒤덮인 오렌지색 포마이카 탁자 쪽으로 성큼성큼 다가갔다.

"가서 점보를 데려오게. 나는 혼자 남아 공책을 좀 봐야겠어."

그는 버려진 주유소에 홀로 앉아 성냥불을 잇달아 밝혀가며 공책의 글을 유심히 들여다봤다. 이만 차를 출발시키려는데 그의 움직거리는 입술이 눈에 들어왔다. 어쩌면 그는 큰 소리로 공책을 읽고 있었을 것이다. 나를 저주하고 있었는지도 모른다. 아니면 기도 같은 걸 하고 있었는지도.

점보는 포장한 샌드위치 두 개를 들고 서브웨이 바깥에 서 있었다. 샌드위치 길이가 야구방망이만 했다. 내가 한참 후에야 돌아왔지만 그는 별로 개의치 않는 듯 이렇게 말했다.

"스페셜 메뉴가 있더라고요. 두 개 가격에 네 개를 샀죠."

나머지 두 개가 어디에 있는지는 구태여 묻지 않아도 짐작이 갔다.

점보는 차 안에 몸을 구겨 넣고 자리를 잡았다. "덕분에 잘 먹었습니다." 인사와 함께 그는 동전 몇 닢을 내밀었다. 솥뚜껑 같은 손에 기름이 범벅이었다. "거스름돈이 얼마 안 돼요. 워낙 오래 있다 오시는 바람에. 대신 이 샌드위치 드셔도 돼요. 원하신다면."

"고마워요." 그러고 보니 하루 종일 먹은 것이 없었다. 배가 고파 죽을 지경이었다.

점보는 샌드위치 하나를 계기판 위에 올려놓고는 나머지 하나의 포장을 벗겼다. 야릇하게 섞인 냄새가 차 안을 가득 채웠다.

"참치랑 볼로냐소시지예요. 제가 개발한 조합이죠. 그거 다 드셔도 돼요. 아니면 나눠 드실래요?" 점보가 말했다.

"고마워요. 그냥 점보가 먹는 게 어때요? 나머지 하나는 그로버 몫으로 남겨두고. 파우와우 축제에 데려와준 답례라고 하면 되겠네."

"진심이세요? 샌드위치는 두 개예요."

"진심이에요." 이렇게 말하며 나는 운전석 차문 보관함에 넣어두 었던, 가죽처럼 질긴 소고기 육포 한 봉지를 시무룩하게 질겅질겅 씹 어 삼켰다.

점보에게 묻고 싶었다. 노랑새 이야기를 듣고 그로버가 왜 그토록 화를 내는지 혹시 아느냐고. 하지만 그러려면 점보에게 모든 상황을 설명해야 했다. 도무지 내키지 않는 일이었다. 결국 나는 입을 꾹 다 문 채 아까 갔던 버려진 주유소로 서둘러 차를 몰았다.

그로버는 여전히 주유소 안에 앉아 있었다. 공책에 빽빽이 적힌, 메리의 또박또박한 글씨를 읽어내느라 연신 성냥에 불을 붙였고 그 럴 때마다 불길이 타오르고 사그라지기를 반복했다.

"여기 있어봐요. 내가 가서 점보가 줄 것이 있다고 전할게요."

점보는 고개를 끄덕였다. 샌드위치 하나는 이미 그의 배 속으로 사라진 지 오래였다. 입가에 마요네즈를 묻힌 채 그는 남아 있는 샌 드위치의 포장지 끝을 소심하게 만지작거렸다.

내가 다가갔을 때 그로버는 공책의 마지막 페이지를 읽는 중이었 다. 그는 고개를 들어 차갑고 무표정한 얼굴로 나를 보았다.

"자네, 스스로 이해하지도 못하는 일에 쓸데없이 참견하고 있군." 그로버가 말했다.

"나도 알아요." 내가 응수했다.

"아니, 자네는 몰라."

그로버는 얼마간 잠자코 앉아 있다가 마지막 남은 담배에 불을 붙였다. 태도에서 냉소와 긴장감이 묻어났다.

이윽고 그가 공책을 탁 덮어 겨드랑이에 끼우고는 이렇게 말했다.

"위노나와 얘기해보세. 내 선에서 결정할 문제가 아니야."

그로버의 긴장한 태도는 충격으로 다가왔다. 그로버는 언제나 침착하고 무뚝뚝했다. 자제력이 뛰어났고 조용한 가운데 경계심을 잃지 않았다. 하지만 지금 그는 가쁜 숨을 몰아쉬며 민첩하게 움직이는가 하면 담배를 연신 거칠게 빨아들이며 스타카토처럼 짧게 연기를 내뱉었다.

"점보는 차 안에 있어요." 내가 조심스럽게 운을 뗐다. "그로버에게 주려고 샌드위치를 사왔다던데."

"샌드위치는 됐고." 이렇게 말하며 그로버는 담배꽁초를 장화 앞부분으로 밟아 세차게 문질렀다. "생각할 시간이 필요해. 자네는 점보를 집에 데려다주게. 나는 혼자 갈 테니." 그로버는 자리에서 일어나 공책을 겨드랑이 아래에 밀어 넣었다. "내일 아침 댄 어르신 댁에서 만나세. 너무 일찍 오지는 말고. 위노나에게 이 공책을 보여줄 시간은 있어야 하니까."

이렇다 할 고갯짓이나 인사말도 없이 그는 절뚝절뚝 자기 차로 걸어가 시동을 걸더니 이내 도로를 타고 떠나갔다. 그로버를 알고 지낸 모든 시간을 통틀어 그렇게나 빠른 속도로 운전하는 모습을 본 것은 그때가 처음이었다.

다시 차로 가는데 가슴이 조여오는 것 같았다. 평소답지 않게 예민한 그로버의 행동과, 내가 이해력의 한계를 넘어서는 문제에 개입하고 있다는 수수께끼 같은 발언에 신경이 곤두섰다.

메리와 노랑새의 꿈을 처음 꾸었던 날부터 내내 마음이 불편했다고는 해도 한밤중의 극심한 공포를 제외하고는 꿈에 대해 어느 정도 균형감을 유지할 수 있었다. 하지만 몰아치는 사건들, 그러니까 천둥소리, 베나이스의 기묘하고 비현실적인 세계, 정신병원의 망령, 이름 없는 무덤들의 행렬과 움푹 파인 묏자리에 각인된 슬픔은 내 마음을 어느새 모호하고 끝없는 두려움으로 채워버렸다. 마치 어두운 물속을 헤엄치다 밑에서 움직이는 흐릿한 형체들을 보고도 기슭으로 돌아가지 못하는 신세라도 된 기분이었다.

차에 돌아가 보니 점보는 파우와우 리듬에 맞춰 신나게 계기판을 두드리는 중이었다.

"어라, 그로버는 샌드위치 안 먹겠대요?" 점보가 물었다.

"생각할 거리가 좀 있다나 봐요."

"그럼 이거 우리 거네요." 점보가 말했다.

"점보 거죠. 볼로냐소시지를 곁들인 참치 샌드위치는 내 취향이 아니거든요. 아무튼 점보는 내가 데려다줄게요. 그로버와는 내일 아침 댄의 집에서 만나기로 했어요."

"혹시 우리 정비소에서 묵고 싶으시면 그래도 돼요. 시티는 여자친구 집에서 지내거든요. 그 친구 매트리스를 쓰면 될 거예요."

점보와 한집에서 지내다니, 충분히 흥미로운 제안이었다. 하지만 파우와우 축제에서 점보가 다른 사람들과 멀찌감치 떨어진 곳에 텐트를 쳐야 했던 이유에 대해 그로버가 했던 말이 떠올랐다. 더구나 방 한구석에 담요도 없이 밀쳐진 채 기름때로 얼룩덜룩한 매트리스 위에서, 다 쓴 오일 필터들, 시티의 땀, 정체불명의 성분들로 뒤범벅된 낡은 옷 더미에 둘러싸여 지낼 생각을 하니 이건 해도 너무하다 싶었다. 그런 매트리스를 여자 친구와 함께 쓸 시티의 모습은 상상만 해도 끔찍했다.

"괜찮아요. 적당한 데서 야영할 생각이거든요. 나도 조금은 생각할 시간이 필요하니까요."

내 말에 점보는 어깨를 으쓱하고는 마지막 남은 서브웨이 샌드위치의 포장을 벗기더니 두 개로 야무지게 베어 물었다. 앞니들은 마치 입이라는 어두운 가장자리에 짐승의 누런 어금니를 매달아놓은 것 같았다. "약간 딱딱한데요." 점보가 활짝 웃으며 말했다. "잘 씹힐 만한 부분을 찾아봐야겠어요."

"찬찬히 살펴봐요. 틀림없이 찾아낼 수 있을 거예요." 내가 말했다.

우리는 별빛으로 흠뻑 물든 밤을 가로질러 점보가 사는 원주민 보호구역으로 말없이 나아갔다. 포장도로를 달리는 타이어의 낮은 소음 사이로 점보가 앞니로 샌드위치를 꽉 깨물며 양손으로 잡아당겨 크게 한입 떼어내느라 나지막이 그르렁거리는 소리와 뜯기는 빵 조각의 바스락거리는 소리만이 간간이 들려왔다.

이윽고 점보는 잠이 들었다. 그리고 나는 상념 속에 홀로 남겨졌다. AM 라디오 주파수를 맞추는 일에 신경을 집중하려 애썼다. 덴버나 털사처럼 머나먼 도시에서 잡음 섞인 신호가 날아와 텅 빈 밤공기를 가로질렀다. 하지만 그날의 일들이 자꾸만 머릿속을 어지럽혔다. 그로버가 공책을 받아간 일은 고마웠지만 그것이 어떤 결과를 가져올지는 장담할 수 없었다. 혼란과 더불어 의문이 찾아왔다. 어쩌면 나는, 어떤 무언의 신임이나 영혼의 명령을 거역한 게 아닐까? 댄에게 공책을 전하는 사람은 나여야만 하지 않을까?

자정이 한참 지나서야 점보의 정비소에 도착했다. 대초원의 황량한 공허 속에 어두컴컴한 건물이 마치 버려진 화물선처럼 거대한 형체를 드러냈다. 정체를 알 수 없는 금속 덩어리와 기름통 들이 주변

잡초에 반쯤 묻혀 있었다.

옆구리로 점보를 찔렀다. 점보는 한두 번 으르렁거리는가 싶더니 더듬더듬 의식세계로 돌아왔다.

"집에 다 왔어요." 내가 말했다.

"물건들을 챙겨올게요." 이렇게 중얼거리며 점보는 차 문을 밀치고 좌석을 빠져나가 비틀거리며 트렁크 쪽으로 걸어갔다. 그러고는 파우 와우 예복을 조심스럽게 꺼내더니 참치 냄새가 밴 거대한 손을 내밀 어 악수를 청했다.

"이제 우린 친구죠?" 그가 말했다.

"그럼요, 친구죠." 대답과 함께 나는 그의 손을 감싸 쥐었다.

"여기서 지내지 않아도 정말 괜찮겠어요?"

"그럼요. 제안은 고맙지만."

"괜찮다면 내일 댄 할아버지 댁에 따라가고 싶은데, 저희 집에서 아침 먹고 같이 가실래요?"

"좋죠. 아침에 봐요."

내 말을 끝으로 점보는 티셔츠 앞판에 두 손을 쓱쓱 닦고는 어두 컴컴한 건물 안으로 걸음을 옮겼다. 나는 한동안 밖에서 기다렸다. 그가 무사히 들어갔는지 확인하려는, 그저 습관적인 행동에 지나지 않았다.

5분쯤 지났을까? 나는 포기하고 차를 출발시켰다. 불빛은 어디에 서도 켜지지 않았다.

저는 착하디착한 개입니다

돌길을 지나 대로에 접어든 다음 원주민 보호구역 외곽으로 차를 몰았다. 머물 곳으로 딱히 염두에 둔 장소는 없었지만, 내가 알기로 다코타 주에서 원주민 보호구역을 제외한 소도시에는 대개 야영이 허용된 공원이 있었다. 심지어 샤워실과 세면장을 갖춘 곳도 많았다. 운이 좋으면, 그리고 도중에 잠들지 않고 도착할 수만 있다면, 하룻밤 쉬면서 생각과 감정을 추스르기에 그만한 장소도 없을 것 같았다.

그렇게 한 시간을 운전한 끝에 맘에 쏙 드는 장소를 발견했다. 작고 한적한 농업도시였다. 하나뿐인 번화가를 중심으로 몇 안 되는 골목길이 주택가를 지나 목초지까지 드문드문 이어져 있었다. 시립 공원의 표지판이 따뜻한 문구로 나를 맞이했다. "야간 야영 가능. 상자에 3달러를 넣어주세요."

차를 타고 주변을 돌아본 끝에 어느 지방 은행 옆에서 현금인출기를 찾아냈다. 야영과 며칠간의 여행에 필요한 돈을 인출한 나는 공원으로 돌아가 시소와 그네 들 틈에 차를 대고는 전조등 불빛에 의지해 코트 텐트를 쳤다. 어느덧 시간은 새벽 두 시에 가까워져 있었다.

잠은 금세 찾아들었다. 캔턴을 떠나 서쪽으로 차를 몰아 다코타 주에 들어오기까지 반생은 지난 것만 같았다. 그래서였을까? 신기하게도 나는 공원의 딱딱한 바닥이 무색하리만치 깊고 편안한 잠에 빠져들었다.

동트기 전의 어스름한 빛이 하늘 가장자리에 아른거리기 시작할 무렵 어디선가 소리가 들려왔다. 처음에는 그 꿈을 다시 꾸는 거라고, 꿈이 나를 괴롭히려 다시 찾아든 거라고 생각했다. 하지만 이내 꿈이 아님을 깨달았다. 뭔가가 스치는 소리였다. 굉장히 생생했고 거리도 매우 가까웠다. 강도일까? 살인자? 아니면 방울뱀? 별의별 생각이 머릿속을 파고들었다. 하지만 이 소리에는 뭔가 더 집중적인 데가 있었다. 율동적인가 하면 정적이었고, 교활함이라고는 찾아볼 수 없었다.

조용히 텐트 덮개 지퍼를 열고 얼굴을 빼꼼 내밀었다. 소리의 진원지는 텐트 바로 아래였다. 작업용 장화 한 짝을 집어 들었다. 만약의 경우에 대비해 상대를 강타할 무기였다. 하지만 내가 움직이는 동안에도 예의 그 율동적인 소리는 계속됐다. 나의 존재 따위는 아랑곳하지 않는 것처럼.

나는 재빨리 머리를 도로 집어넣었다. 어슴푸레한 새벽빛만으로 놈의 정체를 알아내기란 불가능했다. 하지만 내 움직임은 놈을 놀래기에 충분했다. 놈이 큰 소리로 짖기 시작한 것이다. 목 깊은 곳에서 울려 나오는 소리. 개였다. 하지만 안심하기엔 일렀다. 일단 덩치가 확실히 컸고, 왜인지는 몰라도 녀석이 선택한 안식처는 코트 텐트 바로 아래였다.

나는 마지못해 장화를 들어 내려칠 자세를 취한 다음 녀석에게 속삭였다. "안녕, 착하지?" 짖는 소리만으로 녀석이 늑대나 코요테, 혹은 개의 먼 친척쯤 되는 야생동물이 아니라고 확신할 단계는 아직 아니었다. 더욱이 이빨 길이가 내 새끼손가락만 한 녀석과 맞붙어 몸싸움을 벌일 생각은 추호도 없었다.

"안녕." 나는 다시 인사를 건넸다.

그 형체는 보일 듯 말 듯 '목털'을 세우며 알은척했다. 이어서 획하는 소리가 났다. 아마도 꼬리를 흔드는 모양이었다.

나는 텐트에 들어올 때 챙겨두었던 육포 한 쪽을 봉지에서 꺼내 몇 발짝 떨어진 풀밭에 던졌다.

그 시커먼 형체는 이내 기어 나와 몸을 일으키는가 싶더니 세 다리로 껑충거리며 육포를 향해 뛰어갔다.

덕분에 몇 가지가 분명해졌다. 녀석은 개였고, 다쳤으며, 심하게 굶주린 상태였다.

"여어, 멋진 친구." 나는 다시 말을 걸었다.

녀석은 육포를 허겁지겁 먹어치우고는 고개를 돌려 나를 마주보았다. 래브라도와 셰퍼드의 혈통을 풍부하게 물려받은 늙은 사냥개였다. 슬픈 눈에 주둥이는 눈처럼 하얗고, 길게 늘어진 귀는 한쪽을 크게 물린 듯 귀퉁이가 떨어져나갔다. 앞다리의 상처가 심각했다. 회갈색 털은 흙먼지가 엉겨 붙어 뻣뻣했다. 거기다 엉덩이 전체가 오들거릴 만큼 몸을 심하게 떨었다.

"이리 온. 해치려는 게 아니야." 나는 친근함의 표시로 손바닥을 위로 향한 채 손을 내밀었다. 녀석은 수줍게 뒤로 물러섰다. 반응을 보일지 도망칠지 고민하는 눈치였다.

"어서."

내 채근에 한 발 다가오긴 했지만 녀석은 두려운 기색이 역력했다. 잠시 망설이다 몸을 돌려 절름거리며 공원 바깥쪽으로 가더니 꼬리를 다리에 낀 채 서서 뒷다리를 오들거리며 나를 돌아봤다.

육포 한 쪽을 더 꺼내 녀석이 있는 방향으로 최대한 멀리 던졌다. 녀석은 고개를 숙인 채 껑충껑충 다가가 서둘러 육포를 집어 물더니 절름절름 공원 가장자리로 돌아갔다. 육포를 먹어치운 뒤에는 고개를 숙여 앞발 사이에 끼워 넣고는 꼬리를 흔들며 나를 빤히 쳐다봤다. 육포 한 쪽을 더 꺼내 녀석에게 던졌다. 이번에는 내게서 그리 멀지 않은 곳으로.

개는 절름거리며 육포 쪽으로 다가가 아까 본 장면을 되풀이했다.

이런 과정이 여러 차례 반복되었고 육포가 떨어지는 자리는 텐트와 차츰 가까워졌다. 마침내 녀석은 내 손에서 몇 발짝 떨어지지 않은 곳까지 다가왔다. 황량한 언덕들 위로 아침 햇살이 번져나갔다. 사위가 밝아지자 녀석의 목걸이가 눈에 들어왔다. 목걸이에는 종이쪽지가 달려 있었다. 두꺼운 마닐라지에 철사를 꼬아 달아놓은 모양새가 수리점에서 물건을 구분할 때 사용하는 꼬리표를 연상시켰다.

"이리 온. 어디 좀 보자. 어쩌면 너를 집에 데려다줄 수도 있을 것 같구나."

나는 마지막 남은 육포 조각을 건넸다. 녀석은 육포 쪽으로 움직이는가 싶더니 쭈뼛쭈뼛 물러났다. 그러고는 헛기침하듯 한 번 짖었다. 마치 육포를 자신에게 던지라고 넌지시 말하는 것처럼.

나는 고개를 가로저었다. "안 돼. 먹고 싶으면 네가 오려무나."

녀석은 살금살금 앞으로 나아가 내 손 가까이로 다가왔다. 녀석의 머리를 조심스레 쓰다듬으며 다른 손을 몰래 목털 아래로 가져갔다.

꽤 얌전한 녀석이었다. 물려고 덤비거나 달려들지 않았다. 나는 육포를 단단히 부여잡은 채 녀석이 야금야금 물어뜯게 내버려두었다. 녀석이 육포에 정신이 팔린 사이 나는 목걸이의 꼬리표를 살살 당겨 글자가 보이게 돌려놓았다. 지저분하고 구겨졌지만 글씨만은 알아볼 수 있었다. 어린 소녀의 글씨체였다.

제 이름은 페스터스입니다.
저는 착하디착한 개입니다.
제 주인은 저를 더는 기를 수 없습니다.
제발 저를 죽게 내버려두지 말아주세요.

이후 나는 페스터스의 신뢰를 얻으려 노력했다. 녀석의 털은 꾀죄죄했고 갈비뼈는 금방이라도 가죽을 뚫고 나올 것만 같았다. 왼쪽 앞다리는 심하게 부어 있었다. 크고 감정이 풍부한 두 눈은 깊은 진심을 담아 미안하다고 말하는 듯했다. 물려서 너덜너덜한 귀는 옆으로 힘없이 늘어져 있었다. 페스터스는 안전한 거리에서 나를 관찰했다. 덕분에 나는 그 집요한 시선을 한 몸에 받으며 옷을 입고 텐트를 접어야 했다.

그러고는 작은 샤워장 옆에 위치한 수돗가로 자리를 옮겨 물을 약하게 튼 다음 적당한 거리를 두고 물러섰다. 페스터스는 절름거리며 수돗가로 다가가 바닥에 고인 물을 게걸스럽게 핥았다. 목이 몹시 말랐던 모양이었다. 할짝거리며 물을 마셔댄 지 족히 2분이 지나서야 비로소 녀석은 뒤로 물러나 나를 물끄러미 올려보았다. 눈빛에서 두려움과 희망이 교차했다.

"이제 없는데." 내가 말했다.

페스터스는 꼬리를 몇 차례 흔들더니 짧게 한 번 짖었다. 보아하니 배가 고파 육포를 달라고 조르는 듯했다.

"알았다, 여기서 기다려."

나는 서둘러 다시 차를 타고 시내 중심가로 달려갔다. 겨우 일곱 시 무렵의 이른 아침이었지만, 시내에 하나뿐인 식료품점과 정육점은 막 문을 연 참이었고 주인은 바깥에서 보도를 쓸고 있었다.

주인은 머리를 바짝 깎은 50대 남자로, 아래턱이 거대했고, 흰색 정육점 앞치마를 두르고 있었다.

"안녕하세요?" 인사를 건네자 주인은 위를 보더니 고개를 끄덕였다.

"근처 공원에서 야영하고 오는 길입니다. 아담하고 좋은 도시에 사시네요."

주인은 내 차 번호판으로 흘깃 시선을 던졌다. 마치 차의 출신 지역이 믿을 만한지 확인하려는 것처럼. 미네소타는 합격인 모양이었다. "참 조용하지요. 계속 그러길 바라고요."

그가 어떤 의도로 그런 말을 했는지는 알 수 없었다. 그저 먼 길을 헤매다 주 간선도로에서 이 가게까지 흘러들어 온 보기 드문 외지인에게 보이는 의례적 반응일 뿐일지도 모를 일이었다.

"공원에 늙은 개가 한 마리 있는데, 길을 잃은 것 같습니다. 혹시 시내나 이 부근에 인도적 구호단체가 있을까요?" 내가 물었다.

"피어나 미첼, 체임벌린이라면 모를까, 여기에는 없어요."

"동물 병원은요?"

"피어나 미첼, 체임벌린이라면 모를까."

"다른 곳은 없습니까?"

"래피드라면 혹시 모르겠군요. 거기 말고도 있기야 하겠지요. 인

2장 서쪽으로

244

근에 동물을 버리는 사람이 한둘이 아닙니다. 사냥꾼에 인디언까지 합세해 동물들을 간선도로에 유기하니까요."

"그 동물들은 어떻게 되나요?"

"누군가가 데려가거나 죽거나, 둘 중 하나죠. 겨울에는 얼어 죽는 동물도 많아요."

그의 냉담한 태도가 거슬렸다.

"개가 아주 착해요. 목걸이에 쪽지가 달려 있었는데, 거기에 여자아이 글씨체로 더는 기를 수 없게 됐다고 적혀 있더군요. 이름은 페스터스고요."

"언젠가 누구라도 발견하겠죠." 목소리의 냉담함이 피부까지 와닿았다.

그를 무시하고 혼자 힘으로 해결해보기로 결심했다.

"혹시 여기서 개 사료를 구할 수 있을까요? 과산화수소수는요?"

"이 동네에서 파는 물건치고 여기서 못 구할 물건은 없죠."

비질하는 그를 남겨두고 가게 안으로 들어갔다. 어둡고 낡은 가게였다. 조명은 희미했고, 미색의 낡은 목재 선반 위에는 물건들이 옹색하게 진열돼 있었다. 통로 세 군데를 돌며 나는 페스터스의 치료에 필요한 물건들을 찾아다녔다.

물건을 다 골랐을 즈음 주인 남자가 들어와 금전등록기 뒤에 섰다. 개 사료 봉지며 스위트롤 한 봉지, 큐팁스 면봉 한 상자, 과산화수소수 한 병, 주삿바늘 한 팩을 계산대 저편으로 밀어 보내며 그는 하나하나 가격을 입력했다.

"너무 야박하다고는 생각지 마세요." 그가 내 물건들을 갈색 종이봉투에 담으며 말했다. "여긴 조용한 도십니다. 우리에겐 우리만의 문제라는 게 있어요. 외지인이 우리 문제를 해결하려고 들진 않잖아

세로쓰기: 저는 착하디착한 개입니다

페이지번호: 245

요. 우리도 마찬가지예요. 외지인 문제에는 끼고 싶지 않아요."

"저도 문제를 일으킬 생각은 없습니다. 그저 늙고 다친 개 한 마리를 돕고 싶은 것뿐이죠."

"뭐, 잘되기를 빕니다." 누가 봐도 무감각한 말투였다.

나는 꾸러미를 집어 들고 차로 돌아갔다. 그러고는 중심가를 따라 왔던 길을 되짚어갔다. 판자를 친 가게와 빈터 들을 지나자 그 공원이 나왔다. 안으로 들어가 표지판과 펌프, 텅 빈 놀이터를 지나쳤다.

페스터스는 내가 떠난 그 자리에 앉아 있다가 다친 앞다리를 들어 올렸다. 뭔가를 권유하는 것도 같고 애원하거나 기대하는 것도 같은 미묘한 몸짓이었다.

페스터스는 얌전한 환자로 밝혀졌다. 부은 앞다리를 절개하고 큐팁스 면봉과 과산화수소수로 세척하는 동안 녀석은 모로 누운 채 잠자코 있었다. 그러다 치료가 끝나자 꼬리를 몇 번 흔들고는 고개를 내 무릎에 대고 손을 핥았다.

"잘했다. 이제 아침 먹을까?"

나는 차의 뒷좌석 아래로 손을 뻗어 오래전 음식을 사다 먹고 남겨두었다가 잊고 지내던 낡은 스티로폼 접시 하나를 끄집어내 그 안에 개 사료를 채워 넣었다. 이렇게 사랑스러운 개를 포기하려 하는 스스로에게 일말의 죄책감이 느껴졌다. 하지만 선택의 여지가 없다. 집에서 수백 킬로미터나 떨어진 곳인 데다 나는 아침 일찍 점보의 집에 가기로 돼 있었다. 게다가 인정 없는 가게 주인은, 여기서 차로 가기에 적당한 거리 내에는 인도적 구호단체나 유기 동물 보호시설이 없다는 사실을 내게 똑똑히 일깨워주었다.

세계 저쪽으로

나는 스스로를 위로했다. 그곳은 공원인 데다 고속도로와도 멀어서 페스터스를 두고 간 소녀는 단지 사정이 어려워졌을 뿐 근처에 살고 있을 가능성이 높았다. 이제 앞다리도 고쳤고 개 사료 봉지도 옆에 두었으니 어쩌면 주인이 돌아오거나 다른 누군가 녀석을 데려갈 수도 있었다. 확실히 페스터스는 매우 착한 개였다. 사람을 좋아했고 사랑받기를 원했다.

"마음껏 먹어라, 페스터스. 아저씨는 샤워하고 오마." 내 말에 사료를 게걸스럽게 씹던 페스터스가 고개를 들고 다정스레 꼬리를 흔들었다. 누군가 이름을 불러준다는 사실에 기분이 좋아진 게 분명했다.

요란하게 식사 중인 녀석을 남겨두고 샤워를 하러 작은 콘크리트 블록 건물로 발을 옮겼다.

샤워 후 돌아와보니 접시는 비었고 페스터스는 어디에도 보이지 않았다. 순간적으로 가슴이 저릿했다. 하지만 이어지는 깊은 안도감은 슬픔을 상쇄하고도 남았다. 이제 배도 찼고 앞발로 걸을 수도 있으니 아마도 페스터스는 아는 사람이 있는 곳, 혹은 여기보다 더 마음 편한 곳을 찾아 떠났으리라.

코트 텐트를 가방에 넣어 질질 끌고 차가 있는 곳으로 갔다. 왼쪽 뒷문은 샤워하러 갈 때 열어둔 상태였다. 그런데 뒷좌석에, 머리를 앞다리 위에 올린 채 배를 질펀하게 깔고 누운 생명체가 보였다. 페스터스였다. 녀석은 꼬리를 탁탁 내리치더니 애절하고도 기대에 찬 눈으로 나를 지그시 올려다보았다. 목에 걸린 마닐라지가, 도저히 못 보고 지나칠 수 없는 각도에서 메시지를 담은 채 달랑거렸다.

"제발 저를 죽게 내버려두지 말아주세요."

마지못해 그대로 시동을 걸고 원주민 보호구역으로 향하는 도로를 되짚어갔다. 우주의 계시라도 받은 기분이었다. 이제 나는 늙고 지칠 대로 지친 데다 한쪽 귀의 살점이 크게 떨어져나갔으며 페스터스라는, 미묘하게 로마풍 같기도 하고 시골풍 같기도 한 이름을 가진 개의 보호자였다. 가뜩이나 복잡 미묘하게 꼬여가던 상황에 숙제 하나가 더해진 셈이었다.

나는 스위트롤 하나를 우물거리며 뒷거울에 비친 페스터스를 바라보았다. 녀석은 뒷좌석에 똑바로 앉아 혀를 옆으로 내민 채 만면에 개 특유의 환한 웃음을 지었다.

"이런 그림을 생각한 게 아닌데." 내 말에 녀석은 흐느끼듯 쌕쌕거리더니 이내 드라이브하기 편안한 자세로 고쳐 앉았다.

얼마 안 가 페스터스는 착하고 점잖은 승객의 자세를 몸소 보여주었다. 네다리를 쭉 편 채 뒷좌석을 다 차지하고 누웠다가 내가 운전석 뒤로 팔을 늘어뜨리면 간간이 일어나, 아마도 스위트롤 부스러기를 얻어먹을 수 있지 않을까 하는 바람으로 내 손을 핥았고 나는 답례로 녀석의 목덜미를 어루만졌다. 바깥공기가 그리울 때면 녀석은 유리창에 코를 갖다 댔고 나는 뒷좌석 창문을 열어주었다. 그러면 녀석은 멀쩡한 쪽 앞다리를 팔걸이에 기대고 서서 머리를 밖으로 내민 채 만면에 개 특유의 환한 미소를 지으며 마치 바람을 가르는 비행기 날개처럼 두 귀를 한껏 펼치는 것이었다.

집을 찾아주어야 한다는 부담감만 없었더라면 녀석과 하는 동행을 나는 기꺼이 즐겼을 터였다. 간밤에 그로버와 나눴던 당황스런 대화와 그보다 훨씬 더 마음을 무겁게 했던, 댄에게 공책의 존재를 알려야 한다는 부담감을 페스터스 덕분에 잠시나마 잊을 수 있었다. 녀석은 주변 모든 것에 흥미를 보였다. 특히 이름을 불러줄 때 관심이 남달랐다. 상냥하고 사려 깊었다. 조금 슬퍼보이기는 했다. 특히 배를 깔고 누워 앞다리를 쭉 펴고 그 사이에 고개를 묻은 채 마치 희망찬 기대를 품은 듯 애틋한 눈빛으로 나를 응시할 때는 더더욱.

녀석을 어쩌면 좋을지 막막했다. 눈앞에 닥친 숙제를 해결하는 데 누가 봐도 녀석은 걸림돌이었다. 내가 기르자니 우리 집엔 이미 다른 개가 있었다. 버리자니 양심에 찔렸다. '개를 찾습니다'라는 표지판을 들고 길가에 서 있는 누군가를 만날 가능성도 희박했다.

돌이켜보면 그때 이미 나는 페스터스를 원주민 보호구역으로 데려가기로 알게 모르게 마음먹었던 것 같다. 그로버가 나를 기다리는 상황에서 녀석에게 적당한 가정을 찾아주기엔 시간도 에너지도 턱없이 부족했다. 그렇다고 녀석을 고속도로 한쪽에 내려놓고 가버릴 수는 없었다. 원주민 보호구역에 버려진 개들은 곧바로 슬프고 불미스러운 운명에 처해지게 마련이었다. 점보나 위노나나 그로버, 아니면 그들의 친구 누구라도 페스터스를 마음에 들어해 기꺼이 가족으로 받아들여주길 바라는 수밖에 없었다. 댄이라면 주인으로 손색이 없었지만 이미 어린 브론슨을 기르는 데다 개 한 마리를 더 들이기엔 나이가 너무 많았다.

"페스터스, 원주민 보호구역에 살고 싶으냐?" 내가 이름을 부르자 페스터스는 완전히 발랄해져서 꼬리를 탁탁 치며 내 손을 핥았다.

"보아하니 찬성인 모양이구나. 최대한 얌전하게 굴어야 한다. 가서 새 주인을 찾아보자." 페스터스는 꼬리를 얼마간 더 흔들더니 창밖으로 다시 머리를 내밀었다. 아래턱에서 흘러나온 침 줄기가 녀석의 웃음과 함께 바람에 실려 날아갔다.

점보의 집에 다다랐을 무렵 뒷좌석은 완전히 페스터스의 차지였다. 녀석은 주둥이로 내 손을 문지르다 관심이 그리워지면 핥고는 했다. 처음에 내 코트 텐트 아래를 기어 나오며 건네던 그 애절한 눈빛은 개 특유의 행복한 웃음과 애교 섞인 몸짓으로 거의 완벽하게 바뀌어 있었다. 녀석은 확실히 영민했고 수완도 제법이어서 주변 상황과 사람들을 제대로 헤아릴 줄 알았다.

"나를 아주 잘도 가지고 노는구나. 혹시 그 쪽지도 네가 직접 써서 걸어놓은 것 아니냐?"

내가 묻자 페스터스는 누군가 말을 걸어왔다는 사실에 다시금 기분이 좋아졌는지 답례하듯 짧게 두 번 짖고는 코끝을 내 손에 문질렀다.

밝은 아침 햇살에 비친 점보의 정비소는 어둠 속에 서 있을 때보다 더 심하게 낡아 보였다. 이곳을 마지막으로 찾았을 때가 생각났다. 그때 이 1930년대식 흰색 콘크리트 블록 건물은 판자를 여럿 덧대어 만든 차고 문이 두 짝 다 삐딱하게 기울어 있었다. 이제 건물은 흰색 칠이 거의 다 벗겨져 얼룩덜룩 우중충한 회색을 드러냈다. 정비소 출입문 하나는 길고 녹슨 기둥을 받쳐 항시 열어놓는 듯했다. 나머지 문은 아예 차고에서 떨어졌는지 문틀에 기대놓았는데 얼핏 보면 멀쩡한 문 같았다. 작은 사무실에 낸 판유리 창은 예전엔 그저 더러운 정도였지만, 이제는 더께가 앉아 완전히 불투명했고 사선으로 커다랗게 금이 간 부분은 강력 접착테이프 조각으로 덕지덕지 수습해둔 상태였다.

흑백의 낡은 표지판은 여전히 건물 앞을 지켰지만 손으로 칠해 구두점이 요상하게 찍힌 채 줄줄 흘러내리던 글자들은 고원의 바람에 부대껴 이제는 거의 읽을 수 없을 만큼 색이 바랬다.

"고장 난 차 같은 것 '고칩니다.' 안 나가는 자동차도 점보라면 '오케이.'"

건물 한쪽에서 듬성듬성 자라는 바랭이 사이로 다양한 변속장치와 기름때 묻은 차 부품들이 놓여 있었고, 주변으로 녹슨 자전거 몸체 한 무더기와 부서진 쇼핑카 하나, 검고 끈적한 액체가 새어 나오는 55갤런들이 드럼통 몇 개가 눈에 띄었다. 거기에 가스통과 펜더, 부식해가는 타이어 한 무더기가 풍경을 완성했다.

점보는 출입문을 열어둔 정비 구역 안 커다란 트랙터 타이어 위에 앉아 있었다. 실내가 어두워 모습을 분간하기 어려웠지만 그의 끈 없는 흰색 하이탑 스니커즈와 꼬질꼬질하고 해진 티셔츠만은 눈에 들어왔다. 그는 커다란 서빙용 숟가락을 막대기 쥐듯 잡고 주황색 플라스틱 반죽 용기에 담긴 시리얼을 떠먹는 중이었다. 그의 바로 오른편에는 움푹 들어간 금속제 도구 상자가, 그 위에는 흰 빵 한 덩이와 두툼하고 정체를 알 수 없는 회색빛 고기 한 조각이 얌전히 놓여 있었다.

내 차가 다가가자 점보는 반갑게 숟가락을 흔들었다.

"아침 드실래요? 휘티스 시리얼이 있기는 한데, 물에 타서 드셔야 돼요." 그는 주황색 반죽 용기를 들고 내게 숟가락을 내밀었다. "이거 쓰세요. 전 다 먹었어요."

"괜찮아요. 오기 전에 스위트롤 몇 개를 먹었더니. 차에 아직 두어 개 남아 있는데 먹고 싶으면 말해요."

점보는 알았다는 듯 그르렁거리더니 회색 고깃덩이로 관심을 돌렸다. 신발 상자만 한 크기에 엷은 녹색이 감도는 고기였다. 두께는 작은 전화번호부와 엇비슷했다. 점보는 금속제 도구 상자에서 쇠톱을 꺼내더니 고깃덩이를 잘라 흰 빵 두 장 사이에 끼워 넣었다.

"그러지 말고 좀 드세요. 지미 식스킬러가 두고 간 건데, 무슨 고기인지는 몰라도 그럭저럭 먹을 만해요." 점보가 활짝 웃었다.

"난 됐으니 신경 쓰지 말고 맛있게 들어요." 내가 말했다.

뒷좌석에서 페스터스가 일어나 킁킁거리며 바깥공기를 맡기 시작했다.

점보는 샌드위치 너머로 페스터스를 유심히 바라보았다.

"저 개가 어디서 나타났죠?" 그가 물었다.

"버려진 개예요. 공원에서 만났죠. 어제 거기서 잤거든요."

"꽤 나이 들어 보이는데요."

"종착지가 얼마 안 남았죠."

점보는 타이어에서 몸을 일으켜 차로 걸어갔다. 그러고는 페스터스의 머리 가까이 자기 머리를 들이대고는 눈을 가늘게 뜨더니 녀석의 얼굴을 바라보았다. 그리고 말했다. "그러게요. 늙었네요. 그런데 목에 이건 뭐죠?"

"꼬리표예요. 한번 읽어봐요."

점보는 한 걸음 물러서더니 이렇게 말했다.

"읽기엔 영 소질이 없어서요. 제 대신 읽어주실래요?"

"그러죠."

나는 재빨리 출동해 예의 그 짧고 애처로운 메시지를 읽어주었다. 읽기를 마쳤을 때 점보가 나를 올려다보며 고통스런 표정으로 이렇게 물었다.

"설마 페스터스를 죽일 생각은 아니죠?"

"절대로. 그럴 리가요."

점보는 얼굴을 다시 차창 안으로 들이밀고 페스터스의 주둥이에서 불과 몇 센티도 떨어지지 않은 곳까지 다가갔다. 페스터스는 한

차례 냄새를 맡더니 점보의 입술을 야무지게 핥았다.

"배가 고프다는데요?" 점보가 말했다.

"그럴 리가요? 방금 전에 먹이를 줬는데."

"이런 문제는 제가 전문이죠." 점보가 활짝 웃었다.

그는 남은 샌드위치 조각을 가져다 차창 너머 회색빛 개에게 건넸다.

페스터스는 샌드위치를 얌전히 받아 물고는 다친 앞다리를 든 채 좁은 좌석 위에서 몸을 돌리려 안간힘을 썼다.

"저런, 다쳤는데요?" 점보가 말했다.

"그러게요. 앞다리가 감염됐더군요. 말끔히 씻기긴 했는데."

"제가 좀 볼까요?"

점보는 차 문을 열고 굵직한 소리로 페스터스에게 말을 건넸다. 페스터스는 샌드위치를 문 채로 절름거리며 조심스럽게 일어나 신중히 땅을 디뎠다.

점보가 라코타어로 몇 마디 하자 녀석은 앉아서 순종적으로 앞발을 들어 올렸다. 마치 점보가 하는 말을 정확히 이해한 것처럼.

점보는 쿵 소리가 나도록 무릎을 꿇고는 의사처럼 페스터스의 앞다리를 살피기 시작했다.

"집 안에 인디언 치료제가 있어요. 앞다리에 도움이 될 거예요. 어서요, 너번. 날 좀 일으켜줘요."

점보는 솥뚜껑 같은 손을 내게 내밀더니 내 다리를 지렛대 삼아 자신의 다리에 천천히 무게를 실었다. 그러고는 육중한 걸음으로 정비소 안으로 들어갔다. 이어서 깡통과 병 들이 달그락거리는가 싶더니 점보가 다시 모습을 드러냈다. 그의 손에는 걸쭉한 연고가 담긴 커피 캔 하나가 들려 있었다. "이거면 될 거예요." 그가 말했다.

점보가 라코타어로 몇 마디 중얼거리자 페스터스는 고개를 낮게 숙인 채 살금살금 그에게 다가갔다. 이빨로는 여전히 샌드위치 조각을 물고 있었다.

"인디언의 개가 확실해요." 점보가 활짝 웃으며 말을 이었다. "너무 천천히 먹는 것만 빼면요."

점보는 두 손가락으로 연고를 찍어 페스터스의 앞다리에 발랐다. 손놀림이 놀라우리만치 섬세했다.

"착하구나, 페스터스. 이제 괜찮아질 거야." 점보가 말했다.

페스터스는 이해한다는 듯 꼬리를 흔들고는 점보의 발에 샌드위치를 떨어뜨렸다. 마치 제물을 바치는 것처럼.

"착한 녀석이네요." 점보가 말했다.

"맞아요. 정말 착한 녀석이죠."

점보는 잠시 멈추었다가 다시 입을 열었다.

"저 녀석, 어떻게 할 거예요?"

"댄에게 줄까 생각했지만 댄에게는 브론슨이 있으니."

점보가 눈빛을 떨구었다. "브론슨은 떠났어요."

"네? 댄을 그렇게나 잘 따르던 녀석이 어쩌다가."

"죽었어요. 원래부터 몸이 안 좋았거든요. 감기에 걸린 줄만 알았는데."

충격적인 소식이었다. 브론슨은 옴 때문에 흉터투성이긴 했지만 애교 넘치는 테리어 잡종이었다. 댄은 여동생을 찾으러 나와 떠난 여행길에서 어느 가게에 들렀다가 녀석을 데려왔었다. 그 작은 개는 마치 길 잃은 아이처럼 댄을 따랐고 댄은 그 마음에 사랑으로 보답했다.

한편으로 브론슨은 팻백의 자리를 대신했다. 늙고 척추가 굽은 그 검정 래브라도는 내가 12년쯤 전 처음으로 댄을 찾아왔을 때 댄의 가장 가까운 친구였다. 심지어 댄은 팻백이 녀석을 대신해 브론슨을 보냈다고 믿었다.

눈을 감으면 아직도 선했다. 우리가 머무르던 모텔 방의 더러운 침대 이불보 위에서 함께 웅크린 채 금세 잠들던 댄과 어린 브론슨이. 녀석이 품으로 파고들면 댄은 아기처럼 녀석을 보듬었다. 브론슨이 죽었다는 소식에 마음이 아파왔다. 수많은 상실로 점철된 노인의 인생에 또 하나의 상실이 더해진 셈이었다.

"수의사에게는 데려가지 않았나요?" 내가 물었다.

점보는 시선을 떨구었다. "여기는 사람 고치는 의사도 없는 곳이에요. 제가 고쳐보려고 했지만 녀석은 버텨내지 못했죠."

점보의 목소리에서 슬픔이 묻어났다. 그 작은 개는 비극을 맞았고 점보는 녀석의 생명을 구하려다 실패했다.

페스터스를 내려다보았다. 점보의 발치에 누워 머리를 앞다리 위에 얹은 채 녀석은 흡사 동경하는 듯한 눈빛으로 점보를 올려다보고 있었다.

"브론슨이 떠났다니 하는 말인데, 어때요? 댄이 페스터스를 좋아할까요?" 내가 물었다.

점보는 고개를 가로저었다. "그로버와 위노나가 반대할 거예요. 개를 새로 들여봤자 괜히 저승길 떠나기만 고단해진다면서. 일전에 두 사람과 얘기해봤거든요."

"하지만 이승에서의 마지막 나날은 더 편안해지지 않을까요?" 내가 반문했다.

"제 생각도 그래요. 하지만 그로버와 위노나는 딱 잘라서 안 된댔어요." 점보의 시선은 여전히 아래를 향했다. "두 사람 생각이 그렇다면 따라야죠."

점보는 초조한 듯 손가락을 구부려가며 얼마간 말없이 서 있었다. 오랜 침묵이 흐른 뒤 점보가 다시 입을 열었다. 아주 작은 소리로. 시선은 여전히 아래로 드리운 채.

"여기 이 페스터스 말인데요, 제가 기르면 어때요? 물론, 적당한 사람이 없다면요." 페스터스는 점보의 구멍 난 오른쪽 운동화에서 삐져나온 엄지발가락 끝을 핥고 있었다.

"글쎄요, 점보를 아주 좋아하는 것 같기는 한데."

"저도 페스터스가 좋아요."

"그렇다면 뭐, 점보가 맡아야겠죠."

점보는 고개를 들고 내게 활짝 웃음 지었다.

"댄 할아버지께 들를 때마다 데려가도 되고요." 점보가 말했다.

"그러게요. 그래도 되겠네요."

점보는 더더욱 환하게 웃고는 몸을 앞으로 숙이더니 그 늙고 텁수룩한 개에게 두 팔을 뻗었다.

"이리 온, 페스터스."

페스터스는 세 다리로 간신히 몸을 일으키고는 점점 가까워지는 그 거대한 남자의 허벅지에 머리를 기댔다.

단번에, 그리고 지축이 흔들리는 소리와 함께 점보는 손을 아래로 뻗어 그 늙은 개를 들어 올리더니 배가 보이도록 눕혀 아기 어르듯 품에 안았다.

페스터스는 빠져나가려고 애쓰지 않았다. 꼼지락거리지도 버둥대지도 않은 채 가만히 품에 누워 점보의 발그레한 얼굴을 애정이 담뿍 담긴 눈으로 바라보았다. 점보는 놀고 있는 한쪽 손으로 도구 상자 위에 남은 고기 조각을 집어 이로 물었다. 점보가 몸을 기울이며 다가가자 페스터스는 회색빛 주둥이를 위로 쭉 내밀어 고기 조각을

2장 서쪽으로

256

조심조심 받아먹었다. 마치 어미 새의 입에서 벌레를 받아먹는 아기 새처럼.

"보세요. 착한 개라니까요." 이렇게 말하며 점보는 내 쪽으로 얼굴을 돌렸다. 감동스런 표정에서 비장함마저 느껴졌다. "정말 착한 개예요. 필라마야[라코타어로 '고맙습니다'라는 뜻]. 이제 댄 할아버지한테 가서 보여드려요."

우정보다 더 큰 존중

댄의 집으로 올라가는 차 안에서 앞으로 일어날 일을 예측해보았지
만 도무지 감이 잡히지 않았다. 점보와 페스터스는 뒷자리에 앉아
마치 사랑에 빠진 고등학생 한 쌍처럼 서로를 지그시 바라보았다. 운
전하는 내내 마음이 초조했다. 길게 자란 풀 사이로 뱀처럼 구불거
리는 백점토 길을 따라가다 보면 안쪽에서 댄의 판잣집이 허름한 외
관을 드러낼 터였다.

수년 전 마지막으로 이곳을 찾았을 때보다 도로 사정은 형편없이
나빠졌다. 물결 모양으로 생긴 울퉁불퉁한 점토와 자갈길은 발이 쑥
쑥 빠질 만큼 깊고 크고 비스듬한 틈으로 여기저기 갈라져 있었다.
속도를 조금만 냈다간 울림이 뼛속까지 전해지는 것은 물론이고 자
칫 차의 현가장치까지 망가뜨릴 수 있어 모험을 감행하고 싶지 않다
면 기어가는 수준으로 차를 몰아야 했다. 그로버가 애지중지하는 뷰
익을 몰고 이 길을 올랐을 것을 생각하니 경탄이 절로 나왔다.

움푹한 길을 조심조심 나아가는 동안 바퀴는 도랑에 빠지기 일쑤

였고, 그때마다 노후한 현가장치가 삐걱하고 묵직한 신음을 내뱉었다. 덜컹거림이 심해질 때마다 점보도 덩달아 끙끙거렸다.

그로버와 위노나는 댄의 집, 목재가 갈라진 현관 계단에 앉아 있었다. 두 사람의 무심한 시선을 받으며 나는 진입로의 바퀴자국을 서서히 가로질러 그들 쪽으로 차를 몰았다. 누구 하나 움직이거나 맞이하려는 기색이 없었다. 나는 점보에게 물었다.

"댄이 안 보이네요? 이 시간이면 항상 나와서 햇볕을 쬐곤 했던 것 같은데."

"몸이 좀 아프시거든요. 침대에 누워 계실 때가 많아요. 그래서 오자고 한 거예요. 여기 이 페스터스를 보면 좋아하실 것 같아서." 점보가 대답했다. 페스터스는 점보의 어깨에 머리를 기대고 있다가 제 이름이 불리자 그의 뺨을 핥았다.

멀리서도 위노나에게서 세월의 흔적이 느껴졌다. 길고 검은 머리에는 흰 줄무늬가 생겼고, 둥글고 통통하던 얼굴은 볼살이 처지고 탄력을 잃었다. 다만 짙고 날카로운 눈매에 담긴 강렬한 경계심과 지적인 기운만은 여전했다. 늘어난 운동복 바지에 헐렁한 회색 상의를 입은 탓에 통나무처럼 어깨가 넓고 다부져 보였다. 언제나 그랬던 것처럼 그로버는 방금 샤워를 한 듯 말쑥했다. 체크무늬 바탕에 덧붙임주머니가 달린 카우보이 셔츠는 모조진주로 된 단추가 목과 손목까지 채워져 있었고, 카우보이모자의 테두리 띠에는 담배 한 개비가 꽂혀 있었다. 탤컴파우더를 발랐는지 목 아래 언저리가 분가루로 얼룩덜룩했다. 메리의 공책은 위노나의 무릎 위에 얌전히 놓여 있었다.

내게 인사를 건네거나 손을 흔들어주길 내심 바랐지만 누구도 반겨주지 않았다. 약속이나 한 듯 두 사람 다 앉은자리에서 꼼짝하지 않았다. 그로버는 벅 나이프로 손톱을 손질했고, 위노나는 내가 마당 가운데에 주차를 하는 동안 우리 움직임을 주시했다.

"그다지 반기는 눈치는 아닌데요?" 내가 점보에게 말했다.

"그냥 앉아 있는 거겠죠. 저도 자주 그러거든요. 올라가서 인사하세요."

"같이 갈까요?"

"아뇨. 여기서 페스터스랑 기다리고 있을게요." 점보는 페스터스에게 웃음 짓고는 녀석의 머리를 거칠게 쓰다듬었다. "우리 제법 친해져가죠?" 페스터스는 꼬리를 신나게 흔들며 크고 감동 어린 눈으로 점보를 바라보았다.

차에서 내린 나는 짐짓 태연한 척 현관으로 다가갔다.

"안녕, 위노나. 잘 있었어요?" 인사와 함께 나는 손을 내밀었다.

위노나는 내 손끝을 살며시, 무기력하게 잡고는 이렇게 말했다. "안녕하세요, 너번." 그녀의 인사는 그녀의 손길만큼이나 무감각했다. 얼굴과 자세를 유심히 살피며 나는 그녀의 마음 상태를 가늠해보려 애썼다. 하지만 소용없는 일이었다.

그로버는 커피가 담긴 머그잔을 들고 서 있다가 이렇게 말했다. "점보한테 얼굴도장이나 찍으러 가야겠네." 보아하니 두 사람은 이 대화를 위노나와 내가 단둘이 풀어가야 한다고 결론지은 듯했다.

차로 걸어가는 그로버의 모습을 나는 물끄러미 바라보았다. 위노나의 침묵이 가슴을 무겁게 짓눌렀다.

"공책은 읽어봤어요?" 나는 애써 밝은 척하며 물었다.

"네." 그녀가 답했다.

"어떻게 생각해요?"

묵묵부답.

"아무래도 메리를 찾아가는 게 아니었나 봐요." 싫은 기색이 역력한 위노나 앞에서 나는 이런 말로 내 행동을 정당화하려 애썼다.

"해야 할 일을 하셨을 뿐인걸요." 위노나가 입을 열었다. 단조로운 음색을 들으니 두려웠다.

우리는 불편한 침묵 속에 앉아 있었다. 나는 뭐든 말할 거리를 찾아보려 주변을 두리번거렸다. 나와는 무관한 일에 관여했으니 차가운 비난을 피해가기 힘들 터였다. 나는 전열을 가다듬었다. 그때였다. 어디선가 훌쩍이는 소리가 들려왔다. 흘끔 보니 위노나의 눈가가 촉촉했다.

"괜찮아요?" 내가 물었다. 순간적으로 정신이 어찔했다. 불길한 예감이 머리를 스쳤다. 간밤에 댄에게 무슨 일이라도 있었던 걸까?

위노나의 입술이 가늘게 떨렸다. 서서히, 그녀를 둘러싼 무심한 분위기가 옅어져갔다. "이런 것이 있으리라곤 상상도 못했어요." 목소리가 갈라져 있었다. 그녀는 아이가 헝겊 인형을 껴안듯 공책을 가슴 깊이 껴안았다.

"어쩔 수 없었어요. 공책 주인이 원했으니까요. 댄에게 공책을 전해달라는 메리의 뜻을 나로선 존중할 수밖에 없었죠."

위노나는 고개를 가로저었다. "공책 때문이 아니에요."

"그럼 뭐 때문이죠? 정신병원? 그로버가 거기까지 말했나요?"

그녀는 다시 고개를 가로젓고는 입고 있던 운동복 상의 끝자락으로 눈물을 훔쳤다. 그녀가 진정될 때까지 나는 말없이 기다렸다.

"같은 꿈을 계속 꿨다고 들었어요." 위노나가 조용히 말했다.

"그랬죠."

"어떤 꿈이죠?"

천둥소리와 메리를 찾아갔던 일부터 이야기를 시작하려는데 위노나가 손을 들었다. "아뇨. 그 꿈에 대해 듣고 싶어요. 어떤 내용인지,

기억나는 대로 전부 들려주세요."

"그러죠." 내가 다시 이야기를 시작했다. "늘 같은 꿈이에요. 노랑
새가 눈앞에서 나를 바라보는 꿈. 짧은 바가지 머리를 하고. 아무 말
없이 나를 바라만 보죠. 눈빛은 따뜻하지도 차갑지도 않아요. 거의
공허에 가까워요. 흰 원피스를 입었는데, 무늬는 없어요. 검고 묵직
한 신을 신었고요. 절대 웃지 않아요. 늘 음울하고 심각해 보이죠.
마치 나를 원망이라도 하는 것처럼."

"그것 말고는요?"

"인형을 하나 갖고 있어요. 그다지 중요한 것 같지는 않지만."

"모든 게 중요해요. 기억나는 건 뭐든 다 말해주세요." 이렇게 말
하고 위노나는 공책 겉면의 사슴 가죽을 초조하게 쓸어내렸다.

"메리의 얼굴이 보여요. 나이 든 오지브와족 여인. 주름진 피부. 온
화한 표정. 아마도 나를 노랑새에게 인도하는 것 같아요. 내게 노랑새
를 소개하는 것 같기도 하고. 두 사람 뒤엔 커다란 건물이 있고요."

그 건물이 캔턴의 정신병원 사진에서 본 건물과 닮았다는 것까지
는 말하지 않기로 했다. 전부 털어놓을 생각이기는 했지만 아직은 때
가 아니었다.

"그러다 노랑새는 멀어져가기 시작해요. 멀리 들판까지 가서는 내
게 따라오라고 손짓하죠. 들판에는 불룩한 뭔가가 널려 있고요. 건
초 더미들처럼. 노랑새는 나를 보고 있어요. 잊히지 않는 눈빛으로."

위노나는 입술을 깨물며, 먼 곳을 응시했다. "흰 원피스를 입었다
고 했나요?"

"그래요. 첫 영성체 때 입는 옷처럼 생겼죠. 그 시절 기숙학교 사
진에 으레 나오는, 그런 원피스예요."

"작은 인형을 가지고 다녔고요."

나는 고개를 끄덕였다.

"짧은 바가지 머리랬죠?"

"그래요."

위노나는 잠시 말을 멈추고 먼 곳의 언덕들을 응시했다.

"오, 너번. 이 일은 당신이 생각하는 것보다 훨씬 더 큰일이에요." 그녀가 말했다.

대화가 계속되는 사이 그로버가 다리를 절뚝거리며 마당을 가로질러 돌아왔다. "너번, 저 개는 뭐야? 점보 말로는 자네가 길에서 주워 왔다던데."

"일어나보니 제 코트 텐트 아래서 자고 있더라고요. 길을 잃은 것 같아요."

"자네랑 같은 처지로군. 점보가 그러는데, 자네, 그 개를 어르신께 드릴 생각이었다며? 마음을 바꿔먹는 게 좋을 거야. 공연히 치다꺼리만 안겨드리는 셈이라고." 그로버는 손으로 자신의 바짓가랑이를 문질렀다. "세상에, 그 뻣뻣한 털 하곤. 산 미치광이는 저리 가라야."

그러더니 그는 고개를 돌려 위노나에게 물었다. "말했어?"

그녀는 고개를 가로저었다. "직접 보시게 할 생각이에요. 그편이 나아요."

아무래도 댄의 병약한 상태를 두고 나누는 대화인 듯했다. "들어가요. 할아버지를 깨울 시간이에요." 이렇게 말하고 위노나는 자리에서 일어나 계단을 올랐다.

그로버는 줄곧 내 뒤에 머물렀다. 마치 나를 둘 사이에 끼워두고 빠져나가지 못하게 하려는 것처럼.

집 안 분위기는 예전과 판이하게 달라져 있었다. 한때 드나드는 사람들과 쩌렁쩌렁한 텔레비전 소리로 잔칫집처럼 어수선했던 집 안이 이

우 정 보 다 더 큰 조 중

제는 무덤처럼 적막했다. 창문에 드리운 싸구려 커튼 탓에 하나뿐인 거실에는 희미하고 어스름한 빛만이 감돌았다.

낡아빠진 가구들은 예전의 자리를 지켰지만 사용한 흔적은 없었다. 모텔에서 흔히 볼 수 있는, 팔걸이가 목재로 된 긴 의자는 낡을 대로 낡아 축 늘어졌고, 위에 놓인 쿠션들은 덮개가 터지는 바람에 내용물이 삐져나와 있었다. 늦은 밤이면 포커 판이 벌어져 웃음 가득한 장면을 선사하던 식탁 위에는 신발 상자들이 수북이 쌓여 있었고, 상자 안에는 잡지에서 오려낸 기사와 다양한 물건들이 그득했다. 생의 마지막 나날을 사는 사람 특유의 분위기가 공간 전체에 배어 있었다. 얇은 먼지 층이 그 모두를 뒤덮었다.

위노나가 스위치를 올리자 식탁 위 형광등이 기다란 맨몸을 드러내며 몇 차례 명멸하는가 싶더니 지이잉 소리와 함께 불빛이 깨어났다.

상자 더미와 오려낸 기사들이 눈에 띄었다. "수집가 기질은 여전하시네요." 이런 말로 나는 분위기에 약간의 가벼움을 주입해보려 애를 썼다.

위노나가 희미하게 웃었다. "쓸모없는 것들이 대부분이죠. 버려야 될 물건은 끼고 계시고 정작 끼고 계셔야 될 물건은 버리신다니까요."

식탁 옆을 지나며 위노나는 수북이 쌓인 잡지들의 모서리를 반듯이 정리했다. 그로버는 허리를 숙여 리놀륨 바닥재의 덜렁거리는 조각을 떼어냈다. 행여 댄이 걷다 발가락이라도 걸려 넘어질까 하는 염려에서였다. 『붉은 길을 걷다』가 설핏 보였다. 레드레이크 지역 학생들과 몇 년에 걸쳐 수집한 구전 역사를 담은 내 책이 방 한구석의 작은 테이블 위에 놓여 있었다. 댄과 처음 만났던 때가 생각났다. 생기 있고 좋았던 그 시절이 떠올라 괜스레 마음이 울적해졌다.

"건강이 얼마나 상하신 거죠?" 내가 물었다.

위노나는 닫힌 침실 문을 고갯짓으로 가리켰다. "보면 알아요. 하지만 먼저 설명해둘 게 있어요."

"말해봐요."

"할아버지를 친구라고 생각하죠?"

"그렇죠."

"할아버지도 그래요. 너번을 친구로 여기시죠. 하지만 여전히 할아버지는 웃어른이에요. 이젠 가실 날도 얼마 안 남았고요. 너번은 여전히 백인처럼 굴어요. 할아버지를 스스럼없이 대하죠. 마치 대등한 사람처럼. 하지만 대등하지 않아요. 할아버지는 어른이에요. 제 말 뜻 아시겠어요?"

말에 가시가 있었다. 그녀에게 반문했다. "내가 너무 스스럼없이 굴던가요? 그럴 마음은 추호도 없었어요."

"우정으로 모든 문을 열 수 있다고 생각하죠? 틀렸어요. 우정이 주는 권리는 할아버지와 같은 공간에 머무는 것, 딱 거기까지예요. 무엇을 말하고 말하지 않을지는 할아버지가 정해요. 말씀하시도록 그냥 내버려두세요.

들어가서 할아버지와 이야기를 나눌 때 자신이 누구고 할아버지는 누군지 잊지 말라는 뜻이에요. 만나서 농담하는 건 괜찮아요. 할아버지도 은근히 바라실 테고요. 농담을 좋아하시잖아요. 하지만 공책을 드리는 시간만큼은 전령이 되어야 해요. 친구가 아니라. 알아듣겠어요?"

대답 대신 나는 고개를 끄덕였다.

"담배 가지고 있어요?" 그녀가 물었다.

나는 주머니에 손을 넣어 프린스 앨버트 쌈지를 꺼냈다. 이런 상황을 대비해 줄곧 지니고 다니던 것이었다.

"담배 먼저 드리고 공책을 건네세요."

이렇게 말하고 위노나는 침실 문 쪽으로 걸어나갔다. 그러다 문득 걸음을 멈추고 뭔가 기억났다는 듯 다시 입을 열었다. "하나 더. 허락이 떨어지기 전에는 자리를 뜨지 마세요. 무슨 일이 있어도 웃어른보다 먼저 자리를 떠서는 안 돼요. 때가 되면 어르신께서 친히 일러주실 거예요. 아니면 먼저 일어나시거나. 먼저 자리를 뜬다는 건 어른보다 자신을 더 우위에 둔다는 뜻이에요. 물론 그걸 가지고 왈가왈부하실 만한 어른은 안 계시지만, 몰라서 잠자코 계시는 건 아닐 테니까요."

"미안해요." 내가 말했다.

"미안해할 필요는 없어요." 위노나가 말했다. "단지 바로잡고 싶었을 뿐이니까요. 너번 씨는 할아버지가 꼭 보셔야 할 물건을 가져왔어요. 한 여자 원로가 한 남자 원로에게 파견한 전령인 셈이죠. 그건 대단한 명예예요. 고인을 생각하세요. 할아버지를 생각하세요. 지금 자신이 무엇을 전하고 있는지 생각하세요."

우리의 대화 내내 그로버는 평소답지 않게 침묵을 지켰다. 가만히 담배만 뻐끔대다가 이따금 고개를 끄덕여 위노나의 말에 동조할 뿐이었다. 그러던 그가 이윽고 입을 열었다.

"죄다 새겨들었나, 너번? 그동안 자네가 훈련받아온 게 바로 이거야."

"제가 훈련을 받아왔다고요?"

"알고 보면 모든 게 훈련이지."

위노나의 비난 섞인 짧은 훈계에 나는 정신이 번쩍 들었다. 댄의 위치를 딴에는 존중한다고 생각했는데, 위노나의 말처럼 나는 지극히 백인다운 착각에 빠져 댄과 맺은 우정을 자만했는지도 몰랐다.

특히 놀라웠던 건 위노나의 태도였다. 그녀는 이 일이 반드시 올바른 절차에 따라 행해져야 한다고 여기는 듯했다. 확실히 이번 만남과 공책의 전달은 내가 상상했던 것보다 더 중요한 의미를 품고 있었다.

"이제 들어갈까요?" 위노나가 말했다. "할아버지를 깨우는 일은 저희가 맡을 테니 너번 씨는 공책을 드리세요. 하지만 바로 건네지는 마세요. 할아버지가 대화할 준비가 됐다 싶으면 우리는 나갈 거예요. 그럼 기회를 봐서 적절한 순간에 공책을 드리세요. 다시 말하지만 본론으로 바로 들어가선 안 돼요. '백인 특유의 안달'은 금물이에요. 잊지 마세요. 존중이 우정보다 먼저라는 걸.

담배도 잊지 마시고요. 주인공은 너번이 아니에요."

위노나는 마치 굉장한 가치를 지닌 물건을 다루는 것처럼 조심스러운 손길로 내게 공책을 내밀고는 이렇게 덧붙였다. "이 공책이 주인공이죠. 드릴 때는 인디언의 방식을 지키세요. 적절한 순간이 오기 전엔 드려선 안 돼요."

"적절한 순간인지는 어떻게 알죠?" 내가 물었다.

"있어보면 알아요. 늙고 지치셨지만 할아버진 바보가 아니에요. 여기까지 찾아왔을 때는 뭔가 이유가 있으리라는 걸 모르실 리 없죠."

"언제나처럼." 그로버가 심드렁하게 덧붙였다.

"자, 이제 그로버와 제가 할아버지를 깨울 테니 그동안 뒤로 물러나 계세요. 그런 뒤에 우린 나갈 거예요. 두 분만 남겨두고. 우리도 할 일이란 게 있으니까요. 너번은 그저 존중하는 자세로 대화의 흐름을 할아버지께 맡기세요. 목적지까지는 할아버지가 알아서 이끌어 주실 거예요."

위노나가 그로버를 향해 고개를 끄덕이자 그는 닫힌 침실 문으로 다가가 문을 몇 차례 두드렸다.

우정보다 더 큰 존중

"잘 주무셨어요, 어르신?" 그로버가 말했다.

안에서는 답이 없었다.

그로버가 다시 문을 두드렸다. 하지만 소리는 키우지 않았다. 댄을 너무 급작스럽게 깨우지 않으려는 배려였다.

그래도 기척이 없자 그로버는 문을 밀었다. 끼이익 소리와 함께 문이 열렸다. 침실에 하나뿐인 창문에는 커튼이나 담요를 쳐놓은 모양이었다. 방 안의 어둠이 집안 전체의 어둠을 능가했다.

끼익 열리는 문틈으로 댄이 보였다. 그는 금속제 침대에 얹은 파란색과 흰색으로 엮인 줄무늬 매트리스 위에 모로 누워 있었다. 침구는 없었다. 그저 구겨진 담요 뭉치와 낡은 옷들만이 침대 발치로 밀려 늘어져 있었다. 댄은 카키색 바지에 이랑 무늬로 짠 작업용 민소매 티를 입고 가쁜 숨을 쉬고 있었다.

그로버는 문턱 너머로 발을 딛고는 내게 따라오라고 손짓했다. 방 안 온도가 족히 섭씨 43도는 넘는 듯했다.

"잘 주무셨어요, 어르신?" 그로버가 반복했다. "교역소에서 제가 뭘 찾았게요?"

댄은 고개를 살짝 들어 얇은 막이 덮인 듯 불투명한 눈으로 내 쪽을 유심히 바라봤다. 그로버가 내게 고갯짓했다. 반응을 보이라는 뜻이었다.

"댄, 잘 지내셨어요? 너번입니다." 내가 말했다.

댄은 한 손으로 침대를 밀어 몸을 일으키더니 이곳이 어디인지 가물가물하다는 듯 주위를 둘러보았다. "너번이라고? 자네가 이 근처에 살았던가?" 위노나가 힐끔 나를 보았다. 마치 "봤죠? 이런 식이에요"라고 말하는 것처럼.

댄은 몇 차례 신음 소리를 내고는 몸을 똑바로 세우려고 애썼다.

위노나는 재빨리 다가가 노인의 팔꿈치를 부축하고 자리에 앉힌 다음 이렇게 말했다.

"너번이 왔어요, 할아버지. 사는 곳은 미네소타고요."

"미네소타? 미네소타라면, 시노브족의 고장 아니냐?" 댄은 애써 의식의 세계로 편입하려는 듯 말을 이어나갔다. "나무의 사람들이지. 비밀스러운 사람들이고, 속마음을 드러내는 법이 없거든."

댄이 어두컴컴한 방을 둘러보며 혼란에 빠져 있는 동안 나는 한 걸음 물러나 잠자코 서 있었다. 어떻게든 나를 기억해내려는 댄의 노력이 내게도 고스란히 느껴졌다.

"잘 생각해보세요. 붉은 길에 관한 책을 썼고, 팻백의 오랜 친구였잖아요." 내가 부드럽게 거들었다.

댄은 눈을 한껏 가늘게 떴다. 마치 내게 초점을 맞추는 것처럼. "너번? 누구였지? 아, 그래, 그렇지. 암, 기억하고말고. 너번. 책을 쓰는 이 아닌가. 그래, 확실해. 누이의 일로 자네에게 도움을 받았지. 어서 오게. 어서 와."

댄은 벽에 기대놓은 나무 의자를 떨리는 손으로 가리켰다. "앉게." 그의 가슴이 크게 들썩거렸다.

그가 약해져 있으리라는 것쯤은 짐작했다. 하지만 이토록 정신이 오락가락하는 모습은 충격으로 다가왔다. 몸 상태 역시 충격이었다. 길고 부스스하게 엉킨 백발에 피부는 금방이라도 뼈에서 떨어져나갈 것만 같았다. 힘줄이 불거지고 주름진 살이 골격에 흐늘흐늘 매달려 있었다. 근육은 온데간데없었다. 똑바로 몸을 가눈다는 것 자체가 하나의 기적이었다.

댄이 앉으라던 의자 위에는 옷가지가 수북했다. "바닥 아무 데나 던져놔." 댄이 말했다.

"안 돼요, 너번." 부엌에서 위노나의 목소리가 들려왔다. "할아버지는 다시 주워 올리지 못하실 테고, 저는 치우기 싫으니까요."

댄은 생각을 정리하려는 듯 고개를 절레절레 흔들고는 이렇게 응수했다. "저 애들이 백인들처럼 커다란 옷장이 딸린 집만 지어줬어봐. 그럼 바닥에 물건을 던질 일이 애초에 없지."

"할아버지께 옷장이 무슨 소용이에요? 셔츠도 매일 같은 것만 입으시면서." 위노나도 지지 않았다.

두 사람은 이렇게 주거니 받거니 하며 얼마간 옥신각신했다. 그로버는 뒤에서 말없이 서 있었다. 점차 상황이 이해됐다. 위노나는 실없는 말을 주고받으며 댄을 현실로 불러들이고 있었다. 위노나가 응수하면 할수록 댄의 발언에는 명료함과 뚜렷함이 더해졌다. 마침내 그로버가 입을 열었다.

"창문을 열겠습니다. 땀이나 빼자고 여기 온 건 아니니까요."

그로버는 창문을 가리고 있던 해진 담요를 걷어 내렸다. 고원의 눈부신 아침 햇살이 일순 방 안에 들이찼다. 댄이 팔을 들어 눈을 가리며 한마디 했다.

"아이고, 예수님."

"그 양반은 원래 이렇게 오시는 법이라잖아요. 찬란한 빛 가운데서."

빈정거리며 그로버는 내리닫이창의 아래쪽 창문을 들어 올리고는 닫히지 않도록 가장자리에 신발 한 짝을 끼웠다. 건조하고 뜨거운 공기가 훅 하고 밀려들었다.

"보세요, 어르신. 이러니 좀 낫죠?" 그로버가 말했다.

댄은 여전히 눈을 팔로 가린 채 연신 깜빡거렸다.

부엌에 있던 위노나가 오렌지 주스 한 잔과 흰 빵 한 조각, 잼이 담긴 쟁반을 들고 들어왔다. 그녀는 방 저편에 놓인 흠집 난 서랍장으로 가더니 알약이 담긴 채 한 줄로 늘어선 호박색 플라스틱 병들을 열고 흰색과 분홍색으로 된 작은 알약을 골라냈다.

그러고는 알약 열 개를 주스 잔과 함께 댄에게 내밀었다. 댄은 쭈글쭈글한 손으로 알약들을 받아 입안에 쑤셔 넣은 다음 주스를 벌컥벌컥 들이켰다.

마치 민감한 신체 부위를 세게 꼬집히기라도 한 듯한 표정이었다. 이어서 그는 팔꿈치를 짚고 뒤로 기댄 채 깊은 숨을 내쉬고는 이렇게 푸념했다.

"돌덩어리 한 줌을 삼킨 것 같군. 저것들로 나를 죽이자는 건지 살리자는 건지."

"그 의사 말이 자기는 할아버지를 죽이려야 죽일 수 없는 사람이래요." 위노나가 응수했다.

"그렇다면 아마 무지막지하게 노력하는 모양이지. 아무튼 노인네 취급이라니까. 원로를 대하는 태도가 글러먹었어."

"모름지기 원로라면 지퍼는 챙겨 올리셔야죠." 그로버가 댄의 바지를 가리키며 말했다.

댄은 고개를 숙여 얼룩진 카키색 바지의 지퍼가 열린 것을 확인하고는 애면글면 끌어올렸다.

"거기는 단속을 철저히 해두셔야 합니다, 어르신. 꼬맹이들을 겁주고 싶지는 않으시겠죠?" 그로버가 말했다.

"에잇, 흰소리 말게. 늙은이한테 볼 게 뭐가 있다고." 댄이 가르랑거렸다.

"바로 그 점이 무서운 겁니다." 그로버가 말했다.

그로버와 위노나가 댄을 각성시키는 방식은 지켜보는 사람을 흐뭇하게 했다. 어쩌면 두 사람은 공책과 그 안에 담긴 진실에 댄이 보일 반응을 걱정하고 있었는지도 모른다. 하지만 대화나 행동 그 어디에서도 그런 낌새를 전혀 내보이지 않았다.

위노나가 나를 슬쩍 앞으로 밀었다.

"저희는 이만 나갈게요. 너번이 할 말이 있다나 봐요." 그녀는 천천히 다가가라고 내게 손짓하는 것을 끝으로 그로버와 함께 방을 빠져나갔다.

이어 망사문이 쾅 닫히는 소리, 차 문이 닫히는 소리, 그로버의 차가 느릿느릿 오솔길을 따라 내려가면서 내는 특유의 굉음이 차례차례 들려왔다.

이제 댄은 거의 완전히 깨어 현실로 돌아와 있었다. 그는 손을 뻗어 의자 위의 옷가지를 휙 당기더니 바닥에 떨어뜨렸다. "너번이라니! 여기 앉게, 너번." 이렇게 말하고 댄은 어깨를 몇 차례 돌려 뭉친 근육을 풀어냈다.

"으이그, 그로버나 위노나나 그저 틈만 나면 나를 들볶는다니까. 숫제 어린애 취급이야."

댄은 굽은 손가락으로 자신의 가느다란 머리칼을 쓸어 넘겼다. "자네가 올 줄 알았으면 단장을 좀 하는 건데." 그의 입가에 언뜻 희미한 미소가 번졌다. 미소는 이내 찌푸림으로 바뀌었다. 관절 어딘가에 급작스런 통증이 온 모양이었다. 그는 어깨뼈에서 팔을 분리해내기라도 할 기세로 어깨를 돌리더니 이렇게 물었다. "혹시 윤활유 가진 것 있나?"

"WD-40 사의 제품이라면 차 안에 있지요. 찾으려면 한참을 뒤져야겠지만."

"여하튼 매일이 이렇다니까." 댄이 말을 이어나갔다. "요란하게 들이닥쳐서는 마치 내가 하지 않으면 안 되는 일이라도 있는 것처럼 나를 깨워대잖아. 늙는다는 게 어떤 건지 도통 이해를 못하는 거야."

"그로버도 젊은 나이는 아니죠." 내가 말했다.

"에이, 그래도 아직 연료 탱크가 바닥난 정도는 아니잖아. 나는 **늙을 대로** 늙은 걸 말하는 거야. 여기저기 안 아픈 데가 없고 어느 한 군데도 제대로 작동하지 않는 것 말일세. 이걸 보게." 댄은 연약하고 앙상한 팔의 팔꿈치를 들어 올렸다. 옆구리에서 고작 15센티미터 정도를 들어 올릴 수 있을 뿐이었다.

"이게 끝이라네." 댄이 말했다. "아무리 해도 여기까지가 한계지. 봐, 늙는다는 건 이런 거야. 그로버는, 그래, 속력이 예전 같지는 않지. 하지만 적어도 가고 싶은 곳에 가고, 하고 싶은 걸 하잖아. 나는 내 몸이 허락하는 곳이 아니면 가지를 못해. 아주 멀리 나가는 건 꿈도 못 꾸지."

댄은 부엌 쪽으로 손을 내젓더니 말을 이어나갔다. "찬장에서 우유나 좀 가져다주게. 그놈의 알약이 좀처럼 내려가질 않는군."

나는 선반으로 손을 뻗어 우유 한 곽을 집어 들었다. 팔 하나 길이만큼 떨어진 위치에서도 우유가 멍울지고 상했다는 걸 냄새로 알 수 있었다.

"내놓은 지 한참 지난 것 같은데요." 내가 말했다.

"숙성됐다, 우리 세계에서는 그렇게 말하지. 신경 쓰지 말고 이리 주게." 댄이 말했다.

그는 우유를 받아 떨리는 손으로 입에 가져갔다. 4파인트들이 우유를 벌컥벌컥 들이키는 그의 입가로 멍울진 우유가 찔끔찔끔 흘러내렸다.

"이제야 내려갔군." 댄이 손등으로 입을 닦으며 말했다.

그리고 나를 향해 손가락을 흔들었다. 특유의 오래되고 익숙한 그 손동작으로 댄은 내게 무언가를 경고하고 있었다. "봐, 이런 식이라니까. 자네나 그로버처럼 그저 그런 정도로 늙은 사람은 여전히 뭔가 일어나기를 기대하며 눈을 뜨지. 그 뭔가가 뭔지는 몰라. 하지만 뭔가는 일어나게 돼 있거든. 자네는 세상의 일부고 모든 것은 계속될 테니까.

하지만 **늙을 대로** 늙은 사람은 알아. 아무 일도 일어나지 않는다는 걸. 삶의 반경이 일상을 벗어나지 않는 거야. 자잘한 것들에 신경을 써야 하거든. 자식들이 찾아온다고는 해도, 그 애들에겐 자기만의 인생이 있어. 다른 노인들을 찾아가도 하는 일이라곤 옛날을 추억하거나 온갖 아픈 곳들에 대해 떠드는 게 전부지. 아니면 요즘 젊은이들 흉이나 보거나.

그러다 보면 피곤해져. 그렇다니까. 성미도 고약해지고. 살아온 날들을 반추하며 숱한 시간을 보낸다네. 내가 한 일과 그 일의 의미를 궁금해하면서. 그동안 만났던 온갖 갈림길에서 가본 길과 가지 않았던 길, 들춰보지 않은 카드들을 생각하다 보면, 뭐랄까, 죽을 만큼 외로워지는 거야. 그렇다니까."

댄이 완전한 각성에 이르는 속도가 얼마나 빨랐던지 가히 놀라울 정도였다. 댄 특유의 오래되고 익숙한 투덜거림이 발동을 거는 소리를 듣고 있자니 왠지 마음이 편안해졌다. 한마디 한마디에 서린 날카롭고 우울한 기운은 다소 당황스러웠지만. 댄이 나라는 존재를 끌어안는 방식에서 느껴지는 따뜻한 향수와, 그가 자기 연민이라는, 그답지 않은 감정에 어느 틈엔가 사로잡힌 것 같은 인상이 주는 슬픔 사이에서, 그야말로 나는 복잡한 심정이었다. 공책이 드러낼 진실이 댄에게 미칠 영향을 생각하면 내면 깊은 곳에서 두려움 같은 것이 스멀스멀 피어났다. 하지만 댄에게 공책을 보여야 한다는 위노나의 주장과 대화의 주도권을 댄에게 맡겨두라는 그녀의 경고가 여전히 귓가를 맴돌았다. 나는 잠자코, 댄이 대화를 이끌어가는 대로 내버려두기로 했다.

댄은 우유 한 모금을 더 들이켰다.

"그래도 우리 인디언은 백인들보다야 낫지. 적어도 이쪽 젊은이들은 우리에게 아직 원로 대접을 해주니 말이야. 설령 듣고 싶지 않아도 늙은이들의 말을 귀담아들어야 한다는 걸 여기 젊은이들은 알아. 잘못을 저지르다가도 우리 늙은이들이 매섭게 노려보면 거기서 딱 멈추거든. 심지어 우리에게 지혜를 구하는 젊은이들도 있지. 전통을 느낄 줄 아는 거라네. 오래된 풍습에 관한 한 아무래도 우리 늙은이들이 한수 위라는 걸 그 친구들은 아는 거야.

자네 세계에서는 노인들을 오줌 냄새와 죽음 냄새가 진동하는 창고 비슷한 곳에다 밀어 넣고 죽을 때까지 내버려두지. 일전에 그런 시설을 본 적이 있네. 백인 친구 한 명이 그런 곳에 들어갔다기에 한번 만나러 갔었거든. 죽지 않았다지만 죽은 것이나 다름없더군. 이건 뭐, 온갖 튜브에, 기계에. 간호사들은 하나같이 그이의 손목만 만져보고 가더라니까. 기가 막혀서. 살았는지 죽었는지 얼굴을 보면 모르나? 그 꼴을 보고는 황급히 그곳을 빠져나왔지."

댄은 우유를 한 모금 더 들이켰다. "말해두네만, 나를 그런 곳에 넣을 생각일랑 하지도 말게. 그냥 여기 누워 새의 노래와 자연의 소리를 듣고 싶어. 그러다 보면 언젠가 잠자리에 들었다 깨지 않는 날이 오겠지. 그런 예감이 들면, 나는 밤이 올 때까지 기다릴 거야. 그러다 밖으로 나가 밤하늘을 찬찬히 올려다보겠지. 내가 바라는 건 그런 거라네. 별빛의 강, 와나기 타창쿠 아래서 오래도록 산책하고

우 경 보 다 더 큰 준 중

싶어. 조상들의 여정을 한 걸음 한 걸음 따라 밟는 거야."

댄은 보행 보조기의 양쪽 손잡이를 잡고 힘겹게 몸을 일으켰다.

"도와드릴게요." 나는 자리에서 벌떡 일어나 그를 부축하겠다고 나섰다.

댄이 다시금 손을 내저었다. "앉아." 그가 명령했다. "내가 뭐라도 하게 내버려두게. 설령 그게 별일 아닌 것처럼 보이더라도 말일세."

댄은 발을 질질 끌고 보행 보조기로 바닥을 쿵덕쿵덕 짚어가며 커피포트 쪽으로 천천히 나아갔다. 그로버가 왜 리놀륨 바닥재의 파편을 뜯어냈는지 알 수 있었다. 아무리 작디작은 장애물이라도 댄의 발을 걸어 넘어뜨릴 소지가 다분했다.

댄은 커피포트 손잡이를 움켜잡고 조리대에서 머그잔 하나를 꺼냈다. 손을 어찌나 심하게 떨던지 행여 몸에다 커피를 쏟지나 않을까 걱정이 앞섰다. 댄은 그 연하고 말간 갈색 액체로 머그잔의 반을 채우더니 휘청거리며 내 쪽으로 돌아왔다.

"받아, 자네 마시라고 탄 거야. 대신, 엑스프레소인지 뭔지 하는 소리는 꺼낼 생각도 말게. 여기는 원주민 보호구역이야. 원주민 커피를 마셔야지. 너무 연하다 싶거든 좀더 마시면 그뿐이고." 댄은 예의 그 멍울진 우유를 내게 내밀었다. "우유 좀 줄까? 타서 마시기를 좋아했잖아."

"아뇨, 괜찮습니다. 블랙커피면 돼요."

"좋을 대로 하게." 댄은 나머지 덩어리진 우유를 꿀꺽 삼키고는 상자를 싱크대에 던져 넣었다. 그리고 말을 이어나갔다.

"늙어서 좋은 점이 뭔지 아나? 삶의 자질구레한 부분에 더는 손대지 않아도 된다는 거야. 덕분에 큰 목소리들에 집중할 수 있지. 심지어 가끔은 저쪽 세상으로 넘어가기도 한다니까. 조상들을 만나 이야기를 나누고 필요한 조언을 듣는 거야. 귀담아듣는 이들에게는 그때 들은 이야기를 전해줄 수도 있지."

"저쪽 세상으로 넘어가보셨다고요?" 내가 물었다.

"갈수록 횟수가 잦아져."

"무언가 배우셨습니까?"

"물론, 배웠다마다."

"배워 오신 이야기를 사람들이 귀담아듣던가요?"

"조금은. 하지만 그 정도론 어림도 없지. 아무래도 예전 같지는 않아."

댄은 다시 쿵덕거리며 침실로 돌아가 침대 옆에 세워진 낡고 흠집 난 침실용 탁자 쪽으로 걸음을 옮겼다. 탁자 위에는 사진이 담긴 액자 두 개만이 놓여 있었다. 하나는 낯이 익었다. 댄의 아들이 오클라호마에 있는 해스컬 인디언대학을 졸업할 때 찍은 사진이었다. 그 액자의 모서리에는 그보다 더 작은 스냅사진이 꽂혀 있었는데, 빛이 바래긴 했지만 보아하니 댄이 어린 찰스 브론슨을 무릎에 안고 찍은 사진 같았다.

"브론슨인가요?" 내가 물었다.

"잘 봤네. 백인 꼬마들이 교역소 근처로 데려왔었지. 좋은 녀석이었어. 굉장히 충직했고. 뭐든 일단 물어보고 나서야 실행에 옮기는 녀석이었으니까. 브론슨을 기억하나?"

"가게에서 녀석을 데려오실 때 저도 있었는데, 기억나세요? 점보 말로는 저세상으로 떠났다고."

댄의 얼굴에 그늘이 내려앉았다. 그는 입술을 세게 빨더니 이렇게 말했다. "그렇지, 조그만 친구가 끝내 이겨내지 못했던 거야."

"좋은 개였는데." 내가 말했다.

"분에 넘치도록 좋은 개였지. 영리했어. 정말 영리했지."

댄은 액자 모서리에서 사진을 꺼내 내게 내밀었다.

그러곤 휠체어에 폭삭 들어앉더니 내 옆으로 다가와 함께 사진을 보며 말했다.

"암, 정말 영리했고말고. 브론슨이란 녀석. 팻백은 뭘 하든 한쪽으로밖에는 못했어. 물론 좋은 쪽이었지. 온 마음을 담았고. 하지만 브론슨은 일단 나를 살핀 다음, 내 기분이 나아질 만한 일들을 찾아냈다네. 어떨 땐 내 양말을 당기기도 하고, 어떨 땐 공을 가져다 내 침대에 얹어놓기도 하고. 내 기분이 별로일 땐 올라와 내 턱에 코를 비비며 나를 웃게 했지. 생각이 깊고 주도면밀한 녀석이었어. 아무튼 끝내주게 영리했다니까. 그런 개를 키워본 적이 있나, 너번?"

"그럼요. 늙은 셰퍼드였어요. 흔히 말하는 잡종이었는데, 알아주는 장난꾸러기였죠. 가령 어떤 문을 막아놓으면 다른 문으로 들어왔어요. 심지어 코로 문손잡이를 밀어 빠져나가는 방법까지 알아낼 정도였으니까요. 사람들이 오면 녀석은 곧장 달려들어 앞다리를 그들 무릎에 얹고는 머리를 쭉 빼며 열심히 애교를 떨었는데, 친구가 되고 싶다는 마음의 표현이었죠. 저녁 식탁에서는 사람들 사이를 돌며 음식을 달라고 졸라댔고요. 아무튼 수완 하나는 끝내줬어요."

"내가 아는 원주민 몇이랑 비슷하군." 댄이 웃으며 말했다.

빛바랜 사진을 바라보던 그의 눈빛이 이내 아득해졌다. "그렇지, 슝카는 특별해." 슝카는 라코타어로 개를 의미했다. "조물주가 내리신 최고의 선물이지. 네 발로 걷는 짐승 중에 인간에게 그만한 친구는 없어. 전에 동쪽에서 온 원주민 한 명이 자기네 부족 이야기를 들려준 적이 있네. 아주 오래전 인간들은 어떻게 숲 속에 내려왔으며 조물주는 동물들에게 인간을 어떻게 대하라고 이르셨는지에 대해서였지. 다른 모든 동물에게는 인간을 죽이고 찢어발기라는 명령이 떨어졌네. 하지만 슝카에게는 인간을 도우라고 이르셨지. 인간은 머리는 좋지만 연약하고 무력했거든. 그래서 슝카에게 인간의 동무가 되라고 이르신 거야. 사냥을 돕고 위험을 경고하고 물건들을 날라주라고 말일세. 인간과 더불어 살 수 있게 특별한 자리도 마련해주셨지. 그 자리는 여전히 지켜지고 있고."

"멋진 이야기네요." 내가 말했다.

"진실한 이야기지." 댄이 말했다. "마음속 진실. 아무렴. 마음 같아선 더 많은 사람이 새겨들었으면 싶어. 요즘은 보호구역 사람들도 슝카를 존중하지 않거든. 되는 대로 내버려두지. 너무 짧은 사슬로 묶어두기도 하고. 우리네 오래된 풍습을 되살리겠다고 호언장담해놓고 정작 슝카는 그렇게 대하는 거야." 댄은 나를 향해 손가락을 흔들었다. "진짜배기 인디언들은 달라. 전통을 지키는 이들은 다르다네. 그네들은 슝카를 함부로 대하지 않거든."

댄은 휠체어에 탄 채 자리를 옮겨 말을 이어갔다. "슝카에 대해서는 생각이 많아. 어쩌다 조물주는 슝카를 인간의 가장 친한 친구로 만드셨을까? 혹시 생각해본 적이 있나?"

"어렴풋하게는 감이 오지만, 진지하게 생각해본 적은 없습니다." 내가 대답했다.

"생각해보게." 댄은 몸을 앞으로 기울이는가 싶더니 이내 똑바로 일어나 앉았다. "창조의 의미를 하나하나 곱씹어야 돼. 만물이 빚어진 목적을 생각해야 한다, 이 말일세. 그런 부분에 관심을 두지 않으면 그건 죽은 삶이나 마찬가지야." 댄은 어느새 선생으로 돌아가 있었다. 의욕적인 학생에게 지혜를 전하는 스승으로.

"자, 슝카를 생각해보세. 녀석들은 다들 제각각이야, 그렇지? 신경이 곤두설 정도로 죽어라 짖어대는 녀석들이 있는가 하면, 그냥 심드렁하게 누워 있는 녀석들도 있네. 늘 뭐라도 해야 직성이 풀리는 녀석들이 있는가 하면 이리저리 순찰을 돌거나 사람 뒤만 졸졸 따라다니는 녀석들도 있고. 다들 제각각이지. 그런데 왜 우리 인간은 자신의 개들을 모두 똑같이 좋아할까? 그렇게 제각각인데."

"모르겠는데요."

댄이 다시 손가락을 까딱거렸다.

"왜냐하면 우리에게 사랑을 주는 방식만은 모두 같기 때문이야. 하나같이, 열린 마음이란 재주를 타고났거든. 녀석들이 무엇을 하느냐는 중요치 않아. 무엇을 주느냐가 중요하지. 잘 따라오고 있나?"

나는 웃으며 고개를 끄덕였다. 다시 한번, 그토록 병약한 몸으로 이 인디언 원로는 스스로의 생각과 가르침을 내게 전하고 있었다. 댄의 말이 이어졌다.

"슝카는 내가 늙었다는 걸 모르네. 슝카는 내가 끔찍이도 못생겼다는 걸 몰라. 슝카는 내가 원주민인지 와시추인지도 모른다네. 슝카에겐 아무래도 상관이 없거든."

"옳은 말씀입니다." 내가 말했다.

댄은 팔을 쭉 뻗어 내 무릎을 찰싹 두드렸다. "당연히 옳지. 잘못된 생각 따위로 시간을 허비하기엔 늙어도 너무 폭삭 늙었거든. 어쨌건 그러다가도 녀석들은 일단 우리를 알고 나면 우리를 위해 일하기 시작한다네. 팻백과 브론슨에 대해 내가 했던 말 기억하나? 팻백은 내 기운의 흐름을 따라 언제나 나와 동행했지만, 브론슨은 내 기운을 한껏 돋우기 위해 노력했다는 말? 그런 차이는 있지. 곁에서 자질구레한 일을 돕는 녀석들이 있는가 하면 우리의 안전을 지키는 녀석들도 있으니까. 하지만 무엇을 하건 녀석들은 우리 곁을 지킨다네.

슝카에게 배워야 해, 너번. 신의라는 게 뭔지, 우정이라는 게 뭔지 가르쳐주거든.

우정에 대해 제법 생각하는 편인가, 너번?" 댄이 내게 몸을 기울이며 물었다.

"네, 사실 그렇습니다."

"그렇군. 그럼 생각할 거리를 주지. 우정은 가장 강력한 결합이야. 왜냐면 강제적인 결합이 결코 아니거든. 일단 혈통이 달라. 형제자매와는 다르지. 그렇다고 얻어낼 것이 있느냐, 하면 그것도 아니야. 남녀가 합치는 것과도 다르다네. 그냥 이유 없이 끌리는 거야."

댄은 마치 추억 속의 따뜻한 장소를 돌아보듯 수줍게 웃음 짓고는 다시 이야기를 이어나갔다.

"우정이란, 주는 거라네. 보답을 바라지 않고 마치 선물처럼 말일세. 진정한 우정에 이기심은 가당치 않아. 친구가 중요한 이유도 바로 그 때문이지. 벗들을 위해서라면 나는 기꺼이 죽을 수 있네, 너번. 벗들도 날 위해 기꺼이 죽을 테고."

순간 그로버의 흉터와 선댄스 의식이 머릿속을 스쳐갔다. 댄은 이야기를 계속했다.

"헌데 백인들은 속을 알 수가 없단 말이지. 와시추를 만날 때마다 이런 생각이 들거든. '저이는 내게서 뭘 얻어내려는 걸까?' 자네 세계의 사람들은 항상 서로에게서 뭔가를 얻어내려는 것처럼 보이니까. 슝카를 제대로 관찰하지 않은 거야. 만약 그랬다면 우정을 더 깊이 이해했겠지."

댄은 팔을 뻗어 사진을 도로 아들 사진이 담긴 액자의 한 귀퉁이에 꽂았다. 그리고 고개를 돌려 내 눈을 똑바로 바라보았다.

"설마 자네도 내게서 뭔가를 얻어내려고 찾아온 건 아니지?"

빛이 없는 눈

급작스런 공격을 받고 정신을 차리기까지는 얼마간 시간이 걸렸다.

"어, 아뇨. 드릴 게 있어서요."

"좋지." 이렇게 말하며 댄은 두 손을 마주 비비고 입술을 축였다. "좋고말고. 선물이라면 환영이야. 일상에 작은 흥분을 더해주니 말일세. 대체 뭔가?" 댄은 내 쪽으로 몸을 기울였다. 표정에서 거의 아이처럼 순수한 기대가 묻어났다.

위노나가 예견한 그대로였다. 공책을 꺼내기에 완벽한 순간은 댄이 내게 선사했다. 나는 담배를 찾으려 주머니를 더듬거렸다. 그러다 멈칫했다. 선물을 기대하며 댄이 보여준 순수한 기쁨에 왠지 망설여졌다. 메리의 글에 담긴 어두운 진실이 너무도 가혹하고 위태롭게 보였다. 물론 잘못된 생각일 수 있었다. 하지만 당장으로선 차마 그 진실들을 그의 앞에 내놓을 수 없었다. 댄이 찰나의 즐거움을 만끽하도록 나는 좀더 기다리기로 했다. 머지않아 다른 기회가, 어쩌면 지금보다 더 적절한 순간이 나타나리라.

나는 재빨리 분위기를 바꿨다. 댄이 들려준 개 이야기가 실마리였다.

"손님을 데려왔습니다. 특별한 손님이죠."

"손님도 좋지. 어디 계신가?" 댄이 말했다. 불현듯 그의 입가에 장난스런 웃음이 번져나갔다. "혹시 여자 손님인가?"

"안타깝지만 아니에요. 남자 손님입니다. 저도 좀 전에 만났어요."

"그렇구먼, 안으로 부르시게."

나는 미심쩍은 기분에 잠시 망설였다. 전통적으로 라코타에서는 집 안에 개를 들이지 않는다고 나는 알고 있었다. 브론슨처럼 특별히 작은 개가 아니고서는 사실상 문화적으로 금기시하는 행동이었다. 하지만 언젠가 내가 이 문제에 관해 물었을 때 댄은 이렇게 대답했다. "에이, 그러거나 말거나. 나는 그게 설령 무지막지한 코끼리라도 내가 원하면 집 안에 데려올 거야. 여긴 내 집이고, 손님을 들이고 말고는 내가 결정할 문제니까." 그때의 기억과 슝카에 대한 그리움이 물씬 풍기는 댄의 발언을 단서로 나는 페스터스가 이 집에서 환영받으리라는 결론을 얻었다.

문간으로 다가가 점보에게 휘파람을 불었다. 점보는 잎이 거의 떨어진, 길고 앙상한 나무 아래 앉아 페스터스에게 그 칙칙한 고깃덩이를 먹이고 있었다. 그새 점보는 낡고 지저분한 양말 한 짝으로 페스터스의 아픈 발을 동여맨 다음, 그 양말을 다시 강력 접착테이프로 다리에 묶어두었다.

그에게 들어오라고 손짓한 나는 서둘러 침실로 돌아가 구석에 자리를 잡았다. 페스터스를 보고 댄이 보일 반응을 관찰하고 싶었다.

댄이 기대에 부풀어 몸을 앞으로 기울이는 동안 점보는 쿵쾅거리며 계단을 올라 거대한 그림자처럼 출입구를 꽉꽉 채웠다. 눈앞의 상

빛으로 엮은 집

283

황을 파악하기까지는 얼마간 시간이 걸렸다. 알고 보니 점보는 페스터스를 안고서 두 팔로 녀석을 감싼 채 마치 어린애처럼 어르는 중이었다.

"하우, 할아버지." 점보가 인사를 건넸다. 그의 둥글고 꾀죄죄한 얼굴 위로 환한 미소가 떠올랐다.

양팔에 개를 안고 들이닥친 그 거대한 형체를 댄은 아까보다 몸을 쭉 빼고 눈은 가늘게 뜬 채 지그시 바라보았다. 그리고 말했다.

"아니, 이게 무슨 일인가! 자네 대체 뭘 안고 있는 거야?"

점보가 쭈뼛쭈뼛 걸어 들어왔다. "페스터스라고 해요, 할아버지."

"페스트, 뭐라고?"

"저한테 개가 생겼어요. 페스터스요. 제가 지은 이름은 아니지만."

댄은 두 손을 마주 비비고 익살스런 웃음을 살짝 흘리며 기대감을 내비쳤다. "내려놔보게. 녀석을 보고 싶군."

점보는 페스터스를 바닥에 내려주었다. 늙은 개는 주변을 살피더니 초조한 듯 혀로 주둥이를 핥았다. 댄은 휠체어에서 몸을 숙이고는 츳츳 하는 소리를 냈다. 귀에 익은 그 소리로 댄은 개를 부르고 있었다. 페스터스는 고개를 낮게 숙인 채 느릿느릿 댄에게 다가가며 수줍게 꼬리를 흔들었다. 걸음을 옮길 때마다 양말을 동여맨 앞다리가 힘없이 덜렁거렸다.

"어디, 좀 보자. 페스터스라, 끝내주는 이름이구나, 페스터스." 댄은 온화하게 웃으며, 지금껏 이토록 기묘한 이름은 처음 들어본다는 듯 고개를 연신 가로저었다.

페스터스는 댄을 향해 다친 앞다리를 들어 올려 악수를 청했다. "보아하니 나머지 양말 세 짝은 잃어버린 모양이구나, 페스터스." 댄이 껄껄대며 웃었다. 이름이 불리고 또 불리자 페스터스는 인디언 원

284

로의 손을 핥았다.

댄은 손마디로 페스터스의 두 귓속을 각각 주무르더니 라코타어로 근엄하게 말을 건넸다. 페스터스는 마치 모든 말을 귀담아듣고 이해하는 듯 고개를 쭉 뺀 채 노인을 응시했다.

댄은 장단을 바꿔가며 몇 번 더 츳츳 하는 소리를 내더니 손으로 매트리스를 톡톡 두드렸다. 페스터스는 허둥지둥 뒷다리를 움직이며 어설프게 허우적거리는가 싶더니 어느새 침대 위로 기어올랐다. 그러고는 댄에게 가까이 다가가 옆에 앉으며 초조하면서도 자랑스러운 눈빛을 지어 보였다. 마치 이처럼 과분한 위치에 오른 지금의 상황을 도무지 이해할 수 없다는 듯.

댄이 다시 츳츳 하며 몇 마디 건네자 페스터스는 편히 드러누워 앞다리에 머리를 기댔다.

"좋은 선물을 모셔왔네." 댄이 말했다.

나는 잠자코 서서 둘을 바라보았다. 놀라운 장면이었다. 페스터스는 마치 강아지 때부터 댄의 손에서 자라온 것처럼 옆자리에 편안하게 누워 있었다.

댄은 페스터스의 목덜미를 몇 번 어루만지고는 할아버지가 손자에게 말하듯 친밀하게 말을 건넸다. 페스터스는 몸을 굴려 모로 누운 뒤 댄의 허벅지에 머리를 갖다 댔다.

"이것 보게, 너번. 내가 뭐라던가! 슝카는 내가 늙었든 못생겼든 신경 쓰지 않는다니까. 물론 녀석도 그다지 미남 축에는 못 끼겠지만 말일세." 댄이 말했다.

페스터스는 꼬리를 탁탁 내리치며 매트리스에 작은 먼지구름을 일으켰다.

"이거야 원. 슝카 한 마리만 있으면 소원이 없겠는데, 당최 위노나가 좋아해야 말이지." 댄은 못마땅하다는 듯 고개를 가로저었다. "할아비를 무슨 아기 다루듯 한다니까."

"제가 매일 들러 페스터스를 보여드릴게요. 할아버지 개를 저희 집에서 기른다고 생각하세요." 점보가 말했다.

"좋은 생각이구먼, 점보. 아주 좋은 생각이야."

이렇게 말하고 댄은 나를 올려다보며 미소 지었다. "좋은 선물을 가져와줬네, 너번. 정말 좋은 선물이야."

이제 더는 지체하면 안 될 것 같아 나는 머뭇거리며 입을 열었다.

"댄, 사실은 드릴 것이 또 있습니다."

"선물이 더 있다고?" 이렇게 말하며 댄은 과장되게 입술을 핥았다. "나야 좋지. 대체 뭔가?"

나는 주머니로 손을 뻗어 프린세스 앨버트 쌈지를 꺼낸 뒤 덜덜 떨리는 손으로 댄에게 내밀었다. 서툴고 부자연스럽게나마 격식을 갖추고 싶었다. "우선 이걸 받으세요. 제 이야기가 진심이라는 뜻입니다."

댄은 즉시 말투를 가다듬고는 두 손으로 담배를 받아들었다. "하우. 그 다른 선물이란 게 뭔가?"

점보가 시선을 낮게 드리웠다. 비록 공책에 대해 아무것도 모르는 그였지만 분위기에서 변화의 기운을 감지해낸 듯했다.

"여동생분과 같은 기숙학교에 다녔다던 노부인을 찾아갔던 일, 기억하십니까?"

댄의 표정이 어두워졌다. "시노브족 여인 말인가? 노랑새의 친구라던?"

"메리라고."

"그래, 기억하네."

"얼마 전 그분을 다시 뵈러 갔습니다."

방 안 온도가 갑자기 20도쯤 뚝 떨어진 것처럼 느껴졌다. 댄의 얼굴이 점점 굳어지더니 눈에서 웃음기가 사라졌다.

숄더백에서 조심스레 공책을 꺼내 댄에게 내밀었다.

"사실 이걸 전해드리러 왔습니다. 메리의 부탁이었죠."

댄은 담배를 침대 옆 탁자에 놓고는 마치 복사에게 장백의를 받으려고 준비하는 사제처럼 손바닥을 내밀며 이렇게 말했다. "어디 봅시다."

"매듭이 아주 작아요. 제가 풀어드리겠습니다."

"그냥 주시게."

댄의 쭉 뻗은 손 위에 나는 사슴 가죽 꾸러미를 조심스레 얹었다. 댄은 두 눈을 감은 채 꾸러미를 무릎에 올리더니 점자를 읽듯이 두 손으로 표면을 천천히 쓰다듬었다. 그러고는 마치 의식을 위해 주문을 외듯 라코타어로 무언가 낮게 읊조리며 두 손으로 내내 가죽 덮개를 이리저리 어루만졌다.

"점보, 향모를 좀 가져다주겠나? 찬장을 열면 수프 옆에 있을 거야. 조리대에 있는 돌그릇도 가져오게." 댄이 말했다.

페스터스는 댄에게 살살 다가가 사슴 가죽 표지를 킁킁거렸다.

점보는 찬장으로 어슬렁어슬렁 걸어가 녹색 허브 한 묶음을 가지고 돌아왔다. 땋아놓은 생김새가 예의 그 주술 용품 가게에서 집어온 허브 다발과 매우 흡사했지만, 그때와 달리 점보는 이 허브 묶음을 예를 갖추어 소중하게 다루었다.

점보는 돌그릇에 향모를 담아 나무 성냥으로 불을 붙였다. 알싸한 연기가 구불구불 피어올라 주변 공기를 메웠다. 댄은 손을 들어 올려 컵 모양으로 오므린 다음 연기를 자기 쪽으로 끌어들였다. 점보도 나도 똑같이 따라했다.

"이만하면 됐네. 읽어보게." 댄이 사슴 가죽을 내게 건네며 말했다. 숨소리가 얕고 답답했다.

나는 끈을 풀고 공책을 한 쪽 한 쪽 읽어나가기 시작했다.

제 이름은 메리 존슨입니다. 영어 이름이지요. 인디언식 이름은 오즈하와시코-비네시크웨입니다. 친구분의 여동생을 알고 있어요. 아주 좋은 아이였지요.

"아흐나." 댄은 메리의 목소리에 화답하듯 이렇게 말하고는 두 눈을 감은 채 고개를 뒤로 기댔다.

이제 그 소녀의 이야기를 들려드리려 합니다. 전에는 미처 털어놓지 못했던 이야기들을.

계속해서 나는 메리의 글을 차근차근 읽어나갔다. 노랑새는 외롭고 고독했으며, 벽장에 갇혀 벌을 받았고, 다른 소녀의 인형이 태워질 때는 미친 듯이 울었다고 했다.

댄은 가만히 앉아 있었다. 나는 연신 흘끔거리며 반응을 살폈지만 그는 미동도 없었다. 점보는 고개를 숙이고 두 손을 포갠 채 앉아 있었다. 페스터스는 댄의 엉덩이에 몸을 바짝 붙였다.

죽은 말의 들판과 동물들을 이야기하는 대목에 이르렀을 때 페스터스의 등에 얹힌 댄의 손에 힘이 들어갔다.

나는 읽기를 계속했다.

지난번에는 여기까지만 말씀드렸습니다. 하지만 훨씬 더 많은 일이 있었어요. 이따금 세라는 손 위에 새를 불러들여 새와 이야기를 주고받곤 했어요.

이때 댄이 손을 들었다. "그만. 그만하게." 목소리에서 잔잔한 고통이 느껴졌다. "잠시 혼자 있고 싶네."

댄은 의자에서 일어나 침대에 몸을 뉘었다. 그리고 말없이 몸을 돌려 벽을 마주보았다.

나는 점보에게 눈길을 돌렸다. 점보가 고갯짓으로 문 쪽을 가리켰다.

천천히 공책을 덮고 되도록 조용히 일어섰다. 점보도 나처럼 했다.

누워 있는 노인을 남겨두고 우리는 부엌으로 물러났다. 페스터스는 방에 남아 댄에게 바짝 다가갔다. 애절하고 걱정스런 눈빛이었다. 향모의 가느다란 연기가 공기 중으로 피어올라 댄과 우리의 세계를 갈라놓았다.

"왜 저러시죠?" 침실 문을 빠져나왔을 때 내가 점보에게 속삭였다.

점보의 표정이 묘했다. "노랑새에 관한 건데, 설명하려면 좀 복잡해요."

"무슨 뜻이에요? 얘기해봐요."

"그러니까 그게, 노랑새의 생김새도 그렇고, 새들에 관한 것도 그렇고."

"그래요. 하지만 그건 댄도 다 알고 있던 부분이잖아요?"

점보에게 뭔가를 더 물으려는 찰나 침실 문이 열리고 댄이 모습을 드러냈다. 그는 문틀에 불안정하게 기댄 채 여태껏 내게 한 번도 보이지 않던 표정을 짓고 있었다.

"그분을 보러 간 이유가 뭐였지, 너번?" 댄이 물었다.

"그게, 꿈을 꿨습니다." 내가 대답했다.

"다시 들어오게."

댄은 몸을 돌려 침대로 돌아갔다. 걸음을 뗄 때마다 그는 몸을 가누기 위해 가구를 짚어야 했다.

"저는 페스터스랑 밖에서 기다릴게요." 이렇게 말하고 점보는 손가락을 입술에 대고 날카로운 휘파람 소리를 냈다. 페스터스는 허우적대며 침대에서 내려와 절름거리며 점보를 따라 앞문으로 빠져나갔다.

댄이 의자 쪽을 가리켰다. "그 꿈 이야기를 해보게."

나는 의자에 앉아 생각을 추스른 다음 메리와 노랑새의 이야기, 오래된 건물과 내게 따라오라고 손짓하던 노랑새의 이야기를 자분자분 들려주었다. 또한 그 꿈이 매번 얼마나 똑같았으며 얼마나 끊임없이 나를 찾아들었는지 설명했다.

댄은 조용히 고개를 끄덕이며 아랫입술을 깨물었다. "말해줘서 고맙네. 하지만 정확히 무엇 때문에 그분을 찾아간 거지? 어느 날 갑자기 결심을 굳히게 된 계기가 있을 것 아닌가?"

그날 밤 꿍음 소리에 깨어났던 일을 이야기하자니 어쩐지 내키지 않았지만 댄에게는 온전히 정직해야 했다. "그러던 어느 밤, 외침 같은 게 들렸습니다. 꿈의 한가운데서 벌어진 일이라 현실인지 아닌지도 분간할 수 없었죠."

"모든 것은 현실이야. 자네도 알지."

"두려웠습니다. 저 말고는 아무도 그 소리를 못 들었으니까요."

"그래서 그 소리가 노부인의 전갈이라고 생각한 게로군?"

"그때는 아무 생각도 없었어요. 그 꿈에서 벗어나고 싶다는 것밖에는."

"그럼 그때 결심을 굳힌 건가?"

"네."

댄의 얼굴에 작은 미소가 번졌다. "그런데 막상 도착해보니 그 노부인은 이미 돌아가셨을 테고?"

"어떻게 아셨죠?" 나는 깜짝 놀라 반문했다. 그도 그럴 것이, 아직 그 부분에 대해서는 입도 뻥긋하지 않은 터였다.

댄은 그런 소리는 넣어두라는 듯 손사래를 치고는 말을 이어나갔다. "게다가 돌아가신 시기도 자네가 그 소리를 들었다는 바로 그 밤이었을 테지."

"맞아요. 어떻게 아셨습니까?" 그의 통찰에 머리가 어찔할 지경이었다.

댄은 다시 웃음 짓고는 두 눈을 감았다. 이내 얼굴에 평화로운 기운이 감돌았다.

"마저 읽어주게." 댄이 말했다.

나는 공책을 펴고 끝까지 읽어 내려갔다. 글의 말미에서 메리는 베나이스를 찾아가라고 내게 당부하는 한편, 자신의 글이 댄의 영혼에 무거운 짐이 되지 않기를 소망했다.

댄은 길고 힘겨운 숨을 내쉬었다.

"그래서 그 베나이스라는 사람을 찾아는 갔나?"

"네."

"어떤 사람이었지?"

"글쎄, 어떻게 설명해야 할까요? 나이는 댄과 비슷했어요. 아마 아흔 정도? 사람이라기보다는 짐승을 닮았고요. 눈에서 한 조각의 빛도 느껴지지 않았죠. 무슨 생각을 하는지 도무지 알 수가 없더군요."

댄은 뒤로 몸을 기댄 채 두 손을 뾰족하게 모아 콧날을 덮고는 빙그레 웃었다.

"전형적인 늙은이로군." 댄이 거의 혼잣말처럼 말했다. 머릿속으로는 분주히 퍼즐 조각을 맞추는 듯했다. 물론 내 머리로는 어느 하나 이해하지 못하겠지만.

댄은 자리에서 일어나 보행 보조기를 짚고 천천히 방을 가로질렀다. 그러고는 밝은 아침 빛을 응시하며 입을 열었다. "그 눈 말일세. 그 눈. 바로 그런 눈이 늙은이의 눈이라네. 자네 같은 백인들은 말할 때 눈을 사용하지만 우리네 인디언들은 뒤에 감춰두지. 눈을 보였다가는 생각을 읽힐 테니까. 늙은이들은 말이야, 진정으로 늙은 사람들은 말이지, 베나이스처럼 저 뒤에 머무른다네. 자네 같은 사람이 절대 볼 수 없도록. 그러다 스스로 원할 때만 모습을 내보이는 거야."

댄은 고개를 돌려 나를 바라보았다. "그이가 한 번이라도 자기 생각을 내보이던가?"

잠시 생각하다 나는 티피 크리퍼스족 운운하던 베나이스의 농담을 기억해냈다.

"한 번 있었습니다. 제게 농담을 건넨 적이 있는데, 순간 눈에 빛이 나면서 사람의 기운이 느껴졌어요."

댄은 입술을 핥고는 다시 고개를 끄덕였다. "자네의 반응을 보고 싶었던 거야. 본모습을 끌어내 본 거지. 늘 그런 식이거든. 자기를 내보이며 상대가 어떻게 행동하는지 살피는 거야. 그렇게 차근차근 상대를 알아가는 법이라네."

의자에 앉아 있는 나를 덩그러니 남겨둔 채 댄은 보행 보조기를 쿵쾅거리며 부엌으로 들어갔다. 나도 따라나서려는데 그가 손짓으로 막았다. 열린 문으로 내다보니 댄은 찬장에서 허브를 좀더 꺼내는

292

중이었다.

방으로 돌아온 댄은 가져온 허브 약간을 우리 앞 바닥에 뿌리고 남은 허브는 커다란 전복 껍질에 담았다. 그러고는 심하게 떨리는 손으로 성냥을 그었다.

이윽고 허브에 불이 붙으며 연기가 피어올랐다. 댄은 양볼이 홀쭉해져서는 내 쪽을 돌아보며 말했다. "베나이스라는 분이 무슨 말을 하시던가?"

"어르신의 여동생을 보셨답니다. 하이어워사 인디언 정신병원이라는 곳에 같이 계셨대요."

댄은 이 새로운 사실을 덤덤히 받아들였다.

"그 아이에 대해서는 뭐라고 하셨지?"

"혼자 지내더라고 하셨어요. 병원에 대해서도 들려주셨죠. 한마디로 끔찍한 곳이더군요. 사람들을 침대에 사슬로 묶어놓고는 자기 배설물 위에서 자게 만들었답니다. 동생분과 잘 아는 사이는 아니었대요. 병원 측에서 남녀를 따로 수용했기 때문이죠."

댄은 고개를 끄덕거렸다. 그 어떤 이야기에도 충격을 받지 않은 것처럼. "그 아이의 외모에 대해서는 별 말씀이 없으시던가?"

이번에도 노랑새의 외모는 살면서 그 소녀가 처했던 끔찍한 환경보다도 더 중요한 듯했다. "흰 원피스를 입었고, 짧은 바가지 머리에, 노래를 자주 부르더랍니다."

다시 댄은 고개를 끄덕거렸다. 그리고 물었다. "그 베나이스라는 이는 어떻게 그곳을 빠져나왔지?"

"병원이 폐쇄될 때 그냥 걸어 나왔다던데요?"

"그냥 걸어 나왔다." 댄은 비웃음에 가까운 말투로 내 말을 반복하고는 이내 다 안다는 듯, 비로소 무언가 확실해진 듯 웃음을 지어 보였다.

"시노브족은 본래 우리의 적수였다네." 댄이 말했다.

"압니다. 역사를 공부한 적이 있거든요."

"역사를 두고 하는 말이 아닐세. 힘을 두고 하는 말이야. 그것 말고 별다른 행동은 없으시던가?"

"있었어요. 저를 들판에 데려갔는데, 그곳에서 들소들을 기르고 있더군요. 녀석들도 한때는 그분의 고향에 살았다고, 언젠가는 녀석들을 집에 데려가고 싶다고 했어요. 그래서 기르는 거라고. 제게 보이고 싶었던 모양입니다."

댄의 눈이 반짝거리기 시작했다. "그분은 뭐라 하시던가? 자네에게 들소를 보여주려 했던 이유 말이야."

"어르신의 사람들, 그러니까 라코타족 사람들이, 아, 베나이스는 댄이 라코타족이란 걸 알고 있었습니다. 아무튼 라코타 사람들이 들소를 주었으니, 그 들소들을 제게 보여주고 싶다고 하더군요."

댄은 부드럽게 미소 짓고는 이렇게 말했다.

"마음에 드는군, 이 베나이스란 친구. 그이는 자네에게 보여준 것이 아니야. 나를 부르고 있었다네. 나를 부르려고 자네를 그저 이용한 거야."

노인과 소녀

대화가 끝난 후 나는 극심한 혼란에 사로잡혔다. 베나이스 이야기에 댄은 거의 들뜨다시피 했다. 또한 노랑새의 외모에 대해 그가 보인 관심은 그로버와 위노나가 보인 관심 못지않게 당혹스러웠다.

댄은 의자에 등을 기댄 채 잠든 듯 조용히 앉아 있었다.

"괜찮으신 거죠?" 내가 물었다.

댄은 고개를 끄덕이고는 메리의 공책 표지를 부드럽게 어루만지더니 두 눈을 감은 채 소리 없이 뭔가를 중얼거렸다. 그렇게 둘이 말없이 앉아 있는데 마침내 그로버의 차가 오솔길을 오르며 덜거덕거리는 소리가 들려왔다.

댄이 천천히 고개를 들었다. 두 눈은 여전히 감은 채.

"나가보게." 댄이 말했다.

"정말 괜찮으시겠어요?" 내가 물었다. 위노나의 충고가 떠올랐다. 특별히 허락을 받은 경우가 아니면 절대 어른보다 먼저 자리를 뜨지 말라고 그녀는 당부했다.

"가봐." 댄은 재차 말하며 손을 휘휘 내저었다. 마치 작은 동물을 내쫓는 사람처럼. 미소 띤 얼굴에서는 더없는 행복감마저 느껴졌다.

공책 표지를 어루만지는 댄을 뒤로하고 나는 현관 계단으로 나갔다. 점보는 페스터스에게 팔을 두른 채 거기에 있었다.

어느새 그로버는 주차를 마치고 절름거리며 다가오는 중이었다. 위노나는 뒷좌석을 여기저기 뒤지는가 싶더니 안으로 몸을 구부려 조그만 아이 한 명을 땅에 내려놓았다.

나도 모르게 숨이 턱 막혔다. 어린 소녀였다. 짧은 바가지 머리에 흰 원피스, 검은 가죽신까지. 소녀는 언젠가 댄이 내게 주었던 낡은 사진 속 여동생의 모습, 그리고 내 꿈속에서 메리 곁에 서 있던 아이의 모습과 영락없이 닮아 있었다. 소녀의 손에는 굵은 삼베로 지은 작은 인형이 꼭 들려 있었다.

"저 애는 누구죠?" 내가 물었다.

"지예요." 점보가 대답했다.

"지?"

"원래 이름은 샨텔이고요. 도니와 앤지의 딸이죠."

도니와 앤지와 샨텔. 댄을 마지막으로 찾았을 때 보았던 그들의 모습이 떠올랐다. 도니는 부끄럼 많고 성실한 젊은이였다. 독학으로 석각을 공부하는 그에게 나는 나무조각가로 활동하던 시절의 경험을 되살려 몇몇 기법을 전수했다. 앤지는 소녀티가 채 가시지 않은 앳되고 차분한 여인으로, 원주민 보호구역이라는 녹록하지 않은 환경에서 가정을 일궈나가며 고유문화를 보존하고 부족의 오래된 풍습을 따르며 조화롭게 살고자 노력하고 있었다. 그때 샨텔은 두 사람의 젖먹이 딸이었다.

내가 샨텔을 기억하는 이유는 그 아이에 대한 댄의 지나친 관심 때문이었다. 샨텔은 병치레가 잦았고 악을 쓰며 울어댔다. 아이의 부모는 어찌할 바를 몰랐다. 댄은 아이의 영혼을 괴롭히는 뭔가가 있다고, '저쪽 세상'에서 마무리 짓지 못한 일이 원인이라고 주장했다. 의사들은 단순히 귀가 감염되었다고 했지만 댄은 단호했다. 댄이 보기에 샨텔은 "백인의 질병에 걸린 게 아니었다."

내가 마지막으로 그들을 보았을 때 댄은 샨텔에게 어린 누이의 인형을 주며 진트칼라 지라는 이름을 붙여주었다. 진트칼라 지는 라코타어로 노랑새라는 뜻이었다. 모르긴 해도 샨텔은 이제 지라는 이름으로 불리는 듯했다. 지가 든 인형이 그때 댄이 주었던 인형인지는 아이와 떨어진 거리 탓에 알아볼 수 없었다. 하지만 꿈에서 어린 노랑새가 들고 있던 인형과 매우 흡사한 것만은 분명했다.

페스터스는 정신이 퍼뜩 들었던지 자리에서 일어나 절뚝절뚝 계단을 내려가더니 마치 부름을 받기라도 한 것처럼 그 작은 소녀를 향해 절름거리며 다가갔다. 지는 페스터스를 보자 알 수 없는 소리를 냈다. 페스터스는 즉시 드러누웠다. 지가 다른 소리를 내자 페스터스는 일어나 소녀 곁으로 곧장 다가갔다.

놀라움을 금치 못하는 내게 그로버가 말을 건넸다. "내가 뭐랬나? 자네의 이해력을 넘어서는 일이 벌어지고 있댔지? 이제부터 그냥 보기만 해. 저 애가 어르신을 만나러 이쪽으로 올 테니까. 그럼 아무 소리 말고 아이를 그냥 들여보내게."

소녀는 결연한 걸음으로 계단을 올라 우리 곁을 지나며 누구에게도 시선을 던지거나 말을 건네지 않은 채 문을 밀고 안으로 들어갔다. 그 뒤를 페스터스가 절름거리며 따라갔다. 마치 소녀를 지켜줄 책임이 녀석에게 있고, 녀석의 시야에서 소녀를 벗어나게 할 수는 없다는 듯이.

"세상에, 사진 속 댄의 여동생과 똑같잖아요." 내가 말했다.

"빙고." 그로버가 대답했다.

열린 문틈으로 지가 부엌을 가로질러 댄의 침실로 걸어 들어가는 장면이 눈에 잡혔다. 그 애 말고는 누구도, 심지어 위노나나 그로버도, 노크가 없이는 댄의 방에 들어가는 법이 없었다. 하지만 이 작은 소녀는 조금의 망설임도 없이 그대로 밀고 들어갔다. 누구 하나 지적하는 사람도 없었다.

방 안에서 대화가 오가는 소리가 희미하게 들려왔다. 전부 라코타 말이었고 소리는 매우 낮았다. 잠시 후 두 사람이 함께 모습을 드러냈다. 지는 댄의 손을 잡고 있었다. 댄은 보행 보조기 대신 지팡이를 짚었고 힘과 균형감을 동시에 되찾은 듯했다. 페스터스가 그들 뒤를 바짝 따랐다. 그로버가 속삭였다

"길을 터드리게. 입은 열지 말고."

댄과 지가 계단을 내려갔다. 두 사람은 누구의 도움도 없이, 우리에게 눈길조차 주지 않은 채 우리 곁을 스쳐갔다. 페스터스는 앞다리에 신은 양말을 팔락거리며 어기적어기적 그들을 뒤따랐다. 셋은 중요한 볼일이라도 있는 듯 먼지 자욱한 앞마당을 가로질렀다. 댄은 한손으로 지팡이를 짚어 몸을 가눴고, 반대편 손은 지가 꼭 잡고 있었다.

서쪽을 바라보는 언덕의 아랫자락에 흰색 플라스틱 의자가 두 개 놓여 있었다. 지는 댄이 의자에 앉는 것을 도왔다. 간호사나 간호병을 연상시킬 정도로 소녀의 움직임은 정확하고 나무랄 데가 없었다. 네 살배기 아이의 행동을 보고 있다는 사실이 믿기지 않을 정도였다.

"뭐가 어떻게 돼가는 거예요?" 내가 첩보에게 속삭였다.

"저 애만 들르면 댄 할아버지는 딴사람이 돼요. 저 애가 말을 거는

유일한 분이니까요."

"가족에게도 말을 안 하나요?"

"아주 조금요. 대개는 그냥 노래만 불러요."

어느새 위노나가 계단으로 올라와 우리 옆에 자리를 잡고 설명을 거들었다. "동물에게도 말을 걸어요. 그리고 인형에게도."

전율이 온몸을 관통했다. "댄의 여동생이 인형에게 말을 걸었던 것처럼?"

그로버가 다시 싱글거렸다. "말했잖아, 너번. 이 문제는 내 권한을 완전히 넘어서는 일이라고."

"저기야." 그로버가 말을 이었다. 담배를 든 손으로 그는 지를 가리켰다. 아이는 댄에게서 발길을 옮겨 자그마한 언덕을 향해 가고 있었다. "잘 보라고."

소녀는 무릎 높이의 풀밭을 거니는가 싶더니 작은 토끼 한 마리를 들어 올렸다. 언덕 끝자락에서 노인과 소녀를 지켜보던 녀석이었다. 토끼는 저항하거나 탈출하려 하지 않았다.

"새하고도 저런다네. 그 공책에서 노랑새가 새를 들어 올리는 대목이 있지? 그 부분을 읽다 순간 멈칫했다니까." 그로버가 말했다.

마치 평행 우주에 들어온 것 같은 기분이었다. 모든 것이 비현실적으로 느껴졌다. 그 작은 소녀를 나는 유심히 바라보았다. 흰 원피스와 검은 가죽신 차림의 그 소녀는 마치 오래된 철판사진이나 잊힌 기억 속에서 걸어 나온 듯한 인상이었다.

소녀는 토끼를 풀밭에 살며시 내려놓더니 다시 댄에게 돌아갔다.

"아이 부모가 일부러 옷을 저렇게 입히나요?" 내가 물었다.

"부모의 뜻이 아니에요. 아이가 저런 차림만 고집해요." 위노나가 말했다.

"머리 모양은?"

"그것도 아이의 뜻이고요. 어느 날 저렇게 잘라달라고 조르더니 지금까지 바꾸려들질 않아요."

그로버는 입고 있던 청바지 접단에 담뱃재를 떨어 넣었다. 그리고 말했다. "자넨 지금 엄청난 일에 끼어든 거야, 너번."

우리는 등을 기댄 채 말없이 앉아 노인과 소녀, 지치고 늙은 개를 응시했다. 구름 몇 조각이 고원의 창백한 하늘을 떠다녔고, 흰 나비 한 무리가 날개를 팔랑거리며 따뜻한 아침 바람에 몸을 실었다. 댄과 지는 플라스틱 접의자 두 개에 나란히 앉아 서로 손을 잡은 채 눈앞의 언덕들을 바라보았다. 소녀가 노래를 불렀다.

"슬슬 일어나지?" 그로버가 말했다. "이만하면 볼 만큼 봤어. 들어가서 달걀로 뭐라도 만들어 먹자고."

"저는 여기 있을게요." 내가 말했다.

그로버는 내 어깨를 치며 거듭 권했다. "일어나자니까. 어차피 저두 사람은 아무 데도 안 가."

눈앞에서 펼쳐지는 광경에 좀처럼 발길이 떨어지지 않았다. 엄청난 변신을 보는 것 같은 기분이었다. 지에게서는 연륜이 느껴졌고 별안간 댄은 넘치는 생기로 반짝거렸다.

점보는 혀로 입술을 축였다. 아침을 또 먹을 생각에 정신이 맑아지는 모양이었다. "차에서 먹을거리를 가져올게요." 점보는 그답지 않게 민첩한 몸짓으로 그로버의 뷰익 뒤쪽을 향해 재빨리 움직였다. 그런 그를 보며 그로버가 말했다.

"래피드 시내의 뷔페식당에서 저 친구가 하는 양을 자네도 봐야하는데. 주차장을 어찌나 빠르게 가로지르는지 짐 소프[미국의 육상선수이자 올림픽 영웅으로 오클라호마 주 프래그의 원주민 보호구역에서 태어났다]가 울고 갈 정도라니까."

내 시선은 여전히 노인과 어린 소녀에게 머물렀다. 둘은 마치 운동장의 아이들처럼 손을 앞뒤로 흔들었다.

나는 고개를 돌려 위노나에게 물었다. "저 두 사람, 언제부터 저랬죠?"

"처음부터요. 할아버지께서 깃털과 인형을 주신 그때부터. 사실 우리 중에 제대로 이해하는 사람은 없어요." 위노나가 대답했다.

"아이 부모의 생각은 어때요?"

"도니와 앤지는 질문을 하지 않아요. 우리로선 어떻게 할 수 없는 부분이니까요. 그저 영혼을 믿는 거죠. 그저 있는 그대로 받아들이는 거예요. 하지만 그 공책으로 모든 게 달라졌어요."

"말하자면 어떻게?"

"글쎄요, 모든 걸 하나로 엮는다 할까요? 메리란 분이 메시지를 보낸 것도 아마 그 때문일 거예요. 할아버지를 돕고 싶었겠죠. 할아버지께 용기가 필요하단 걸 알고 있었던 거예요."

순식간에 나는 내 이해의 한계를 훌쩍 넘어서는 세계에 발을 디디고 있었다.

"무슨 뜻이죠? 무슨 용기가 필요하다는 겁니까?"

"할아버지는 의사들과 싸우고 있었어요. 의사들은 지의 몸에 문제가 있다고 생각하니까요. 뇌가 고장 나서 제대로 작동하지 않는 거라며 약물치료를 권하죠. 할아버지는 지의 증상이 백인의 의학과 아무 관련이 없고, 우리네 오래된 풍습에 따라 다스려야 한다며 약물치료에 반대하세요. 도니와 앤지는 할아버지 말씀을 따르고 있지만, 사회복지사들이 문제예요. 두 사람이 계속 알약 먹이기를 거부하면 아이를 데려다 시설에 넣어버리겠다고 으름장이거든요."

"그런 일이 가능해요?" 내가 물었다.

그로버가 콧방귀를 뀌었다. "정부 사람들이야. 원하면 뭔들 못하 겠나?"

그는 담배 한 개비를 새로 꺼내 불을 붙인 뒤 말을 이어갔다. "옛 날이랑 변한 게 없어. 뭐든 너무 인디언식이다 싶으면 없애버려야 직 성이 풀리는 사람들이지. 말이 약물치료지, 기숙학교가 새로 생긴 것 이나 마찬가지라니까. 인디언 기질이 완전히 가실 때까지 죽도록 괴 롭히는 거야. 그래도 말을 듣지 않으면 가둬버리거나 백인 가정으로 보내버리겠지. 그나마 다행인 건, 자네가 말하던 그 정신병원이 지금 은 없다는 거야. 있었더라면 저 애를 당장 거기에 보냈을걸."

저 어린 소녀를 부모 품에서 떼어내다니, 상상만 해도 아찔했다. "도니와 앤지는 어때요? 두 사람은 그런 방식을 염두에 두고 있나요? 약물치료 말이에요." 내가 물었다.

"할아버지가 돕는 한 그러지는 않을 거예요." 위노나가 대답했다. "저 애를 매일 이곳에 들르게 하시거든요. 옛날이야기도 들려주시고 우리네 오래된 풍습들도 가르치시죠. 저 애만 보면 얼굴이 환해지세 요. 할아버지 말씀이라면 뭐든 이해한다는 듯 귀담아들으니까요. 저 작은 여자아이 덕분에 할아버지가 여태 살아 계시는구나 싶더라고 요. 하지만 갈수록 눈에 띄게 병약해지셨죠. 종일 주무시거든요. 저 쪽 세상에 다녀왔다고도 하시고. 아무래도 조만간 삶을 놓으시려나 보다 생각했죠. 그런데 공책에 담긴 노부인의 말들이 할아버지께 새 힘을 준 거예요."

위노나는 고갯짓으로 댄을 가리켰다. 노인은 지와 손장난 중이었 다. 그 간단한 장난에도 아이는 까르르 웃어댔다.

"보세요. 최근 몇 주 동안 저런 모습을 보이신 적이 없어요. 공책이 믿음을 준 거예요. 우리네 오래된 풍습이 여전히 유효하다는 믿음. 아이가 남다른 이유는 조상들이 어린 지를 통해 말하고 있기 때문이지 백인의 질병 때문이 아니라는 믿음. 너번은 할아버지께 메시지를 전한 거예요. 메시지는 할아버지가 사는 이유이고요."

위노나는 손을 뻗어 내 팔을 어루만졌다. "좋은 일을 해주셨어요."

"고마워요." 내가 말했다. 위노나는 신체 접촉을 하는 일이 드물었다. 그녀의 작은 손길은 내게 뜻밖의 굉장한 선물이었다.

나는 지를 바라보았다. 바가지 머리에 흰 원피스를 입은 그 작은 소녀는 노인의 손을 잡고 노래하고 있었다.

"정말이지 제 머리론 이해하기 어렵네요." 내가 말했다.

가소롭다는 듯 그로버가 희미한 코웃음을 날렸다. "이해하는 건 자네의 역할이 아니야. 받아들이는 거지. 이곳은 인디언의 고장이거든."

그로버는 밝은 아침 공기 속으로 연기를 길게 내뿜었다. "창조의 껍질을 들춰보면 밑에선 수많은 일이 벌어지고 있게 마련이지. 익숙해지는 게 좋을 걸세, 너번."

조물주의 거실에서 쫓겨나다

태양은 하늘 꼭대기를 통과했고 대기는 점점 더 달아올랐다. 은은하게 빛나는 언덕과 플라스틱 의자에 나란히 앉아 있는 조그만 두 형체를 눈여겨 바라보았다. 페스터스는 두 사람 사이에서 바닥에 납작 엎드려 있었다.

과거에도 숱하게 원주민 보호구역을 방문했지만 그때마다 마음 한구석은 늘 떠나온 집, 두고 온 내 삶을 향해 있었다. 하지만 이번에는 완전한 해방감을 느꼈다. 비단 문화적인 변화만이 아니었다. 영적인 관점 역시 송두리째 변화하고 있었다. 모든 것에 의미가 있었지만 그중 단 하나의 의미도 나는 제대로 이해할 수 없었다.

"걱정일랑 접어둬. 생각한다고 자네가 뭘 더 알아낼 수 있는 것도 아니고. 그냥 가서 달걀이나 왕창 깨트리자고."

그로버의 제안에 우리 네 사람은 한낮의 열기를 뒤로하고 집 안으로 이동했다. 점보는 곧장 식탁에 앉더니 또 한 번의 식사를 기다렸다. 그로버는 낡은 무쇠 프라이팬에 커다란 돼지기름 덩어리를 녹이고 달걀 열두어 개를 깨 넣은 뒤 다진 고기를 섞기 시작했다. 가스레인지 화력을 한껏 올려놓은 탓에 집 안 가득 독하고 매캐한 연기가 들어찼다.

"요리랄 것까진 없고, 다리 밑에 살던 시절에 배운 거야. 자네 입맛에 영 안 맞을 것 같긴 하지만." 그로버가 말했다.

"설마 죽기야 하겠어요?" 내가 응수했다.

창문 너머 무자비한 뙤약볕 아래 댄과 지가 앉아 웃고 있었다.

그로버는 문제의 그 달걀 혼합물을 철벅철벅 휘저어 엉기게 하더니 그 미끄덩하고 몰캉한 덩어리를 내 몫의 접시에 수북이 담아 올렸다.

"쪼금만 주세요." 내가 말했다.

그로버는 들은 척도 하지 않았다. "원하는 것을 먹는 건, 백인 방식이야. 인디언들은 주어진 것을 먹지. 지금 우리에게 주어진 건 이거야. 혹시 도로 넘어올 것 같거든 커피라도 좀 마셔서 내려 보내게."

나는 힘없이 웃고는 그 묘한 조합의 음식을 포크로 집어 올려 입으로 가져갔다.

벌써부터 점보는, 곤죽이 되어 푸짐하게 앞에 놓인 달걀을 숟가락으로 부지런히 공략 중이었다. 나는 접시 위의 노란 달걀 웅덩이를 이리저리 뒤적거렸다. 그 모습을 주의 깊게 살피던 점보가 내게 말했다. "혹시 다 못 드시겠으면 제가 도와드릴까요?"

"그래주면 나야 고맙죠. 그런데 어르신 몫을 좀 남겨두지 않아도 괜찮겠어요?"

이때 방 한구석에서 먼지를 쓸던 위노나가 고개를 들고 말했다. "할아버지를 돌아가시게 할 셈이에요?"

그로버는 자기 몫의 수북한 분량을 엄지손가락으로 긁어 포크에

담아가며 게걸스럽게 먹고 있었다. 그가 말했다. "케첩을 치면 먹을
만해."

나는 창밖을 연신 흘끔거리며, 한낮의 태양 아래 앉아 있는 두 사
람을 관찰했다.

"백인의 시간관념 따위는 잊어버리는 게 좋을 거야." 그로버의 말
이 이어졌다. "어차피 자네는 아무것도 바꿀 수 없고 아무것도 재촉
할 수 없으니 말일세. 어떨 땐 저렇게 둘이서 몇 시간이고 바깥에서
지낸다니까."

"이 더위에요? 기온이 적어도 섭씨 32도는 넘을 텐데."

"기온이 뭐 대수인가? 그런 건 백인들이나 따지라고 해. 지금 두
사람은 조물주의 거실에 앉아 있는 거야. 저 애가 귀담아듣고 있는
한, 어르신은 가르침을 끝내지 않아."

어느새 내 몸에서는 땀이 비 오듯 흐르고 있었다. 이런 날씨에 아
흔 살 노인이 바깥에서 지내는 것이나 네 살 여자아이가 뙤약볕 아
래 조용히 앉아 노인의 이야기를 몇 시간이고 계속해서 귀담아듣는
다는 것이 나로서는 상상이 가지 않았다.

"그래서, 뭘 가르치시는 거죠?" 내가 물었다.

"나야 모르지. 물어볼 입장도 아니고. 아마 오래된 지혜일 거야.
영혼이 바른 사람을 만나면 일단 원로들은 가르침을 시작하니까. 만
약 그 사람이 귀담아들으면 가르침은 계속될 테고 귀담아듣지 않으
면 원로 쪽에서 입을 다물겠지. 헌데 저기 저 여자아이는 귀담아듣
는 쪽이거든."

어느새 지는 플라스틱 의자에서 내려와 페스터스 옆에 앉아서 그
늙은 개의 귀를 쓰다듬는 중이었다. 둘은 그 인디언 원로를 올려다
보고 있었다.

"어르신께서 저러시는 걸 고마워해야 돼, 너번." 그로버가 말을 이어나갔다. "누군가는 오래된 지혜를 지켜내야 하거든. 자네 같은 백인들은 온도나 숫자 놀음에만 정신이 팔려서 도무지 귀담아듣지를 않는다니까. 인디언 원로들은 한평생 귀를 열고 살아오신 분들이야. 이전에 그분들의 부모와 조부모가 그랬던 것처럼. 본래의 가르침을 아는 거지. 살려달라는 대지의 외침을 그냥 지나치지 못하는 거야. 당신들이 품은 지혜를 넘겨주고 가시려는 거라네."

"그렇다고는 해도 어린 여자아이에게요?"

그로버는 마지막 남은 달걀과 다진 고깃덩어리를 손가락으로 밀어 포크에 얹었다.

"사람은 머리로 배우는 게 아니야, 너번. 가슴으로 배우는 거지. 어르신께선 지금 저 애에게 보는 법을 가르치고 계셔. 세상을 바라보는 법을 말일세. 목소리들에 귀 기울이는 법도 가르치시지. 자네 같은 사람들의 귀엔 어차피 들리지도 않겠지만.

더군다나 지는 그저 그런 어린 여자아이가 아니라니까." 그로버는 입안 가득 달걀을 머금은 채 말을 이어나갔다. "옛사람의 영혼을 가졌거든. 우리네 오래된 풍습을 열린 마음으로 대한다네."

그는 고갯짓으로 마당에 앉아 있는 두 사람을 가리켰다.

"하지만 그것도 다 어르신께서 먼저 손을 쓰셨을 때의 얘기야. 의사들이 알약을 먹이면 저 애도 별수 없이 백인처럼 변할 테니까."

매혹적이고도 혼란스러운 이야기였다. 소녀의 첫인상은 그저 자폐증에 걸린 어린아이에 불과했다. 하지만 과거와 맺은 신비로운 인연은 서양의학의 테두리에서 저만치 벗어난 영역으로 상황을 몰아 넣었다.

그런 내 심정을 그로버는 읽고 있는 듯했다. "자네 같은 백인들은 어차피 이해 못해. 알약이며 기계들을 들고 나타나서는 자기들이 다 알아낸 것처럼 생각하잖아. 아귀가 안 맞는다 싶으면 어떻게든 끼워 맞추려들고. 정작 중요한 건 아귀가 안 맞는 것들인데. 아귀가 들어 맞는 것들은 조물주의 가르침이야. 아귀가 안 맞는 것들은 조물주의 말씀이고. 그런데 지라는 아이는 아귀가 안 맞거든. 적어도 자네들의 세계에서는. 하지만 우리 세계에서는 딱딱 들어맞지. 저 애는 조물주의 노래니까.

내 말을 허투루 듣지 말게, 너번. 현실에는 여기저기 틈새가 있어. 다른 뭔가가 비집고 들어갈 통로 말일세. 자네가 할 일은 그 틈새를 여는 올바른 길을 찾는 거야. 찾아냈을 때는 예를 갖춰야 하고. 오래된 풍습이란 그런 것이거든. 교훈은 누구나 얻을 수 있네. 하지만 오래된 능력은 또 다른 문제지."

그로버는 접시 가장자리를 포크로 두드렸다.

"이건 과학이야, 너번. 인디언의 과학. 세상은 어떻게 작동하는지, 세상의 일부가 되려면 어떻게 해야 하는지 알려주거든. 하지만 죽어라 자기 생각만 하는 백인들 귀에 어디 그런 가르침이 들리기나 하겠어?"

그로버는 탁자에서 물러나 식탁보 끝으로 입가를 훔쳤다.

"여기서 백인 과학자를 볼 일이 있을 것 같나? 인류학자들이야 보겠지. 자네 같은 작가들. 봉사자와 여행자. 영적인 것을 찾아 헤매는 집시들도. 하지만 과학자만은 씨가 말랐어. 원로들도 이젠 마음을 거의 접으셨지. 그분들의 지혜를 백인들에게 가르치겠다는 생각을 접은 거야. 지금 세상엔 무엇보다 그런 가르침이 필요하다는 걸 알면서도 말일세.

그분들의 가르침을 백인들의 이야기책에서는 '전설'이니 '미신'이니

하는 말로 부르더군. 지식이라고 인정하지 않는 거야. 그러니 원로들로선 젊은이들을 눈여겨볼 수밖에. 우리네 오래된 풍습을 열린 마음으로 대하는 젊은이를 찾아 가르침을 주시는 거야. 하지만 열린 마음만으론 안 돼. 겸손해야지. 지처럼 말이네."

그로버는 포크로 창밖을 가리켰다.

"어르신께서는 지금 지의 영혼을 열고 계셔. 준비를 시키는 거라네. 무슨 말씀 중인지 나도 알 수는 없지만 이것만은 장담하지. 위대한 영혼이니 뭐니 하는, 자네 같은 백인들이 허구한 날 졸라대는 종류의 이야기는 적어도 아니라는 것 말일세."

구석에서 위노나가 우리를 흘끔거렸다. 어느새 그녀는 비질을 멈추고 빗자루 끝에 몸을 기댄 채 서 있었다. 그로버는 손을 쭉 뻗어 손가락으로 접시의 가장자리를 싹싹 훑더니 최후의 달걀 잔해를 들어 입속으로 가져갔다.

"백인 친구들은 우리네 오래된 풍습을 무슨 놀이처럼 생각하더군. 히피 아가씨들이나 말총머리 청년들 말이야. 어디서 말도 안 되는 주술사 얘기를 듣고 와서는 이렇게들 지껄이지. '오, 인디언들은 정말 영적이네요. 나중에 원주민 보호구역에 가서 직접 체험해봐야겠어요.'

만약 그런 치들이 스스로 뭘 망치고 있는지 알았다면 과연 그렇게 성급하게 들이댔을까? 영적 능력을 찾고 있다는 말은 죄다 헛소리야. 그치들은 단지 영적인 슈퍼마켓을 떠도는 거야. 그저 찌릿한 영적 흥분을 원하는 거라고. 진정한 영적 능력이란 그리 만만한 게 아니거든. 훈련을 받고, 존중하는 자세로 임해야 하지. 함부로 덤벼들었다간 큰코다치기 십상이라니까."

위노나는 어느새 더 가까이 다가와 우리 대화를 주의 깊게 듣고 있었다.

"지금 댄이 저 애를 훈련하고 있다는 뜻인가요?" 내가 물었다.

"아니. 그건 불가능해. 가르칠 수는 있지. 준비시킬 수도 있고. 하지만 훈련은 불가능해. 전통적 지식은 알고 계시지만 오래된 능력을 타고나지는 않으셨거든. 하지만 그런 능력에 둘러싸여 자라셨지. 여동생에게도 그런 능력이 있었다고 생각하시고. 그런데 어린 지에게서 그 기미를 보신 거야. 그래서 저 애와 대화하시는 거라네. 말하자면 준비 과정이랄까? 저 애를 준비시키시려는 거야. 가시기 전에 말일세. 당신께서 가진 것들로 그저 어떻게든 저 애를 채워주고 싶으신 거야."

"그런 다음에는요? 댄이 돌아가시면?"

"스승이란 우리가 필요로 할 때 나타나게 돼 있어. 어르신은 그저 당신의 소임을 다하실 뿐이고."

"그럼 그로버는요? 그로버도 도울 수 있어요? 댄이 떠나신 뒤에?"

그로버는 냉소를 내뱉었다.

"나는 어릴 때 모든 걸 빼앗긴 사람이야. 기숙학교가 일을 야무지게 해냈지. 백인의 사고방식을 잔뜩 주입했거든. 원로에게 배워본 적도 없고. 어쩌면 타고난 능력이 아예 없었는지도 모르지."

위노나는 어느새 우리 곁에 성큼 다가와 있었다. 모르긴 해도 이 대화의 향방이 신경 쓰이는 게 분명했다. 이때 점보가 말을 보탰다.

"그래서 저희 할아버지도 절 안 가르치신 거예요. 제겐 그런 능력이 없다나요? 저는 받아들일 수밖에 없었고요."

"하지만 점보는 오래된 풍습을 되살리려고 노력 중이잖아요. 파우와우 축제에도 가고 열심히 언어도 배우고." 나는 애써 점보를 달랬다.

"그거랑은 달라요. 오래된 풍습을 배우는 데야 도움이 되지만 그런다고 영적 능력이 생기진 않잖아요?"

"점보 말이 옳아." 그로버가 거들었다. "파우와우 축제가 인디언의 혼을 강하게 지켜주기는 하지. 좋은 기운도 채우고 오랜 친구들도 만나고. 문화도 체험하고 전통의 명맥도 잇고. 하지만 영적 능력과는 거리가 멀어. 특히 내가 말하는 종류의 능력을 거기서 찾기는 무리지.

옛날 옛적에 원로들은, 그러니까 진정한 능력을 타고난 이들은, 자네가 상상도 못할 일들을 할 수 있었네. 몸속에 손을 넣어 병마를 꺼내는가 하면, 동물과 대화하기도 했지. 밤에 가만히 누워 몇백 킬로미터 떨어진 곳의 누군가에게 말을 걸기도 했고."

위노나는 어느덧 우리 뒤에 바짝 다가서 있었다. 묵직한 추를 세워놓은 듯 존재감이 대단했다.

"어린 시절 이야기를 하나 들려드릴까요?" 점보가 부드러운 흰 빵한 쪽으로 접시를 말끔히 닦으며 말했다. "집에서 약간 떨어진 곳에 작은 여자아이가 살았는데, 이따금 발작을 일으켰어요. 여자 원로한 분이 계셨고요. 제 고모할머니뻘인데 혼자 사시면서 동물하고만 대화하셨죠. 여자애의 아버지는 그 할머니께 도움을 청했어요. 할머니는 담뱃대를 들고 찾아가 그걸로 사방을 가리켰어요. 그러고는 하늘을 가리키셨죠. 저는 지켜봤고요. 할머니는 아이의 아버지더러 아이를 무릎에 앉혀 안으라고 하시더니 그 애의 목덜미를 빨기 시작했어요. 그렇게 빨고 또 빨다가 순간 멈칫하고는 구역질을 하시는가 싶더니 작은 구슬 같은 걸 뱉어냈어요. 시커먼 데다 온통 피투성이였죠. 아이는 두 번 다시 발작을 일으키지 않았고요."

그로버는 어깨를 으쓱할 뿐이었다. 마치 그건 이야깃거리도 되지 않는다는 듯. "내가 말하고 있는 게 바로 그거야. 보통의 백인들은 이런 얘기를 허풍이라고 생각하거든. 스스로 감당이 안 되는 거지. 믿는 사람은 딱 두 부류야. 스스로 영혼들의 메시지를 받는다고 생각하거나 전생에 자신이 인디언이었다고 생각하거나. 그런 사람들은 대개 뭐가 뭔지도 몰라. 뉴에이지니 뭐니 하는 헛소리를 믿질 않나, 뱀 기름과 주술 용품을 파는 가짜 주술사들을 좇아다니질 않나.

그러다 곧 시들해지면 허옇고 헐렁한 옷을 길게 늘어뜨리고는 티베트로 떠나더군. 아니면 캘리포니아로 돌아가 강연을 하거나. 원주민식 한증막을 파는 치들도 있고. 어느 늙은 주술사에게 배웠다고 지껄여가면서."

그로버는 넌덜머리가 난다는 듯 고개를 가로저었다.

"어찌 보면 다행이지. 너무 깊이 발을 들였다간 아예 말뚝을 박으려 들지도 모르니까. 하긴 오랜 시간 훈련을 받고 강인한 영혼을 가진 사람이 아니면 딱히 있고 싶을 만한 장소는 아니지.

원주민이라고 사정이 나을 건 없어. 가령 주술 용품 가게 여자가 말하던 그 남자를 보자고. 독수리 사나이라던가? 그치는 아무 능력도 없어. 훈련도 안 받았고. 그랬다면 팔아선 안 되는 물건을 팔았을 리가 없지. 그치는 그저 돈벌이에 급급했던 거야. 불장난이나 해가면서. 진정한 능력을 가진 이들은 아무것도 말하지 않아. 아무것도 팔지 않는다고. 가만히 지켜보며 기다릴 뿐이지. 언젠가는 그 독수리 사나이란 작자도 눈을 뜰 날이 올 거야. 자기가 보고 싶지 않은 뭔가를 직시하게 되겠지."

위노나는 마침내 한계에 다다랐다. "이쯤에서 그만하는 게 어때요? 두 사람이 왈가왈부할 문제는 아닌 것 같네요. 그리고 너번은 여기서 그냥 손 떼는 게 좋겠어요." 그녀는 내 앞 탁자에서 접시를 휙 채어다 싱크대에 넣고는 이렇게 덧붙였다. "제 말은, 이제 댁으로 돌아가달라고요."

아연해진 나는 위노나를 바라보았다. "집에 가라고요?" 그녀의 갑작스런 태도 변화에 기가 막혔다. 불과 몇 분 전만 해도 할아버지께 선물을 전해주어 고맙다며 내 팔을 어루만지던 그녀가 이제는 내게 떠나달라고 말하고 있었다.

그로버의 눈치를 살폈다. 그의 얼굴은 딱딱하게 굳어 있었다. 점보는 고개를 숙인 채 접시에 남은 달걀 범벅을 숟가락으로 이리저리 뒤적거렸다.

위노나가 빠른 라코타어로 그들에게 이야기했다. 모르긴 해도 그로버에게 화가 단단히 난 듯했다.

"불쾌하게 할 마음은 아니었어요, 너번." 위노나가 다시 내게 주의를 돌리며 말했다. "좋은 일을 해주었다고 생각해요. 할아버지도 틀림없이 반가우셨을 거예요. 선물도 고마워하셨을 테고요. 할아버지께 용기를 주었잖아요. 중요한 사실들도 전해줬고. 하지만 그 정도면 충분해요. 이제 돌아가주세요. 이건 너번이 관여할 문제가 아니에요."

어떻게 반응해야 할지 갈피가 잡히지 않았다. 이렇게 쫓기듯 내밀린 적은 처음이었다. 그 먼 길을 운전해 와서 댄과 제대로 회포를 풀지도 못한 터였다. 그런데 그냥 일어나 떠나라니, 실례를 넘어 무례함에 가까운 처사였다. 댄과 이야기하고 싶었다. 내가 알아낸 더 많은 이야기를 들려주고 싶었다. 정신병원이나 메리를 찾아간 일에 대해 아직 들려주고픈 이야기가 많았다. 이디스와 묘지 이야기는 심지어 꺼내지도 못했다. 더욱이 그 꿈에 관해 조언을 청하고 싶었다. 댄의 도움과 손길이 나에겐 절실했다.

하지만 위노나는 단호했다. 그녀는 탁자 옆에 꼼짝 않고 서서 양

손을 허리춤에 걸친 채 우리 세 사람을 똑바로 내려다보았다.

"그 말은 이를테면, 지금 당장 말인가요?" 내가 물었다.

"그래요. 이를테면 지금 당장." 그녀가 차갑게 답했다. "할아버지는 굉장히 쇠약해지셨어요. 지가 다녀가면 요기를 좀 하시고는 다시 잠자리에 드시죠. 아침까지 내리 주무실 때도 있고요. 할아버지께는 일이 있어서 갔다고 해둘게요. 왔다는 것도 기억 못 하실지 모르지만."

그로버도 나 못지않게 충격을 받은 듯했다. 댄에게 무엇이 최선인지에 관해 그로버와 위노나는 평소에도 의견이 잘 맞는 사이는 아니었다. 하지만 그로버에게도 이런 식의 퇴장은 전혀 예상 밖인 듯했다.

"좋은 일을 해줬네, 너번." 그로버는 충격을 누그러뜨리려 애썼다. 이 문제에 관한 한 위노나의 판단에 따르기로 결심한 모양이었다. "어르신에게서 마음의 짐을 덜어드렸잖아."

점보는 시선을 떨구고 두 손을 포갠 채 말했다. "차까지 바래다드릴게요. 안에 뭔가 두고 온 것 같기도 하고."

우리는 자리에서 일어나 떠날 채비를 했다. 일순 어색한 분위기가 감돌았다.

"좋아요. 분위기상 지금 가야 할 것 같군요. 댄과의 작별 인사는 나가는 길에 할게요." 내가 말했다.

"그냥 두세요. 지금까지 해준 일은 정말 감사해요. 하지만 두 사람의 시간을 방해하지 마세요." 위노나는 그로버에게 눈을 흘기며 나를 문 쪽으로 안내했다.

숄더백을 집어 드는데 계단에서 묵직한 발소리가 들렸다. 망사문 저편에서 댄이 지와 페스터스를 양옆에 끼고 계단을 오르고 있었다.

그는 기세 좋게 들어와 우리 앞에 서서 지팡이에 몸을 기댄 채 거친 숨을 몰아쉬었다. 지는 댄의 옆에 서서 그의 손을 잡고 있었다.

"그 노인을 만나고 싶군." 댄이 입을 열었다. "베나이스 말이야. 지도 데려갈 생각이네. 둘을 만나게 해주고 싶어." 그는 나를 향해 옹이 진 손가락을 흔들었다. "그리고 너번, 우리를 데려다주게."

손에 잡힐 듯한 정적이 방 안을 무겁게 짓눌렀다. 그렇게 1분쯤 서 있었을까? 위노나가 앞으로 나섰다.

"안 돼요, 할아버지. 아무 데도 못 가요. 할아버진 환자예요. 연세도 너무 많으시고. 그런 여행을 버텨내실 리가 없어요."

댄은 완고한 표정으로 손녀를 바라보며 이렇게 말했다. "너는 여기서 말할 권한이 없어. 나는 결심이 섰고 지금 그 결심을 알리는 것뿐이니."

평소와 달리 격식을 차린 말투는 그가 이 일을 중요하게 생각한다는 뜻이었다. 위노나는 댄의 눈빛을 맞받아쳤다. 댄의 요구에 맞서며 그녀가 겪고 있을 내면의 소용돌이가 눈빛에 고스란히 드러났다. 위노나는 자신이 어른의 뜻을 거역할 수 없다는 걸 알고 있었다. 더욱이 상대는 그녀의 할아버지였다.

이윽고 위노나는 마음을 가라앉히고 입을 열었다. 역시 격식을 차린 말투였다. "할아버지. 아버지가 돌아가시던 날, 저는 할아버지를 돌봐드리기로 약속했어요. 지금껏 제 삶을 할아버지께 바쳤고요. 앞으로도 언제나 할아버지 말씀을 따를 거예요. 하지만 이번 결정은 할아버지를 위해 좋은 결정이 아니에요."

댄은 왼손을 뻗어 위노나의 어깨에 얹었다. 그리고 애정이 담뿍 담긴 목소리로 말했다.

"행여 할아비가 죽을까 봐 걱정인 모양이로구나. 그 마음 안다. 하

조롱주의 겨실에서 훗거나나

지만 아가, 죽음은 내게 아무것도 아니야. 사람은 누구나 죽거든. 난 말이다, 해가 떠오를 때마다 내게 남은 시간을 가늠해본단다. 그깟 해돋이 한 번 더 보면 어떻고 덜 보면 또 어떠냐? 그 메리라는 분이 너번에게 신호를 보내 할아비에게 공책을 전하게 한 데는 뭔가 이유 가 있어. 베나이스라는 이는 왜 내게 신호를 보냈겠니? 다 이유가 있 어서야. 내 생각엔 말이다. 그건 바로 여기 이 조그만 와카니에자 때 문이야." 댄은 지를 내려다보며 웃음 지었다. 소녀는 크고 동그란 눈 에 기대를 가득 담아 그를 올려다보았다.

그로버는 구석에 서서 댄을 똑바로 응시했다.

"오델과 의논해보시는 게 어때요?" 그로버가 말했다.

나는 점보 쪽으로 몸을 기울이며 물었다. "점보의 형을 말하는 거죠?"

"맞아요. 할아버지께 훈련을 받았다는. 형은 영혼과 대화할 수 있 거든요."

위노나는 그로버 쪽으로 다가가, 이 무모한 여정을 말릴 수 있을지 도 모른다는 한줄기 희망을 어떻게든 붙잡으려는 듯 말했다. "그래요, 할아버지. 그게 좋겠어요. 오델과 의논해봐요. 과연 옳은 생각인지."

댄은 잠시 그로버를 지그시 보다가 천천히, 방 안의 한 사람 한 사 람에게 시선을 옮겼다.

"좋아. 오델과 의논해보지. 하지만 그 친구가 말리지 않으면 무조 건 가는 거야. 그리고 너번. 내게 메시지를 가져온 사람은 자네야. 그 러니 자네가 나를 그곳에 데려다주게."

알았다는 뜻으로 나는 고개를 끄덕였다.

"오늘 밤 오델을 만나 결판을 내보세." 댄은 몸을 돌려 침실을 향 해 발을 끌며 걸어갔다. "지금은 좀 쉬어야겠어." 이 말을 끝으로 그는 침실로 들어가 문을 닫았다.

　나는 그로버와 위노나와 점보를 차례차례 바라보았다.

　"적당히 떠날 기회는 애초에 놓친 것 같군, 너번." 그로버가 말했다.

　위노나는 입고 있던 운동복 상의의 끝자락을 초조하게 꼬아댔다.
페스터스는 얌전히 앉아 점보의 손에 묻은 달걀과 다진 고기의 잔
해를 핥았다. 어린 지는 거기 그대로 선 채 커다란 갈색 눈으로 우리
모두를 응시했다. 마치 누구도 헤아릴 수 없는 비밀을 혼자만 간직한
것처럼.

어둠 속의 파수꾼

다코타의 무자비한 태양 아래 오후가 느리게 흘러갔다. 댄은 문을 닫은 채 침실에 머물렀다. 그로버는 오델에게 선물로 가져갈 먹을거리를 사러 시내로 나갔다. 위노나는 댄의 집 안을 쓸고 닦고 정리해가며 부지런히 몸을 놀렸다.

도로로 이어지는 오솔길 옆 고르지 않은 흙 위에 길고 가느다란 나무 한 그루가 홀로 서서 얼룩덜룩한 그늘을 드리웠다. 점보와 지는 그 그늘 밑으로 물러났다. 페스터스가 두 사람 사이에 풀썩 앉으며 자욱한 먼지를 일으켰다. 점보와 지, 페스터스는 서로 제법 돈독한 정을 쌓은 듯했다. 지와 점보는 페스터스의 털에서 까끌까끌한 씨앗과 강아지풀을 뽑아내며 녀석의 텁수룩한 옆구리를 쓰다듬느라 분주했고, 페스터스는 그런 두 사람을 사랑을 닮은 눈빛으로 빤히 올려다보았다.

딱히 갈 곳도 할 일도 내겐 없었다. 그렇다고 위노나 곁에 있고 싶지는 않았다. 결국 나는 현관 계단 입구에 자리 잡고 앉아, 덩치 큰 사내와 오묘한 소녀가 늙은 개의 털옷을 어루만지며 풀씨 따위를 골라내는 모습을 관찰했다.

점보의 온화한 태도는 다시금 나를 감동시켰다. 페스터스의 옆구리 털을 쓸어내리는 그의 손길은 아이를 어루만지는 어머니의 부드럽고 세심한 손길을 연상시켰다. 점보의 거대하고 소시지를 닮은 손가락은 그의 맞은편에 앉아 마치 치료하듯 페스터스의 엉킨 털을 세심하게 풀고 있는 지의 작고 가느다란 손가락과 극명한 대비를 이루었다.

비록 점보의 손은 느리고 차분한 박자로 움직였고 지는 스타카토처럼 아기자기하고 분주한 손놀림으로 풀씨를 골라냈지만, 두 사람 사이에는 분명 무언의 소통 같은 것이 오가고 있었다. 점보가 쓰다듬으면 지는 잡아당기는 식으로 둘은 번갈아가며 동작을 반복했다.

이따금 지는 손을 뻗어 점보의 손을 페스터스의 옆구리 한곳에 위치시켰다. 흡사 호흡이 척척 들어맞는 이중주를 보는 듯했다. 페스터스는 녀석의 등 뒤에서 오가는 무언의 대화는 까맣게 모른 채 꼬리를 탁탁 내리치며 차분한 한낮의 공기에 먼지구름을 일으켰다.

차양이 없는 목조 계단의 열기를 견딜 수 있는 시간이란 그리 길지 않았다. 피할 곳을 찾아서 나는 주위를 두리번거렸다. 집 안으로 돌아갈 수는 없었다. 위노나를 마주하고 싶지 않았다. 그렇다고 설령 차창을 열어놓는다 해도 한껏 달궈졌을 금속제 차 안에 앉아 있느니, 무자비한 태양 아래 앉아 있는 편이 오히려 나을 듯했다. 그나마 마음 편히 있을 만한 유일한 장소인 마당가 가느다란 나무 아래의 좁은 그늘은 이미 점보와 지, 페스터스의 차지였다.

나는 자리를 옮겨 그들의 사사로운 시간을 방해하기로 했다. 그때 지가 자리에서 일어났다. 소녀는 페스터스의 둘레를 스치듯 지나쳐 점보의 무릎에 앉았다. 몸놀림이 아까 댄과 계단을 올라 우리 곁을 지나칠 때만큼이나 뻣뻣하고 단호했다. 점보는 넉넉하고 푸근한 품으로 소녀를 받아들이고는 조금 전 페스터스의 옆구리를 어루만질 때 보인 그 온화한 손길로 소녀의 머리를 쓰다듬었다. 흡사 크고 듬직한 붓다가 조그만 아이를 위로하는 듯한 정경이었다.

페스터스는 다친 앞다리를 점보의 무릎께로 내밀었다. 점보는 그 앞발을 부드럽게 감싸 쥐었다. 지는 제 손을 점보의 손 위에 얹고는 페스터스의 다친 앞다리를 앙증맞고도 단호한 동작으로 어루만졌다.

그들은 얼마간 그렇게 앉아 늙은 개를 매개로 무언의 대화를 이어 나갔다. 문득 지가 일어나 바랭이가 자잘하게 돋아난 길섶으로 걸어갔다. 이번에도 소녀는 손을 내리뻗어 어린 토끼 한 마리를 안아 올렸다. 생김새로 보아 솜꼬리토끼 같았다. 인근 초원에서 흔히 서식하는 팔다리가 긴 산토끼는 아니었다.

작은 토끼는 소녀의 품에 자는 듯이 안겨 있었다. 소녀는 마치 제물을 바치듯 두 팔을 내민 채 점보에게 다가가 그의 앞에 토끼를 내려놓았다. 페스터스가 근처에 있는데도 토끼는 가볍게 떨 뿐 달아나지 않았다.

점보는 손을 내리뻗어 부드럽고 상냥하게 토끼를 어루만졌다. 이내 지는 점보의 손을 거두고 토끼를 안아 올려 제 얼굴 가까이로 가져가더니 녀석의 까맣고 촉촉한 눈을 응시하다가는 아까의 길섶에 도로 내려놓았다. 토끼는 재빨리 풀숲으로 사라졌다. 지는 발길을 되돌려 점보의 무릎에 앉았다. 그러고는 다시 페스터스의 옆구리를 어루만졌다.

이 모든 광경을 나는 경탄하며 바라보았다. 눈앞에서 펼쳐지는 광경이 지극히 친밀하고 사적이며, 정말이지 내 현실과는 동떨어져 있어서 감히 끼어들 엄두조차 나지 않았다.

나는 문 쪽으로 몸을 돌렸다. 지와 점보 사이를 오가는 친밀한 기류를 깨뜨리기보다 위노나의 따가운 시선을 견디는 편이 나을 듯 싶었다.

계단을 오르려고 자리에서 일어서는데 찢어진 망사문 저편 어두컴컴한 부엌에서 바깥을 내다보는 어슴푸레한 형체가 눈에 들어왔다. 댄이었다. 거기서 그는 말없이 가만히 서 있었다.

해가 뉘엿뉘엿 떨어지며 강렬한 주황빛을 내뿜을 무렵 우리는 오델의 집으로 출발했다. 해는 멀리 보이는 언덕의 윤곽을 불의 빛깔로 물들이다가 우리가 북미 원주민 보호구역의 쓸쓸한 고속도로를 달리는 동안 서서히 자취를 감추었다. 도로에 들어선 지 30분쯤 지나자 첫 별들이 작디작은 다이아몬드처럼 해질녘의 하늘에 점점이 박히기 시작했다.

차에는 댄과 그로버와 나뿐이었다. 위노나는 나중에 따로 오겠다며 지와 함께 집에 남기로 했다. 점보 역시 집에 남아 페스터스와 지의 곁을 지키기로 마음먹었다.

우리는 이동하는 내내 말이 없었다. 댄은 부축을 받아 뒷좌석에 앉는 동안 입을 열지 않았고 그로버와 나도 댄의 침묵을 방해하지 않기로 마음을 굳혔다. 댄은 마치 잠든 사람처럼 의자에 몸을 파묻었다.

나는 가만히 앉아 고속도로를 주시했고, 그로버는 조수석에서 연신 담배를 피웠다. 뒤에 앉은 댄의 숨소리가 어느새 거칠고 운율적으로 변하는가 싶더니 이내 코고는 소리가 들려오기 시작했다.

"왜 하필 오델을 찾아가는 거죠?" 내가 물었다.

"오래된 풍습의 명맥을 여태 이어가는 친구거든. 조언이 필요하면 다들 오델을 찾지."

"오델이 댄을 만류할 수도 있다고 보세요?" 내가 물었다.

그로버는 어깨를 으쓱했다. "우리가 지금 그걸 알아보러 가는 것 아닌가?"

오델의 집은 먼지 자욱한 자갈길을 한 시간쯤 더 달려 원주민 보호구역에서도 한참 시골로 들어가야 하는 곳이었다. 좁고 바큇자국으로 울퉁불퉁한 백점토 길을 올라 오델의 집 마당에 들어섰을 무렵에는 어느새 땅거미가 내려앉아 사위가 어둑했다. 오직 서쪽 구릉지대 저편에서 희미한 박명만이 아른거렸다.

오델의 집은 정부에서 싼 값에 공급하는 흔하디흔한 장방형 가옥이었다. 섬유판으로 된 벽널 표면은 벗겨졌고 널빤지로 된 계단은 약해질 대로 약해진 상태였다. 집은 널따란 들판 한가운데의 먼지투성이 부지 안쪽에 자리했다. 집 주위에 차량 열두어 대가 마구잡이로 주차돼 있었다. 작달막하게 솟은 한증막을 비롯해 딸린 건물 몇 채가 들판 곳곳에 흩어져 있었다.

싸구려 접의자에 앉았거나 차에 기댄 이들의 어둑한 형상만으로는 누가 누군지 알아보기 힘들었다. 주황빛의 작은 담뱃불이 여기저기서 반짝 타오르다 이내 어둠 속으로 사그라졌다.

"저 친구가 오델이야." 그로버는 거구의 남자를 가리켰다. 부엌문에서 쏟아져 나오는 불빛을 받아 남자의 몸 한쪽이 환하게 빛났다. 나이는 마흔쯤으로 보였다. 길고 검은 머리칼은 말총머리로 묶었고 코 아래로 살짝 팔자수염이 나 있었다. 키는 족히 193센티미터는 되는 듯했다. 웃옷을 입지 않아 드러난 상체에서는 부드러움이 느껴졌

2장 서쪽으로

322

고 태도도 차분했지만, 떡 벌어진 가슴에서는 올바르고 근면한 삶을 살며 중심에는 강인한 육체적 힘을 간직한 남자 특유의 다부진 분위기가 배어났다. 배 위에 손수 새긴 듯한 문신에는 고전적인 글씨체로 '라코타'라는 단어가 커다란 원호를 그리며 쓰여 있었다.

오델은 관절염에 걸린 평상복 차림의 노부인과 이야기를 나누는 중이었다. 여인이 앉은 소파는 꽤 오래전 마당에 끌어다놓은 모양새였다. 속을 어찌나 두툼하게 채웠던지 팔걸이와 좌석 부분에 속 재료가 삐져나와 있었다.

"점보의 어머니시네." 그로버가 말했다.

그녀의 어둑한 발치에는 개가 몇 마리 누워 있었다. 비쩍 마른 주황색 고양이 한 마리가 소파 꼭대기를 가로질러 걷다가 노부인의 어깨 위로 머뭇거리며 올라서더니 관심을 끌어보려는 듯 그녀의 볼에 옆구리를 비비댔다.

"차는 여기 세우세. 어르신을 모시고 들어가야지." 그로버가 말했다. 댄은 언제 일어났는지 꼿꼿이 앉아 주변을 둘러보는 중이었다.

"점보도 이리로 옵니까?" 내가 물었다. 점보라는 친근한 존재가 주는 안정감을 그리워하며 나는 이 낯설고 모호하게 불편한 환경 속으로 들어갔다. 그로버는 어깨를 으쓱했다. 댄은 여전히 말이 없었다.

뒤집힌 접의자와 플라스틱 장난감, 버려진 봉제 인형 들 사이를 골라 디뎌가며 우리는 댄의 팔을 부축한 채 마당을 가로질러 걸어갔다.

우리가 다가가는 내내 오델은 우리에게서 시선을 떼지 않았다. 문에서 새어 나오는 빛을 등지고 선 그는 강인한 체구로 주변 공간을 압도했다. 우리가 계단에 도착하자 오델은 손을 내밀어 댄의 손을 맞잡고 인사를 건넸다.

댄은 라코타어로 무언가 말하고는 이렇게 덧붙였다. "이 친구가 너번일세." 오델은 나를 향해 고개를 끄덕이고는 살며시 손을 잡았다. 인사보다는 승인에 가까운 몸짓이었다. 시종 턱을 치켜든 그의 모습에서 나란 존재에 대한 관심은 거의 느껴지지 않았다. 점보가 형의 그늘 아래서 형의 칭찬을 갈망하며 성장했던 이유를 비로소 알 것 같았다.

댄이 점보의 어머니에게 말을 건네자 그녀는 빙그레 웃으며 대답했다. "안에 요깃거리가 좀 있어요." 고양이는 그녀의 양어깨에 몸을 감싼 채 노부인의 볼에 얼굴을 비볐다. "특히 신참은 든든히 먹어야지."

분위기가 묘하게 엄숙했다. 그간 다녀본 인디언 모임은 대개 농담과 웃음으로 가득했다. 심지어 장례식도 예외는 아니었다. 하지만 이곳은 제법 많은 사람이 돌아다니는데도 마당이 쥐 죽은 듯이 조용했다. 나직한 웅얼거림이 어둠을 뚫고 간간이 올라오기는 했지만, 그 밖의 기척이라고는 풀밭에 이는 바람과 뒤꼍에서 개 한 무리가 먼지 투성이가 되어 몸싸움을 벌이며 장난스럽게 으르렁대는 소리가 전부였다.

마당 저편에서 누군가 일어나는가 싶더니 차에 올라 시동을 걸었다. 차는 전조등도 켜지 않은 채 울퉁불퉁한 진흙 위를 덜컹거리며 후진하다가는 방향을 틀어 자갈길 쪽으로 멀어져갔다. 전조등 불빛의 작은 원뿔이 좁은 길을 들썩거리며 내려가다 도로로 접어들어 구릉지대 너머 어둠 속으로 사라져가는 모습을 나는 유심히 바라보았다.

"들어가세, 너번." 그로버가 말했다. "가서 먹자고. 원주민 보호구역에서 누가 음식을 권하면 넙죽 받아먹는 게 예의야."

댄은 마당에 머물며 오델과 라코타어로 이야기를 나누었다.

안에서는 얼굴에 마마 자국이 있는 젊은 여인이 심하게 흠집 난 탁자와 그 위에 수북이 쌓인 잡지며 크래커 상자, 스위트롤 봉지, 가게에서 산 쿠키 들을 마주한 채 앉아 있었다. 나머지 사람들은 방에 놓인 의자나 소파에 조용히 앉아 있었다. 말을 하는 사람은 찾아보기 힘들었다.

조리기 위 커다란 알루미늄 냄비 안에서는 스튜가 끓었다. 여인은 그 갈색 액체를 이가 나간 멜라민수지 그릇에 그득 담더니 내게 숟가락을 내밀었다.

"먹는 편이 좋을 거야, 너번." 그로버가 말했다. "행여 음식을 들고 바깥을 활보할 생각일랑 말게. 집 안에서 만든 음식은 반드시 그 집 지붕 아래서 먹어야 하는 법이거든."

스튜는 연골과 기름기가 있기는 했지만 재미난 맛의 허브와 향신료도 듬뿍 들어 있었다. 종일 그로버의 달걀 범벅과 육포 몇 조각 말고는 먹은 것이 없던 차에 실로 반가운 한 끼였다.

"왜들 이렇게 조용해요?" 나는 그로버에게 넌지시 물었다.

"지금 막 의식을 끝낸 참이거든. 매일 밤 한증막에서 오델이 의식을 집전하니까."

밖에서 차들이 하나둘 떠나고 있었다. 부엌 저편의 창문 너머로 한증막 옆에서 깜부기불이 발갛게 빛을 발했다.

오래지 않아 댄과 오델이 계단을 딛고 방에 들어섰다. 댄은 싱긋거리며 고개를 끄덕이고 있었다.

"말해주게." 댄이 말했다.

오델은 환하게 웃음 지었다. 점보처럼 오델도 대문니가 없었다. 남은 앞니들은 동물의 어금니를 연상시켰다. 그가 말했다. "그 사람을 봤어요. 베나이스라는 사람. 수시로 이곳에 나타나 이것저것 살피고 다녔거든요. 제게 그러더군요. 어르신을 초대하고 싶다고. 다만 눈이 내린 연후에 찾아와달라고."

어둠 속의 부수꾼

"나머지 이야기도 해주게." 댄이 말했다.

오델은 더 한층 활짝 웃어 보였다. "언젠가부터 먼 곳에서 누군가의 기운이 느껴졌습니다. 누군지 알아봐야겠다는 생각이 들었죠. 베나이스였어요. 그래서 어떤 사람인지도 살펴봤지요. 괜찮은 사람이었어요. 시노브족 치고는. 선한 방식으로 찾아들었거든요. 마스틴칼라의 모습으로, 겸손하고 점잖게."

나는 그로버 쪽으로 몸을 기울여 속삭이듯 나직이 물었다. "마스틴칼라가 뭐예요?"

그로버는 고개를 절레절레하며 답했다. "토끼. 그 어른이 토끼의 모습으로 찾아들어 우리를 살펴왔다고."

댄의 얼굴에 더없이 행복한 평화가 깃들었다.

두 겹의 세계

그 뒤로 나는 한 시간 남짓 오델의 집에 머물렀다. 점보와 위노나는 끝내 나타나지 않았다. 댄과 그로버가 친구들과 따로 나가 한담을 나누는 동안 나는 주변에 덩그러니 남아 지금껏 살면서 느껴본 것과는 차원이 다른 이질감을 맛보는 중이었다. 마침내 가도 좋다는 허락이 댄에게서 떨어졌다. 자신과 그로버는 집까지 얻어 탈 차를 구했다는 것이다. 가뭄 끝의 단비와도 같은 소리였다. 게슴츠레한 눈으로 20여 킬로미터를 운전한 끝에 나는 어느 황무지의 넓적한 바위 위에 코트 텐트를 치고 잠자리를 마련했다.

눈부시고 청명한 밤이었다. 칠흑 같은 밤하늘을 은하수가 고요히, 유유하게 가로질렀다. 와나기 타창쿠, 그러니까 은하수를 댄은 '별들의 강'이라 불렀다. 인간의 이해력으로는 도달할 수 없는 미지의 영역에 대해 판단을 내리기 전 영혼들의 위대한 발자취를 좇아 여행길에 오르는 어느 구도자의 모습을 어렵지 않게 상상할 수 있었다.

지칠 대로 지친 몸에도 잠은 좀처럼 찾아들지 않았다. 괴롭고 혼란스러웠다. 오랜 세월 나는 인디언의 고장, 즉 오지브와족의 삼림지며 네즈퍼스족의 산악 지대와 협곡, 라코타족의 고원과 불모지를 두루 여행해왔다. 하지만 전에는 늘 내 고유한 세계를 머릿속에 지니고다니다 모든 것이 지나치게 혼란스럽거나 이질적으로 느껴질 때면 피난처로 삼을 수 있었다.

하지만 이번에는 뭔가 달랐다. 전에는 늘 완벽한 고요를 선사하던일대가 이제는 목소리와 존재하는 것들로 와글거렸다. 토끼는 전부깡충거렸고, 새는 전부 날아올랐다. 마치 하나의 메시지를 전하는 것처럼. 바람과 이정표는 물론이고 생각과 꿈마저도 일제히 힘을 발휘해 저마다의 경고나 요구를 실어 날랐다. 이 드넓고 인적 드문 구릉지대는 평화와 사색의 공간이기를 거부한 채 힘의 세계로, 보이는 힘과 보이지 않는 힘이 지속적인 경계와 영적인 겸손을 명하는 공간으로 바뀌어 있었다.

"그 사람을 봤어요. 그 사람을 살피고 있었어요." 오델의 말이 귓가를 맴돌았다. 개들. 꿈들. 다른 시간에서 건너온 듯한 작은 소녀들. 전령이 된 토끼들. 사람의 목에서 병마를 빨아내는 늙은 여인들.

"이제 돌아가주세요. 너번." 위노나는 말했다. 하지만 밤이 온 땅을 뒤덮은 지금 돌이켜보니 위노나의 그 말은 냉정한 거부라기보다차라리 사려 깊은 충고에 가까웠다.

침낭 안으로 몸을 폭 집어넣었다. 멀리서 올빼미가 울었다. 올빼미는 죽음의 사자라는 이야기가 떠올라 몸서리가 났다. 단순한 것은없었다. 무엇 하나 녹록하지 않았다. 집으로 돌아가고픈 마음이 더없이 간절했다. 그곳에서 세상은 삶의 배경일 뿐 나를 감싸는 존재, 나를 형성하는 존재, 나를 웃게 하는 존재, 내게 경고하는 존재가 아니었다. 하지만 이제 내게는 선택의 권한이 없었다. 나는 문 하나를 통과했고, 그 문은 등 뒤에서 닫혔다.

생애 처음으로 나는, 인디언의 고장에서, 진심으로 두려워하고 있었다.

"오늘은 어째 굼뜨구먼, 너번. 자네도 이제 늙어가는 게야." 내 차가 들어서자 댄이 말했다.

사실 깨어나자마자 나는 집으로 돌아가는 문제를 진지하게 고민했다. 하지만 내게는 이 원로가 원하는 만큼의 시간을 내어주어야 할 의무가 있었다. 어른의 허락이 떨어지기 전에는 절대 떠나선 안 된다던 위노나의 말이 마음을 무겁게 짓눌렀다. 나와의 이별을 댄이 흔쾌히 받아들일 때까지 나는 공손한 자세로 그의 눈앞에 머물며 그가 구하는 것은 무엇이든 대령하고 내 바람보다는 그의 바람을 우위에 두어야 했다.

내가 생각하는 가장 이상적인 그림은 이것이었다. 댄의 집 마당에 내 차가 들어선다. 댄이 손짓으로 나를 계단에 불러들인다. 그러곤 커피 한 잔을 내게 건네며 이렇게 말한다. "내가 알아야 하는 것들은 오델이 일러주었네. 베나이스에게는 적당한 때에 그로버가 태워다 줄 것이고. 그러니 이제 자네는 집으로, 아내와 가족의 품으로 돌아가게." 우리는 얼마간 함께 앉아 허심탄회하게 이야기를 나눈다. 나의 꿈에 대해, 정신병원에 대해, 댄의 여동생에 대해, 댄이 살면서 겪어온 일들에 대해. 그리고 정오 무렵 나는 다시 도로에 들어선다. 그러나 내 마음 깊은 곳에서는, 일이 그처럼 순조롭게 풀려가지는 않으리라고 말하고 있었다.

댄은 옷을 차려입은 채 먼지 자욱한 집 앞에 놓인 낡은 승합차 좌석에 앉아 있었다. 전날 아침 그로버와 위노나가 정성스레 몸을 일으킨 다음 의식을 회복시키려 갖은 회유를 해야 했던 남자와는 다른 사람처럼 보였다.

임종 직전 아버지가 해준 말이 떠올랐다. "살아야 할 이유가 더는 남아 있지 않을 때 사람은 그저 죽음을 기다리게 된단다." 어제 댄은 죽음을 기다리고 있었다. 하지만 오늘은 기꺼이 삶을 맞이하고 있었다.

댄은 늘 입던 얼룩진 카키색 바지와 색이 바래고 팔꿈치가 터진 긴소매 격자무늬 셔츠 차림이었다. 양말을 신지 않은 발에, 양가죽으로 안감을 댄, 외출용 구두라기보다 침실용 슬리퍼에 가까운 모카신을 신는 버릇도 여전했다. 긴 백발은 뒤로 넘겨 말총머리로 묶었고, 방금 씻고 나온 듯 구석구석이 말끔했다.

위노나가 다녀간 흔적이 역력했다. 마음가짐에 경이로운 변화가 있었다고는 해도 댄이 혼자 힘으로 옷을 차려입고 매무새를 다듬은 뒤 계단을 내려와 마당까지 나올 수는 없었으리라.

"잘 잤어요, 댄?" 내가 인사를 건넸다.

"페스터스는 어디 두고 혼자 왔어? 아침을 시작하는 데는 개의 입김을 얼굴에 쐬는 것만한 호사가 없는데 말이야." 댄이 말했다.

"아마 점보네로 돌아갔을 겁니다."

"그렇구먼. 아무래도 애인보다야 못하겠지만 페스터스 정도면 그 다음 순위로 손색이 없지." 댄이 껄껄 웃으며 가벼운 농담을 건넸다.

나는 너무 피곤한 나머지 농담을 주고받을 기운이 없었다. 힘겨운 밤을 보내며 잠을 설친 탓이었다. 모든 소리가 경고음처럼 들렸고, 공중에서 어두운 형체가 휙 하고 지날 때마다 신경이 곤두섰다. 그나마 유일한 위안거리라면 그 꿈이 간밤에는 찾아들지 않았다는 사실이었다.

"앉게, 앉아." 댄이 옆자리를 톡톡 두드리며 말했다. "어젯밤 오델의 얘기를 듣고 무슨 생각이 들던가?"

어린 지가 손을 내리뻗어 토끼를 안아 올린 뒤 점보에게 내밀던 풀숲을 나는 물끄러미 바라보았다.

"나와는 다른 세계의 일이에요. 제가 달리 뭘 할 수 있겠어요? 그저 지켜보고, 가능한 한 마음을 다해 존중해야죠."

"토끼라니." 댄이 키득거렸다. "꽤 괜찮은 늙은이 아닌가! 토끼를 보내다니. 유머 감각이 제법이라니까, 그 베나이스라는 친구." 댄은 내게 다가오라고 손짓했다. "우리가 시노브족을 뭐라 이르는지 아나?"

나는 어정쩡하게 어깨를 으쓱했다.

"토끼 목을 조르는 자." 댄이 웃으며 말했다. "그쪽에서는 우리를 '개를 잡아먹는 자'라 이르고 우리는 저들을 '토끼 목을 조르는 자'라 이른다네. 그래서 토끼의 모습으로 찾아온 거야. 영민한 사람이지. 어디 그뿐인가? 토끼가 무얼 뜻하는지도 알더군. 온유와 겸손이지. 누구도 해치지 않고. 베나이스는 내게 메시지를 보낸 거야. 하여간 마음에 드는 친구라니까. 한시라도 빨리 만나고 싶군."

"바로 그 문제에 관해 드릴 말씀이 있습니다." 내가 말했다. "눈이 내리기 전에는 오지 말라고 하셨다지만 눈이 오려면 아직 한참 남았잖아요."

"오호라, 그러니까 자네는 그전에 내가 죽을까 봐 걱정인 게로군." 댄이 팔꿈치로 내 갈빗대를 찔렀다. 내가 원주민 보호구역에 도착한 이래로 그는 지금 가장 기분이 좋아 보였다.

"그게 아니라, 혹시 저 대신 그로버나 위노나가 데려다드리면 어떨까 해서요. 두 사람만 괜찮다면 제가 길을 알려줄 수도 있고." 내가 조심스럽게 운을 뗐다.

"안 될 말이네. 나를 데려갈 사람은 자네야." 댄이 말했다.

맥이 풀리는 대답이었지만 그렇다고 놀랍지도 않았다. "여러모로 생각해봤어요. 하지만 어차피 갈 거라면 되도록 서두르는 편이 낫지 않을까요? 왠지 조급한 마음이 들어서."

"안 될 말이네. 그쪽에서 눈이 내릴 때 오라고 했으니 우리도 눈이 내릴 때 가주는 것이 도리야."

"눈이 내릴 때 오라더라는 토끼 한 마리 때문에 우리가 그때까지 기다려야 한다고요?" 기진맥진한 나머지 그만 옹졸한 성미가 튀어나왔다.

순간 아차 싶었다. 말을 다시 주워 담을 수만 있다면 그러고픈 심정이었다. 위노나가 경고한 바로 그런 식의 무례였다. 하지만 댄은 언짢은 기색을 내비치지 않았다. 그저 고개를 꼿꼿이 세우고는 곁눈으로 나를 바라보았다. 마치 나의 진심을 헤아리려는 것처럼.

"오델을 믿지 않는 겐가?" 댄이 물었다.

"오델을 모르는 거예요. 믿고 안 믿고의 문제가 아니라."

"그렇구먼. 나는 오델을 믿네." 댄은 슬며시 웃으며 내 어깨를 툭 쳤다. "더군다나 토끼들은 거짓말쟁이가 아니거든."

댄은 몸을 일으키는가 싶더니 절뚝거리며 한쪽 구석으로 가 바지 지퍼를 내리고 땅에 오줌을 눴다.

"됐네." 댄이 지퍼를 올리며 말했다. "이제 물주머니도 비웠으니 슬슬 나서볼까? 점보에게 가세. 페스터스가 눈에 밟히는군. 녀석이 좋아졌거든. 더구나 자네하고는 변변한 대화도 못 해봤고. 내 긴히 할 말이 있네."

"그러시죠." 내가 말했다. 이것으로 나의 방문 기간은 연장되었다.

332

하지만 덕분에 댄과 내게는 짧게나마 우리만의 시간이 주어졌다.

내가 부축할 새도 없이 댄은 혼자 차로 걸어가 조수석에 앉았다. 그리고 말했다. "하나 더 일러주지. 너번, 자네는 늘 좋은 차를 타거든. 굵은 고무줄로 동여맨 곳도 없고 강력 테이프를 붙인 곳도 없고. 그야말로 고급이야. 그러니 베나이스의 집까지 편히 가려면 이 차가 제격이지."

우리는 텅 빈 고속도로를 달려 점보의 집으로 향했다. 가는 내내 댄은 새처럼 재잘거렸다. 그는 이야기와 농담, 기묘한 회고담을 잔뜩 풀어놓았다. 지난밤 나를 괴롭히던 어두운 예감은 아침 안개와 더불어 서서히 증발했다.

"자네는 토끼를 믿지 않아, 그렇지?" 댄이 물었다.

"평상시에 토끼의 조언을 듣는다거나 하지는 않죠." 내가 대답했다.

"자네가 그러리라곤 나도 기대하지 않네." 댄이 응수했다. "자네 세계의 사람들은 절대 동물의 말을 귀담아듣지 않거든. 그 검은 책에서 보듯이 에덴동산에서도 뱀의 말을 신중히 헤아리지 않았지. 그래서 결국 어떻게 됐나? 그때부터 줄곧 정처 없이 떠돌며 신께 용서를 구하는 신세 아닌가?"

댄은 자신의 농담이 재미있다는 듯 껄껄거렸다. "모든 목소리에 귀 기울여야 한다고 내가 몇 번을 말했나?" 그는 양손을 자기 머리 옆에 대고는 마치 신호를 수집하는 안테나처럼 꼼지락거렸다. "귀를 활짝 열어야 돼."

나는 웃으며 동의했지만 말은 하지 않았다.

그렇게 말없이 몇 킬로미터쯤 달렸을까? 곁눈으로 슬쩍 보니 댄이 초조한 듯 손을 쥐었다 폈다 했다. 마음속에 뭔가 할 말을 담고 있는 게 틀림없었다.

"너번." 이윽고 그가 입을 열었다. "그보다 심각한 이야기를 해야겠네." 분위기가 아까와는 사뭇 달랐다. 목소리는 더 부드러웠고 말투는 더 가라앉았다.

"전 괜찮아요. 내심 기다리기도 했고." 내가 말했다.

"그 여자아이에 대한 거야. 어제 나를 보러 온 그 아이 말일세. 그 애가 누군지 알고 있나?"

"압니다. 진트칼라 지, 도니와 앤지의 딸이잖아요. 전에 여동생의 인형을 그 애한테 주실 때 그 자리에 저도 있었습니다."

댄은 고개를 끄덕였다. "옳거니. 아이의 생김새를 유심히 보았나?"

"네. 사실 적잖이 놀랐습니다. 동생분의 어린 시절 사진과 꼭 닮아서요."

"행동도 살펴봤나?"

"봤습니다."

댄은 내 무릎에 손을 얹었다. "조물주가 보내주신 아이라네. 건너갈 날이 얼마 남지 않은 내게 조물주가 그 어린 걸 보내신 거야. 그 아이의 눈에서 내 어린 누이를 본다네. 그 아이는 내게 세상에서 제일 중요한 존재야."

"제 눈에도 보여요. 그리고 제가 보기엔 댄도 그 애에게 세상에서 가장 중요한 존재예요."

"하지만 그 아이가 걱정이야. 이만저만 걱정이 아니라네. 사람들이 그 애를 에워싸고 있어. 의사에, 사회복지사에, 백인 세계가 온통 그 애를 어쩌지 못해 안달이지. 아이의 머리가 병들었다고 생각하거든."

댄은 두 손을 꼭 쥐고 아랫입술을 깨물었다.

"저들에게 아이를 내줄 수는 없네. 토끼라든가 영혼에 대해 내가 농담처럼 말하기는 했네만 실은 농담이 아니야. 자네 세계의 언어로 설명해달라면 그럴 수도 있네. 하지만 세상에는 우리 영역을 넘어서는 힘이 존재하거든. 그 아이는 그런 힘을 이해한다네. 대화도 나누고. 토끼를 안아 올릴 때 보지 않았나? 그 애는 병든 게 아니야. 오래된 지혜를 알고 있는 것뿐이지."

댄은 손을 길게 뻗어 내 팔을 잡았다. "내 말을 귀담아들었으면 해. 여기를 떠나고 싶어하는 자네 심정이야 나도 알지. 자네 영혼이 멀어지는 게 느껴지거든."

"사실 그래요. 이 상황이 두렵습니다." 내가 말했다.

"두렵겠지. 하지만 자네의 도움이 필요해. 오늘 아침 얼마나 노심초사했는지 모르네. 자네가 아예 돌아오지 않으면 어쩌나 하고."

"거의 그럴 뻔했죠. 위노나는 제가 어제 떠나줬으면 했거든요. 기세에 밀려 문밖으로 나가려던 참에 댄이 페스터스와 지를 데리고 계단을 올라왔고요."

"위노나도 이 상황이 두려운 게야. 백인들이 끼어드는 게 못마땅할 테지. 자네가 떠나주길 바란 것도 그 때문이고. 하지만 세상에는 좋은 두려움과 나쁜 두려움이 있네. 자네의 두려움은 좋은 쪽이야. 좋은 두려움은 결국 존중을 뒤집어놓은 것에 불과하거든. 자네는 존중하는 마음을 지녔어. 겉으로는 안 그런 척 우스갯소리를 하지만."

"노력하는 거예요." 내가 말했다.

"알지. 자네와 이야기하는 것도 그 때문이고. 자네는 겸손하거든. 백인들의 지식이 우리의 지식보다 더 뛰어나다고 여기지 않지."

그는 내 팔을 잡은 손에 힘을 주었다. "베나이스라는 이를 반드시 찾아갈 작정이네. 지를 처음 봤을 때 알았지. 말 그대로 아기였어. 쪼그만 녀석이 온갖 소동을 다 피우더군. 그때 알았다네. 아이의 영혼이 불안하구나, 저쪽 세상에서 미처 끝내지 못한 뭔가가 있구나. 그래서 그렇게 쉴 새 없이 울어댄 거야. 아이의 눈을 보고 알았지.

지가 커가는 모습을 보니 그 애가 끝내지 못한 일이 무엇인지 비로소 알겠더군. 내 어린 누이를 내게 데려오는 일. 그 애는 내 누이를 다시 내게 데려오는 중이야. 이제 다시는 그 애를 백인들에게 빼앗길 수 없네."

댄의 두 눈에 물기가 어렸다. 그가 이토록 내게 마음을 열어 보인 것은 이때가 처음이었다. "공책을 가져와주어 정말 고맙네. 얼마나 필요했는지 몰라. 덕분에 내 영혼이 강해졌어. 갈수록 약해져가던 참이었거든.

자네 세계의 사람들과 자네들의 학교, 자네들의 언어는 예전부터 내 능력을 야금야금 갉아먹었지. 세상은 자네 세계의 것이 되어가는데 조물주께서는 손 놓고 계시니 어쩌면 내가 틀렸겠구나, 저들이 옳을 수도 있겠구나 싶더군. 급기야 이제는 라코타어로 꿈을 꾸는 일조차 드물어졌을 정도니까."

댄의 시선은 줄곧 내가 아닌 먼 곳을 향해 있었다. 백인에게 이런 이야기를 하고 있다는 사실을 스스로도 인정하기 힘든 모양이었다.

"우리네 오래된 풍습을 지킬 힘이 약해졌다고 스스로 느낄 때면 얼마나 가슴이 아픈지. 조상들을 욕되게 하는 것이나 마찬가지니까. 하지만 나는 너무 지쳤어. 우리 인디언 전부가 지쳤다네. 자네 세계의 사람들은 마치 거대한 황소처럼 우리 터전으로 돌진해 우리를 쓰러뜨리고, 또 쓰러뜨리거든. 우리가 일어설 때마다 어김없이 다시 쓰러뜨리지. 우리의 언어를 죽이고, 전통 방식을 죽인다네. 영화에서는 우리를 웃음거리로 만들고, 운동 경기에서는 우리 자존심을 깔아뭉개지. 우리 의식을 행한다는 이유로 감옥에 집어넣기도 하고. 우리를 때리고 또 때리는 거야. 우리가 누구였는지 잊을 때까지. 우리가 누구인지 모를 때까지. 그러다 오로지 백인들이 주입한 기억만이 남을 때까지."

댄은 깊은 숨을 몰아쉬었다. 숨결에서 떨림이 느껴졌다. 금방이라도 울음을 터뜨릴 것만 같았다.

"나를 아프게 하는 사실이 뭔지 아나? 이런 일들이 벌어진 원인이 우리의 열린 마음에 있다는 거야."

"무슨 뜻이죠?" 내가 물었다. 방해할 마음은 아니었지만 이해하고 싶었다.

댄은 마치 내면의 싸움에 응답하듯 고개를 가로저었다. "힘이 드는군. 백인에게 이런 이야기를 하는 건 영 익숙지 않아서 말이야."

"귀담아듣고 있습니다. 이런 말씀은 제게 선물과도 같으니까요." 내가 말했다.

댄은 마음을 가다듬고 말을 이어나갔다. "알다시피 그건 전부 능력의 문제야. 다른 사람을 때려눕히는 체력이 아닌, 진정한 능력을 말하는 거라네. 조물주와 우리를 이어주는 능력. 알아듣겠나?"

"그런 것 같아요."

댄의 숨소리가 약해졌다. "다행이군. 지금부터는 듣기만 하게. 내 말이 끝날 때까지.

그러니까 우리 인디언들은 조물주의 길을 따르는 이들에게는 조물주가 항상 능력을 내리신다고 믿어왔다네. 조물주가 아끼는 사람인지 아닌지는 그가 가진 능력의 종류로 판가름할 수 있었지.

옛날에는 우리에게도 갖가지 능력이 있었어. 치유의 능력부터, 미래를 아는 능력, 동물과 식물을 이해하는 능력까지. 전투 능력이 출중한 사람도 있었지. 물론 자네는 믿기지 않을 거야. 게다가 우린 그런 능력의 대부분을 잃어버렸고. 하지만 옛날에는 그런 능력들이 존재했다네. 능력을 지닌 사람들은 존경을 받았지.

헌데 자네 세계의 사람들이 가지고 온 능력은 우리 것과는 달랐어. 자네 세계의 약물은 우리가 이해할 수 없는 질병을 치유했고, 자네 세계의 총은 우리의 활과 화살보다 더 강력한 힘으로 사람을 죽였네. 자네 세계의 대롱으로 세상을 보면 멀리 있는 것들이 가깝게 보였어. 그야말로 온갖 능력을 갖추고 있었지. 생전 처음 보는 그 능력에 우리는 경탄했고 동시에 겸손해졌네.

그 능력이 어디에서 왔느냐고 물었더니 자네 세계 사람들은 그 검은 책에 적힌 길을 따랐더니 조물주가 능력을 주시더라고 답하더군. 우리는 조물주가 백인과 백인들의 방식을 더 아끼는 게 틀림없다고 생각했지. 그래서 그 검은 책에 적힌 길에 더 마음을 열기 시작한 거야.

처음에는 일이 순조로웠네. 조물주가 그분의 모든 힘을 단 한 족속에게만 주셨을 리 없다는 것을 우리는 알았고, 검은 책에 나오는 가르침은 우리도 대부분 이해할 수 있었으니까. 오래된 이야기를 하나 해주지. 인디언들 사이에 전해 내려오는 이야기야. 서쪽에 사는 부족들 중에 위대한 능력을 지닌 이들이 있었네. 그들은 땅에 쓰러져 사흘 동안 죽은 듯이 잠을 잤어. 심장은 뛰지 않았고, 몸은 돌처럼 차가웠지.

죽은 사람은 딱 보면 알게 돼 있어. 그들은 죽어 있었네. 그랬다가 사흘 만에 다시 살아난 거야. 뿐만 아니라 영혼의 세계에서 메시지도 가져왔지. 저쪽 세상에 다녀온 거라네.

검은 옷의 사제들이 찾아와 죽은 지 사흘 만에 살아난 예수의 이야기를 해주었을 때 우리는 이해했네. 그 얘기는 우리의 방식이 틀렸다고 하는 것 같지 않았어. 오히려 더 강하게 해주는 느낌이었지. 조물주는 같은 진리를 족속에 따라 다른 방식으로 전하신다는 이치를 깨달은 거야.

심지어 십자가도 우리는 이해했네. 예수는 나무에 못 박힌 채 사람들을 위해 고통받지 않았나? 우리에게는 선댄스 의식이 있어. 참가자들은 와기춘 와기, 자네들 말로 풀이하면 신성한 미루나무에 밧줄로 단단히 묶인 채 음식을 먹지도 물을 마시지도 않으면서 사람들의 안녕을 위해 고통을 받지. 예수가 사람들에게 잡혀 나무에 못 박혔다는 이야기를 들었을 때 우리는 선댄스 무희들의 피부가 독수리 뼈로 뚫리는 장면을 떠올렸다네. 그리고 생각했지. '저이도 사람들을 위하는 강인한 영혼을 지녔구나, 선댄스 무희들이 사람들을 위하는 강인한 영혼을 지닌 것처럼.'

더불어 이 예수가 능력을 갖게 된 것도 어쩌면 조물주께서 그를 내려다보시다가 '사람들을 위하는 그 강인한 마음에 감명을 받아' 그에게 영적인 능력을 채워주셨기 때문일지도 모른다고 생각했지.

그런 예가 굉장히 많아. 우리는 흥분했네. 우리가 살아온 길이 자네 세계의 길과 맞아떨어지는 듯 보였으니까. 조물주가 의식과 가르침을 통해 우리에게 전하신 지혜와 검은 책을 통해 백인에게 전하신 지혜를 서로 공유할 수 있을 것 같았거든. 그렇게 힘을 합치면 조물주의 이치를 더 잘 알게 될 거라고 생각했지.

하지만 우리 지혜를 전하려 하자 자네 세계에서는 우리 길이 틀렸다고 말하더군. 우리 길은 검은 책에 나오는 길과 다르다나? 어두운 영혼에게 통하는 길이라더군. 조물주는 오로지 백인에게만 지혜를 전하셨다고, 만약 지혜를 원한다면 우리네 오래된 풍습을 외면해야만 한다고 말했어. 조상들의 가르침을 외면하고 검은 책에 나오는 길만 따르라는 식이었지.

우리 생각은 달랐어. 조물주가 오직 한 족속에게만 능력을 나눠 줄 만큼 인색하리라고는 생각지 않았지. 하지만 우리는 자네 세계의 능력을 존중했네. 그래서 귀담아들었던 거야. 그런데 우리가 귀를 기울이자 백인들은 우리가 걸어온 길과는 저만치 떨어진 길에 우리를 내려놔버렸지.

우리네 오래된 풍습과의 인연이 끊기는 데는 그리 오랜 세월이 걸리지 않았어. 백인들이 언어를 앗아가는 바람에 우리는 동식물과 소통하던 연결고리를 잃어버렸네. 조물주를 만났던 우리 땅에서도 내쫓겼지. 사고방식은 바뀌었고 오래된 능력과도 인연이 끊겼어. 어쩌면 우리가 잊었을 뿐 그 능력은 여전히 자리를 지켜왔는지도 모르지. 허나 이제는 내 안에서 그저 유령처럼 떠돌 뿐이야. 마치 더는 기억 나지 않는 소리의 울림 같다고 할까?"

댄의 손이 심하게 떨렸다. 그런 상태로 이야기를 이어가기란 무리인 듯했다. 하지만 내가 그를 안정시키려 입을 떼려는 순간 그가 몸짓으로 나를 제지했다.

"그러던 차에 지가 나타난 거야." 댄의 이야기가 이어졌다. "동물과 이야기하고 땅의 목소리를 듣는 아이. 마치 옛사람을 보는 듯했지. 문득 그런 생각이 들더군. 조물주가 지에게는 지혜를 선물하시고 내게는 그 아이를 알아볼 수 있는 능력을 주셔서 내가 오래된 지혜를 기억하게 하시려는 것 같다는 생각. 내가 어린 누이를 빼앗기고 심장을 도려내는 듯 아파했다는 사실을 조물주가 아시고 그 누이의 목소리를 가진 아이를 선물로 보내셨다는 생각 말일세. 이해하겠나, 너번? 전부 이해할 수 있겠어?"

"노력 중입니다. 진심이에요."

"그거면 됐네. 내가 원하는 건 자네의 노력이야. 그게 중요해." 댄의 목소리에서 절박함이 묻어났다. 그는 이야기를 이어나갔다.

"지가 자라고 아이의 눈에서 내 누이가 보이기 시작했을 때, 나의 영혼은 날아올랐네. 마음속에 조물주의 환희가 차올랐지. 하지만 그때 의사들과 사회복지사들이 나타난 거야. 검사를 한답시고 지를 병원으로 끌고 가더니 기계에 집어넣고 머리 위에 철사를 두르더군. 전에도 이런 경우를 봤다며 아이의 어디가 문제이고 어떤 치료를 해야 하는지 읊어대면서 백인의 의술로 아이를 치료하려고 들었어. 지의 부모에게 자기들 말을 따르라고, 안 그러면 아이를 데려가겠다고 으름장을 놓았지."

"그런 일이 정말 가능한가요?"

"우리는 인디언이야. 백인들이 원하면 못 할 게 없지."

"지의 옷차림과 생김새에 대해 말해보셨어요? 그들이 뭐라던가요?"

"그런 걸 왜 말해야 하지? 그저 인디언의 낡은 미신이라고 말할 게 뻔한데.

지의 부모는 젊어. 하지만 의사들을 두려워하지. 오래된 풍습을 모르면서 그렇다고 새로운 풍습을 따르지도 못하는 거야. 아이 부모에게 나도 이런 경우를 봤다고 말했네. 지의 안에 우리네 오래된 정신이 살아 있고, 아이가 오래된 능력과 남다른 재주를 타고났으니 의사들 말은 귀담아듣지 말라고 했지. 내가 아이를 가르칠 테니 백인의 의술에 아이를 내어주지 말라고 말일세.

지의 부모는 내 결정을 존중했네. 하지만 두려워했지. 그건 아직도 마찬가지야. 지금이야 내게 아이를 데려와 가르침을 받도록 하고 있지만 나는 살날이 얼마 남지 않았어.

이따금 침대에 누워서 조물주께 묻는다네. 내가 옳은 일을 하고 있느냐고. 만일 백인들이 하자는 대로 아이에게서 인디언의 영혼을 없애고 백인의 치료법을 쓰면 아이가 더 행복해지지 않겠느냐고. 어쩌면 친구가 생길 수도 있겠지. 백인들의 길을 따라 살 수도 있을 테고. 이대로라면 아이가 너무 외롭잖아. 아이 부모도 너무 두려워하고.

슬슬 포기하려고 했네. 나를 위해서도 아이를 위해서도 포기할 준비를 하고 있었지. 그러던 차에 자네가 공책을 들고 나타나서는 내 어린 누이, 나를 소리쳐 부르던 그 아이를 안다는 노인의 이야기를 들려준 거야. 덕분에 나는 힘을 얻었네. 오래된 목소리들은 여전히 말을 멈추지 않은 채 누군가 들어주길 원한다는 걸 알았거든. 그 목소리들이 지에게 힘이 되리라는 것도.

모르긴 해도 베나이스라면 지의 눈에서 오래된 정신을 볼 걸세. 얼굴에서는 내 누이의 영혼을 보겠지. 지의 부모에게는 아이가 정상이란 걸 확인시켜줄 거야. 아이가 건강하고 병들지 않았다는 걸 말이네.

그러니 반드시 가서 지를 보이고 확인해야 돼. 아이를 위해서야. 그 애도 알아야 하거든. 자신이 혼자가 아니고 조상들이 함께한다는 걸 말일세. 아이 부모를 위해서도 마찬가지야. 용기를 얻을 게 아닌가? 딸아이가 남다른 재능을 타고난 것이지 병에 걸린 게 아니라는 것도 알게 될 테고. 또한 나를 위한 일이기도 해. 그래야 나도……." 그는 말을 멈추고 숨을 깊이 들이쉬었다. "그래야 나도 내가 한물간 것에나 집착하는, 그저 그런 늙은이가 아니라는 걸 알게 될 테니 말일세."

"아무도 그렇게 생각하지 않아요, 댄."

나의 말에 댄은 고개를 돌린 채 이렇게 답했다.

"자네는 좋은 친구야, 너번. 무엇보다 선의를 지닌 사람이지. 하지만 자네는 몰라. 마음속에 두 세계를 품고 산다는 게 어떤 의미인지."

대왕 톤토

댄은 점차 어둠 속으로 침잠했다. 점보와 페스터스를 만나려 가벼운 마음으로 떠나온 소풍은 차츰 고통스런 기억을 향한 여정으로 변해 갔다.

"이야기를 계속해도 정말 괜찮으시겠어요?" 내가 물었다.

하지만 댄은 듣고 있지 않았다. 그저 말없이 앉아 멀리 언덕들을 응시할 뿐이었다.

그로버의 집으로 이어지는 모퉁이에 다다랐을 때 댄이 심란한 듯 손을 내저었다.

"그로버를 데려가세."

댄의 제안에 나는 안도했다. 댄과 나, 둘만의 시간을 원했던 건 사실이지만 어느새 우리는 다른 사람의 도움 없이 항해하기엔 너무 깊은 물속으로 빠져들고 있었다. 댄이 어둠을 다루는 방식은 나보다 그로버가 훨씬 더 잘 알고 있을 터였다.

그로버의 집을 마지막으로 방문한 지도 어느덧 수년이 지나 있었

다. 내가 기억하는 그 집은 원주민 보호구역 특유의 불결함 가운데
단연 돋보이는 정돈과 청결의 오아시스였다. 하지만 실제는 기억을
압도했다. 차가 아스팔트를 벗어나 그로버의 집으로 향하는 언덕을
오르는 동안 내가 맞닥뜨린 풍경은 차라리 결벽에 가까웠다.

매끄럽게 경사진 오솔길에서는 점토 곳곳의 구멍과 균열을 자갈로
메운 흔적이 엿보였다. 길옆으로는 흰 칠을 한 돌멩이가 일정한 간격
으로 배열되어 있었다. 그 길 끝으로 가면 말끔한 주차용 슬래브가
나오는데 그 사각형 콘크리트 바닥의 완벽한 정중앙에는 그로버의
구식 녹색 뷰익이 서 있었다. 트레일러 역시 길옆 돌멩이들 못지않게
새하얗고 티끌 하나 없었다. 그 작은 보금자리는 북미 원주민 보호구
역의 끝없는 먼지와 바람과 태양열을 견뎌내는 비법을 어떻게든 터
득해낸 듯했다. 거대한 위성 안테나가 하늘을 조준했고, 미국 국기는
장대에 매달린 채 지붕 위에서 펄럭였다.

그로버는 청바지에 카우보이 부츠, 불가사의할 정도로 새하얀 티
셔츠 차림으로 집 안 어딘가의 수도꼭지에서 뱀처럼 뻗어 나온 정원
용 녹색 호스를 손에 든 채 집 앞에 서 있었다. 약하고 거무스름한
물줄기가 철도 침목으로 울타리를 두른 화단의 붓꽃 위로 조금씩 흘
러내렸다.

밝게 흐드러진 보라색은 무자비하게 그을린 땅의 갈색과 초원의
푸른색이 주를 이루는 북미 원주민 보호구역이라는 팔레트 위에 신
선한 자극을 불어넣었다. 분명 그로버는 이 황량한 환경에 강렬한
색감을 덧입힐 요량으로 꽃들을 들여와 정성을 다해 보살폈으리라.
차가 들어서자 그로버는 내게 가볍게 인사를 건넸다.

댄의 심리 상태가 걱정되었던 나는 입이 근질거렸지만 그로버가
직접 댄을 볼 때까지 밝은 어조를 유지하기로 마음먹었다. 아무래도

그편이 최선일 듯했다.

"백인이었다면 아마 꽃에 물을 주겠다고 미주리 주에서부터 운하를 팠을걸요." 이렇게 말하며 나는 차 밖으로 발을 내디뎠다.

그로버는 호스를 치켜들어 갈색의 퀴퀴한 물이 손 위로 흐르게 했다. "내가 백인이었다면 이 물을 병에 담아 '인디언의 성수'라며 팔았겠지. 축성이야 독수리 사나이한테 받으면 될 테고. 그치도 지금쯤 일자리가 필요할걸. 주술 용품 가게 숙녀가 거래를 끊었을 테니 말이야."

그로버는 내게 호스를 건네고 트레일러 안으로 돌아가 수도꼭지를 잠갔다. 다시 모습을 드러냈을 때는 깨끗한 줄무늬 수건으로 손을 닦고 있었다. "지금쯤이면 이곳을 벗어나 꽁무니를 뺐을 줄 알았는데. 오델과 토끼 이야기에 겁을 집어먹은 것 같았거든."

"그게, 사실 그랬죠. 하지만 댄이 차를 태워달라고 부탁하는 바람에." 나는 고갯짓으로 차를 가리켰다. 어두운 차 안에서 댄은 미동도 없이 앉아 있었다. "가는 길에 그로버도 데려갔으면 하시네요."

그로버는 댄을 물끄러미 바라보더니 이렇게 말했다. "틀림없이 너번 자네를 무척 좋아하시는 거야. 최근에는 누구와도 바깥출입을 내켜하지 않으셨거든."

"잘못 짚었어요. 페스터스가 보고 싶다 하시네요."

그로버는 날카롭고도 허망한 웃음을 내뱉었다. "그 생각을 미처 못했군. 개가 있었지. 하긴 사람을 보려고 침대 밖으로 나오실 일은 거의 없지만, 개를 보기 위해서라면 기꺼이 일어나 차에 타고도 남지."

그로버는 호스를 둘둘 말아 완벽한 원을 만든 다음 트레일러 한쪽 벽에 달린 고리에 걸었다.

"상태는 좀 어떠셔?" 그로버가 물었다.

"좋지는 않아요. 상처의 꽤 깊은 곳까지 건드려버린 것 같아요. 지 와 오래된 풍습, 잃어버린 모든 것에 대해 얘기하던 중이거든요."

그로버는 다 안다는 듯 고개를 끄덕였다.

"어쩔 수 없지. 대충 겉핥기식으로 넘어갈 수는 없으니까. 그러기 엔 안에 든 고통이 너무 크거든. 개를 보면 나아지시겠지. 그것도 다 견공의 숨이 붙어 있을 때 이야기지만. 어제 보니 쓰러지기 일보 직 전이던데. 그나저나 지금 어디에 있나?"

"점보네 집에 있을 겁니다."

"아, 잘됐군. 마침 점보에게 줄 게 있거든. 잠시만."

그로버는 트레일러 안으로 들어가더니 잠시 후 갈색 종이 가방을 들고 나타났다. 바닥이 기름으로 흥건했다. 그는 가방을 내밀며 말 했다.

"도리스네 가게에서 직접 만든 거야. 어젯밤 집에 오는 길에 샀 지. 이거면 내 일주일 치 식량으로 너끈할 것 같더라고. 옛날 같으면 엘크 한 마리를 쏜 거나 진배없지. 점보에게는 좋은 간식거리가 될 걸세."

나는 종이 가방을 열고 내용물의 은박 포장을 벗겨냈다. 크기가 멜론만 한 그 물건의 정체는 커다란 빵 덩어리를 튀겨 다진 고기와 치즈 가루, 토마토, 타코 소스, 그리고 옆으로 줄줄 흘러내리며 종이 가방 바닥을 수영장으로 만들어버린 초록색 물질로 속을 채운 인디 언 타코였다.

"대왕 톤토라는 거야. 도리스가 특제 조리법으로 만든 건데, 초록 색 칠리소스가 입맛을 돋우는 데 그만이지. 점보가 반해버린 맛이 고. 바람만 그쪽으로 불어도 귀신같이 알아맞힌다니까."

그로버는 대왕 톤토를 다시 포장한 다음 주머니에 든 밴대나[홀치

기염색을 한 손수건]로 손을 닦았다. "이제 가세. 댄 어르신을 견공에게 모셔다드려야지."

우리는 차를 향해 걸음을 옮겼다. 여전히 댄은 생각에 잠긴 채 침울하게 앉아 있었다.

"어르신은 내게 맡겨둬." 그로버가 말했다.

"하우!" 인사와 함께 그로버는 뒷좌석으로 미끄러지듯 들어갔다.

댄은 조수석 등받이 너머로 손을 뻗어 그로버에게 악수를 청했다. 그로버는 댄의 손가락을 꼭 쥐며 우정의 몸짓을 나누었다. "어르신을 바깥으로 불러낼 만한 사람은 이제 새 애인뿐일 거라 생각했는데, 설마 너번이 애인은 아니죠?"

"너번은 나를 점보네로 데려다주는 길이야. 그리고 눈이 내리면 같이 베나이스네로 가겠지." 댄이 퉁명스럽게 말했다. 웃음기라곤 없는 사무적인 말투였다.

그로버는 손가락으로 하늘을 가리켰다. "그러시든가요. 하지만 오늘 오후에 가기는 글렀네요. 백인들 말로 섭씨 38도는 되겠어요."

"시간은 많아."

"제가 보기엔 아닌데요."

댄은 입을 앙다물었다. "베나이스는 눈이 내리면 오라고 했어. 그 말은 곧 내가 그때까지 살아 있으리라는 걸 그 사람이 안다는 뜻이야."

"그렇겠군요. 하지만 너번이 못 버틸 수도 있어요. 카프리치논지 엑스프레손지를 마셔대느라 내장이 뻥 뚫려버릴지도 모르잖아요?"

댄이 희미하게 싱긋거렸다. 그로버는 말을 이어나갔다.

"너번에게 이곳 식으로 커피 끓이는 법을 알려주셔야 돼요, 어르신. 일단 마셨다 하면 그길로 바로 나오잖아요? 건강을 해치기에는 몸 안에 머무는 시간이 너무 짧지요." 그로버는 자신의 농담이 만족스러운 듯 댄의 어깨를 때려가며 한바탕 웃어젖혔다.

댄은 어정쩡하게 신음 소리를 냈다. 하지만 얼굴에는 어렴풋한 웃음이 번져나갔다.

"뭐 하나, 너번." 그로버가 말했다. "출발해야지. 설령 자네가 어찌어찌 버텨낸다 해도 늙은 페스터스는 못 버텨낼 수도 있어. 아이구야, 혹시나 한밤중에 점보가 녀석 위로 구르지나 않았는지 모르겠군."

댄은 코웃음 치며 고개를 가로저었다. 빙그레 새어 나오는 웃음을 억누르려 안간힘을 쓰는 듯했지만 역부족이었다.

댄의 기운을 북돋는 그로버의 능숙한 솜씨에 경탄이 절로 나왔다.

"가자, 실버, 이랴!"[실버는 미국의 서부영화 〈론 레인저〉에서 동명의 주인공이 타는 백마 이름이고, 론 레인저와 늘 함께 다니는 인디언의 이름은 톤토다.] 호령과 함께 나는 점보의 집으로 차를 몰았다. 금빛으로 은은히 반짝이는 구릉지대와 밝은 청록색 하늘이 따뜻하고 아름다운 가을날의 풍경을 완성하고 있었다.

점보와의 만남이 기다려졌다. 그로버가 분위기를 띄우려 노력하기는 했지만 여전히 나는 댄의 분노 어린 고백과 어제저녁에 겪은 당황스러운 일들이 못내 마음에 걸렸고 그래서인지 점보가 더 그리웠다. 이해할 수 없는 음울하고 어두운 일들 속에 점보의 정비소는 마치 평범함과 친절함이 깃든 안식처처럼 느껴졌다.

"점보를 만나면 기분이 좋아질 것 같아요." 내가 말했다.

"흐음, 듣던 중 반가운 소리로군. 비로소 자네도 점보의 진가를 알아보는 것 같으니 말이야." 그로버가 말했다. "축 늘어진 살덩이지만 그 안에 진정한 라코타 사나이가 들어 있거든. 겸손한 데다가 마음을 다해 진실만을 말하는 친구지.

와운실라, 다시 말해 측은지심을 아는 친구야. 사람들이 못되게 굴어도 절대 화내는 법이 없지. 자기가 가진 모든 것을 조물주에게 감사할 줄도 알고.

사람들이 늘 놀려대지만 점보는 절대 기분 나쁘게 받아들이지 않아. 맞서서 화내는 법이 절대 없거든. 일생의 관심사라곤 오로지 남을 돕는 일뿐이지. 애들을 위해 자전거를 고치고 이곳 사람들을 위해 차를 고치고. 누구의 무엇이 고장 나건 간에 점보는 다 고쳐준다네. 그러면서도 손님이 치를 수 있는 대가 이상은 절대로 요구하지 않지. 본인도 모르는 사이에 오래된 풍습을 따르며 살고 있는 거야. 아무튼 최고라니까."

그로버는 창밖으로 끈적한 침을 길게 내뱉었다. "점보는 나쁜 물이 들지 않았어. 나를 비롯해 이곳 사람들 절반이 그런데도 말이지. 그 친구가 가진 힘의 절반이라도 가졌으면 소원이 없겠네."

댄은 마치 제물을 바치듯 자신의 어깨 너머로 손을 내밀었다. 그로버는 마치 아이가 어른의 따스한 손길을 받아들이는 듯 그 손을 잡았다. 댄이 말했다. "자네는 잘하고 있어. 모두에게는 각자의 재능이 있다네. 자네의 재능은 그저 조금 날카로운 것뿐이야."

그로버는 창밖으로 다시 침을 뱉었다. "전 그냥 더 많은 사람이 점보의 참모습을 알아봤으면 좋겠습니다."

비록 내색하진 않았지만 나는 그로버의 말에 정곡을 찔린 기분이었다. 오랜 세월 점보의 겉모습만 보고 내면의 진실한 마음은 알아보지 못했던 나 자신이 부끄러웠다.

차는 모퉁이를 돌아 길 끝의 다 쓰러져가는 가게를 향해 갔다. 제법 먼 거리에서도 점보의 흐릿한 형체를 알아볼 수 있었다. 정비소 앞 자동차 부품과 통 들 틈에 작은 산처럼 솟아난 점보 주위로 시끌벅적한 소년 한 무리가 종합병원의 인턴처럼 가운데로 몸을 기울인 채 서 있었고, 가운데에는 점보가 한 손에 소켓렌치, 다른 한 손에 정체 모를 커다란 기름투성이 연장을 든 채 구부정한 자세로 자전거를 살피고 있었다. 점보는 소켓렌치로 뭔가를 조정하는가 싶더니 뒷바퀴를 돌리다 어느 순간 자전거를 휙 돌려 똑바로 세웠다. 그 일사불란한 움직임에 소년들의 입에서 환호성이 터져 나왔다.

한 소년이 자전거에 훌쩍 올라타더니 앞바퀴를 들어 올린 채 쓰레기 가득한 부지를 요리조리 헤치며 맴돌았다. 다른 소년들은 웃으며 그 뒤를 쫓았다.

"페스터스는 어디 있나?" 댄이 물었다.

그로버는 부지 저편을 손가락으로 가리켰다. 그곳에 자그마한 사람 한 명이 말없이 홀로 서 있었다. 흰색 원피스와 검은 가죽신. 지였다. 아무도 소녀에게 관심을 두지 않았고, 소녀 역시 누구에게도 관심을 두지 않았다. 페스터스는 지의 엉덩이에 고개를 댄 채 그 곁에 서 있었다.

"지가 여기에 어쩐 일이죠?" 내가 물었다.

"위노나가 데려왔을 거야. 그 애가 지의 부모에게 전화해 우리가 여기에 들를 거라고 말했거든. 매일 아이를 내게 보내기로 약속했으니까. 저 애는 그냥 나를 기다리는 거야." 댄이 대답했다.

지는 양손을 옆에 대고 고개는 약간 앞으로 숙인 채 서 있었다. 안으로 살짝 굽은 다리가 그제야 눈에 들어왔다.

점보는 바지에 손을 쓱쓱 문질러 닦고는 지를 향해 걸음을 옮겼다. 소년들은 시내 쪽으로 달려갔다. 지가 두 팔을 내밀자 점보는 소

23 지 후 으 로

350

녀를 들어 올려 어깨 위에 앉혔다. 마치 거대한 크리스토퍼 성인이 아기 예수를 짊어지고 강을 건너는 모습을 보는 것 같았다. 페스터스는 두 사람 옆에서 머리를 한껏 세우고 뽐내듯 걸었다. 그처럼 중요한 인물과 맺은 친분이 자랑스러운 듯했다.

나는 경적을 울리고 정비소 부지에 차를 댔다. 우리를 보고 점보가 활짝 웃었다. 그는 우리에게 다가와 지를 어깨 위에 얹은 채 창문께로 몸을 숙이고는 여전히 기름투성이인 손을 창 안으로 내밀어 우리 한 사람 한 사람에게 악수를 청했다.

지의 얼굴을 가까이서 본 것은 그때가 처음이었다. 그동안 이 작은 소녀의 숙연한 태도에 가려 알아채지 못했는데 가까이서 보니 그렇게 귀여울 수가 없었다. 얼굴은 작은 요정 같았고 턱을 가슴 쪽으로 당길 때는 요염함마저 느껴졌다. 머리칼의 생생한 윤기는 갈까마귀 깃털을 연상시켰다. 하지만 나를 매혹시킨 건 소녀의 커다란 갈색 눈이었다. 멀리서 보면 공허하고 무심한 듯했지만, 가까이서 보면 어둡고도 투명한 호수처럼 한 줄기 빛도 내어주지 않으며 지적인 분위기를 발산했다. 마치 야생동물처럼 드러냄 없이 관찰하는 눈빛이었다. 아이의 눈빛에 그토록 초조해진 적이 있었던가 싶었다.

댄이 차 문을 열고 홀로 걸어 나오자 지는 점보의 어깨에서 내려와 댄의 곁으로 달려갔다. 소녀는 양팔로 노인의 다리를 감싸 안았다. 댄은 지의 머리를 쓰다듬으며 라코타어로 무언가 속삭였다. 소녀는 고개를 끄덕이고는 노인의 손을 잡았고, 두 사람은 먼지 자욱한 부지를 가로질러 점보의 정비소 문 옆에 놓인 낡은 트랙터 바퀴 위에 걸터앉았다.

페스터스는 그들 뒤를 졸졸 따라가다가 댄에게 꼬리를 흔드는가 싶더니 이내 노인의 무릎에 주둥이를 파묻었다. 댄은 그런 녀석의 머리를 양손으로 잡고는 녀석의 이마에 자신의 이마를 맞댔다. 페스터스는 더 힘차게 꼬리를 흔들더니 다친 앞발을 들어 올렸다. 아직 양말을 신고 강력 테이프로 꽁꽁 동여맨 그 앞발로 녀석은 악수를 청하고 있었다. 한 팔로는 품에 안긴 소녀를 감싸고 한 팔로는 늙은 개의 앞발을 잡은 채 댄은 우리 쪽을 보며 활짝 웃어 보였다.

"퉁카실라[라코타어로 신, 조물주라는 뜻]께서 지금 날 데려가신 대도 여한이 없겠네. 이보다 더 좋을 순 없을 테니 말이야."

댄의 이 말에 그로버가 응수했다.

"조물주는 아직 잡술 맘이 없을걸요. 양념이 잘 밸 때까지 기다려야죠."

지는 계속해서 내 쪽을 응시했다. 처음에는 그저 내 망상이겠거니 생각했다. 하지만 이내 착각이 아님을 깨달았다. 이유는 알 수 없었지만 소녀는 분명 나를 관측하고 있었다. 베나이스의 집 근처 언덕에서 마주친 들소가 그랬던 것처럼. 얼마 후 소녀는 댄에게 소곤거리더니 자리에서 일어나 타이어 주변에 난 들풀 몇 가닥을 뜯어냈다. 그리고 성큼성큼 걸어와 뻣뻣하면서도 정중한 몸짓으로 내게 들풀 다발을 내밀었다. 두 눈은 여전히 내게 고정한 채였다.

"세상에, 고맙구나." 이렇게 말하며 나는 이 색다른 부케를 받아 들었다. 그러자 지는 예의 그 맑고 알 수 없는 눈빛으로 얼마간 나를 재보고는 말없이 몸을 돌려 다시 댄에게 걸어갔다. 뒤따르던 페스터스가 애절한 갈색 눈빛으로 나를 돌아봤다. 마치 사과라도 하는 것처럼. 그 모습을 보니 소녀보다는 녀석 쪽이 더 인간적으로 느껴졌다.

"흐음, 어르신은 늘 자네가 개와 아이를 좋아한다고 하시더니만 저애도 자네를 괜찮은 사람이라고 판단한 모양이야." 그로버가 말했다.

지는 다시 나를 응시하고 있었다. 알 수 없는 노릇이었다. 사람들의 눈과 표정의 기미를 읽고 그들의 마음과 머릿속에서 무슨 생각이 펼쳐지고 있는지 단서를 찾아내는 일이라면 나도 어느 정도는 자신이 있었다. 하지만 지의 표정에는 아무런 단서도 없었다. 모든 것을 받아들이지만 아무것도 내어주지 않는 어둡고 텅 빈 공간처럼. 마치 네 살배기 아이가 아닌 태곳적 미지의 존재에게 관찰당하는 기분이었다.

"보여요? 저 애가 나를 보는 눈빛." 내가 물었다.

"익숙해지는 게 좋을 거야. 오래된 영혼을 지닌 이들은 눈빛이 본래 저렇거든." 이렇게 말하고 그로버는 기운차게 차 밖으로 나가 양손으로 엉덩이를 짚고 허리를 뒤로 젖혔다. "점보에게 대왕 톤토나 갖다줘야겠네. 열기 때문에 썩은 냄새가 진동을 하는군."

멀리서 다가오는 자동차의 희미한 소음이 들려왔다. 소음기가 고장 난 대형 트럭이나 승용차에서 날 법한 굵직한 소리였다.

"도니로군." 그로버가 말했다. 문이 네 개 달린 사륜구동 픽업트럭 한 대가 모퉁이를 돌아 굴러오더니 먼지를 일으키며 부지 한 가운데 멈춰 섰다. 운전석 문이 열리고 지의 아버지 도니가 걸어 나왔다.

내가 기억하는 이미지와 거의 같은 모습이었다. 도드라진 광대뼈와 동양인처럼 가느다란 눈, 말총머리로 묶어 등 중간까지 늘어뜨린 길고 검은 머리칼, 멀리서도 느껴질 정도로 조용하고 차분한 분위기, 모든 것이 그대로였다. 살은 약간 붙었다. 호리호리하던 소년은 어느새 강인하고 어깨가 넓은 청년으로 성장해 있었다. 하지만 처음 나를 매료시켰던 특유의 겸손하고 과묵한 분위기만은 여전했다.

도니는 조수석 쪽으로 돌아가 차 문을 열었다. 아내 앤지를 위해서였다. 그녀는 남편의 손을 잡고 조심스레 땅을 디뎠다.

앤지 역시 변해 있었다. 마지막으로 만났을 때 그녀를 지배하던 인상은 어머니로서의 책임감에 어쩔 줄 몰라 하는 젊디젊은 여인의 그것이었다. 비록 말수는 적었지만 커다란 눈에 광기와도 같은 감정이 어려 있었다. 이제는 동글동글하고 앳된 얼굴에서 내면의 만족과 평화가 드러났다. 그녀는 지의 동생을 임신하고 있었다. 부드럽고 세심한 움직임에서 배 속의 생명을 편안하게 받아들이며 아이의 건강과 안녕을 지키고픈 어머니의 진심이 묻어났다. 앤지는 도니의 손을 잡으며 그를 향해 웃어 보였다.

행복해하는 두 사람을 보니 덩달아 기분이 좋아졌다. 댄이 충고하던 장면이 떠올랐다. 아이 어머니의 곁에 머물며 좋은 아버지가 되라고 댄은 도니를 타일렀었다. 확실히 도니는 댄의 한마디 한마디를 가슴으로 받아들인 듯했다. 앤지를 대하는 도니의 태도에서 배려와 애정이 동시에 배어났다.

"샌타페이에 있는 미술학교에 들어간다던 일은 어떻게 됐어요?" 내가 그로버에게 물었다. 도니가 가장 바라던 꿈은 샌타페이 아메리카 인디언 미술학교에 다니며 조각을 공부하는 것이었다. 할머니를 기리는 조각상을 만들며 그가 기울이던 각고의 노력과, 예술품을 창작해 아끼는 사람들을 돕고 싶다는 간절한 바람을 전하며 그가 했던 호소력 짙은 말들을 나는 생생하게 기억했다.

그로버가 손등 위에 담배를 다지며 말했다. "시도는 해봤지. 하지만 오래가진 못했어. 가족을 데려갈 여력이 없었거든. 집에서는 도니가 필요했고. 아버지가 뇌졸중을 앓았는데, 환자의 무거운 몸을 일으켜줄 사람이 도니뿐이었지. 그래서 돌아온 거야."

그로버는 담배에 불을 붙이고는 연기를 공중에 길게 내뿜었다.

"근방에서는 흔한 일이야. 원주민들은 대개 보호구역을 벗어나본 적이 없으니까. 가족에게는 돈이 없고 각자 가진 것들을 모아 근근이 살아가다 보니 삶은 고달프고 젊은이들의 힘이 필요하지. 누군가는 떠나지만 대개는 돌아온다네. 도니는 그저, 다시 끌려 들어온 수많은 젊은이 중 한 명일 뿐이고."

도니는 전도유망한 젊은이였다. 그런 친구가 꿈을 포기했다는 소식을 들으니 마음이 무거웠다. "정말 아깝네요. 재능이 출중한 친구였는데."

"재능이야 지금도 출중하지." 그로버가 말을 이었다. "아마 딸아이도 마음에 걸렸을 거야. 가족에게서 떼어놓을 수 없었으니까. 지에게는 할머니들이 필요했고 할머니들도 그 아이를 필요로 했지."

"그리고 댄 어르신도." 나는 고갯짓으로 댄을 가리켰다.

"그렇지, 댄 어르신도." 그로버가 내 말을 되풀이했다.

"가족이란 즐거운 짐이죠." 내가 말했다.

"늘 즐겁지는 않아. 하지만 그래도 가족이니까. 그게 우리 방식이지. 가족과 부족. 늘 그런 식이고 앞으로도 늘 그럴 테지. 하지만 그게 꼭 나쁜 것만은 아냐. 도니는 원로들을 찾아다니며 조언을 구했거든. 원로들은 그 미술학교를 조심하라고 말했어. 단지 아름다움만을 위해 무언가를 만드는 건 좋지 않다나? 도니가 능력을 더럽히고 있다고, 무언가의 형상을 만드는 행위는 영적 세계에 큰 소리로 관심을 청하는 것과 같다고들 하셨지. 그 말에 도니는 생각을 고쳐먹었고."

어느 네즈퍼스족 여인에게 들은 이야기가 떠올랐다. 네즈퍼스족은 지게식 요람의 등판을 푸른색 구슬로 장식한다고 했다. 푸른색은 하늘의 색, '영원의 색'이었기 때문이다. 그 위에 아기의 머리를 누이는 것은 영혼들에게 아이의 장수를 비는 것이나 마찬가지였다. 그 이야기를 나는 그로버에게 들려주었다.

"어느 정도는 비슷해. 하지만 이건 그보다 더 깊은 이야기야." 이렇게 말하고 그로버는 지평선 너머로 손을 흔들었다.

"여기 이 세계는 단지 영적 세계에 형체를 입힌 것에 지나지 않아. 무언가의 이미지를 만든다는 건 영적 세계를 그 형체 안으로 불러들이는 거야. 영혼의 힘이 머무를 집을 짓는 것이나 마찬가지지. 놀이가 아니야. 원로들이 도니에게 그러더군. 만약 진정으로 사람을 위하는 창조자가 되고 싶다면 더 많은 단련이 필요하다고." 그로버는 자신의 가슴을 톡톡 두드리고는 이렇게 덧붙였다. "바로 여기 말이네."

도니와 앤지는 점보와 댄, 그리고 지가 앉아 있는 타이어 쪽으로 걸어갔다. 지는 곧바로 일어나 기다렸다는 듯 엄마 아빠의 손을 잡았다. 그리고 말없이 두 사람을 그로버와 내 쪽으로 이끌었다.

도니와 앤지를 만나 다시 이야기할 시간을 나는 내심 기다려왔다. 하지만 어린 지가 왜 두 사람을 우리에게 데려오고 있는지는 자못 궁금했다. 다시 한번 소녀의 시선이 내 눈에 붙박였다. 아이는 부모의 손을 이끌고, 내 차 앞 펜더에 기대서 있던 우리를 향해 곧장 다가왔다.

"너번." 도니가 부드럽게 말했다. 시선을 아래로 드리운 채 그는 반갑게 손을 내밀었다.

"도니, 앤지." 나는 두 사람과 차례로 악수를 나눴다. "잘들 지냈어요?"

도니는 언제나처럼 무뚝뚝했고 나도 살가운 인사를 기대하지는 않았다. 앤지는 지난날 함께한 짧은 시간 동안 목소리를 들려준 적이 거의 없었다. 그런 두 사람에게서 대답을 듣기란 무리였다. 나는 지체 없이 대화를 이어나갔다.

"조각은 아직 해요?"

356

도니가 고개를 끄덕였다. 어려워하는 기색이 역력했다.

그런 아버지의 소매를 지가 세게 잡아당겼다. 딸의 행동을 도니는 무시하려 했지만 아이는 완강했다. 급기야 소녀는 도니의 검은 운동복 상의 주머니에 손을 넣더니 주먹만 한 돌덩이 하나를 집어냈다. 도니는 당황한 듯 눈길을 떨구었다. 지는 그 돌덩이를 내게 내밀었다. 들소 조각상이었다.

조각상을 두 손으로 들고 나는 만족스런 웃음을 지어 보였다. "도니 작품이에요?" 내가 물었다.

도니가 고개를 끄덕였다.

기법이 눈에 띄게 나아져 있었다. 형체는 아직 동글동글하고 풍만했다. 뿔이나 발굽처럼 세밀한 부분을 새기기 전 대강의 형태를 잡아둔 상태였다. 형상 전반에서 돌의 원형이 두드러졌다. 마치 도니가 한 일이라곤 들소의 형태를 품은 돌을 찾아낸 뒤 여기저기 파내어 다리와 뿔, 머리를 드러낸 정도가 전부인 것 같았다. 형상인 동시에 돌 자체였다.

그걸 보니 수년 전 몬태나 주 북부에 위치한 2번 고속도로를 따라가다 길가의 울타리 안에서 보았던 커다란 토템 암석이 떠올랐다. 거기, 고대의 조각가들은 커다란 바위 속에 있던 미완성의 들소 형상을 보고 불필요한 부분을 쳐내어 머리와 척추, 갈빗대의 형태를 투박하게 드러냈다. 묘사라기보다는 부름에 가까웠다. 미묘하게, 거의 인식하지 못하는 사이에, 관찰자를 그 형태와 상상의 관계를 맺도록 끌어들였다. 도니의 작은 들소 조각상도 마찬가지였다.

"정말 근사한걸요." 내가 말했다.

"작업 방식을 완전히 바꿨어요." 도니가 미안한 듯 설명했다.

"알아요. 그로버에게 들었어요." 그로버는 내 뒤에서 차에 기댄 채 짐짓 우리의 대화를 외면했다. 도니의 어깨 너머로 댄과 점보가 페스터스를 사이에 두고 타이어에 앉아 있는 모습이 눈에 들어왔다. 점보는 예의 그 주황색 반죽 용기에 담긴 무언가를 먹고 있었다. 페스터스는 반죽 용기 안의 내용물을 동경하는 눈빛으로 뚫어지게 쳐다봤다.

"원로 한 분께 배우고 있어요." 도니의 말이 이어졌다. "젊은 시절 담뱃대를 만들곤 하셨던 분이죠. 그분은 제가 영혼의 집을 만드는 거라고 하셨어요. 형상이 찾아오기를 기다렸다가 그 영혼들이 보여주는 걸 조각해야 한다나요?"

"그럴 듯한 말씀이군요." 내가 말했다. 예술을 바라보는 방식이 내가 배운 방식과는 사뭇 달랐지만 그래서인지 굉장히 토속적이고 전통적인 느낌이었다.

"스승님은 제게 금식도 시키세요. 환영이 보일 때까지 기다리라고 말씀하시죠. 영적 세계에 마음을 여는 법을 배워야 한대요. 어떻게 준비해야 하는지도 가르쳐주시고요."

도니의 입에서 스승 이야기를 듣자 반가운 마음이 들었다. 그 말은 곧 그가 명인 밑에서 전통 양식을 배우고 있다는 뜻이었다. 비록 그 스승은 도니의 예술적 발전보다는 영적 발전에 더 중점을 두는 듯했지만.

"원로들은 미술학교에 다닌 적이 없어요." 도니가 말을 이어나갔다. "대신 영혼들의 말을 귀담아들으셨죠. 제 조각은 팔기 위한 게 아니에요. 조물주의 뜻을 기리기 위한 거죠."

"우리가 세상을 사는 이유니까요." 내가 말했다.

도니는 고개를 끄덕여 동의를 표했다.

그가 이토록 꾸밈없이 내게 마음을 터놓은 건 이번이 처음이었다.

그가 이야기를 계속해주길 바라며 나는 손 안의 작은 들소 조각상을 내려다보았다. "도니는 우선 돌부터 찾는 쪽인가요? 아니면 환영이 나타나기를 기다렸다가 돌을 찾아나서는 쪽?" 내가 물었다. 다소 학술적이었지만 도니라면 충분히 이해할 만한 질문이었다.

"스승님은 먼저 금식과 한증막 의식으로 준비를 시킨 뒤에야 저를 내보내세요. 돌이 저를 부를 때까지 기다리라고 말씀하시죠. 기다리면 알게 된대요. 돌은 가장 오래된 사물이고, 가장 오래된 지혜를 알고 있으니까요. 가끔은 저를 데려가요. 아이가 돌을 골라주거든요."

저는 내 손에 든 조각상을 유심히 바라보는 중이었다.

"그럼 이 타탕카는? 이 형상도 금식하는 동안에 떠올랐나요?" 내가 물었다. 타탕카는 라코타어로 들소라는 뜻이었다.

"아니요. 돌에서 바로 찾았어요. 곧바로 알아봤죠. 그 자리에 누워 저를 기다리는 것 같았거든요. 형상을 꺼내줄 수밖에 없었어요."

"어디서 찾아냈죠? 돌을 찾는 특별한 장소라도 있나요?"

캐물으려는 의도는 없었다. 하지만 내가 보기엔 도니도 이런 대화에 목말라 있었다. 모르긴 해도, 그의 작업에 대해 묻는 사람이 그리 많지는 않은 듯했다.

"저쪽 메사에서 찾았어요." 도니는 저 멀리 넓고 꼭대기가 편평한 지형을 가리켰다. "둥근 돌들 틈에서 하늘을 보며 누워 있었죠."

라코타족에게 전해 내려오는 이야기에 따르면 저 편평한 메사의 꼭대기에 놓인, 눈을 의심하게 할 만큼 둥글고 거대한 바위들은 태양과 달의 형상을 바라보다가 지금의 형태를 갖게 되었다.

"사실 스승님의 권유로 올라간 거예요. 돌들이 가장 큰 소리로 말하는 곳이라나요? 다만 부분적으로라도 땅에 묻혀 있는 돌들은 취하지 말라고 하셨죠. 그런 돌들은 아직 우리 세계로 들어올 결심을 하지 않았으니까요." 도니는 내 손에 든 돌덩이를 가리켰다. "이 돌은 지가 발견했어요. 함께 걷는데 마침 거기 있더라고요."

지는 우리 이야기를 가만히 귀담아듣다가 자신의 이름이 나오자 도니의 소매를 다급히 잡아당겼다. 도니는 몸을 굽혀 딸의 머리 옆에 제 머리를 댔다. 소녀는 입 주위로 손을 동그랗게 오므리고는 도니의 귀에 소곤거렸다. 도니는 고개를 끄덕이고는 몸을 돌려 나를 바라보았다.

"아이가 돌을 발견한 게 아니래요. 돌이 아이를 불렀다는데요?"

소녀는 도니의 소매를 다시 잡아당겼다. 다시, 도니는 고개를 숙여 딸의 이야기에 귀를 기울였다. 그리고 말했다. "돌이 노래를 하고 있더래요."

이것은 기회였다. 위노나의 말에 따르면 지는 노래는 종종 했지만 타인에게 말을 하는 일은 드물었다.

"그 돌의 노래를 들어볼 수 있을까요?"

도니는 지를 내려다보며 아이의 대답을 기다렸다.

소녀는 손을 위로 뻗어 내 손에서 조각상을 집어 들고는 낯설고도 아름다운 선율을 노래하기 시작했다. 가사가 있는 노래는 아니었다. 기도나 성가에 가까웠다. 목소리는 어린애다우면서도 훈련을 받은 듯 또렷하고 힘이 있었다. 그 가녀린 힘에 전율이 느껴졌다. 댄과 점보는 고개를 들었고 페스터스는 별안간 귀를 쫑긋 세웠다.

노래하는 내내 지는 손에 든 들소 형상을 요리조리 만지작거렸다. 지의 손은 오르내리는 음정에 맞춰 조각상의 홈과 구멍을 어루만졌다. 마치 노래로 들소를 빚어내는 것처럼.

그러다 문득 소녀는 노래를 멈추고 댄과 점보, 페스터스를 향해 돌아섰다. 그리고 그 돌을 앞으로 받쳐 들었다. 마치 경배의 대상이

2장 서쪽으로

360

라도 되는 것처럼.

　남은 우리는 서로를 바라보았다. 앤지는 고개를 숙인 채였고 도니
는 초조하게 웃음 지었다. 이윽고 그로버가 나섰다. 그는 똑바로 서
서 기지개를 켜고 하품을 하더니 이렇게 말했다.

　"다들 우두커니 서서 뭘 하는 건지. 나는 이만 할 일이 있어서." 그
는 열린 차창 안으로 손을 뻗어 대왕 톤토가 담긴 기름투성이 종이
가방을 꺼내들었다. "점보에게 이거나 갖다줘야겠네. 살가죽이 너무
헐렁해지면 곤란하거든."

인디언의 과학과 작은 친구들

우리의 시선을 한 몸에 받으며 지는 부지를 가로질러 두 남자와 개를 향해 다가갔다. 점보와 댄은 살짝 사이를 넓혀 아이의 자리를 마련했다. 그로버는 유유자적 걸어가 대왕 톤토 가방을 점보의 반죽 용기 안에 떨어뜨렸다. 점보는 고개를 들어 활짝 웃고는 마치 핼러윈 과자를 받은 아이처럼 종이 가방을 뒤졌다. 페스터스는 그의 뒤에 코를 바짝 갖다 댔다.

　나와 도니, 앤지는 나란히 서서 그 모든 장면을 짐짓 유심히 바라보았다. 불편한 침묵이 흘렀다. 무언가, 어쩌면 너무 많은 부분이 드러나버렸다는 걸 우리는 알고 있었다.

　"저 석상은 지를 위해 만드는 거예요." 이 말과 함께 도니는 고갯짓으로 어린 딸을 가리켰다. 지는 여전히 앞에 들소 조각을 들고 있었다. "아이는 모르지만."

　"그럴까요? 아는 것 같은데. 돌이 아이에게 노래까지 했다면서요." 내가 말했다.

도니가 희미하게 웃었다. 내 말이 진심인지 그저 입발림인지 확신하지 못하는 눈치였다.

앤지는 안절부절못하며 초조해했다. 평소 그녀는 존재감을 드러내는 성격이 아니었다. 대화는 도니에게 맡긴 채 늘 멀찌감치 배경으로 남기 일쑤였다. 그런데 지금은 마치 할 말이 있는 사람처럼 조금씩 한 발 한 발을 떼고 있었다.

"반가워요, 앤지." 나는 서툰 인사로 대화를 유도했다.

앤지는 여전히 시선을 피했다. 하긴 눈을 마주할 성격도 아니었다.

"아이가 예쁘게 자랐네요." 내가 말했다.

여전히 앤지는 말이 없었다. 그렇게 거의 1분을 침묵한 끝에 마침내 그녀가 입을 열었다. 목소리가 워낙 조용해 알아듣느라 꽤 애를 먹었다.

"너번 씨. 위노나 말이, 댄 할아버지는 제 딸아이를 너번 씨가 만나셨다는 오지브와족 사람에게 데려가 보이길 원하신대요. 그 사람이라면 지를 이해할 거라고 하시면서요."

그녀의 말은 질문 같기도 하고 진술 같기도 했다. 하지만 나는 되도록 그녀를 안심시키고 싶었다.

"그래요. 베나이스는 좋은 사람이에요. 정말 강인한 분이죠. 댄의 여동생을 알고 있고요. 만나보는 편이 지에게 좋을 거예요." 내가 말했다.

앤지는 잠자코 있다가 한참 후에야 다시 입을 열었다. 그녀는 머뭇거리며 끊길 듯 말 듯 말을 이어갔다.

"너번 씨는 백인들의 의학에 대해 알고 있죠? 제 딸아이가 어딘가 잘못됐다고 생각하세요?"

"모르겠어요, 앤지. 백인의 의학으로 이해할 수 없는 것도 많으니까요."

"댄 할아버지는 지를 이해하신대요." 그녀는 얼마간 말을 멈추었다가 이렇게 물었다. "백인 의사의 말을 귀담아들어야 할까요?"

"모두의 말을 귀담아들어야죠. 하지만 판단은 앤지의 몫이에요. 지의 엄마잖아요. 의사들은 권한이 없어요."

앤지는 몸을 돌리고 고개를 숙인 채 이렇게 말했다.

"권한이 없긴 우리도 마찬가지예요."

마치 지나치게 속내를 털어놓고 어찌할 바를 모르는 사람처럼 앤지는 시선을 떨군 채 나를 외면했다. 그녀가 그런 이야기를, 그것도 나처럼 나이 든 백인 남자에게 털어놓기까지 얼마나 힘들게 용기를 냈을지 짐작이 가고도 남았다. 무슨 말로든 그녀를 위로하고 싶었다. 하지만 아무 말도 떠오르지 않았다.

도니가 앤지의 손을 잡았다. 그리고 둘은 말없이 트럭을 향해 걸어갔다. 둘 중 누구도 나를 돌아보지 않았다.

두 사람의 모습에서 나는 지난 수년간 알고 지내온 수많은 부모를 떠올렸다. 자녀가 설명 불가능한 행동을 보이고, 의사들이 다양한 억측과 추측성 진단을 내놓는 동안 부모들은 그 모습을 무력하게 지켜보았다. 그들에게는 대답이 절박했다. 어떤 대답이라도 좋았다.

하지만 어린 지의 행동은 일반적인 진단이 불가능했다. 지의 행동은 어줍잖은 병리학적 지식보다 훨씬 더 깊고 곧게 뿌리내린 문화적 지혜를 가리키고 있었다. 그 곁에서 나는 무력감을 느꼈다.

불과 한 달 전이었다면 나 또한 지금 일어나고 있는 모든 일을 합리적으로 설명해줄 무언가를 찾아 헤맸을지도 몰랐다. 가령 돌의 말이 들린다는 이야기는 과장이나 상상의 산물로 치부할 수 있었다. 같은 꿈을 반복해서 꾸는 현상은 해결되지 않은 심리적 문제 때문이라며 넘어갈 수 있었다. 나 말고 누구도 듣지 못했던 천둥소리는 때마침 주의 깊게 들은 사람이 아무도 없어 발생한, 그저 기이한 우연이라고 해버리면 그만이었다. 언제나 어떤 식으로든 설명은 가능했다. 하지만 지금은 달랐다. 더 큰 세계가 관여하고 있었고, 그 사실을 나는 더 이상 부정할 수 없었다.

불현듯 나는 지를 보호하고 싶다는 걷잡을 수 없는 감정에 사로잡혔다. 소독된 검사실에서 흰 가운을 입은 사람들이 각종 기계와 컴퓨터 판독 결과로 무장한 채 지를 에워싸고는 아이의 무릎을 두드리고 MRI 장비에 아이를 집어넣는 모습이 하나하나 머릿속에 그려졌다.

도저히 가만있을 수 없었다. 새와 대화하고 토끼를 달랠 수 있는 이 작은 소녀를 의료 기관이라는 명분하에 데려다가 병리학이라는 울안에 가둔 채 온갖 약물과 치료법을 시도하거나 아이와는 맞지 않는 사회적 환경에 집어넣도록 내버려둘 수는 없었다. 그런 행위는 부모와 조부모 세대가 겪었던 혼돈, 기숙학교에서 끔찍한 학대를 받은 끝에 인디언의 정신을 잃어버리고 가슴속에는 오로지 수치심과 분노, 유령의 메아리만 남은 사람들이 겪어야 했던 그 혼돈 속으로 아이를 던져 넣는 것이나 다름없었다.

이 어린 소녀는 실제 목소리를 듣고 있었다. 그저 메아리가 아니었다. 아무리 이 상황을 이해하기 힘들다 해도 나는 소녀를 위해 할 수 있는 무언가를 해야만 했다. 또한 사랑하고 존경해마지않는 댄은 물론이거니와 이 젊고 선량한 부모가 아이로 인한 시름에서 벗어나 마음의 평화를 얻을 수 있도록 힘을 보태야 했다. 그로버의 말마따나 지는 인간의 육신을 입고 영혼의 세계에서 이쪽 세계로 건너온 비범하고 특별한 아이였다.

　나는 도니와 앤지가 서 있는 곳으로 걸어갔다. 그리고 말했다. "두 사람은 지금 잘해나가고 있어요. 무엇보다 지는 특별한 아이잖아요. 그 특별함은 지켜야 할 대상이지, 없애야 할 대상이 아니에요."

　도니는 한 팔로 앤지를 감싸 안았다. 앤지는 여전히 시선을 떨군 채 손을 내밀어 수줍게 악수를 청했다. "고맙습니다, 너번 씨. 정말 큰 힘이 됐어요. 그쪽 세계에서 오신 분께 그런 말을 듣게 되다니."

　따뜻하고 고마운 말이었다. 하지만 그 순간 나의 세계는 작고 보잘것없는 곳으로 느껴졌다.

태양이 천정을 통과했다. 한낮의 열기는 더해갔다. 비록 그리 오래 머물지는 않았지만 이제 떠날 시간이 된 것 같았다. 댄을 만났고, 공책을 전했다. 그로버와 나는 댄의 뜻대로 서로 간의 벽을 허물었고, 점보와 나는 진정한 친구로 거듭났다. 모두가 마음의 짐을 덜어냈다. 이제 내 앞에 놓인 숙제는 자명했다. 내 집, 나만의 세계로 돌아갈 시간이었다.

　내 의중을 읽기라도 한 듯 댄이 부지 저편에서 내게 손짓했다.

　"너번, 너번. 이리 와보게."

　지와 그로버는 페스터스와 함께 점보의 정비소 옆 그늘을 향해 한가로이 거닐었다. 댄은 뜨거운 한낮의 태양 아래 홀로 앉아 있었다.

　마지못해 그에게 다가갔다. 댄은 옆에 놓인 타이어를 탁탁 두드려 자리를 권했다. "앉게."

　나는 머뭇거리며 자리에 앉았다. 댄은 말을 이어갔다. "됐네, 우린 할 얘기가 좀 남았거든." 댄은 쓰고 있던 어부 모자를 벗고는 끝이

366

둥글게 휘고 번쩍번쩍 빛을 반사하는 선글라스를 셔츠 주머니에서 꺼내 스르르 걸쳤다.

"어울리나? 얼마 전에 하나 건졌네만."

"맵시가 확 사는데요." 내가 대답했다.

"여자들 애간장깨나 녹이겠지? 자네도 하나 써봐. 달러 스토어[미국의 염가 판매점]에서 팔더구먼."

댄은 지를 향해 손짓했다. 아이는 정비소 그늘 아래 서서 예의 그 들소 조각상을 손안에 들고 요리조리 돌리는 중이었다. 와중에 페스터스는 점보의 반죽 용기에 머리를 파묻은 채 대왕 톤토의 잔해를 찾아 눈물겨운 사투를 벌이고 있었다.

"내 꼬마 친구를 어떻게 생각하나?" 댄이 물었다.

"저런 아이는 여태 본 적이 없어요." 내가 말했다.

"흔히 볼 수 있는 아이가 아니거든. 저 애는 오래된 목소리들을 듣는다네."

먼지 자욱한 부지 저편에서 지가 들소 석상에게 부르는 노랫소리가 들려왔다. 흡사 새의 지저귐과도 같은 아기자기한 멜로디가 초원의 엷은 하늘을 가로질렀다.

"마치 노래로 저 작은 조각상에게 숨을 불어넣는 것 같군요." 내가 말했다.

"저 아이는 그저 들은 대로 노래하는 것뿐이야. 모든 돌은 노래를 하거든. 소음이 꽉 들어찬 자네의 귀에는 들리지 않겠지만." 댄이 말했다.

나는 무심결에 회의적인 표정을 지어 보였다.

"자, 들어보게, 너번. 여긴 자네의 세계가 아니야. 지와 같은 이들은 그 세계에 어울리지 않지. 자네 세계에서는 두려운 존재거든.

도니와 앤지가 지를 데리고 의사를 방문할 때 따라나선 적이 있네. 그때 단박에 알아챘지. 의사들이 저 애를 두려워한다는 걸 말이야. 두려움이 어찌나 깊은지 자기들이 두려워하고 있다는 사실조차 모를 정도였지. 그네들 말로는 '아이를 연구한다'고 하더군. 아이를 돕고 싶다는 거야. 하지만 실제로는 지를 두려워하고 있었어. 저 아이는 그 의사들이 이해할 수 없는 세계로 통하는 창문이나 마찬가지였거든. 의사들은 그 창문을 닫고 싶어했네. 그네들의 약으로 저쪽 세상의 일을 잊게 만들려 했지. 그러면 그네들도 이 문제를 잊을 수 있을 테니 말일세.

하지만 그건 잘못이야. 지는 저쪽 세상의 일을 기억해야 하네. 아이 자신을 위해서도 그렇고, 우리 세계의 사람들을 위해서도 마찬가지야. 내가 저 애를 가르치는 것도 그 때문이고. 우리 중에 누군가는 저쪽 세상을 기억하고 있다는 걸 우리네 사람들도 알아야 하거든. 베나이스라는 이에게 데려가려는 것도 그래서야. 그동안 나는 성심을 다해 저 애를 준비시켰네. 이젠 저 아이를, 저쪽 세상을 아는 또다른 누군가에게 데려다주고 싶어."

"베나이스가 정말 그런 사람이라고 확신하세요? 단지 제가 해드린 이야기 때문에?" 내가 물었다.

"자네 이야기는 그 정도면 충분해. 그 노부인은 자네를 불러냈어. 그리고 자네를 베나이스에게로 보냈지. 베나이스는 나를 불러냈고. 나는 그저 그 목소리들을 따라가는 거야."

"돕게 되어 영광입니다."

댄은 내 어깨를 쿡 찔렀다. "자네에게는 선택권이 없었어. 매일 밤 그 노부인이 자네를 찾아왔을 테니 말이야. 그 꿈은 영원히 자네를 따라다녔을 테고." 댄은 짓궂게 씩 웃어 보였다. "만약 그 천둥소리로도 자네가 미적지근하게 나왔으면 그 부인은 아마 태풍으로 자네 집을 폭삭 주저앉혔을걸."

처음이었다. 댄이 내 꿈을 언급한 것은.

"그 꿈이 현실이라고 생각하세요?" 내가 물었다.

댄은 손을 들고 엄지와 검지를 살짝 벌렸다. 엷은 미소가 그의 얼굴에 스멀스멀 퍼져나갔다. "자네의 현실은 크기가 딱 요만하지."

우리는 말없이 앉아 돌에게 노래하는 지를 지켜보았다. 소녀는 혼자만의 세계에 있는 듯했다.

댄은 슬며시 선글라스를 벗어들고는 마치 강의 중인 교수처럼 몸을 놀리며 이야기를 이어갔다.

"저 아이가 왜 중요한지 말해주지. 젊은이들 중에는, 오래된 풍습을 되살리려고 노력하는 이들이 있네. 점보처럼 파우와우 축제 같은 의식을 찾아다니며 나름대로 최선을 다하는 친구들. 하지만 그런 친구들은 절대 온전히 해낼 수 없어. 두 마음을 가졌거든. 백인들의 학교를 다니고 백인들의 언어를 쓰면서 갖게 된 눈으로 세상을 보는 거야. 그런 친구들은 자네 쪽 세계와의 연을 끊어낼 수 없어. 노력할 수야 있겠지. 하지만 완전히 떨쳐내지는 못해.

지는 어떨 것 같나? 저 애는 두 마음을 갖지 않았어. 자네처럼 말하지 않고, 자네처럼 생각하지도 않지. 마음이 순수하거든. 오래된 지혜를 지니고 태어나 오래된 목소리들을 듣는다네. 그래서 저 아이를 보호해야 하는 거야. 우리가 어디서 왔는지 깨우쳐주는 아이니까. 자네 세계 사람들이 우리를 지금처럼 만들어버리기 전에 우리가 누구였는지 저 아이는 보여주거든.

지금이야 다른 아이들이 지를 비웃거나 혼자 내버려두지. 저 애와 거리를 두는 거야. 하지만 아이들은 알아. 알고 있어."

댄은 부지 저편의 지를 바라보며 말을 이었다. "너번, 그냥 자네 눈으로 보게. 저 애를 한번 찬찬히 살펴봐."

지는 어느새 점보 곁을 떠나 먼지 자욱한 부지를 가로질러 걷고 있었다. 특유의 묘하고 뻣뻣한 자세로, 예의 그 들소 석상을 앞으로 받쳐 든 채. 때때로 지는 마치 소리를 듣는 것처럼 어느 한쪽으로 귀를 기울였다. 가끔은 이렇다 할 이유도 없이 멈춰 서서 하늘을 보다가 다시 걸음을 뗐다. 또 가끔은 발을 내딛기 전에 한두 마디 말을 건넸다. 마치 보이지 않는 존재와 대화하는 것처럼.

관찰하는 동안 점점 분명해졌다. 처음 지를 보았을 때 낯설고 부자연스럽게 느껴졌던 것들은 사실 그 아이가 세계를 받아들이는 또 하나의 방법일 뿐이었다. 지는 달랐다. 멈추는 방식이 달랐고, 눈길을 돌리는 방식도 달랐으며, 감각을 사용하는 방식도 달랐다. 무엇보다 놀라운 점은 소녀가 중점적으로 관심을 보이는 대상이 물체가 아닌 바람이나 태양 혹은 자신을 둘러싼 공간에 쏠려 있다는 사실이었다. 마치 한 마리의 짐승처럼 지는 보이지 않는 것들을 유심히 살피는가 하면 내게는 허용되지 않는 샘에서 이야기를 길어올리고 있었다.

페스터스는 어느새 반죽 용기를 버려두고 지의 옆으로 바짝 다가가 있었다. 굳이 말하지 않아도 녀석은 소녀가 걸으면 함께 걷고 소녀가 멈추면 함께 멈춰가며 지가 자기만의 특별한 렌즈로 세상을 살피는 동안 묵묵히 옆을 지켰다. 녀석은 관심을 요구하지도 명령을 기다리지도 않았다. 마치 소녀의 감각과 행동이 녀석에게 그대로 연장된 것만 같았다. 둘은 하나처럼 움직이고 행동했다.

"페스터스도 이 섭리의 일부야. 녀석은 수호자라네. 저 애를 지켜주기 위해 이곳으로 보내진 거야." 댄은 지팡이로 땅을 툭툭 두드렸다. "녀석이 자네 앞에 나타난 것도 다 조물주의 뜻이지. 녀석을 만나지 않았으면 자네가 순순히 나를 다시 찾아왔겠나? 자네는 이곳에서 주어진 일을 마치지 않은 상태였어. 하지만 조물주께서 손을 쓰시지 않았다면 아마 자네는 그길로 차를 타고 집으로 돌아가버렸을 걸. 조물주께서는 그 부분을 꿰뚫고 계셨지. 개를 한 마리 보내면 녀석을 내게로 데려올 걸 아셨던 거야. 자네를 개로 조종하기를 워낙에 즐기시는 분 아닌가!"

"그렇긴 하죠." 내가 말했다.

댄은 내 어깨를 힘껏 두드렸다. "어차피 다 조물주의 손바닥 안이라니까. 자, 좀더 들어보게. 사실 오랫동안 생각해왔네. 조물주께서 굳이 자네를 여기까지 보내신 이유를 말이야. 아무래도 자네의 도움을 빌리고 내 입을 통해서 아직 하실 말씀이 남아 있는 눈치거든."

"저야 영광이지요." 내가 말했다.

"자네라면 그럴 테지. 자네에게 이야기하는 것도 그 때문이고."

댄은 숨을 깊이 들이쉬었다. 긴 이야기나 복잡한 설명을 앞두고 있을 때면 나오는 버릇이었다.

"자네도 알다시피 인디언의 태반은 우리의 전통적 지혜를 백인과 공유하기를 내켜 하지 않네. 그래봤자 백인들이 그걸 취해다가 자기네 상품으로 둔갑시킬 빌미만 하나 더 만들어주는 꼴이라나? 우리 영성은 조물주께서 내리신 선물인데 만약 그 선물을 잃으면 우리의 정체성도 잃게 된다는 거야."

"이해할 것도 같네요." 내가 말했다.

"글쎄, 나는 뭐랄까, 전적으로 동의하지는 않아. 한때 나는 상당히 완고한 입장이었네. 사실 지금도 그래. 하지만 언제부턴가, 우리가 믿는 길이 실제 우리가 믿는 것과는 다르다는 생각이 들더군. 내 말 알아듣겠나?"

"아닌 것 같은데요."

댄은 콧바람이 보일 정도로 세게 코웃음을 치고는 살며시 고개를 가로저었다.

"우리가 믿는 길은 우리가 세상을 이해하는 길이야. 우리의 믿음은 조물주가 우리에게 주신 특별한 지혜라네. 그 특별한 지혜는 자네 같은 백인과는 아무런 관련이 없어. 하지만 우리가 세상을 이해하는 길은 공유해야 돼. 자네 세계의 사람들이 들어야만 한다, 이 말일세."

댄은 두 손으로 가슴께를 어루만졌다. "여기, 자네들의 세계는 여기서 시작해서……" 이 대목에서 그는 두 손을 앞으로 내밀더니 지평선을 향해 한껏 펼쳐보였다. "저기로 뻗어나가거든."

그러고는 좀 전의 동작을 되감기하듯 거꾸로 반복해 두 손을 가슴께에 갖다 댔다.

"우리 인디언의 세계는 저기서 시작해서, 여기로 돌아온다네.

인간은 그저 하찮은 존재야. 대단한 존재가 아니지. 모든 일이 인간을 거쳐 일어나지는 않아. 조물주의 진리를 품기에 인간의 마음은 너무 옹색하거든. 그래서 우리 인디언들은 그저 지켜보고 귀 기울이고 모든 것을 담담히 받아들인다네.

아주 어린 아기 때부터 그런 식으로 훈육을 받아왔어. 우리가 쉴 새 없이 입을 놀리면 우리네 어머니들은 당신들의 입술에 손을 얹으시고는 '쉬, 귀를 기울이렴' 하고 말씀하셨지. 세상의 조각조각이 아니라 온전한 세상을 이해시키신 거야. 우리 인디언 아이들은 숱한 단어만이 아니라 숱한 감정과 소리로 스스로를 채워나갔네.

372

때로는 할머니들이 멀리 언덕 위로 우리를 데려갔어. 말 한마디 없이 우리 팔을 담요 안에 꽁꽁 싸매시고는 종일 손장난을 칠 수도 물건을 집을 수도 없게 하셨지. 우리가 하찮은 것들이 아니라 큰 세상을 받아들이길 바라셨던 거야. 그렇게 우리는 풀과 바람의 소리에 귀 기울이는 법을 배워나갔네. 형체 없는 것들을 보고 소리 없는 것들을 듣는 법도 그렇게 배웠지."

"어린 지가 귀를 기울이는 것처럼." 내가 말했다.

댄은 빙그레 웃더니 손을 들어 동의를 표했다. "그렇지, 어린 지가 귀를 기울이는 것처럼. 백인들이 들이닥치기 전 깊은 숲 지대에 살던 다코타의 형제자매들은 아기를 태운 요람을 나뭇가지에 매달아두곤 했다네. 그러면 바람이 불어와 아기를 산들산들 흔들었지. 마치 어머니의 심장박동이 아기에게 숨결을 불어넣을 때처럼. 그렇게 아기들은 가까운 것들과 먼 것들을 서로 연결할 수 있었네. 내 말뜻 이해하겠나?"

"그런 것 같습니다." 내가 말했다.

"흠, 그렇다면 다행이네만." 댄이 말을 이었다. "왜냐하면 우리 인디언이 세상을 이해하는 방식의 핵심이 그 안에 들었거든. 중요한 건, 연결됨을 배우는 거야. 모든 것은 서로 연결되어 있다네. 각기 다른 것들이 서로 어떻게 어울리는지, 그걸 알아내야 해."

댄은 손가락으로 내 무릎을 탁탁 두드렸다.

"자, 이제 다시 아기 이야기로 돌아가세. 포대기에 폭 파묻힌 채 어머니의 등에 업혀 온갖 곳을 돌아다니는 아기 말이야. 그 아기는 어머니의 심장박동을 여전히 가까이서 느끼지. 어머니의 몸 안에서 바깥세상으로 보금자리를 옮기면서도 그 작은 영혼은 상처를 받지 않아. 여전히 어머니의 심장박동과 숨결을 느낄 수 있을 테니 말일세. 이건 중요한 문제야. 자네 생각에는 조물주께서 왜 어머니의 젖가슴을 심장과 그토록 가까운 자리에 빚으셨을 것 같은가? 아기가 젖을 먹을 때 어머니의 심장박동을 느끼게 해주기 위해서야. 어머니의 심장박동과 어머니의 숨결이야말로 삶에 안정을 주는 소리거든. 그 소리들을 들으며 아기는 비로소 평화와 믿음을 얻지."

댄은 다시 내 무릎을 탁탁 두드렸다. "그런 게 바로 우리 인디언의 과학이야. 우리는 뭔가의 작동 원리를 본답시고 그것을 따로 해체하지 않아. 오히려 조각난 세상을 한데 모아 하나의 온전한 세상으로 조립하려고 노력하지.

그렇게 자라는 동안 아기는 어머니의 등에 업혀 여기저기를 다니고 어머니가 디뎌온 자리를 어깨너머로 보면서 인생을 배운다네. 서로 머리가 닿을 듯 가까운 거리에서 어머니는 아기에게 그 애가 장차 보게 될 것들을 소곤소곤 일러줄 수 있거든. 말하자면 어머니가 아기의 첫 스승인 셈이지."

댄은 손을 들어 주먹으로 내 어깨를 장난스럽게 때렸다.

"조그만 손수레에 실어 밀고 다니는 것과는 비교가 안 되지. 아기에게 운전이나 가르칠 생각이라면 또 모를까." 댄은 운전대 잡는 시늉을 했다. "틀림없이 자네도 그런 손수레라면 질리도록 실려 다녔을 걸." 그는 자기가 농담해놓고 싱겁게 피식 웃으며 무릎을 쳤다.

건너편의 변속기 무더기 근처 먼지 자욱한 곳에 어린 지와 페스터스가 함께 있었다. 지는 예의 그 맑고 작은 목소리로 노래하고 있었다. 페스터스는 소녀의 무릎에 머리를 얹었다. 댄은 그 둘을 물끄러미 건너보며 웃음 지었다.

"너번, 혹시 이 모든 게 어디서부터 시작했는지 아나?" 그가 물었다. "만물이 어디서부터 연결됐느냐, 이 말일세."

374

"아뇨." 내가 대답했다.

"어머니 대지로부터 시작된 일이라네. 대지가 살아야 우리도 사는 거야. 이해의 강줄기도 바로 거기서 시작하지. 목록 따위를 들고 다니며 '이 나무는 살았네, 이 바위는 죽었네' 해봐야 아무 소용이 없어. 그건 마치 사람의 몸을 보고는 '어라, 팔꿈치가 안 움직이네. 팔꿈치가 죽었군. 눈이 안 움직이잖아? 죽은 눈이 틀림없어' 하는 것이나 마찬가지거든. 몸의 일부는 곧 생명의 일부야. 우리에게 대지란 어머니의 몸이라네. 어머니 대지라는 말도 거기서 나왔지. 대지의 모든 일부, 대지 위의 모든 건 살아 있다는 뜻이야.

우리는 모두 그렇게 배우며 자랐네. 어머니의 일부를 해치는 건 어머니의 전부를 해치는 것이나 마찬가지야. 만약 어쩔 수 없이 나무를 베어 넘기거나 동물을 죽여 식량을 얻어야 할 때면 우리는 의식을 열어 어머니 대지에게 허락을 구했네. 그리고 그 허락에 감사를 표했지.

자네 세계의 사람들은 무엇에도 감사할 줄을 몰라. 숲을 다 베고 산을 온통 파헤치면서도 아무런 거리낌이 없지. 그저 자기 삶만 나아진다면 뭐든 닥치는 대로 해왔으니까. 결국 그런 태도가 문제를 일으키는 거야. 그것도 아주 큰 문제를 말일세. 왜냐하면 그건 조물주에 대한 모독이거든. 만물이 연결돼 있다는 사실을 부정하는 거라네.

하나 묻지. 가령 내가 자네의 핏줄을 막는다고 치세. 그래도 자네는 계속 건강할까?"

에두른 질문이었다. 하지만 이는 답을 얻기 위해서라기보다 내가 집중하고 있는지 확인하기 위해 댄이 애용하는 화법이었다.

"아니요." 내가 말했다.

"그럼 강에 댐을 세우면 어떨 것 같은가? 대지는 계속 건강할까?"

"아마도 아니겠지요."

375

"하지만 인간을 최우선시하는 이들에겐 그런 게 보이지 않아. '그 깟 산이 하나 더 없어지는 게 무슨 대수야? 그것 말고도 산은 널렸어.' '숲이 하나 더 없어지면 어때? 다른 숲을 찾아내면 되지.' '저 강을 이쪽으로 옮겨볼까? 그래봤자 별 문제 없을 거야.' 글쎄, 과연 그럴까? 안됐지만 문제는 있네. 만물은 연결되어 있거든.

크게 생각할 것도 없어. 강이나 산까지 갈 것도 없지. 그냥 나무만 놓고 보세. 크기도 인간과 엇비슷하고 이해하기도 더 쉬울 테니 말이야. 나무는 서로 달라도 친구처럼 어우러져 자란다네. 강변으로 내려가 미루나무와 자작나무를 한번 봐. 마치 친구처럼 어우러져 있을 테니까. 아니면 언덕에 올라 떡갈나무를 찾아보게. 언뜻 혼자처럼 보이겠지만 자세히 보면 가지 위에 작은 생명들이 한 무더기는 자라고 있을걸. 자라는 동안 보호를 받을 수 있거든.

헌데 인간은 어떤가? 떡갈나무를 베어 넘기면서도 그 위의 작은 생명들은 안중에도 없어. 결국 그네들은 든든한 보호자를 잃고 추위에 떨거나 더위를 심하게 타다가 죽고 만다네.

언덕의 나무란 나무는 죄다 베어 넘기면서도 나중에 새로 심으면 된다고 지껄이는 게 인간이야. 하지만 나무의 작은 친구들은 모두 울고 있지. 나무와 함께 죽게 될 테니 말일세.

이게 다 인디언의 황당한 헛소리로 들리나? 하지만 너번, 이건 과학이야. 만약 시소카, 그러니까 개똥지빠귀가 가까운 삼나무 위에 둥지를 틀었다 치세. 씨앗이며 딸기를 물어다 새끼들을 먹인다고 치잔 말이야. 그럼 씨앗과 딸기의 일부가 땅에 떨어질 테고 그곳에서 새로운 나무가 자라나겠지. 헌데 인간이 그 나무를 베어버리면 어떻겠나? 시소카가 둥지를 틀 곳이 없어지겠지. 녀석이 씨앗을 물어올 일도 없어질 테고. 그럼 씨앗의 일부가 땅에 떨어질 일도 없으니 새로운 식물이 자라나지도 않을 거야.

그러고 나면 그 식물을 먹고 사는 동물들이 찾아왔다가 먹이가 사라진 것을 보고 그곳을 떠날 걸세. 낯선 장소를 헤매겠지. 어쩌면 죽을지도 모르고.

우리 원로들은 백인들이 실제로 도착하기 전부터 그들이 오리라는 걸 알고 있었네. 자네도 들어서 알 거야. 그런데 혹시 어떻게 알아냈는지도 알고 있나? 새와 짐승 들을 관찰하다가 전에 없던 녀석들을 하나둘 발견하기 시작한 거야.

그러다 새로운 새와 짐승이 지나치게 많아졌을 때 원로들은 깨달았지. 뭔가 잘못되었다는 것을 말이야. 서쪽으로 날아드는 새와 짐승을 보면서 녀석들이 원래 살던 땅에 새롭게 몰려드는 인간을 피해 달아나고 있다는 사실을 알아챈 거라네.

결국 관찰하고 귀담아들어야 한다는 얘기야. 그 옛날 숲 지대에서 자란한 친구는 밖에 나가면 절로 눈물이 난다더군. 어린 시절에 듣던 새들의 노래며 동물들의 수다가 전부 사라졌다는 거야. 조물주의 모든 음악을 백인들이 죽여버렸기 때문이라나?

만물의 연결을 논하며 내가 말하려는 게 바로 그거라네. 만물은 인간이 만들어내는 무엇이 아니야. 그저 존재하는 거야. 자네 세계의 사람들과 그들이 세상을 이해하는 방식을 내가 걱정하는 이유도 그 때문이지. 백인들은 연결된 만물 가운데 중요한 것과 그렇지 않은 것을 스스로 판단할 수 있다고 생각하거든. 어림없는 생각이지.

자연에는 규칙이 있네. 자연에는 법칙이 있어. 자네 세계의 사람들은 그 규칙을 무시해도 된다고, 또 마음에 들지 않으면 임의로 바꿀 수 있다고 생각하지. 우리에게도 그랬으니까. 우리 법을 멋대로 만들어놓고는 협정이라고 우기다가 뜻대로 되지 않으면 또 마음대로 바꾸는 게 백인들의 방식이거든. 입으로는 오래된 규칙, 오래된 법칙을 떠들면서도 정작 적용은 하지 않는 거야. 그저 새로운 것들을 만들기에만 급급하지.

하지만 어머니 대지에게는 그런 방식이 통하지 않아. 대지는 협상을 하지 않거든. 대지는 규칙을 바꾸지 않는다네. 떡갈나무 한 그루를 베어 넘기는 데는 15분이면 족하지만 새로 한 그루가 자라는 데는 100년이 필요해. 그런 규칙을 바꾼다고? 모든 동물을 죽여놓고는 어머니 대지에게 찾아가 '저희가 실수를 좀 했네요. 새로운 기회를 주시지요' 하고 말할 셈인가?

새로운 기회란 없네.

장담하네만, 동물의 수를 헤아릴 수 있다는 것은 곧 우리에게 주어진 기회가 점점 바닥나고 있다는 뜻이야. 우리는 독수리의 수를 헤아릴 수 있네. 들소의 수를 헤아릴 수도 있지. 듣기로 아프리카에서는 호랑이와 코끼리도 헤아릴 수 있다더군.

어머니 대지가 울부짖고 있네. 우리에게 경고하며 살려달라고 애원하고 있어.

말이 나온 김에 살아가는 방식에 대해서도 한마디 해볼까? 만일 인간이 없었다면 대지는 훨씬 풍요로웠을 걸세. 전에도 말했네만, 우리 인간은 가장 덜 중요한 존재야. 가장 중요한 존재가 아니라네. 자네들의 성서에도 분명히 나와 있어. 창조주께서 우리 인간을 제일 나중에 만드셨다고 말일세. 인간을 제외한 두 발 달린 짐승과 네 발 달린 짐승, 다시 말해 땅을 기어 다니는 것들과 하늘을 날아다니는 것들은 모두 우리 인간보다 먼저 이 땅에 생겨났어. 그리고 살아남는 데 필요한 지혜를 갖추었지. 인간은 필요하지 않았어. 살아 있는 그 무엇도 인간을 필요로 하지 않았네.

하지만 결국 인간은 생겨났고 살아남기 위해 모든 살아 있는 것을 필요로 했어. 지금도 마찬가지야. 식물과 동물에게선 음식과 약을, 나무들에게선 집 지을 목재를 얻지. 우리는 벌거벗은 동물이야. 가진 것이라곤 손과 머리뿐이고. 살아남으려면 다른 모든 것이 필요해.

그러니 어머니 대지를 돕고 고마워해야 마땅하지. 취하려고만 들어서는 안 돼. 그저 뭐든 취하고 사용하면서 그 모든 것을 사용할 권리가 우리 인간에게 있고 만일 잘못되면 우리 힘으로 전부 고칠 수 있다고 생각해서는 안 된다는 뜻이야.

그렇지. 인간이 모든 것을 고칠 수는 없어. 모든 것을 우리 인간의 삶에 끼워 맞출 수는 없네. 어머니 대지는 우리와 생각이 다르거든. 어머니 대지의 생각은 인간의 시간 속에 머물지 않아. 조물주의 시간 속에서 생각하지. 인내심이 유달리 강하지만 어머니 대지에겐 나름의 법칙이 있어.

바로 여기에 내 고민이 있네, 너번. 그 이치를 자네 세계의 사람들은 도무지 깨달을 성싶지 않거든. 언젠가는 만물을 인간의 기준에 끼워 맞추지 못하는 날이 올 걸세."

댄은 앞에 드넓게 펼쳐진 구릉지대와 하늘을 향해 손을 내밀어 부드럽게 훑었다. "하나 더 알려줄까? 그날은 오늘과 조금도 다르지 않을 거야."

댄은 편안히 앉아 깊은 숨을 내쉬었다. 이제 막 짐을 내려놓고 늘어지게 한숨 쉬려는 사람처럼.

"이런 말을 해서 미안하네, 너번." 댄이 다시 입을 열었다. "다른 세계의 사람에게 무엇을 생각하라거나 어떻게 살라고 말하는 건 사실 우리 세계의 방식이 아니야. 하지만 우리는 모두 이 땅에 함께 살고 있지 않은가? 원로들은 가르치셨네. 창조란 하나의 북과 같다고. 한 곳에서 북을 세게 치면 나머지 곳에서도 모두 그 울림을 느끼는 법이지. 자네 세계의 사람들은 커다란 북채로 북을 치고는 있지만 두드리기에 급급한 나머지 다른 피조물들에게 일어나는 울림을 느끼지 못하고 있어.

하지만 우리 인디언들은 그 울림을 느끼지. 피조물들의 떨림을 느끼고 그 떨림의 의미를 안다네. 그런데 백인들은 우리 말을 귀담아들으려 하지 않아. 우리가 걸어온 길을 야만적이라고 생각하거든. 우리의 길이 다소 옛날식일 수는 있네. 하지만 야만적이지는 않아. 바로 그 길에서 우리는 알아냈거든. 세상이 만물 간의 연결로 이뤄져 있고 인간을 제외한 피조물들이 먼저 생겨났으며 인간에게 주어진 임무는 세상 만물 가운데 우리 자리를 찾는 일이라는 것을 말이네."

댄은 선글라스를 고쳐 쓰고 태양을 응시했다.

"전에도 이런 이야기를 했던 것 같군. 여기 원주민 보호구역에는 자네 세계의 인류학자도 있고 교회 사람도 있네. 헌데 과학자들은 눈에 띄지 않아. 하지만 과학자들이야말로 이곳에 꼭 와야 할 사람들이지. 우리가 아는 것들을 반드시 알아야 하는 이들이 바로 그들이거든.

우리 지혜는 오래된 지혜야. 깊은 지혜라네. 우리 인간은 뭔가를 거듭하는 동안 강해지게 돼 있어. 조물주의 섭리지. 만약 어떤 일에 한 생을 바치면 그 일에 관해 막강한 지혜를 얻게 될 걸세. 하물며 백 번의 생을 그 일에 바치면 어떻겠나? 우리 모두가 막강한 지혜로 무장하게 되지 않겠어?

우리 인디언은 수백 세대에 걸쳐 모든 것을 귀담아듣고 관찰해왔네. 만물 간의 연결을 이해하고 만물의 관계를 이해하지. 우리는 그런 이들이야. 지금껏 그렇게 살아왔고 그렇게 생각해왔어.

자네가 이곳에 머물기를 내가 바랐던 이유도 바로 그거야. 우리에게는 우리만의 지혜가 있네. 하지만 자네 세계의 사람들은 우리 이야기를 귀담아들으려 하지 않아. 왜냐하면 그들 눈에 우리는 길 잃은 사람들이거든. 백인들은 우리의 전통 방식을 원시적이라고 여긴다네. 우리의 수준을 끌어올려 문명화시켜야 한다고 생각하지. 우리 지혜를 진정한 지혜로 여기지 않는 거야.

자네가 쓴 책들에는 커다란 울림이 있네. 아마도 자네라면 자네세계의 사람들이 귀담아듣게 만들 수 있을지도 몰라. 그래서 굳이 자네와 함께 베나이스에게 가려는 게야. 만약 베나이스가 오래된 지혜를 품고 있다면 자네가 보게 될 테니까. 도니와 앤지도 보게 되겠지. 우리 모두가 보게 될 거야. 그러면 그 지혜는 백인들의 머릿속이라는 작은 세계에 맞서 우리가 목소리를 높일 수 있게 용기를 줄 거야. 또한 그 지혜는 영혼의 힘이 사물의 힘보다 더 강하다는 것을 일깨워줄 걸세."

댄은 굽은 손가락으로 태양이 내리쬐는 부지 저편을 가리켰다. 그곳에서는 어린 지가 손안에 든 들소 석상을 요리조리 돌려가며 노래하고 있었다. "저 작은 아이, 저 여자아이는 우리가 배워야 하는 이치를 이미 알지."

"그 이치가 뭔가요?" 내가 물었다.

"우리가 돌들에게 노래를 불러주면 돌들도 우리를 향해 노래를 불러준다는 이치라네."

댄은 모자를 고쳐 쓰고는 인디언 특유의 길고 편안한 침묵에 빠져들었다. 단지 생각에 잠긴 것인지 깊이 잠든 것인지는 번쩍거리는 선글라스가 두 눈을 감춘 탓에 알 길이 요원했다.

결국 나는 이쯤에서 떠나기로 했다. 비록 댄의 허락이 떨어지지는 않았지만 분명 그는 해야 할 말을 모두 마친 듯했다.

나는 자리에서 일어나 점보와 페스터스가 앉아 있는 곳으로 살금살금 건너갔다. 댄은 털끝 하나 움직이지 않았다. 나는 점보에게 말했다.

"어르신은 잠드셨어요. 그래서 지금 출발할까 해요. 한참을 운전해야 하니."

점보는 손을 들어 악수를 청했다. "반가웠어요, 너번."

살가운 인사를 들으니 가슴이 뻐근해졌다.

"나도 뭔가 주고 싶은데, 이렇게 받기만 해서." 나는 점보의 강아지 뼈가 담긴 주머니를 더듬었다.

점보는 짐승의 앞발 같은 손으로 페스터스의 정수리를 문질렀다. 페스터스는 사랑이 담긴 눈으로 점보를 올려보았다. "안 그러셔도 돼요. 여기 이 페스터스를 데려다주셨잖아요."

나는 쭈그리고 앉아 페스터스의 머리를 한껏 끌어당기며 말했다. "보고 싶을 거다, 친구. 그래도 네게는 좋은 집이 생긴 것 같구나."

"녀석을 살찌워놓을게요. 그런 건 또 제가 전문이잖아요." 점보가 말했다.

페스터스는 꼬리를 힘차게 흔들며 내 얼굴을 핥았다.

"하루 두 번 이를 닦아주는 것도 잊지 말아요." 내가 말했다.

이야기를 나누는 동안 어린 지가 다가와 우리 옆에 섰다. 우리의 활기가 아이의 관심을 자극한 모양이었다. 소녀는 한손으로 점보의 오른손을 잡고 다른 손은 페스터스의 등에 얹었다.

"손길로 연결되고 싶은 모양이구나. 내 말이 맞니, 지?" 나의 질문에 소녀는 특유의 커다랗고 표정 없는 눈으로 나를 물끄러미 바라보았다. 내 말을 이해했는지는 알 수 없었다.

그로버는 내가 곧 떠나리라는 것을 눈치채고 댄을 깨워둔 참이었다. 두 사람은 가짜 레이밴 선글라스를 약속이나 한 듯 맞춰 끼고서, 댄은 지팡이에 몸을 의지하고 그로버는 절름거리는 안짱다리로 어정거리며 먼지 자욱한 부지를 나란히 가로질렀다.

"몰래 내뺄 심산이었구면, 맞지?" 댄이 말했다.

"말씀이 있기 전에는 어림도 없습니다. 원로의 허락이 떨어지기도 전에 떠나다니, 천벌을 받게요?"

"그런 건 또 어디서 배웠나? 책에서 가르쳐주던가?"

"아닌데요. 토끼들에게 들었습니다."

댄은 손을 저으며 나를 내쫓았다. "가보게. 까딱하면 부인이 자넬 못 알아볼 판이야."

"벌써 잊었는지도 모르죠. 너번이 사는 시노브족 고장엔 반반하고 젊은 수컷이 널렸거든요." 그로버가 말했다.

나는 픽업트럭의 발판 위에 앉은 도니와 앤지를 향해 손을 흔들었다. 도니는 고개를 끄덕했고 앤지는 수줍게 손을 흔들었다. 그리고 우리는 잠시 눈을 맞추었다. 마치 할 말이 더 남아 있는 사람들처럼.

이윽고 나는 차를 향해 걸음을 뗐다. 그렇게 몇 발짝쯤 옮겼을까? 댄의 목소리가 나를 붙잡았다.

"너번?"

나는 몸을 돌려 그를 마주보았다. 댄은 양손을 들고 손가락을 사르르 흔들어 눈 내리는 모습을 허공에 그렸다.

"기억하고 있을게요." 내가 말했다.

댄은 웃으며 고개를 끄덕였다.

차에 거의 다다랐을 무렵 다시 댄의 목소리가 들려왔다.

"너번?"

"네?"

댄은 어부 모자의 챙을 만지작거리며 장난스럽게 싱긋 웃어 보였다.

"좋은 꿈꾸게."

"여부가 있겠습니까?" 내가 말했다.

페스터스가 꼬리를 두 번 탁탁 내리쳤다. 그리고 나는 우리 집, 내 안식처를 향해 출발했다.

3장

북극광이 춤추는 밤

죽은 자의 부름

그곳에 다녀온 뒤로 더는 그 꿈을 꾸지 않았다. 정확한 이유는 알 수 없었다. 다만 무언가 마음에 평화를 주었고 덕분에 나는 모처럼 숙면을 취할 수 있었다.

하늘을 보며 하루하루를 보냈다. 요양원에서 보았던 노인이 그랬던 것처럼. 낮이 짧아지면서 가을의 나른한 안개는 상쾌한 기운을 더해갔고 밤바람은 갈수록 거세져갔다. 집 근처 호수의 물빛은 어두워졌고 거위들은 무거운 납빛 하늘을 바삐 가로질렀다. 계절이 바뀌고 있었다. 공기에서 눈의 기운이 느껴졌다.

그러던 어느 목요일이었다. 이슬비처럼 지붕 위에 가만 내려앉는 나뭇잎들의 점잖은 운율을 감상하며 잠자리에 들었는데 깨어보니 눈 덮인 땅 특유의 경건한 침묵이 느껴졌다. 하룻밤 새 가을날의 금빛은 차디찬 회색빛과 푸른빛으로 변해 있었다. 라코타 사람들이 와지야라 부르는 북쪽의 거인이 마침내 찾아온 것이다.

"올 것이 왔군." 창유리를 두드리는 바람 소리를 들으며 나는 루이즈에게 말했다. "이 정도면 확실해." 바깥에서 몰아치는 거센 바람에 가루눈이 춤추듯 나부꼈다. "지금이야."

전화기를 들고 위노나의 번호를 눌렀다. 기나긴 정적 끝에 신호음이 울리는가 싶더니 지지직거리는 소음 사이로 들릴 듯 말 듯 희미한 목소리가 전화선을 타고 내게로 왔다.

"여보세요." 목소리만으로는 남자인지 여자인지 구분하기조차 어려웠다.

"위노나?"

"네."

"너번입니다. 눈이 왔어요. 여전히 댄은 가고 싶어하시나요?"

"온통 그 생각이세요. 늘 그 이야기뿐이죠. 매일 텔레비전 앞에 앉아 그 동네 일기예보를 들으신다니까요." 위노나가 말했다.

"이제 더는 안 그러셔도 됩니다. 간밤에 7에서 10센티미터 정도 눈이 내렸거든요. 쉽사리 녹아 없어지는 그런 눈이 아니에요. 베나이스가 사는 북쪽으로 올라가면 아마 이보다 더 두껍게 쌓였을 겁니다."

"그럼 이쪽으로 와서 전부 데려가면 되겠네요." 그녀가 말했다. 단어 하나하나에서 체념의 기색이 묻어났다.

"전부라니요?"

"도니와 앤지요. 두 사람도 같이 갈 거예요. 그로버랑 점보, 지도 갈 거고요. 그리고 그 개도."

"그 많은 사람을 내 차에 다 태울 수는 없어요."

"그렇죠. 하지만 인솔할 수는 있잖아요. 너번이 떠나고 할아버지가 줄곧 계획해오신 일이에요. 지난번에 말했던 그 정신병원 터에서 만나자고 하시네요. 베나이스 씨에게 가기 전에 그곳에 먼저 들르고 싶으시다나 봐요."

캔턴 시의 정신병원에 대해 누군가 관심을 보인 것은 이번이 처음이었다. 댄이 어린 누이가 걸었던 그 땅을 방문하고 싶어한다는 소식에 반가움이 앞섰다. 하지만 그 방문이 댄의 정신 건강에 미칠지도 모르는 영향을 생각하자 한편으로 긴장이 밀려왔다. 이 또한 내가 결정할 문제는 아니었다. 위노나처럼 나도 댄이 하자는 대로 받아들여야 했다.

"언제 만나고 싶어하시는지 알려주면 맞춰서 그리로 갈게요." 내가 말했다.

정신병원 터는 댄의 집과 우리 집의 거의 중간 지점이었고, 나는 미리 가방을 싸놓고 이날이 오기를 기다려온 터였다. 고로 나는 언제든 떠날 준비가 되어 있었다.

"아무래도 지금 출발하는 게 좋겠어요." 위노나가 말했다. "몇 주 전부터 가방을 싸놓고 기다리셨거든요."

나는 우리 두 사람을 생각하며 웃음 지었다. 수백 킬로미터나 떨어진 각자의 집에 앉아 문 옆에 가방을 대기시켜놓고 눈이 오기만을 기다리는 두 남자의 모습이라니.

"화요일 오후 어때요?" 내가 말했다. "한 시쯤? 캔턴 시 바로 동쪽 18번 고속도로변에 있는 사적 안내 표지판 옆이 좋겠어요."

"할아버지는 아마 하루 전에 가 계실 거예요."

"설마 인디언 타임은 아니죠?"

"말씀하신 그때 가 있으면 돼요."

위노나는 갑자기 전화를 끊어버렸다. 마치 나와 이 모든 소동에서 이제 그만 벗어나고 싶다는 듯.

하늘에 푸르고 신비로운 빛이 어리는가 싶더니 이내 출발의 아침이 밝았다. 겨울은 단 한 번의 눈으로 내려왔고 땅은 새하얀 물결이 너울거리는 바다였다. 갑작스레 찾아온 평온함에 온 세상이 숨을 죽이는 것만 같았다.

내 차는 눈 덮인 진입로를 타고 내려가 남쪽을 향해 출발했다.

그토록 많은 사람을 대동하고 베나이스 앞에 나타날 일을 생각하니 신경이 곤두섰다. 그에게 연락은 하지 않았다. 실은 연락할 길이 전혀 없었다. 베나이스도 우리의 방문을 예상하고 있을 테니 걱정할 이유가 없다며 댄은 나를 안심시켰지만 나로서는 확신이 서지 않았다. 내가 태어난 세계에서는 토끼를 통한 초자연적인 접속과 방문으로는 초대가 성립될 수 없었다. 하지만 댄은 완고했다. "이 일은 내 방식대로 하게. 말해두지만, 이곳은 자네의 세계가 아니야."

집에서 600킬로미터도 더 되는 거리를 달려 캔턴 시로 향하는 내내 나는 끝없는 불안에 휩싸였다. 마음을 달래는 클래식 음악도 라디오 방송의 실없는 잡담도 기분을 끌어올리기에는 역부족이었다. 마치 고통스럽지만 꼭 받아야 하는 검사 때문에 어쩔 수 없이 병원으로 향하는 남자라도 된 기분이었다.

남쪽으로 내려갈수록 적설량은 점차 얕아졌다. 풋풋한 겨울의 흰색과 연푸른색은 늦가을의 건조한 갈색으로 바뀌어갔고, 북부 소나무 숲의 묵직한 어둠은, 부러진 옥수숫대만 남은 휴경지와 눈이 드문드문 쌓인 골짜기, 대초원에 휘몰아치는 바람이 빚어내는 차가운 공허 속으로 이어졌다.

차가 돌풍에 심하게 흔들리며 도로 여기저기로 나를 내몰았다. 가슴 가득 후회가 차올랐다. 댄을 더 설득해 여정을 앞당겨야 했던 게 아닐까? 아니, 아예 떠나지 말았어야 했던 건 아닐까? 하지만 돌이키기에는 이미 늦었다. 여기까지 온 이상 끝까지 가보는 수밖에 없었다.

캔턴 시에 도착해보니 심해진 강풍으로 인해 사우스다코타의 그 아기자기한 도시는 대초원의 전초기지처럼 스산하고 황량하게 변해 있었다. 단 하나의 중심가는 빠른 돌풍에 눈발이 날려 소용돌이쳤고, 가을의 끝자락에 배수로 곳곳에 쌓여 켜켜이 얼어붙은 나뭇잎과 회갈색 풀잎은 한 겹의 새하얀 가루로 뒤덮였다.

운전하는 동안 나는 한 가지 어려운 결정을 내렸다. 댄이 이디스의 이야기를 직접 듣게 해주기로 결심한 것이다. 이디스에게는 힘든 일이겠지만 나는 그러고 싶었다. 이디스는 멀리서나마 댄과 그의 여동생을 이어주는 끈이었다. 이디스의 두 눈과 기억을 통해 어쩌면 댄은, 그 끔찍한 정신병원에서 그네를 타고 노래를 부르며 하루하루를 보내던 흰 원피스 차림의 작은 소녀를 더 깊이 이해할 수 있을 터였다.

하지만 만남을 주선하기 위해 요양원에 들렀을 때 나를 맞은 것은 마지막 방문 당시 나를 경멸하듯 대하던 접수대의 여인과 이디스는 한 달 전 동부에 사는 가족에게로 떠났다는 소식이었다. 여인의 말에 따르면 이디스의 병세는 내가 다녀간 직후로 나날이 악화되었다고 했다. 여인이 이디스의 병세 악화를 내 방문 탓으로 돌리고 있는지는 확실치 않았다. 그리고 나도 군이 묻고 싶지 않았다.

대신 나는 문밖에서 주위를 관찰하던 노인을 찾아 두리번거렸다. 하지만 어디에서도 그는 보이지 않았다. 추수철은 끝났고, 바깥에 서 있기에는 날씨가 너무 추웠다. 어쩌면 노인도 거처를 옮겼으리라. 추운 날씨 탓에 방에 들어앉았을 수도 있었다. 아니면 요양원에 사는 그 누구도 피해갈 수 없는 결말을 맞이했는지도 모를 일이었다. 나는 채찍 같은 바람 속으로 걸어 들어갔다. 마치 치명적인 질병을 들여온

죄로 추방되어 망각 속으로 사라져야만 하는 침입자라도 된 기분이었다.

외로움과 후회를 가슴 가득 머금은 채 나는 좁다란 지방 고속도로를 달려 정신병원 터로 향하는 오르막길 초입에 도착했다. 그리고 한때 오거스타나대학이 있던 자리와 지금은 철거된 강 건너 스키 점프대를 기념하는 두 개의 사적 안내 표지판 옆에 차를 세웠다.

트럭들이 굉음을 내며 도로를 질주했고 그때마다 내 차도 같이 흔들렸다. 책이라도 읽으며 시간을 보내려 했지만 글자가 눈에 들어오지 않았다. 바람의 기세는 좀처럼 꺾일 줄 몰랐다. 바람은 강 유역을 타고 성난 야수처럼 내달리며 휘파람을 불다가 슬피 우는가 하면 잎이 진 나뭇가지들을 격렬하게 뒤흔들었다. 마음속에 기대가 가느다랗게 피어났다. 어쩌면 댄 일행은 오지 않는 쪽을 택했을 수도 있었다. 어쩌면 나는 그저 얌전히 기다리다가 홀가분하게 집으로 돌아가게 될지도 모를 일이었다.

하지만 계기판의 시계가 12시 45분을 가리킬 무렵 도니의 거대한 픽업트럭이 털털거리며 천천히 옆으로 다가왔다. 트럭 내부가 사람들 머리로 빼곡했다. 앞자리에는 도니와 댄, 앤지, 페스터스가, 뒷자리에는 그로버와 점보, 그리고 어린 지가 타고 있었다. 뿌옇고 푸른 담배 연기에 가려 형체가 하나같이 흐릿했다.

도니가 트럭에서 내려 내 차로 걸어왔다. 거센 바람은 금방이라도 그를 날려버릴 기세였다.

"정신병원에는 댄 할아버지와 지만 갈 거예요. 어르신의 뜻이죠. 오던 길에 시내 외곽에서 식당을 하나 봤어요. 우리는 거기서 기다릴게요."

이렇게 말하고 도니는 황급히 트럭 문을 열어 댄과 지가 내리도록 도왔다. 세찬 바람에 차 문이 떨어져나갈 것 같았다. 뒤이어 페스터스가 기어 나왔다.

"페스터스까지?" 내가 물었다.

"지가 가는 곳이면 어디든 쫓아다니거든요. 도무지 떨어지려 하지를 않아요." 도니가 말했다.

페스터스는 나를 보자 꼬리를 흔들며 다가와 창문으로 앞다리를 내밀었다. 양말은 신고 있지 않았다. 나는 창밖으로 손을 내밀어 녀석의 정수리를 문질렀다. 녀석은 나의 손가락을 핥으며 손목에 코를 비비댔다.

"착하구나, 페스터스. 나중에 더 쓰다듬어주마. 지금은 갈 데가 있거든. 바람이 거칠구나." 내 말을 알아들은 것처럼 녀석은 뒷좌석으로 기어들더니 그사이 조용히 들어와 있던 댄과 지의 옆자리를 차지했다. 도니는 두 사람에게 안전벨트를 채워주고는 다시 트럭을 몰고 시내를 향해 떠났다. 댄은 똑바로 앉아 한쪽 끝이 갈라진 막대기를 잡고 있었다. 보아하니 지팡이 대신인 듯했다. 그 막대기로 그는 차 바닥을 수차례 두드리더니 마침내 입을 열었다.

"자, 너번. 드디어 때가 왔군. 이제 마무리를 지어보세." 댄은 나와의 마지막 여행에서 입었던, 군데군데 강력 테이프로 기운 싸구려 나일론 재킷을 입고 있었다. 대초원의 살을 에는 바람을 막기에는 어림없어 보였다.

"춥지 않으시겠어요?" 내가 물었다.

"찬바람 좀 쐰다고 어떻게 되지는 않아. 그저 조물주가 거친 숨을 쉬시는 것뿐이니까." 그가 말했다.

지는 굿윌의 기증품 상자에서 꺼내왔을 법한 꾀죄죄한 분홍 파카를 입고 있었다. 지퍼는 목까지 채웠고 머리에는 귀 덮개가 양쪽으로 늘어진 줄무늬 모직 모자를 눌러 쓴 상태였다. 희고 긴 레깅스를 입고 목 부분에 플리스 원단을 두른 눈 장화를 신었는데, 장화는 헤진데다 두 치수쯤 커 보였다. 흡사 발칸반도의 난민을 보는 듯했다. 하지만 적어도 날씨에는 걸맞은 차림이었다.

"올라가도 별로 볼 건 없어요." 어깨너머로 댄에게 말했다. 강풍과 추위가 아무래도 마음에 걸렸다.

"뭘 보자고 올라가는 게 아니야. 그만 출발하세." 댄이 말했다.

나는 예의 그 골프 코스 둘레로 난 자갈길을 따라 차를 몰았다. 공동묘지 구역을 표시하는 가로장 울타리가 저 멀리 눈에 들어왔다.

"저기가 그 묘지예요." 내가 말했다.

"아이는 들어가지 않을 걸세." 이렇게 말하며 댄은 지를 향해 고개를 끄덕였다. "무덤을 좋아하지 않거든."

"무덤인지도 모를 겁니다. 묘비가 하나도 없으니까요." 내가 말했다.

댄은 혀를 끌끌 차며 고개를 가로저었다. "묘비 따윈 필요치 않아."

나는 글러브 박스에서 종이 몇 장을 꺼내 뒷자리의 댄에게 건넸다. 도서관 서류철에 들어 있던 정신병원 사진을 복사한 것이었다. "헐리기 전에 건물이 어떤 모습이었는지 보고 싶어하실 것 같아서요." 내가 말했다.

댄은 눈을 가늘게 뜬 채 엽서 속 정신병원의 채색된 이미지를 지그시 바라보았다. 엽서 속에서 건물은 마치 언덕 꼭대기에 희미하게 우뚝 선 거대한 성처럼 보였다.

"이렇게 외딴 초원 지대에 그런 식의 건물을 지었다는 게 저로서는 상상하기 어렵더군요." 내가 말했다.

댄은 고개를 가로저었다. "그게 바로 백인들의 방식이야. 인디언용이라면 무조건 크고 튼튼하게 지어서 우리를 잔뜩 주눅 들게 만들었지. 누가 주인인지 상기시키고 싶었던 거야." 수개월 전 나도 이와 똑같은 설명을 이디스에게 하려 한 적이 있었다.

댄은 어느새 다음 사진을 보고 있었다. 부지를 둘러싼 쇠울타리 틈으로 정신병원 건물이 보이는 사진이었다. "어딜 가나 울타리와 정문이 있었지. 백인들은 금 긋기를 좋아했거든. 어디까지가 우리의 세계이고 어디부터가 백인들의 세계인지 알아두라는 뜻이었지. 일단 그 정문을 통과하면 우리는 그들 세계의 일부가 되고 말았네. 그들은 결코 누가 책임자인지 잊어버리도록 내버려두지 않았어."

문득 수년 전 노랑새의 일을 수소문하다 방문했던 버려진 기숙학교가 떠올랐다. 그 거대하고 단단한 벽돌 건물의 정면은 심지어 나조차 위압감을 느낄 정도였다. 내가 느낀 위압감이 그 정도라면 평소 가볍고 이동이 가능한 오두막이나 작고 소박한 보금자리에 살던 사람들이 느꼈을 위압감은 얼마나 더 컸을지 짐작이 가고도 남았다. 이처럼 거대한 벽돌 건물들은 풍경 가운데 홀로 우뚝 솟아 중세 유럽의 대성당에 버금가는 무소불위의 권력을 휘둘렀다. 댄이 옳았다. 그 건물들은 그저 그런 건축물이 아니었다. 사회를 통제하려는 의식적인 도구였다.

나는 자갈길 한쪽에 차를 세웠다. 묘지의 울타리까지는 왼편으로 90미터쯤 더 가야 했다. 우리는 바람을 뚫고 풀밭을 가로지르며 걸었다. 수개월 전 이디스와 걸었던 길이었다. 하지만 초록 잔디가 무성한 페어웨이는 이제 없었다. 죽은 잔디는 눈가루로 뒤덮였고 벌거벗은 나무들은 부는 바람에 몸이 휘청였다.

걷는 내내 댄은 옷깃을 움켜잡았다. 옆에서는 지가 모자를 귀밑까지 푹 눌러쓴 채 그의 손을 잡고 뻣뻣하게 걸었다. 나는 있는 힘껏 댄을 부축했다.

댄이 말한 그대로였다. 지는 울타리 안으로 들어가지 않았다. 그것을 아주 당연하게 받아들였다. 묘지 입구에 도착했을 때 소녀는 그 야말로 자연스레 멈춰서더니 댄과 내가 콘크리트 토대 위 명판에 새겨진 이름들을 향해 다가가는 동안 입구에 가만히 서 있었다. 페스터스는 남아서 소녀의 곁을 지켰다.

댄은 명판을 보고는 새겨진 이름들을 손끝으로 어루만졌다.

"읽어주게." 댄이 말했다.

"전부 다요?"

"전부 여기 묻힌 사람들 아닌가?"

지루한 낭독이 시작되었다. 마치 나 자신이 군대의 행사에서 죽은 이들의 이름을 읽어 내려가는 관료라도 된 기분이었다. "오랫동안 올빼미였던 여인. 후아니타 카스틸도. 메리 페어차일드." 댄은 주의 깊게 듣고 있다가 이따금 낭송을 중지시킨 다음 이렇게 말했다. "나도 아는 이름이군."

바람이 몹시 찼다. 하지만 댄은 서두르려는 기색이 없었다. 모든 이름을 읽어줄 것을 내게 청했고 이름이 불릴 때마다 잠시 묵념의 시간을 가졌다. 태도에서 슬픔은 찾아볼 수 없었다. 단지 예를 갖춘 침묵만이 자리했다. 댄은 내내 고개를 숙인 채 내 목소리에 귀를 기울였다.

나는 잠깐씩 고개를 들어 지가 잘 있는지 살폈다. 지와 페스터스는 한동안 울타리 주변에 머물다 어느새 얇게 눈 덮인 잔디를 가로질러 언덕 정상을 향해 느긋하게 걷고 있었다. 낭독을 멈추고 싶지는 않았다. 댄에게는 이 시간이 엄숙한 의식과 같다는 것을 나는 잘 알고 있었다. 그렇다고 지를 시야에서 놓치고 싶지도 않았다.

"까마귀 목을 가진 사나이. 존 빅. A. 케네디."

이윽고 명단 읽기를 끝내고 페스터스와 지를 따라잡으러 나서려는
데 댄이 나를 붙잡았다. 그는 재킷 안으로 손을 넣어 사슴 가죽 두
루마리 하나를 꺼내더니 조심조심 풀어 안에서 뭔가를 집어 들었다.
생김새로 보아 독수리 깃털 같았다. 댄은 떨리는 손으로 깃대를 잡고
그 깃털로 한 사람 한 사람의 이름을 천천히 어루만졌다. 이름이 바
뀔 때마다 그는 깃털을 허공 높이 들고 라코타어로 뭔가를 낮게 읊
조렸다. 백스물한 번 그는 같은 행위를 반복했고 그때마다 서두르지
않고 정성껏 예를 갖추었다.

의식을 치르듯 행동을 삼가는 댄의 모습에는 마음을 어루만지는
무엇이 있었다. 불과 몇 달 전 나는 댄과 엇비슷한 나이의 한 여인과
바로 이곳에 서 있었고, 여인은 이 침울한 정신병원에서 너무도 슬프
게 스러지고 잊혀간 목숨들을 생각하며 격한 비탄과 회한에 휩싸였
다. 이제 나는 다른 누구도 아닌 자신의 사람들을 이곳에 보내야 했
던 한 남자와 서 있지만, 오히려 남자는 그 모든 진실을 알고도 흔들
림 없이 평온에 가까운 모습이었다.

댄은 독수리 깃털을 다시 두루마리로 감싼 뒤 재킷 안에 도로 넣
었다. "울타리 밖까지 부축해주게. 그런 다음엔 혼자 있게 해줘." 댄
이 말했다.

"이런 바람 속에서요? 버틸 수 있으시겠어요?" 내가 물었다.

"만약 쓰러지면 내 누이가 걸었던 땅에 쓰러지는 셈이니 그것도
나쁠 건 없지."

나는 지가 있는 쪽을 흘깃 올려다보았다. 소녀는 어느새 오르막의
더 높은 곳을 거닐고 있었다. 댄은 내 걱정을 알아챘다.

"저 애는 걱정하지 말게. 페스터스가 돌봐줄 거야. 말했잖아, 녀석
은 수호자라고."

나는 울타리 입구를 벗어날 때까지 댄을 부축하고는 뒤로 물러섰다. 그를 혼자 두기가 망설여졌다. 댄은 얇은 재킷의 옷깃을 부여잡고는 얼어붙은 잔디밭을 가로지르며 발걸음으로 커다란 원호를 그리기 시작했다. 느리지만 단호한 움직임 속에 그는 씨 뿌리는 남자처럼 손으로 허공을 저으며 속삭이듯 무슨 말인가를 웅얼거렸다. 울타리 둘레를 돌아 원을 완성하고 나서는 이내 고개를 들어 정신병원 건물 터로 향하는 오르막을 바라보더니 다시 깃털을 꺼내 그쪽을 향해 치켜들었다.

지와 페스터스는 그사이 한참을 더 올라가 오르막 꼭대기에 다다르기 직전이었다. 지는 걸음을 완전히 멈춘 채 전에도 내게 보였던 그 오묘한 자세로 서서 양팔을 겨드랑이에 바짝 붙이고는 주위를 둘러보며 고개를 기울였다. 마치 목소리들을 들으려고 귀 기울이는 것처럼.

나는 정신병원 건물이 찍힌 오래된 사진을 주머니에서 꺼내보았다. 살을 에는 바람에 사진을 제대로 들고 있기조차 힘들었지만 한 가지는 말할 수 있었다. 소녀가 서 있는 곳은 한때 정신병원의 그네가 서 있던 바로 그 자리였다.

하나의 세상과 서로 다른 법칙

혼자만의 애도 의식을 마치자 댄은 이내 출발하자고 고집을 부렸다. 우리는 카페에서 햄버거와 프렌치프라이를 먹고 있던 일행과 합류해 북쪽으로 향했다.

댄의 뜻대로 우리는 시골길을 택했다. 눈발이 파편처럼 소용돌이 치는 날에는 오히려 외딴 지방 도로 쪽이 더 위험했지만, 댄은 고속 도로의 속도감을 내켜하지 않았다. 댄은 기어이 나와 동승하길 고집 했지만 정작 말할 생각은 없는 듯했다.

그의 침묵이 나는 고마웠다. 가난하고 무력한 수많은 사람이 오로지 피부색과 살아온 방식이 다르다는 이유만으로 억류되었던 땅의 한 귀퉁이에 선 뒤 나는 다시금 깊은 슬픔에 잠겼다. 어느 헌신적인 인디언 남자가 주 정부에 강력하게 요구해 세웠다는 보잘것없는 표지 판과 조잡한 울타리는 차치하고서라도, 그곳에 묻힌 사람들은 한때 그들을 수용했고 이제는 캔턴 시의 기억에서도 사라진 그 건물만큼 이나 온데간데없이 뭇사람들의 기억에서 사라졌다. 다시 나는 깨달았다. 인디언이 겪어온 현실과의 대면은 결국 유령들과의 괴로운 조우로 귀결될 수밖에 없었다.

댄도 혼자만의 생각에 잠긴 듯했다. 그는 말없이 조수석에 앉아 차창을 스치는 들판을 물끄러미 내다보았다. 궁금했다. 왜 굳이 그는 나와 단둘이 가겠다고 고집을 부렸을까? 도니의 픽업트럭이 대형이라고는 하지만 운전실에 그 많은 사람을 전부 태우기에는 불편하고 비좁았다. 외려 내 차의 승차 인원을 늘리는 편이 자연스러웠다.

다만 이곳은 나의 세계가 아닌 댄의 세계였다. 질문은 반드시 답을 요하는 경우가 아니면 삼가야 한다는 것을 나는 오래전에 배워 알고 있었다.

그렇게 50킬로미터 정도를 이동했을 즈음 이윽고 댄이 입을 열었다.

"너번, 자네는 왜 그들이 사람들을 그런 곳에 가뒀다고 생각하나?"

"모르겠습니다. 정책적인 이유? 알코올중독? 오래된 풍습을 저버리지 않아서? 그냥 없애고 싶었을 수도 있고요."

"그렇군. 하지만 내 누이의 경우는 어떻게 설명할 텐가?"

"아마 두려웠을 겁니다. 어떻게 해야 할지 몰랐겠죠."

"어린 지를 자네가 두려워하는 것처럼?"

나는 적잖이 당황했다. 댄이 그런 쪽으로 생각하리라고는 예상하지 못했다.

"글쎄요. 그럴 수도 있겠네요. 아니길 바라지만."

"하지만 자넨 그 아이를 겁내고 있어. 아닌가? 이 모든 상황을 겁내고 있지. 오델에, 베나이스에, 지까지."

"그런 것 같네요. 저와는 다른 세계의 일이니까요."

"아니." 댄이 맞받아쳤다. "자네는 그래서 겁을 내는 게 아니야. 자네가 겁내는 이유는 그것이 바로 **자네 세계**의 일이기 때문이야. 세상에는 오직 하나의 세계만이 존재하거든. 단지 차이라면, 자네가 그 세계의 얼마만큼을 이해하느냐 정도지."

댄은 아버지처럼 정감 어린 몸짓으로 내 팔에 손을 얹었다. "사람은 이해력을 벗어나는 뭔가를 맞닥뜨리면 그런 반응을 보이게 마련이라네. 겁을 집어먹고 혼란에 빠지는 거야. 우리 인디언들은 그게 어떤 기분인지 알지. 백인들이 우리 땅에 들어왔을 때 똑같은 기분을 느꼈으니까."

댄은 자세를 꼿꼿이 고쳐 앉았다.

"생각해보게. 우리는 늘 자신과 비슷하게 생긴 사람들 틈에서 살아왔어. 다른 언어로 말하고 늘 의견이 충돌하기 일쑤였지만 세상을 이해하는 관점만큼은 서로 공유했지. 그런데 어느 날 눈을 떠보니 피부는 죽은 물고기처럼 허옇고 얼굴에는 개처럼 털이 수북한 사람들이 우리네 터전으로 들어온 거야.

그들은 유리 조각 안에 빛을 가두었다가 그 빛을 불로 바꾸었네. 우리에게 쓴 물을 주고는 그 물로 정신을 미치게 했지. 머나먼 곳에서 나무에 못 박혔다는 남자 이야기를 들려주면서 만약 귀담아듣지 않으면 영원히 불속에서 타게 될 거라며 우리를 협박했어. 우리네 오래된 풍습은 악마의 영혼에서 비롯된 길이니 모두 물리쳐야 한다고, 안 그러면 전부 불속에 던져진다고 말했다네.

우리라고 겁나지 않았을 것 같은가? 종이 쪼가리에 작은 표시를 해가며 그 표시들로 먼 곳에 있는 사람들과 대화할 수 있다고 그들이 말했을 때 우리는 두렵지 않았을 것 같아? 그때 우리가 느낀 감정은 오델이 베나이스를 살피기 위해 밤을 헤치고 다녀왔다는 이야기를 들었을 때 자네가 느낀 감정과 조금도 다르지 않네. 하지만 각자의 관점으로만 보면 양쪽 다 불가능하지. 그래서 겁이 나는 거야.

내 말 뜻 알아듣겠나?"

"네. 하지만 그 둘은 달라요. 글쓰기는 단지 기술일 뿐이지만 오델과 베나이스의 경우는 물리학의 법칙에 어긋나잖아요." 내가 답했다.

"하! 물리학의 법칙이라. 그것 역시 하나의 법칙일 뿐이야. 조물주의 법칙은 여러 가지야. 우리 세계의 사람들은 그중 일부를 알았고, 자네 세계 사람들은 우리와는 다른 일부를 알았을 뿐이라네. 그런데 백인들은 우리를 제압하고 나더니 우리가 알던 법칙들에는 도통 관심을 보이지 않아."

댄은 손가락으로 내 팔을 두드렸다. "하나 묻겠네. 텔레비전에서 올림픽이라든가 하는 걸 본 적이 있나?"

어지간히 뜬금없는 질문이었다. 웃음이 나오려는 걸 간신히 억누르고 대답했다.

"물론이죠."

"그렇구먼. 나도 봤지. 그로버가 위성안테나인지 뭔지를 달아준 뒤로 나도 그 올림픽이란 걸 보기 시작했거든. 사람들이 자기 머리보다 더 높이 걸린 막대기를 잘도 뛰어넘더군. 자네도 봤나?"

"봤죠."

"자네도 할 수 있나?"

"뛰어오르는 건 영 자신이 없어서."

"그렇구먼. 그런 일이 가능하다고는 생각하나?"

"가능하겠죠. 눈에 보이니까요."

"그렇구먼. 그럼 자네가, 자기 머리보다 더 높이 걸린 막대기를 뛰어넘는 사람이라곤 본적이 없는데, 어떤 인디언이 찾아와 손을 저 위까지 들면서 대뜸 '우리 인디언 중에는 이렇게 높은 막대기를 뛰어넘는 이들도 있다'고 말한다 치세. 그러면 자네는 그게 불가능하다고 생각하겠지. 틀림없이 미신이거나 거짓말이라고 할 거야. 왜냐하면 그건 물리학의 법칙에 어긋나니까. 적어도 중력의 법칙에는 어긋나겠지. 안 그런가?"

"그럴 겁니다."

"헌데 그 인디언들이 그걸 해보이면 자네는 속임수가 틀림없다고 말할 테고?"

"그렇겠지요."

"그렇구먼. 오델과 베나이스에 대해서도 자네는 그런 식이야. 그저 인디언은 미신이나 거짓말을 믿는다느니 속임수를 쓴다느니 해버리거든.

하지만 만약 속임수가 아니라면 어쩔 텐가? 자기 머리보다 더 높은 막대기를 뛰어넘는 것과 다를 게 없다면? 인디언만 아는 법칙들이 존재한다면? 자네가 불가능하다 여기는 것들을 가능하게 만드는 원로들만의 훈련법이 존재한다면 대체 어쩔 셈이지?

일전에 내가 말했던 조물주의 섭리를 기억하나? 한 사람이 평생에 걸쳐 어떤 일을 하면 그 일을 통해 지혜를 얻을 것이고 여러 사람이 백 세대에 걸쳐 그 일을 하면 그들 모두가 깊은 지혜를 얻을 것이라는 이야기 말일세.

우리 인디언은 백 세대에 걸쳐 창조의 법칙을 연구했어. 자네 같은 백인들은 감히 이해할 엄두도 내기 어려운 지혜를 우리는 가졌다는 뜻이야.

오델은 아주 어릴 때부터 훈련을 받았네. 뭇사람이 들을 수 없는 소리들을 귀담아듣고, 뭇사람이 느낄 수 없는 것들을 느끼고, 뭇사람이 이해할 수 없는 징후들을 읽어내는 법을 훈련받아왔지. 오델의 할아버지가 그이의 재능을 알아봤거든. 그래서 훈련을 시킨 거라네.

고된 훈련이었어. 옛사람들에게서 전해 내려오는 훈련이었지. 우스갯소리가 아니야. 미신이 아니다, 이 말일세."

나는 말없이 앉아 그의 이야기에 공손히 귀를 기울였다. 댄은 고개를 치켜들고 나를 빤히 쳐다보았다. "아직 내 말을 믿지 않는군, 아닌가?"

"믿는 것도 믿지 않는 것도 아닙니다. 그저 귀담아들으며 이해하려고 애쓰는 거예요."

댄은 콧방귀를 뀌며 고개를 가로저었다. "그렇다면 이야기를 다른 방식으로 풀어보겠네."

그는 차의 앞 유리 너머 지평선 위로 무겁게 드리운 회색 구름을 가리켰다. "저런 하늘을 보면 무슨 생각이 들지?"

"눈이 올 것 같다는 생각?"

"나도 마찬가지야. 자, 그럼 만약에 햇살이 주야장천 내리쬐는 곳에서 온 사람이 저 하늘을 봤다면 과연 그 사람도 눈이 오시는 중이라고 생각했을까? 아니. 그 사람 눈에는 그저 어둡고 무거운 하늘만 보일 거야. 그리고 그 의미를 알 수 없어 두려워하겠지. 하지만 자네는 어두운 하늘과 눈을 연결 지을 줄 알아. 훈련을 받아왔거든. 저런 하늘이 존재하는 곳에 사는 동안 자연스레 훈련을 받아온 거야.

오델이나 베나이스 같은 이들은 자네와 나는 상상조차 할 수 없는 방식으로 만물을 연결 짓도록 훈련받아왔네. 그중 일부는 모든 사람이 이해할 정도로 단순하지. 가령 폭포에서 사슴 한 마리를 잡았는데 지방이 없으면 그해 겨울은 춥지 않으리라는 뜻이고, 갈까마귀들이 뱅뱅 맴을 돌면 그 아래 먹이가 있다는 뜻이야.

하지만 개중에는 더 깊숙이 연결된 것들도 있네. 훨씬 깊어서 우리 대부분이 알지 못하는 것들 말일세. 그리고 알지 못하면 이용할 수도 없지. 헌데 그런 지혜의 일부분은 백인들이 우리의 오래된 풍습을 파괴하고 백인의 길에 따라 우리를 살게 한 뒤로 잃어버린 것들이야.

하지만 우리 인디언들은 비록 그 지혜를 이용할 수는 없을지언정 존재 자체는 인정한다네. 혹시 비행기가 왜 나는지 아나? 라디오에서 어떻게 소리가 나는지는 알고 있어? 아니. 하지만 인정은 하겠지. 헌데 만약 자네가 비행기를 본 적도, 비행기가 머리 위를 나는 광경을 본 적도 없다면 어떻겠나? 분명 공포에 떨겠지. 만약 자네가 평생을 숲 속에서 살았는데 어느 날 누군가 상자 하나를 들고 찾아와 단추를 누르자 그 안에서 목소리가 나온다면? 모르긴 해도 아마 마법이라고 생각할걸.

오렐과 베나이스에 대한 자네의 생각도 바로 그런 거야. 그들이 하는 일들을 자네로서는 이해할 길이 없으니 그저 두려울 수밖에. 말하자면 두 사람은 자네의 머리 위를 나는 비행기나 마찬가지야. 자네가 이해할 수 없는 곳에서 나오는 목소리들을 들려주는 라디오나 마찬가지라고."

"왜 이런 이야기를 제게 들려주시는 거죠?" 내가 물었다.

"자네에게 내 생각을 설명하려는 거야. 왜 그 인디언들이 정신병원에 갇혔는지, 왜 백인들은 내 어린 누이와 같은 이들을 그곳에 가두었는지. 다 두려움 때문이었어. 이해할 수 없는 것들에 대한 온갖 두려움."

댄은 자세를 고쳐 앉았다. 생각의 끈을 놓치지 않으려 애쓰는 듯했다.

"벗이 하나 있었네. 지금은 폭삭 늙어 할머니가 다 됐지. 나보다 나이가 더 많을 거야. 그이는 라코타어를 하지 않았어. 자라는 동안에도 안 했지. 기독교도들이 들어왔을 때 그이도 똑같은 걸 배웠거든. 우리 언어가 악마의 언어고 그 언어로 말하는 걸 창조주가 들으시면 그 사람을 불 속에 던져 넣을 거라고 말이야.

그이는 완전히 겁에 질렸지. 영어를 제대로 배운 적도 없으면서 자기 부족의 언어로는 말할 엄두도 내지 못했으니까. 아흔 살이 다 되도록 좀처럼 누구에게도 말을 건네지 않았네. 그만큼 두려웠던 거야. 기독교도의 진리는 그이의 혀를 훔치고 마음속에 두려움을 채워 넣었어. 손주들과 증손주들까지 훔쳐버렸지. 서로 말이 통하지 않았거든. 말하자면 두 세계 사이에 끼어버린 거라네.

정신병원에 갇혔던 수많은 이도 아마 비슷한 일을 겪었겠지."

댄은 두 손을 뾰족하게 모아 코에 대고는 잠시 생각을 수습하다가 다시 입을 열었다.

"생각해보게. 자네 세계의 사람들은 수년간 우리 틈에서 지내다가 그 건물을 지었네. 그사이 우리는 그들의 능력을 보았지. 그들의 가르침을 들었고.

자, 가령 누군가에게 나쁜 일이 일어났다고 치세. 아이가 병에 걸려 안 나을 수도 있고, 가까운 이가 죽을 수도 있겠지. 백인 세계에서는 그 불행을 그 인디언 탓으로 돌릴 거야. 우리의 오래된 믿음을 버리지 않아 창조주께 벌을 받는 거라고. 헌데 원로들은 그가 백인 세계의 진리를 믿는 바람에 영혼 세계의 분노를 샀다고 말할 거야.

그 사람은 완전히 당황하겠지. 완전히 혼란스러울 거야. 뭘 해야 할지 갈피도 안 잡힐 테고. 술을 입에 댈 수도 있지. 여기저기 떠돌며 영혼들에게 말을 붙여볼지도 몰라. 너무 두려운 나머지 아예 입을 닫아버릴지도 모르지.

그러다 보면 정신병원에 끌려가 침대에 사슬로 묶이는 거야. 찬물에 빠뜨릴 수도 있겠지. 알약을 줄 수도 있고. 나도 정확히는 모르네. 하지만 병원에서는 그 사람을 돕고 있다고 할 거야. 문명화하고 있다고 말하겠지. 그 사람에게는 두려움밖에 남지 않을 테고. 오래된 풍습에 대한 두려움, 새로운 문물에 대한 두려움, 자신이 이해할 수 없는 세계에 대한 두려움. 물론 이런 일이 모두에게 일어나지는 않았겠지. 하지만 적어도 일부에게는 일어났을 거야.

그리고 내 어린 누이 같은 이들도 있었네. 그 아이는 백인을 두려워하지 않았어. 백인들이 그 애를 두려워했지. 백인들은 그들이 모든 것을 밝혀냈다고 여겼거든. 그런데 웬 소녀가 나타나 새들을 불러 손에 앉히는가 하면 들판에서 말들이 죽은 때를 말하니 너무도 두려웠겠지. 그래서 아이를 멀리 보내버린 거야. 간단해."

"듣고 보니 그러네요." 내가 말했다.

"그렇다니까. 왜냐하면 그들은 어린 지에게도 똑같은 짓을 하려는 참이거든. 자신들이 이해할 수 없다는 이유로 아이의 몸속에 약을 잔뜩 채워 넣고는, 그 안에 조물주가 심어둔 진실을 아이가 기억조차 못하게 하려는 속셈인 게지. 약이라는 이름의 새로운 정신병원이랄까? 그러면 어떻게 될 것 같은가? 그들은 지에게 그 애가 아는 것들은 단지 마음의 병에서 비롯됐다고 말할 거야. 아이는 끔찍한 혼란과 두려움에 빠져 어찌할 바를 모르겠지. 그들은 지의 영혼을 죽일 거야. 그 어린 영혼을 죽일 거라고."

댄은 고개를 돌려 슬쩍 선글라스를 꼈다. 아마도 내게 눈을 보이고 싶지 않았으리라. 그가 마음을 가라앉힐 때까지 나는 잠자코 기다렸다. 이야기를 이어갈 만큼 안정을 되찾았을 때 그는 다시 입을 열었다.

"바로 지금 앤지와 도니에게도 같은 일이 일어나고 있네. 백인 세계와 인디언 세계 사이에 껴서 어느 쪽으로 갈지 갈피를 못 잡고 있어. 양쪽 방향에서 영혼을 서로 끌어당기니 혼란스럽고 두려운 게 당연하지.

내가 자네와, 그것도 단 둘이 가겠다고 한 이유도 바로 그 때문이야. 자네에게 경고하고 싶었거든. 대개의 백인들은 이런 두 겹의 세계에 신경 쓸 필요가 없네. 어차피 그들에게 우리네 오래된 풍습이란 허상에 지나지 않으니까. 하지만 자네는 뭔가를 보았어. 뭔가를 들었지. 그리고 어쩌면 가지 말았어야 할 이런저런 장소를 찾아다녔네. 그러다 보니 어느새 두려움과 혼란이 찾아드는 거야.

위노나가 자네에게 돌아가라고 한 이유도 그 때문이고. 그 애는 자네를 이 두 겹의 세계에서 내보내고 싶었던 거야. 두 세계 사이에서 길을 잃지 않도록 말일세. 위노나는 자네의 진정한 친구야. 붙잡은 사람은 나고. 내가 보기에 자네는 이미 이 세계에 발을 들였거든. 그러니 이 길 끝까지 가보는 것도 괜찮을 거라고 생각했지.

하지만 신중해야 돼."

댄은 선글라스를 벗고 내 눈을 마주보았다. 어느덧 그의 얼굴은 본연의 생기를 되찾았다.

"조심하지 않으면, 머지않아 자네 눈에는 모든 토끼가 메시지를 전달하는 걸로 보일 테니 말일세. 아니면 만나는 개마다 내 집에 족족 데려오거나."

우리는 낮을 통과해 밤을 향해 달려갔다. 사위는 다시 소나무로 둘러싸였고 밝게 반짝이는 눈 위로 별빛이 지붕처럼 아른거렸다. 댄은 깊이 잠들었다가 식사를 위해 북부 숲 지대 깊숙이 자리 잡은 작은 노변 카페에서 쉴 때만 잠시 깨어 있었다.

시간이 늦어 하룻밤을 묵으러 작은 통나무집 모텔에 들렀을 때 도니가 둘둘 말아 빨간 고무줄로 묶어둔 지폐 뭉치를 꺼냈다. 그리고 모두의 방 값을 치를 만큼 돈을 빼냈다. 깜짝 놀란 나는 내 방 값은 내가 지불하겠다며 애써 만류했지만 그는 거절했다. "댄에게 공책을 가져다주었으니 저희에게 선물을 주신 것이나 다름없어요. 이 방 값은 감사의 뜻으로 제가 드리는 선물이고요." 진심에서 우러난 호의였다. 그의 아량에 나는 깊은 감명을 받았다.

사실 그날 밤 나는 편히 자지 못했다. 얼떨결에 나만의 방을 갖기는 했지만 잠은 올 듯하다 달아나버리기 일쑤였다. 애꿎은 보름달을 원망했다. 하지만 원인은 따로 있었다. 나는 베나이스와의 만남을 불안해하고 있었다. 그도 그럴 것이, 무슨 상황이 벌어질지 도무지 예측할 수 없었다. 댄의 희망이 산산조각 날까 걱정이기도 했고, 나 자신이 베나이스와 재회하길 원하는지도 불확실했다.

댄의 말들을 곱씹었다. 실은 위노나의 무뚝뚝함이 내가 들어가서는 안 되는 세계에서 나를 보호하려는 의도에서 비롯한 것이라고 그는 말했다. 그러나 댄은 목격자가 되어달라며 나를 불러들였고 나는 그의 요구라면 기꺼이 따를 준비가 되어 있었다.

창밖의 하늘은 얼음처럼 밝았다. 새로이 내리는 눈은 달빛을 반사해 움직이는 그림자들의 세상을 만들었고, 소나무들은 고즈넉한 밤바람에 소리 없이 흔들렸다. 나는 아른거리는 풍경과 하늘 높이 흐르는 별빛의 강을 바라보며 밤을 지새웠다. 북극광의 빛살이 지평선에서 춤추기 시작했다.

아침이 되자 가벼운 눈발이 날렸다. 무게라곤 없는 듯한 눈송이들이 고요한 땅 위에 가만가만 내려앉았다. 나무들은 얼음으로 빚은

샹들리에처럼 아침 햇살 속에 반짝였다.

청명한 아침 공기를 한껏 들이마시려 나는 밖으로 나갔다. 그로버는 언제 일어났는지 옷까지 챙겨 입고 내 옆방 벽에 기대어 담배를 피우고 있었다.

"이야, 멋진 날이네요!" 내가 말했다.

그로버는 고개를 끄덕이며 미소 지었다.

어느 방 안에선가 천둥소리처럼 무지막지한 굉음이 정확한 박자를 타고 커졌다가 잦아들기를 반복했다.

"혹시 점보?" 내가 물었다.

그로버가 고개를 끄덕였다. "저 친구 근처에서는 자지 않는 게 상책이라니까." 그는 담배 한 개비를 더 꺼내 불을 붙이고는 연기를 깊이 빨아들였다. "뭐, 꼭 소리 때문만은 아니지만."

"간밤에 북극광 봤어요?" 내가 물었다.

"봤지. 좋은 징조야. 어르신을 위해서도 그렇고."

"왜 그렇죠?"

"저 위에서 일어나는 일은 이 아래에서도 일어나는 법이거든. 밤이 이야기를 전해준 거라네."

우리는 침묵 속에 나란히 서서 내리는 눈송이들을 바라보았다. 입김이 구름이 되어 아침 공기 속으로 흩어졌다.

"그로버, 뭐 하나 물어봐도 돼요?"

"물론. 하지만 자네 마음에 드는 답은 주지 못할 수도 있어."

"베나이스와 만날 일이 걱정되지 않아요?"

"그다지."

"전 그냥, 토끼들의 메시지라는 것도 걸리고."

"말했잖아. 어르신께는 모든 것이 메시지라고. 그 어른은 언제나 옳아."

"하지만 댄이 틀렸다면?"

"몸이 약하다고 영혼까지 약하지는 않아. 만일 아무 일도 일어나지 않으면, 그냥 아무 일도 없는 거야. 감당은 어르신이 알아서 하실 일이고. 하지만 어르신은 상당히 세심하게 귀 기울이고 계시거든. 조만간 조물주의 말씀이 있을 거라고 확신하시니까. 지는 어르신의 인생길에서 마지막 여정이나 마찬가지야. 그러니 조물주께서도 그 길이 평안하기를 바라실 거라는 게 어르신의 생각이지."

"그 생각이 옳았으면 좋겠네요."

"자네는 좀더 믿음을 가질 필요가 있어. 간밤에 깨어 하늘을 본 사람이 자네뿐이라고 생각하나? 어르신은 말이야, 네댓 번은 일어나 지팡이를 챙겨 침대 밖으로 나가셨어. 처음엔 그냥 오줌을 누러 가시나 보다 생각했지. 하지만 눈을 떠보니 창가에서 그 빛을 내다보며 작은 소리로 뭔가를 웅얼거리시는 거야. 한참 후에 여쭈었지. 뭘 하고 계시느냐고. 그랬더니 이러시더군. '와나기 와시피. 춤추는 영혼들이라네. 이 몸은 퉁카실라께 감사 인사를 드리는 중이고, 영혼들이 지와 내 누이를 위해 춤을 추니 말일세.'"

그로버는 부츠 앞바닥으로 담배를 비벼 껐다. "재미있는 하루가 될 거야."

점보의 꿍음은 어느덧 잦아들었고 다른 방들에서는 뭔가 움직이는 소리가 들려왔다. 잠시 후 문들이 열리고 사람들이 방에서 하나둘 모습을 드러냈다. 댄은 가짜 레이밴 선글라스를 낀 채 눈부신 아침 햇살에 맞섰다. 눈발은 점차 누그러들었다. 설면 위로 수정 같은 빛들이 명멸했다.

점보가 방에서 나와 텁수룩하고 기름진 몰골을 드러냈다. "샤워실이 워낙 비좁아서요."

지는 점보에게 달려가 그의 손을 만졌다. 그리고 우리 모두에게 다가가 한 사람씩 차례차례 손을 만졌다. 술래잡기 같기도 하고 무훈을 세우는 것도 같았다[북미 대평원의 원주민들은 부족 간의 전투에서 상대를 죽이는 것 말고도 적진에 들어가 상대의 몸이나 말을 손이나 막대기, 활 등을 이용해 만진 뒤 무사히 돌아오는 행위 역시 전사의 용기를 보여준다 하여 무훈으로 쳤다]. 페스터스는 나무 몇 그루와 우리 차 두 대의 타이어 여덟 개에 두루 오줌을 누더니 어느새 갓 내린 눈 속을 뒹굴었다.

"자, 어떻게 분승할까요?" 내가 말했다. 아직 갈 길이 멀었고 나는 한시라도 빨리 출발하고 싶었다. 눈으로 도로가 꽁꽁 얼어붙었지만 이곳은 노스우즈 지방이었고 사정은 얼마든지 바뀔 수 있었다.

"**분승?**" 그로버가 말했다. "일흔 해 동안 입을 놀려왔지만 그런 단어는 입에 올려본 적이 없네. 하여간 백인들은 쓸 데 없는 단어를 너무 많이 쓴다니까."

"적어도 협정서를 인디언들이 이해할 수 없게 작성하는 데는 쓸모가 있었겠죠." 내가 받아쳤다.

"방금 누가 분식이라고 했어요?" 점보가 활짝 웃으며 말했다. 그는 복도를 내려오며 수건으로 귀를 닦는 중이었다.

댄이 놀랍다는 듯 고개를 설레설레 흔들었다.

"으이그, 가세, 출발하자고." 댄이 말했다.

앤지가 방에서 나오더니 손에 든 투명 봉지에서 흰 빵 샌드위치를 하나씩 꺼내 각 사람에게 건넸다. 슬쩍 속을 들여다보니 두툼한 버터를 곁들인 볼로냐소시지에 케첩이 듬뿍 뿌려져 있었다.

"그로버, 자네는 이 차에 타게." 댄이 말했다.

"제 차에 더 태울까요? 트럭 쪽이 너무 붐비는 것 같은데."

댄은 나를 노려보았다. "붐비는 게 아니라 정겨운 거야. 우리는 백인들과는 달라. 큰 차에 우리끼리 다니는 게 어때서? 이 차에는 그로버만 태우게. 나머지는 도니 차로 가면 돼."

나는 어깨를 으쓱하고는 여행 가방을 들고 차로 향했다. 페스터스가 나를 따라왔다. 아무래도 내 샌드위치가 녀석의 관심을 끈 모양이었다. 차 뒤에 이르러 사람들의 시야에서 벗어났을 때 나는 몰래 녀석에게 샌드위치를 건넸다. 녀석은 샌드위치를 조심스레 받아 눈 위에 떨어뜨려 앞발로 붙잡는가 싶더니 가운데의 볼로냐소시지를 보물 다루듯 신중하게 분리해냈다.

"공원에서 집도 없이 떠돌던 개치고는 꽤 까다롭구나." 나의 이 말에 페스터스는 꼬리를 흔들더니 분홍색 고기 조각을 이빨로 빼물었다. "아니면 점보에게 배운 식사 예절이냐?"

다른 사람들도 천천히 차를 향해 이동했다. 도니는 댄의 낡은 여행용 가죽 가방을 맡았고, 나머지 사람들의 손에도 저마다 나일론 더플백이며 지저분한 배낭이 들려 있었다. 어린 지는 분홍색과 보라색에 만화 캐릭터가 그려진 어린이용 여행 가방을 끌고 있었다.

점보는 소녀 뒤로 몰래 다가가 아이를 어깨 위로 휙 들어 올렸다. 소녀는 외마디 소리를 지르는가 싶더니 깔깔거리다 여행 가방을 떨어뜨리고는 이내 점보의 목을 꼭 끌어안았다. 소녀의 입술 사이로 뭔가 아이다운 소리가 새어 나온 것은 그때가 처음이었다.

잃어버린 말

베나이스의 집으로 가는 길은 더뎠다. 도로는 생각보다 더 미끄러웠고 군데군데 빙판이 져 아슬아슬했다. 돌풍을 동반한 눈이 사방으로 몰아치며 이따금 시야를 가리는 바람에 우리는 갓길에 차를 대고 하늘이 갤 때까지 기다려야 했다. 댄과 그로버가 벌로니와버터 샌드위치를 우물거리는 동안 나는 보온병에 담아두었던 커피를 마셨다. 한 시간에 30킬로미터를 나아가기도 버거웠다.

북쪽으로 이렇듯 조심조심 한참을 이동하다 보니 어느새 눈앞에 커다란 호수가 모습을 드러냈다. "이야, 저게 바다야, 호수야!" 댄이 말했다. 눈은 휘몰아치는 강풍에 실려 차디찬 도로를 가로지르며 얼어붙은 결정체들을 털어냈다. 기슭 저편의 얼지 않은 캄캄한 수면 위로 수증기가 영혼들처럼 피어올랐다.

비록 말이 없었지만 그로버는 이미 날이 선 눈치였다. 그는 고개를 좌우로 바삐 돌려가며 낯선 풍경을 한껏 눈에 담았다.

오후 중반이 다 되어서야 우리는 호수 북쪽 끝에 다다랐다. 기슭을 벗어나 깊은 소나무 숲에 들어서자 도로는 이내 오솔길로 바뀌었고 빽빽하게 우거진 거목들은 강풍에 흔들리며 휘파람을 불었다. 눈이 멎은 대지 위에 무거운 정적이 내려앉았다.

이따금 솜뭉치처럼 커다란 눈덩이가 나뭇가지에서 미끄러져 땅으로 떨어질 때면 마치 새하얀 새들이 땅 위에 살포시 내려앉는 것만 같았다.

나는 그 고즈넉함에 경탄하며 천천히 차를 몰았다. 날카로운 윤곽은 어디에도 없었다. 사위는 죽은 듯이 고요했다. 지친 하늘이 숨을 고르는 동안 새하얀 장막 아래로 땅이 몸을 누인 듯했다.

댄은 완전히 압도되었다. "기막힌 곳이로구먼." 그가 말했다.

"한때는 우리 부족의 땅이었고요." 그로버가 말했다. "백인들이 시노브족을 동쪽에서 여기로 밀어내는 바람에 우리 부족은 지금 사는 곳으로 밀려났으니까요."

"그건 백인들이 잘한 일이라고 생각하네만." 댄이 말했다. "이 고장은 너무 답답해. 나무가 이렇게 잔뜩 모여 있는 건 바람직하지 않아. 그 안에 너무 많은 비밀을 담고 있거든."

소나무들 틈새로 보이는 하늘은 점점 아득하고 우울한 연보랏빛으로 눈 쌓인 들판을 뒤덮었다. 장밋빛 노을이 멀리 지평선을 물들였다. 날이 저물고 이른 어둠이 내리고 있었다.

댄은 정경의 고즈넉한 아름다움에 감탄한 듯 연신 나직이 휘파람을 불었다.

"여기서 세워주게. 바깥 공기를 쐬고 싶어." 댄이 말했다

나는 길 한쪽에 차를 댔고 우리는 모두 밖으로 나왔다. 정적이 우리를 압도했다. 머리 위 짙어가는 어둠 사이로 나무들의 우듬지가 소리 없이 흔들렸다.

"기막히게 조용하구먼." 이렇게 말하며 댄은 별들을 바라보았다. "침묵에 포위된 느낌이야. 우리 고장과는 달라. 시끌벅적하고 탁 트인 느낌이 없잖아?"

그로버는 그런 것에는 관심 없다는 듯 길가로 건너가 나무 사이로 지평선을 향해 끝없이 하얗게 펼쳐진, 얼어붙은 초원을 응시했다. 이울어가는 연보랏빛 황혼에 흰 눈이 고요한 벌판 위에서 얼굴을 붉혔다.

하나씩 별들이 얼굴을 내밀었다. 수정 같은 알갱이들이 짙은 벨벳 같은 겨울 하늘에 수를 놓았다. 오리온자리, 북두칠성, 플레이아데스성단. 그리고 조용한 빛의 강처럼 하늘을 가로질러 흐르는 은하수의 모든 별.

숨을 깊이 들이마셨다. 칼날 같은 겨울바람에 코끝이 떨어져나갈 것 같았다. 댄은 여전히 위를 응시하며 좀 전의 말을 반복했다. "역시, 우리 고장과는 달라. 이건 하늘의 침묵이 아니야. 땅의 침묵이라네."

보이지 않는 것들에 심취한 그의 모습은 나를 사로잡았다. 원주민이 아닌 사람이라면 숲의 아름다움이라든가 하늘의 신비로움에 대해 여태 늘어놓았을 것이다. 하지만 댄은 가만히 서서, 어린 지가 그랬던 것처럼 고개를 이리저리 돌려가며 밤의 경이로움을 오롯이 받아들였다.

"시노브족을 이해할 수도 있을 것 같군. 비밀. 그래, 그렇지." 댄은 마치 수년에 걸쳐 고민하던 수수께끼의 실마리를 찾아낸 사람처럼 그렇게 말했다.

그러고는 다시 차를 향해 발길을 돌렸다. "가세. 이제 베나이스를 만나도 되겠어."

도니는 1킬로미터쯤 뒤떨어진 대피소에 차를 세우고 엔진과 등을 끈 채 기다리는 중이었다. 댄의 방식을 아는 사람으로서 그를 방해하고 싶지 않았으리라.

"베나이스를 찾아가기엔 좀 늦은 것 같은데요." 내가 차에 오르며 말했다. "아침까지 기다리는 게 좋지 않을까요?" 베나이스의 음울한 주거지를 어둠 속에서 찾아가고 싶은 마음은 추호도 없었다. 게다가 머물 곳도 마땅치 않았다.

"아니. 지금 가세." 댄이 말했다. 타협의 여지라고는 느껴지지 않는 목소리였다.

별수 없이 나는 소나무 숲의 어두운 터널을 지나 여정을 이어갔다. 전조등의 흐릿한 불빛 주위로 숲이 달려드는 것만 같았다.

오래지 않아 우편함에 매달려 달랑거리는 깃털 하나가 눈에 들어왔다. 베나이스의 집으로 통하는 샛길이 근처에 있다는 뜻이었다. 하지만 이번에도 사람이건 기계건 누군가 드나든 흔적은 찾아볼 수 없었다.

나는 그 샛길을 타고 베나이스의 집을 향해 갔다. 예상대로 나무들이 보호막을 이뤄 바람과 눈의 온전한 힘을 차단해준 덕분에 길은 본래의 모습을 거의 변함없이 간직하고 있었다.

운전은 속도가 나지 않았다. 내 기억에 따르면 그 샛길이라는 것은 결국 울퉁불퉁하고 인적이 드문 땅 위에 파인 바큇자국 두 줄에 지나지 않았다.

"이 차로 괜찮겠나, 너번? 이 고장 지리에는 빠삭한 줄 알았더니만." 그로버가 물었다.

나는 애써 웃으며 볼멘소리를 했다. "도니보다 앞선 것만으로도 족해요. 적어도 그 차는 사륜구동이잖아요."

"도니는 뒤처진 게 아닐세." 댄이 말했다. "내가 부탁한 거야. 진입로까지 우리를 뒤따라오다가 위치를 확인하면 시내로 돌아가 베나이스에게 줄 물건들을 사오라고 했거든."

"근방에는 시내가 없어요, 댄." 내가 말했다.

댄은 손사래를 쳤다. "도니가 뭐라도 찾아내겠지."

도니와 앤지, 점보와 지의 부재를 생각하니 순간 온몸이 저릿했다. 페스터스가 주는 위안은 말할 것도 없었다. 그제야 나는 그들의 존재가 그동안 내게 얼마나 힘이 되었는지 깨달았다. 이제 나는 그들도 없이 인디언 노인 셋과 덩그러니 남겨졌다. 이전까지 내가 느낀 감정이 상실감과 이질감이었다면 지금의 감정은 실질적인 두려움이었다.

나무들 새로 스며 나오는 불빛이 언제부턴가 수상하고 부자연스럽게 변해 있었다. 이곳과는 어울리지 않게 밝았다. 마치 먼 도시에서 반사하는 조명이 지평선 위로 기이한 불빛을 발하는 듯했다. 하지만 근방에는 도시가 없었다. 어쩌면 겨울 하늘의 유난히 찬란한 별빛이 여태껏 내가 본 적 없는 방식으로 대지를 비추고 있나 보다 하고 생각했다.

그렇게 나무들 사이를 헤치고 얼마나 나아갔을까? 이윽고 베나이스의 트레일러에서 나오는 희미한 불빛이 시야에 들어왔다. 창문마다 담요를 쳐둔 탓에 사각의 테두리를 따라 얇은 빛의 윤곽만이 어둡고 눈 덮인 덩어리를 비집고 새어 나왔다.

"정말 이래도 괜찮을까요?" 내가 댄에게 물었다.

"몇 번을 더 물어야 직성이 풀리겠나?" 댄이 퉁명스럽게 대답했다. "그이는 우리가 올 것을 안다니까."

우리는 빈터에 들어섰다. 몸집이 개 못지않게 커다란 형체 하나가 정체 모를 덩어리에서 솟구쳐 공중으로 날아갔다. 차가 회전하며 그

쪽으로 불빛을 비추자 덩어리는 비로소 정체를 드러냈다. 커다란 동물의 살찐 시체가 갈비뼈를 드러낸 채 널브러져 있었다.

"세상에, 반쯤 먹다 남은 동물의 시체잖아요! 아까 날아간 건 뭐였죠? 사람도 낚아채겠던데요?"

"독수리야. 녀석을 먹이려고 집주인이 사슴 시체를 내놓은 모양이로군." 댄이 대답했다.

한줄기 빛이 트레일러에서 새어 나왔다. 문이 열리고 마당을 내다보는 베나이스의 윤곽이 보였다. 호기심이나 걱정의 기색은 없었다. 그는 잠시 우리를 지켜보다가 몸을 돌리는가 싶더니 다시 안으로 들어가 문을 닫아버렸다.

"아는 척도 안 하는데요?" 내가 말했다.

"그럼 자네는 방금 그게 뭐였다고 생각하나?" 그로버가 반문했다.

"적어도 환영 인사는 아니었죠."

"우리는 저분에게 모습을 보였어. 저분도 우리에게 모습을 보였고. 뭘 더 바라지? 현수막과 악단이라도 원하는 거야?"

댄은 호기심 가득한 눈으로 풍경을 찬찬히 둘러보았다. 나무에 걸린 머리뼈들이 어둠 속에서 빛을 내는 듯했다. 댄이 말했다

"담뱃대를 이리 주게, 그로버. 너번은 내가 엉덩방아를 찧지 않게 도와주고."

그로버는 옆자리에 두었던 가방에서 사슴 가죽으로 싼 담뱃대를 꺼내 댄에게 건넸다. 나는 댄을 도와 차에서 내리게 한 다음 그를 부축해 트레일러 쪽으로 걸어갔다.

우리가 계단을 오를 때였다. 베나이스가 노크도 기다리지 않고 문을 열었다. 얼굴은 부스스한 백발 아래 다갈색으로 어두웠고, 작고 검은 눈은 등잔불에 비쳐 공허하게 빛났다.

지금 보니 키가 꽤 작았다. 165센티미터도 채 안 되는 듯했다. 자그마한 체구는 오히려 그를 더 짐승처럼 보이게 했다.

베나이스는 뿌리만 남은 치아들이 드러나도록 활짝 웃으며 댄에게 들어오라고 손짓했다. 그리고 그로버와 나를 가리키더니 이렇게 말했다. "두 사람은 모닥불을 피우시게. 저쪽이오." 어느새 그의 손가락은 아까의 짐승 시체 근처 동그란 불자리 쪽을 가리키고 있었다. 댄이 들어가자 베나이스는 문을 닫았다. 그로버와 나는 나무 계단에 우두커니 선 채 무형의 밤 속에 남겨졌다.

"세상에, 정말 우리가 올 걸 알았잖아요!" 내가 말했다. 그로버는 어깨를 으쓱하고는 담배에 불을 붙였다.

"이제 뭘 해야 하죠?" 내가 물었다.

"불을 피워야지."

그로버는 야외활동에도 익숙했지만 어둠 속에서 사물을 식별하는 능력도 나보다 더 뛰어났다. 그는 베나이스의 장작더미를 찾아내더니 작업에 돌입해 모닥불을 그럴듯하게 피워냈다. 산짐승과 대형 육식조의 먹잇감으로 추정되는 시체가 너무 가깝다는 점이 마음에 걸렸지만 선택의 여지가 없었다.

그로버는 털끝만큼도 신경 쓰지 않는 듯했다. 나로 말하자면 곰의 기억이 머릿속을 맴돌았고 그로버에게 그 이야기를 하고 싶었다. 하지만 스스로의 두려움에 당황한 상태에서 괜히 마음을 열어 보였다가 조롱거리가 되고 싶지는 않았다.

오래지 않아 트레일러의 문이 열리는가 싶더니 댄이 목재 난간을 꼭 붙들고 층계 네 단을 조심스럽게 내려왔다.

"자네만 따로 보고 싶다고 하시네, 너번." 댄이 말했다.

순간 온몸이 서늘해졌다. 여태껏 한 번밖에 보지 못했고 나에 대해 아무것도 모르는 이 남자가 도대체 왜 나를 보고 싶다는 걸까?

"무엇 때문이라던가요?" 나의 목소리는 너무 높고 날카로웠다.

"묻지 않았네. 그저 백인 남자와 따로 이야기를 나누고 싶다더군." 댄이 말했다.

나는 일어나 주위를 둘러보며 시간을 끌었다.

하지만 댄은 아랑곳하지 않고 급하게 내게 손짓했다. "어서 올라가봐."

계단을 오르는 내내 심장이 입 밖으로 튀어나올 것만 같았다. 마침내 층계 꼭대기에 다다르자 노크도 하기 전에 문이 열렸다. 베나이스는 장작 난로 앞에 서 있었다. 뒤로는 등잔불이 깜빡거렸다. 땀과 연기와 동물 가죽 냄새가 방 안에 그득했다. 각양각색의 선반 위에는 자작나무 껍질로 만든 두루마리가 구석구석 끼워져 있었고 탁자 위에는 짐승의 뼈들이 나뒹굴었다.

아까의 웃음기는 얼굴에서 사라지고 없었다. 그는 손을 까딱거려 나를 불러들이더니 탁자 앞에 놓인 의자 하나를 가리켰다. 그리고 문을 닫은 다음 내 맞은편에 자리를 잡았다. 들리는 소리라고는 장작 난로에 이는 바람과 베나이스의 낮고 거친 숨소리뿐이었다.

"이들을 데려와주어 고맙소." 그가 입을 열었다. "하지만 전에 찾아왔을 때 선생은 내 말을 훔치는 기계를 갖고 있었어. 아니오?"

심장이 멎는 듯했다. 댄이 말한 걸까? 내가 녹음기를 지니고 다닌다고?

"맞습니다." 내가 대답했다.

"왜 가져왔지?"

나는 잠시 마음을 가다듬었다. "들려주신 이야기를 댄에게 전해주고 싶었습니다. 있는 그대로."

베나이스는 말없이 서서 예의 그 어두운 눈으로 나를 바라보았다.

"그게 전부가 아닐 텐데. 말해보시오."

이 남자에게는 거짓을 말할 수 없었다. 그의 이해력은 다른 세계의 것이었다.

"때때로 책을 쓰고 있습니다. 백인들에게 인디언의 세계를 알리고 원주민들이 자신의 이야기를 할 수 있게 도우려고 나름대로 노력 중이죠. 녹음기는, 그러니까 말씀하시는 그 기계는 그 일을 제대로 해내도록 도와주는 장치이고요." 내가 말했다.

"나는 사람이지 이야기가 아니오."

"죄송합니다. 양해를 구했어야 하는데." 내가 말했다.

"지금도 그 기계를 가지고 있소?"

나는 오래된 녹음기를 주머니에서 빼냈다.

"어디 한번 말을 훔쳐보시오."

나는 녹음 단추를 누른 다음 "하나, 둘, 셋. 하나, 둘, 셋" 하고 웅얼거렸다. 스스로가 멍청하고 한심하게 느껴졌다.

베나이스는 고개를 끄덕이더니 이렇게 말했다. "들어봅시다."

나는 재생 단추를 눌렀다. 녹음된 나의 음성이 얇은 갈대 피리처럼 가느다란 소리로 방 안의 침묵을 관통했다.

베나이스는 말없이 한참을 앉아 있다가 탁자 위로 손을 내밀어 세이지 한 다발을 가져다 불을 붙였다. 그런 다음 그것을 우리 사이의 허공에 대고 휘젓고는 이렇게 말했다.

"다른 이의 말을 훔치는 자를 믿을 수는 없는 법이지. 떠나시오."

급작스런 명령에 순간 정신이 어찔했다. "죄송합니다. 양해를 구했어야 하는데."

거듭 사과를 했지만 그는 이미 고개를 돌리고 앉아 꿈쩍도 하지 않았다. 그의 입이 다시 열리기를 나는 기다렸지만 베나이스는 끝내 침묵을 지켰다.

나는 트레일러 밖으로 나와 차디찬 밤공기 속으로 걸어 들어갔다. 수치심과 두려움으로 몸이 떨렸다. 등 뒤에서 베나이스의 숨소리가 씨근씨근 들려왔다.

모닥불은 맹렬한 기세로 타올랐다. 불꽃들이 일어나 춤을 추며 밤하늘 속으로 날아올랐다. 그로버는 내게 등을 돌린 채 앉아 막대기를 깎았고, 댄은 숲 가장자리에 서서 지평선 위로 유령의 들불처럼 솟아오르는 기묘한 주황빛 안개를 응시했다.

나는 통나무 하나를 가져다가 그로버의 맞은편에 놓고 그 위에 앉았다.

"이런, 유령이라도 보고 온 표정이잖아!" 그로버가 말했다.

"내가 망쳐버렸어요."

"어제오늘 일은 아니지. 뭘 어떻게 했는데?"

"지난번 여기 왔을 때 녹음기에 베나이스의 말을 녹취했거든요. 당사자에게는 알리지 않고. 그런데 다 알고 계시더라고요."

그로버는 고개를 가로저었다. "저런, 완전히 어리석은 짓을 했군. 저런 분들한테는 함부로 덤벼들어선 안 돼. 자네에 대해 자네보다 더 많이 알고 계시거든."

"떠나라고 딱 자르시더군요." 내가 말했다.

그로버는 깊이 숨을 들이쉬고는 큰 소리로 댄을 불렀다. "여기요, 어르신. 문제가 생겼어요."

댄은 지퍼를 끌어올리고 눈밭을 조심조심 가로질러 모닥불 곁으로 돌아왔다.

"무슨 일인가?"

"너번이 지난번 여기 왔을 때 그 망할 녹음기를 가져왔던 모양이에요. 베나이스가 그걸 알았고요. 너번에게 떠나달라고 하더랍니다."

"혹시 녹음기에 대해 말씀하셨나요?" 내가 댄에게 물었다.

"아니, 말하지 않았네." 그는 잇새로 휘파람을 불며 나를 향해 손가락을 흔들었다. "자네가 잘못한 거야, 너번. 저이는 나와 달라. 나야 내 쪽에서 먼저 자네를 불러다 내 이야기를 들어달라고 청했지만 베나이스는 아니거든. 자네는 이 집에 찾아든 손님이었어. 그래놓고 그이의 말을 훔친 거야."

"베나이스도 같은 말씀을 하시더군요. 전 그저 이야기를 제대로 담아 정확하게 전달하고 싶었을 뿐인데."

"먼저 양해를 구했어야지."

"그걸 이제야 알았습니다."

댄이 체념한 듯 숨을 내쉬었다. 마치 아이를 곤경에서 구하는 임무를 맞닥뜨린 아버지 같았다. "내가 가서 말해봄세." 이 말을 끝으로 댄은 지팡이를 짚고 눈과 얼어붙은 낙엽들 위를 가로질러 트레일러 계단 위로 돌아갔다. 그의 발밑에서 눈이 뽀드득거렸다.

"아아닌." 댄의 목소리가 문 쪽에서 들려왔다. 이어 베나이스의 대답이 들리고 댄은 안으로 사라졌다.

그로버는 모닥불을 뒤적거리며 불꽃들을 밤하늘로 올려 보냈다. "진심으로 옳은 일을 하고 싶어하는 사람치고 너번, 자네는 뭐랄까, 가끔은 잘못된 일을 잘도 벌인단 말씀이야. 대체 무슨 생각으로 그랬나?"

"댄에게도 그렇게 했으니 베나이스에게도 괜찮을 거라고 생각했던 것 같아요. 댄은 자기 목소리를 녹음하도록 내버려두니까."

"그러니까 늙은 인디언들은 다 거기서 거기라고 생각한 건가? 두 사람 머리에 같은 봉지를 씌워놓고 둘이 똑같다고 우긴 거나 마찬가지잖아?"

"모르겠어요. 다 제가 어리석은 탓이죠."

"어리석은 정도가 아니야. 잘못한 일이지. 누군가의 집에 들어가 선반에서 돈을 훔쳐놓고 그 사람이 신뢰해주기를 바랄 순 없어. 자네도 알잖아. 이 집 어르신에게 말은, 가지신 돈을 전부 합친 것보다 가치가 있어. 왜냐, 그 말들은 조상들에게서 전해 내려온 가르침이거든. 그런데 그걸 훔치고도 자네는 괜찮을 줄 알았나?"

"생각이 짧았어요. 안에 들어가 사과를 해야 할까요?"

"너무 늦었어. 저 어른에게 자네가 무슨 말을 했느냐는 중요치 않아. 무엇을 했느냐가 중요하지. 그냥 내버려둬. 어르신께서 해결해주실 거야." 그로버는 모닥불에 침을 뱉고는 한마디 덧붙였다. "뭐, 아닐 수도 있고."

나는 트레일러 창문에 드리워진 담요 둘레로 새어나오는 은색 불빛을 올려다보았다. 부끄러움에 뺨이 달아올랐다. 지난 행동을 다시 주워 담고 새롭게 시작할 수만 있다면 그러고 싶었다. 하지만 그보다도 베나이스가 두려웠다. 그의 작고 검은 두 눈이, 그의 지혜와 능력이 무엇보다 두려웠다. 내가 녹음기를 지녔다는 사실을 그는 어떻게 알았을까? 우리가 오고 있다는 사실은 또 어떻게 알았을까? 아, 애초에 이 숲에 들어오지 않았더라면. 그의 집에 발을 들이지 않았더라면.

그로버와 나는 서로 마주보고 앉아 불꽃을 뚫어지게 바라보았다. 우리 사이로 침묵이 무겁게 흘렀다. 저 위, 먼 하늘은 어느새 늘어난 별들로 북적거렸다. 은하수가 밤의 거대하고 둥근 천정을 굽이굽이 가로질렀다. 북극성은 보랏빛 어둠 속에서 등대처럼 반짝였다.

"그냥 일어나서 떠나면 안 될까요?" 내가 말했다.

"그럼 아마 토끼를 보내 자네를 찾아내실걸." 그로버가 말했다.

"이렇게까지 심하게 일을 망쳐본 적은 없었는데." 내가 말했다.

그로버는 그저 어깨를 으쓱할 뿐이었다.

머리 위에서 밤새 한 마리가 날카롭게 울었다.

"체탕." 그로버는 소리가 나는 쪽으로 주의를 돌렸다. "매로군. 사냥을 하고 있어."

"녀석이 이걸 노리고 내려올까요?" 나는 고갯짓으로 우리 옆에 놓인 짐승 시체를 가리켰다.

"아니. 체탕은 혼자 힘으로 사냥하기를 좋아하거든. 남은 음식은 좋아하지 않아."

나는 어떻게 하면 이곳을 벗어날 수 있을지 궁금해하며 빈터의 어두운 가장자리, 나무가 빽빽이 자라는 숲을 유심히 바라보았다. 별안간 숲 가장자리에서 이리저리 움직이는 존재 하나가 느껴졌다.

나는 그로버를 바라보았다. 그는 담뱃불을 붙인 채 모닥불을 차분히 응시하고 있었다.

"그로버, 저쪽에 뭔가 있는 것 같아요." 내가 말했다. 지난번 이곳을 찾았을 때 바로 이 빈터에서 보았던 곰 한 마리가 머릿속을 떠나지 않았다.

"많은 것이 있지. 자넨 그저 관찰당하는 일에 익숙하지 않은 거야." 그로버가 말했다.

나는 모든 감각을 곤두세우고 주위를 둘러보았다. 어린애처럼 보이고 싶지는 않았지만, 우리 주변의 나무들 사이로 분명 무언가 움직이고 있었다. 두려움이, 전에는 거의 느껴보지 못했던 방식으로 나를 사로잡았다.

"저쪽에 뭔가 있다니까요." 내가 다시 말했다.

"그 뭔가가 자네를 해칠 생각이었으면 벌써 해치고도 남았어." 그로버는 심드렁한 몸짓으로 하늘과 어둠을 가리켰다. "지금은 저들의 시간이야. 자네는 지금 저들의 집에 들어와 있는 거라고."

가지들이 툭툭 부러졌다. 눈이 뽀드득거렸다. 단지 바람과 겨울의 소리만은 결코 아니었다. 뭔가 살아 있는 존재가 느껴졌다.

나는 일어나 숲을 향해 몸을 돌렸다. 거대한 그림자 하나가 나무들 사이로 느릿느릿 움직이며 으르렁거리고 콧김을 내뿜었다.

"그로버, 봐요. 저기 진짜 뭔가가 있다니까요."

그로버는 심드렁하게 돌아 어둠 속을 응시했다.

"아, 타탕카로군. 꼭 고향에 온 기분인걸."

그로버의 말을 단서로 나는 더 유심히 그쪽을 살폈다. 그로버가 옳았다. 그림자의 정체는 한 마리의 거대한 들소였다.

온몸에 전율이 일었다. 전에 본 그 수컷이었다. 무리에서 떨어져 비탈에서 줄곧 나를 지켜보던 그 들소가 분명했다. 악의적인 태도며 음울한 경계의 몸짓이 그때나 지금이나 다르지 않았다. 들소는 빈터 바로 뒤편의 나무들 사이를 천천히 어슬렁거렸다. 혼자였고 아무 소리도 내지 않았다.

"내가 아는 놈이에요." 나는 가늘고 긴장된 목소리로 그로버에게 말했다.

"저 녀석, 뭔가 알고 싶은 모양인데." 그로버가 말했다. 세상에서 이토록 자연스러운 일은 없다는 듯한 태도였다. "이쪽을 유심히 보고 있잖아."

자리에서 일어나 달아나고 싶었지만 막상 갈 곳이 없었다.

바로 그때 베나이스의 트레일러 문이 열리고 빛줄기가 새어 나와 어둠을 잘랐다. 베나이스는 빛을 등진 채 그림자처럼 문간에 서 있었다.

"거기 그쪽." 베나이스가 고갯짓으로 나를 가리키며 거친 목소리로 말했다. "들어오시게."

나는 그로버를 바라봤지만 그는 반응이 없었다. 베나이스의 목소리가 이어졌다. "선생 말이오. 와비시키웨드. 지금 들어와요."

와비시키웨드는 오지브와어로 백인 남자라는 뜻이었다. 확실히 그는 나를 부르고 있었다.

나는 숲에서 그림자처럼 어슬렁거리는 형체를 흘끔 바라보고는, 문간에 서 있는 또 하나의 그림자, 베나이스에게 눈길을 돌렸다. 떠날 방법만 있다면 벌떡 일어나 달아나고 싶었다. 나는 두 어두운 존재 사이에 갇혀 있었다. 둘 중 어느 쪽이 더 두려운지도 확실치 않았다.

베나이스는 다시 집으로 들어가 문을 닫았다.

나는 다시 그로버를 바라보았다. 도움이 절박했다. 그는 고갯짓으로 트레일러 쪽을 가리켰다. 채 15미터도 떨어지지 않은 숲 속에서는 수컷 들소가 부스럭거렸다.

탈출구란 없었다. 나는 일어나 트레일러 계단을 올랐다.

슬쩍 안을 들여다보니 댄은 탁자 앞에, 베나이스는 낡고 해진 안락의자 위에 앉아 있었다. 차누파, 그러니까 댄의 파이프석 담뱃대는 세심하게 해체되어 뼈들 옆에 놓여 있었다. 보아하니 함께 담배를 피운 모양이었다.

베나이스는 낡은 트렁크의 한 귀퉁이를 가리키며 내게 앉으라고 손짓했다.

댄은 알은체하지 않았다. 그의 주름진 얼굴은 평온하고 관대하게 웃고 있었고, 희뿌연 한쪽 눈은 희미한 조명 속에 공허하게 빛났다. 베나이스는 분노도 따뜻한 감정도 내비치지 않은 채 그저 나를 뚫어져라 응시했다.

내가 앉거나 자리를 잡기도 전에 베나이스가 입을 열었다. "선생은 어른인 척하지만 실은 아이나 진배없소. 하지만 여기 이 미슈미스[오지브와어로 할아버지라는 뜻]께서는 그쪽이 마음만은 착하다 하시더군. 단지 너무 겁쟁이라 차마 내게 청하지 못하고 내 말을 훔친 것뿐이라던가? 한때 저 어른의 말도 취해갔지만 나쁜 목적으로는 사용하지 않는다고도 하셨소. 도움을 줄 목적으로 사용하는 데다 백인들도 선생 말을 귀담아 듣는 편이고 선생 역시 자신이 취해간 말에 대해서는 신중을 기한다더군.

그래서 나도 내 말에 관한 한 선생을 믿어보기로 했소. 하지만 존중한다는 뜻은 아니오. 그쪽이 어린애처럼 굴었거든. 어쨌거나 머물러도 좋소. 하지만 테두리 안으로 들어올 생각은 마시오."

"고맙습니다." 나는 흡사 잘못을 저지르고 응당 받아야 할 벌을 면제받은 아이처럼 이렇게 말했다.

"이제 나가보시오." 이렇게 말하며 베나이스는 손짓으로 나를 털어냈다. 댄은 여전히 감정을 드러내지 않은 채 침묵을 지켰다.

나는 별빛 가득한 어둠 속으로 다시 걸어 들어갔다. 그로버는 여전히 모닥불 곁에 앉아 있었다. 들소의 소리는 들리지 않았다. 모습도 보이지 않았다. 댄이 왜 나를 이곳에 데려왔는지, 내가 무엇을 목격할 거라고 생각하는지는 이제 내게 중요하지 않았다. 수치심과 반감 같은 것은 아무래도 좋았다. 그저 집에 가고 싶다는 생각뿐이었다. 가서 이 인디언의 세계를 영원히 잊고 싶었다.

바로 그때 작지만 강렬한 소리가 멀리서 들려왔다. 딱딱하고 기계적으로 낮게 우르릉거리는 소리로 보아 도니 일행이 시내에서 돌아오고 있는 것임에 틀림없었다.

크나큰 안도의 물결이 밀려왔다. 내게 그 젊은 부부와 점보는 그로버의 냉담하고 전사다운 의로움으로는 채울 수 없는 인간적인 무언가를 의미했다. 그리고 거의 당황스러울 정도로 나는 페스터스의 목에 팔을 두르고 견공만이 줄 수 있는 무조건적인 사랑을 느끼고 싶다는 단순한 욕망에 거의 압도될 지경이었다.

다가오는 트럭의 불빛이 나무우듬지에 맹렬하게 부딪혔다. 잠시 후 두 줄기 전조등 불빛이 숲을 뚫고 나오는가 싶더니 이어서 도니의 트럭이 털털거리며 빈터로 들어섰다. 디젤 엔진의 진동은 신경을 거스르기는커녕 불안한 정적에 오히려 안정감을 가져왔다. 이윽고 트럭이 멈춰 섰을 때 나는 하마터면 그들을 향해 뛰어갈 뻔했다.

그로버는 이렇다 할 관심을 보이지 않았다. 그저 무릎에 팔꿈치를 괴고 조용히 앉아 모닥불을 뚫어져라 응시하며 담배 연기를 빨아들일 뿐이었다.

도니가 엔진을 정지시키고 등을 껐다. 세상은 다시 한번 어둠에 잠겼다. 문이 열리고 차내등이 들어왔다. 보안 벨의 작은 딩동 소리가 갑작스런 정적을 깨뜨렸다.

한 사람씩 탑승자들이 땅에 발을 디뎠다. 도니는 앤지가 조수석에서 내리도록 도왔고 점보는 뒷좌석에서 몸을 빼낸 뒤 어린 지를 들어 바닥에 내려놓았다. 거대한 갈색 가죽 외투를 입은 모습이 지난번 이곳 숲에서 보았던 흑곰을 연상시켰다. 페스터스는 허우적거리며 좌석을 빠져나와 비틀비틀 지를 따라가다가 그만 발부리가 걸려 옆으로 넘어졌다. 어서 달려가 그들 모두를 끌어안고픈 마음이 간절했다.

점보는 어두운 숲을 슬쩍 둘러보고는 감상을 털어놨다. "맙소사. 우리 집이 이런 숲 지대가 아니라 천만다행이네요." 지는 모닥불 앞 그로버를 향해 걸어가며 마치 전에도 이곳에 와본 것처럼 묘하게 확신에 찬 분위기를 발산했다.

지의 안전이 걱정된 나는 그 수컷 들소의 동향을 살피려 주위를 훑어보았다. 하지만 숲은 잠잠했다. 밤바람의 속삭임과 작은 짐승들이 소나무 가지 사이를 움직이는 소리가 이따금 들려올 뿐이었다. 훼손된 시체는 덩그러니 놓여 말이 없었고 그 위로 땅에서 날린 눈이 시나브로 쌓여갔다.

모닥불에 다다랐을 즈음 소녀는 걸음을 멈추고 주위를 둘러보았다. 마치 어떤 소리를 듣거나 메시지를 받은 듯했다. 잠깐의 망설임도 없이 소녀는 발길을 돌려 내가 앉은 통나무 쪽으로 건너오는가 싶더니 내 몸에 제 팔을 두르고 머리를 내 가슴에 댄 다음 나를 꼭 끌어안았다. 살면서 그토록 뜻밖이면서도 정감 어린 환영을 받아보기는 처음이었다.

소녀는 촉촉한 밤색 눈으로 나를 올려다보며 내 손을 잡았다. 까딱하다가는 눈물이 날 것만 같았다. 그만큼 나는 안도했고 위안을 얻었다. 한 작은 소녀가, 너무도 연약해 스스로도 보호를 필요로 하는 여자아이가 그 거대하고 압도적인 어둠 속에서 어른 남자에게 그토록 크나큰 위안을 줄 수 있다니, 내 머리로는 도무지 이해하기 어려웠다. 지난번 이곳을 찾았을 때 베나이스가 했던 말이 떠올랐다. 내 움직임을 그림자처럼 따라다니던 수컷 들소를 보고 그는 "녀석이 두려움을 측량하고 있다"고 말했다. 이 작은 소녀 역시 자기만의 불가해한 방식으로 내 두려움을 측량했고 내게 위안을 주려고 노력하고 있었다.

나는 지를 꼭 감싸 안았다. 작은 몸에서 전해오는 따스함에 예전 기억이 되살아났다. 내 아이들이 어린 시절에 나를 이렇게 꼭 껴안아줄 때면 삶은 제대로 흘러가고 있고 세상 모든 것이 아름답다는 느낌에 마음이 편안해졌다.

지의 포옹은 엄습하는 밤에서 벗어날 피난처였다. 두 눈에 눈물이 차올랐다. 그때 소녀가 아주 작은 목소리로 단조로운 가락의 노래를 부르기 시작했다. 지난번 도니의 미완성 들소 조각상을 들고 부르던 바로 그 무언의 선율이었다.

가만히 점보가 다가와 내 옆에 앉았다. 그 또한 나의 외로움과 두려움을 느꼈으리라. 뒤따라온 페스터스가 내 무릎에 녀석의 머리를 누였다.

도니와 앤지는 비록 말은 없었지만 멀리서 이쪽을 지켜보았다.

하늘 높이 북극광이 너울거리며 춤을 추기 시작했다.

춤추는 영혼들의 밤

"안녕하세요, 너번." 도니가 조용히 인사를 건넸다. 나처럼 그도 주변 풍경의 기운에 주눅이 든 것 같았다. 그로버는 모닥불 곁을 떠나 빈 터의 가장자리로 걸어갔다. 댄이 주황빛 땅안개를 응시하던 그 자리 였다. 그로버는 자신의 실루엣과 담뱃재의 빨간 불빛을 우리에게 보 이며 일렁이는 하늘을 우러러보았다.

근처에 댄도 그로버도 없이 모여 있자니 모양새가 마치 북극광이 찬란하게 빛나는 밤에 모닥불 주위로 괴어든 아이들 같았다. 하늘의 빛들은 낯설고 초현실적인 색으로 갈아입은 채 지평선 위로 물결처 럼 너울거리기 시작했다.

"이런 곳은 난생처음이에요." 도니가 내게 부드럽게 말했다. "너번 씨가 사는 곳도 이런가요?"

"비슷해요. 하지만 이 정도까지는 아니죠." 내가 말했다. 앤지는 도 니의 팔을 감싸 안은 채 그의 곁에 서 있었다.

지는 내 곁을 떠나 모닥불 주위를 에둘러 점보에게 걸어갔다. 도중에 아이는 부모의 손에 제 손을 스치며 옹알이하듯 작게 속삭였다. 점보는 하늘에서 쏟아져 내려와 점차 퍼져나가는 빛의 폭포수를 물끄러미 바라보았다. 어느새 빛들은 보라색에서 형광 초록색 사이를 오가며 사방에서 춤추고 있었다.

북극광이라면 전에도 몇 번 본 적이 있지만 이런 광경은 처음이었다. 그런데도 나는 눈앞의 장관에 완전히 몰입할 수 없었다. 수컷 들소의 기억이, 우리가 앉은 자리에서 불과 15미터도 떨어지지 않은 곳에서 어슬렁거리던 녀석의 잔상이, 자꾸만 나를 땅으로 다시 불러들였다. 그 음침한 존재가 마음 가득 채워놓은 두려움을 나는 도무지 떨쳐낼 수가 없었다.

앤지가 다가왔다. 그녀는 여전히 도니의 팔을 단단히 붙든 채 내게 물었다. "베나이스 씨는 어떤 분이세요?" 전적으로 당연하게도, 그녀의 생각은 하늘의 춤사위보다는 딸아이를 향해 있었다.

"굉장히 현명한 분 같아요." 나는 목소리를 평온하고 안정적으로 유지하려고 노력했다. 나만의 감정적 소용돌이를, 우리가 들어선 그 세계를 꼭 대놓고 두려워하지는 않더라도 불안해하는 기색이 역력한 이 젊은 여인에게까지 들키고 싶지는 않았다.

앤지는 완고했다. "댄 할아버지는 그분이 지를 이해할 거라고 하셨어요. 아이가 아프지 않다는 걸 보여줄 분이라고요."

"댄 할아버지 말씀이면 당연히 믿어야죠." 대답은 차분하게 했지만 실은 나도 확신이 서지 않았다.

앤지는 점보와 페스터스 곁에 앉은 지를 바라보았다. "그냥 저는 딸아이가 행복했으면 좋겠어요." 그녀의 부드러운 목소리에서 길 잃은 아이와도 같은 절박함이 묻어났다.

나는 그녀의 어깨에 손을 얹었다. "누구나 마찬가지예요. 아이들의 행복은 모두의 바람이지요. 더구나 댄이 이 만남에 기대를 걸었다면 오기를 잘한 거예요. 댄보다 지를 사랑하는 사람은 없으니까요."

"하지만 할아버지는 그분을 모르는걸요." 앤지가 거의 애원하듯 말했다.

"그럴지도 모르죠. 하지만 앎의 방식은 다양해요."

앤지는 자신의 불러오는 배를 어루만졌다. "제가 바라는 건 아이들의 행복과 건강뿐이에요. 방법은 아무래도 좋아요. 아이들이 행복하고 건강할 수만 있다면 그걸로 족해요."

나는 앤지의 이야기에 집중하려 애쓰는 한편 그녀의 어깨 너머 무형의 숲을 연신 흘끔거렸다. 그 들소가 근처에 있는지 살피기 위해서였다. 녀석이 존재했던 기억을 좀처럼 지울 수 없었다.

도니의 시선은 하늘에 붙박여 있었다. 어느새 빛들은 지평선을 솟구쳐 올라 사방에서 일렁였다.

그 색채의 움직임을 지켜보며 점보는 연신 낮은 소리로 감탄사를 내뱉었다.

"영혼들의 춤이로군요. 스승님께서 그렇게 말씀하셨어요." 도니가 말했다.

"우리 할아버지도요." 점보가 거들었다.

우리는 모닥불 주위에 모여 웅숭그린 채 머리 위 하늘 여기저기로 빛과 색이 풍성하게 번져나가며 나무들의 윤곽을 검게 드러내고 눈 덮인 땅에 형광의 빛으로 생기를 불어넣는 모습을 우러러보았다.

지는 자리에서 일어나 점보의 거대한 손을 잡고 빈터의 가장자리로 이끌었다. 페스터스도 따라나섰다. 녀석의 존재는 나를 안심시켰다. 혹여 그 수컷 들소가 접근하면 페스터스가 나서서 알려줄 터였다.

바로 그때 트레일러 문이 열리고 댄과 베나이스가 모습을 드러냈다. 두 사람은 낮은 목소리로 이야기를 나누며 마치 서로가 오랜 친구인 양 웃고 있었다. 베나이스가 그처럼 인간적인 면모를 보인 것은 그때가 처음이었다.

그들은 천천히 마당을 가로질러 우리 쪽으로 다가왔다. 댄이 그 갈라진 막대기에 몸을 의지한 채 라코타어로 이야기하면 베나이스는 오지브와어로 답하는 식이었다. 두 사람이 어떻게 서로의 말을 이해하는지, 과연 이해하기는 하는 것인지, 이해한다면 도대체 무슨 대화를 나누는지 나로서는 알 수가 없었다. 미묘하게 내리는 빛은 그들의 키보다 두 배는 긴 그림자를 눈 위에 드리웠다.

두 사람은 모닥불 둘레로 와 나란히 섰다. 비슷한 나이대가 형성하는 끈끈한 교감은 둘 사이를 갈라놓는 문화적 차이를 압도했다. 오지브와족과 라코타족 사이의 오랜 적대감이 행여 두 남자 사이를 가로막지는 않을까 하는 나의 우려가 무색하게, 두 사람은 적이라든가 문화적 차이의 양극단에서 서로를 바라보던 남자들이라기보다 오히려 형제처럼 보였다.

둘은 모닥불을 중심으로 내 맞은편에 자리를 잡았다. 베나이스의 작고 울퉁불퉁한 손이 내게 악수를 청했다. "이제 다 풀렸소. 선생이 어떤 사람이고 왜 그런 일을 하고 다니는지 여기 이 미슈미스께서 다 설명해주셨지."

그의 호의에 안도감이 밀려들었다.

"정말 실수였습니다. 댄을 돕고 싶었거든요."

"그 이야기는 이제 꺼내지 맙시다. 나는 다 내려놓았으니, 선생도 그래야지."

베나이스는 웃는 듯 두 눈을 가볍게 찡긋하고는 댄을 돌아보더니 이렇게 물었다. "여기 이분들은 다 누구시오?" 사실 질문이라기보다

소개를 부탁하는 것에 가까웠다.

"아까 말씀드린 여자아이의 부모입니다." 댄이 말했다.

베나이스는 손을 내밀어 두 사람 모두에게 악수를 청했다.

"잘 오셨소. 듣자 하니 딸아이 일로 두려워하고 계신다고?" 그가
앤지에게 말했다.

"네, 어르신." 앤지가 대답했다.

"무엇 때문에 두려우시오?"

"아이가 남들과는 다르거든요."

"그것이 어째서 두렵지?" 베나이스는 이렇다 할 조언도 없이 앤지
의 마음을 서서히 열고 있었다.

"누구와도 어울려 놀지 않아요. 댄 할아버지나 동물들과 대화할
때를 빼고는 말도 거의 없고요. 이런저런 것들을 알아요. 사람들은
그 애를 두려워하고요."

"아하, 그러니까 다른 이들의 두려움 때문에 두려움을 느낀다, 이
말이오?"

"딸아이의 지혜가 두려워요. 동물들에게 말을 걸거나 새들을 손
에 앉히는 것도 두렵고요."

"댄 할아버지는 그 애에게 옛 영혼이 깃들었다고 하셨어요." 도니
가 덧붙였다.

베나이스는 빙그레 웃음 지었다. "그래서 그 아이를 내게 데려오
셨구면?"

"댄 할아버지는 제 딸아이가 그분의 여동생 같다고 생각하시거든
요. 그런데 그 여동생을 아는 어르신이라면, 딸아이의 지혜가 어디서
왔는지 이해할 거라고 하셨어요. 부디 저희를 도와주세요, 어르신."
앤지가 말했다.

베나이스는 고개를 끄덕이고는 대지를 응시했다.

"저기 저 덩치 큰 남자와 함께 있는 여자아이가 댁의 따님이오?" 베나이스는 빈터 가장자리에 있는 점보와 지를 가리켰다.

"맞아요. 이리로 데려올까요?" 앤지가 말했다.

"베나이스는 손을 들어 그녀를 저지했다. "아니, 그냥 지켜보겠소."

지는 점보와 페스터스 사이에 서 있었다. 그들 앞에서 하늘이 물결처럼 일렁였다.

"그쪽 고장에서도 이런 빛들을 보셨소?" 베나이스가 도니에게 물었다.

"예, 어르신. 저희 고장에서는 와나기 와시피라고 부릅니다. 영혼의 춤이라는 뜻이죠. 하지만 이곳의 빛들과는 달라요." 도니가 답했다.

"저 소리가 들리시오?" 베나이스는 손가락으로 위를 가리켰다. 날카로운 파열음이 하늘에서 들려왔다. 그전까지 나는 그것을 나뭇가지가 부러지는 소리이거나 숲에서 나는 소리라고 짐작했다.

"저 빛들은 별빛과는 다르오. 별들은 우리의 일에 전혀 관심이 없거든. 들어보시오." 파열음이 이어졌다. "저들은 우리에게 말을 걸고 있소."

과연 베나이스가 이끄는 대로 주의 깊게 들어보니 소리의 진원지는 주변 숲이 아니라 하늘이 분명했다.

지는 너울거리는 빛들을 향해 두 손을 들고는 몸을 앞뒤로 움직였다. 마치 일렁이는 빛에 맞추어 춤을 추는 듯했다.

"아하, 저 애도 듣는 게로군. 좋아." 베나이스가 말했다.

앤지는 놀란 눈으로 베나이스를 바라보았다. 딸아이의 행동에 대한 호의적인 평가에 그녀는 익숙하지 않았다.

"그럼, 좋은 아이지." 베나이스가 거듭 말했다. 그리고 하늘을 가리켰다. "선조들의 불꽃이라오. 저 애는 그들과 춤을 추는 거요. 그들이 아이에게 말을 걸고 있거든."

그 기묘한 파열음은 해저의 수중 음파탐지기나 고래의 울음처럼 짤막한 고음들이 더해지며 점차 소리를 높여갔다. 살면서 한 번도 들어보지 못한 소리였다. 하늘이 움직이고 뒤틀리며 일렁거렸다. 지는 파우와우 축제에서처럼 동그랗게 도는가 하면 잠깐씩 자세를 낮추기도 하고 몸을 좌우로 흔들어가며 춤을 추었다.

댄은 모닥불 곁에 앉아 시선으로 소녀의 움직임을 따라가며 웃음 지었다.

도니와 나는 서로를 바라보았다. 사방에서 그림자들이 불빛을 따라 움직였다.

그로버는 어느새 숲의 경계까지 가 있었다. 주황빛 담뱃불만이 오르락내리락하며 은밀히 그의 존재를 알려왔다.

"저이는 지키는 자로군." 베나이스가 말했다.

댄이 고개를 끄덕였다.

"우리 부족 중에도 그런 이들이 있소."

두 노인은 공통된 지혜를 확인하고는 서로를 향해 웃음 지었다.

댄과 베나이스가 나와 있는 것을 본 점보가 서둘러 이쪽으로 건너왔다. 페스터스는 지의 곁에 남아 소녀의 춤을 지켜보았다. 점보의 눈이 휘둥그랬다.

"아이를 오래 혼자 두지는 않을게요. 하지만 어르신, 이런 광경은 난생처음이에요." 점보가 말했다.

베나이스는 고개를 가로젓고는 손가락을 입술에 댔다.

"죄송해요." 점보가 웅얼거렸다. 그는 경도된 듯 그대로 서서 하늘의 움직임을 우러러보았다.

"그들은 말하고. 아이는 귀 기울이고." 베나이스가 말했다. 이리저리 소용돌이치는 빛들 아래서 소녀가 몸을 달싹거리며 춤추는 동안 페스터스는 그 곁에 서서 주변을 경계했다.

잠시 후 베나이스가 고개를 돌려 점보에게 말했다. "보아하니 저 아이의 친구이시구먼."

"예, 어르신. 저 애를 돌보려고 노력 중이에요." 점보가 어울리지 않게 부드러운 목소리로 대답했다. 분명 점보는 자신의 할아버지와도 그 낯선 목소리로 이야기를 나눴으리라.

"그쪽을 어떻게 불러주면 되겠소?" 베나이스가 물었다.

"다들 점보라고 불러요, 어르신."

"라코타식 이름으로 들리지는 않는군." 베나이스가 말했다. 그는 두 눈을 찡긋하며 공허한 웃음소리를 흘렸다.

점보는 마치 우리 앞에서 이야기하기 쑥스럽다는 듯 모두를 둘러보았다. "인디언식 이름은 타탕카 치찰라예요. 어린 들소라는 뜻이죠. 할아버지께서 지어주신 이름이에요. 사람들이 점보라고 부르는 이유는……." 점보는 살짝 얼굴을 붉히며 자신의 배를 내려다보았다.

베나이스가 손을 들어 점보의 말을 끊었다.

"타탕카 치찰라. 좋은 이름이구먼. 그 이름에 걸맞게 살려고 노력하고는 있소?"

"친구들 말로는, 제가 코를 하도 심하게 골아서 그런 이름을 갖게 됐을 거라던데요."

"할아버님께서 기껏 코골이나 기념하자고 그런 이름을 지어주신 것 같지는 않소만. 들소의 성질이 소리에만 있지는 않거든. 어디 한번 그 타탕카 이야기나 들어봅시다. 녀석들에 대해 뭘 아시오?"

점보의 속마음을 끌어내는 베나이스의 솜씨는 나를 매료시켰다.

점보가 자신의 라코타식 이름을 입 밖에 내는 것을 나는 이제껏 들어본 적이 없었다. 점보는 수줍은 듯 주위를 둘러보았다.

그리고 천천히 이야기를 시작했다. 마치 수년 전 배운 무언가를 암송하는 것처럼.

"저는 타탕카를 눈여겨봐요, 어르신. 할아버지께서 그러셨거든요. 타탕카를 보면 배울 게 있을 거라고."

"그래서 무얼 배우셨소?"

"타탕카는 고귀한 동물이에요. 새끼들이 충분히 자라서 혼자 힘으로 살아갈 수 있을 때까지 정성껏 돌봐주지요. 다른 동물과는 절대 싸우지 않아요. 공격을 받지만 않으면요."

점보가 말을 멈추었다. 베나이스는 계속하라는 뜻으로 고개를 끄덕였다.

"들소는 가지고 있는 모든 것을 인간에게 줘요. 가죽은 오두막이나 옷을 짓도록 내주고, 뼈는 바늘로, 뿔은 컵으로, 살은 음식으로 쓰도록 내주니까요."

"그것 말고도 더 있소?"

점보는 두 손을 꼭 맞잡고 조용히 말했다. "우리 마음을 읽어요."

베나이스는 고개를 끄덕여 동의를 표했다. "이제 보니 타탕카 치찰라라는 이름에 딱 맞는 분이시구먼. 비록 겉으로는 점보라는 이름으로 살지언정, 속으로는 타탕카 치찰라라는 이름을 꼭 붙들고 사시오. 사람들의 마음을 읽는다는 건 정말이지 굉장한 재능이거든."

이제 베나이스의 관심은 모닥불 주위에 모인 나머지 사람들을 향했다. "다들 와주어 고맙소. 모였으니 이제 담배를 피워야지. 벗님, 차누파를 좀 빌립시다." 신성한 담뱃대를 가리키는 라코타어를 일부러 사용함으로써 베나이스는 댄의 전통에 존중을 표하고 있었다.

베나이스의 트레일러를 나설 때 댄은 담뱃대를 지니고 나온 터였다. 그는 사슴 가죽 두루마리를 펼친 뒤 빨간 파이프석 재질의 대통을 나무로 된 설대에 조이고는 담뱃대를 베나이스에게 건넸다.

베나이스는 허리띠에 달린 주머니에서 담뱃잎, 정확히는 키니키니크[북미 원주민이 피우는 것으로 다양한 식물의 잎으로 만든다]를 적당히 취해다가 한 자밤씩 차곡차곡 다져가며 대통에 조심스레 채워 넣었다.

우리는 모두 가까이 다가앉았다. 의식을 치르려는 것이었다. 북미 원주민이라면 으레 이 의식의 의미를 알고 있었다. 담뱃대를 중심으로 모여 사방과 땅 아래와 하늘 위로 땅의 연기를 피워 보내며 그들은 조물주에게 경배를 드리곤 했다.

베나이스는 모닥불에서 숯을 가져다 대통에 대고는 키니키니크에 빨갛게 불이 붙을 때까지 담뱃대를 힘껏 빨아들였다. 연기가 밤공기 속으로 피어올랐다. 베나이스는 담뱃대를 자기 앞으로 내밀어 천천히 돌리며 완벽한 원을 그렸다. 그러고는 그것을 댄에게 건넸다. 댄은 베나이스의 행동을 똑같이 되풀이한 뒤 담뱃대를 다음 사람에게 넘겼다.

한 사람 한 사람 담뱃대를 건네받을 때마다 우리는 키니키니크를 폐 속 깊이 들이마시고는 각자 배운 방식대로 조물주의 연기를 공유하는 의식을 치렀다. 그 사적인 몸짓을 통해 그들은 기도를 올리고 있었다.

내 차례가 돌아왔을 때 베나이스는 깜부기불로 키니키니크의 불을 다시 붙였다. 나는 도니와 앤지, 댄과 지의 평안을 위해 조용히 기도를 올렸다. 베나이스는 마치 나의 마음을 읽기라도 하듯 나를 유심히 살펴보다가 내가 의식을 마치고 점보에게 담뱃대를 건네자 슬며시 미소를 지었다.

우리 위로 하늘은 기이한 녹색에서 밝은 빨강과 연보라색으로 물들어갔다. 빛들은 하늘 높이 솟구치다가, 담뱃대에서 피어오르는 연기처럼 이내 우리를 감싸 안았다.

모든 사람이 그 담뱃대로 자기만의 의식을 끝마쳤을 때 베나이스가 점보를 보며 말했다. "가서 어린 친구를 데려오시게, 타탕카 치찰라."

"알겠습니다, 어르신." 점보는 말을 마치고 몸을 일으키는가 싶더니 얼어붙은 눈밭을 어슬렁어슬렁 가로질러 지가 여태 춤추고 있는 빈터의 가장자리로 다가갔다.

앤지와 도니는 고개를 숙인 채 말없이 앉아 있었다. 나는 앤지에게 다가가 그녀의 어깨에 팔을 둘렀다.

점보는 지의 손을 잡고 서둘러 돌아왔다. 거대한 남자의 보폭을 따라가느라 소녀는 어지간히 애를 먹었다. 페스터스는 그 뒤를 바짝 따랐다.

"데려왔어요, 어르신." 점보가 말했다. 그는 우리가 둥그렇게 모여 앉은 자리로 지를 데려와 베나이스 앞에서 아이를 똑바로 가리켰다. 지는 분홍색 파카를 입고 작은 모직 모자를 귀밑까지 눌러쓴 채 턱을 바짝 당기고 말없이 그저 가만히 서 있었다. 페스터스는 곁에 서서 소녀를 지켰다.

"아니모시[오지브와어로 개라는 뜻]." 베나이스가 땅을 가리키자 페스터스는 즉각 바닥에 누웠다. 베나이스는 지에게로 고개를 돌렸다.

"오너라."

지는 곁으로 다가가 가지런한 앞머리 아래 두 눈으로 베나이스를 똑바로 응시했다.

그는 세월의 흔적이 짙게 밴 두 손으로 지의 얼굴을 감싸고는 소녀를 유심히 바라보았다. 그렇게 몇 분쯤 흘렀을까? 베나이스가 나직이 입을 열었다.

"누지셴."

'내 손녀'라는 뜻의 오지브와어였다. 지의 짙고 촉촉한 눈이 베나이스에게 붙박였다. 소녀의 시선을 피하지 않은 채 그는 왼손을 도니와 앤지 쪽으로 뻗으며 이렇게 물었다. "아이 이름이 뭐요?"

"진트칼라 지. 댄 할아버지께서 주신 이름이에요." 앤지가 대답했다.

"무슨 뜻인지도 말해주겠소?"

"노랑새라는 뜻입니다, 어르신." 도니가 대답했다.

"댄 할아버지의 여동생, 그러니까 어르신도 아신다는 그분과 같은 이름이지요." 앤지가 덧붙였다.

베나이스는 고개를 끄덕이고는 오지브와어로 말하기 시작했다. 태도에서 정중함과 예의가 배어났다. 이어서 그는 영어로 되풀이했다.

"진트칼라 지. 마침내 무사히 이곳에 왔구나. 태어나기 위해 달려온 너를 우리는 보살피고 도와줄 것이다. 진트칼라 지. 마침내 무사히 이곳에 왔구나. 태어나기 위해 달려온 너를 우리는 보살피고 도와줄 것이다."

그렇듯 같은 구절을 반복하니 마치 그 구절이 몇 세대를 거쳐 정형화된 주문처럼 들렸다.

베나이스는 오지브와어로, 내 귀에는 '기자웬다고즈'라고 들리는 구절 하나를 더 말한 다음 영어로 되풀이했다. "모든 사람이 너를 사랑한단다. 영혼들까지도." 그는 양손을 여전히 소녀의 얼굴에 댄 채 그 구절을 두 번 반복했다.

지는 이 고령의 남자가 자신의 눈을 응시하며 말하는 내내 움직이

춤추는 영혼들의 밤

지 않고 그저 침착하게 가만히 서 있었다.

소녀가 매우 부드러운 목소리로 무슨 말인가를 속삭이자 베나이스도 같은 식으로 대답했다. 소녀는 하늘을 우러러보며 춤추는 빛들을 향해 손을 흔들었다.

"가거라." 베나이스가 말했다. "저들에게 가."

소녀는 조금 전까지 춤추던 빈터의 가장자리를 향해 걸어갔다. 페스터스는 소녀의 바로 옆에 머물렀다. 지는 몸을 돌려 베나이스에게 손을 흔들었다. 베나이스도 손을 흔들어 보였다. 지가 누군가에게 손을 흔드는 모습을 본 건 그때가 처음이었다.

"나는 저 애를 알아." 베나이스가 말했다.

통나무에 앉아 있던 댄의 입가에 슬며시 웃음이 번졌다.

앤지는 도니에게 다가갔다. 그녀는 도니의 소매를 살살 당기더니 이내 그의 등을 떠밀었다.

도니는 아내에게 뭐라고 속삭이고는 자리에서 일어나 베나이스에게 다가가더니 시선을 내리깐 채 두 손을 떨며 말했다. "선물을 드리고 싶습니다, 어르신."

그는 재킷 주머니에 손을 넣어 예의 그 들소 석상을 꺼냈다. 석상은 매끄럽게 다듬어진 상태였다. 하지만 들소의 이미지와 돌의 자연적 형태 사이를 오가는 완벽한 균형미만은 여전했다. 실로 아름다운 작품이었다.

"어르신을 위해 조각한 겁니다." 도니가 말을 이어나갔다. "돌은 진트칼라 지의 도움으로 찾았고요. 저희가 사는 보호구역에는 돌들이 높이 솟아 하루 종일 하늘을 바라보는 장소가 있는데, 거기서 난 겁니다. 이 돌은 사람의 손길이 닿지 않은 상태였어요. 그러다 스스로 땅 위로 올라온 것이죠. 제 스승님은 그 돌이 스스로 가고 싶은 곳이 있어서 우리를 부른 거라고, 그러니 돌을 어르신께 드려야 한다고 했어요."

마치 책을 읽는 듯 딱딱한 어투로 미루어보건대 할 말을 미리 준비해온 모양이었다. 목소리에서 떨림이 전해져왔다.

베나이스가 두 눈을 찡긋하더니 양손을 내밀었다. 도니는 그 위에 석상을 올렸다. 베나이스는 오지브와어로 무슨 말인가 낮게 중얼거리고는 영어로 말을 이어나갔다.

"귀한 선물을 가져오셨구려. 대지의 심장박동이 느껴지는군."

도니는 여전히 떨리는 손을 주머니에 다시 넣어 프린스 앨버트 담배 한 갑을 꺼내 베나이스에게 내밀었다. 베나이스는 담배와 도니를 한 번씩 번갈아 보더니 다시 담배로 시선을 옮겼다. 이어서 천천히 고개를 끄덕이고는 두 손으로 담배를 받아 들소 조각상과 함께 쥐고 이렇게 말했다. "미그웨치." 오지브와어로 "고맙습니다"라는 뜻이었다.

"어르신, 한 가지 여쭈어도 되겠습니까?" 도니가 물었다.

이는 인디언의 관습이었다. 전에도 수없이 봐왔던 터라 심지어 나 스스로도 그 관습을 따르고 있을 정도였다. 담배를 선물로 주는 행위에는 그 답례로 상대방에게 지혜를 청할 권리를 얻고자 하는 뜻이 담겨 있었다.

"그래, 뭘 알고 싶으시오?" 베나이스가 말했다.

앤지가 이번만큼은 자신의 차례라는 듯 앞으로 나섰다.

"어르신, 백인 의사들의 말을 들어야 할까요? 그 사람들은 저희 딸아이가 아프다고 말해요." 앤지가 말했다.

베나이스는 웃으며 그녀의 손을 잡았다. 인자하고 살가운 몸짓이었다. "백인 의사들은 이런 일을 이해하지 못해요." 이렇게 말하며 그는 멀리 눈밭에서 빛들의 타는 듯한 일렁임 속에 춤추고 있는 지

의 모습을 내다보았다. "저 애는 병에 걸린 것이 아니라오. 그저 이
모든 것을 넘겨받았을 뿐이지."

"무슨 뜻이지요, 어르신?" 앤지가 베나이스의 손을 꼭 잡고 이렇
게 물었다.

"따님의 영혼이 세상에 태어나기 위해 내달리던 길목에서 옛 영혼
들은 이렇게 외쳤소. '우리는 너를 안단다, 아가야. 그리고 너는 우리
를 기억하게 될 거야. 너는 우리를 기억하고 우리는 너를 기억할 거란
다.' 저 아이는 지금 그 외침을 따르고 있을 뿐이오. 기억을 하고 있
다, 이 말이오."

"그럼 어르신, 저희는 뭘 해야 할까요?" 앤지가 집요하게 파고들었
다. "백인 의사들은 아이에게 백인 세계의 약을 먹이라고 합니다."

베나이스는 손을 들어 그녀를 침묵시켰다.

"백인들은 항상 스스로 이해하지 못하는 것들을 파괴하려고 들
지. 그들의 세계는 너무 작고, 그들은 그 세계를 폭력으로 보호하거
든. 백인 의사들은 지금 댁의 딸아이를 파괴하려고 드는 거요. 그들
의 약이라는 폭력으로. 그렇다고 화를 내지는 마시오. 그들은 잔인
한 것이 아니야. 다만 두려워할 뿐이지. 하지만 자기들만 두려워하면
될 것을, 아이 어머니까지 두려워하게 만들어버렸군. 딸의 일로 두려
워할 것 없소. 저 애의 세계는 풍요로우니. 딸아이의 지혜를 두려워
하지 마시오. 그 지혜를 지켜줘야지."

빈터 가장자리의 둔덕에서는 하늘을 가로질러 떠다니며 선명하게
빛나는 보라색과 녹색 인광들의 굼틀거림에 맞추어 어린 지가 춤을
추었다. 천계의 움직임이 빚어내는 각양각색의 파열음을 뚫고 소녀의
가녀린 목소리가 들려오는 듯했다.

"거기 조각가 양반." 베나이스가 도니를 가리키며 말했다. "이 돌

말인데, 돌들이 하늘을 바라보는 장소에서 났다고 했소? 게다가 누구의 손길도 닿지 않은 상태에서 돌 스스로 대지에서 솟아나와 그 자리에서 기다렸다고도 했지. 자, 숱한 사람이 곁을 지나쳤을 거요. 하지만 이 돌은 입을 열지 않았지. 그런데 어느 날 댁의 따님이 다가오자 돌이 아이를 알아보고 말을 건 거요. 아이가 선택한 것이 아니오. 돌이 아이를 선택했지."

도니는 고개를 끄덕였다.

"옛사람들의 영혼이 일을 해나가는 방식도 이와 같소." 베나이스의 말이 이어졌다. "평소에는 대개 잠잠하다가 목소리를 들어줄 만한 사람이 지나갈 때만 말을 걸거든. 백인들의 세계가 소음의 세계라는 것을 옛 영혼들은 알지. 하지만 소리를 지르지는 않아요. 잠자코 기다리지. 옛 영혼들은 대지와 같은 인내심을 지녔거든. 바로 이 돌처럼 말이오. 헌데 댁의 따님이 태어나기 위해 달려오던 길목에서는 옛 영혼들이 말을 걸었소. 아이는 귀를 기울였고.

그렇게 저 아이에게는 오래된 지혜라는 선물이 주어진 거요. 선생에게 이 돌이 주어졌던 것처럼. 이제는 그 지혜를 다듬어야 하오. 선생은 딸을 도와야 하고."

"하지만 어떻게요?" 도니가 물었다.

"백인들에게서 아이를 떼어놓으시오. 저 애의 지혜는 백인들과는 맞지 않거든. 원로들과 가까이 두시오. 그들이 아이를 가르칠 거요. 동물과도 가까이 두시오. 아이는 동물들의 이야기를, 동물들은 아이의 이야기를 들을 거요.

명심하시오. 저 아이는 선생의 것이 아니오. 인디언들에게 주어진 선물이지. 오래된 풍습은 단지 숨죽이고 있을 뿐 사라지지 않았다는 것을 일깨워주는 아이거든. 이름도 저 아이와 딱 맞지. 노랑새는 겨

울의 어둠을 견디고 봄날에 날아오르지 않소? 저 아이는 어둠의 시
간을 견디는 사람들에게 희망의 목소리가 될 거요."

댄은 두 눈을 감은 채 살며시 웃고 있었다. 이것이야말로 그가 듣
고 싶어하던 이야기 아니던가!

나는 이로써 우리가 이곳에 온 목적은 이루었다고 생각했다. 하지
만 앤지는 그 정도로 만족하지 않았다. 그녀는 자신의 아이를 지키
는, 전사의 심장을 가진 어머니였다. 그녀가 말했다.

"감사합니다, 어르신. 좋은 말씀을 해주셨어요. 하지만 말씀만으
로는 부족해요. 딸아이가 오래된 지혜를 지녔다는 걸 저희가 어떻게
알지요? 옛사람들의 영혼이 딸아이에게 말을 건넨다는 사실은 어떻
게 알까요? 아이는 병에 걸리지 않았고, 백인 의사들의 말이 틀렸다
는 건 또 어떻게 알 수 있을까요?"

베나이스는 송곳니가 드러나도록 웃고는 이렇게 대답했다. "오래
된 지혜를 지닌 사람은 저절로 드러나게 돼 있소. 두고 보면 알아요."

베나이스는 손으로 하늘을 넓게 어루만진 뒤 방금 한 말을 되풀
이했다.

"두고 보면 알아."

이어 베나이스는 불현듯 몸을 돌려 트레일러로 향했다. 그의 두
손에는 도니에게 받은 들소 석상이 들려 있었다.

베나이스는 예기치 않은 순간에 놀라우리만치 단호하게 자리에서
일어났다. 남겨진 우리는 모두 일어나 부스스한 백발에 키가 작고 구
부정한 그 남자가 눈밭을 가로질러 자신의 트레일러로 돌아가는 모
습을 말없이 지켜보았다.

나는 도니와 앤지에게로 시선을 옮겼다. 그들의 심정을 나로서는
짐작도 할 수 없었다. 그들은 어린 딸과 관련해 마음의 평안을 가져

다줄 가르침을 기대하며 수백 킬로미터를 달려 이곳에 왔다. 하지만 베나이스의 이야기는 확증이나 증명이라기보다 오히려 축복에 가까웠다.

나는 댄에게 슬쩍 다가가 넌지시 물었다. "이걸로 끝인가요? 베나이스가 뭔가를 보여줄 거라면서요?"

댄은 마치 내게 인내심을 가지라는 듯 한 손을 들어 보였다.

베나이스는 어느덧 트레일러 계단 바로 앞에 다다랐다. 그는 고개를 돌려 앤지와 도니를 향해 특유의, 짐승을 연상시키는 미소를 지어 보였다. 그리고 말했다.

"두고 보면 알아요."

그는 댄과 그로버를 향해 손을 까닥거렸다. "두 분은 나의 형제들이오. 들어오시오. 담배나 더 태웁시다."

이어 문이 열리고 베나이스가 집 안으로 사라졌다.

그로버와 댄은 자리에서 일어났다. 그로버의 부축을 받으며 댄은 갖고 다니던 막대기에 몸을 의지해 얼어붙은 눈밭 위를 한 발 한 발 내디뎠다. 계단을 오를 때도 뒤돌아보지 않았다. 두 사람은 문을 열고 트레일러 안으로 들어갔다. 그리고 우리는 겨울의 지독한 어둠 속에 덩그러니 남겨졌다.

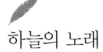

하늘의 노래

두 남자의 등 뒤로 트레일러 문이 닫혔다. 숲이 우리 주위를 좁혀오
는 것만 같았다. 공기는 일순 더 차가워졌고, 모닥불은 광활한 북부
의 어둠 속에서 명멸하는 작은 불빛에 지나지 않는 것처럼 느껴졌다.
오로라는 퇴각하는 유령들처럼 우리 위에서 춤을 추었다.

우리는 모닥불을 중심으로 옹기종기 모여들었다. 불꽃은 이제 은
은한 주황빛이었고, 사그라지는 깜부기불이 밤공기 속으로 불똥을
내뱉었다. 밤이 모두를 덮쳐버리기 전에 마지막 남은 온기를 잡으려
가운데로 몸을 기울일수록 겨울밤의 냉기는 우리 등골을 타고 몸속
으로 파고들었다.

"아이를 데려와야 하지 않을까요?" 이렇게 말하며 나는 지를 가리
켰다. 소녀는 아직 빈터의 가장자리에서 춤을 추고 있었다.

"나중에요. 저렇게 행복해하는데." 점보가 말했다. 그의 말에서 무
언의 슬픔 같은 것이 전해져왔다. 여정이 이런 식으로 끝나간다는 사
실에 그 역시 미완성의 허전함을 맛보는 듯했다.

도니와 앤지는 꼭 붙어 앉아 혼란스러운 눈빛으로 서로에게 소곤거렸다.

　도니는 얇은 가죽 겉옷을 벗어 앳된 아내의 어깨에 걸쳐주었다. 앤지는 회색 후드 티 소매를 당겨 두 손을 넣고는 부른 배를 꼭 감싸 안았다.

　점보는 꺼져가는 모닥불을 향해 몸을 숙인 채 거대한 두 손을 서로 비벼 불꽃이 전하는 마지막 온기를 잡으려 애쓰고 있었다.

　하늘의 빛들은 인광을 발하는 녹색에서 무지갯빛 보라색으로 변해가며 다시 이동하기 시작했다. 빛들은 하늘을 굽이굽이 가로질러 별의 창공을 지나 빛줄기를 쏘아 올렸다.

　"가끔은 궁금해져요, 너번. 정말 다 사라졌을까요?" 점보가 입을 열었다. "전부 다요. 기억을 좇는 노인들. 우리가 결코 알지 못하는 뭔가를 기대하는 젊은이들. 저는 지에게 뭔가가 있기를 바랐어요. 모르겠어요, 그냥 뭐라도." 그는 양손을 꼭 잡고 깜부기불을 응시하다 이내 말을 이었다. "그냥, 뭐가 옳은지 모르겠어요. 희망을 버릴 수는 없어요. 하지만 희망을 가장하고 사는 것도 좋을 건 없죠. 딴에는 올바르게 살려고 노력하지만 뭐랄까, 오래된 길과는 멀어지는 것만 같아요." 도니와 앤지가 고개를 끄덕였다.

　우리는 다 같이 지를 바라보았다. 들판 저편에서 소녀는 빛의 소용돌이에 맞춰 춤을 추고 있었다. 그 꼬마 여사제는, 동물이 말을 하고 돌들이 저마다의 노래를 부르던 세계에서 들려오는 천상의 음악에 맞춰 몸을 움직이며, 이제는 망각 속으로 사라진 미지의 의식을 집전하고 있었다.

　점보가 손을 들어 베나이스의 트레일러와 담요가 드리워진 창문 주위로 가느다랗게 새어나오는 빛의 윤곽을 가리켰다.

"너번, 저분들 생각은 어떨까요? 제 말은, 그러니까 이 모든 것을 현실로 받아들이는 걸까요?" 점보가 물었다.

"그로버는 아닐 수도 있겠죠. 댄은 현실이기를 바랄 테고요. 베나이스는 뭐랄까, 우리가 상상조차 할 수 없는 것들을 알고 있는 것 같아요." 내가 대답했다.

점보는 힘없이 한숨을 내쉬고는 막대기로 모닥불을 뒤적여 불똥을 하늘로 날려 보냈다. 그러고는 몸을 일으켜 빈터를 보며 말했다. "지를 데려올게요. 너무 추워지네요. 아이 혼자 저쪽에 두는 게 아무래도 마음에 걸려요."

점보는 지를 향해 몇 걸음 내딛는가 싶더니 다시 우리에게 돌아왔다.

"아이가 없어요." 그가 말했다.

우리는 일제히 들판 쪽으로 고개를 돌렸다. 하늘의 빛들이 유령의 녹색 모닥불처럼 지평선에서 피어올라 천상의 불빛으로 눈밭을 비추었다. 하지만 지의 모습은 온데간데없었다.

극심한 공포가 우리를 뒤덮었다. 마지막으로 아이를 본 지 1분도 채 되지 않은 시점이었다. 모두가 지를 지켜보고 있었고, 그 수많은 눈이 아이의 안전을 지켜줄 거라고 생각했다.

"언덕 바로 너머에 있을지도 몰라요." 내가 말했다. "가서 찾아볼게요."

나는 언덕 꼭대기로 달려가 들판을 건너다보았다. 아이는 어디에도 보이지 않았다.

"안 보여요." 내가 소리쳤다.

앤지가 외마디 숨을 뱉으며 도니에게서 몸을 빼냈다. 그녀는 딸이 마지막으로 서 있던 자리로 한달음에 달려갔다. "어디로 간 걸까요?"

앤지의 목소리에서 두려움이 커져갔다. "방금 전에도 봤단 말이에요."

"숲을 살펴볼게요." 점보가 말했다. 그는 들소가 서 있던 나무숲 쪽으로 비틀거리며 걸어갔다.

앤지는 급격하게 이성을 잃어갔다. "우리 애 어디 있어요?" 앤지가 말했다. 그녀는 바람이 쓸고 간 눈 위를 살피며 발자국을 찾았다. "누가 우리 애 좀 찾아주세요!" 앤지의 목소리가 밤공기를 갈랐다.

점보는 거대한 외투와 묵직한 부츠 차림으로 눈밭을 가로지르며 지의 이름을 소리쳐 불렀다. 흡사 한 마리 상처 입은 짐승의 포효와도 같은 외침이었다.

도니는 손전등을 찾으러 트럭으로 달려갔다.

나는 트레일러로 돌아가 댄과 그로버와 베나이스에게 알릴까도 생각했지만 그러기엔 상황이 너무 급박했다. 어차피 셋 다 우리를 돕기엔 너무 고령이었고, 우리는 우리대로 지가 이 미로 같은 숲 속에서 길을 잃기 전에 가급적 빨리 아이를 찾아야 했다. 아이의 해진 중고 외투만으로는 이 추위에 밖에서 하룻밤을 버틸 수 있을 리 만무했다.

마당은 우왕좌왕하는 그림자들로 혼란스럽기 그지없었다. 나무들 틈에서 점보의 따라오라는 외침이 들려왔다. 앤지와 도니는 들판 반대편을 향해 달리며 딸의 이름을 애타게 불렀다. 머리 위 오로라가 섬광을 내며 움직이는 동안 빛들은 초록색에서 붉은색을 거쳐 비현실적인 보라색으로 바뀌어갔다.

나는 빈터를 가로질러 점보의 외침이 들리는 숲으로 향했다. 그가 나뭇가지와 줄기 들 사이를 헤쳐나가는 소리가 들려왔다. 그런 체력과 기운은 도대체 어디서 나오는 것인지, 씩씩거리며 거친 숨을 몰아쉬면서도 지의 이름을 외쳐 부르며 발목 깊이의 눈밭을 헤쳐나가는 점보를 나는 좀처럼 따라잡을 수 없었다.

　마침내 극심한 피로가 점보를 덮쳤다. 그는 더 나아가지 못하고 허리를 굽힌 채 양손으로 무릎을 짚었다. "찾아야 해요, 너번." 점보가 헐떡이며 말했다. "꼭 그래야 해요. 제 가장 소중한 친구예요." 나를 올려다보는 그의 순수한 눈빛이 애달팠다. "제 탓이에요. 할아버지가 그랬어요. 저는 사람을 돌봐야 한다고. 그러니 제 탓이에요."

　점보는 몸을 바로 세우고 다시 앞으로 내달렸다. 그의 가슴이 심하게 들썩거렸다.

　도니는 우리 왼쪽에서 눈밭 여기저기로 손전등을 비추며 발자국을 찾았다. 앤지는 빈터 어딘가에서 딸의 이름을 외치고 있었다.

　점보는 나무들 사이로 돌진했다. 굵고 가는 나뭇가지들이 우지끈거렸다.

　"길을 찾았어요." 점보가 소리쳤다. "이리로 지나간 게 틀림없어요."

　우리는 쏜살같이 달려갔다. 그리고 잠시 멈춰 숨을 고르다가 점보의 뒤에 일렬로 서서 오솔길을 헤치며 나아갔다. 머리 위 나뭇가지 사이로 달이 차갑고 아득하게 빛났다.

　오래전 입은 다리 부상으로 갈수록 뒤처지던 나는 결국 일행을 먼저 보내기로 마음먹었다. 그때 길이 넓어지는가 싶더니 눈 덮인 드넓은 골짜기가 우리 앞에 펼쳐졌다. 너비가 족히 3킬로미터는 되어 보이는 골짜기가 공허한 달빛 아래 은빛으로 빛나고 있었다. 멀리 지평선에서는 출몰하는 오로라의 빛들이 어둡고 둥근 밤하늘 속으로 탐조등처럼 솟구쳤다.

　우리는 다 같이 서서 눈앞의 빼어난 풍경에 정신을 빼앗겼다.

　"세상에." 환하게 펼쳐진 눈빛 대지를 가리키며 점보가 말했다. "저것 좀 보세요." 비탈과 골짜기 곳곳에 홀로 혹은 무리지어 서 있는 조용하고 무감한 형체들. 들소였다. 수십, 어쩌면 백 마리쯤 되어 보이는 들소들이 얼어붙은 북부의 밤공기 속으로 콧김을 내뿜으며 서 있었다. 기이한 밤빛 아래서 보니 마치 둥근 돌을 흩어놓은 듯했다.

들소들의 정체를 알아본 순간 꿈의 기억이 무섭게 되살아났다. 들소들은 꿈속에서 노랑새가 내게 따라오라고 손짓하며 멀어져갈 때 내가 보았던 형체들과 거짓말처럼 닮아 있었다. 나의 기억 속 모습 그대로였다. 다만 지금은 정체를 알아볼 만큼 형태가 뚜렷했다.

들소들은 한밤의 설원을 배경으로 어두운 윤곽을 드러낸 채 으르렁거리다 낮게 우는가 하면 앞발로 대지를 긁어댔다.

나는 점보의 소매를 붙잡았다. "아이는 저기 있어요." 내가 말했다. "저기, 저 들소들과 함께. 확실해요."

점보는 헐떡이는 숨 사이로 고개를 끄덕였다. 설명은 요구하지 않았다.

도니와 앤지가 곁으로 모여들었다. "저쪽에 있을 것 같지는 않은데요." 도니가 말했다. 멀리서 들소들이 으르렁거리며 설원 속을 천천히 거닐었다.

"가요." 점보가 숨을 식식거리며 말했다. "다른 곳은 다 찾아봤잖아요."

더 의논할 겨를도 없이 점보는 탁 트인 비탈을 헤치고 나아갔다.

우리는 서로 더 바짝 붙은 채 점보의 뒤를 따라갔다. 다들 기쁜 마음으로 점보의 지휘를 받아들였다. 우리가 그 거대한 짐승들의 골짜기로 진입하는 동안 놈들은 콧김을 칙칙 내뿜으며 등과 코와 입에서 증기를 발산했다.

꿈에서 봤다고는 해도 막상 골짜기로 들어가려니 긴장이 앞섰다. 그도 그럴 것이, 들소의 예측 불가능한 행동을 다룬 책과 순진하게

하늘의 노래

접근하는 관광객들을 노리갯감으로 여겨 들이받는 영상을 그간 수도 없이 접해온 터였다.

우리는 되도록 신중하고 조용하게 이동했다. 골짜기 한복판으로 내려가자 들소 몇 마리가 뛰어오르며 콧김을 내뿜었다. 어둡고 위협적인 분위기가 감돌았다. 녀석들의 무관심에서 강렬하고도 불길한 기운이 배어났다.

도니가 내 쪽으로 몸을 기울였다. "저희 삼촌이 들소를 기르세요." 그가 조용히 말했다. "삼촌이라면 절대 이런 들판까지는 안 나오셨을 거예요."

"우리가 실수하고 있다고 생각해요?" 내가 물었다.

"선택의 여지가 없잖아요. 어디든 찾아봐야죠." 도니가 말했다.

우리는 서로 바짝 붙어 한 무리로 이동했다. 우리의 출현에 놀라서인지 들소들이 부스럭거리며 움직이기 시작했다. 녀석들은 천천히, 그리고 마치 약속이나 한 듯 우리를 향해 몸을 돌렸다.

하나둘 들소들은 자신들이 있던 비탈과 숲 가장자리를 떠나 우리 쪽으로 걸어오기 시작했다. 마치 우리는 들소들의 호기심을 자극했고, 들소들은 자기들 땅에 들어온 존재를 파악하기 위해 느릿느릿 다가오는 것 같았다.

오래지 않아 모든 들소의 방향이 우리를 향했다. 녀석들은 느긋하게 이동했다. 으르렁거리고 콧김을 내뿜으며. 마치 서로에게 말을 건네는 것처럼.

"공격하기도 하나요?" 내가 속삭였다.

"그럴 수도 있어요. 그냥 계속 걸으세요." 도니는 앤지를 감싸 안았다. 앤지는 자신의 배를 보호하듯 받치고 있었다.

나는 고개를 숙인 채 발끝만 쳐다봤다. 다가오는 짐승들, 그 어두운 존재는 나의 가슴을 두려움으로 가득 채웠다.

점보는 나보다 다섯 걸음쯤 앞에서 단호하게 한 발 한 발을 내디
뎠다.

"제 이름을 지어주실 때 할아버지는 제가 타탕카의 강인한 힘을
지니게 될 거라고 하셨어요." 점보가 말했다. "이대로 계속 걸을 거예
요. 우리 지를 찾아낼 거예요." 여태 내가 들어본 그의 말 중 가장 단
호한 표현이었다.

들소들은 포위망을 좁혀왔다. 우리 양옆으로 채 3미터도 되지 않
는 거리에서 어두운 벽을 형성한 채 녀석들은 우리와 보조를 맞춰
움직이며 으르렁거리고 콧김을 내뿜는가 하면 고개를 휙 치켜들었
다. 녀석들의 어깨 높이는 우리 눈높이와 비슷했다.

그들의 접근이 과연 호기심의 발로인지, 아니면 더 어두운 의도를
품고 있는지 나로서는 알 길이 없었다. 도니의 나직한 음성이 들려왔
다. "그냥 계속 걸으세요, 너번." 그는 아까의 말을 되풀이했다. "들소
들은 우리의 생각을 느끼거든요."

앤지는 우리 사이에서 이동했다. 그녀는 상의에 달린 회색 모자를
뒤집어쓴 채 손으로는 내내 자신의 배를 단단히 감싸 안았다. 배 속
의 아이를 보호하려는 무의식적인 몸짓이었다.

어느새 들소들과의 거리는 손을 내밀면 닿을 만큼 가까워져 있었
다. 녀석들은 우리와 나란히 이동했다. 털은 텁수룩하게 헝클어져 있
었고, 빛이 없는 두 눈은 마치 석탄 덩이를 보는 듯했다.

발밑에서는 눈이 뽀드득거렸다. 하늘이 파열음을 내며 소용돌이
치는 동안 다채로운 빛이 지평선을 넘나들며 번쩍거렸다. 우리 사방
에서는 그 거대한 짐승들이 으르렁거리고 콧김을 내뿜어가며 강렬한
채취로 대기를 가득 메웠다.

두려움에 온몸이 얼어붙는 것만 같았다. 옴짝달싹할 수 없을 만큼 신경이 곤두섰다. 시간도, 움직임도, 심지어 내 육신의 존재마저도 느껴지지 않았다. 살면서 그토록 가까운 거리에서, 그토록 거대한 야생동물들과 있어본 적도 처음이었고, 스스로가 그토록 약하게 느껴진 적도 처음이었다. 녀석들의 뿔에 받혀 짓이겨진 채 그 쓸쓸한 설원에 남아 죽어가는 우리 모습을 나는 상상했다.

도니와 점보와 앤지를 바라보았지만 누가 누군지 알아보기조차 힘들었다. 그들은 마치 꿈속의 형상처럼 내 옆에서 느린 그림으로 움직이고 있었다.

다른 세상의 일부처럼 보이기는 들소들도 마찬가지였다. 으르렁거리고 콧김을 내뿜는 소리가 마치 말하고 속삭이고 웃는 소리처럼 들렸다.

마음이 초조하고 혼란스러웠다. 베나이스와의 첫 만남이 떠올랐다. 새와 짐승과 이야기할 때 그도 이런 소리를 들었을까? 토끼들이 두 손 위에 올라앉고 돌들이 간절히 소리쳐 관심을 청할 때 어린 지가 듣던 만물의 소리도 이러했을까?

나는 일행과 함께, 어둡게 흐르는 밤을 헤치고 나아갔다.

그렇게 얼마나 걸었을까? 점보는 침묵에 잠겼고 앤지의 흐느낌과 훌쩍임은 어느덧 잠잠하고 얕은 숨소리로 변해 있었다. 그렇게 우린 마치 꿈속에서 길을 잃은 사람처럼 골짜기를 가로질렀다.

그때였다. 난데없는 형체가 어둠 속에서 튀어나와 점보의 다리께로 뛰어들었다.

"페스터스!" 점보가 말했다. 늙은 개는 헐떡거리며 기침을 하더니 점보의 손에 코를 들이대고는 낑낑거리며 벅찬 숨을 몰아쉬었다.

들소들은 놀란 듯 콧김을 내뿜고는 움찔하며 뒤로 물러섰다. 무리가 갈라지자 주변 골짜기의 온전한 풍경이 비로소 시야에 들어왔다. 널따랗고 우묵한 땅이 은색 달빛에 몸을 담근 채, 멀리 지평선을 향해 무한히 펼쳐진 듯한 소나무 숲의 칠흑 같은 어둠에 둘러싸여 있었다. 이들 무리 말고도 수많은 들소가 홀로 혹은 작게 무리지어 끝없이 먼 곳까지 서 있었다.

앤지가 희미하게 외마디 한숨을 내뱉었다. "틀렸어요. 저런 곳에선 아이를 못 찾아요." 그녀가 말했다.

나는 널따랗고 눈 덮인 골짜기를 훑어보았다. 들소들의 어두운 그림자가, 일부는 떼를 지어 서성거렸고 일부는 미동도 없이 나무 아래나 먼 비탈에 홀로 서 있었다. 골짜기의 먼 끝, 아득한 숲이 이루는 어두운 벽을 배경으로 침묵 속에 둥그렇게 모여선 들소 한 무리가 시야에 들어왔다. 어림잡아 서른 마리쯤 되어 보이는 들소가 얼굴을 밖으로 향한 채 어깨를 서로 맞대고 서 있었다. 텁수룩한 털가죽에서 뿌연 김이 모락모락 피어올랐다. 녀석들은 몸을 고정한 채로 고개만 가만가만 흔들었다.

"뭘 하는 걸까요?" 내가 말했다.

"모르겠어요. 저런 광경은 저도 처음이라." 점보가 말했다.

다른 곳에서는 작은 무리들이 어둠 속에 몸을 숨긴 채 서 있었다. 어미들은 담갈색 새끼들을 돌보았고 수컷들은 나무에 어깨를 비비대거나 등을 대고 누워 눈밭을 뒹굴었다.

방금 전까지 우리를 에워쌌던 무리는 천천히 물러나 비탈이며 나무 군락을 향해 가다가 어둠 속으로 자취를 감췄다. 마치 이곳까지 우리를 인도해놓고는 밤의 어둠 속으로 퇴장하는 것처럼.

"뭐가 어떻게 돌아가는 거죠?" 내가 물었다.

"모르겠어요." 도니가 말했다. "도대체 뭐가 뭔지."

앤지가 다시 울음을 터뜨렸다. "처음부터 이런 곳엔 오지 말았어야 했어요." 그녀가 훌쩍이며 말했다.

점보는 그녀의 어깨에 다정하게 손을 얹었다. "우리가 찾아낼게요, 앤지. 약속해요." 점보의 살가운 목소리에는 마음을 진정시키는 힘이 있었다.

우리는 허탈함과 혼란에 잠긴 채 넓은 골짜기 여기저기를 바라보았다. 북극광은 조용히 퇴장하고 있었다. 유령의 자취들은 보랏빛 밤 속으로 사라져갔다. 북극광이 지나간 자리마다 별들은 차가운 얼음의 빛으로 홀연히 피어났다.

우리는 움직임을 찾아 골짜기를 샅샅이 살폈다. 눈밭 어디엔가 겁에 질린 작은 소녀가 쉽사리 눈에 띄지 않는 자세로 웅크리고 앉아 있을 수도 있었다.

"그냥 쭉 가보는 수밖에 없어요." 도니가 말했다. "발자국을 계속 찾아봐요." 하지만 단단하게 얼어붙은 눈 위에서 발자국을 찾기란 불가능에 가까웠다.

페스터스는 축축한 회색 주둥이로 점보의 소매를 연신 문질렀다. 점보는 무릎을 꿇고는 두 손으로 녀석의 머리를 감싸 쥐었다.

"지가 있는 곳을 알고 있니?" 점보가 물었다.

페스터스는 꼬리를 힘차게 흔들었다.

"아무래도 이 녀석, 뭔가 아는 것 같아요." 점보가 말했다. 그는 페스터스에게 골짜기 방향을 가리켰다. "가봐. 우리에게 보여줘."

페스터스는 한번 킹 짖고는 언덕 아래로 총알처럼 내달렸다.

"같이 따라가요." 점보가 말했다.

그렇게 6미터쯤 달렸을까? 페스터스는 뒤를 돌아 우리가 오고 있는지를 확인하더니 또 한 번 짧게 짖고는 가던 길을 재촉했다.

"녀석이 점보의 말을 알아들었다고 생각해요?" 내가 도니에게 말했다.

"달리 뾰족한 수라도 있어요?" 도니가 말했다.

우리는 페스터스가 이끄는 대로 돌진했다. 만에 하나 지를 찾을 수도 있으리라는 실낱같은 희망을 품은 채.

오로라가 잦아들고 하늘이 어두워지면서 밤공기가 일순 더 차갑게 느껴졌다. 조금 전 밤은 신비로운 춤으로 생기를 내뿜고 있었다. 그러나 이제는 무심하고 냉랭하고 아득한 느낌이었다. 바람은 점차 강해져 인간을 닮은 목소리로 울부짖으며 골짜기 아래로 휘몰아쳤다.

들소들은 우리에게 완전히 흥미를 잃은 듯했다. 우리를 에워쌌던 녀석들은 어느새 비탈과 덤불 곳곳에 자리 잡은 채 우리가 골짜기를 따라 이동하는 모습을 무심히 지켜보고 있었다. 나머지 녀석들은 저마다의 관심사로 돌아가 밤의 그림자 속에서 콧김을 칙칙 내뿜거나 앞발로 땅을 긁어댔다. 오로지 숲 가장자리에 둥그렇게 모여선 무리만이 우리에게 조금이나마 관심을 보였지만 녀석들 또한 우리 존재가 그다지 신경 쓰이지는 않는 듯했다. 우리는 외롭게, 아무런 방해도 없이, 그 막막하고 무심한 밤을 헤쳐나갔다.

손가락의 감각이 무뎌지기 시작했다. 날린 눈이 부츠 안으로 들어와 부딪히는 통에 발목이 불에 덴 듯 화끈거렸다. 앤지는 소맷자락을 당겨 손을 집어넣었다. 도니는 얇은 후드 티 속에서 몸을 떨었다.

그는 모자를 당겨 머리에 뒤집어썼다. "만약 딸애가 얼어죽으면 저도 곁에서 얼어죽어버릴 겁니다." 그가 말했다. 행여 앤지가 들을세라 한껏 낮춘 목소리였다.

그는 점보를 바짝 따라붙었다. 나와 앤지도 그렇게 했다. 서로 상의한 건 아니었지만 어느새 점보는 우리를 지휘하고 있었다.

유령이 살고 있을 것만 같은 은빛 골짜기의 한복판을 우리는 가로질렀다. 세상은 마치 지난날의 철판사진을 옮겨놓은 것처럼 보였다.

마침내 앤지는 한계에 다다랐다. 그녀가 소리를 지르기 시작했다. "지. 지. 엄마야." 그녀의 목소리는 침묵을 깨트리고, 얼어붙은 어둠 사이로 울려 퍼졌다.

"앤지, 목소리 낮춰." 도니가 말했다. "타탕카를 겁먹게 할 셈이야?"

앤지는 아랑곳하지 않았다. 그녀의 외침이 응답받지 못한 채 깊은 밤 속으로 사라졌다.

페스터스는 앤지의 목소리에서 괴로움을 읽고는 절뚝거리며 그녀에게 다가갔다. 녀석은 앤지의 허벅지에 몸을 비비며 주둥이로 그녀의 소매를 살살 밀었다.

앤지는 무릎을 꿇고는 페스터스를 꼭 끌어안았다. "도와줄래? 우리 딸을 찾아야 돼." 그녀가 흐느끼며 말했다. 페스터스는 충직하고도 애틋한 눈빛으로 그녀를 바라보았다. 앤지의 심리 상태는 가히 병적인 흥분에 도달해 있었다.

도니가 진정시키려 애써봤지만 앤지는 남편을 뿌리치고는 휘청거리며 눈밭을 헤쳐나갔다. 그녀는 발을 헛디뎌 넘어지고 일어섰다가 다시 넘어졌다. 페스터스가 곁으로 달려가 그녀의 다리를 코로 들이밀었다. 모르긴 해도, 그녀를 돕고 싶은 듯했다.

"틀림없어요. 저 녀석, 뭔가 알고 있다니까요." 점보가 말했다.

우리는 앤지와 페스터스가 앞장서도록 내버려두었다. 둘의 바로 뒤에서는 도니가 흐느끼는 아내의 곁을 지켰다.

우리는 골짜기 깊숙이 들소 무리가 서 있는 곳까지 들어갔다. 그럼에도 들소들은 앤지와 거리를 유지했다. 마치 어머니 앤지의 절박함에 공감하고 저들만의 방식으로 그녀의 깊은 슬픔에 존중을 표하는 것 같았다.

결국 도니마저 뒤처졌다. 젊은 어머니가 흐느끼고 휘청거리며 눈밭을 헤치고 나아가는 동안 우리는 모두 그 모습을 무력하게 지켜보았다.

점보는 마침내 탈진 상태에 이르렀다. 허리를 숙이고 거친 숨을 몰아쉬며 손가락 하나 까딱하기도 버거워했다. 도니는 눈을 가늘게 뜬 채 턱을 앙다물었다. 우리는 서로 눈길을 회피했다. 모두의 머릿속을 맴도는 생각 하나를 말하지 않아도 알 수 있었다. 오로지 앤지만이 희망의 끈을 놓지 않은 채 걸음을 이어나갔다.

골짜기 한복판을 완전히 가로지른 우리는 이제 멀리 보이는 숲을 향해 나아갔다. 가능성은 희박했지만 만에 하나 그 정도까지 멀리 갔다면 아이는 분명, 쓰러진 나무와 짙은 소나무 들이 빽빽하게 얽혀 심지어 들소들마저 들어가기를 꺼리는 장소와 맞닥뜨렸을 터였다.

"아이를 잃어버린 것 같아요." 이로써 나는 그 분명한 사실을 입에 올린 첫 번째 사람이 되었다.

심지어 페스터스마저도 더 나아가려는 의지를 잃은 듯했다. 녀석은 다시금 앤지의 소매를 잡아당겨 그녀를 멈추려 애써보다가 고개를 푹 숙이고는 다리 사이에 꼬리를 넣은 채 흐느끼며 우리 곁으로 돌아왔다. 나는 손을 내리뻗어 녀석의 머리를 쓰다듬었다. 페스터스는 미안한 눈빛으로 나를 올려다보고는 제 코를 내 손에 비벼댔다.

"괜찮아, 이 친구야. 넌 최선을 다 했어." 내가 말했다.

녀석은 내 손을 핥더니 슬그머니 숲 쪽으로 달아났다.

앤지는 눈밭에 앉아 얼굴을 두 손에 묻은 채 조용히 흐느꼈다. 도니는 아내 곁으로 올라가 무릎을 꿇고는 그녀의 어깨를 팔로 감싸 안았다. "아침까지 기다려야 될지도 모르겠어." 그가 말했다.

"아뇨." 그녀가 숨을 삼키며 말했다. "날씨가 너무 추워요. 아이가 꽁꽁 얼어버릴 거예요. 이곳 어딘가에 있어요. 그래야만 하고요. 제발, 조금만 더 찾아봐요."

도니는 고개를 들어 슬픔과 체념이 교차하는 눈빛으로 우리를 빤히 쳐다보았다.

나는 광활하게 펼쳐진 골짜기를 이리저리 살펴보았다. 바람은 갈수록 거세졌고 돌풍에 떠오른 눈이 안개처럼 흩날렸다.

나는 살며시 고개를 가로저었다. 도니는 이해한다는 듯 고개를 끄덕였다.

부끄러움에 가슴이 시큰거렸다. 만약 잃어버린 아이가 내 아이였다면 나 역시 계속 가보자고 고집을 부렸으리라. 하지만 바람은 갈수록 사나워졌고 으스스한 어둠이 밤을 뒤덮고 있었다. 무사히 돌아가는 것만도 우리에게는 도전일 터였다. 그런데 하물며 한 작은 소녀를, 우리가 서 있는 자리에서 수 킬로미터 이내의 어딘가에서 찾아내는 일의 무모함이야 더 말할 나위도 없었다.

"진정해, 앤지." 도니가 말했다. "지는 똑똑한 아이야. 그 애라면, 아침까지 따뜻하게 지낼 장소를 찾아낼 거야."

"그 애는 겨우 네 살이에요!" 앤지가 소리쳤다. "혼자 두면 죽는다고요!" 처음이었다. 모두가 가슴에 품고 있었지만 두려움에 차마 말하지 못했던 그 가능성을 누군가 입 밖에 내놓은 것은.

"왔던 길을 되짚어봅시다. 어쩌면 못 보고 지나쳤을 수도 있어요." 내가 말했다. 나는 우리 앞에 미로처럼 얽힌 어두운 숲을 가리켰다. 소용돌이치는 눈안개 속에서 숲은 순식간에 사라져갔다. "여기보다 더 멀리는 못 갔을 거예요."

"너번 말이 맞아. 우리가 지나온 길 어딘가에서 나무 밑에 웅크리고 있을지도 모르잖아." 도니가 말했다. 애써 좋은 쪽으로 생각하려는 기색이 역력했다. 그는 앤지의 기운을 북돋우려고 최선을 다하고 있었다.

"아니면 베나이스 씨 댁에 돌아가 있지 않을까요?" 점보가 거들었다. "우리가 보지 못한 데로만 돌아다녔을 수도 있어요. 모든 곳을 살펴보지는 않았잖아요? 어쩌면 지금쯤 두 어르신이랑 모닥불 앞에 앉아 있을 수도 있고."

말들이 공허하게 울려 퍼졌다. 하지만 우리는 짐짓 믿는 척했다. 앤지를 제외하고는 우리 중 누구도 더 나아갈 마음이 없었다.

앤지가 눈물 젖은 눈으로 도니를 올려다보았다. 더 이상의 수색은 의미가 없다는 것을 이제 그녀도 깨닫는 듯했다. "돌아가는 길에도 계속 찾아볼 거죠?" 그녀가 말했다.

도니는 아내의 어깨에 손을 얹었다. "지를 찾아내기 전엔 절대 포기하지 않아."

하늘 높이 떠오른 달이 휘몰아치는 눈발 뒤에서 유령처럼 움직였다. 바람은 골짜기를 타고 내려가며 목소리처럼 울부짖었다. 도니는 앤지를 부축해 일으켜서는 그녀의 손을 잡았다. 우리는 베나이스의 트레일러로 돌아가는 기나긴 여정을 시작했다.

타탕카는 거짓을 말하지 않는다

우리는 각자 생각에 잠긴 채 묵묵히 걸음을 옮겼다. 점보는 다시 선
두로 나섰다. 그의 터벅거리는 발걸음은 골짜기에 들어가며 보였던
묵직한 걸음걸이와 달라지지 않았다. 다만 이제는 고개를 숙이고 어
깨를 늘어뜨렸다. 바람은 우리를 가로지르며 날린 눈을 실어와 퍼부
어댔다.

　외투 옷깃을 단단히 여민 채 우리는 서서히 앞으로 나아갔다. 얇
은 후드 티 한 장으로 버티는 도니가 나로서는 놀라울 따름이었다.
하지만 그는 모닥불 앞에서 앤지의 어깨에 걸쳐주었던 외투를 한사
코 돌려받지 않았다.

　이따금 점보는 고개를 돌려 인원을 점검했고 모두의 안전을 확인
하는 즉시 묵묵히 걸음을 이어나갔다. 피난자의 행렬처럼 우리는 체
념과 절망을 가슴에 품은 채 소슬한 겨울밤을 가로질렀다.

　점보의 마음 씀씀이는 나를 감동시켰다. 우리 중 누구라도 지친
기색을 보이면 점보는 걸음을 재촉하는 법이 없었다. 그대로 멈춰 서

서 숨을 돌리거나 바람 소리를 듣는 척하며 모든 사람이 따라잡을
때까지 기다렸다.

언제부턴가 다들 입을 다물었다. 들리는 소리라고는 바람 소리와
턱까지 차오른 점보의 숨소리, 그리고 이따금 앤지가 훌쩍이거나 흐
느끼는 소리가 전부였다.

별안간 점보가 걸음을 멈췄다. "페스터스가 없어요."

우리는 일제히 주위를 둘러보았다. 그 늙은 개는 어디에도 보이지
않았다.

점보는 가만히 들판을 내다보았다. 그는 바람이 불어오는 쪽으로
고개를 기울이더니 손짓으로 우리 입을 잠재웠다.

"무슨 소리 못 들었어요?" 점보가 물었다.

"페스터스일까요?" 내가 말했다.

점보가 한 손을 들어 올렸다. "어쩌면요. 확실하진 않아요." 그는
신경을 먼 곳에 집중시켰다.

그의 시선이 향하는 쪽으로 나는 귀를 기울였다. 별다른 소리는
들려오지 않았다. "그냥 바람 소린데요." 내가 말했다.

"아뇨. 바람 소리는 저도 알죠. 이건 다른 소리예요."

나머지 두 사람도 어느새 우리를 따라붙었다. 점보가 귀를 기울이
는 동안 우리는 모두 꼼짝 않고 서 있었다.

"평범한 소리가 아니에요." 점보가 말했다.

"숲 지대에 익숙지 않아서 그럴 거예요." 내가 말했다. "여기선 그
냥 흔히 들리는 소리인걸요."

"잠깐만요." 점보가 말했다. "잘 들어봐요."

높은 음조의 기이하고도 슬픈 곡소리가 바람의 울부짖음 사이로
간간이 들려왔다. 신음 같기도 하고 동물의 울음 같기도 했다.

"저도 들려요." 도니가 말했다.

우리는 모두 입을 다문 채 그 낯설고 아득한 소리의 정체를 알아내려 애를 썼다.

"저쪽에서 나는 것 같아요." 내가 뒤편 숲을 가리키며 말했다. 우리는 고개를 돌려 지그시 어둠 속을 응시했다. 날리는 눈발 너머로 아까 언덕 꼭대기에서 보았던 들소 무리가 어슴푸레히 형체를 드러냈다. 녀석들은 여전히 고개를 밖으로 향한 채 어깨를 맞대고 둥그렇게 모여 서 있었다.

소리는 그 동그라미의 중심 어딘가에서 흘러나오고 있었다.

"가요." 점보가 그쪽으로 이동하며 말했다. "가서 보는 게 좋겠어요."

들판을 가로질러 먼 길을 되짚어가는 우리 쪽으로 바람은 그 희미한 소리를 꾸준히 실어 날랐다.

"개가 내는 소리라기엔 뭔가 이상한데요." 내가 말했다.

점보는 손짓으로 나를 침묵시켰다. "개가 아니에요." 그가 말했다.

우리는 녀석들이 모여 선 곳으로 다가갔다. 그때 앤지가 외마디 탄성을 내질렀다. "지의 목소리 같아요." 그녀가 말했다. 바람의 휘파람과 신음 소리, 들소들의 콧김과 으르렁 소리를 뚫고, 노래하는 아이의 음성과도 같은 가녀린 소리가 아련하게 들려왔다.

"틀림없어요." 앤지가 말했다. "우리 아기. 그 애 목소리가 확실해요."

그녀는 딸에게 닿으려 몸을 앞으로 내밀었다.

그런 그녀를 도니가 붙잡았다. "무작정 달려가선 안 돼. 너무 위험해." 그 들소 무리는 살아 있는 요새, 침범할 수 없는 벽이었다. 녀석들의 무표정한 눈빛과 낮고 거친 울음소리는 어떤 접근도 허락지 않는 장벽 같았다.

"보세요." 도니가 말했다.

둘러선 들소들과 불과 3미터도 떨어지지 않은 눈밭 위에, 작은 형체 하나가 움직임 없이 길게 누워 있었다.

"페스터스?"

그 늙은 개는 바닥에 납작 엎드려 앞발에 고개를 얹은 채 들소 무리를 똑바로 마주보고 있었다. 두 귀를 쫑긋 세우고 가만 집중하는 모습은 거대한 사냥감을 몰기 위해 잠복 중인 짐승을 연상시켰다. 페스터스는 연신 그르렁대며 낑낑거렸다. 들소들은 으르렁대며 앞발질로 맞섰다.

"틀림없이 저 뒤에 아이가 있어요." 점보가 말했다. "페스터스는 아이에게 가려는 거예요."

들소 무리가 위협적이고 불길한 분위기를 자아내는 동안 페스터스는 천천히 기어 전진하고 있었다.

"서로 주거니 받거니 이야기하고 있어요." 점보가 말했다. "잘 들어보세요."

페스터스가 그르렁대는 소리에는 높낮이가 있었다. 들소들은 녀석의 도발에 화답이라도 하듯 간간이 끼어들어 으르렁거렸다.

"저러다 죽으면 어쩌려고. 제가 가서 말려야겠어요." 점보는 우리에게서 비틀비틀 멀어지더니 눈밭을 느릿느릿 가로질러 페스터스에게 다가갔다.

"우리도 같이 가야죠." 도니가 말했다. 눈발은 점점 더 거세졌다. "어서요." 그는 앤지의 팔을 붙들고 점보를 따라나섰다. 앤지는 이미 뛰쳐나가는 중이었다. 딸에게 닿으려는 간절한 바람이 느껴졌다.

나는 들소 무리가 공격해 올지도 모른다는 생각에 그만 겁에 질렸다. 위협을 느끼거나 저들의 영토에 우리가 너무 가까이 접근했다고 판단하는 순간 녀석들은 능히 우리를 으스러뜨리고도 남았다. 하지만 목소리의 주인공이 정말 지라면, 아이에게 가야만 했다. 일행을 믿어보는 수밖에 없었다. 나보다는 그들이 들소에 대해 더 잘 알고 있을 터였다.

점보는 어느새 페스터스 곁에 다다랐다. 그는 무릎을 꿇고 페스터스의 머리에 손을 얹더니 녀석과 함께 그 거대한 짐승 무리를 똑바로 노려보았다. 둥그렇게 모여 콧김을 뿜어대는 들소들 앞에서 점보와 페스터스는 무척이나 왜소하고 연약해 보였다.

우리는 그 둘의 곁으로 올라가 웅크리고 앉았다. 들소들의 머리는 팔을 몇 번 뻗으면 닿을 정도로 가까웠다.

눈보라가 들소들의 등과 머리에서 먼지를 쓸어낸 덕분에, 어둠 속에서 녀석들은 흡사 매끈한 바윗돌을 둥근 대형으로 세워놓은 것처럼 보였다. 우리가 다가가자 놈들은 앞발로 땅을 긁으며 더 요란하게 콧김을 뿜어댔다.

나는 뒤쪽에 머물렀다. 들소들은 내 두려움을 느낄 수 있다던 베나이스의 말이 떠올랐다. 그때의 두려움이 내 안에서 강하게 되살아났다. 이미 흥분한 녀석들에게 우리를 덮칠 빌미를 더 제공하고픈 마음이 내게는 없었다.

가장 가까이 있던 녀석이 험악한 기세로 으르렁거리며 앞발로 땅을 긁었다. 나는 그쪽을 훔쳐보았다. 충격이 온몸을 관통했다. 무리에서 떨어져 나와 주변을 어슬렁거리던 바로 그 수컷이었다. 비탈에서 그림자처럼 나를 따라다닐 때나 모닥불 곁에서 모습을 감춘 채 우리 주위를 맴돌던 때와 마찬가지로 녀석에게는 어둡고 사악한 기운이 감돌았다. 더욱이 녀석은 나를 응시하는 듯했다. 그토록 감추고 싶던 두려움이 파도처럼 밀려들었다.

나는 웅크리고 앉아 몸을 한껏 움츠렸다. 일행의 소곤거림이 들려왔다. 흥분한 채로 콧김을 뿜어대는 들소 무리를 응시하며 그들은 대화를 나누고 있었다.

"지에게 가야 해요." 앤지가 말했다. "목소리가 들린단 말예요." 그 작고 순수한 소리는 우리가 찾는 어린 소녀의 목소리가 틀림없었다. 목소리는 페스터스가 그르렁대는 소리와 들소들이 으르렁대는 소리를 비집고 새어나왔다.

"내가 들어갈게요." 점보가 말했다. "할아버지는 내가 타탕카를 다루는 강한 능력을 지녔다고 하셨어요. 내 이름도 그래서 갖게 됐고요."

"조심해요." 도니가 말했다. "들소들이 아이를 해쳐서는 안 되니까."

점보는 내 시선을 받으며 일어나 그 외톨이 수컷을 향해 발길을 옮겼다. 페스터스가 그를 뒤따랐다. 그 수컷 들소는 머리를 주억거리며 낮고 위협적인 소리를 냈다. 그 밤, 놈의 뿔은 칼날처럼 움직였다. 뒤편 어디선가 그와 대조적으로 어린 지의 작고 부드러운 목소리가 들려왔다. 팔만 몇 번 뻗으면 닿을 만한 거리였지만 마치 수천 킬로미터나 떨어진 곳에 있는 듯 아득하게만 느껴졌다.

그 거대한 짐승이 점보를 향해 뿔을 휘두르는 동안 도니가 점보의 소매를 붙잡았다. "저 곳을 통과하는 건 무리예요."

"그럼 뭘 하자고요?" 점보가 물었다. 그사이 들소들은 서로 옆구리가 닿을 정도로 더 가까이 붙어 섰다. 틈이라곤 찾아볼 수 없을 정도였다.

뒤에서 앤지의 목소리가 들려왔다. 우리에게 눈길도 주지 않은 채 그녀는 앞으로 발을 디뎠다.

"제가 데려올게요." 그녀가 말했다. "지는 제 딸이에요. 우리는 라코타족이고요. 타탕카는 우리의 친구예요." 그녀는 점보를 옆으로 밀치더니 그 거대한 수컷의 뿔에서 불과 몇 미터도 떨어지지 않은 곳까지 걸음을 옮겼다. 녀석의 머리 크기는 앤지의 몸집과 거의 맞먹었다. 놈은 콧김을 내뿜으며 앤지의 커다랗고 공허한 눈을 바라보았다.

앤지는 꼿꼿이 서서 상의의 모자를 벗었다. 그녀는 그 수컷을 똑바로 쳐다보며 라코타어로 몇 마디를 건넸다. 그러더니 라코타어로 노래를 하기 시작했다. 맑게, 그리고 또렷하게. 주위의 모든 들소가 울부짖기를 그치고 앞발을 얌전히 내려놓았다. 불안하고 당혹스런 기색이 역력했다.

앤지는 앞으로 나아갔다. 마치 녀석들의 장벽을 통과하려는 것처럼.

천천히, 그 외톨이 수컷이 조금씩 옆으로 움직였다. 놈의 오른쪽에 있던 녀석도 옆으로 비켜섰다. 그 두 마리 사이로 작은 통로가 열렸다. 보아하니 앤지는 녀석들을 완전히 제압한 듯했다.

통로를 통해 둥근 대형의 한가운데가 눈에 들어왔다. 거기, 한밤의 흰 눈을 배경으로 어두운 윤곽이 모습을 드러냈다. 어린 새끼 들소 두 마리가 바닥에 누워 있었다. 아직 털갈이도 하지 않았는지 온몸이 다갈색에 가까운 적갈색 털로 뒤덮여 있었다. 새끼들은 나란히 누워 다 자란 들소들에게 완벽하게 둘러싸여 있었다. 우리 곁에 있던 들소 두 마리가 내어준 그 좁은 통로를 제외하고는. 어린 지의 달콤하고 가느다란 목소리는 두 어린 것이 누운 자리 근처에서 흘러나오고 있었다.

앤지는 그 거대한 짐승들 사이로 걸어 들어갔다. 그녀의 키는 놈들의 옆구리에도 미치지 못했다. 걷는 내내 그녀는 노래를 계속했다. 그녀의 목소리와 지의 목소리가 하나로 섞여들었다.

들소들이 부끄러운 듯 뒤로 물러났다. 모르긴 해도, 뭔가가 달라져 있었다. 사악하고 위협적인 기운은 온데간데없고 순하고 복종적인 기운만 남아 있었다. 침입자를 막기 위해 녀석들이 세운 장벽은 이제 그 둥근 대형의 중심을 바깥 세계로부터 지키는 보호막이 되어 있었다. 그리고 그 동그라미의 한가운데에는 분홍 파카와 작고 흰 원피스, 눈 장화 차림의 지가 두 새끼 들소 사이에서 거의 완벽하게 몸을 가린 채 앉아 있었다. 소녀는 언젠가 제 아버지의 들소 석상에게 불러주던 바로 그 단순하고 맑은 노래를 부르고 있었다.

앤지가 새끼들 사이를 걸어 딸에게 다가갔다.

"아가, 엄마야." 그녀가 말했다.

지는 예의 그 크고 촉촉한 눈으로 앤지를 올려다보았다. 말없이 소녀는 두 손을 들어 어머니에게 내밀었다. 앤지는 몸을 굽혀 두 팔로 딸을 붙들고는 자신의 가슴께로 안아 올렸다. 지는 앤지에게 꼭 매달린 채 얼굴을 제 어머니의 어깨에 파묻었다. "엄마." 소녀가 부드럽게 말했다. 내 앞에서 지가 온전한 단어를 말한 것은 그때가 처음이었다. 앤지는 아이를 어르며 흐느끼기 시작했다.

들소들은 대형을 바꾸었다. 녀석들은 천천히 고개가 안쪽을 향하도록 몸을 돌리고는 모녀를 바라보았다. 둥그런 벽은 어느새 포근한 품으로 바뀌었고 거대한 들소들은 이제 차분하고 평화로운 기운을 발산했다.

도니는 어린 딸에게 달려가고 싶어했다. 하지만 어쩐지 그 순간만큼은 오롯이 아이와 어머니의 몫으로 남겨두어야 할 것 같았다. 들소들은 거의 숭배에 가까운 태도로 두 사람을 바라보았다. 녀석들은 꼬리를 세차게 흔들며 내내 고개를 조아렸다.

"이제 보니 들소들이 어린 지를 보호하고 있었군요?" 내가 점보에게 속삭였다.

"그게 녀석들의 참모습이에요, 너번. 어느 동물과는 다르죠." 점보

타방카는 저짓을 말하지 않는다

473

가 대답했다.

동그라미 안에서 앤지가 도니를 바라보며 웃음 지었다. 그녀의 두 뺨은 반짝거렸고, 동그랗고 소녀 같은 얼굴은 기쁨과 안도로 충만했다. 어린 지는 앤지에게 꼭 매달린 채 그녀의 어깨에 여전히 제 얼굴을 파묻고 있었다.

"이제 갈까?" 도니가 입 모양으로 말했다.

앤지가 웃으며 우리를 향해 걸음을 옮겼다.

우리가 떠날 기미를 보이자 지는 몸을 틀더니 꼼지락거리며 앤지의 품에서 벗어났다. 소녀는 바닥으로 내려와 두 새끼 들소를 한 마리씩 끌어안았다.

"세상에." 점보가 숨죽여 말했다.

지는 그 거대한 짐승들이 형성한 동그라미의 둘레를 천천히 걸으며 들소들의 머리를 하나하나 어루만졌다. 소녀는 그 가늘고 귀여운 목소리로 쉼 없이 노래를 불렀다. 들소들은 그 소리를 귀담아듣는 듯했다.

이윽고 소녀는 모든 들소의 머리를 어루만지고는 앤지의 손을 잡더니 그 외톨이 수컷과 덩치 큰 암컷 사이의 좁은 통로로 제 어머니를 이끌었다. 모녀가 지나가는 동안 두 거대한 짐승은 콧김을 내뿜지도 앞발을 긁어대지도 않은 채 점잖게 자리를 지켰다.

지는 앤지의 손을 이끌고, 도니와 점보, 내가 서 있는 곳으로 돌아왔다. 도니의 정신력과 자제력은 아내와 딸을 두 팔로 끌어안는 순간 무너져 내렸다. 그의 가슴이 조용한 흐느낌으로 들썩였다.

들소들은 묵묵히 그들을 지켜봤다. 침묵 속에 녀석들은 이 모든 장면을 목도하고 있었다.

"이야, 존재감이 대단하네요." 나는 점보에게 속삭였다. "살면서 이런 광경은 처음이에요."

"들소들은 우리 선생이에요." 점보가 말했다. "조물주께서 능력을 주셨거든요."

지의 가족이 서로를 얼싸안는 동안 점보는 가만히 곁을 지켰다. 자신의 어린 친구에게 다가가고 싶으면서도 가족의 사적인 순간을 방해하고 싶지는 않았으리라. 그의 겸손과 묵묵한 인내심은 들소의 평화로운 기운 못지않게 강인하고, 또 강인했다.

"점보는 정말 좋은 사람이에요." 내가 말했다.

"앤지와 도니가 행복하면 그걸로 전 만족해요." 점보가 말했다.

우리는 조용히 서서 그 젊은 부부와 아이가 서로를 부둥켜안은 모습을 바라보았다. 어느덧 바람은 잠잠해졌고 하늘은 청명했다. 밤은 무수하게 빛나는 점들과 함께 되살아났다. 달은 하늘의 궤도를 따라 조용히 도는, 아득한 무색의 천체였다.

"갑시다." 내가 말했다. 날씨가 다시 변덕을 부리기라도 하면 큰일이었다. 하지만 그보다는 들소 쪽이 훨씬 더 걱정이었다. 이 찰나의 평온이 과연 언제까지 지속되는지 나로서는 장담할 수 없었다.

"이따가요." 점보가 말했다. "좀더 기다려주자고요."

페스터스가 절박하게 꼬리를 흔들었다. 꼬마 친구에게 다가가고픈 마음은 녀석이라고 다를 리 없었다. 앤지가 들소 무리 안으로 들어갈 때 점보는 녀석을 붙들어둔 터였다. 이제 페스터스는 지에게 가고 싶어 안달이었다.

"가봐." 점보가 페스터스의 머리를 톡톡 치며 소곤거렸다. 녀석은 껑충거리며 지에게 달려가 소녀의 바짓가랑이를 당기고 꼬리를 흔드는가 하면 흥분에 겨워 목청 높여 짖어댔다.

지는 제 아버지의 품에서 꼼지락꼼지락 내려와 페스터스의 목을 얼싸안았다. 페스터스가 지의 얼굴을 핥자 소녀는 제 뺨을 녀석의 잿빛 주둥이에 비비댔다.

점보는 양손을 등 뒤로 마주잡은 채 웃으며 서 있었다. 그는 움직이지도, 소리를 내지도 않은 채 아이와 개가 서로를 맞이하는 모습을 묵묵히 바라보다가 도니와 앤지를 향해 넌지시 말했다.

"지는 내가 안고 갈게요. 아무래도 갈 길이 머니까."

점보의 목소리가 들리자 지는 위를 올려다보고는 그에게 달려가 그 거대한 다리를 감싸 안았다. 점보는 손을 내리뻗더니 소녀를 단번에 들어 올려 목마를 태웠다. 소녀는 두 팔을 그의 목 주위로 단단히 둘렀다.

"우리 꼬맹이, 먼 길 다녀오느라 힘들었지?" 점보가 말했다. "이제 집으로 가자."

골짜기와 숲을 가로질러 베나이스의 트레일러로 돌아가기까지는 거의 한 시간이 걸렸다. 공기에서 다가오는 새벽의 상쾌한 향기가 배어났다. 처음 우리가 들어설 때 그토록 집중하며 호기심을 보이던 들소들은 이제 우리가 돌아가는 여정을 심드렁하게 지켜보았다. 우리는 말없이 걸으며, 얼어붙은 눈이 발밑에서 서걱서걱 부서지는 소리에 귀 기울였다.

페스터스가 앞장을 섰다. 녀석은 앞서 달리다가는 이따금 멈추어 뒤를 돌아보며 낙오자가 없는지 확인했다. 지는 점보의 어깨 위에서 간간이 꾸벅거리다 마치 꼭두각시 인형이 쓰러지듯 점보의 머리 위로 고개를 푹 떨구었다. 도니와 앤지는 서로의 손을 잡고 나란히 걸었다. 나는 맨 뒤에서 걸으며 별빛 가득한 북부의 하늘을 응시했다.

이따금, 외로운 별똥별 하나가 하늘을 가로지르며 길고 쓸쓸한 호를 그렸다.

극도의 피로가 덮치기 직전의 평화를 나는 만끽하고 있었다. 조금 전의 광경을 합리적으로 해석해보려고 노력했지만 어떻게도 답을 얻을 수 없었다. 오히려 들소들이 나에 대해, 내가 녀석들을 이해하는 것보다 훨씬 더 많은 부분을 이해하는 것처럼 느껴졌다. 녀석들은 내가 알지 못하는 내 안의 어떤 지점에 닿아 있는 듯했다.

북극성을 올려다보았다. 겨울 하늘에서 홀로 밝게 빛나는 그 별을 보며 나는 지난날 점보가 그의 할아버지로부터 들었다던 북극성의 가르침을 떠올렸다. "위차피 오완질라[라코타어로 북극성이라는 뜻]는 언제나 한곳을 지키는 별이란다. 언제나 믿을 수 있는 단 하나의 별. 우리 인생의 훌륭한 본보기야."

잠든 아이를 어깨에 태운 채 눈밭을 터벅터벅 가로지르는 그 거대한 남자를 나는 바라보았다. 그리고 마음속으로 말을 건넸다. "할아버지께서 자랑스러워하시겠군요."

잠시 후 우리는 숲을 가로지르는 오솔길에 이르렀다. 멀리 베나이스의 트레일러가 사그라드는 모닥불의 희미한 불빛을 받아 흐릿하게 윤곽을 드러냈다. 더 다가가보니 계단에 나와 서 있는 댄과 그로버, 베나이스의 형체가 시야에 들어왔다. 우리가 세 시간 넘게 사라졌다 돌아오는데도 그들은 별다른 호기심이나 안도감을 드러내지 않았다.

목소리가 들릴 만큼 가까워지자 그로버가 우리를 향해 외쳤다. "장작을 더 지펴야겠어, 너번. 불을 거의 죽여놨잖아."

베나이스는 계단에서 내려와 눈밭을 가로질러 우리에게로 다가왔다. 그는 무릎까지 올라오는 모카신을 신고, 옆 부분에 끈이 달린 검은색 바지와 어정쩡한 사이즈의 플란넬 셔츠를 입고 있었다. 베나이스는 다른 사람들을 지나쳐 점보와 지에게로 곧장 걸어갔다. 베나이스의 키는 그 거대한 친구의 가슴에 겨우 닿을락 말락 했다.

"타탕카 치찰라, 결국 해냈구려." 베나이스가 말했다. 그는 점보를 라코타식 이름으로 부르고 있었다.

점보의 어깨 위에는 지가 고개를 푹 숙인 채 잠들어 있었다. 베나이스는 손을 들어 소녀의 머리를 다정하게 쓰다듬었다. 소녀는 잠에서 깨어나 눈을 몇 차례 깜빡거렸다. 베나이스는 들소 조각상을 주머니에서 꺼내 소녀에게 내밀었다.

지는 손을 석상 위에 얹었다. 그 상태로 두 사람은 함께 석상을 어루만졌다. 조금 전 들판에서의 일을 모두 알고 있다는 듯 베나이스는 고개를 살짝 끄덕이며 웃음 지었다. 두 사람의 어둡고 가늠할 수 없는 눈은 마치 그들만의 교감으로 연결된 것 같았다.

도니와 앤지는 내 곁으로 물러서서 그들의 어린 딸과 고령의 오지브와족 남자가 여느 사람은 이해할 수 없는 지혜를 공유하는 장면을 지켜보았다.

"저 어른은 지를 알고 계셨어요." 도니가 말했다.

댄이 절뚝거리며 우리 쪽으로 다가왔다. 임시 목발에 몸을 기댄 채 그는 힘겹게 숨을 몰아쉬고 있었다. "오래 살 곳은 못 되는구먼. 안 그런가, 너번?" 이렇게 말하고 그는 별빛에 물든 하늘을 올려다보았다. "우리 부족이 이런 고장에서 살았었다니!"

그는 절뚝거리며 모닥불 곁으로 가더니 통나무 위에 털썩 주저앉았다.

"지금처럼 나와 있으니 한결 낫군. 적어도 밖에서는 뭐가 다가오는지 다 보이니 말이야. 다가오는 쪽 입장에서도 마찬가지고." 그가 말했다.

나는 묘한 기분으로 댄을 바라보았다. 언젠가 그는 그 어린 소녀가 세상에서 가장 소중하다고 말했다. 그런데 정작 우리가 돌아왔을 때는 별다른 흥분이나 안도의 감정을 내비치지 않았다. 의아한 일이었다.

"우리가 어디 있는지 다들 걱정도 안 되던가요?" 내가 물었다.

"전혀." 댄이 말했다. "페스터스가 같이 있는데 무에 걱정인가? 세상에서 개를 못 믿으면, 대체 누구를 믿겠어?" 그는 자신의 지저분한 카키색 바지에서 검댕 얼룩을 긁어냈다.

"댄." 내가 힐난조로 말했다. "지를 잃어버릴 뻔했어요. 운이 좋아 찾아내긴 했지만, 어쩌면 들소에게 아이가 죽임을 당할 수도 있었다고요."

"그래서 죽었나?" 그가 물었다.

"아니요."

"글쎄, 그렇다니까."

댄은 마치 일어났던 모든 일에 대해 무심한 사람처럼 굴었다.

"댄, 도대체 어떻게 된 거예요?" 내가 물었다.

그는 지팡이 끝으로 모닥불을 쑤석거렸다. "베나이스가 그러더군. 자네들에게 뭔가를 보여줄 거라고. 그래, 뭔가를 봤나?"

나는 그가 기뻐하거나 안도하리라고 기대했다. 하다못해 화라도 낼 줄 알았다. 이처럼 태연하게 굴거나 고양이 쥐 다루듯 약을 올리리라곤 전혀 예상치 못했다.

"그래요, 뭔가를 봤지요. 하마터면 어린 여자아이 하나가 죽을 뻔했고요."

"하지만 죽지 않았어, 아닌가?" 댄이 말했다.

앤지와 도니는 우리의 대화에 바짝 귀 기울이고 있었다. 돌아가는 사정에 대해 나보다는 더 잘 이해하는 듯했다.

"댄 할아버지." 도니가 말했다. "저 애는 타탕카를 다루는 강한 능력을 지녔어요."

"그래서 그 능력을 갖는 데 백인들의 약이 필요하던가?"

"아니요."

"타탕카가 속임수를 쓰던가?"

"아뇨, 할아버지. 타탕카는 절대 속임수를 쓰지 않아요."

"그렇다면 자넨 뭔가를 봤구면."

모닥불 건너편에서는 어린 지가 여전히 점보의 어깨에 걸터앉은 채, 조금 전 베나이스로부터 건네받은 들소 석상을 두 손에 들고 이리저리 돌려가며 조용히 노래하고 있었다. 페스터스는 점보 옆에 붙어서 꼬리를 흔들며 그 작은 소녀를 물끄러미 올려다보았다. 마치 소녀의 노래에 박자를 맞춰 꼬리를 움직이는 것처럼.

베나이스는 아직 그대로 있었다. 그 작은 노인은 점보라는 거대한 남자와 지라는 어린 소녀의 맞은편에 서서 고개를 끄덕이며 웃고 있었다.

그로버가 다가와 내 옆에 말없이 섰다. 그는 장난스럽게 내 어깨를 찰싹 치고는 이렇게 말했다.

"인디언의 고장에 온 것을 환영하네."

위대한 선물

댄은 화물 자동차 휴게소의 연한 커피를 마시며 앉아 있었다. 그로 버는 계산대에서 모카신 모양의 열쇠고리와 머리쓰개를 닮은 손가락 인형을 이것저것 만지작거리는 중이었다. "진품이로군." 그는 양쪽 검지에 손가락 인형을 끼워 춤추듯 앞뒤로 흔들다가는 중간중간 북미 원주민 특유의 함성 소리를 냈다.

새벽 첫 여명이 지평선에 아른거리기 시작할 무렵 우리는 베나이스의 트레일러를 떠나왔다. 베나이스는 묵을 곳을 마련해주지 않았고 우리 쪽에서도 잠자리를 부탁할 마음이 없었다. 비록 금방이라도 탈진할 것처럼 피곤했지만 우리는 이미 각자의 집으로 돌아갈 준비를 마친 터였다.

기나긴 자동차 여행을 시작하기에 앞서 아침 식사를 해두자는 점보의 제안에 따라 우리는 이곳에 차를 세웠다. 나에게는 커피가 절실했다. 그리고 우리 모두는, 특히 점보는 가로변 식당 특유의 기름진 음식을, 여차하면 접시까지 먹어치울 기세였다.

나는 도니와 앤지, 댄과 같은 테이블에 자리를 잡았다. 지와 점보는 둘이서 창가의 테이블 하나를 차지했다. 페스터스를 내다볼 수 있는 자리였다. 녀석은 도니의 픽업트럭 안에서 허기지고 간절한 눈빛으로 두 사람을 그윽하게 바라보고 있었다.

점보는 차림표에 '싱크대 오믈렛'이라고 표기된 무언가와 베이컨을 곁들인 팬케이크 한 접시를 주문해 지에게 한입씩 먹여주었고, 지는 다리를 그네처럼 흔들며 체리 코크를 빨아 마셨다. 댄은 설탕 봉지를 하나하나 뜯어 커피에 넣고는 포크 손잡이 끝으로 휘저어 섞느라 여념이 없었고, 나는 나대로 스크램블드에그와 치즈를 얹어 수북하게 담은 해시브라운 한 접시를 행복하게 비워냈다.

"뭐야, 너번, 그새 달걀을 좋아하게 된 거야? 어르신 댁에서 내가 해준 인디언풍 달걀 범벅이 꽤 맘에 들었던 모양인데?" 그로버가 말했다.

그는 어느새 토스트 한 조각을 먹어치운 뒤 진열대에 걸린 다양한 소품과 자질구레한 장신구 들을 살펴보는 중이었다. 그 옆으로는 각종 초코바와 숙취 해소제가 눈에 띄었다.

도니와 앤지는 서로에게 꼭 붙어 앉아 진지하게 대화를 나누고 있었다.

"내가 부탁해볼까요?" 앤지가 물었다.

도니가 고개를 끄덕였다.

앤지는 지난밤의 혹독한 여파를 고스란히 드러내며 힘겹게 몸을 일으키더니 우리 테이블을 떠나 점보와 지가 앉은 자리로 건너갔다.

그녀는 프린스 앨버트 한 갑을 꺼내 점보에게 내밀었다. "부탁이 있는데, 괜찮을까요?"

"그럼요." 점보가 어리둥절한 듯 대답했다. 누군가에게 격식을 갖춘 담배 선물을 받는 일이 영 어색한 듯했다. "나야 영광이죠."

"음, 도니와 얘기해봤는데요. 지의 홍카 형제가 되어줄래요?"

점보의 얼굴이 훤해지며 표정에서 소년 같은 놀라움이 묻어났다.

"부탁이 그거예요? 나더러 지의 홍카가 되어달라고?"

앤지가 고개를 끄덕였다.

"홍카가 무슨 뜻이죠?" 내가 댄에게 소곤거렸다.

"쉿." 댄은 나를 저지했다.

"세상에서 제일가는 홍카 형제가 될게요." 점보가 환하게 웃음 지으며 말했다.

댄은 내 쪽으로 몸을 기울였다. "홍카란 가장 위대한 선물이란 뜻이야. 다른 사람을 위해 무엇이든 하겠다는 의미라네. 목숨을 내놓는 것까지도. 한마디로 신성한 결합이지."

점보의 눈에서는 금방이라도 눈물이 떨어질 것만 같았다. 그는 베나이스에게 말할 때처럼 예를 갖춘 목소리로 이렇게 말했다. "아이는 나한테 맡겨요. 죽는 날까지 힘이 돼줄게요." 그는 마치 뜻밖의 경이로운 선물을 받은 뒤 간신히 눈물을 참고 있는 아이 같았다.

"의식은 오렐이 집전해줄 수 있을 거예요." 앤지가 말했다. "돌아가는 대로 저희가 부탁해볼게요."

"내가 해요." 점보가 말했다. "내 인생에서 가장 중요한 순간이 될 테니까요."

점보는 우리를 스윽 둘러보았다. 우리는 모두 그를 바라보고 있었다.

"지의 홍카 형제를 하기로 했어요. 도니와 앤지가 그래달라네요." 점보가 활짝 웃으며 말했다.

그로버는 어느 틈엔가 댄의 옆자리로 돌아와 있었다. 두 사람은 점보를 향해 각자의 커피잔을 들어 올리며 구호를 외쳤다. "하우, 하우."

"들러리는 페스터스가 서주면 되겠네." 그로버가 말했다.

댄이 그의 허벅지를 툭 치며 핀잔을 줬다. "아서, 이런 일에 농담이라니."

우리의 늙은 개는 제 이야기를 하는 줄은 꿈에도 모르고 차창 안에서 점보가 반쯤 먹다 남긴 오믈렛을 하염없이 바라보았다.

"아이를 지켜주신 견공께서 저기 계시네. 음식을 좀 갖다드려야겠어요." 그로버가 말했다.

"내가 뭐랬나?" 댄이 말했다. "저 개는 수호자라니까. 말을 해줘도 좀체 귀담아듣지를 않으니."

"일이 생기는 족족 어르신이 조물주의 직접적인 소통 경로니 뭐니 하지만 않으셨어도 제가 그렇게까지 어려워하지는 않았을걸요."

"난 그저 관심을 갖는 것뿐이야. 하여간 요즘 젊은 것들은 눈앞에 빼주지 않으면 당최 관심을 갖질 않는다니까."

점보가 자리에서 일어났다. 그는 지의 손을 잡고는 아이를 의자에서 내려주었다. "저희는 페스터스를 보러 갈게요. 녀석에게도 말해주고 싶어요."

그는 바지 주머니에 손을 넣었다. "오늘은 중요한 날이에요. 팁을 후하게 내고 싶어요. 어디에 두면 돼요, 너번?"

"웨이트리스 눈에 띌 만한 곳 아무 데나." 내가 대답했다.

점보는 주머니를 뒤져 1센트와 10센트짜리 동전을 한 움큼 집어내더니 자기 몫의 접시 옆에 포커 칩처럼 쌓아 올렸다.

"합치면 거의 1달러는 될 거예요." 점보가 자랑스레 말했다. 그는 모두에게 목 인사를 건넨 뒤 지를 데리고 어슬렁거리며 빠져나갔다.

그의 거대하고 끈적한 손에는 엄지 장갑을 낀 지의 작은 손이 꼭 쥐어져 있었다.

댄은 커피잔을 입에 댄 채 스푼으로 잔을 두드려 마지막 남은 설탕까지 입안에 흘려보내려 애를 썼다.

"무슨 생각을 하나, 너번?" 그로버가 물었다.

"지금껏 살면서 베나이스처럼 기이한 분은 처음 봤다는 생각?"

"아마 그분도 자네에 대해 똑같이 말씀하실걸. 그 먼 길을 운전해 집까지 찾아오지를 않나, 작은 기계를 가져와 남의 말을 훔쳐가지를 않나."

"우리가 가고 있다는 걸 정말 알고 계셨을까요?"

댄이 커피잔을 테이블에 무겁게 내려놓았다. "말했잖은가? 그이는 옛 영혼을 지닌 사람이라고. 자기가 알고 있는 게 뭔지 아는 사람이야." 설탕을 진하게 탄 커피가 그의 입가를 타고 실선들을 그리며 흘러내렸다.

창밖에서는 페스터스가 점보의 손가락을 정신없이 핥고 있었다.

댄은 테이블에서 몸을 빼더니 비틀거리며 자리에서 일어났다. "일어나. 계산이나 하세. 아직 갈 길이 멀어."

댄은 지팡이를 집어 들고 문 쪽으로 걸어갔다. 그가 자신의 아침식사 값을 치를 가능성은 단연코 없었다. 원로로서 그것은 당연한 권리였다.

식사비 명목으로 그로버가 뭐라도 건네주기를 나는 기다렸지만, 테이블 맞은편에서 그는 손 하나 까딱하지 않고 무표정하게 앉아 있을 뿐이었다. 결국 나는 내 지갑에서 20달러짜리 지폐를 몇 장 꺼내야 했다.

"으이그, 지갑 찾기가 그렇게나 어렵습니까?" 내가 불퉁거렸다.

그로버는 태연히 이쑤시개로 잇새를 쑤셨다.

"그로버의 인디언식 이름이 어디서 왔다고 생각하나?" 댄이 문간
에서 물어왔다.

"무슨 말씀이시죠?"

"**주머니 속 마지막 손**. 저이가 그런 이름을 괜히 얻은 게 아니야."

밖에서는 도니와 앤지가 트럭에 실린 짐들을 정돈하고 있었다. 헤어
짐의 순간이 마침내 찾아온 것이다. 그들은 남서쪽으로 출발해야 했
고 나는 동쪽을 향해 떠나야 했다.

앤지가 수줍게 다가와 내 손을 맞잡았다. "고맙습니다, 너번 씨.
우리에게 해준 일 전부 다요."

도니는 고개를 끄덕이는 것으로 감사 인사를 대신했다.

"딱히 한 일도 없는데." 내가 말했다.

"아뇨, 있어요. 백인인데도 제게 백인의 방식을 따르라고 하지 않
았잖아요. 베나이스 어르신께도 데려가주고."

"그냥 운전이나 한 정도죠." 내가 말했다.

"아기 때부터 해왔다지, 아마?" 부지 저편에 있던 댄이 이렇게 말
하며 손으로 운전대 잡는 시늉을 했다. 언젠가 내게 백인의 양육법
에 대해 이야기할 때 해 보이던 것처럼.

지는 제 어머니 곁에 서서 나를 물끄러미 바라보다가는 별안간 달
려와 내 다리를 감싸 안았다.

나는 허리를 숙여 소녀의 손을 마주잡았다. "고맙구나, 지. 넌 정
말 특별한 아이야."

잠시 웃음 같은 것이 소녀의 얼굴을 스쳤다. 아이는 두 팔로 내 목

을 단단히 감싸 안았다. 그러고는 달려가 다시 제 어머니 뒤로 몸을 숨겼다.

댄이 다가와 내 옆에 섰다. 그는 아득히 먼 곳의 노래를 듣는 사람처럼 몸을 앞뒤로 흔들고 있었다. 즐겁고 평온해 보였다. 그에게 마지막으로 한 번 더 묻기로 했다. 베나이스의 집에서 일어난 일들을 어떻게 생각하느냐고.

"어리석은 질문이라는 건 알지만 들소들이 지를 지켜준 일이 혹시 베나이스와 관련이 있나요?" 내가 말을 꺼냈다.

"인간은 타탕카의 일에 관여하지 않아. 타탕카가 인간의 일에 관여하지." 댄이 말했다.

"그럼 알고는 계셨을까요? 우리가 돌아왔을 때 베나이스는 걱정하거나 놀라는 기색을 보이지 않았거든요."

"그이는 본디 걱정하거나 놀라는 성격이 아니네."

"그럼 제 꿈은요? 들판에서 본 들소들을 꿈에서도 봤다고요."

"그 메리라는 분이 인디언이라 자네가 덕을 본 게지. 꿈에 여백이 생기니 들소로 채운 것 아닌가! 자네에게 암시를 주려고 말일세. 모름지기 인디언은 낭비를 모르는 법이니까."

나는 체념 속에 고개를 가로저었다. 직접적인 대답을 듣기는 애당초 틀린 것 같았다. 그쯤에서 포기하고 나는 점보와 페스터스에게 작별 인사를 하기로 했다. 점보는 주차장 가장자리에 있는 바위에 앉아 부서진 빗을 들고 페스터스의 엉겨 붙은 털을 빗어 내리고 있었다.

"평상시 같으면 빗을 나눠 쓰지 않겠지만 여기 이 페스터스를 위해서라면 얘기가 달라지죠." 점보가 활짝 웃으며 말했다.

"녀석에게 영광일 건 말할 것도 없고요." 내가 말했다.

페스터스는 제 이름을 알아듣고 꼬리를 탁탁 내리쳤다.

"고맙다는 인사를 하러 왔어요. 점보가 아니었으면 간밤에 다들 무사하지 못했을 거예요." 내가 말했다.

"할아버지를 믿었을 뿐이에요. 제게 인디언식 이름을 주셨을 때는 그럴 만한 이유가 있었을 테니까요."

"인디언의 고장에서 일어나는 일에는 다 이유가 있는 것 같더군요." 점보는 페스터스의 털을 빗어 내렸다. "확실히 그렇긴 해요."

페스터스가 앞발을 들더니 자기를 봐달라는 듯 내 몸을 더듬거렸다. 나는 녀석에게 말했다. "오냐, 오냐. 내가 널 잊을 리가 있겠니? 그때 그 공원에서는 나를 깜찍하게 홀렸으렷다?"

"고마운 일이죠." 점보가 말했다. "덕분에 우리 정비소에도 경비견이 생겼잖아요? 고급 폐품 처리장처럼."

짐 꾸리기를 마친 도니가 사람들을 불러들였다. "여러분, 이제 떠날 시간입니다. 각자 안장들 얹으세요."

마지막 작별 인사를 위해 다들 트럭으로 향했다. 도니는 지를 카시트에 앉혀 벨트를 채운 다음 앤지가 조수석에 오르는 것을 도왔다. 점보는 페스터스를 먼저 태우고는 앓는 소리를 내며 뒷자리에 몸을 실었다.

나는 차 안으로 손을 뻗어 점보와 한 번 더 악수를 나누었다. 그러곤 일전에 그에게 받은 뼈를 담아둔 셔츠 주머니를 어루만졌다. 나는 말했다. "점보는 좋은 사람이에요. 그런 점보를 친구로 둔 나는 운이 좋은 사람이고요." 점보는 수줍게 웃으며 먼 곳을 바라보았다.

댄과 그로버가 어슬렁거리며 다가와 내 바로 뒤에 자리 잡았다. 두 사람 다 레이밴 선글라스 모조품을 착용하고 있었다.

"선물을 준비했네, 너번." 그로버가 말했다. 그의 손에는 사슴 가죽으로 감싸고 끈으로 묶은 작은 꾸러미가 들려 있었다.

"필라마야." 내가 말했다. 여태까지 느낀 다정함만으로도 이미 특별하고 벅찬 선물을 받은 기분이었다.

그로버가 손을 내밀어 꾸러미를 살며시 내 손에 얹었다. 나는 그 선물을 정중하게, 기꺼이 받아들었다.

"자네는 여느 백인과는 달라." 그로버가 말했다. "인디언을 대할 때 예를 갖추려고 노력하거든. 이 선물은 그런 자네에게 바치는 우리 마음일세." 댄은 고개를 끄덕였다.

선물에 담긴 의미를 가슴에 새기며 나는 의식을 치르듯 조심스레 매듭을 풀었다.

내가 천천히 사슴 가죽 두루마리를 펼치는 동안 두 남자는 고개를 숙인 채 말없이 서 있었다.

안에는 빨갛고 노란 플라스틱 재질의 조그만 토마호크[북아메리카 인디언이 던지거나 때릴 때 사용하는 무기를 통틀어 이르는 말. 뼈나 돌로 만든 칼날을 나무 자루에 붙인 것으로 의식용은 날개털로 장식하고 색칠을 한다]가 달린 열쇠고리가 들어 있었다.

나는 놀란 표정으로 그로버를 바라보았다. 그의 눈은 번쩍거리는 선글라스에 가려 보이지 않았다.

"자네 거야. 축성은 독수리 사나이께서 해주셨지."

그로버의 넉살에 댄이 웃음을 터뜨렸다. 저러다 숨이 넘어가지 않을지 내심 걱정이 될 지경이었다. 그로버도 합류했다. 두 남자는 주차장 한가운데 서서 신나게 웃어댔다. 마치 세상에서 제일 기발한 장난을 방금 성공해낸 아이들처럼.

"얼른 타세요." 도니가 말했다. "지를 집에 데려가야죠."

그로버는 댄을 부축해 앞자리의 앤지 옆에 앉히고는 뒷자리에 올라타 점보와 페스터스 옆에 앉았다. 두 사람 다 웃음을 그칠 줄 몰랐다.

도니가 시동을 걸었다. 그는 기어를 바꾸고 주차장을 천천히 가로질렀다.

그로버가 창밖으로 고개를 내밀더니 나를 향해 손짓했다. "어이, 너번, 이리 와보게." 그는 어느새 담배 한 대를 빼끔거리고 있었다.

나는 서둘러 그쪽으로 다가갔다. 그로버든 댄이든 내게 하고픈 말이 남아 있는지도 몰랐다.

그로버는 페스터스를 가리켰다. 녀석은 꼿꼿이 앉아 경비병처럼 초롱초롱 눈을 빛냈다.

"설마 자네, 이 견공이 정말 길을 잃었다고 생각한 건 아니겠지?"

3장 북극 땅이 떠오르는 땅

490

이듬해 여름, 학회 참석차 덴버에 다녀오는 길에 마침 시간이 적당히 남아 북미 원주민 보호구역에 들렀다. 위노나와 댄의 집은 비어 있었다. 도니와 앤지의 집은 가는 길이 가물가물했다. 점보의 정비소 문에는 '작살 낚시 감'이라고 적힌 안내문이 테이프로 붙어 있었다. 별수 없이 나는 그로버의 집으로 향했다. 내 친구들, 특히 어린 지의 안부를 전해 듣기를 기대하며.

그로버의 낡은 뷰익은 트레일러 옆 진흙 위에 먼지를 뒤집어쓴 채 서 있었다. 평상시 주차장으로 쓰이던 콘크리트 평판은 진줏빛 SUV가 차지한 뒤였다. 그로버가 그 말끔하던 1971년식 뷰익을 몰아내고 이 비싸지만 영혼 없는 최신식 금속 덩이를 들여놓았다는 사실이 나를 조금 슬프게 했다.

그로버는 문 앞에서 담배 한 대를 들고 웃는 얼굴로 나를 맞았다. 셔츠를 입지 않은 모습에서 평소답지 않은 편안함이 묻어났다.

"여어, 너번, 대체 이게 얼마 만인가?" 그가 말했다.

"덴버에서 학회가 있었어요. 다들 어떻게 지내는지도 알아볼 겸 잠깐 들렀죠."

우리는 집 앞 계단에 앉아 북미 원주민 보호구역에서 보낸 지난 날, 그리고 친구들과 함께한 추억을 회상했다. 가장 고마운 소식은 인디언 보건국에서 새로 고용한 의사가 원주민식 전통 치료법과 서구식 현대 의술을 접목하려 노력 중이라는 것이었다. 그 의사는 부족의 치료 주술사에게 지의 치료를 맡겼고, 덕분에 아이는 최신 약제에 노출되지 않은 채 잘 지내고 있었다.

우리가 이야기를 나누는 동안 트레일러 안에서는 낯설고도 강렬한 향기가 퍼져 나왔다. 진한 향수 냄새의 기저에 톡 쏘는 허브 향 비스름한 것이 깔려 있었다.

"안에서 뭘 태우는 거예요?" 내가 물었다.

그로버는 허리띠에 달린 칼집에서 늘 지니고 다니던 벅 나이프를 꺼내 이를 쑤셨다.

"라벤더하고 세이지." 그가 말했다.

"고급스런 향을 이렇게나 좋아하실 줄은 꿈에도 몰랐네요."

"자네가 모르는 건 그것 말고도 많지." 그가 대답했다.

바로 그때 트레일러 안쪽 깊은 곳에서 웬 여자 목소리가 들려왔다. "그로버, 친구분 저녁 식사도 준비할까요?"

"아니, 그냥 지나가는 길이래." 그가 대답했다.

"그래요? 혹시 친구분 마음이 바뀌면 알려줘요."

여자의 목소리에서 나는 희미한 독일식 억양을 감지해냈다.

나는 그로버와 문제의 SUV를 번갈아 바라보았다.

"말도 안 돼. 설마 그럴 리가." 내가 말했다.

향수를 품은 허브의 강렬한 향내가 트레일러 안에서 두둥실 퍼져

나왔다.

"라벤더하고 세이지? 가내 축성? 북미 원주민식 최음제?" 내가 말했다.

그로버는 짓궂게 씩 웃었다. "그런 건 필요하지 않았어."

우리 뒤 문간에서 주술 용품 가게의 그 여인이 모습을 드러냈다.

"그저 그녀에게 내 사랑의 허브 다발을 전해줬을 뿐." 그로버가 말했다. "백발백중이거든."

덧붙이는 말

2011년 사우스다코타 주정부는 하이어워사 인디언 정신병원(위 사진)을 기념하는 사적 안내 표지판을 길가에 세웠다. 캔턴 시 정동방에 위치한 사우스다코타 주 18번 간선도로변의 한 대피소가 그 자리다. 바로 옆에는 오거스타나대학 '구릉지대 캠퍼스'와 오래전 철거된 목재 스키 점프대를 기념하는 표지판이 위치해 있다. 정신병원 폐쇄 후 사적 안내 표지판을 설치하기까지 꼬박 78년의 세월이 걸렸다.

언젠가 텔레비전에서 우주의 탄생과 진화에 관한 다큐멘터리를 보다
가, 우주에서(우주의 범위를 규정할 수 있다면) 인간이 차지하는 시간과
공간을, 그 먼지보다 사소한 역할을 확인하고는 마음이 편안해진 적
이 있다. 삶도 죽음도 별것 아닐 수 있다는 생각, 우리가 진실이라고
알고 있는 것들이 실은 매우 작디작은 일부에 지나지 않을 수 있다
는 생각이 들었다. 그런 세계에서라면 누구든 중요한 사람일 수 있고
무엇이든 진실이 될 수 있었다.

거기까지 생각이 미치자 마음이 거짓말처럼 가벼워졌다. 나를 짓
누르던 바윗덩이가 사라진 건 아니었지만 적어도 작은 돌멩이 정도
로는 바뀐 것 같은 기분이었다. 진실의 정답이 규정되지 않은 세계에
서 생각과 활동은 상식이라는 제약을 넘어서고, 삶은 더할 나위 없
이 자유로우며, 죽음은 크나큰 비극이 아닌 생명의 자연스런 흐름으
로 우리 곁에 담담하게 자리 잡을 테니까.

여기, 또 하나의 진실이 있다. 우리가 현실이라 믿는 세계의 울타

리 너머에 존재하는 낯선 세계가 간직해온 진실. 문명이 아니라는, 혹은 미개한 문명이라는 이유로 감춰지고 파괴되었지만, 남겨진 사람들의 기억 속에 희미하게 살아남아 이따금 반짝거리는 진실이 있다. 어떤 이는 그것을 신비라 하고, 어떤 이는 미신이라 일컫는다. 야만이라고 폄하하는 이들도 있다. 하지만 그것은 우리가 이제껏 알지 못했을 뿐 세계의 한 조각에서 엄연히 살아 숨 쉬는 또 하나의 명백한 진실이다.

때로 낯선 진실은 두려움으로 다가온다. 진실의 겉껍질을 벗기면, 그 안에 우리가 감당하기 버거운 무언가가 들어 있지 않을지 노심초사하게 되는 것이다. 하지만 거꾸로 생각하면 그 두려움은 설렘의 또 다른 이름이다. 낯선 누군가를 만나기 전 가슴이 두근대는 건 알지 못하는 존재에 대한 두려움 때문이기도 하지만, 호기심에서 비롯된 설렘 때문이기도 하니까. 살면서 진실이라 믿었던 무언가가 실은 진실로 접어드는 길모퉁이에 불과할지 모른다고 생각하면 두려워진다. 그러나 감춰진 진실의 생생한 실체에 다가서는 길은 누가 뭐래도 설레는 여정이다.

이 책은 그러한 여정으로, 북미 원주민의 세계라는 낯선 영역으로 우리를 데려간다. 백인들의 시선을 거쳐 변형된 세계가 아닌 원주민의 시선으로 바라본 경이롭고 숙연한 풍경 속으로. 그곳에서 우리는 오래되고 생경한 진실을 맞닥뜨린다. 그 진실은 때로 아름답지만 때로는 처절하다. 그 낯선 진실에 대처하는 가장 세련된 방법은 외면이다. 그들만의 신비를 인정하고 원주민 고유의 문화를 존중한다며 우아하게 미소 짓고 돌아서는 것이다.

하지만 인디언 원로 댄은 그런 우리의 허를 찌른다. 우리의 두려움은 원주민 세계의 일이 바로 우리 자신의 세계에서 벌어지는 일이라는 자각에서 비롯된 것이며, 우리가 신비한 우연으로 치부하던 현상이 실은 서구 문명으로 밝혀내지 못한 인디언의 과학이라고 단언하는 것이다. 그의 이야기는 서구인과 원주민의 세계를 각각 문명과 야만 혹은 과학과 비과학으로 구분 짓고, 서로 판이한 둘을 공존이 불가능한 영역으로 가르기에 급급했던 우리에게 새로운 숙제를 안긴다. 낯선 진실을 외면하지 말고, 그 진실을 정면으로 마주하라고 분명하게 권유하는 것이다.

책의 여정을 따라가다 보면 슬픔과 상실감, 혼란 속에서도 광막한 대지에 감사하며 오래된 전통을 지키려 애쓰는 고운 사람들과 두렵지만 우리 가슴을 뛰게 하는 낯선 진실을 만나게 된다. 하지만 그 진실은 결국 하나의 진실인지도 모른다. 어쩌면 우리는 같은 진실을 모양이 다른 창을 통해 바라보며 자신만이 진실의 참모습을 보았다고 고집을 피우는 게 아닐까? 스스로 진실이라 믿는 가치가 진실이 아닐지 모른다는 두려움에 타인의 다른 생각을 잘못되고 위험한 생각이라고 간주하며 숨기려 애쓰는 건 아닐까?

이러한 물음에 책이 명확한 답을 제시하지는 않는다. 하지만 적어도 진지하게 생각할 거리를 제공하는 건 분명하다. 내가 느낀 두려움과 설렘을 이 책을 읽는 다른 분들도 느끼게 되기를 소망한다. 그리고 언젠가 겉껍질 안에 숨겨진 진실의 눈부신 빛을 함께 만날 수 있기를 기대한다.

옮긴이의 말

499

들소에게 노래를 불러준 소녀

초판인쇄 2017년 7월 6일
초판발행 2017년 7월 13일

지은이 켄트 너번
옮긴이 서정아
펴낸이 강성민
편집장 이은혜
편집 박은아 곽우정 한정현 김지수
편집보조 임채원
마케팅 이연실 이숙재 정현민
홍보 김희숙 김상만 이천희
독자모니터링 황치영

펴낸곳 (주)글항아리
출판등록 2009년 1월 19일 제406-2009-000002호

주소 10881 경기도 파주시 회동길 210
전자우편 bookpot@hanmail.net
전화번호 031-955-8891(마케팅) 031-955-2663(편집부)
팩스 031-955-2557

ISBN 978-89-6735-434-3 03840

글항아리는 (주)문학동네의 계열사입니다.

이 도서의 국립중앙도서관 출판예정도서목록(CIP)은 서지정보유통지원시스템 홈페이지
(http://seoji.nl.go.kr)와 국가자료공동목록시스템(http://www.nl.go.kr/kolisnet)에서
이용하실 수 있습니다. (CIP제어번호 : CIP2017015592)